Buch

Marilee Jennings hatte sich den Besuch bei ihrer Freundin Lucy anders vorgestellt. Sie wollte ihr Leben genießen und mit Lucy eine Lösung finden, wie sie aus ihrem langweiligen Alltagstrott herauskommen würde. Aber bei ihrer Ankunft in New Eden erfährt sie, daß Lucy tot ist, und trifft auf den attraktiven J. D. Rafferty – der sie mit vorgehaltener Pistole bedroht.

Marilee glaubt ganz und gar nicht an einen Unfall und ist davon überzeugt, daß sich in der finsteren Stadt ebenso finstere Gestalten aufhalten, die für den Tod Lucys verantwortlich sind. Sie muß den mysteriösen Tod ihrer besten Freundin aufklären. Doch die Widerstände, auf die sie dabei stößt, sind beträchtlich – vor allem die starken Arme von J. D. Rafferty lenken sie so sehr ab, daß sie fast ihr Ziel aus den Augen verliert...

Autorin

Tami Hoag wurde bereits 1988 von der Leserschaft der Zeitschrift *Romantic Times* zur besten Autorin des Jahres gekürt. Seitdem klettert jeder ihrer mit Spannung erwarteten neuen Romane innerhalb kürzester Zeit auf die Bestsellerliste. Tami Hoag lebt mit ihrem Mann in einem alten Farmhaus in Minnesota.

Bei Goldmann sind von Tami Hoag außerdem lieferbar:

Die Hitze einer Sommernacht. Roman (42289)

Mangrovenfieber. Roman (42214)

Rätselhafte Umarmung. Roman (42290)

Die Schwingen des Nachtfalters. Roman (42625)

Tami Hoag

Dunkles Paradies

Roman

Aus dem Amerikanischen
von Dinka Mrkowatschki

GOLDMANN VERLAG

Originaltitel: Dark Paradise
Originalverlag: Bantam Books, a division of Bantam Doubleday
Dell Publishing Group, Inc., New York

Umwelthinweis:
Alle bedruckten Materialien dieses Taschenbuches
sind chlorfrei und umweltschonend.
Das Papier enthält Recycling-Anteile.

Der Goldmann Verlag
ist ein Unternehmen der Verlagsgruppe Bertelsmann

Ungekürzte Taschenbuchausgabe November 1996

Umschlaggestaltung: Design Team München
Umschlagillustration: Agentur Schlück/Daeni
Druck: Elsnerdruck, Berlin
Verlagsnummer: 43191
SK · Herstellung: Stefan Hansen
Made in Germany
ISBN 3-442-43191-3

1 3 5 7 9 10 8 6 4 2

ANMERKUNG DER AUTORIN

Inspiration kommt von überall und nirgendwo, vom Leben, von Träumen und von Orten, die keine Namen haben. Meist kommt sie in Splittern, winzig und strahlend wie Diamanten. Ich fange sie, wenn ich kann, und halte sie fest. Ich wünsch' mir etwas, wie bei Sternschnuppen, und sie liefern den Samen für meine Bücher.

Dieses Buch ist das Ergebnis vieler kleiner Inspirationen, die ich im Lauf der Zeit hatte. Ich muß mich bei einigen Leuten für diese Diamantsplitter bedanken. Mary W., die vor einem halben Jahrhundert den ersten Funken geschlagen hat. Mary Chapin-Carpenter und Shawn Colvin, zwei Liederschreibern, deren Talent, die Seele mit Worten zu rühren, mich immer wieder in Ehrfurcht erstarren läßt. Philip Aaberg, dem in Montana geborenen Pianisten, der es schafft, mich mit einer Handvoll zärtlicher Noten und den exquisiten Schweigepausen dazwischen in den Westen zu versetzen. John Lyons, Cowboy und Lehrer von Weisheit und Geduld. Sarge, meinem alten Freund, den alle außer mir und meinem Herzen längst vergessen haben.

Ich möchte auch meiner Kollegin bei Bantam Books danken und meiner Agenturschwester Fran Baker für ihre großzügige Spende von Informationen über das Leben einer Gerichtsschreiberin. Danke, Don Weisman, für die vielen Anregungen und die Unterstützung.

Liebe Leser, ich hoffe Sie genießen diesen Trip nach Montana. Es ist ein Ort von einmaliger und spektakulärer Schönheit, hart und zerbrechlich und zugleich, zeitlos und bedroht, wie der amerikanische Westen selbst. Es ist ein Ort, an dem man den unglaublichen und ausgelassenen Geist des Grenzlandes noch spüren kann, und wo man fühlen kann, wie er wie Sand durch haschende Finger wegrieselt. An alle, die kämpfen würden, um diesen Geist zu erhalten – Eingeborene wie auch Fremde –, ich wünsche Ihnen Erfolg.

PROLOG

In der Ferne konnte sie das gnadenlose Bellen der Hunde hören. Erbarmungslose Verfolger, so wie der Tod das Leben verfolgt.

Tod.

Mein Gott, sie würde sterben. Unfaßbar. Irgendwie hatte sie nie so richtig geglaubt, daß dieser Augenblick tatsächlich eintreten könnte. Da war immer dieser Gedanke im Hinterkopf gewesen. Sie würde es irgendwie schaffen, dem grausamen Sensenmann ein Schnippchen zu schlagen. Sie war immer eine Spielerin gewesen. Irgendwie war es ihr immer gelungen, entgegen allen Erwartungen zu gewinnen. Ihr Herz geriet ins Flattern, und ihre Kehle schnürte sich zu bei dem Gedanken, daß sie diesmal unterliegen könnte.

Die bloße Vorstellung ihrer eigenen Sterblichkeit schockierte sie. Am liebsten wäre sie stehengeblieben und hätte sich erstaunt angestarrt, als wäre die Person, die hier um ihr Leben rannte, jemand, den sie nur flüchtig kannte. Aber sie konnte nicht stehenbleiben. Das Bellen der Hunde drängte sie weiter. Der Selbsterhaltungstrieb hielt ihre Füße in Bewegung.

Sie stürzte den Abhang hoch, stolperte über freiliegende Wurzeln und abgebrochene Äste. Dornenbüsche griffen nach ihren Kleidern und krallten sich wie mit gichtigen, knotigen Fingern in ihr blutverschmiertes Gesicht. Der Teppich von Fäulnis auf dem Waldboden gab an manchen Stellen nach und warf sie um kostbare Zentimeter zurück, anstatt sie beim Vorwärtskommen zu unterstützen. Schmerz durchbohrte sie, als sie mit dem Ellbogen an einen Stein stieß, der zur Hälfte im Lehm vergraben war. Sie rappelte sich hoch, drückte den Arm schützend an ihren Körper und rannte weiter.

Schluchzer der Ohnmacht und Angst schnürten ihr die Kehle zu. Tränen verschleierten die wenige Sicht, die ihr in der mondsilbrigen Nacht geblieben war. Ihre Nase war gebrochen und pochte, zwang sie, nur durch den Mund zu atmen. Sie versuchte keuchend, soviel wie möglich von der kühlen Nachtluft in ihre schmerzenden Lungen zu pumpen. Jeder Atemzug brannte wie Säure. Das Feuer breitete sich bis in ihre Arme und Beine aus, ließ sie bleischwer werden, während sie versuchte, sie weit über ihre Belastbarkeit zu strapazieren.

Ich hätte mit Rauchen aufhören sollen. Ein lächerlicher Gedanke. Es waren nicht die Zigaretten, die sie umbringen würden. In einem abgeschotteten Winkel ihres Bewußtseins, in dem seltsame Ruhe herrschte, sah sie sich stehenbleiben, sah, wie sie sich auf einen umgestürzten Baum setzte, um eine letzte Zigarette zu rauchen. Es wäre ein Gefühl gewesen wie an jenen Abenden nach ihrer Aerobic-Stunde, wenn sie sich sofort nach Verlassen des Studios eine Zigarette angezündet hatte. Es ging doch nichts über eine Nikotindröhnung nach anstrengendem Training. Sie lachte, beinahe hysterisch, dann stolperte sie schluchzend weiter.

Die Hunde holten auf. Sie rochen das Blut, das aus dem tiefen Schnitt tropfte, den das Messer quer über ihr Gesicht gemacht hatte.

Es gab kein Entrinnen, keinen, der sie retten konnte. Das wußte sie. Das Terrain, das vor ihr lag, war noch unwirtlicher, noch steiler, noch wilder. Es gab keine Menschen, keine Straßen. Keine Hoffnung.

Ihr Herz zerbrach an dieser unumstößlichen Tatsache. Keine Hoffnung. Ohne Hoffnung gab es nichts. Alle anderen Systeme versagten der Reihe nach.

Sie stürzte aus dem Wald und stolperte auf eine Lichtung. Sie konnte keinen Schritt mehr laufen. Alles verschwamm um sie herum, und ihr Kopf hämmerte wie verrückt. Die Beine gaben nach, sie taumelte trunken hinaus auf die offene Wiese. Die Befehle, die ihr Gehirn aussandte, erreichten ihr Ziel nicht und blieben dann endgültig aus, als ihr Willen zerbröckelte.

Würgend vor Verzweiflung, erstickt vom Geschmack ihres eigenen Blutes, ließ sie sich im hohen weichen Gras auf die Knie fallen und starrte hinauf zu der riesigen, strahlenden Scheibe des Mondes, und ihr wurde zum ersten Mal klar, wie unbedeutend sie war. Sie würde in dieser Wildnis sterben, mit dem Duft von wildwachsenden Blumen in der Luft, und die Welt würde sich einfach ohne Pause weiterdrehen. Sie war ein Nichts, nur ein weiteres Opfer einer weiteren Jagd. Das Gefühl nackter Einsamkeit, das dieser Gedanke mit sich brachte, lähmte sie bis in die Knochen.

Niemand würde sie vermissen.

Niemand würde sie betrauern.

Ihr Leben hatte keinerlei Bedeutung.

Sie hörte das Krachen im Wald hinter sich. Das Trommeln von Hufen. Das Schnauben eines Pferdes. Die kläffenden Hunde. Ihr Herz hämmerte, bereit zu explodieren.

Den Schuß hörte sie nicht.

KAPITEL 1

»Der Tag hat schlecht angefangen, und von da an ging's steil bergab«, sagte Marilee Jennings laut vor sich hin, als ihr Honda die Grenze nach Montana überquerte. Sie nahm einen letzten Zug von ihrer Zigarette und drückte die Kippe zwischen den zahllosen anderen im Aschenbecher aus.

Dieser Satz war ein geflügeltes Wort, das sie und Lucy während ihrer Freundschaft ständig gebraucht hatten. Wann immer eine von ihnen ein Gespräch mit diesem Satz begonnen hatte, hieß das, die andere mußte das Bier, die Pizza und die Schulter zum Ausweinen liefern. Normalerweise löste sich dann alles in Gelächter auf. Gegenseitiges Bemitleiden war die Regel.

Sie hatten sich bei einem Streßbewältigungskurs für Gerichtsschreiber kennengelernt. Nachdem man ihnen zwei Stunden lang geraten hatte, nicht zu versuchen, Streß mit Zigaretten, Alkohol und Gesprächen über die Arbeit abzubauen, verließen sie das Konferenzzimmer, und Lucy drehte sich mit einem ironischen Lächeln und einer Packung Salem 100er zu ihr um und sagte: »Und, möchten Sie auch ein Bier?«

Sie hatten sich auf Anhieb verstanden. Es war keine klebrigsüße Freundschaft gewesen, sondern eine Beziehung, die auf gemeinsamen Interessen und einem Sinn für Humor begründet war. Beide arbeiteten selbständig, versuchten, Regierungsverträge zu ergattern, und arbeiteten für eine Reihe von Anwälten, nahmen Aussagen auf, erledigten die übliche Routinearbeit, Protokolle und Vorladungen auszustellen, und wehrten die Avancen liebeshungriger Rechtsvertreter ab. Sie sahen beide, zu welch üblen Mitteln Menschen bei gerichtlichen Auseinandersetzungen griffen, hielten im Geheimcode ihres Berufsstandes alles in der ersten Person fest, angefangen von den Absurditäten der Scheidungsschlachten bis hin zu den gräßlichen Details von Morden. Gemeinsam litten sie unter den üblichen Problemen ihres Berufes – dem Streß einer Arbeit, die Perfektion verlangte, den Kopfschmerzen vom ständigen Umgang mit arroganten Anwälten, die alles innerhalb von vierundzwanzig Stunden haben wollten und dann die Rechnung einfach monatelang nicht bezahlten. Und trotzdem waren sie in vielerlei Hinsicht so verschieden wie Tag und Nacht.

Lucy liebte den Glamour, der die Leute umgab, für die sie arbeitete. Intrigen ließen sie aufblühen, und sie färbte ihr Haar alle sechs Monate in einem anderen Blondton, weil Monotonie sie langweilte. Sie betrachtete die Welt mit den schmalen Augen eines amüsierten Zynikers. Ihre Intuitionen waren messerscharf, genau wie ihre Zunge. Sie war ehrgeizig, rücksichtslos und sarkastisch. Sie schwelgte im Rampenlicht und sehnte sich nach einem Leben in Luxus.

Mari dagegen zehrte immer noch von der müden Hoffnung, daß die Menschen im Grunde gut wären, obgleich sie so viele gesehen hatte, die es nicht waren. Die äußere Erscheinung beeindruckte sie nur selten, da sie in einer Gegend aufgewachsen war, in der der Satz: »Alles Fassade und nichts dahinter«, der Schlachtruf der meisten Frauen war, wenn sie mit den Kreditkarten in der Hand zu ihren BMWs stürmten und zum neuesten Ausverkauf bei Nordstrom rasten. Sie hatte keinerlei Ambitionen, reich oder berühmt zu werden, und träumte davon, einen ruhigen Ort zu finden, wo sie sich unbemerkt einfügen könnte.

Aber genau diese Unterschiede hatten für Ausgewogenheit in ihrer Beziehung gesorgt. Sie hatten so manches gemeinsam durchgestanden, in diesen nächtlichen Sitzungen mit viel Bier und viel Gefasel. Dann hatte Lucy etwas Geld geerbt, hatte ihre Arbeit hingeschmissen und war nach Montana gezogen. Das Band zwischen den beiden war danach zwar nicht gerissen, aber es leierte doch ziemlich aus.

Das Jahr, das seitdem vergangen war, war ein sehr langes gewesen. Mari fehlte ihre Freundin. Keine von beiden schrieb gerne Briefe, und die Abstände zwischen den Anrufen wurden immer größer. Dennoch wußte sie, daß die Freundschaft immer noch bestand. Lucy würde sie mit derselben lässigen Fröhlichkeit willkommen heißen, die sie auch allen anderen Lebensbereichen entgegenbrachte. Mari brauchte nur aus ihrem Wagen zu steigen, mit den Schultern zu zucken und zu sagen: »Der Tag hat schlecht angefangen, und von da an ging's steil bergab.«

Ihre Augen huschten zum Rückspiegel, verrieten sie, während die Flut der Depression wieder in ihr aufzubranden drohte. Sie runzelte die Stirn, als sie sah, in welchem Zustand ihre gesträhnte blonde Mähne war. Wem wollte sie etwas vormachen? Ihr ganzes Leben war eine Reihe von Tagen, die alles andere als gut anfingen.

Ihre beiden Schwestern hatten die satinglänzenden, champagnerfarbenen Locken ihrer Mutter geerbt, Maris Haar dagegen war ein Wulst zerknüllter Rohseidensträhnen mit dunklem Ansatz, an den Spitzen fast platinblond. Die Mähne war kaum zu bändigen, und sie trug sie knapp schulterlang, was trotz aller Mühe leider nie »klassisch« oder »schick« aussah. Sie hatte sich schon vor langer Zeit damit abgefunden, daß ihr Haar wohl eine Metapher für ihr Leben war: Sie war wilder, als sie sein sollte, paßte nicht zum Rest ihrer Familie, erfüllte nie deren Erwartungen.

»Das spielt keine Rolle, Marilee«, sagte sie sich, beugte sich vor, schob eine Kassette in das Radio und drehte die Lautstärke auf. »Jetzt bist du in Montana.«

Sacramento war nur ein Punkt auf der Landkarte, den sie hinter sich gelassen hatte. Das Leben, das sie geführt hatte, war Vergangenheit. Sie war offiziell auf Wanderschaft. Ohne Pläne, ohne Aussichten, ohne einen Gedanken an die Zukunft außer dem, ein, zwei oder auch drei Wochen bei ihrer alten Freundin zu verbringen. Ein Urlaub, um den Kopf zu klären und ein angeschlagenes Herz zu pflegen. Eine Pause im Fluß des Lebens, um Bestandsaufnahme zu machen, nachzudenken und einen Haufen Geschäftskostüme zu verbrennen, der sich auf dem Rücksitz ihres Honda türmte.

Sie öffnete die Fenster des Wagens per elektrischem Knopfdruck und atmete tief die süße, kühle Luft ein. Ein wunderbares Gefühl von Befreiung und Vorfreude erfüllte sie, als der Wind durch ihr Haar peitschte und Mary Chapin-Carpenter im Radio sang, sie solle sich, trotz allem, was dagegen sprach, glücklich schätzen. Jetzt, genau in diesem Augenblick, fing ihr Leben noch einmal von vorne an. Sie warf einen Blick nach unten und fischte eine Packung Salems aus dem Berg von Reiseführern auf dem Sitz neben sich, wollte eine rausschütteln, aber dann hielt sie inne. Das Leben fing von vorne an. Jetzt. Sie warf grinsend das Päckchen aus dem Fenster, stieg aufs Gas und begann, mit ihrer starken, warmen Altstimme mitzusingen.

Die Berge im Westen verfärbten sich violett, als die Sonne hinter ihren massigen Gipfeln versank. Der Himmel über ihnen war noch feuerrot – lebendig, strahlend. Im Osten erhob sich ein weiterer Gebirgszug in zerklüfteter Pracht, mit schneebedeckten Gipfeln und üppig grünen Nadelwäldern entlang der Hänge. Und vor ihr öffnete sich ein weites, grün bewachsenes Tal. Zu ihrer Rechten graste eine kleine Herde Elche friedlich neben einem Fluß.

Der Anblick, die Umgebung setzten einen weiteren Adrenalinstoß frei. Begeisterung packte sie. Ihr war ganz schwindlig von der Geschwindigkeit, mit der die Depression von Euphorie abgelöst wurde. Sie stellte fest, sie würde ihre Traurigkeit wie eine alte Haut abstreifen und nackt und sauber an diesen neuen Ort kommen.

Das war das Paradies. Eden. Ein Ort für neue Anfänge.

Es war bereits dunkel, als Mari endlich Lucys Haus fand, mit Hilfe der Karte, die Lucy in ihrem ersten Brief geschickt hatte. Ihr »Versteck« hatte sie es genannt. Der unendliche Himmel war schwarz wie Samt, übersät mit den Pailletten so vieler Sterne, mehr als sie je für möglich gehalten hätte. Mit einem Mal schien die Welt nur noch eine weite, leere Wildnis. Sie fuhr in den Hof der kleinen Ranch, und zum ersten Mal kamen ihr Zweifel, ob dieser Überraschungsbesuch tatsächlich eine so gute Idee gewesen war. Keine einladenden Lichter schienen aus den Fenstern des attraktiven neuen Blockhauses. Die Garagentüren waren geschlossen.

Sie stieg aus ihrem Honda und streckte sich. Sie fühlte sich erschöpft und zerknittert. Die letzten beiden Wochen hatten ihre Kräfte ausgelaugt, jede Entscheidung, die sie gefällt hatte, hatte einen riesigen Brocken davon gekostet. Die Fahrt von Sacramento hierher war ein vierundzwanzigstündiger Marathon gewesen, Pausen hatte sie sich nur für Toilettenstopps und Burritos gegönnt. Jetzt spürte sie mit einem Mal, wie erschöpft sie war.

Irgendwie war es für sie ungeheuer wichtig gewesen, so schnell wie möglich hierherzukommen. Wahrscheinlich hatte sie Angst gehabt, der Mut könnte sie verlassen und die endlose Unzufriedenheit mit ihrer Existenz würde sie überwältigen, wenn sie nicht sofort die Flucht ergriff. Das wilde Hin und Her ihrer Emotionen hatte sie ausgelaugt, sie fühlte sich desorientiert. Sie hatte fest damit gerechnet, sich in Lucys Obhut fallenlassen zu können, sobald sie aus dem Auto stieg. Aber anscheinend war Lucy nicht zu Hause, und die Enttäuschung machte neuerlicher Depression den Weg frei.

Ich war eben dämlich, sagte sie sich, blinzelte die drohenden Tränen weg und machte sich auf den Weg zur vorderen Veranda. Lucy konnte doch nicht wissen, daß sie kommen würde. Sie hatte es nicht fertiggebracht, sich telefonisch anzukündigen. Bei einem Anruf hätte sie alles, was in den letzten zwei Wochen passiert war, erklären müssen; das wollte sie lieber von Angesicht zu Angesicht tun.

Eine Glückskatze beobachtete vom Verandageländer aus, wie sie sich näherte, flitzte aber davon, als sie die Treppe hochstieg, und verschwand hinterm Haus. Der Wind rauschte von den Bergen herunter und heulte um die verwitterten Wirtschaftsgebäude, brachte ein Gefühl von Isolation und ein vages Gefühl von Einsamkeit mit sich. Mari versuchte, es abzuschütteln, hob die Hand und klopfte an die Tür.

Kein Licht erhellte das Fenster. Keine Stimme rief ihr zu, ja die Hosen anzubehalten.

Sie schluckte. Enttäuschung und eine gewisse Unruhe schnürten ihr die Kehle zu. Ihr Blick huschte unwillkürlich über die mondschattige Ranch und die Berge dahinter. Wirklich ein Platz am Ende der Welt. Sie war durch die kleine Stadt New Eden gefahren und dann meilenweit weiter in die Wildnis. Unterwegs hatte sie nur zwei andere Häuser gesehen – und die waren weitab von der Straße gewesen.

Sie klopfte wieder, wartete aber nicht auf Antwort, bevor sie die Türklinke drückte. In einigen Briefen hatte Lucy wilde Tiere erwähnt. Vierbeinige, voller Flöhe.

»Bären. Sie hat etwas von Bären geschrieben«, murmelte sie.

Ihre Nackenhaare sträubten sich bei dem Gedanken, daß vielleicht ein Dutzend von ihnen sie aus dem Schutz der Dunkelheit beobachtete, sie mit ihren Knopfaugen und knurrenden Mägen musterte. »Wenn's dir nichts ausmacht, Lucy, wär's mir lieber, wenn ich keinem begegne, während du mit irgendeinem Cowboy die Diskos verunsicherst.«

Sie trat ins Haus, tastete nach dem Lichtschalter und blinzelte erschrocken, als ein Dutzend kleiner Birnen, die kunstvoll in einem Lüster aus Geweihen arrangiert waren, auf Knopfdruck erstrahlte. Ihr erster Gedanke war, daß Lucys miserable Haushaltsführung ein erschreckendes neues Tief erreicht hatte. Der Raum war absolutes Katastrophengebiet, übersät mit Büchern, Zeitungen, Briefpapier und Kleidern.

Sie ging langsam von der Tür in den größeren Raum, der sich fast über das gesamte Erdgeschoß erstreckte, während sie versuchte, ihre wirren Gedanken in den Griff zu kriegen. Das Haus war kaum ein Jahr alt, eine Mischung aus traditionellem Westernstil und zeitgenössischer Architektur. Lucy hatte einen Innenarchitekten engagiert, um diese beiden Elemente im Haus zu vereinen. Aber die Aquarelldrucke mit Westernmotiven hingen schief an den Wänden. Die Polster der schweren, üppig gepolsterten Sessel waren herausgerissen. Die Sitzfläche des roten Ledersofas war von einem Ende zum anderen aufgeschlitzt. Polstermaterial quoll büschelweise aus der Wunde. Der teure Berberteppich war mit zerbrochenen Lampen und zertrümmerter Keramik übersät. Eine riesige tropische Lilie war aus dem Topf gerissen und zerfetzt worden.

Nicht einmal Lucy war so schlampig.

Maris Puls beschleunigte sich vor Angst. »Lucy?« rief sie mit zittriger Stimme. Die einzige Antwort war ein ominöses Schweigen.

Sie stieg über ein geschlachtetes Sofakissen, umrundete einen zerschmetterten Terrakottakrug und spähte in den unbeleuchteten Küchenbereich. Die Eisschranktür stand offen, und das Licht darin glühte vielversprechend, wie aus einer Schatzhöhle. Der Geruch war wesentlich weniger verlockend.

Sie rümpfte die Nase, suchte nach dem Lichtschalter und drückte. Indirekte Beleuchtung schien auf eine widerliche Ansammlung von faulenden Lebensmitteln, verschüttetem Bier und Milch. Fliegen kreisten wie winzige Geier darüber.

»Mein Gott, Lucy«, murmelte sie, »die Party muß ja der absolute Hammer gewesen sein.«

Und wo zum Teufel bist du?

Die Türen der Kiefernholzschränke standen offen, ihr Inhalt war über die ganze Küche verteilt.

Mari wich langsam zurück, stützte sich mit zittriger Hand auf den einzigen noch aufrecht stehenden Stuhl an dem langen Kiefernholzeßtisch und kämpfte gegen die Tränen. Sie hatte oft genug Kriminalfälle bearbeitet, um zu wissen, was hier passiert war. Das Haus war überfallen worden, entweder um es auszurauben oder noch Schlimmeres.

»Lucy?« rief sie noch einmal, obwohl sie wußte, daß sie keine Antwort bekommen würde.

Ihr Blick wanderte zur Treppe, die zu den Schlafzimmern führte, dann schweifte er zum Telefon, das aus der Küchenwand gerissen war.

Ihr Herz klopfte immer rascher. Ihre Hände waren schweißnaß.

»Lucy?«

»Sie ist tot.«

Die Worte knallten wie Pistolenschüsse in die Stille des Raumes. Mari wirbelte herum, ein Schrei erstickte in ihrer Kehle. Er stand am anderen Ende des Tisches, ein Meter neunzig aus grobem Granit gehauen, in ausgebleichten Jeans und einem karierten Arbeitshemd. Es war ihr ein Rätsel, wie sich etwas so Großes unbemerkt hatte anschleichen können. In ihrer Angst kam er ihr vor wie ein Gebirge. Er stand da und musterte sie mit grimmig verkniffenem Mund, die Augen von einem staubigen, schwarzen Stetson beschattet. Seine rechte Hand befand sich nur Zentimeter von einem Halfter mit einer Pistole entfernt, die sicher groß genug war, um einen Büffel zu erlegen.

Er sagte leise: »Wer sind Sie?«

»Wer ich bin?« schrie sie. »Wer, verdammt noch mal, sind Sie denn?« Sie hatte aus dem Augenwinkel einen schweren Messingleuchter entdeckt, der umgestürzt auf dem Tisch lag. Ihre Hand tastete sich unauffällig zu ihm vor, während sie dem Fremden unverwandt in die Augen sah.

»Was haben Sie mit Lucy gemacht?«

Sein Kopf senkte sich bedrohlich. »Nichts.«

»Sie sollten wissen, daß ich nicht allein hier bin«, sagte Mari. »Mein Mann ... Bruno ... ist draußen und sieht sich um.«

»Sie sind allein gekommen«, sagte er gelassen. »Ich habe Sie vom Grat aus gesehen.«

Er hatte sie gesehen, hatte sie beobachtet. Ein Mann mit einer Pistole hatte sie beobachtet. Mari packte den Kerzenleuchter fester. Seine ersten Worte fielen ihr wieder ein. Sie ist tot. Angst schnürte ihr wie eine unsichtbare Hand die Kehle zu. Lucy. Er hatte Lucy getötet.

Mit einem erstickten Schrei schleuderte sie den Messingleuchter nach ihm und floh zur Tür, stolperte dabei über einen ausgerissenen Gummibaum. Sie hörte sein Grunzen und Fluchen, als ihn das Geschoß traf. Der Kerzenleuchter dröhnte wie eine Kathedralenglocke, als er auf dem Holzboden aufschlug. Dann kam das Trampeln seiner Stiefel, es hörte sich an, als würde sie von einer Pferdeherde verfolgt. Sie konzentrierte sich auf die Vordertür, aber ihre Beine waren wie Blei und wollten nicht gehorchen.

Er fing sie von hinten, mit einer Hand erwischte er ihre Weste und ihr T-Shirt und riß sie zurück, mit dem anderen Arm packte er sie um die Taille und zog sie an die Felswand seines Körpers.

»Halt still!«

Mari schlug ihre Nägel in den mächtigen Unterarm, der ihr die Luft abschnürte. Wimmernd wie ein Tier, hämmerte sie vergeblich mit ihren Turnschuhen gegen seine Schienbeine.

»Verdammt noch mal, halt still«, befahl er und packte sie noch fester. »Ich hab' sie nicht umgebracht. Es war ein Unfall.«

»Erzählen Sie das einem Anwalt!« schrie sie und versuchte verzweifelt, sich aus seinem stählernen Griff zu befreien. Sie war machtlos gegen ihn. Er hatte sie. Panik schnürte ihr die Kehle zu.

»Hören Sie zu!« befahl J. D. in scharfem Ton. Dann wurde sein Ton sanfter. Er wußte nur allzugut vom Umgang mit Pferden, daß mit Gewalt gegen Angst nichts auszurichten war. »Ganz ruhig«, murmelte er mit leiser, beruhigender Stimme, genau wie bei einem verängstigten Pferd. »Hören Sie mir zu. Ganz ruhig. Ich will Ihnen nicht weh tun.«

»Ach ja? Warum drücken Sie mir dann alle Rippen ein?«

Sein Griff lockerte sich sofort, aber er ließ sie noch nicht los. »Reißen Sie sich zusammen. Ganz ruhig.«

Mari verrenkte sich den Hals, um seine Augen sehen zu können. Männer konnten sagen, was sie wollten, ihr Augen logen nur selten. Das hatte sie im Gerichtssaal gelernt und in den Büros zahlloser Anwälte. Die Augen, die sie jetzt grimmig anstarrten, waren grau wie Sturmwolken, etwas schmal, als müßten sie ständig gegen die Sonne anblinzeln, aber nichts in ihnen verriet Lügen oder Gewalttätigkeit.

Sie hörte auf zu strampeln, und er reagierte darauf, indem er sie herunterließ, bis ihre Füße wieder den Boden berührten. Sie atmete ein paarmal tief durch, um ihre Lungen mit bitter benötigter Luft zu füllen, und widerstand der Versuchung, sich erschöpft an ihn zu lehnen. Sie war sich seines Körpers nur allzu bewußt, seiner Größe und Kraft, der Hitze, die von ihm ausströmte. Mit der linken Hand hatte er ihren Oberarm gepackt, seine Knöchel berührten die äußere Wölbung ihrer Brust. Seine andere Hand spreizte sich über ihren Bauch, und Daumen und Zeigefinger lagen direkt unter derselben Brust. Die Berührung ließ sie erschaudern. Nur ein paar Zentimeter höher, dann würde er ihre Brust umfassen. Ihre Brustspitzen wurden automatisch hart.

Er roch nach harter Arbeit, Leder und Pferden. *Konzentriere dich darauf, Marilee. Er riecht wie ein Pferd.*

Er murmelte weiter beruhigend auf sie ein, und jetzt roch sie seinen warmen Atem. Buttermints. Ein psychopathischer Mörder, der nach Buttermints roch, das konnte einfach nicht sein.

»Werden Sie jetzt stillhalten?« fragte J. D. leise. Seine Stimme tauchte durch eine wachsende Flut von unerwarteter, ungewollter Erregung.

Ihr wohlgerundeter kleiner Körper war rückwärts an seinen gepreßt und erinnerte ihn daran, wie weich eine Frau tatsächlich sein konnte. Sein Blickwinkel gestattete ihm ungehinderte Aussicht auf ihre Brüste, die nur von dünner weißer Baumwolle umspannt waren, nachdem ihre Weste bei dem Kampf verrutscht war. Der Umriß eines weißen Spitzen-BHs war deutlich erkennbar.

Sie war so weich und warm unter seinen Händen. Er brauchte nur ein kleines Stück weiter nach oben zu greifen, und die süße Last ihrer Brust würde in seiner Hand liegen. Ihr Duft kitzelte ihn in der Nase – ein leichtes, puderiges Parfum. Die Biegung ihres Nackens lud ein, den Kopf zu senken und sie zu kosten.

Das Blut rauschte heiß in seinen Unterleib. Ihr Po streifte ihn, und er unterdrückte mit Mühe ein Stöhnen.

Verdammt. Er hatte schon viel zu lange keine Frau mehr gehabt. Soviel war klar. Er gestattete sich nicht, Frauen wahllos zu begehren; da gab es weit wichtigere Dinge, auf die er sich konzentrieren mußte. Er hätte nicht einmal an die Möglichkeit mit dieser hier denken dürfen. Eine Freundin von Lucy MacAdam. Diese Information genügte, um zu wissen, daß sie Ärger bedeutete.

Das Schlimme war, er hatte einfach nicht gedacht. Seine Hormone hatten das übernommen. Und das ihm, der so stolz auf seine Beherrschung war. Die Vorstellung, daß sein Körper diese Beherrschung einfach unterwanderte, gefiel ihm gar nicht.

Er nahm abrupt die Hand von ihrem Bauch, wich einen Schritt zurück, um sich außer Reichweite dieser Versuchung zu bringen.

Mari drehte sich zu ihm um, stützte eine Hand in ihre Hüfte, und mit der anderen streifte sie ihre Haarmähne in den Nacken zurück. Sie zitterte immer noch und schämte sich ein bißchen, weil ihr Körper noch vor sexueller Erregung kribbelte. Sie kannte diesen Mann nicht, wußte nicht, ob er nicht für Lucys ... Abwesenheit verantwortlich war. Aber wie er sie so anstarrte mit seinen grauen Augen, diesem Gesicht, das eine grobgehauene Skulptur von Maskulinität war, mit diesen massigen Schultern über schmalen Hüften, entfachte er ein Feuer an einem Ort in ihrem Inneren, von dessen Existenz sie bis jetzt nichts geahnt hatte.

»Wer sind Sie?« fragte sie mißtrauisch.

»J. D. Rafferty.« Er bückte sich, um seinen Hut aufzuheben, den er bei dem Gerangel verloren hatte, ließ sie aber nicht aus den Augen. »Ich wohne ein Stück weiter den Berg hoch.«

»Und spazieren Sie immer einfach so in fremde Häuser?«

»Nein, Ma'am.«

»Aber Sie haben mich reinkommen sehen und sich gedacht: ›He, die erschreck' ich mal, daß sie sich vor Angst in die Hosen pinkelt?‹«

Seine Augen wurden schmal. »Nein, Ma'am. Der Anwalt hat mich gebeten, daß ich mich um das Vieh kümmere. Ich hab' Sie reinkommen sehen, hab' das Licht gesehen. Wollte nicht, daß hier irgendwelche komischen Sachen laufen, während ich hier unten bin.«

Mari warf einen betroffenen Blick auf das Chaos, das sie umgab. »So wie's aussieht, ist ja bereits was passiert, Mr. Rafferty. Und besonders komisch finde ich das auch nicht.«

»Teenager«, murmelte er und starrte auf den gebrochenen Rahmen eines Bugholzschaukelstuhls. Er haßte Verschwendung, und Vandalismus war Verschwendung – Verschwendung von Zeit, Energie und Eigentum. Verschwendung und Respektlosigkeit. »Teenager aus der Stadt, die sich vollaufen lassen, rumfahren, Ärger suchen. Das ist vor einer Woche passiert. Ich hab' den Sheriff angerufen, ein Deputy hat's aufgenommen, aber das bringt sowieso nichts.«

Sie versuchte, das Unvermeidliche aufzuschieben, indem sie sich daranmachte, den Gummibaum aufzurichten.

»Ich hab' Ihren Namen nicht verstanden, als Sie mir die Schienbeine grün und blau getreten haben«, sagte Rafferty spöttisch.

»Marilee. Marilee Jennings. Marilee ist ein Wort.«

Er runzelte die Stirn, als könne er jemandem mit einem solchen Namen nicht vertrauen. Mari hätte fast gelächelt. Ihre Mutter wäre gar nicht begeistert von J. D. Rafferty. Er war zu grob. Ungeschlacht, hätte Abigail gesagt. Abigail Falkner Jennings liebte alles Prätentiöse. All ihre Töchter hatten prätentiöse Namen – Lisbeth, Annaliese, Marilee.

»Sie ist tot«, sagte er brutal.

Sie hätte die Frage gerne noch eine Weile vor sich hergeschoben. Ihre Hand krallte sich in den Stamm des welken Gummibaums.

»Ist vor zehn Tagen passiert…«

Vor zehn Tagen. Vor zehn Tagen hatte sie sich wegen eines Mannes, den sie nicht liebte, die Augen aus dem Kopf geheult, einen Beruf an den Nagel gehängt, den sie nie gewollt hatte, die Bande zu einer Familie zerrissen, in die sie nie gepaßt hatte. Lucy war gestorben.

Sie drückte eine Hand auf ihren zitternden Mund, Tränen verschleierten ihren Blick. Lucy konnte einfach nicht tot sein – sie war zu dickköpfig, zu zynisch, zu raffiniert. *Nur die Guten sterben jung, Marilee.* Sie sah Lucy vor sich, den sarkastisch amüsierten Blick, als sie das sagte.

»... Jagdunfall...«

Raffertys Worte drangen wie aus weiter Ferne an ihr Ohr. Sie starrte ihn an, versuchte, sich auf unwesentliche Dinge zu konzentrieren, ein Abwehrmechanismus, um sich nicht der brutalen Realität stellen zu müssen. Seine Haare – vernünftig kurz und zobelfarben. Eine kleine Locke hing in seine hohe, breite Stirn. Seine Sonnenbräune endete auf Höhe des Hutbandes. Irgendwie machte ihn das menschlicher, weniger gefährlich. Die blassere Haut sah weich und verletzlich aus. Verletzlich – idiotisches Wort für einen Mann mit einer sechsschüssigen Pistole an seiner Hüfte.

»Beim Jagen?« murmelte sie, als wäre das ein Fremdwort.

J. D. kniff den Mund zusammen, hin- und hergerissen zwischen Ungeduld und Mitleid. Sie sah so zerbrechlich aus, wie eine Porzellanpuppe. Ihre blauen Augen unter den sanft geschwungenen dunklen Brauen und dem flachsblonden zerzausten Mop waren riesengroß und voller Schmerz und Verwirrung.

Ein Teil von ihm wollte sie trösten. Er verdrängte diese Regung energisch. Er wollte nichts mit der Frau zu tun haben. Auch mit Lucy hatte er nichts zu tun haben wollen, aber sie hatte ihn wie eine Spinne in ihr Netz gezogen. Er wollte dieses Grundstück, natürlich, aber das hier wollte er nicht. Lucy MacAdam hatte er schlicht und einfach gehaßt. Konnte nicht begreifen, wieso irgendjemand sie nicht schon vor Jahren absichtlich erschossen hatte. Die Frau, die da vor ihm stand, war ihre Freundin, noch eine Fremde und deshalb auch mit Vorsicht zu genießen. Je eher er sie loswurde, desto besser.

Er wappnete sich gegen ihre Tränen und drückte sich den Hut fest auf den Kopf, eine Beleidigung, die sie wahrscheinlich nie ergründen würde.

»Lucy ging nicht auf die Jagd«, murmelte sie benommen.

»Es war ein Unfall. Irgendein verfluchter Idiot aus der Stadt hat geschossen, ohne zu schauen.«

Mari schüttelte noch einmal den Kopf, versuchte das Schwindelgefühl zu vertreiben, aber das machte es nur noch schlimmer. »W-wo ist sie?«

»Unter der Erde, nehme ich an«, sagte er brutal. »Ich hab' keine Ahnung.«

»Aber, Sie waren doch ihr Freund –«

»Nein, Ma'am.«

Er ging langsam auf sie zu, mit grimmiger Miene. Maris Puls schlug schneller, aber sie blieb tapfer stehen. Die Information war ein Schock gewesen. Doch trotz ihrer Benommenheit war sie sich sehr wohl Raffertys Nähe bewußt – der Hitze, die sein großer, muskulöser Körper ausstrahlte, der Aura von nackter, kraftvoller Sexualität, die ihn umgab, seines kompromißlosen Blicks –, aber sie war nicht fähig, ihm auszuweichen.

Er kam zu nahe. So nahe, daß sie den Kopf zurücklehnen mußte, um ihn anzusehen. So nahe, daß ihre Haut zu kribbeln begann.

»Wir hatten Sex«, sagte er grob. »Das hatte nichts mit Freundschaft zu tun.«

Maris Herz hämmerte bis zum Hals. Erregung pulsierte zwischen ihren Beinen, was sie verschämt zu unterdrücken versuchte. Ohne großen Erfolg. Ihre Reaktion war instinktiv und immun gegen moralische Bedenken.

Rafferty hob eine Hand und strich mit dem Daumen über ihre Wange bis zu ihrem Mundwinkel. Sein Blick ließ sie nicht los, während er langsam weitertastete, ihre Lippen öffnete, die untere langsam, methodisch rieb. »Wie steht's denn mit dir, Marilee?« flüsterte er. »Willst du auch mal von einem Cowboy geritten werden?«

Er benahm sich wie ein Schwein. Aber das war J. D. völlig egal. Entweder würde er sie damit endgültig verschrecken oder den schmerzlichen Drang in seinem Unterleib stillen. Ihm war beides recht.

»Was sagst du, Marilee?« murmelte er. »Ich laß dich auf mir reiten.«

»Du widerlicher Kerl!«

Sie trat ihn wutentbrannt gegen das Schienbein. Er machte fluchend einen Satz zurück, lief rot an vor Wut. Leider wurde ihr zu spät bewußt, wie dumm es war, ihn wütend zu machen. Er konnte sich nehmen, was er wollte. Hier gab es weit und breit keinen Menschen. Keiner wußte, daß sie in Montana war. Er konnte sie vergewaltigen und töten und ihre Leiche irgendwo in den Bergen verscharren, wo sie nie gefunden würde. Aber nein, sie würde sich nicht von diesem Kerl unterkriegen lassen.

»Raus hier!« brüllte sie. »Hau ab, du Dreckskerl!«

J. D. zwang sich mit eisernem Willen, nicht die Beherrschung zu verlieren. Er schlenderte lässig zur Eingangstür, stützte eine Hand gegen den Türstock und drehte sich langsam noch einmal um. »Ein einfaches Nein hätte genügt.«

Er tippte sich spöttisch an den Hut und verließ das Haus. Mari folgte ihm nach draußen und beobachtete, wie er einen stämmigen Fuchswallach bestieg.

»Am Stadtrand gibt's ein Motel«, sagte er, als er die Zügel fester nahm. »Fahren Sie langsam auf dem Weg nach unten. Wenn Sie mit der verdammten japanischen Karre gegen einen Elch knallen, wird nicht mal genug Blech für eine Sardinenbüchse übrig sein.«

Sie verschränkte die Arme gegen die kühle Nachtluft und sah ihn wütend an. »Sie könnten wenigstens sagen, daß es Ihnen leid tut«, sagte sie verbittert.

»Es tut mir aber nicht leid«, erwiderte er und ritt los.

Sie beobachtete, wie er locker aus dem Hof trabte und dann weg von der Straße. Die Dunkelheit verschlang ihn, lange bevor das hohle Trommeln der Hufe verhallt war.

»Dreckskerl«, murmelte sie und ging zurück ins Haus.

Das Adrenalin verebbte in ihrem Kreislauf, Erschöpfung machte sich breit. Sie versuchte, sich auf die alltägliche Aufgabe zu konzentrieren, zurück in die Stadt zu kommen, ein Hotelzimmer zu finden und zu vergessen, welche Gefühle J. D. Rafferty in ihr ausgelöst hatte. Das Bedürfnis, sich zu waschen, war mit einem Mal ganz stark. Sie machte sich auf die Suche nach einem Badezimmer und fand es im ersten Stock.

Hier herrschte dieselbe Verwüstung wie in den übrigen Räumen, aber die Wasserhähne funktionierten noch. Sie füllte das Waschbecken mit kaltem Wasser, wusch sich das Gesicht, zog ihr T-Shirt aus der Hose und trocknete sich damit ab, dann schaute sie in den gesprungenen goldgerahmten Spiegel, der über dem Toilettentisch hing.

Die Frau, die ihr entgegenstarrte, war blaß, mit schmerzgetrübten Augen. Sie sah aus wie die Überlebende eines Hurrikans, gepeitscht von Elementen und Gefühlen, die völlig außerhalb ihrer Kontrolle waren. Sie hatte ihr Leben zusammengepackt und war nach Montana zu einer Freundin geflohen, die seit über einer Woche tot war. Lucy hätte sich sicher über diese bittere Ironie des Schicksals amüsiert.

Sie dachte an ihre Freundin, daran, was Lucy wohl über all das zu sagen gehabt hätte, und Tränen quollen durch ihre Wimpern und rollten ihre Wangen hinunter.

Der Tag hatte schlecht angefangen, und von da an war es steil bergab gegangen.

***

Er beobachtete sie durch ein Simmons-Silver-Weitwinkeljagdglas. Nicht unbedingt sein Favorit, besonders nicht um diese Zeit nachts, aber er hatte kein anderes dabei. Er kam fast jede Nacht hierher; nicht weil er damit rechnete, die Blonde zu sehen, sondern weil er sie von seinem Berg herunterzerren wollte. Sie war immer hier, eine blasse Erscheinung zwischen den dunklen Bäumen, ein Phantom, getragen auf den Schwingen von Eulen. Sie verfolgte ihn. Zu viele Dinge taten das.

Er schlief niemals nachts. Die Toten kamen sowieso zu ihm. Er konnte sie nicht aufhalten, aber er blieb wach und wachsam, versuchte, sie mit seinem Willen zu vertreiben. Eine erschöpfende Wache, die nie belohnt wurde.

Er beobachtete, wie sie über den Hof zu dem kleinen ausländischen Auto ging. Sein Puls raste, ein Dutzend Hämmer schlugen gegen die Platte in seinem Kopf. Er hatte ihre Brust genau im Fadenkreuz. Seine Wange ruhte am Griff des Remington-700-Gewehrs. Er atmete ruhiger. Sein Herzschlag verlangsamte sich, wie trainiert. Seine Fingerspitze ruhte reglos auf dem Abzug.

Geister konnte man nicht töten. Das wußte er am besten. Er konnte nur darum beten, daß dieser Geist verschwand und nicht auf seinen Berg zurückkam.

Wenn es doch nur einen Gott gäbe, der ihn hören würde ...

KAPITEL 2

»Komm schon, komm, los, du verfluchter Hurensohn! Oh! Oh! Oh!« Mari warf einen erbosten, erschöpften Blick auf die Wand über ihrem gemieteten Bett. Über dem Kopfteil aus imitiertem Mahagoni im sogenannten mediterranen Stil hing ein Gemälde: Elch vor Berglandschaft, von einem zu Recht unbekannten Maler. Es schlug im Takt mit den rhythmischen Geräuschen von nebenan gegen die billige, papierdünne Wand. Die uringelben Ziffern der Uhr auf dem Nachttisch zeigten 1:43. Sie hatte das letzte freie Zimmer in diesem Etablissement gekriegt.

»Gib mir die Sporen, Luanne! Heho! Gib mir die Sporen! Oh, Jesus, heiliges Kanonenrohr!«

Die verbalen Kommentare gingen jetzt in tierisches Gegrunze, Gestöhne und Gehechel über, das sich langsam zu einem obszönen Crescendo steigerte. Dann, wunderbare Stille.

Mari schickte einen Blick zum Himmel. »Bitte laß sie tot sein.«

Sie senkte seufzend den Kopf und massierte sich den Nasenansatz mit Daumen und Zeigefinger. Sie lehnte erschöpft an der Kommode aus imitiertem Mahagoni, immer noch mit ihren zerknitterten Jeans und ihrem dreckigen T-Shirt und der Weste bekleidet. Sie brachte es einfach nicht fertig, auch nur ihre Schuhe auszuziehen und barfuß über den schmuddligen Teppich zu gehen, ganz zu schweigen davon, sich auszuziehen und ins Bett zu kriechen.

Sie hatte die einsame Sechzig-Watt-Glühbirne auf dem Nachtkästchen ausgemacht, aber das Zimmer war immer noch hell genug, jedes deprimierende Detail war deutlich zu sehen. Das gnadenlose Licht der Quecksilberlampe auf dem Parkplatz schien durch die dünnen weißen Vorhänge, die sich nicht ganz schließen ließen. Dazu kam noch das dumpfrote Glühen der alten Neonreklame, die die Straßenmüden ins Paradise Motel lockte.

Hier gab es nichts, was auch nur im entferntesten ans Paradies erinnerte. Ein zynisches Lächeln umspielte Marilees Mund bei dem Gedanken, daß Luanne und Bob-Ray von nebenan wohl nicht ihrer Meinung waren. Verzweiflung krallte sich wie eine stählerne Faust in Maris Herz. Das hätte sie sich nie träumen lassen, daß sie ihre erste Nacht in Montana in einer Absteige für Trucker verbringen würde.

Das Ganze hätte sehr komisch sein können, wäre Lucy dagewesen, um mit ihr darüber zu lachen und den Sechserpack Light-Bier mit ihr zu teilen, das Mari den ganzen Weg von Sacramento hierhergeschleppt hatte. Aber Lucy war nicht hier.

Mari hob die Dose an ihren Mund und nippte an ihrem Bier, obwohl es schon schal und warm war. Sie hatte eine halbe Schachtel Zigaretten in ihrem Handschuhfach gefunden und sie eine nach der anderen geraucht. Ihr Hals war ganz rauh davon, und ihr Mund schmeckte wie ein Aschenbecher. Ihre Augen brannten vom Rauch und von den Tränen, die sie die ganze Nacht unterdrückt hatte. Ihr Kopf dröhnte, und ihr war ganz übel von dem Bier auf leeren Magen.

Sie war zu schockiert gewesen, um vor J. D. Rafferty zu weinen, war wohl auch besser so. Trost hätte sie von ihm sowieso nicht zu erwarten. Er besaß nicht einmal den Anstand, wenigstens so zu tun, als täte ihm Lucys Tod leid.

Aber was konnte man von Männern schon erwarten? Eben nichts. Das sollte sie doch am besten wissen, nachdem sie Bradford Enright nach zwei Jahren »ernsthafter Beziehung«, wie er es bezeichnet hatte, wie eine heiße Kartoffel hatte fallen lassen. Er war bereits bei Miss Juniorpartner eingezogen, bevor er sich die Mühe machte, Mari mitzuteilen, daß ihre Beziehung null und nichtig war, angesichts wesentlich vorteilhafterer Chancen. Miss Juniorpartner wäre mehr auf seiner Wellenlänge, hatte er gesagt. Miss Juniorpartner hätte dieselben Ziele wie er und auch dieselbe Lebensphilosophie.

Der anschließende, sehr unschöne Schlagabtausch war damit beendet gewesen, daß sie ihn daran erinnerte, daß er ihr dreitausend Dollar für diverse Arbeiten für seine Anwaltskanzlei in den letzten beiden Jahren schuldete.

Sie würde nie einen Cent davon sehen. Das Geld war ihr ohnehin egal, aber sie fühlte sich benutzt. Er hatte ihre Beziehung schamlos ausgenutzt, während er versuchte, sich einen Namen in der Kanzlei zu machen. Er hatte sie behandelt, als wäre sie seine persönliche Anwaltssekretärin ohne Lohn. Und jetzt war er etabliert und brauchte keine Protokollführerin mehr, die er bumste, um die Gebühren zu sparen.

Sie kam sich vor wie eine Idiotin. Sie konnte einfach nicht begreifen, wie sie sich überhaupt in einen Anwalt hatte verlieben können. Nein. Das war gelogen. Tief in ihrem Herzen hatte sie gewußt, was sie mit dem aufstrebenden Anwalt Bradford Enright machte, und es war so freudianisch, daß es deprimierend war. Ihre Familie war von ihm begeistert gewesen. Ihre Karriere als Gerichtsprotokollführerin war für sie eine große Enttäuschung gewesen, Brad war ein akzeptabler Trostpreis. Die Familie hatte Hoffnung geschöpft, daß sie doch noch ein angenehm versnobtes Leben führen würde, wie sie es alle gewöhnt waren.

Jetzt sei mal ehrlich, Marilee, sagte sie sich. Du hast ihn nie wirklich geliebt, hast dir zwei Jahre lang etwas vorgemacht.

Sie hatte schon einen viel zu großen Teil ihres Lebens damit verbracht, ein viereckiger Stöpsel zu sein, der in ein rundes Loch passen wollte. Sie hatte zuviel Zeit damit verbracht, sich dem Lebensstil anzupassen, den ihre Familie als normal empfand. Sie war keine Annaliese oder Lisbeth. Sie war Mari, der wehe Finger. Sie hatte zuviel Zeit damit verbracht, das zu kompensieren. Damit war jetzt endgültig Schluß.

Sie hatte ihre Protokollführerausrüstung verkauft, ihre Wohnung für den Sommer untervermietet, hatte ihre Kostüme und ihre Gitarre in den Honda geladen und war nach Montana aufgebrochen. Sie hatte keine Pläne, wollte sich nur im Schein der Erleuchtung sonnen. Sie war frei, konnte endlich sie selbst sein. Neugeboren mit achtundzwanzig.

Trotzdem schmerzte Brads Verrat immer noch. Lucy hätte das verstanden, nachdem sie bereits eine stattliche Anzahl von Männern erobert, verloren und selbst zum Teufel gejagt hatte. Sie und Lucy sollten jetzt in ihren Nachthemden auf dem Bett sitzen, sich mit ungesundem Zeug vollstopfen und Brad in der Luft zerreißen und danach Männer im allgemeinen, bis sie schließlich vor lauter Lachen weinen mußten.

Verdammt noch mal, Lucy.

Schuldgefühle verjagten die plötzliche Wut, die in ihr aufstieg. Sie wollte, daß Lucy für sie da wäre. Das war doch wohl der Gipfel an Egoismus. Sie hatte nur mit verletztem Stolz zu kämpfen und Angst vor ihrer eigenen Courage, weil sie endlich den Nerv gehabt hatte, sich aufzuraffen und sie selbst zu sein. Lucy war tot. Tot war endgültig.

Mari ließ sich auf das Bett fallen und nahm ihren dröhnenden Kopf zwischen die Hände. Dann griff sie blindlings nach ihrer Gitarre, die sie an den Stuhl gelehnt hatte, und nahm sie wie ein Kind in die Arme. Der Geruch des Holzes war vertraut, willkommen, eine Konstante in einem Leben, das ihr zu oft fremd erschienen war. Die alte Gitarre war viele einsame Jahre lang ein guter Freund gewesen, hatte sie nie im Stich gelassen. Sie wußte alles, was in ihrem Herzen vorging.

Ihre Finger glitten fast wie von selbst über die Saiten, schwielige Finger zupften leise eine Melodie, die aus einem Brunnen von Schmerz tief in ihrem Inneren kam. Die verworrenen, gegeneinander kämpfenden Gefühle kristallisierten sich einfach zu Musik, sie drückte mit einer Handvoll Noten mehr aus als mit einer Litanei von Worten.

Die Tränen kamen, aber mühsam, widerwillig, als bräuchte sie erst eine Bestätigung, daß ihre Freundin tatsächlich nicht einfach zur Tür hereintanzen würde. Das sähe Lucy ähnlich. Für Lucy war das Leben ein alberner Scherz über den anderen, den zynische, gelangweilte Götter den Menschen spielten.

Diesmal haben sie dich reingelegt, Luce.

Ein erstickter Schluchzer entrang sich Maris Kehle, und dann war es vorbei, sie war ausgebrannt, erschöpft, trocken wie der Tank ihres Hondas. Sie legte die Gitarre beiseite, fiel zurück auf das Bett und starrte mit tränenüberströmten Augen die Wasserflecken an der Decke an. Die Stille der Nacht dröhnte in ihren Ohren. Die Einsamkeit schwoll wie ein Ballon in ihrer Brust. Der Elch aus dem Bild über dem Bett starrte sie mit melancholischen Augen an.

Sie hatte sich noch nie so einsam gefühlt.

Ihre Träume waren ein Gewirr von Gesichtern und Gefühlen. J. D. Raffertys granitgemeißeltes Gesicht dräute über ihr, beschattet von der Krempe seines Hutes. Sie spürte seine rauhen abgearbeiteten Hände auf ihrem Körper, auf ihren Brüsten – die nackt waren, zu ihrem Entsetzen, weil sie nur alte Boxershorts und Wanderstiefel anhatte. Sie starrte ihn wütend an, verachtete ihn mit dem Kopf, während ihr Körper unter seiner Berührung zur Konsistenz von Karamel zerschmolz.

Lucy schwamm in den Schatten, beobachtete sie mit boshaftem Vergnügen. »Reite ihn, Cowgirl. Er wird dich oben reiten lassen!«

Rafferty ignorierte sie. Er massierte Maris Brüste und murmelte mit leiser, roher Stimme.

»Mensch, Luanne, du hast die größten Titten, die ich je in meinem Leben gesehen habe!«

Sie erschauderte. Der Name verwirrte sie. Er zog einen Revolver aus dem Halfter an seiner Hüfte und feuerte in die Luft. Bäng! *Bäng! Bäng! Bäng!*

Mari fuhr erschreckt aus dem Schlaf hoch und sah, wie der Elch auf sie zustürzte. Sie riß schreiend die Arme hoch und konnte das Bild von sich weg zu Boden schlagen. Das hämmernde Geräusch, das sie in ihrem Traum als Pistolenschüsse interpretiert hatte, ging unverdrossen weiter.

Luanne und Bob-Ray waren schon wieder »beschäftigt«.

Sie versuchte, ihre Beine über die Bettkante zu schwingen, und mußte feststellen, daß sie in einen Grand Canyon der Matratzen gerollt war.

»Ich glaub', ich hab' dieses Bett schon in Akte X gesehen«, schimpfte sie, während sie sich mühsam herauskämpfte. »Leute sind durch dieses Bett in ein anderes Universum gestürzt.«

Endlich stand sie aufrecht, und genau in diesem Augenblick schaltete klappernd und dröhnend die Klimaanlage auf Maximum und blies arktische Luft und den Geruch von Schimmel ins Zimmer. Der Kontrollknopf fehlte, und der Stecker sah aus, als brauchte man einen Schutzanzug, um ihn rauszuziehen.

Sie rieb ihre eisigen Hände über ihre nackten, kalten Arme und schaute durch den Spalt zwischen den Vorhängen. Über den schneebedeckten Bergen kündete bereits ein rosa Schimmer den Morgen an. Am Rande des Parkplatzes flackerte und summte das Neonzeichen des Paradise-Motels. Nichts rührte sich ... außer den beiden unermüdlichen Karnickeln Luanne und Bob-Ray nebenan.

»Luanne, du bläst besser als jeder Staubsauger.«

Mari rieb sich stöhnend das Gesicht.

»Ich kann nie genug von dir kriegen, Bob-Ray.«

»Wie wir in den letzten fünf Stunden hinreichend hören konnten«, stöhnte Mari mit zusammengebissenen Zähnen.

»Na dann rauf zu mir, Schatz. Ich werd' dir mehr geben, als du verkraften kannst.«

Luanne wieherte wie eine rossige Stute, und das Poltern begann erneut.

Jetzt war Maris Geduld am Ende. Sie riß die Bibel von ihrem Nachttisch und schleuderte sie, so fest sie konnte, gegen die Wand.

»He, Mr. Preßlufthammer, mach mal Pause!«

Kurzes Schweigen, dann war unterdrücktes Kichern zu hören, und die Bettfedern begannen erneut zu quietschen.

Damit war wohl jede Hoffnung auf ungestörte Nachtruhe endgültig begraben. Sie ging ins Badezimmer.

Auf dem Weg zu Lucy hatte sie von der Stadt New Eden kaum etwas gesehen. Und nach dem Treffen mit Rafferty war Mari direkt zum Motel gefahren. Jetzt rollte sie langsam die Hauptstraße entlang und sah sich die reichverzierten falschen Fassaden der Backsteinhäuser an, die wahrscheinlich vor hundert Jahren Viehtriebe und Revolverkämpfe gesehen hatten. Dazwischen drängten sich hölzerne Ladenfassaden und die seltsamen, niedrigen »modernen« Gebäude, die die geschmacksverirrten Architekten der Sechziger gebaut hatten.

New Eden sah irgendwie verstaubt, zerknittert aus. Gemütlich. Ruhig. Eine seltsame Mischung von Schäbigkeit und Stolz. Einige der Geschäfte waren leer, verfallen. Andere wurden gerade renoviert. Zwischen den üblichen Kleinstadtgeschäften zählte Mari vier Kunstgalerien, drei Geschäfte für Angelbedarf und ein halbes Dutzend Cafés, die mit Espresso warben.

Im grauen Morgenlicht trabte ein Hundetrio die Straße entlang, direkt auf das Rainbow Café zu. Mari lachte und beschloß, ihrem Beispiel zu folgen. Sie fuhr ihren kleinen Honda in eine Lücke zwischen einer Reihe verbeulter riesiger Pick-ups und stellte den Motor ab.

Getreu seinem Namen hatte das Café Streifen in fünf Farben auf seiner Fassade, von der ein hölzernes Schild baumelte, das wie von einem Kind gemalt aussah. Es versprach gutes Essen, und das reichlich. Maris Magen begann zu knurren.

Eine kleine dunkelhaarige Kellnerin hielt mit einer Hand die Tür auf, aus der einladende Gerüche und Klänge von George Strait aus der Jukebox schwebten. Sie musterte mit strengem Blick die drei Hunde, die mit wehmütigen Gesichtern schwanzwedelnd auf der Treppe saßen.

»Marsch zur Hintertür mit euch dreien«, sagte sie streng. »Kommt nicht in die Tüte, daß ihr den Gästen auf dem Weg zur Küche die Steaks vom Teller klaut.«

Der Anführer der Bande, ein Collie mit einem blauen und einem braunen Auge, winselte kurz, doch dann trabte er schicksalsergeben mit seiner Meute zu der schmalen Gasse neben dem Haus und verschwand.

»Nassauer«, murmelte die Kellnerin und grinste amüsiert hinterher.

Wirklich filmreif, dachte Mari und sah sich die Frau genauer an. Ihr Namensschild identifizierte sie als Nora. Sie war um die vierzig, und jeder Tag davon war in feinen Falten auf ihrem Gesicht zu sehen. Trotzdem war sie schön, auf eine bodenständige, echte Art. Unter dem billigen Make-up war ein Gesicht, das von Charakter, zerbrochenen Herzen und ehrlicher harter Arbeit zeugte. Es war herzförmig, mit hohen Backenknochen und schmaler Nase, schmal und knochig, als wäre das Fett darunter in der dampferfüllten Hitze der Küche geschmolzen. Ihre dunkle Afromähne war mit einer silbernen

Spange gebändigt. Die weiß-rosafarbene Polyesteruniform war ein Überbleibsel aus den Siebzigern, enganliegend über kaum vorhandenen Brüsten und einer schmalen Taille, wölbte sie sich über Hüften, die dafür geschaffen schienen, einem Mann beim Liebesspiel Halt zu geben.

»Das muß das beste Restaurant in der Stadt sein«, sagte Mari, die einen Armvoll Reiseführer für Montana an ihre übergroße Jeansjacke drückte.

»Da können S'e Gift drauf nehmen, Schätzchen«, sagte die Kellnerin grinsend. »Wenn man vor einer Kneipe einen Haufen Pick-ups sieht und die Hunde an der Tür betteln, dann weiß man, daß man eine gute, ehrliche Mahlzeit kriegt. Hier wird nicht geknausert, und der Kaffee ist immer heiß und stark.«

»Genau, was ich brauche.«

Nora warf einen diskreten Blick auf das braunweiß getupfte Kleid, das Maris Waden umspielte, ihre Stiefel und die ausgeleierten Socken, aber ohne jede Mißbilligung. Mari mochte sie auf Anhieb.

»Tolle Haare haben Sie«, sagte die Kellnerin. »Ist die Farbe Natur?«

Mari grinste. »Jawohl.«

Sie folgte Nora ins Innere und setzte sich in eine Nische mit Blick auf das große Fenster zur Straße.

Sie legte ihre Bücher auf dem Resopaltisch ab und sah sich um, sog die Atmosphäre in sich ein. Nachdem sie den Entschluß gefaßt hatte, hierherzukommen, hatte sie jedes verfügbare Buch über Montana gelesen, alle Geschichten über Viehbarone, Kupferbarone, Räuberbarone und die Berge, die Ebenen und die Wiesen. Aber das Rainbow war das Original, und sie wollte nichts davon verpassen.

Die Luft im Restaurant war warm und feucht, roch nach Speck und Würstchen und süßem Ahornsirup, was das starke Aroma von Männern und Kaffee überlagerte. Ein Nebel von Zigarettenrauch lag über dem Lokal. Die Einrichtung war billig und sicher seit vierzig Jahren unverändert. In Kalifornien wäre das schon wieder im Trend.

Sie musterte kurz die Gäste und stellte fest, daß sie die einzige Frau hier war, die keine weißrosa Uniform trug. Den Männern, ob groß oder klein, sah man allen an, daß sie ihren Lebensunterhalt mit den Händen verdienten – faltige, ledrige Gesichter, schmale Augen, die sie direkt ansahen und dann fast schüchtern weiterschweiften.

Sie bestellte alles, was auf der Speisekarte fett und cholesterinhaltig war; heute war sie nicht in Stimmung, Kalorien zu zählen. Sie hatte seit Wochen nicht mehr richtig gegessen, und ein voller Bauch würde ihr helfen, den heute sicherlich langen Tag durchzustehen. Während sie darauf wartete, daß Nora ihre Bestellung brachte, sah sie sich das Stück Stadt, das durch das Fenster sichtbar war, genauer an. Gegenüber war eine altmodische Eisenwarenhandlung, an deren verwitterter Schindelfassade glänzende neue Heugabeln und Spaten lehnten. Daneben war ein Drugstore, der 1892 gegründet worden war, wie die Goldschrift am Fenster verkündete. Neben dem Drugstore hingen schrille Neonklamotten wie undefinierbare moderne Kunst im Fenster eines Fahrradladens.

Der Laden paßte überhaupt nicht zum Rest der Stadt, genausowenig wie der gelbgrüne Ferrari, der gerade die Straße entlangschnurrte.

»Sind Sie hier, um Land zu kaufen?« fragte Nora, als sie einen Teller mit einem Berg goldbrauner Pfannkuchen und einen weiteren voller Omelette mit Speck absetzte.

»Nein, ich...« Irgendwie brachte sie es nicht fertig, angesichts Lucys Tod von einem Urlaub zu sprechen. »Es ist mehr eine Pause an einer Kreuzung des Lebens.«

«Da hab' ich auch schon ein paar hinter mir«, sagte die Kellnerin und nickte.

Mari riß ein Stück Speck ab und steckte es in den Mund. »Ich wollte einen längeren Besuch bei einer Freundin machen, aber das wird leider nicht gehen.«

Nora nickte verständnisvoll. »Ärger mit 'nem Kerl, was?«

»Nein. Sie ist – äh – tot.«

»Gott steh' uns bei!« Ihre dunklen Augen wurden ganz groß vor Überraschung. Sie hatte sich aber gleich wieder gefangen. »Da waren Sie wohl ziemlich fertig, was?«

»Ja.« Mari schaufelte ein Stück Omelette auf die Gabel und kaute nachdenklich. »Vielleicht haben Sie sie ja gekannt«, sagte sie schließlich. »Lucy MacAdam? Sie hat seit ungefähr einem Jahr hier gewohnt.«

Einige der anderen Gäste hoben den Kopf bei Lucys Namen, aber sie konzentrierte sich auf die Kellnerin. Nora schien ihr eine ehrliche und verläßliche Person, eine Frau, die sicher wußte, was in der Stadt vorging, die sie ihr Zuhause nannte.

»Nein...« Nora kniff ihre großen braunen Augen nachdenklich zusammen, schüttelte aber dann den Kopf. »Nein ... oh, Moment mal. War sie die, die oben am Rafferty Ridge erschossen worden ist?«

Rafferty. Der Name traf sie wie ein elektrischer Schlag.

»Oh, Schätzchen, tut mir leid«, sagte Nora voller Mitleid und drückte ihr mütterlich die Schulter. »Ich hab' sie nicht gekannt. Die Clique, mit der sie unterwegs war, kommt nicht oft hierher.«

»Welche Clique?«

»Dieser Hollywood-Haufen. Bryce und diese Typen. Kennen Sie sie nicht?«

»Nein. Ich hab' Lucys Freunde hier nie kennengelernt.« Lucy hatte in ihren wenigen Briefen und Telefonaten ein bißchen von ihnen erzählt, mit ihnen angegeben. Es waren berühmte Leute. Wichtige Leute, die nach New Eden gekommen waren, um mit der Natur zu kommunizieren, weil das gerade im Trend war. Das hatte Lucy natürlich angezogen, sie wollte immer am Ball sein, alles Neue und Aufregende mitmachen.

»Na ja, da haben Sie bei mir schon einen Stein im Brett«, sagte Nora. »Die geben zwar einen Haufen Trinkgeld, aber ich mag sie nicht. Die sollen ihr Geld lieber woanders ausgeben.«

»Ach, komm schon, Nora«, tönte eine angenehme männliche Stimme aus der Nische hinter Nora. Mari drehte sich um und sah einen Cowboy aufstehen und den Arm um Noras Taille legen. Er war schlank und muskulös, mit seidigen dunklen Haaren, die ihm in die Stirn fielen, und himmelblauen Augen, aus denen der Schalk blitzte. Sein Grinsen hätte Tom Cruise vor Neid erblassen lassen. »Willst du etwa behaupten, du möchtest keine Rolle im nächsten großen Clint-Eastwood-Western?«

Nora errötete und versuchte mit wenig Erfolg, ein grimmiges Gesicht zu machen. »Wie oft hab' ich dir gesagt, anfassen ist nicht drin, Will Rafferty.«

Er ignorierte das und wiegte sie im Takt zur Musik aus der Jukebox hin und her. Dann legte er seine Wange an ihre und schloß verträumt die Augen. »Clint würde total auf dich abfahren. Du schaust fünfmal besser aus als diese Sondra Locke. Er würde einen Star aus dir machen, Nora Davis.«

»Du wirst gleich Sterne seh'n«, schimpfte Nora und schlug ihm mit ihrem Bestellblock auf die Stirn.

»Aua!« Will ließ sie los und rieb sich die Stirn.

Nora warf ihm einen giftigen Blick zu. »Du bist verheiratet, Romeo, falls du das vergessen haben solltest.« Sie nahm ihre Kaffeekanne und stolzierte davon. Drei Tische weiter drehte sie sich noch einmal um, und ihr großer, kirschroter Mund verzog sich zu einem frechen Grinsen. »Und ich seh' zehnmal besser aus als diese Sondra Locke mit ihren strähnigen Haaren und ihrer verrotzten roten Nase.«

Will lachte, und sie verschwand mit schwingenden Hüften in Richtung Küche.

Mari musterte den Mann, der neben ihr stand, aus den Augenwinkeln. Rafferty. Er mußte ein Verwandter sein. Die Familienähnlichkeit war da, das gleiche kantige Kinn, die gerade Stirn. Er war jünger als der Mann, den sie gestern abend kennengelernt hatte – wahrscheinlich in ihrem Alter –, und nicht so kräftig gebaut, körperlich längst nicht so eindrucksvoll. Er wirkte agil und geschmeidig, wie ein Tänzer. Aber der größte Unterschied war, daß dieser Rafferty keine Probleme mit dem Lächeln hatte.

Jetzt konzentrierte sich dieses breite, strahlende Lächeln auf sie. Wirklich unwiderstehlich, dachte Mari und fühlte, wie ihr die Knie ein bißchen weich wurden. Aber sie war ja momentan immun gegen charmante Männer. Einer der wenigen Vorteile des Sitzengelassenwerdens.

»Will Rafferty«, sagte er mit einer eleganten Verbeugung und reichte ihr die Hand. »Willkommen im Garten Eden.«

»Marilee Jennings. Und welche Rolle haben Sie, den Adam oder die Schlange?« fragte sie mit einem ironischen Lächeln, als sie ihm die Hand schüttelte.

»Kain.« Er glitt auf die Sitzbank gegenüber von ihr.

»Ein Vergleich, den Ihre Frau amüsant findet?«

Das Lächeln verschwand, und er sah betreten zur Seite. »Wir leben getrennt.«

Mari sagte nichts und nahm eine Gabel voll saftigem Pfannkuchen.

»Sie sind also eine Freundin von Lucy, hm?«

»Wir waren immer zusammen unterwegs, als sie noch in Sacramento gelebt hat. Haben Sie sie gekannt?«

»Ja, Ma'am.« Er stahl einen Streifen Speck von ihrem Teller, biß ein Stück ab und sah ihr wieder direkt in die Augen. »Die war 'ne heiße Nummer.«

Mari fragte sich, ob J. D. wohl der einzige Rafferty war, der Lucy im biblischen Sinne gekannt hatte. Lucy hätte keinerlei Skrupel gehabt, sich mit einem verheirateten Mann einzulassen. Diese Einstellung hatte Mari immer gestört, und Lucy hatte sie dafür als Miss Prüde beschimpft.

»Nora sagte, Lucy sei –, daß der Unfall am Rafferty Ridge gewesen sei. Sind Sie dieser Rafferty?«

»Einer von ihnen«, erwiderte Will und zog ein Stück Toast unter ihrem Omelette heraus. »Essen Sie immer soviel?«

»Klauen Sie immer Fremden das Essen vom Teller?«

»Nur wenn ich Hunger habe.« Sie schlug ihm mit der Gabel auf die Hand, als er versuchte, noch ein Stück Speck zu mopsen. »Die Stars and Bars Ranch liegt oben am Berg, ein Stück von Lucys Haus weg. Das ist Rafferty-Land. Uns gehört fast der ganze Berg. Ein Teil ist BLM-Land – das heißt Bureau of Land Management –, ein Teil gehört der Forstverwaltung.«

»Dann müssen Sie mit J. D. Rafferty verwandt sein.«

»Richtig. Das hat mir meine Mama jedenfalls immer gesagt«, sagte er mit einem teuflischen Grinsen. »Er ist mein großer Bruder. Ich kann nichts dafür. Sie haben St. John also schon kennengelernt, stimmt's.«

»So könnte man es ausdrücken«, knurrte Mari.

Sie steckte sich eine vorwitzige Strähne hinters Ohr und trank ihre zweite Tasse Kaffee. Nora rauschte herbei, füllte ihre Tasse und warf Will einen vorwurfsvollen Blick zu. Er warf ihr eine Kußhand zu, und sie rollte kichernd die Augen.

»Er hat mir einen Mordsschreck eingejagt, mir einfach an den Kopf geknallt, daß meine Freundin tot ist, und mir unmißverständlich klargemacht, daß ihm das kein bißchen leid tut.«

»J. D., wie er leibt und lebt«, sagte Will. »Er war immer schon der Taktvollste in unserer Familie.«

Mari schniefte und spießte das letzte Stück Speck auf ihre Gabel, das Will sich gerade schnappen wollte. »Muß ein paar defekte Gene abgekriegt haben«, sagte sie giftig. »Ich hoffe, Sie betrachten das nicht als Beleidigung, aber Ihr Bruder ist der größte Widerling, der mir je untergekommen ist.«

»Sie sprechen mir aus der Seele«, sagte er mit einem boshaften Grinsen. »Er kann recht ruppig sein.«

Jemand stand in der Nische hinter Mari auf, und das Geräusch war wie ein unheilverkündendes Donnergrollen. Ihr wurde ganz flau in ihrem übervollen Magen, als J. D. Rafferty in ihr Blickfeld trat. Wie eine knorrige Eiche stand er neben ihrem Tisch, rückte seinen hellgrauen Hut zurecht und wandte sich, ohne sie eines Blickes zu würdigen, an seinen Bruder.

»Hast du dir jetzt das Maul genug zerrissen?« sagte er ruhig, und seine leise Stimme löste ein sehr widersprüchliches Echo in Mari aus. »Auf uns wartet Arbeit.«

»Das liebe ich so an dir, Bruder«, sagte Will, als er aus der Nische rutschte, aber seine Stimme klang gar nicht mehr so frech. »Du denkst immer nur an Spaß.«

»Spaß?« J. D. zog verächtlich die Mundwinkel herunter. »Was ist das?«

Mit einem Mal war die Luft zwischen den beiden Brüdern so geladen, daß einem die Haare zu Berge standen. Sie starrten sich schweigend an, bis Will als erster nachgab und sich langsam, wortlos zur Tür wandte.

Jetzt drehte sich J. D. zu Mari, und das eisige Grau seiner Augen wurde mit einem Mal zu glühendem geschmolzenen Zinn. Sein Blick richtete sich auf ihre Unterlippe. Mari mußte sich beherrschen, um nicht auf dem Sitz hin- und herzurutschen. Wärme strömte durch ihren Körper. Sie nannte das Scham, wußte aber, daß es gelogen war.

Rafferty sah ihr direkt in die Augen und lächelte, ein Lächeln voller männlicher Arroganz. »Mögen mußt du mich nicht, Marilee«, murmelte er.

Es war sonnenklar, wie er das meinte. Mari erwiderte wütend seinen Blick. Leider konnte sie ihn nicht hier in aller Öffentlichkeit abkanzeln, sie beschränkte sich darauf, lautlos »Rutsch mir den Buckel runter« zu murmeln.

Die grauen Augen verdüsterten sich, sein Lächeln wurde teuflisch. »Jederzeit, Stadtpflanze.«

»Wenn's in der Hölle schneit.«

Er beugte sich vor, raffte ihre Jeansjacke mit einer Hand zusammen und zischte: »Knöpf dich gut zu, Schätzchen. Ich glaube, es ist eine Kältewelle im Anrollen.«

Mari schubste seine Hand weg. »Das heißt Abfuhr, Mr. Lässig«, sagte sie mit zusammengebissenen Zähnen. »Die hiesige Schullehrerin kann's dir im Lexikon raussuchen.«

J. D. trat lachend zurück, tippte kurz an den Hut, eine Anerkennung, daß diese Runde an sie gegangen, aber die Schlacht noch nicht geschlagen war. »Miss Jennings.«

Mari sagte nichts, als er langsam in Richtung Tür ging. Die Raffertys konnten ihr beide gestohlen bleiben.

Nora erschien neben ihrem Tisch, mit einem Lappen in der Hand, beugte sich über den Tisch und wischte die Krümel weg, die Will hinterlassen hatte. »Diese Raffertys können einem Mädel schon einen Herzinfarkt verpassen«, sagte sie ganz nüchtern. »Männer wie die machen sie heute gar nicht mehr.«

»Nein«, sagte Mari und beobachtete durch das Fenster, wie J. D. Rafferty in einen verbeulten blaugrauen Pick-up mit der Aufschrift STARS AND BARS einstieg. »Ich dachte, die Gußform hätten sie nach der Steinzeit weggeworfen.«

KAPITEL 3

»Es war ein Scherz. Mach mal halblang, ja?« J. D. kletterte wortlos in das Führerhaus des ramponierten Ford-Pick-ups und ließ ihn vorsichtig an. Der alte Laster hatte schon 135 000 Meilen auf dem Buckel und mußte noch einige mehr durchhalten. Für einen neuen Pick-up war kein Geld da. Das bißchen Geld, das dieses Jahr nicht von Wills Spielsucht oder den astronomischen Grundsteuern aufgefressen wurde, die sie dank der Zuwanderungen der Neureichen im Tal von Eden bezahlen mußten, mußte sofort wieder in die Ranch gesteckt werden.

Befestigen und stärken. Belagerungsmentalität. Aber, bei Gott, wenn das kein Krieg war, wußte er jedenfalls nicht, wie man es sonst nennen sollte.

Und in diesem Krieg stand Miss Marilee definitiv auf der anderen Seite.

»Sie ist eine Freundin von Lucy MacAdam«, sagte er grimmig. Der Name klang so hart, wie sie gewesen war, selbst im Bett.

Er fuhr aus der Parklücke und dann die Hauptstraße in Richtung Norden weiter, nachdem er automatisch mit einem kurzen Blick in den Rückspiegel die Ladung überprüft hatte. Zip, ihr schwarzweißer Collie, stand mit den Vorderpfoten auf den prall gefüllten Säcken und betrachtete mit einem triumphierenden Grinsen die Landschaft. Hinter ihnen schnurrte ungeduldig ein kastanienbrauner Jaguar. J. D. nahm den Fuß vom Gas.

»Sie ist also eine Freundin von Lucy«, keifte Will gereizt. »Na und?« Er zog eine verspiegelte Sonnenbrille aus der Tasche, um seinen verkaterten Kopf etwas vor der Sonne zu schützen.

»Sie ist eben eine von ihnen.«

»O Gott. Sie wollte doch nur eine Freundin besuchen, die tot ist. Sei nicht so streng.«

»Warum? Weil sie hübsch ist? Weil sie eine Frau ist?« J. D. verzog angewidert den Mund. »Wenn es nur einen BH anhat, dann kann es dich am Schwanz vorführen, und du grinst blöd dazu.«

»Mein Gott, kannst du nicht endlich damit aufhören!« schrie Will, und seine eigene Stimme ließ seinen Kopf erneut erdröhnen. Aber er ließ sich nichts anmerken. »Weißt du, was dein Problem ist?«

»Du wirst es mir sicher sagen.«

»Du lebst wie ein gottverdammter Mönch. Und gönnst uns anderen deshalb auch nichts.«

»Ich kriege, soviel ich will. Ich renn' nur nicht rum und zerreiß mir das Maul darüber.«

Will horchte auf. »Oder willst du sie etwa für dich selber? Ist es das, J. D.?« Er johlte und zuckte zusammen, weil ihm das Geräusch wie Nadeln in den Kopf fuhr. »Das ist es! Ha! Aber sie ist doch gar nicht dein Typ, eher meiner. Aber jede ist eigentlich mein Typ.«

J. D.s Blick war wie ein tödlicher Laser. »Du tätest gut daran, wenn du nicht hinter den Röcken herschielst und deinen Hosenstall zu läßt. Du bist verheiratet, du As.«

Daran wollte Will nun wirklich nicht erinnert werden. Sofort packte ihn wieder das schlechte Gewissen. Er wußte verdammt genau, daß er verheiratet war. Der Gedanke lastete wie ein Joch auf seinem Hals. Obwohl er sich gar nicht mehr an die Zeremonie erinnern konnte. Selbst die Fahrt nach Reno hatte er nur vage in Erinnerung – es war eine phantastische Party gewesen, die zu dem Ereignis geführt hatte. Aber er wußte sehr wohl, daß er mit einer Ehefrau zurückgekommen war. Fast ein Jahr später packte ihn bei dem Gedanken immer noch die nackte Angst. Eine Frau. Eine Verpflichtung. Er wollte es nicht, konnte nicht damit fertig werden, war nicht bereit dazu.

Doch in einer weichen, ungeschützten Ecke seines Herzens fragte er sich, wie Samantha wohl ohne ihn zurechtkam.

»Scheiße«, knurrte er leise, dann zog er sich eine Baseballmütze tief ins Gesicht und lehnte sich im Sitz zurück. Will Rafferty inkognito. Als ob das seinen Bruder auch nur eine Sekunde täuschen könnte.

J. D. durchschaute ihn, als hätte er die Röntgenaugen von Superman. Er fragte sich, wie lange es wohl dauern würde, bis J. D. herausfand, daß er beim Pokern sechstausendfünfhundert Dollar verloren hatte. Seiner Schätzung nach hatte er etwa noch eineinhalb Tage zu leben.

J. D. beobachtete seinen Bruder aus dem Augenwinkel, während sie hinaus in die hügelige, samtgrüne Landschaft rollten. Halbbruder eigentlich, obwohl er diesen Ausdruck nie gebraucht hatte. Das einzige Kind aus Tom Raffertys zweiter Ehe. Will war vier Jahre jünger als J. D. Achtundzwanzig, und trotzdem führte er sich auf wie ein Siebzehnjähriger. Der Clown, der Charmeur, der wilde Rafferty dieser Generation. Er verachtete jede Verantwortung, was J. D. schwer gegen den Strich ging. Aber Sondra, seine Mutter, war genauso gewesen. Sie hatte Will verwöhnt und verhätschelt und dafür die bedingungslose Liebe und blinde Unterwerfung bekommen, die J. D. nie bereit war zu geben.

Er hatte Sondra schon sehr bald durchschaut – ein verzogenes Mädchen aus der Stadt, das sich in die Vorstellung verliebt hatte, einen Cowboy zu lieben, aber die Realität des Lebens auf der Ranch hatte sehr schnell ihre Illusionen zerstört. Sie hatte ihre Unzufriedenheit an ihrem Mann ausgelassen und Tom Rafferty für ihr eigenes Versagen verantwortlich gemacht und seinen ältesten Sohn dafür, daß er ihre hübsche goldene Fassade durchschaute. Will war zu jung gewesen, um den Unterschied zu erkennen. J. D. war nie so jung gewesen.

J. D. verdrängte gewaltsam die bösen Erinnerungen, aber ein bitterer Nachgeschmack blieb. In diesem Augenblick rauschte der kastanienbraune Jaguar mit den blitzenden Chromfelgen und seinen reichen Insassen an ihm vorbei. Gut, jetzt konnte er seine Wut wieder auf die Fremden im Tal konzentrieren.

Seit über einem Jahrhundert waren die Raffertys auf der Stars and Bars. Und J. D. war stolz auf dieses Erbe und bereit, sein Leben dafür zu opfern, um es zu erhalten. Als Rancher hatte er mehrere Feinde – launisches Wetter, launische Absatzmärkte und die betonköpfige Regierung. Aber in seinen Augen gab es keine schlimmere Bedrohung als die Fremden, die Montana aufkauften.

Ihre Geldbeutel waren unerschöpflich, ihre Bankkonten gefüllt mit obszönen Gehältern für eine Arbeit, die das Wort zum Hohn machte. Sie zahlten astronomische Beträge für Land, das sie nicht zum Leben brauchten, und trieben die Grundsteuern ins Uferlose und die Produktion in den Abgrund. Die Hälfte der Rancher um New Eden hatte bereits verkauft, weil sie es sich nicht leisten konnte, es nicht zu tun, hatte an Leute verkauft, die ihr eigenes, privates Paradies wollten und denen egal war, wen sie dafür zertreten mußten. Leute, die keinen Respekt vor Tradition oder dem ehrlichen Arbeiter hatten. Fremde.

Lucy MacAdam war eine dieser Fremden gewesen, hatte am Rande des Campbell-Landes wie ein Geier kampiert. Marilee Jennings war auch eine von ihnen. Es spielte keine Rolle, daß sie die größten, blauesten Augen hatte, die ihm je begegnet waren, oder daß ihre Augenbrauen drei Nuancen dunkler waren als ihr zerzauster blonder Haarschopf, der, wie er jetzt plötzlich feststellte, ungeheuer sexy war. Es spielte keine Rolle, daß sie weich und wohlgerundet war und er die halbe Nacht davon geträumt hatte, sich in dieser Weiche zu verlieren.

Er biß wütend die Zähne zusammen. Diese Frau bedeutete Ärger. Er hatte sich entschlossen, sie nicht zu mögen. Unglücklicherweise war die Botschaft nicht bis zu den unkritischeren Teilen seiner Anatomie vorgedrungen. Unterhalb seiner Gürtelschnalle plagte ihn die Erinnerung an das Gefühl ihres weichen Pos, der sich gegen sein Glied drückte, das auf dem besten Weg war, den Rekord für die längste Erektion des Jahres zu brechen. Vom Gürtel abwärts war Marilee Jennings genau sein Fall.

Sie hielt ihn für einen Widerling.

Du mußt mich nicht mögen, Marilee.

Lucy war der Meinung gewesen, daß Gefühle nur ein Hindernis für guten Sex waren, eine Einstellung, die J. D. nur allzu gerne geteilt hatte. Er würde Marilee Jennings flachlegen, wenn er die Gelegenheit dazu hätte, aber lieber wollte er zur Hölle fahren, als sie zu mögen. Sie war das letzte, was er in seinem Leben brauchte. Sie war eine Fremde.

»Sie sind nicht von hier, was?« Sheriff Dan Quinn versuchte, locker zu klingen, musterte aber doch etwas erstaunt diese Marilee Jennings mit den komischen Klamotten und den zerzausten blonden Haaren mit dem schwarzen Ansatz.

»Nein, ich bin aus Kalifornien.«

Der Sheriff versuchte, möglichst neutral dreinzuschauen. In letzter Zeit hatte er sehr viel mit Fremden zu tun. Teil seines Jobs war es, diplomatisch zu sein. Bei einigen von ihnen war das schwieriger, als das Richtige zu seiner Schwiegermutter zu sagen. Bei Marilee Jennings hatte er auch schon wieder Angst, sie könnte jemand Berühmtes sein und er hätte sie nicht erkannt. Sie sah aus, als käme sie direkt von MTV.

»Was kann ich für Sie tun, Miss Jennings?«

»Ich war eine Freundin von Lucy MacAdam«, sagte Mari und schaute über eine beachtliche Entfernung hinauf in sein zerklüftetes Gesicht.

Entweder hatte er früher geboxt, oder ein Pferd hatte ihm ins Gesicht getreten. Seine Nase war total schief, und eine Reihe kleiner Narben zogen ihm die Oberlippe und das rechte Auge hoch. Eine weitere Narbe verlief quer und feuerrot über seinen linken Backenknochen. Vor totaler Häßlichkeit retteten ihn seine gütigen grünen Augen und ein schüchternes, schiefes, knabenhaftes Lächeln.

Er stand mitten im Einsatzraum, die Hände in die Hüften gestemmt. Um sie herum in einem Meer praktischer Metallschreibtische arbeiteten einige Deputies, tippten Berichte auf mechanischen Schreibmaschinen, telefonierten. Gelegentlich wanderten ihre Blicke zu ihrem Chef und seiner Besucherin.

»Die Schießerei«, sagte er und nickte, als er sich an ihren Namen erinnerte. »Hat Sie jemand verständigt? Wir haben schon versucht, Sie zu erreichen. Ihr Name und Ihre Telefonnummer waren in ihrem Adreßbuch.«

Und sie hatte ihr Telefon abgemeldet, nachdem sie beschlossen hatte, ihr Leben in Sacramento für etwas Echteres hinzuwerfen. Mari rieb sich die Augen, voller Schuldgefühle. »Nein«, sagte sie leise. »Ich hab' das mit Lucy erst erfahren, als ich hier ankam.«

Quinn sah betreten drein. »Tut mir leid. Das muß ein furchtbarer Schock gewesen sein.«

»Ja.«

»Gehn wir doch in mein Büro.«

Er nahm sie fürsorglich beim Arm und führte sie in sein Kabäuschen mit einer Fensterwand zum Einsatzraum und schloß die Tür hinter sich. Mari setzte sich auf einen sehr unbequemen eckigen Plastikstuhl und sah sich die Diplome, Zertifikate und die gerahmten Fotos von Rodeos an, mit denen die Wand gepflastert war. Auf einem rang Quinn mit einem riesigen Bullen, den er bei den Hörnern gepackt hatte. Das erklärte so manches.

Der Sheriff setzte sich in den gepolsterten Stuhl hinter seinem Schreibtisch und versuchte, seine beste Amtsmiene aufzusetzen. Ein schwieriges Unterfangen, wenn man bedachte, daß er zerzauste strohblonde Haare hatte, die in starren Büscheln hochstanden.

»Es ist uns nicht gelungen, Familienangehörige aufzuspüren«, sagte er.

»Lucy hatte keine Familie. Sie ist bei Pflegeeltern aufgewachsen.«

Er schien nicht gerade erbaut von dieser Mitteilung, ging aber nicht näher darauf ein. »Ja, also der Fall ist abgeschlossen, wenn Sie das ein bißchen beruhigt. Der Fall war klar. Sie ging in die Berge reiten, wurde irrtümlich für einen Elch gehalten, und das war's.«

»Verzeihung«, sagte Mari. »Ich weiß praktisch nichts darüber, aber ich dachte, Jagdsaison wäre im Herbst. Jetzt haben wir Juni.«

Quinn nickte. »Der Mann war ein Gast von Evan Bryce. Bryce' Land – der Großteil davon jedenfalls – liegt nördlich des Rafferty-Besitzes und östlich von Miss MacAdams Land. Bryce züchtet seine eigenen Herden – Elche, Büffel –, also gelten sie als Viehbestand. Die Jagdgesetze gelten dann nicht. Er läßt seine Gäste ab und zu ein paar aus Sport abschießen.«

»Und diesmal haben sie statt dessen einen Menschen erlegt«, sagte Mari mit zusammengebissenen Zähnen.

Er hob ratlos seine massigen Schultern. »So was passiert eben ab und zu. Wird wahrscheinlich jetzt öfter passieren, bei dem Zuwachs an Tourismus und den vielen Leuten aus der Stadt, die sich hier Wochenendhäuser gekauft haben. Die meisten dieser Leute haben keinen blassen Dunst vom Umgang mit Feuerwaffen. Sie ziehen sich ihre teuren Safarijacken an, schultern ihr Elefantengewehr, und los geht's.

Der Typ, der Ihre Freundin erschossen hat, hatte keine Ahnung. Hat nicht gemerkt, daß er sie erschossen hat. Hat sie nicht mal gesehen. Hat zwei Tage gedauert, bis wir die Leiche gefunden haben.«

»Wer war er?« fragte Mari benommen. Dieses Schwein hatte Lucy ermordet und dann einfach weiter Urlaub gemacht, ohne zu ahnen, was er getan hatte.

»Dr. J. Grafton Sheffield«, sagte Quinn, drehte sich mit seinem Stuhl zu dem schwarzen Aktenschrank, der die ganze Wand hinter seinem Schreibtisch einnahm, öffnete eine Schublade und zog nach kurzem Suchen eine Akte heraus. Er schlug sie auf und überprüfte etwas. »Ein Schönheitschirurg aus Beverly Hills. Als bekannt wurde, was passiert war, ist er sofort hierhergekommen und hat gebeichtet, daß er da oben jagen war. Er war ganz krank. Ehrlich. Hat im Gericht die ganze Zeit geweint. Hat voll kooperiert.«

»Die Ballistiker konnten eine Übereinstimmung finden?«

Quinns Augenbrauen schossen nach oben.

»Ich war sechs Jahre lang Protokollführerin bei Gericht, Sheriff«, erklärte ihm Mari. »Ich kenne den Ablauf.«

Er rieb sich nachdenklich die Stirn, dann nickte er, suchte einige getippte Seiten aus und reichte sie ihr über den Schreibtisch. Sie überflog den Bericht.

»Von der Kugel, die sie getötet hat, war nicht mehr viel übrig. Sie hat ihren Körper durchschlagen und ist auf einem Stein aufgeprallt. Markierungen waren keine mehr zu finden. Die Patronenhülsen, die wir in der Umgebung fanden, paßten zu der Waffe, die er bei sich hatte, eine 700er Remington. Er gestand, daß er in diesem Gebiet gewesen war, nicht gemerkt hatte, daß er nicht mehr auf Bryces Land war. Er plädierte auf schuldig.«

»Wollen Sie damit sagen, daß es schon vorbei ist?« sagte Mari schockiert. »Wie kann das sein?«

Quinn zuckte die Schultern. »Hier draußen mahlen die Mühlen des Gesetzes sehr schnell. Unsere Gerichte sind nicht so überlastet wir Ihre in Kalifornien. Hat auch nicht geschadet, daß Sheffield ein Kumpel von Bryce war. Bryce hat hier ziemlich großen Einfluß.«

»Dann ist Sheffield also im Gefängnis?« sagte Mari, wußte aber, daß ihre Hoffnung sich nicht erfüllen würde. Schönheitschirurgen aus Beverly Hills wanderten nicht für Unfälle ins Gefängnis, die sie bereitwillig gestanden hatten.

»Nein, Ma'am.« Quinns Aufmerksamkeit richtete sich auf den Einsatzraum, wo ein Deputy gerade einen frisch verhafteten riesengroßen Motorradfahrer an einen Stuhl gekettet hatte, den dieser jetzt abzuschütteln versuchte. »Er hat ein Jahr auf Bewährung und tausend Dollar Strafe gekriegt. Entschuldigen Sie mich mal kurz, Ma'am.« Er stürzte aus der Tür, bevor Mari etwas sagen konnte. Quinn und seine Deputies und das haarige Mammut von Biker rangelten sich wie eine Rugbymannschaft quer durch den Raum. Ihr Blick fiel auf die Akte in ihrem Schoß. Der Bericht des Pathologen war erschreckend kurz. *Todesursache: Schußwunde*. Eintritts- und Austrittswunden waren peinlich dürftig erwähnt, ebenso Abschürfungen und Kontusionen. Eine gebrochene Nase, zerkratztes Gesicht, wahrscheinlich durch den Sturz vom Pferd. Wie armselig, daß sich das Ende eines Lebens in einem Wort abhandeln ließ: *Schußwunde*.

Draußen im Einsatzraum tobte die Schlacht. Der Biker mähte mit dem Stuhl auf seinem Rücken Kaffeetassen, Kaffeekannen, Computermonitore nieder. Gut, daß Quinn Erfahrung im Ringkampf mit großen, haarigen Tieren hatte.

Auf der anderen Seite des Schreibtischs lag die Akte mit den wahrscheinlich ebenso spärlichen restlichen Kommentaren zu Lucys Tod. Quinn hatte nicht vorgehabt, sie ihr zu zeigen. Mari focht einen kurzen Kampf gegen ihr Gewissen ... aber ihre Freundin war tot...

Ein Brüllen wie von einem tobsüchtigen Elch war von draußen zu hören. Die Männer gingen in einem Gewirr von Armen und Beinen zu Boden. Mari sprang auf, huschte um den Schreibtisch und schlug die Akte auf. Ihr stockte der Atem, und ihr wurde übel.

Das einzige, was noch in der Akte war, waren die Polaroids vom Tatort. Lucys Leiche. Leblos. Grotesk. Sie hatte zwei Tage lang am Rand dieser Wiese gelegen. Nichts an der Leiche erinnerte mehr an die lebenslustige Frau, die Mari gekannt hatte. Die blonden Haare waren eine verfilzte, dreckige Matte. Ihre immer so makellos manikürten Fingernägel waren schmutzig und gebrochen. Das Gesicht war nicht mehr erkennbar, der Körper aufgedunsen wie ein Ballon. Die Kugel hatte sie mitten in den Rücken getroffen und beim Austritt durch die Brust massive Zerstörung hinterlassen.

Grauenhaft. Mein Gott, sie ist grauenhaft. Sie hätte es gehaßt, so zu sterben.

Allein.

Zerfetzt.

Futter für die Aasfresser.

Tränen liefen durch ihre Wimpern. Sie bekam Schüttelfrost. Zitternd ließ sie den Bericht auf die Bilder fallen, rannte würgend und nach Luft ringend aus dem Büro. Der Biker wurde gerade zu einer Zelle geschleift. Quinn klopfte sich den Staub von der Hose und hob erstaunt den Kopf, als Mari aus seinem Büro stürzte. Sie versuchte, sich die Tränen abzuwischen, und holte tief Luft, die nach Männerschweiß und schlechtem Benzin stank. Ihr Magen drehte sich um wie ein gestrandeter Lachs.

»Ich – ich danke Ihnen für Ihre Hilfe, Sheriff Quinn«, sagte sie mit erstickter Stimme. »Ich – ich muß jetzt gehen.«

Sein mitleidiger Blick trieb ihr die Tränen erneut in die Augen. »Tut mir leid, das mit Ihrer Freundin, Miss Jennings.«

Die Polaroids waren in ihrem Gehirn eingebrannt. Galle stieg ihr in die Kehle. Sie nickte mit einiger Mühe. »Ich – ich muß gehen.«

»Schauen Sie bei Miller Daggrepont rein«, rief er, als sie zur Tür eilte.

Der Name war sofort wieder vergessen. Sie hatte nur noch einen Gedanken: die Damentoilette am Ende des Ganges. Ihr Mund füllte sich mit Speichel. *Lucy. O Gott, Lucy*. Aber dann riß sie sich an der Tür noch einmal zusammen, stellte die Frage, die sie vergessen hatte. Sie stützte sich gegen den Türpfosten und drehte sich noch einmal zu Quinn um.

»Wer hat ihre Leiche gefunden?«

»Das war Del«, sagte er und nickte. »Del Rafferty.«

KAPITEL 4

Zu Zeiten der Viehbarone war das Mystic Moose das eleganteste Freudenhaus im ganzen Landkreis gewesen. Natürlich hatte es damals nicht Mystic Moose geheißen, sondern Golden Eagle.

Madame Belle Beauchamp hatte das Haus mit ihrem beträchtlichen Vermögen gebaut, das sie sich in der Horizontalen mit den reichsten der Räuber- und Rinderbarone verdient hatte. Madame Belle hatte alle großen Männer ihrer Zeit gekannt und sich an der Börse eine goldene Nase verdient. Obwohl sie das ganze Land bereist hatte, war New Eden bis zu ihrem Tod ihre Heimat gewesen, weil sie das Land, die Berge und die bodenständigen Leute liebte, die sich hier angesiedelt hatten.

Keine Kosten und Mühe waren beim Bau des Hotels gescheut worden. Jedes Zimmer war protzig und prachtvoll gestaltet. Die Lüster, die im großen Salon hingen, waren aus New York City per Zug in den Westen transportiert worden. Der sieben Meter hohe, goldgerahmte Spiegel hinter der Bar stammte Berichten zufolge aus einem europäischen Schloß, ein Geschenk eines verliebten Herzogs. Montana hatte nie zuvor so etwas Extravagantes gesehen wie Madame Belles »Puff mit Halbpension«, wie manche es genannt hatten.

Traurigerweise verblaßte Madame Belles Popularität zusammen mit ihrer Schönheit, und ihr Vermögen versickerte in schlechte Investitionen und noch miesere Liebhaber. Das Hotel verfiel, und Madame Belle stürzte von der Galerie im ersten Stock zu Tode, ein Opfer des Holzwurms in der Balustrade. Und damit endete der Höhenflug des Golden Eagle.

Mari stand auf der Veranda des renovierten Hotels und las die Geschichte, die handgeschrieben auf gelbem Pergament geschmackvoll in einer Vitrine neben den geschnitzten Eingangstüren ausgestellt war. Die Einzelheiten perlten wie Wasser von ihr ab. Mari konnte sich nicht einmal genau erinnern, wie sie vor die Tür des Mystic Moose geraten war.

Nachdem sie das Büro des Sheriffs verlassen hatte, war sie ziellos herumgewandert, hatte versucht, die entsetzlichen Bilder von Lucys Leiche zu vergessen. Sie war den ganzen Weg bis zum Paradise Motel draußen vor der Stadt gegangen und dann wieder zurück, ohne ihre Umgebung, die Leute oder irgendwelche Geräusche wahrzunehmen.

Sie registrierte nur vage, welch krasse Gegensätze an allen Ecken und Enden der Stadt zu sehen waren – die Pick-ups, die aussahen, als hätte sie jemand mit dem Hammer bearbeitet, und die Luxuswagen, die mehr kosteten als ein Einfamilienhaus. Die vernagelten, bankrott gegangenen Läden und daneben die Schaufenster mit extravagantem Silberschmuck und den handgefertigten Cowboystiefeln aus Haifischleder, die rotgesichtigen Cowboys und Rancher, die in der Stadt etwas zu erledigen hatten, und die Gesichter von Leuten, deren Konterfei die Titelblätter von Illustrierten zierte. Alles war mehr Traum als Realität. So wie schon der ganze Tag.

Sie lief stundenlang herum, ohne einen Blick für ihre Umgebung, ohne die nachdenklichen, neugierigen Blicke der Einwohner zu registrieren. Sie war völlig vertieft in Gedanken an Tod, Schicksal, Gerechtigkeit, Ungerechtigkeit, Zufall, Raffertys. Gedankenfetzen schossen wie Schrapnelle durch ihren Kopf, scharfkantig und schmerzhaft. Nichts machte einen Sinn. Koffein und Trauer und Erschöpfung zerrten an ihren Nerven und ihrem Verstand, bis sie sich am liebsten die Haare gerauft und laut hinausgeschrien hätte.

Jetzt brauchte sie irgendeinen stillen, dunklen Ort, wo sie sich setzen und etwas trinken konnte, um ihre überreizten Nerven zu beruhigen, eine Zigarette rauchen, damit sie sich wieder auf etwas Normales konzentrieren konnte.

Die Doppeltür des Moose schwang auf, und eine große, attraktive, elegante Frau mit wippender roter Haarmähne schritt heraus. Ihre Augen hinter der großen blauvioletten Brille richteten sich auf Mari.

Mari wollte beiseite gehen, aber die Frau packte sie mit ihren beringten Händen an den Schultern und sah ihr direkt ins Gesicht.

»Mein liebes Mädchen«, sagte sie mit dramatischer Stimme und todernstem Gesicht. »Du hast eine sehr zerbrochene Aura.«

Mari klappte der Kiefer herunter, aber sie brachte keinen Ton heraus. Ein Sammelsurium von Kristallen baumelte an Silberketten um den Hals der Frau, an den Ohren trug sie spatzeneigroße Opale. »Tu ... Tut mir leid...«, stotterte Mari.

Die Frau trat zurück, legte eine lange schmale Hand über die Stirn. »Wein nicht um mich noch um die Teile meines zerbrochenen Herzens«, sagte sie, und plötzlich schwang die ganze Süße des tiefen Südens in ihrer Stimme. »Ich werde sie an meinen Busen raffen und weiterziehn, tapfer und furchtlos.« Sie richtete sich wieder auf. »Aus *Lila Rose* von *Baxter Brady*. Wurde nach drei Wochen Spielzeit im St. James abgesetzt, aber mich trifft keine Schuld. Ich versichere Ihnen, ich war brillant.«

Mari konnte nur blinzeln.

Die Frau zog einen glänzend polierten, schwarzen Stein aus der Tasche, drückte ihn Mari in die Hand und sagte: »Hier, der wird helfen.« Dann lief sie ohne ein weiteres Wort die Holztreppe hinunter zum Parkplatz.

Mari blieb noch einen Augenblick stehen, dann folgte sie den verlockenden Düften von frischem Brot und dampfenden Kräutern in das Mystic Moose. Essen. Das war immer eine gute Idee.

Die Bar des Mystic Moose war prachtvoll. Die neuen Besitzer hatten sich statt für die goldgeschnörkelte Opulenz aus Madame Belles Zeiten für rustikalen Schick entschieden. Rauhverputzte Wände und schweres geschnitztes Mahagoni. Riesige Ausgaben von Lucys Geweihlüster hingen von den freigelegten Deckenbalken. Die Rückwand bildeten Sprossenfenster und Glastüren, die zu einer breiten Terrasse führten, mit herrlicher Aussicht auf die Berge, die im Osten gen Himmel ragten. Das Mittelstück der Südwand war ein gigantischer Kamin aus Stein, über dem ein riesiger ausgestopfter Elchkopf hing. Der Elch starrte direkt auf die Bar, die im sanften Nachmittagslicht blitzte, antik und liebevoll gepflegt. Dahinter hing immer noch Madame Belles goldgerahmter Spiegel: eine sieben Meter hohe Hommage an eine heimliche Affäre in einer längst vergangenen Zeit.

Für nachmittags war die Bar erstaunlich gut besucht. Einige Gäste musterten Mari neugierig, als sie zu einem Tisch in der Nähe des Kamins ging und sich in einen großen Kapitänsstuhl fallen ließ. Sie legte ihren Stein auf den Tisch und starrte ihn ratlos an.

»Wenn Sie verzeihen, meine Liebe, Sie sehen wirklich ziemlich mitgenommen aus.«

Sie hob den Kopf. Eine kultivierte britische Stimme. Was war das nun wieder? »Wie bitte?«

»Ich habe gesagt, Sie sehen völlig erschöpft aus«, sagte er mit einem sanften Lächeln. Er war um die vierzig, mit lockigen rostroten Haaren, einer kühnen Nase und freundlichen Augen. Ein Hauch von Nachmittagsbart lag auf seinen schmalen Wangen, genauso schick wie das weite elfenbeinfarbene Seidenhemd und die kaffeebraune Hose. Er beugte sich über den Tisch, legte eine Cocktailserviette neben ihren Stein und sagte: »Ist irgend etwas passiert?«

»Ja, also, erstens habe ich eine zerbrochene Aura.«

»Ah, Sie haben M. E. kennengelernt.« Als er ihren ratlosen Blick sah, fügte er hinzu: »M. E. Fralick, Profi vom Broadway und Patronin all dessen, was mit New Age zu tun hat.«

Irgendwie klingelte es bei dem Namen, aber das Hämmern in ihren Schläfen erlaubte keine Erinnerung.

»Wie wär's mit einem Cappuccino?« schlug er vor.

»Ich dachte da mehr an etwas Langes, Kühles, zum Beispiel einen Gin Tonic mit viel Gin und eine große Portion von irgend etwas Eßbarem.«

»Eine Frau nach meinem Herzen. Übrigens, ich heiße Andrew Van Dellen. Und abgesehen von meiner gelegentlichen Nebenrolle als Kellner bin ich einer der glücklichen Besitzer des Mystic Moose.«

»Marilee Jennings«, sagte sie und versuchte, wenigstens zu, lächeln.

Er richtete sich auf, musterte sie mit gerunzelter Stirn, sagte: »Marilee. Marilee Jennings!« Die Erleuchtung war gekommen. »Oh, mein Gott, Sie sind Lucys Freundin!«

Auf der anderen Seite des Raumes, an der Bar, ergriff Samantha Rafferty ihr Serviertablett, und das importierte Bier und ein Pellegrino schwappten über. Der Barkeeper warf ihr einen strengen Blick zu, und sofort stiegen ihr die Tränen in die Augen. Nicht etwa wegen der Drinks, die waren ihr egal. Sie hatte Wichtigeres im Kopf. Das war nur ein Job, den sie vermurkste. Wie wichtig war das schon, wenn ihr ganzes Leben ein einziges Chaos war.

Wenn sie doch nur gestern abend gleich nach Hause gefahren wäre.

Aber nein, sie mußte ja dringend ein paar Runden ums Hell and Gone drehen, bis Will mit einer üppigen Blondine am Arm aus dem Saloon getorkelt war.

Die Tränen waren kaum noch zu bremsen, trübten ihren Blick. Sie biß die Zähne zusammen und servierte mit angehaltenem Atem die Drinks am langen Tisch. Sie knallte sie wahllos hin. Was scherten sie die Filmstars, die da saßen, wenn sie mitansehen mußte, wie ihr Mann sie betrog.

Verflucht sollst du sein, Will.

Verflucht sollst du sein, Samantha, weil du ihn liebst.

Alles verschwamm vor ihren Augen, als sie die letzte Bestellung vom Tablett nahm. Sie verschätzte sich und ließ den Bierkrug zu früh los. Der Krug schlug auf den Tisch, kippte um, und ein Strom von Bier ergoß sich. Einige Frauen am Tisch quietschten entsetzt. Der Mann, der das Bier bestellt hatte, machte einen Satz zurück und schoß von seinem Stuhl hoch. Samantha brach in Tränen aus.

»Nein, nein, Schätzchen. Nicht weinen.« Evan Bryce legte eine väterliche Hand auf Samanthas Schulter. »Es war ein Mißgeschick. Nichts passiert.«

Samantha hielt sich verschämt die Hände vors Gesicht und murmelte: »Es tut mir so leid, Mr. Bryce, so furchtbar leid!«

Er legte einen Arm um ihre Taille und drückte sie kurz an sich. »He«, sagte er amüsiert. »Schöne junge Frauen haben mir schon wesentlich schlimmere Sachen angetan!«

Der Hofstaat, der um den Tisch versammelt war, lachte gönnerhaft. Samantha wäre am liebsten im Boden versunken. Evan Bryce war der mächtigste Mann der neuen Machtelite von New Eden. Sein Bild war in allen Zeitungen. Er war dauernd im Fernsehen. Die Leute, die ihn auf seiner Ranch besuchten, waren wie aus dem Who's Who von Hollywood und Kalifornien. Und sie hatte ihm einen Krug Bier in den Schoß gekippt.

»Komm jetzt«, sagte Bryce und führte sie zu dem Stuhl, den er gerade so hastig verlassen hatte. »Du hast offensichtlich viel zu viel gearbeitet, Samantha. Setz dich.«

Einen Augenblick lang war sie angenehm überrascht, daß er ihren Namen kannte, dann fiel ihr ein, daß sie ja ein Namensschild an der Bluse hatte. Dummes Kind. Das hatte ihr Vater schon immer zu ihr gesagt. Ihr Vater. Sie war jetzt schon über ein Jahr von zu Hause weg. Dieser Gedanke gab ihrem Selbstvertrauen den Todesstoß.

»Nein, das darf ich nicht«, sagte sie und entwand sich seinem Zugriff. Sie spürte, wie all die Leute am Tisch sie anstarrten. Alle waren so schön, geradezu unwirklich schön. Sie hielten sie sicher für ein dummes Halbblut vom Land. Sie sagte: »Ich muß arbeiten« und rannte zur Servicetür neben der Bar, und ihr langer Zopf klatschte dabei wie eine Peitsche gegen ihren Rücken. Sie rannte vorbei an der Küche, vorbei an den Büros von Mr. Van Dellen und Mr. Bronson und durch eine Tür hinaus auf die Terrasse, die sich ums ganze Hotel zog. Dieses Stück war durch eine hohe Spalierwand abgetrennt, damit die Angestellten ungestört etwas Luft schnappen konnten.

Samantha dankte Gott, daß augenblicklich keiner hier war. Sie hatte immer schon Schwierigkeiten gehabt, vor anderen Leuten zu weinen. Selbst bei Will. Sogar in der Nacht, in der er sie verlassen hatte, war es ihr gelungen, die Tränen zurückzuhalten, bis er aus der Tür war.

Verflucht sollst du sein, Will.

Sie liebte Will Rafferty, schon seit sie denken konnte. Selbst in der High School hatte sie heimlich für ihn geschwärmt, obwohl er sie damals keines Blickes gewürdigt hatte. Und dann hatte er für eine kurze Weile ihr allein gehört.

Der Gedanke, daß diese Zeit vorbei war, bohrte sich wie ein Messer in ihre Brust. Sie klammerte sich schluchzend an die hölzerne Balustrade. Es war nicht fair. Sie liebte ihn. Er war das einzige, das sie sich in ihrem armseligen kleinen Leben je gewünscht hatte. Warum konnte er sie denn nicht genauso lieben?

Sie wußte, daß er sie aus einer Laune heraus geheiratet hatte. Er hatte bei einem Rodeo in Gardiner ein bißchen Geld beim Wildpferdreiten gewonnen. Sie hatte ein bißchen Geld beim Faßrennen gewonnen. Bei der anschließenden Party hatte Will ihr im Sieges- und Jack-Daniels-Rausch verkündet, daß er sie liebe. Drei Tage später waren sie in seinem neuen rotweißen Pick-up nach Nevada gefahren und hatten geheiratet.

Tief in ihrem Inneren hatte Samantha immer den Verdacht gehabt, daß es ihm mit dem Heiraten nicht wirklich ernst war, aber sie hatte ihre Chance mit beiden Händen ergriffen und nicht mehr losgelassen. Jetzt lebte sie allein in dem Häuschen, das sie drüben an der Jackson Street gemietet hatten. Sie hatte ihre Freiheit von ihrer Familie. Sie hatte einen Ring am Finger. Und jetzt hatte sie gar nichts mehr.

Die Einsamkeit ballte sich wie eine Faust um ihr Herz.

»Kann es denn wirklich so schlimm sein?«

Samantha erschrak beim Klang dieser leisen Stimme, aber diesmal konnte sie nicht so einfach weglaufen. Sie hatte sich genug blamiert. Evan Bryce stellte sich neben sie an die Balustrade, reichte ihr sein monogrammbesticktes Taschentuch und studierte dann diskret die Landschaft. Samantha tupfte sich die Augen ab und musterte ihn verstohlen aus den Augenwinkeln.

Er war wohl etwa so alt wie ihr Vater, aber das war auch alles, was er mit ihm gemein hatte. Ihr Vater war ein Bulle von Mann, grob und dunkel. Bryce war klein. Wie eine Katze, fand sie, schlank, drahtig und graziös. Er hatte eine breite, hohe Stirn und erstaunlich hellblaue Augen und einen breiten schmallippigen Mund über einem kleinen Kinn. Sein schulterlanges, sonnengebleichtes blondes Haar hatte er zu einem Pferdeschwanz gebunden.

Sie hatte ihn schon oft im Moose gesehen. Er kam, um hofzuhalten. Die Leute, die er mitbrachte, behandelten ihn wie eine königliche Hoheit. Manchmal sah er aus wie ein Model aus dem *Gentleman's Quarterly*. Aber meistens war er so angezogen wie jetzt – verwaschene Jeans, die wie eine zweite Haut saßen, und ein loses, ausgebleichtes Baumwollhemd mit ordentlich aufgerollten Ärmeln, offen bis zum Nabel, damit man seinen dicken schwarzen Pelz auf der Brust sehen konnte. Ist wahrscheinlich seine Version von Cowboy-Outfit, dachte sie. Aber ein echter Cowboy würde nie teuren Silberschmuck und hochhackige handgemachte Stiefel tragen.

Jetzt drehte er sich zu ihr um und erwischte sie dabei, wie sie ihn ansah. Samantha gab ihm hastig sein Taschentuch und wandte sich den Bergen zu. Sie fühlte, wie er sie lange anstarrte, bis er schließlich sagte: »Was ist denn los? Eine so schöne junge Frau sollte nie so furchtbar weinen.«

Samantha schniefte. Sie hatte sich selbst nie schön gefunden. Sie war groß und schlank mit fast knabenhaften Hüften und Brüsten, die kaum der Rede wert waren. Früher hatte ihr dies nie etwas ausgemacht, erst seit sie Will mit seiner blonden Busenkönigin gesehen hatte. Ihr Gesicht war in ihren Augen eine seltsame Mischung von weiß und indianisch, ein Durcheinander von übergroßen Einzelheiten, die nicht zusammenpaßten.

»Ärger mit dem Freund?« fragte Bryce vorsichtig.

Sie warf ihm einen Blick aus den Augenwinkeln zu und überlegte, ob es klug wäre, sich diesem Mann anzuvertrauen. Sie konnte sich nicht vorstellen, wieso er sich für ihr Leben interessierte. Sie war doch bloß ein Niemand von Cocktailkellnerin. Aber seine Freundlichkeit und die Besorgnis, die sie in seinem Gesicht sah, berührten einen sehr wunden Punkt.

Es gab niemanden sonst, an den sie sich wenden konnte. Ihr Vater war entweder betrunken oder nicht zu Hause. Ihre Mutter mußte sechs Kinder aufziehen und hatte weder Energie noch Begeisterung für diesen Job. Samantha hatte kaum Freunde, die nicht zuerst Wills Freunde gewesen wären. Vielleicht hätte sie zu Wills Bruder gehen können, ihm vertraute sie, aber sie hatte immer das Gefühl gehabt, daß J. D. gegen diese Heirat gewesen war. Irgendwie hatte er von Anfang an durchschaut, daß die Ehe nur eine Farce war.

Aber da war dieser freundliche Mann; er interessierte sich für sie, bot ihr die Chance, sich ein bißchen Last von der Seele zu reden.

»Mein Mann«, sagte sie leise. »Wir haben Probleme... Er ist ausgezogen.«

Bryce murmelte verständnisvoll und legte kameradschaftlich den Arm um ihre Schulter. »Dann ist er aber ein Narr, nicht wahr?«

Will war so einiges. Aber Samantha brachte es nicht fertig, das in Worte zu fassen. Ihre Kehle war vor Elend wie zugeschnürt, und brennende Tränen quollen aus ihren fest geschlossenen Augen. Sie brauchte jetzt eine Schulter, an der sie sich ausweinen konnte. Sie drehte sich um und drückte ihr Gesicht an die, die ihr dargeboten wurde.

***

Sie brachten einen Toast auf Lucy aus.

Andrew Van Dellen und sein Partner, Kevin Bronson, leisteten Mari an ihrem Tisch Gesellschaft. Kevin war groß und schlaksig, sah aus, als käme er aus einem sehr guten Stall, und war noch keine dreißig. Ihr stiegen die Tränen in die Augen, als er sein Glas auf Lucy erhob.

»Es war so sinnlos«, murmelte er.

»Das ist der Tod meistens«, bemerkte Drew ungeduldig. Scheinbar hatten die beiden dieses Gespräch schon öfter geführt.

Kevin schob sein wohlgeformtes Kinn vor. »Du kannst nicht behaupten, daß man das nicht hätte verhindern können, Drew. Warum mußte Sheffield überhaupt da mit einem Gewehr rumlungern? Lucy ist tot, weil er seine Männlichkeit beweisen wollte, indem er irgendein armes, ahnungsloses Tier tötet.«

»Er hat nichts Ungesetzliches getan.«

»Das heißt noch lange nicht, daß es nicht unmoralisch oder unvermeidbar war. Wenn Bryce –«

Drew unterbrach ihn mit vorsichtig erhobenem Finger. »Rede nicht schlecht über die Kundschaft, mein Lieber. Schlechter Stil.«

Kevin lehnte sich im Stuhl zurück und fixierte wütend den Elch über dem Kamin. Drew wandte sich zu Mari, die eifrig zugehört hatte, während sie aß. Sie hatte ein halbes Hühnersandwich und fast eine ganze Portion Pommes frites verschlungen. Das Essen war wie ein Jungbrunnen, gab ihrem leeren Gehirn neuen Brennstoff. Der Alkohol beruhigte ihre angespannten Nerven. Kevin und Drew gaben ihr etwas Handfestes, worauf sie sich konzentrieren konnte.

»Kevin ist der Meinung, daß die Waffenlobby die Zivilisation, so wie wir sie kennen, zerstören wird«, sagte Drew mit einem Anflug von Humor. Kevins Miene wurde noch grimmiger. »Die Wahrheit ist, Bryce hat das Recht, diese Elche zur Jagd anzubieten. Die Jagd ist ein uralter, angesehener Sport. Und wenn wir noch furchtbar tiefer gehen wollen, sind wir schließlich und endlich eine Rasse von Jägern. Das läuft schon, seit es Menschen gibt.«

»Früher haben Männer Frauen eins mit der Keule übergezogen und sie an den Haaren weggeschleift. Das machen wir auch nicht mehr.«

»Einige schon.«

»Das ist nicht komisch.«

Drew legte eine versöhnliche Hand auf Kevins Schulter. »Bitte laß uns deshalb nicht streiten«, murmelte er erschöpft. »Wenigstens nicht vor einem Gast.«

Kevin sah Mari an. »Tut mir leid. Aber dieses Thema treibt mich zum Wahnsinn.«

»Mir ist auch nicht gerade wohl bei dem Gedanken, daß meine Freundin anstelle eines Elches umgebracht wurde«, sagte sie und nahm das letzte Stück Sandwich.

»Was mich so wütend macht, ist die Scheinheiligkeit dieser Leute«, sagte Kevin, so leise, daß niemand mithören konnte. »Bryce spendet dem Naturschutz Geld und Land, und dann rennt er los und schießt alles auf dem Planeten nieder.«

»Es ist nicht unüblich, daß Jäger den Naturschutz unterstützen. Für sie ist es ein Sport, kein Vernichtungsfeldzug.«

»Für mich ist es einfach unverständlich, daß irgend jemand Freude daran haben kann, einer anderen Kreatur das Leben zu nehmen.«

»O nein, jetzt geht das wieder los.«

»Nein.« Kevin stieß mit einem Ruck seinen Stuhl zurück und stand auf. »Jetzt gehe ich wieder mal.« Drew rollte die Augen. Kevin ignorierte ihn. »Mari, tut mir leid, daß wir uns nicht unter glücklicheren Umständen kennenlernen konnten.«

Er warf einen giftigen Blick auf den Mann, der sich jetzt dem Tisch näherte, wandte sich ab und ging in Richtung Halle.

»Kevin ist immer noch eingeschnappt, wie ich sehe«, sagte Bryce gelassen.

Drew erhob sich. »Sie müssen ihm verzeihen, Mr. Bryce. Es ist einfacher, jemandem die Schuld zu geben, als zu glauben, daß das Leben so willkürlich sinnlos sein soll.«

»Er vergißt, daß Lucy auch meine Freundin war, nicht nur seine.«

»Kevin ist eben noch jung und neigt dazu, alles schwarz oder weiß zu sehen.«

Bryces Interesse hatte sich aber bereits zu Mari hin verlagert. Sie begegnete seinem Blick und fand das nordische Blau seiner Augen fast arktisch, aber sein Lächeln war herzlich, als er ihr die Hand reichte. Sie wischte einen Klacks Creme Fraîche mit Dill auf ihrer Hand an der Jacke ab und erwiderte die Geste.

»Evan Bryce.«

»Marilee Jennings. Ich war auch eine Freundin von Lucy, aus Sacramento. Und ich bin eigentlich hierhergekommen, um ein bißchen bei ihr auf der Ranch zu bleiben.«

Seine Beileidsmiene war perfekt. »Lucy war zu jung zum Sterben. Und so lebenslustig. Sie fehlt mir sehr. Ich hoffe, Sie geben mir nicht auch die Schuld an ihrem Tod, wie einige andere.«

Mari hob ratlos die Schultern. »Ich weiß nicht, wem ich die Schuld geben soll«, sagte sie vorsichtig.

»Es war ein Unfall. Niemanden trifft die Schuld«, sagte er, womit die Sache anscheinend zumindest für ihn erledigt war.

Mari wußte, daß es Monate dauern würde, ehe sie sich damit abfinden konnte.

»Haben Sie vor, länger in New Eden zu bleiben?« fragte Bryce.

»Ich stehe noch total unter Schock; darüber habe ich noch nicht nachgedacht. Ich habe von Lucys ... Unfall ... erst gestern abend erfahren.«

Er strich über sein schmales Kinn und nickte verständnisvoll.

»Ich hoffe, Sie können doch noch einen Teil Ihres Aufenthaltes hier genießen. Es ist wunderschön hier. Sie sind jederzeit herzlich bei mir auf der Ranch willkommen. Sie ist nicht weit von Lucys – waren Sie schon dort?«

»Gestern.«

»Xanadu – mein Anwesen – ist nur ein paar Meilen weiter nördlich. Jeder Freund von Lucy ist mir immer willkommen.«

»Danke. Ich werd's nicht vergessen.«

Er verabschiedete sich von ihnen und ging. Mari beobachtete, wie er an seinen Tisch zurückkehrte. Die anderen begrüßten ihn wie einen heimkehrenden Monarchen. Sie erkannte zwei Schauspielerinnen und ein Supermodel unter all den schönen Gesichtern. Es waren genau die Art Leute, zu denen es Lucy immer hingezogen hatte. Bryce gegenüber saß eine blendend aussehende Blondine mit starken, fast maskulinen Gesichtszügen und scharf geschwungenen Brauen. Die Frau stellte sich gelassen ihrem Blick, hob sogar kurz das Weinglas in ihre Richtung und nickte. Dann wandte sie sich wieder ihrer Gesellschaft zu, und Mari fragte sich, ob sie sich das wohl nur eingebildet hatte.

Jetzt erhob sich Drew und sagte: »Tut mir leid, aber ich muß gehen.«

»Danke für den Drink und das Essen.«

»War uns eine Freude. Und Sie bleiben natürlich.«

»Also, ich –«

Er runzelte die Stirn. »Wo haben Sie denn gestern übernachtet?«

»Im Paradise.«

»Du lieber Himmel!« Er machte ein so angewidertes Gesicht, daß Mari lachen mußte. »Im Parasit! Ich hoffe, Sie haben sich nicht auf den Toilettensitz gesetzt.«

»Ich hab' mich nicht mal auf die Laken gelegt.«

»Kluges Mädchen. Aber jetzt keine Widerrede mehr. Solange Sie hier sind, wohnen Sie hier, als mein und Kevins Gast. Ich werde es Raoul am Empfang sofort sagen.«

»Danke.«

»Das Parasit. Wer in aller Welt hat Ihnen denn das empfohlen?« Er schüttelte sich.

Ein lautes Krachen ertönte aus der Küche, dann hörte man wütendes spanisches Geschrei. Drew murmelte »Verdammter Mist« und eilte davon.

Mari steckte sich grinsend den letzten Pommes frites in den Mund. Keine Nächte mehr neben Luanne und Bob-Ray im Motel Parasit. Doch beim Verlassen des Moose wanderten ihre Gedanken automatisch wieder zu dem Kerl, der sie dorthin geschickt hatte.

Rafferty.

Gefährliche Hitze strömte durch ihren Körper. Aber das war sicher nur eine schräge pseudosexuelle Reaktion auf die Angst und die gestrige Nähe zu einem so prachtvoll ausgestatteten Mann.

Sie steckte die Hände in ihre Jackentaschen. Ihre Finger streiften den schwarzen Stein den M. E. Fralick ihr geschenkt hatte, und sie streichelte ihn gedankenverloren. Das Bild J. D. Raffertys ließ sich einfach nicht aus ihrem Kopf vertreiben – ein großer massiger Brokken unverhohlener männlicher Sexualität mit Augen in der Farbe von Gewitterwolken. Ihr Puls wurde etwas schneller, als sie sich erinnerte, wie seine Fingerspitzen über ihre Brust geglitten waren.

Sie hatte nicht gewußt, ob er Freund oder Feind war.

Gänsehaut lief ihr über den Rücken.

Sie wußte es immer noch nicht.

***

»Glaubst du, sie weiß etwas?«

»Schwer zu sagen.« Bryce wickelte sich gelangweilt die Telefonschnur um die Finger.

Er lag auf einer viktorianischen Chaiselongue in seiner Suite im Moose, die er ständig gemietet hatte, für den Fall, daß er einmal nicht nach Xanadu zurückfahren oder seiner Entourage entkommen wollte.

Seine Aufmerksamkeit konzentrierte sich auf die Frau, die am anderen Ende des Raumes stand. Sharon Russell, seine Cousine. Sie trug durchsichtige weiße Strümpfe und einen jungfräulich weißen Spitzenbustier, ein dramatischer Kontrast zu ihrer sonnengebräunten Haut. Ihr Körper war lang und eckig, mit großen, konischen Brüsten mit langen Brustwarzen, die wie kleine Finger durch die Spitze ragten. Dieser ganz und gar feminine Körper stand in fast perversem Kontrast zu ihrem maskulinen Gesicht. Der Kontrast erregte ihn noch mehr.

Er nahm einen Schluck Campari und wandte sich dann wieder dem Telefongespräch zu. »Sie hat nichts gesagt, was darauf hinweist, daß sie etwas weiß. Aber sie waren eng befreundet. Sie war auf der Ranch.«

»Wir müssen sie im Auge behalten.«

»Hmm.«

»Du bist sicher, daß du nichts gefunden hast?«

»Natürlich bin ich sicher. Es gibt nichts zu finden. Das Haus ist gründlich durchsucht worden.«

Die Stimme am anderen Ende der Leitung wurde böse, aber die unterschwellige Angst war unüberhörbar. »Verdammt noch mal, Bryce. Ich mein' es ernst. Verkauf mich nicht für dumm. Keine Spielchen mehr.«

Bryce verzog verächtlich den Mund. Der Mann war ein Schwächling und ohne jede Macht. Bryce brauchte nur mit dem Finger zu schnippen, dann würde er sich in die Hosen machen.

»Langweil mich nicht«, erwiderte er mit rasiermesserscharfer Stimme, legte auf und wandte sich seiner Cousine zu.

Sharon war die einzige in seinem Gefolge, die nicht die geringste Angst vor ihm hatte, eine Einstellung, die er belohnte, indem er sie in vieler Hinsicht als völlig gleichberechtigt behandelte. Beide waren ehrgeizig, rücksichtslos, hemmungslos in ihren Leidenschaften, immer bereit zu experimentieren.

Sie stolzierte mit ihren Stilettos auf ihn zu, und ihre Augen brannten vor Lüsternheit. Bryce lehnte sich lächelnd zurück, und sie setzte sich auf seinen nackten Körper.

»Hat er Angst vor dieser Jennings?« fragte sie und strich mit ihren Fingernägeln durch seine Brusthaare.

»Der hat doch Angst vor seinem eigenen Schatten.«

»Ich muß zugeben, ich bin auch nicht begeistert, daß sie hier aufgetaucht ist«, sagte Sharon. »Wer weiß, was Lucy ihr erzählt hat.«

Bryce seufzte und bäumte sich ihren Händen entgegen. »Ja, wer weiß. Wir werden es bald erfahren.«

»Was ist das für ein neues Spiel mit dieser Kellnerin?« sagte sie.

»Hab' nur mal angetestet«, sagte Bryce und griff nach ihren Brüsten. Der Plan war noch zu neu, um ihn zu teilen, er wollte ihn erst noch ein bißchen genießen. »Du brauchst dir nicht den Kopf zu zerbrechen.«

Mit einer raschen, geschickten Bewegung wickelte Sharon ein

schwarzes Seidenband um seine Handgelenke und band sie etwas fester als nötig um den Holzschnörkel am Ende der Chaiselongue.

»Nein«, knurrte sie und brachte sich über seiner pulsierenden Erektion in Stellung. »Du brauchst dir den Kopf nicht zu zerbrechen. Nur über mich. Nur über das hier.«

»Ja«, flüsterte er keuchend. Dann nahm sie ihn in sich auf. Und er hörte auf zu denken.

KAPITEL 5

J. D. arbeitete mit einer jungen Stute in der Koppel. Sie gehörte einem Apotheker aus New Eden, der sie für seine zwölfjährige Tochter gekauft hatte und der sichergehen wollte, daß seine Tochter ein gehorsames, sicheres Pferd bekam. Die kleine Palomino-Stute war eines von vier Pferden, die er augenblicklich trainierte. Er genoß die Arbeit und das zusätzliche Bargeld, wovon nie genug da war, wie auf den meisten Ranches.

»Brave Mähre, gute Mähre«, murmelte er und ließ sie ein bißchen ausruhen.

Mähre ... Mary ... Marilee. Seine Gedanken wanderten, während er den Hals des Pferdes klopfte. Marilee. Was war das überhaupt für ein dämlicher Name? Ein kalifornischer, wahrscheinlich. Und, bei Gott, er würde ihn nie benutzen.

Gab auch keinen Grund, anzunehmen, daß er je die Chance dazu haben würde. Sie war gekommen, um jemanden zu besuchen, der tot war. Sie würde ein oder zwei Tage bleiben, bis der Schock sich gelegt hatte, und dann würde sie abreisen.

Er biß die Zähne gegen das Gefühl zusammen, das dieser Gedanke in ihm auslöste. Will hatte recht, so ungern er das auch zugab. Er brauchte eine Frau. Er hatte schon zu lange keine mehr gehabt, fühlte sich angespannt, konnte sich nicht konzentrieren.

Vor seinem geistigen Augen sah er Lucy, wie sie in der Tür ihrer schicken Blockhütte stand, nur mit einem knappen Höschen und einer durchsichtigen Bluse bekleidet.

Wie wär's, Cowboy? Willst du heute nacht reiten?

Er konnte sie nicht ausstehen, respektierte sie nicht. Und ihr ging es genauso, aber im Bett war das egal gewesen. Für Lucy war alles nur ein Spiel gewesen. Sie wußte, daß J. D. ihr Land haben wollte, und hatte es wie einen Köder vor seiner Nase baumeln lassen, obwohl sie nie die Absicht gehabt hatte, ihr Versprechen einzulösen. Das miese Luder. Jetzt war sie endgültig weg. Und das Land lockte ihn immer noch.

Ein Blick auf die Sonne, die allmählich hinter der Gallantine-Weide versank, sagte ihm, daß es Zeit war, für heute Schluß zu machen. Er mußte sich duschen und rasieren und wieder den Berg runterfahren.

Verdammte Zeitverschwendung, diese Bürgergruppen. Sie redeten sich die Köpfe heiß, und trotzdem passierte nichts. Das, was der einfache Mann wollte, spielte keine Rolle. Sie würden alle unter die Räder dessen geraten, was irgendein Fremder für Fortschritt hielt.

Die Raffertys nicht.

Diese Überzeugung verdrängte alle anderen zynischen Gedanken. Die Raffertys nicht. Die Stars and Bars würde nicht untergehen. Er würde es verhindern. Dieses Erbe hatten ihm die drei früheren Generationen männlicher Raffertys hinterlassen – das Land zu schützen, es in der Familie zu halten. Und das war seine Berufung, dieses Erbe zu erhalten; nichts anderes zählte.

Er stieg von der Stute, ging zum Rand der Koppel und legte die Arme auf einen der Balken. Von hier aus konnte man meilenweit über den Abhang in ein grünes Tal voller Kiefern schauen. Er kannte jeden Baum, jeden Strauch, jeden Grashalm. Die Vorstellung, daß irgendein Fremder glaubte, er hätte mehr Anrecht darauf, war wie ein Schlag in die Magengrube.

Die Stute war ihm gefolgt, stupste ihn, rieb den Kopf an seiner Schulter. »Langsam«, sagte J. D. lachend, zog einen Handschuh aus und holte ein Buttermint aus der Hemdtasche.

»Brave kleine Mähre«, murmelte er und gab ihr die Belohnung.

Kleine Mähre ... Marilee... Sie erinnerte ihn ein bißchen an Marilee – klein und rundlich, mit strähniger blonder Mähne, übergroßen braunen Augen. Natürlich roch die Frau wesentlich besser. Das Pferd machte dafür wesentlich weniger Ärger.

»Meinst du, du kriegst die Bürgerversammlung dazu, dir genauso aus der Hand zu fressen?«

J. D. schaute zur anderen Seite der Koppel, wo Tucker Cahill mit einem Fuß auf dem Zaunbalken stand, einen Pfriem Kautabak im Mund. Tucker hatte ein Gesicht wie ein alter Lederball, kleine Augen voller Weisheit und Güte und einen Hut, der schon bessere Tage gesehen hatte. Er behauptete, Frauen hätten ihm erzählt, er würde aussehen wie der Zwillingsbruder von Ben Johnson, dem Cowboydarsteller. Ben Johnson hatte auch bessere Tage gesehen.

Er war einer der beiden Arbeitskräfte, die auf der Stars and Bars angestellt waren, sowohl aus Loyalität als auch deshalb, weil es ohne sie nicht ging. Der andere, Chaske Sage, behauptete, er wäre ein Nachkomme der Sioux-Schamanen. Vielleicht war es wahr, vielleicht auch nicht. Chaske war ein schlauer alter Kerl, mindestens so alt wie Tucker, litt aber nicht unter Rheuma wie sein Kumpan. Sein Rezept dafür war angeblich sein ausgeprägtes Sexualleben und eine geheimnisvolle Mischung aus Asche, Salbei und gemahlener Klapperschlangenhaut, die er täglich zu sich nahm.

»Nee«, sagte J. D. »Die haben alle zusammen nicht mal soviel Verstand, wie Gott einem Pferd gegeben hat.« Er tätschelte die kleine Stute und ging in Richtung Tor. Sie folgte ihm wie ein Hund. »Aber ein paar von ihnen haben große Ähnlichkeit mit einem Pferdehintern.«

Tucker spuckte einen Strom braunen Saft in den Staub und grinste. »Wo du recht hast, hast du recht, Sohn.« Er schwang das Tor auf und griff sich die Stute. »Ich reibe sie trocken. Du solltest dich beeilen, wenn du zu dem Treffen willst. Will ist schon rauf ins Haus.«

»Ja, der braucht auch eine Stunde vorm Spiegel. Wenn er soviel Zeit mit seiner Frau verbringen würde, wie damit, seine Klamotten auszusuchen –«

»Wir ham das Stück Zaun östlich vom blauen Stein gerichtet.«

Tucker war Weltmeister im Themenwechsel. J. D. wußte, daß es keinen Sinn hatte, weiterzureden. Der Alte war schon viele Jahre auf der Stars and Bars. Er war ein Kumpel vom alten Tom gewesen, war ihnen treu zur Seite gestanden und hatte wie ein Tier gearbeitet in all den Jahren, in denen Sondra ihnen das Leben zur Hölle gemacht hatte. Er war für J. D. zum Ersatzvater geworden, als Tom krank vor gebrochenem Herzen war, und ein Mentor nach Toms Tod, der J. D. und Will die Ranch hinterlassen hatte, als J. D. gerade zwanzig Jahre alt gewesen war. Inzwischen übernahm er meistens die Rolle des Diplomaten zwischen den beiden Brüdern.

»Hast du die alte Dinah gefunden?«

»Klar. Am Ende der Welt mit einem großen, bildschönen Bullenkalb. Die macht, was sie will. Wie alle Weiber, die mir bis jetzt begegnet sind.«

»Deswegen bist du ja auch ledig«, sagte J. D. grinsend.

»Ja, und was hast du für eine Entschuldigung?«

»Ich bin zu schlau.«

»Schlauer, als gut für dich ist.«

J. D. dachte darüber nach, als er die breite Treppe des alten hölzernen Ranchhauses mit seiner breiten einladenden Veranda hochstieg. Sein Plan war, dem Heiraten so lange wie möglich aus dem Weg zu gehen. Er hatte keine Zeit für Werbungsrituale und all den Quatsch, der dazu gehörte. Wenn es einmal gar nicht mehr anders ging, würde er sich eine Frau aus einer Rancherfamilie suchen, eine Frau, die verstand, daß Land und Tiere bei ihm an erster Stelle kamen. Sie würden heiraten, um eine Familie zu gründen, und die nächste Generation Raffertys würde auf der Stars and Bars aufwachsen und die Pflichten und die Freuden des Lebens hier lernen.

Romantisch war sein Plan nicht. Aber er hatte aus erster Hand gelernt, wozu Romantik führen konnte. Sein Vater hatte zweimal sein Herz verloren. Einmal an J. D.s Mutter, Anne, die an Krebs gestorben war. J. D. war damals erst drei gewesen. An die Frau selbst konnte er sich nicht mehr erinnern, nur noch an Gefühle – Trost und Sicherheit, Zärtlichkeit. Aber er konnte sich sehr genau an ihren Tod erinnern und wie dieser seinen Vater zerstört hatte. Dann kam Sondra Remick. Viel zu bald. Viel zu hübsch. Viel zu verwöhnt. Und Tom Rafferty verlor noch einmal sein Herz an eine Frau. Total. Vollständig. Jenseits von Stolz und Vernunft.

Am Ende hätte er um ein Haar fast alles verloren. Sondra hatte ihn schließlich wegen eines aufregenderen Mannes verlassen. Wegen ihrer Seitensprünge hätte Tom im Falle einer Scheidung sicher das Sorgerecht ihres Lieblings Will bekommen. Das war das einzige, was sie daran gehindert hatte, die Scheidung zu beantragen und ihm die Hälfte von allem, was er besaß, inklusive der Stars and Bars, wegzunehmen. Sie stritten erbittert wegen seiner Weigerung, sie aus dem Ehegelübde zu entlassen, aber er war nicht dazu zu bewegen, so besessen war er von ihr gewesen. Er wollte sie einfach nicht gehen lassen. J. D.s Meinung nach hätte er es wahrscheinlich auch nicht gekonnt, selbst wenn er es gewollt hätte.

Sie hatten direkt hier auf der Veranda gestanden, J. D. und sein Vater, und hatten hinaus auf den Hof, die Koppeln, das Tal und die Berge dahinter geschaut. Tiefe Sorgenfalten zogen sich wie Narben über Tom Raffertys Gesicht, seine Augen waren trüb vor Hoffnungslosigkeit. Er sah aus wie ein Mann, der sterben wollte.

»Liebe nie eine Frau, mein Junge«, murmelte er, wie eine Erinnerung an Worte, die ihm vor langer Zeit jemand auf den Weg gegeben hatte. »Liebe nie eine Frau. Liebe das Land.«

Die Organisation »Bürger für Eden Valley« traf sich meist im Gemeindezentrum, ein hochtrabender Name für einen Raum voller Gerümpel und gespendeter Klapptische und -stühle hinter der Feuerwehrstation. Aber heute versammelte man sich in der Mystic Moose Lodge, ein schlechtes Zeichen, fand J. D. Der Feind hatte sie in sein Lager eingeladen. Einige hielten das für eine freundschaftliche Geste, eine Einladung, mit den Neuankömmlingen zusammenzuarbeiten. J. D. sah das nicht so optimistisch.

Das Konferenzzimmer war mit rotem Teppich ausgelegt, die Tische waren neu und jägergrün gedeckt, mit bequemen Stühlen, und es roch angenehm nach Kaffee und nicht nach Diesel wie im Gemeindezentrum. J. D. zog es trotzdem vor, sich hinten an die Wand zu stellen.

Es waren etwa hundert Leute da. Die meisten wohnten schon ihr ganzes Leben in New Eden, lauter Rancher und Geschäftsleute. Unter diesen einfachen Leuten waren neue Gesichter verstreut – Hollywood-Typen: Künstler, Umweltaktivisten, Evan Bryce.

J. D. beobachtete zähneknirschend, wie Bryce sich durch den Raum arbeitete. Er wechselte ein paar Worte mit dem Bürgermeister, dem Vorsitzenden der Bürgerkommission, der Frau des Bankdirektors, blendete mit seinem Lächeln und schmeichelte sich bei allen ein. Dabei interessierten ihn die Leute von New Eden nicht die Bohne.

Bryce war nur an Macht interessiert. J. D. hatte ihn von Anfang an durchschaut. Er wollte König von Eden Valley werden; aber ohne J. D. Kein Rafferty hatte sich jemals vor einem König verbeugt – weder vor einem echten noch einem eingebildeten. Und kein Rafferty würde es je tun.

Die Blicke der beiden begegneten sich. Bryce lächelte siegesbewußt, dann ging er weiter, um noch ein Küßchen zu geben und noch eine Hand zu schütteln.

»He, J. D.« Red Grusin gab ihm die Hand und schlug ihm auf die Schulter. »Du läßt dich in letzter Zeit ja gar nicht mehr sehen.«

J. D. war auch vorher praktisch nie im Hell And Gone gewesen, dem Saloon, der Red gehörte. »Will verbringt genug Zeit für uns beide bei dir«, sagte er. Will war wahrscheinlich sowieso schon wieder dort. Hier hatte er sich jedenfalls noch nicht blicken lassen.

Grusin lachte. »Tatsache. Erst gestern nacht hat er beim Mäuserennen den Jackpot gewonnen. Aber das hat auch nicht gereicht, um seine Verluste beim Pokern zu decken«, flüsterte er ihm mit Verschwörermiene zu. »Aber beim Waschen geht das alles wieder raus, wie meine Mama immer sagte.«

»Will war gestern im Little Purgatory?« fragte J. D. mit eisiger Stimme.

Grusin schluckte betreten, als er merkte, daß er sich verquatscht hatte.

»Wieviel hat er verloren?«

Grusin schnitt eine Grimasse. Hoffentlich hatte der Sheriff nichts gehört. Es bestand immer die Gefahr, daß er sich doch noch entschließen würde, die illegale Spielhölle zu schließen, die er seit zwei Jahrzehnten unter dem Hell And Gone betrieb.

»Mach dir keine Sorgen. Er hatte eine kleine Pechsträhne –«

J. D. näherte sich bedrohlich.

»Wieviel?«

»Sechstausendfünfhundert«, sagte der ältere Mann und sah sich verzweifelt nach jemandem um, der ihn retten könnte. Er entdeckte Harry Rex Monroe vom Futtermittelladen. »He da, Harry Rex!«

J. D. stand einfach da, starrte auf den Boden und atmete langsam aus. Sechstausendfünfhundert Dollar. Will hatte keine sechstausendfünfhundert Dollar. Auf allem, was sie besaßen, lastete eine Hypothek, und Will verbrachte seine Nächte im Little Purgatory und warf das Geld zum Fenster raus...

»Hab' gehört, die wollen ein Skizentrum am Irish Peak bauen...«

»Die machen aus der Stadt ein zweites Scheiß-Aspen mit Cappuccino-Bars und Wuchermieten...«

Wahllose Gesprächsfetzen drangen durch den Nebel seines Schocks, zwangen J. D.s Gehirn wieder zu funktionieren. Er war aus einem bestimmten Grund hierhergekommen. Will würde er sich später vornehmen.

$ 6500. Ihm war übel, aber eher würde er verrecken, als sich etwas anmerken zu lassen.

Lyle Watkins, sein Nachbar im Süden, stand da und starrte mißmutig in seine Kaffeetasse. »Verdammt«, unterbrach er das Antifortschrittsgerede seiner Rancherkollegen. »Keiner kann die Kinder mit Stolz und Hoffnung füttern.«

»Wir können sie gar nicht mehr füttern, wenn diese verdammten

Schauspieler Elch- und Büffelherden herbringen, die mit Rinderpest infiziert sind.«

Lyle vermied es, ihm in die Augen zu sehen, als er sagte: »Bis jetzt hat keiner bewiesen, daß die Herden von Bryce infiziert sind.«

»Ich brauch' keinen Beweis, wenn meine Rinder reihenweise umfallen. Du vielleicht, Lyle?«

Watkins kniff den Mund zusammen und sagte nichts. J. D. wurde flau im Magen. »Du verkaufst?«

Lyle zuckte zusammen, als hätte er ihm einen Schlag verpaßt. »Der Handel ist noch nicht perfekt«, sagte er und ließ beschämt den Kopf hängen. »Ich kann nicht anders, J. D. Du weißt ja, wie schlecht der Markt ist. Und ich muß an Debbie und die Kinder denken.«

»Herrgott, Lyle«, sagte J. D. Verzweiflung bohrte sich wie ein Schwert in seine Brust. »Wie lange ist deine Familie schon hier? Siebzig – achtzig Jahre?«

»Lange genug.«

»Wer?«

Watkins schüttelte den Kopf und wollte sich mit den anderen entfernen, die jetzt zu den Stühlen gingen, da Jim Ed Wilcox auf dem Rednerpodium angefangen hatte, ins Mikrofon zu blasen. J. D. packte ihn grob am Arm.

»Verdammt, Lyle, ich hab' gefragt, wer?« knurrte er, obwohl er die Antwort ohnehin kannte.

»Bryce. Tut mir leid, J. D.«, flüsterte Lyle Watkins. »Er hat mehr Geld als Gott, und ich hab' keinen Pfennig. Entweder er kauft die Ranch, oder die Bank kriegt sie.«

Watkins riß sich los und suchte sich einen Stuhl. J. D. blieb wie vom Donner gerührt stehen. Sein Blick wanderte durch den Saal und richtete sich wutentbrannt auf Evan Bryce, der ganz vorn an einem Tisch saß, mit allen hiesigen Unwürdenträgern, wie J. D. sie nannte. Wenn Lyle Watkins ihm die Flying K. verkaufte, würde ihm alles Land vom Irish Peak im Süden bis zum Rand des Yellowstone gehören – alles außer der Stars and Bars und dem kleinen Stück Grund von Lucy MacAdam.

Er hat mehr Geld als Gott. Und Gott ist genau die Rolle, die Bryce hier spielen will, dachte J. D. verbittert. Und jetzt saß Bryce da vorn und beantwortete die Fragen des Publikums souverän, erzählte, alles würde wunderbar werden, ihre Geldsäckel würden überquellen, und in Eden würde alles eitel Freude, Sonnenschein werden.

Eins mußte man den Bürgern von New Eden zugute halten: Nicht alle fielen auf diese Nummer rein und taten offen ihre Meinung kund. Innerhalb kürzester Zeit war eine hitzige Diskussion im Gange. Jim Ed Wilcox, der Vorsitzende des Komitees, unterbrach sie, ehe es zu Handgreiflichkeiten kam. Aber es dauerte nicht lange, dann mußte er erneut eingreifen. Ein Mormonenrancher und die Besitzerin des New-Age-Mineralienladens – eine große, grimmig aussehende Frau namens M. E., eine Broadwayschauspielerin oder etwas in der Art, wenn sie nicht gerade in Montana rumspielte – gerieten aneinander. Er behauptete, sie würde Hexerei praktizieren, und sie warf ihm vor, er hätte ein negatives Energiefeld und ein verstopftes Gehirn. Wilcox brüllte die beiden nieder und stellte dann eine weitere Person vom Ehrentisch vor.

Colleen Benson war eckig gebaut, mit weichen braunen Locken und einer großen Schildpattbrille. Sie trug eine blaue Seidentunika mit Hosen und hatte einen wildgemusterten Schal um die Schultern drapiert, der von etwas gehalten wurde, das für J. D. wie ein Klumpen Lötzinn aussah. Sie nahm ihren Platz am Podium ein, und zwei Männer trugen ein drapiertes Objekt herein und stellten es neben sie auf den Tisch.

»Guten Abend, alle zusammen«, sagte sie so leise, daß Jim Ed aufstand und das Mikrofon ein Stück runterbog, was dieses mit lautem Pfeifen quittierte. Die Frau errötete, räusperte sich und begann erneut. »Wie viele von Ihnen wissen, bin ich Bildhauerin. Seit zwei Jahren ist New Eden meine Heimat. Es betrübt mich, mitansehen zu müssen, wieviel Zwietracht die Frage über den Zuzug der neuen Leute ausgelöst hat. Meinem Gefühl nach bedarf es hier des Geistes der Zusammenarbeit. Ich habe mich deshalb entschlossen, der Stadt eine Plastik zu spenden, die das Thema Zusammenarbeit verkörpert und harmonisch die rauhen Elemente der Rancherbevölkerung und den Einfluß weltoffener und künstlerischer Qualitäten von außen vereint.«

Sie enthüllte das Modell. Das halbe Zimmer raunte vor Ehrfurcht und Bewunderung. Die andere Hälfte starrte schockiert, mit offenem Mund. Zu diesen gehörte J. D. Das Ding sah aus wie die Reste eines größeren Autounfalls.

Nach einem kurzen Applaus erklärte die Künstlerin, das Kunstwerk sollte vor dem Bezirksgericht stehen, und sie würde sofort an Ort und Stelle mit der Arbeit beginnen.

»Das ist wohl eine ganz nette Geste, Miss Benson«, sagte J. D. mit ruhiger Stimme, und alle Augen im Raum richteten sich auf ihn. »Aber ich kapiere nicht, wie ein großer Haufen Metall mir dabei helfen wird, die Steuern zu zahlen, die inzwischen wegen der überhöhten Landpreise ins Uferlose gestiegen sind. Eine Geste hält meinen Nachbarn nicht davon ab, seine Spitzenranch an Leute zu verkaufen, die glauben, daß Lebensmittel in einer Kammer hinterm Supermarkt produziert werden. Jetzt ist endgültig Schluß. Wir stemmen die Füße in den Boden und halten das fest, was uns gehört, sonst werden wir in fünf Jahren alle nur noch Handlanger für die Reichen sein. Dafür sind meine Vorfahren nicht vor hundert Jahren nach Westen gezogen.«

Die Bildhauerin wurde puterrot vor Scham, und Bryce erhob sich elegant von seinem Stuhl, und seine blassen Augen richteten sich direkt auf J. D. »Mr. Rafferty, wollen Sie damit sagen, daß es nur Eingeborenen gestattet ist, in Montana zu wohnen?«

J. D.s Augen wurden schmal. Er erhob seine Stimme nicht, aber jedes Wort knallte wie ein Peitschenhieb durch den Raum. »Ich sage, daß ich mein Erbe nicht an irgendeinen Jungen mit frechem Maul verkaufen werde, damit er seine hirnlosen, idiotischen Freunde aus Hollywood damit beeindrucken kann.

Ich kann die Leute nicht daran hindern, hierherzukommen, aber sie können verdammt noch mal meine Art zu leben respektieren und mich in Frieden lassen. Ich laß mich nicht aufkaufen, und ich laß mich nicht vertreiben. Und ich werde, so wahr ich hier stehe, nicht tatenlos zuschauen, während Spekulanten aus diesem Land einen versnobten elitären Spielplatz machen.«

Er setzte seinen Stetson auf. »Wenn ich in einem Vergnügungspark leben will, dann zieh' ich nach Disneyland.«

Will saß an der Bar im Mystic Moose und strich gedankenverloren über sein schwitzendes Bierglas.

Etwa die Hälfte der Tische im Raum war mit Neuankömmlingen und Urlaubern besetzt, lauter schönen Menschen in teurer Kleidung. Eine exotisch aussehende Blondine, die allein am Tisch saß, zwinkerte ihm zu, aber Will schaute einfach an ihr vorbei. Er war nicht hierhergekommen, um sich von irgendeinem reichen Miststück aufreißen zu lassen, das auf der Suche nach einem Cowboy fürs Bett war. Er war hier, weil seine Frau hier bediente, mit einem Lächeln, weicher als Seide und wärmer als die Sonne.

Verdammt, sie war wirklich ein hübsches Ding. Wenn sie doch nur nie geheiratet hätten. Nur zu gern hätte er sie heute nacht ins Bett gelockt, aber das war unmöglich, so wie die Dinge jetzt standen.

Er schüttelte den Kopf und nahm einen Schluck Bier. Ohne Komplikationen wäre sein Leben wesentlich schöner.

Er beobachtete, wie Sam zur Bar zurückging, den Kopf über ihren Bestellblock gebeugt. Ihr taillenlanges Haar war wie üblich zu einem praktischen Zopf geflochten. Will stellte sich vor, wie es offen über ihre Schultern hing, wie ihre Knospen durch die seidigen Strähnen hervorschauten. Er nahm noch einen tiefen Zug von seinem Bier, in der Hoffnung, es würde das plötzliche Pochen unter der Gürtellinie beruhigen.

Samantha spürte seinen Blick, sobald sie das Tablett auf dem Tresen abgesetzt hatte, und ihr Herz machte einen Satz. Zwei Wochen waren vergangen, seit Will zurück auf die Stars and Bars gezogen war. So nahe war sie ihm seit ihrem letzten Streit nicht mehr gewesen.

Diese verfluchte Blondine vom Hell and Gone. Und jetzt saß er da und sah viel zu gut aus, mit seinen viel zu blauen Augen und dem viel zu verlockenden Lächeln.

»Willst du mir nicht mal hallo sagen, Sam?« sagte er leise.

Sie drehte den Kopf und sah ihm direkt in die Augen, in der Hoffnung, er würde kühle Gleichgültigkeit darin sehen. Aber statt dessen würde er nur Schmerz sehen, das wußte sie. »Was machst du denn hier?«

Gute Frage. Er nagte verlegen an seiner Unterlippe. Er war schließlich derjenige, der raus aus der Ehe wollte, da konnte er ihr schlecht sagen, daß sie ihm fehlte.

»Ist doch ein freies Land«, sagte er schließlich, was selbst in seinen Ohren recht lahm klang.

Samantha versuchte, nicht zu zeigen, wie sehr sie das verletzte. Tief in ihrem Herzen hatte sie gehofft, er würde sagen, wie sehr sie ihm fehlte, daß er sie brauchte, sie um Verzeihung bitten würde, daß er sich wünschte, sie würde sein Baby bekommen. Das wünschte sie sich. Und hätte sich dafür am liebsten selbst einen Tritt verpaßt. Sie war kein verträumtes junges Mädchen mehr, sondern eine Frau mit einem Ehemann, der sie ohne Gewissensbisse betrog.

»Na ja, dann steht's dir ja frei, ins Hell and Gone zu gehen«, sagte sie giftig. »Da warten sicher schon ein paar Schlampen auf dich.«

Bevor Will protestieren konnte, hatte sie sich umgedreht und war mit einem schwer beladenen Tablett davonstolziert. Er drehte sich mit einem Seufzer zum Barmann und sagte: »He, Tony, einen Jack Daniels pur?«

J. D. fing den Whisky ab, kippte ihn hinunter, knallte das Glas auf die Bar und wandte sich mit eisigem Blick an seinen Bruder. »Wir gehen.«

»Was ist denn los?« sagte Will verärgert. »Die Versammlung kann doch noch nicht vorbei sein?«

»Was mich betrifft, schon.«

»Ach ja?« sagte Will sarkastisch. »Dann können wir ja *alle* heimgehen. St. John hat gesprochen. Verdammt noch mal, für wen hältst du dich eigentlich? Ich hab' meinen eigenen Truck, falls du das vergessen haben solltest.«

»Ja, und manchmal bist du vielleicht sogar nüchtern genug, ihn alleine nach Hause zu fahren.«

»Heute abend fahr ich ihn nach Hause«, sagte Will mit zusammengebissenen Zähnen.

»Bevor oder nachdem du noch ein oder zwei Tausender im Little Purgatory verloren hast?«

Will kniff die Augen zu. »Oh, Scheiße.«

»Ja«, sagte J. D. und versicherte sich mit einem kurzen Blick, daß niemand in Hörweite saß. Er bedeutete dem Barmann, ihm noch einen Jack einzugießen, und lehnte sich erschöpft an die Bar. »Mein Gott, Will, wie konntest du nur? Sechstausendfünfhundert! Du hättest sie genausogut ins Klo werfen können.«

Will warf ihm einen wütenden Blick zu. »Danke, J. D. Du bringst es fertig, daß ich mich gleich noch mieser fühle. Ich hatte eine Glückssträhne. Ich hab' versucht zu gewinnen.«

»Aber du hast nicht, Will.« Er verstummte, während der Barmann ihm noch einen nachgoß. Er kippte den Whisky hinunter. »Du gewinnst doch nie.«

Will griff nach seinem Bierkrug, aber J. D. schob ihn weg. »Wir müssen morgen Vieh treiben. Vergiß das nicht. Wenn du um halb fünf nicht unten bist, werd' ich deinen traurigen Hintern egal aus welchem Bett zerren und dich auf ein Pferd binden. Hast du verstanden?«

»Klar und deutlich«, zischte Will wütend, warf ein paar zerknüllte Scheine auf den Tresen. »Ich brauch' mir diesen Quatsch nicht länger anzuhören. Ich hau' ab.«

Er ging rasch durch die Lobby des Mystic Moose und hatte nur noch einen Gedanken: seine Sorgen in Bier zu ertränken und ein strammes Cowgirl mit lockeren Moralvorstellungen abzuschleppen.

J. D. nickte Samantha kurz zu und ging dann durch die Seitentür hinaus zum Parkplatz.

Keiner von beiden hatte das Paar Augen bemerkt, das aufmerksam jedes Detail ihres Streits verfolgt hatte.

Sharon Russell nippte an ihrem Scotch und lächelte. Zwietracht in den Reihen der Raffertys. Bryce würde sehr zufrieden sein.

Draußen konnte J. D. etwas besser atmen. Der Jack Daniels wärmte sein Blut und beruhigte ihn etwas. Er wandte sich von dem frisch renovierten Hotel ab und konzentrierte sich auf den Blick, den er schon seit seiner Kindheit liebte. Die Nacht war wie tiefblauer Samt, übersät mit Diamanten. Ein Sichelmond schwebte über den Gipfeln der Absarokas im Osten und tauchte die Hänge in weißes Licht.

Die Wut und die Anspannung des Tages verebbten. Die Berge würden immer da sein. Der Mond würde immer wieder aufgehen. Und an etwas anderes wollte er heute auch nicht mehr denken. Er stieg von der Veranda und ging zu seinem Pick-up, der im hinteren Teil des Parkplatzes stand.

Mit einem Mal hörte er leise Musik. Sie kam nicht aus dem Mystic Moose, sondern ganz aus der Nähe. Er ging weiter und suchte die Gegend mit zusammengekniffenen Augen ab.

Er ging bis zum Zaun, der den Parkplatz eingrenzte, stieg durch die Latten auf eine Wiese, hinter der die ersten Ausläufer der Berge begannen, übersät mit Felsvorsprüngen und hohen Bäumen. Seine Sinne füllten sich mit dem Duft von Gras und Wildblumen, den Klängen einer warmen rauchigen Stimme und den süßen zärtlichen Noten einer Gitarre. Eine Frauenstimme, leise und stark. Sie sang ein wehmütiges, nachdenkliches Lied. Das Lied einer Frau, die versuchte, trotz aller Hindernisse durchs Leben zu navigieren, trotz ihrer eigenen Sturheit, trotz aller Fehler und verpaßten Gelegenheiten.

Die Schönheit und das Wahre dieses Liedes ließen J. D. stehenbleiben und zuhören. Und als die letzten Töne verklungen waren, sah er plötzlich, wer da gesungen hatte. Marilee Jennings.

Sie saß auf einem kleinen Felsen, die Gitarre im Arm und eine Flasche neben sich. Sie war nicht allein. Neben ihr saß Zip, sein Schäferhund, und beobachtete sie mit gespitzten Ohren. Und jetzt bemerkte ihn Zip und stürzte fröhlich kläffend auf ihn zu.

Maris Augen folgten dem Hund, und ihr stockte das Herz, als sie den Mann kaum vier Meter von sich entfernt sah. Die Krempe seines hellgrauen Hutes überschattete sein Gesicht, aber seine Schultern und seine Haltung waren unverkennbar. Seltsam, daß sie J. D. sofort erkannt hatte, obwohl sie ihn erst zweimal gesehen hatte.

»Sie haben den falschen Beruf, Rafferty«, sagte sie spöttisch. »So wie Sie sich bei Leuten anschleichen, wären Sie sicher ein guter Spion geworden.«

J. D. ignorierte das und kam näher. »Machen Sie das öfter, den Mond ansingen?« fragte er und versuchte, den Zauber ihres Liedes abzuschütteln. Er konnte es sich nicht leisten, verzaubert zu werden.

»Tut das nicht jeder?«

»Nein, Ma'am, nicht in dieser Gegend.«

Sie schob sich lächelnd eine zerzauste Strähne hinters Ohr und sagte: »Na, wenigstens bin ich nicht nackt.«

Beinahe hätte er den Witz nicht verstanden, so verlockend war die Vorstellung, sie unbekleidet hier sitzen zu sehen, mit ihrer weichen weißen Haut und der mondbeschienenen Haarmähne.

Mari spürte seine Spannung. Es war fast wie Telepathie, unbegreiflich und auch unwillkommen bei diesem Mann. Sie versuchte, das zu überspielen, indem sie ihm die Flasche reichte.

»Champagner? Mit den besten Empfehlungen vom Mystic Moose.«

»Sie wohnen hier?«

Sie warf ihm einen vorwurfsvollen Blick zu. »Das Ambiente des Etablissements, in das Sie mich geschickt haben, war natürlich einmalig. Aber mir ist es lieber, wenn ich nicht mitanhören muß, wie der Trucker nebenan seinen Kolben ölt.«

Das hätte ihm fast ein Lächeln entlockt. Gefährlich. Er durfte nicht auf ihren Charme reinfallen. War auch gar nicht seine Art. Von Frauen wollte er nur eins: ab und zu mal etwas Sex. Keinen Charme, keine Freundschaft.

Er konzentrierte sich auf die Flasche in ihrer Hand. »Bieten Sie Männern, die Sie für Widerlinge halten, immer was zu trinken an?«

Mari zuckte zusammen, ließ sich aber nichts anmerken. Sie brauchte Informationen von J. D. Rafferty, also war es ratsam, ihn nicht weiter zu provozieren. Sie glitt von ihrem Stein, lehnte die Gitarre an den Felsen und ging mit der Flasche auf ihn zu. »Ich finde, wir sollten vergessen, was war. Tun wir doch so, als hätten wir uns gerade erst kennengelernt, hm?«

J. D. kniff die Augen zusammen und musterte sie mißtrauisch. Sie sah wirklich nicht gefährlich aus mit ihren alten schwarzen Leggings und dem fünf Nummern zu großen blauen Hemd. Trotzdem blieb er auf der Hut. »Warum? Was wollen Sie von mir?«

»Höflichkeit?« sagte Mari und verkniff sich die Frage, die sie schon den halben Tag beschäftigte. »Mein Gott, Sie sind vielleicht ein mißtrauischer Kerl.«

»Und das mit Recht. Ich hab' Ihre Freundin Lucy gekannt, schon vergessen? Von der hat man nie was umsonst gekriegt. Warum sollte ich glauben, daß Sie anders sind?«

Mary legte den Kopf zur Seite. Der Champagner dämpfte ihre sonst so leicht entflammbare Wut. »Ganz was Neues, daß jemand mich für gefährlich hält. Nur meine Familie hatte immer Angst, daß ich sie gesellschaftlich blamiere. Meine Mutter hätte mich am liebsten zurückgegeben.«

Er starrte sie so lange an, daß sie beschämt errötete. Schließlich sagte er: »Reden Sie immer soviel?«

»Nein, ich bin zu vornehmem weisen Schweigen fähig. Aber nicht nach einer halben Flasche Champagner«, berichtete sie. »Dann werde ich poetisch und jaule den Mond an. Nackt.

Das sollte ein Witz sein, falls Sie wissen, was das ist.« Mari schaute hoch zu ihm, versuchte, sein Gesicht unter der Krempe zu sehen. »Muß ich denn die Hoffnung aufgeben, daß hinter all dem Granit und dem Testosteron nicht doch ein kleines bißchen Sinn für Humor lauert?«

Er wandte sich mit einem verächtlichen Schnauben zum Gehen und gab dem Hund ein Zeichen, ihm zu folgen.

»Warten Sie!« Mari stolperte hinter ihm her. »Ich muß Sie etwas fragen.«

Er blieb stehen, drehte sich aber nicht um, damit sie sich vor ihn stellen mußte. Sie sah ihm tapfer direkt in die Augen und sagte: »Wer ist Del Rafferty? Er hat Lucys Leiche gefunden. Ist er mit Ihnen verwandt?«

»Und um das zu erfahren, wollten Sie mich mit Alkohol vollpumpen?«

Die nackte Wut packte J. D. Typisch Frau. Immer hinterhältig.

Sie wollte etwas von ihm. Wie alle anderen Blutsauger, die aus der Welt da draußen in seine Domäne eingedrungen waren.

»Verdammte Stadtweiber«, knurrte er. »Sie wissen gar nicht, wie man eine direkte Frage stellt, stimmt's. Alles muß irgendwie verbrämt sein. Warum können Sie nicht einfach fragen?«

»Ich hab' doch einfach gefragt!« sagte Mari beleidigt.

Sein Mund verzog sich angewidert. Er riß ihr die Flasche aus der Hand, warf sie beiseite und hatte seine sadistische Freude daran, wie sie ängstlich vor ihm zurückwich. Er wollte, daß sie Angst vor ihm hatte.

»Was willst du denn sonst noch wissen, Marilee?« fragte er und drängte sie dabei immer weiter zurück, auf eine Pappel zu.

»N-nichts«, stammelte sie.

»Bist du wie deine Freundin Lucy? Willst du wissen, wie es ist, es mit einem Cowboy zu treiben?« fragte er derb.

»Nein! Ich –«

»Ich bin mehr als bereit, dir gefällig zu sein. Oder hat Lucy dir schon alles darüber erzählt, hm?«

»Nein, sie hat nie –«

Er lachte verächtlich. »Das Wort nie gehörte nicht in ihr Vokabular.«

Mari stieß mit dem Rücken gegen den Baum. Die rauhe Rinde bohrte sich durch den Stoff ihres Hemdes, als J. D. sich gegen sie lehnte und sie an den Baum preßte. Seine Schenkel waren wie Säulen, seine Hände wie Stahlbänder, als sie ihre Oberarme packten. Er beugte sich vor, bis sie die Wut in seinen Augen funkeln sah. Ihr Puls raste.

»Willst du's rausfinden, Marilee?« flüsterte er.

Sein Mund war leicht geöffnet, feucht. Die Unterlippe war voller, als sie zuerst gedacht hatte, sinnlicher. Sein warmer Atem roch nach Whisky. Wieder packte sie dieses seltsame Gefühl, eine Mischung von Angst und Erregung, dasselbe Gefühl, das sie gestern abend bei ihm gehabt hatte. Es sammelte sich in ihrer Brust und strömte tiefer.

Sie wollte ihn ohrfeigen, aber er hielt ihre Arme fest. Sie hätte ihm das Knie zwischen die Beine rammen können, aber er war zu nahe. Und außerdem hatte sie das Gefühl, daß jedes Quentchen Kraft ihrem Körper entwichen war.

Sie hauchte ein kraftloses *Nein*.

In J. D.s Ohren hallte es wie ein Schrei. Alles Männliche in ihm sträubte sich dagegen. Sie war weich und zittrig, ihre Augen groß und dunkel wie eine Neumondnacht. Sie befeuchtete ihre Oberlippe mit der Zunge, und nackte Begierde schoß wie ein Pfeil durch seinen Körper.

»Lügnerin«, knurrte er.

Er griff sie nicht an. Wandte keine Gewalt an. Sein Mund senkte sich langsam über ihren, und Mari tat nichts, um ihn aufzuhalten. Sie keuchte, als Haut auf Haut traf, und er nutzte den Vorteil, schob seine Zunge zwischen ihre Lippen, langsam, immer tiefer. Sie erschauerte, ließ ihn aber gewähren. Sie hatte das Gefühl, im Sog eines ungeheuren Magnetfelds gefangen zu sein, unfähig, sich zu lösen, unfähig, die Reaktion ihres Körpers zu verhindern, während er streichelte und erforschte und sie kostete.

Das ist Irrsinn, Marilee. Er ist ein großer, wütender Cowboy. Du magst ihn nicht einmal.

Sie vergaß alles, als er den Druck steigerte und sein Kuß noch begieriger wurde. Er lehnte schwer und massig an ihr und beeindruckend, unbestreitbar männlich. Seine Erektion pochte gegen ihren Bauch.

Hunger. Mein Gott, wie er sie begehrte. Gier. Er war ganz wild darauf, sie zu kosten. Er quetschte sie gegen den Baum, wollte sich in sie versenken, sie auf den Boden und in totales Vergessen stürzen. Seine Hand glitt zwischen ihre Körper und fand ihre kleine, mollige Brust. Sein Daumen strich über die Knospe, die sich hart unter ihrem Hemd wölbte.

Er wollte sie haben. Um jeden Preis. Noch eine Frau, der er nicht traute und die er nicht respektierte. Noch eine Fremde. Noch ein Schakal, der sich an seinem Leben sättigen wollte.

Der Geschmack von Leidenschaft in seinem Mund wurde zu Essig. Er wich ein Stück zurück, und Maris Sinne erwachten wie durch einen kühlen Wind. Im Laufe ihrer kurzen Bekanntschaft hatte J. D. Rafferty sie verängstigt, beleidigt, beschämt und jetzt das.

Sie ballte ihre Hände zu Fäusten und schlug so fest sie konnte gegen seine Brust. Es hatte etwa die Wirkung, die ein Tennisball gegen einen Elefanten hat.

»Wie kannst du es wagen!« keuchte sie.

Er schaute angewidert auf sie herab. »Tu doch bloß nicht so, als hättest du's nicht gewollt, Marilee. Du hast dich ja nicht direkt gewehrt.«

Er hatte recht, aber das machte sie nur noch wütender. »Geht ihr hier so mit Frauen um? Jede, die dir keinen Ziegel über den Schädel zieht, wird flachgelegt? Da, wo ich herkomme, heißt das Vergewaltigung. Wir leben in den Neunzigern, Rafferty. In der zivilisierten Welt fragen die Männer um Erlaubnis.«

»Dann solltest du vielleicht in deine zivilisierte Welt zurückfahren«, zischte er. »Ich will dich ganz bestimmt nicht hier haben. Geh zurück nach Kalifornien. Halt dich aus meinem Leben raus!«

Mari starrte ihn fassungslos an, als er sich bückte, um seinen Hut aufzuheben, den er in der Hitze des Gefechts verloren hatte. Dann holte sie tief Luft.

»Ich –? Das ist doch der Gipfel! Als hätte ich dich darum gebeten, daß du mir die Zunge in den Hals schiebst! Für wen zum Teufel hältst du dich eigentlich –«

»J. D. Rafferty«, knurrte er, setzte seinen Hut auf und salutierte spöttisch. »Del Rafferty ist mein Onkel. Er mag keine Fremden, er mag keine Blondinen, und er kann einer Maus auf zweihundert Meter den Schwanz abschießen. Halt dich auch von ihm fern.«

»Ja, er klingt fast so charmant wie du«, schrie ihm Mari nach, als er mit seinem Hund davonschritt. »Wie soll ich mich da bloß beherrschen?«

Er gönnte ihr nicht einmal die Befriedigung, daß er sich noch einmal umdrehte, stieg einfach in seinen Pick-up und fuhr davon. Der Hund stand auf der Ladefläche und sah zu ihr zurück, bis sie abbogen und außer Sichtweite verschwanden. Mari blickte ihnen nach und blieb dann noch lange stehen, während ihr Körper vibrierte, ihr Herz raste. Er machte sie wütend. Er machte sie verrückt. Er erregte sie.

Wie soll ich mich da bloß beherrschen...

Er kauerte zwischen den Bäumen, wartete. Der Mond schimmerte auf der Wiese. Kojoten jaulten traurig, unsichtbar. Das silberne Leichentuch des Todes schwebte wie klebriger Dunst über dem Boden. Er beobachtete ihn, versteckt unter den Bäumen des Abhangs, und wartete. Aus dem Dunst würden sich die Körper materialisieren – die Blondine, die Hundetreiber, die Tiger. Sie würden Gestalt annehmen und ihren grausigen Tanz im Zwielicht des Mondes tanzen, ihn quälen, ihn locken.

Er saß zwischen den Reihen von Kiefern und Douglastannen, umklammerte mit schweißnasser Hand sein Gewehr und wartete.

KAPITEL 6

»Ich werde dir erzählen, wie die Sonne aufging«, murmelte Mari. Die Worte entglitten ihrem Mund fast unbewußt.

Sie saß auf demselbem Stein wie gestern nacht, als sie beobachtet hatte, wie der Mond hinter den Bergen aufging. Jetzt färbte der Morgen dieselben Bergspitzen in atemberaubenden Pastelltönen, weich wie Dunst und doch stark genug, um ihr den Atem zu rauben. Das Erlebnis war neu, und trotzdem hatte sie das Gefühl, es in einem anderen Leben schon hundertmal gesehen zu haben. Ihr war, als hätte sie eine Ewigkeit darauf gewartet, es wiederzusehen. Die Schönheit war erquickender als die sechs Stunden unruhiger Schlaf von heute nacht. Es war wie ein Lebenselixier, und ein Gefühl von Frieden strömte durch ihre Adern.

»Ich werde dir erzählen, wie die Sonne aufging«, murmelte sie.

»Band für Band, eins ums andere«, beendete Drew das Zitat von Emily Dickinson mit leiser Stimme, um den Zauber des Augenblicks nicht zu zerbrechen.

Mari drehte sich um. Er stand neben ihrem Felsen, mit hautenger Fahrradhose und Sweatshirt. Ein Mountainbike lehnte an seiner Hüfte.

»Früher habe ich immer so gerne lange geschlafen«, sagte er. »Dann habe ich diesen Sonnenaufgang gesehen und mir geschworen, daß ich nie mehr einen verpassen würde.«

Mari raffte ihre Jeansjacke gegen die morgendliche Kühle zusammen. »Haben Sie kein Heimweh nach England?«

»Ab und zu schon«, sagte er lächelnd. »Aber jetzt ist hier meine Heimat. Ich liebe es.«

»Man braucht keine Brille, um zu sehen, warum«, sagte Mari und ließ den Blick schweifen. Sie spürte es selbst, dieses Kribbeln einer neuen Liebe. Sie hatte nicht gewußt, daß man dieses Gefühl auch für einen Ort haben könnte. Ob Lucy das wohl auch empfunden hatte? Schwer vorstellbar.

»Ich hab' mich immer gefragt, was Lucy wohl hierhergezogen hat«, sagte sie. »Sie wollte immer im Auge des Hurrikans sein. Immer im neuesten Trend, immer diejenige sein, die als erste den neuesten Klatsch wußte. Und dann ist sie in diese Wildnis gezogen. Die Sonnenaufgänge können nicht der Grund gewesen sein. Früher hat sie höchstens einen Sonnenaufgang gesehen, wenn sie noch von der Nacht vorher unterwegs war.«

»Hier war sie auch nicht viel anders«, sagte Drew. »Lassen Sie sich nicht von all der prächtigen Natur täuschen. New Eden hat auch seine Geheimnisse und Konflikte. Und Lucy war immer mittendrin.«

»Mit der Clique um Evan Bryce.«

»Hmm. Evan Bryce ist ein mächtiger Mann und hat mächtige Freunde. Und er hat ständig einen Haufen Prominente im Schlepptau, Filmleute, Politiker, die Crème de la Crème. Viele von ihnen haben hier auch Häuser.«

»Sie wollen damit sagen, daß Lucy hier mitten im Geschehen war?«

»Montana ist voll im Trend. Sehr zum Leidwesen der hiesigen Rancher.«

Sie mußte automatisch an Rafferty denken. Seine Wut, seine offene Feindseligkeit gegenüber Fremden ... sein Kuß. Sie hatte die halbe Nacht kein Auge zugetan. Die Erinnerung machte sie unruhig. Sicher nur, weil ich so wütend auf ihn bin, redete sie sich ein. Eine kleine innere Stimme schimpfte sie Lügnerin.

»Sie können einem aber auch leid tun«, fuhr Drew fort. »Eskalierende Grundstückspreise, Steuern, die ins Uferlose steigen. Aber Kevin und ich sind eben auch ein Teil des Problems, nicht wahr? Die armen Schweine tun uns zwar leid, aber wegziehn werden wir auch nicht.«

»Und auf welcher Seite stand Lucy?«

»Auf ihrer eigenen«, erwiderte Drew leise. »Sie sind anscheinend ganz anders als sie.«

Mari lächelte traurig und rutschte von ihrem Stein. »Nein, uns verband nicht sehr viel ... abgesehen davon, daß wir Freunde waren. Das ergibt nicht viel Sinn, nicht?«

Er legte einen brüderlichen Arm um ihre Schultern. »Welche Beziehung tut das schon. Ich kann nicht behaupten, daß Lucy einen feinen Charakter hatte, aber ich hab' sie gemocht. Sie hatte sehr viel Humor, und wenn sie fand, man wäre ihre Freundschaft wert, hat sie alles für einen riskiert.«

»Sie war einfach ... na ja, sie war eben Lucy. Und jetzt ist sie tot.«

Die beiden blieben eine Weile Seite an Seite stehen. Das Sonnenlicht ergoß sich wie flüssiges Gold über die Gipfel der Absarokas, und das Tal erwachte zum Leben. Eine Feldlerche trällerte. Oben am Hang erhob sich ein Adler mit ausgebreiteten Schwingen über die Wipfel der Douglastannen.

Mari beobachtete die Szene schweigend, ließ den Frieden in ihre Adern sickern und alles übrige wegspülen. Sie atmete tief die kühle saubere Luft ein und ließ die Zeilen des Gedichtes noch einmal durch ihren Kopf klingen: *Ich werde dir erzählen, wie die Sonne aufging – Band für Band, eins nach dem anderen.*

Sie saß gerade beim Frühstück, als Miller Daggrepont über sie hereinbrach. Er rauschte zur Tür herein, und der ganze Speisesaal erstarrte, teils entsetzt, teils amüsiert.

Er war ebenso breit wie hoch, mit einem Gesicht wie eine Bulldogge und einem räudigen grauen Bürstenhaarschnitt. Eine goldschwarze Brokatweste spannte sich um seinen Bauch, auf dem die riesige, mit Türkisbrocken besetzte Silberschnalle seines Gürtels wie die Kühlerfigur eines Mack Trucks thronte. Die Beine seiner schwarzen Hose steckten in Schlangenlederstiefeln, die im Vergleich zu seiner übrigen Masse lächerlich klein wirkten.

Mari erstarrte, als er direkt auf sie zuging und vor ihr stehenblieb. Ein Zigarrenstummel klemmte in seinem Mundwinkel, und er musterte sie mit dunklen Augen, die seine dicke Brille unheimlich vergrößerte.

»Kleines Fräulein«, dröhnte er. »Sind Sie Marilee Jennings?«

Mari nickte, immer noch sprachlos.

Er reichte ihr seine riesige rote Hand. »Miller Daggrepont«, verkündete er quer durch den Saal. »Rechtsanwalt und Mann der Renaissance. Ich habe eine Überraschung für Sie, kleine Lady.«

»Ich bin mir nicht sicher, ob mein Herz das verträgt«, sagte Mari, nicht ganz im Scherz.

»Kommen Sie mit«, befahl er und zog sie aus dem Stuhl. »Das ist wichtig. Essen können sie immer.«

Nachdem er ja offensichtlich ein Experte auf diesem Gebiet war, folgte ihm Mari brav, trotz knurrenden Magens.

Er führte sie die Main Street hinunter, weiter zur First Avenue und bog dann in ein Backsteingebäude mit einem reich verzierten Schaufenster ein. EDEN VALLEY ASSAY stand in goldfarbenen Lettern auf der Glasscheibe, aber an der Tür hing ein Messingschild mit MILLER DAGGREPONT, ESQUIRE, RECHTSANWALT.

»Hier bewahre ich meine Sammlungen auf«, sagte er und suchte einen Schlüssel aus einem riesigen Bund heraus. »Ich sammle alles. Schilder, landwirtschaftliches Gerät, egal was. Man weiß nie, was als nächstes Mode wird. Ich hab' ein Vermögen mit indianischem Kunstgewerbe verdient, als die ersten Hollywood-Typen hier auftauchten. Sie glauben, sie wären schon halbe Eingeborene, wenn sie sich eine alte Pferdedecke an die Wand hängen. Verdammte Narren.«

Er stieß die Tür auf und zog Mari hinter sich ins Haus. Die Wände waren voller Regale, vom Boden bis zur Decke. In der Mitte des Raums stand eine Tischvitrine, die sich von einem Ende des Raums bis zum anderen zog. Alte Reklameschilder und Nummernschilder hingen an Drähten von der Decke. Der Boden war übersät von Gerümpel. Am Ende des großen Raumes war eines der hohen Regale umgestürzt und hatte einen Berg Spielzeug, Blechkanister, Holzschachteln und sonstigen Kram über den Boden ergossen.

»Passen Sie auf, daß Sie nicht stolpern«, befahl Miller. »Irgendein verfluchter Trunkenbold ist gestern nacht hier eingebrochen und hat alles auf den Kopf gestellt.«

Mari tastete sich hinter ihm her, stieg über eine umgestürzte Indianerfigur und einen Strohhut, der mit verblaßten Seidenrosen besetzt war. »Mr. Daggrepont, ich habe sechs Jahre lang mit Anwälten gearbeitet, aber ein Büro wie das Ihre ist mir noch nie untergekommen.«

Sein dröhnendes Lachen ließ die Blechschilder über ihren Köpfen scheppern. »Kleines Fräulein, ich bin eben kein normaler Anwalt. Wie ich schon sagte, ich bin ein Renaissancemensch.«

Er führte sie den Gang entlang in ein kleineres Zimmer, in dem das Chaos noch größer war. Mittendrin stand ein alter Schreibtisch. Unter einem Gewirr von Angelzeug und sonstigem Gerümpel klingelte ein Telefon. Daggrepont ignorierte es, ließ Mari los und machte sich daran, das Zahlenschloß eines alten Tresorraums zu öffnen.

»Um 1860 herum war das hier das amtliche Labor für Edelmetallanalyse«, erklärte er. »In den Absarokas wurde Gold gefunden. Da war hier der große Boom. Aber die Vorkommen waren bald erschöpft.«

Mari kannte das alles aus ihren Reiseführern und lugte jetzt interessiert über seine Schulter, während er die schwere Tür öffnete. »Hm, Mr. Daggrepont, wäre es zuviel verlangt, wenn ich Sie frage, was das hier alles soll?«

Er warf ihr einen verärgerten Blick zu. »Lucy MacAdam. Ich war ihr Anwalt. Sie sind ihre Erbin.«

Sie war wie vom Donner gerührt. »Ich bin ihre Erbin? Das gibt's doch nicht. Ich meine, warum – was –«

Daggrepont ignorierte ihren Einwand und suchte weiter nach der richtigen Akte. »Dem Himmel sei Dank für diesen Tresorraum«, schimpfte er. »Nicht auszudenken, wenn die ganzen Akten durcheinander wären. Ah! Hier ist sie. Lucy MacAdam.«

Er nahm die Akte, wischte einen Stuhl leer und befahl ihr, sich zu setzen. Dann lehnte er seine Massen gegen den Schreibtisch und erklärte ihr Lucys Letzten Willen.

»Sie hat keine lebenden Verwandten gehabt. Hat Ihnen alles hinterlassen. Ihr Haus, ihr Bankkonto, diesen Brief«, – er reichte ihr einen versiegelten Umschlag. Mari nahm ihn mit kraftlosen Fingern und legte ihn in ihren Schoß. »Alles nach Abzug der Erbschaftssteuer, der Beerdigungskosten und, ähm, meinem Honorar natürlich.«

»Natürlich.«

»Aber es gehört alles Ihnen, sobald das Testament gerichtlich bestätigt ist. Oh, und da ist noch etwas. Hätte ich fast vergessen.« Er ging noch einmal zurück in den Tresor und kam mit einer dreißig Zentimeter hohen Mr.-Peanut-Figur zurück, die er Mari zuschob. Sie starrte ratlos den grinsenden Erdnußreklamemann an.

»Was ist das?« fragte sie schließlich.

»Lucy natürlich. Sie hat sich verbrennen lassen.«

Mari fuhr hinaus zur Ranch, mit Mr. Peanut neben sich im Sitz angeschnallt. Daggrepont hatte sofort versucht, sie zum Verkauf der Ranch zu überreden, und ein Wiesel von Immobilienmakler war angeblich zufällig hereingestürmt. Wie ein Geier, der neben einem überfahrenen Tier auftaucht. Der Gedanke an die beiden ließ sie erschaudern.

»Lucy«, sagte sie mit einem vorwurfsvollen Blick auf die Blecherdnuß. »Dein Sinn für Humor war schon immer sehr bizarr, aber das ist wirklich zuviel.«

Die Erdnuß grinste selbstzufrieden.

Sie mußte raus, mußte alles überdenken. Die Ranch schien der geeignete Platz dafür. Irgendwie glaubte sie, dort vielleicht eine Antwort auf all ihre Fragen zu finden. Doch tief in ihrem Inneren wußte sie, daß dort nur noch mehr Fragen auftauchen würden. Bei dem Gedanken daran wurde ihr übel.

Bei Tageslicht war der Ort, an dem Lucy ihr letztes Lebensjahr verbracht hatte, unglaublich pittoresk. Das Blockhaus stand auf einer Anhöhe, mit Blick auf ein weites Tal, durch das ein breiter, glitzernder

Fluß strömte. Die Berge dahinter waren mit Kiefern und Espen übersät. Bei Mari war es Liebe auf den ersten richtigen Blick. Dieser Ort strahlte soviel Frieden aus, ein Gefühl von Dauerhaftigkeit. Und nichts daran war auch nur im entferntesten nach Lucys Geschmack.

Sie stieg die Treppe zur Veranda hoch und ging ums Haus herum zu der breiten Terrasse über dem Fluß. Die Bugholzmöbel und die Gartenstühle waren der Wut der Vandalen entgangen. Sie stellte die Blechdose auf den Glastisch, ließ sich in die Kissen eines Sessels fallen und betrachtete das Panorama.

Es gehörte ihr. Das wollte einfach nicht in ihren Kopf. Es ergab keinen Sinn. Sie hatte nie geglaubt, daß sie mit Lucy eine so tiefe Freundschaft verband. Sie hatten zusammen gelacht, waren zusammen ausgegangen und hatten sich gegen die bösartigen Anwaltshorden verbündet, die nie zahlten und sie immer ins Bett zerren wollten.

Vielleicht würde Lucys Brief ein paar Fragen beantworten. Sie zog ihn aus der Jackentasche und öffnete ihn. Darin befand sich ein Streifen grünes Papier, gefaltet, an beiden Enden abgerissen. Stenografennotizen, in Hieroglyphen, die nur ein Gerichtsstenograf dechiffrieren konnte. Das sah Lucy ähnlich.

Mari stützte die Ellbogen auf die Knie und begann zu lesen.

Liebe Mari,

wenn Du dies liest, heißt das, daß mich mein gerechtes Schicksal ereilt hat. Glaubst Du, ich könnte einen Anwalt dazu kriegen, für mich ein besseres Leben auf der anderen Seite auszuhandeln? Wahrscheinlich nicht. Die Schweine wollen immer nur das Beste für sich, und wir anderen können zur Hölle fahren. Aber was soll's. Gott weiß, daß ich ein sehr unartiges Mädchen war, da bin ich mir sicher. Aber das ist eine Sache, die nur mich und ihn etwas angeht.
Hier geht es um Dich. Du brauchst ein Leben, Kumpel. Ich werde Dir meins geben. Du mußt versprechen, diesen Wichser Bradford zum Teufel zu jagen. Und Du mußt mir versprechen, daß Du es Dir zur Lebensaufgabe machst, Deine Familie zu verärgern. Wir haben alle unsere Bestimmung, das ist Deine. Meine war es, ein Dorn in reichen Pfoten zu sein. Darin war ich Weltmeister. Es hat mich dahingebracht, wo Du heute bist. Oder hat es mich dahin gebracht, wo ich jetzt bin?
Schwamm drüber, meine Süße. Nimm den Stier bei den Hörnern,

und reite ihn in den Boden. Damit kommst Du sicher nicht in die Ruhmeshalle, aber mein Name wird verrucht weiterleben, und Du wirst endlich mal Spaß haben.
Vergieß ein oder zwei Tränen um mich. Keiner außer Dir wird das tun. Trink einen auf mich. Wisse, daß Du der einzige echte Freund bist, den ich je hatte. Und wenn Du Deinen ersten Cowboy besteigst, schick mir einen netten Gedanken, und dann reite ihn, Cowgirl.
Mach einen drauf, Schätzchen. Das Leben ist zu kurz, um es nach den Regeln eines anderen zu leben. Das kannst Du mir glauben, ich weiß es.
Ewig Dein in einer Erdnußbüchse
Lucy

Mari las ihn zweimal und verstand ihn genausowenig wie beim ersten Mal, es steigerte lediglich ihr Gefühl von Verlassenheit und Schuld.

Sie steckte den Brief unter Mr. Peanut, rollte sich zusammen und dachte an Lucy, so schrill, so hart, umgeben von wichtigen Leuten ... allein auf dieser Welt mit nur einer Trinkkumpanin als Freundin. Voller Geheimnisse und verstecktem Schmerz. Und dann war sie allein gestorben, verlassen auf einem Berghang, vergessen.

J. D.s Laune war, milde ausgedrückt, mies. Will war heute morgen gerade noch rechtzeitig aufgetaucht, als J. D., Tucker und Chaske gerade losreiten wollten. Er war offensichtlich die ganze Nacht unterwegs gewesen und sah dementsprechend aus. Eigentlich hätte man ihn so gar nicht auf ein Pferd lassen dürfen, aber J. D. hatte darauf bestanden, daß er mitritt, und ihn dann den ganzen Tag hinter der Herde hergejagt und den Staub von hundertfünfzig Kühen und ihren Kälbern schlucken lassen. Und Will hatte es ohne ein Wort des Protests getan. Dafür hatte Tucker J. D. ständig in den Ohren gelegen, den Jungen doch nicht so hart ranzunehmen.

Soweit J. D. das beurteilen konnte, brauchte Will das aber. Ein kräftiger Tritt in den Hosenboden war genau das richtige für ihn. Das hätte er sein ganzes Leben lang gebraucht, aber Sondra hatte keinen an ihr Baby herangelassen, und ihr Vater, Tom, hatte sie gewähren lassen.

Erstgeborener und vergessen. Das war er gewesen. J. D., der vier Jahre ältere Bruder. Er hatte wie ein Sklave geschuftet, weil sein Vater alles vernachlässigt hatte. Und Will war der Prinz gewesen, Mamas Liebling, dem alles erlaubt war.

J. D. verdrängte die bösen Erinnerungen. Er hatte weiß Gott Besseres zu tun, als Kindheitserinnerungen nachzuhängen. Der Tag glitt ihm durch die Finger, und er hatte den halben damit vergeudet, mit dem Kopf gegen die Wand zu rennen. Er richtete sich im Sattel auf und trieb seinen Wallach in langsamem Galopp zum Tor der Koppel.

Will ritt ihm entgegen. Sein Pferd und er waren staubverkrustet und offensichtlich beide froh, endlich wieder Schritt gehn zu können.

»Ich hab' gerade die letzten reingebracht«, sagte er, während er sein Pferd wendete und dann neben J. D. weiterritt. »Tucker ist rauf ins Haus zum Abendessenkochen. Chaske kümmert sich um die Pferde. Liegt heute noch was an, Boß?«

Will konterte J. D.s grimmigen Blick mit einer müden Version seines frechen Grinsens. Er war seit fast zehn Stunden im Sattel, um Tiere zu jagen, die zu dickköpfig und zu dumm zum Leben waren. Er fühlte sich, als wäre jedes einzelne Stück Vieh auf dem Weg in die Koppel über seinen Körper getrampelt. Er war erschöpft und schmutzig. J. D. zu ärgern war der einzige Lichtblick des Tages.

Auf dem Papier gehörte ihnen beiden die Ranch, zu gleichen Teilen. In Wirklichkeit war J. D. immer schon der Herr der Stars and Bars gewesen und würde es immer sein. Selbst als ihr Vater noch lebte, hatte Will gewußt, daß die wahre Macht in J. D. schlummerte, stark, wesentlich stärker als je in Tom Rafferty. Sein Vater hatte seine ganze Energie auf den vergeblichen Versuch verschwendet, Sondra an ein Leben zu ketten, das sie haßte. Die Ranch hatte, obwohl ihn die Tradition mit ihr verband, bei ihm nie an erster Stelle gestanden. Aber sie war J. D.s Geliebte, seine erste Liebe, seine einzige Liebe, abgesehen von den Pferden, die er hegte und trainierte.

Will hatte diese Liebe für das Land nie gehabt. Für ihn war es ein Anker, etwas, an das er durch einen Geburtsfehler gekettet war. Er hatte J. D.s Vormachtstellung nie angegriffen, hatte sich immer mehr als Cowboy und nicht als Rancher gefühlt. Er machte seine Arbeit und überließ die Sorgen und die Verantwortung mit Freuden seinem Bruder.

Momentan schien diese Last seinem Bruder ganz schön zu schaffen zu machen. Seine Miene war grimmig, wütend.

»Hast du mit Lyle geredet?« fragte Will.

»Ja. Viel hat es nicht gebracht. Er hat gesagt, er wird es noch einige

Zeit rauszögern, aber er hat sich entschlossen, zu verkaufen. Bleibt nur noch die Frage, an wen. Ich hab' ihm gesagt, ich würde versuchen, etwas zusammenzukratzen.«

»Du kannst Bryce nicht überbieten.«

»Sollte ich auch nicht müssen.«

»Du kannst doch nicht erwarten, daß Lyle sich von dir mit ein paar Kröten abspeisen läßt, wenn Bryce ihn zum reichen Mann machen will. Loyalität hat eben auch ihren Preis.«

»Ach ja?« Er wandte sich jetzt seinem Vieh zu, wollte nicht darüber nachdenken, wie weit Wills Loyalität reichte.

Auf der eingezäunten Weide graste friedlich das Vieh, das sie während dieses langen Tages zusammengetrieben hatten. Die Kälber schliefen zusammengerollt nahe bei ihren Müttern im Gras oder spielten, jagten sich, machten Bocksprünge.

J. D. gönnte sich ein paar Augenblicke, um den Anblick zu genießen. Sein Zuchtprogramm war ein voller Erfolg. Die Kreuzung seiner Black-Angus-Kühe mit den Charolaisbullen hatte strammen Nachwuchs gebracht. Es war ein gutes Gefühl, zu wissen, daß sie hier gezüchtet worden waren, daß er dafür verantwortlich war, zu wissen, daß all die harte Arbeit etwas Gutes erbracht hatte, das die Mühe wert war.

Er dachte an Lyle Watkins. Falls er verkaufte – *sobald* er verkauft hatte –, würde alles, wofür seine Familie auf der Flying K gearbeitet hatte, einfach aufhören zu existieren.

»Nicht jedem bedeutet das soviel, weißt du«, sagte Will leise.

J. D.s Kinn schob sich grimmig nach vorne. Er richtete sich im Sattel auf, und das alte Leder protestierte knarzend. »So viel muß es aber bedeuten«, sagte er. »Oder was zum Teufel machen wir sonst hier?«

Dann wendete er sein Pferd mit leichtem Schenkeldruck und ritt davon.

KAPITEL 7

J. D. sah das Feuer aus einiger Entfernung vom Berg. Er gab Sarge fluchend die Sporen und galoppierte los. Die tote Lucy MacAdam war fast genauso lästig wie die lebendige. Aber, auch wenn er es noch so bereute, er hatte sich bereit erklärt, auf das Anwesen aufzupassen, als Miller Daggrepont ihn gefragt hatte, ansonsten wäre er zu Bryce gegangen. Und J. D. wollte auf keinen Fall, daß Bryce da einen Fuß in die Tür bekam. Er wollte dieses Grundstück kaufen, selbst wenn er dafür die Tiere versorgen und Aufpasser spielen mußte.

Der Anblick der orangeroten Flammen verdrängte alles andere aus seinem Kopf. Wenn das Feuer nicht sofort eingedämmt würde, bestand Gefahr, daß viele Morgen Wald und Weide abbrennen würden. Er galoppierte weiter, als wäre ihm der Teufel auf den Fersen, und überlegte, wie er das Feuer bekämpfen, woher er Hilfe holen könnte, und fragte sich, ob Bryce das Anwesen noch haben wollte, wenn es bis auf die Grundmauern abbrannte.

Mari stand auf der Koppel und beobachtete, wie die Flammen immer höher loderten. Ein wirklich feierlicher Moment, dachte sie und mußte kichern. Ihr war ein bißchen schwindelig vor lauter Erschöpfung und dem Cognac, mit dem sie das Feuer entfacht hatte. Sie hatte einen Schluck genommen, wie Lucy in ihrem Testament verlangt hatte, und er strömte wie flüssiges Gold durch ihre Adern. Sie warf die Flasche in die Flammen, salutierte und sprang schreiend vom Feuer weg, als das Glas zersprang und der restliche Alkohol in einer Stichflamme verpuffte.

Sie warf einen beschämten Blick auf die Mr.-Peanut-Dose, die auf einem Zaunpfosten stand und das Feuer mit seinem kessen schiefen Zylinder aus sicherer Entfernung beobachtete.

Dieses Feuer wäre so richtig nach Lucys Geschmack gewesen. Und tatsächlich hatte Mari geplant, die feierliche Verbrennung ihrer Geschäftskostüme zusammen mit Lucy zu zelebrieren. Das Feuer signalisierte einen Richtungswechsel an diesem Wendepunkt in ihrem Leben. In einer Richtung lag der gerade, schmale Pfad, auf den ihre Familie sie getrieben hatte, schmal und betoniert, bar jeder Landschaft, eine mautpflichtige Straße, die an jeder Zahlstelle ein Stück von ihrem Wesen kassiert hatte. In der anderen Richtung lag das große Unbekannte, lagen alle Geheimnisse des Lebens, alle Möglichkeiten, nach denen sich ihre Seele gesehnt hatte. Diese Straße war holprig und hügelig und wand sich durch unerforschtes Terrain, das vielleicht ein bißchen beängstigend war, aber versprach, niemals langweilig zu werden. Auf dieser wenig bereisten Straße gab es keine Erwartungen, keinen Maßstab, dem man nicht genügte, keine Grenzen, keine Lasten – außer ihrem Zögern.

Sie stellte sich vor, daß ihre Freiheit in den Flammen verpuffte. Der Scheiterhaufen der Nadelstreifen und Hemdblusen war ein Symbol ihrer Entscheidung. Auf der weniger bereisten Straße trug keiner Strumpfhosen.

Sie hatte das Gefühl, Mr. Peanut zwinkerte ihr von der anderen Seite des Feuers zu.

Mit einem Mal brach ein Pferd aus dem bewaldeten Abhang hinter dem Tor hervor, riesig, rotbraun, mit angelegten Ohren, und kam abrupt in einer Staubwolke im Hof der Ranch zum Stehen. Mari beobachtete mit offenem Mund, wie der Reiter absprang, während das Pferd noch in Bewegung war, und so schnell losrannte, daß es ihm den Hut vom Kopf riß.

Rafferty.

Er stürmte direkt auf sie zu, mit grimmigem Gesicht, schnappte sich einen Eimer, tauchte ihn in den Wassertrog und rannte schnurstracks auf ihren Scheiterhaufen zu.

»Nein!« Mari rannte ebenfalls los, mit ausgestreckten Armen, um den Eimer wegzustoßen. In drei Meter Entfernung vom Feuer kollidierten die beiden. Mari prallte von J. D. ab, als wäre sie gegen einen fahrenden Bus gelaufen. Sie stolperte, fiel auf alle viere und mußte entsetzt mitansehen, wie er ihr Opfer attackierte.

Das Wasser klatschte wie eine Decke über das Feuer, löschte die prächtigen Flammen. Rafferty erstickte die Ränder des Brandes mit seinen Stiefeln und dem Staub der Koppel, bis nur noch schwarze Rauchwolken übrig blieben.

Maris fröhliche Stimmung war mit dem Feuer erloschen. Sie hockte sich auf die Fersen und beobachtete mit Tränen in den Augen, wie er zum Trog lief und noch einen Eimer Wasser holte. Das Feuer erlosch endgültig mit einem leisen Zischen. Ihr Feuer. Das Symbol für den Tod ihres alten Lebens. Ihr Opfer und ihr letzter Gruß an ihre alte Freundin. Ruiniert. Wut, Frust und Cognac stiegen wie eine Flut in ihren Kopf, und Mari schoß hoch.

»Du verfluchter Mistkerl!« brüllte sie und stürzte sich auf ihn. »Du hast doch nur Blech im Kopf! Das war meins!«

Sie verpaßte ihm einen so heftigen Stoß in den Rücken, daß er stolperte, und bearbeitete ihn dann mit ihren kleinen Fäusten. J. D. ließ den Eimer fallen, drehte sich um, und ihre Faust traf ihn genau auf den Mund. Fluchend versuchte er, sich mit Händen und Unterarmen vor ihren Schlägen zu schützen, aber sie ließ nicht locker, attackierte ihn wie eine Raubkatze mit gefletschten Zähne, zischend und fauchend.

»Hör auf!« brüllte er und taumelte rückwärts.

Mari warf sich erneut auf ihn, jenseits jeder Vernunft, und dann gingen beide zu Boden, hustend und fluchend über den Staub, der ihnen den Atem raubte und sie blendete.

»Das war meins!« schrie sie wieder. »Meins!« Ihr erster echter Akt von Befreiung, ihre Huldigung an ihre Freundin, und er hatte alles zerstört. Sie schlug und kratzte verbissen weiter.

»Aua! Du hast mich gebissen!« schrie J. D. erbost.

Als ihr Knie ihn zwischen die Beine traf, wurde auch er wütend, nahm alle Kraft zusammen, warf sich auf sie und drückte sie zu Boden. Er biß die Zähne zusammen und packte ihre wild um sich schlagenden Fäuste und preßte sie neben ihren Kopf auf die Erde.

»Verdammt noch mal, hör auf, hab' ich gesagt!«

Seine Stimme dröhnte in ihren Ohren. – Mari bäumte sich ein letztes Mal unter ihm auf, versuchte sich freizustrampeln, aber vergeblich. J. D. Rafferty war mindestens um achtzig Pfund schwerer als sie, und jedes Gramm davon war nur Muskeln, sie hatte keine Chance. Sie waren Nase an Nase. Seine Arme drückten die ihren in den Staub. Sein Brustkorb lag wie eine Stahlplatte auf ihren Brüsten, und sie spürte jeden seiner heftigen Atemzüge. Sein Bauch preßte sich gegen den weiblichsten Teil ihrer Anatomie, ein unerträglich intimes Gefühl, trotz der Kleider. Seine Schenkel, schwer wie gefallene Baumstämme, hielten ihre gefangen.

Mari starrte ihn wütend an. Ihr war nur allzu bewußt, wie hilflos sie war. Hilflos *unter* ihm. Die Hitze seines Körpers brannte heißer als jedes Feuer durch ihre Kleider. Sein glühender Atem keuchte nur Zentimeter von ihrem Mund entfernt. Und durch den Nebel von Wut kam die Erinnerung an seinen Kuß – lüstern, besitzergreifend –, beleidigend, unverschämt.

J. D. stellte sich dem blauen Feuer ihrer Augen, und es löste etwas Primitives in ihm aus. Sein Körper reagierte automatisch, spannte sich, wurde hart. Sie rutschte ein bißchen hin und her, und das hätte ihn fast endgültig die Fassung gekostet.

Verflucht, er hatte schon zu lange keine Frau mehr gehabt.

»Dein Charme ist wirklich umwerfend, Rafferty«, fauchte sie. »Hast du das bei den Catchern gelernt?«

Seine einzige Antwort war ein Knurren, als er sich aufrichtete. Mari rappelte sich hoch und versuchte, sich den Staub abzuklopfen. Er war überall, sogar zwischen den Haaren und den Zähnen. Und das alles hatte sie Rafferty zu verdanken. Diesem Riesenmacho mit dem Brett vor dem Kopf.

»Was in drei Teufels Namen hast du dir eigentlich dabei gedacht?« fragte J. D. und deutete auf die verkohlten Reste ihres Feuers.

»Das geht dich überhaupt nichts an.«

Sie stolzierte an ihm vorbei, hatte das Bedürfnis, sich zwischen ihn und den schwelenden Haufen zu stellen. Diese Zeremonie war ganz privat gewesen, und sie wollte nicht, daß er sah, was sie getan hatte. Leider war das unmöglich.

»Was zum Teufel –?«

Er zog einen karminroten Gabardineärmel mit der Stiefelspitze aus dem Haufen, packte ihn vorsichtig am unverbrannten Ende und hielt ihn mit einer Grimasse hoch.

»Es war ein Ärmel, okay?« sagte Mari giftig, riß ihn aus seiner Hand und warf ihn zurück auf den Haufen.

»Du hast Kleider verbrannt?« sagte er mit einem skeptischen Blick auf ihre alten Jeans und ihr ausgeleiertes T-Shirt.

Mari biß die Zähne zusammen. »Ich habe meine Vergangenheit verbrannt. Es war symbolisch.«

Er sah sie an, als hätte sie soeben behauptet, sie wäre vom Mond gelandet.

»Männer. Ihr würdet Symbolik nicht mal verstehen, wenn ihr euch draufsetzt. Ich stehe an einem Wendepunkt in meinem Leben. Ich hatte das Bedürfnis, eine dramatische Geste zu machen.«

»Halb Montana in Brand zu stecken, wäre wirklich eine dramatische Geste gewesen.«

»Ich hab' nichts verbrannt, was nicht mir gehört.«

»Was, wenn die Scheune Feuer gefangen hätte? Oder das Haus? Oder –«

»Was geht das dich an?« sagte Mari herausfordernd. »Die gehören mir auch, also –«

»Was hast du gesagt?« J. D. kam sich vor, als wäre er blindlings gegen eine Wand gerannt.

Maris Wut war inzwischen durch neuerliche Gewissensbisse verdrängt worden. Sie hatte das einfach nicht verdient. Wann hatte sie Lucy das letzte Mal einfach zum Reden angerufen? Sie strich sich seufzend die Haare aus dem Gesicht und wandte sich dem bildschönen Blockhaus zu.

»Es gehört mir«, sagte sie leise. »Lucy hat es mir vererbt.«

J. D. ließ sie nicht aus den Augen, während er versuchte, diese Information zu verdauen. Er wußte nicht, wie er reagieren sollte. Er wollte dieses Land haben, als Puffer gegen diese Klapperschlange Bryce, und hatte gehofft, Daggrepont würde es zur Regelung des Nachlasses zum Kauf anbieten, obwohl das keine Garantie dafür war, daß Bryce es nicht bekommen würde. Aber wenigstens war Daggrepont von hier. Marilee Jennings war unberechenbar. Wer konnte wissen, was sie mit dem Land machen würde? Das einzige, was er von ihr mit Sicherheit wußte, war, daß sie ihn für ein Ekel hielt. Und sie hatte recht. Er hatte sich ihr gegenüber von Anfang an wie ein Schwein benommen.

»Na wunderbar«, murmelte er.

Mari fuhr ihn wutentbrannt an: »Danke für die freundlichen Beileidsbezeugungen.«

»Ich will nicht behaupten, daß ich sie gemocht habe«, knurrte er.

»Gut. Dann werde ich auch nicht behaupten, daß ich Sie mag. Ich hab' die Nase voll von Ihren abfälligen Bemerkungen über Lucy. Mir ist egal, was sie Ihnen angetan hat. Sie war meine Freundin. Ich hab' sie nicht immer gemocht. Ich war nicht immer einer Meinung mit ihr. Aber sie war meine Freundin, und ich dulde nicht, daß Sie sie schlechtmachen. Wenn Sie sonst schon kein Benehmen haben, könnten Sie wenigstens ein bißchen Respekt zeigen.«

J. D. sah nachdenklich hinter ihr her, als sie zum Zaun ging und eine große Mr.-Peanut-Dose vom Torpfosten nahm. Sie blieb mit dem Rücken zu ihm stehen und drückte das Ding an sich. Schuldgefühle packten ihn. Sie hatte recht. Er hätte nicht schlecht über Lucy reden dürfen, schon gar nicht mit der Frau, die gerade ihren Besitz geerbt hatte. Aber Lucy hatte immer das Schlimmste in ihm zum Vorschein gebracht. Und anscheinend tat sie das immer noch, manipulierte ihn aus der nächsten Dimension.

Er holte tief Luft und schob die Hände in die Hosentasche. Weiber. Nichts als Probleme. Er sah Marilee nach. Ihre Schultern zuckten. Sie weinte. Panik erfaßte ihn. Er hatte keine Ahnung, was man mit einer weinenden Frau machte. Mit Frauen schlief man oder ging ihnen aus dem Weg. Aber hier war keines von beiden gefragt.

Er kam sich sehr unbeholfen vor, als er langsam auf sie zuging, sich räusperte und sagte:

»Ich – ähm – es – tut – mir – leid.«

Das letzte Wort spuckte er förmlich aus. Mari hätte gelacht, wenn ihr nicht so elend zumute gewesen wäre. Sie schniefte, drückte die Blechdose fester an ihre Brust und versuchte, ihre Tränen zurückzuhalten. Aber vergeblich, sie quollen unaufhaltsam durch ihre Wimpern. *Lucy ist tot. Lucy ist tot.* Wie eine hängengebliebene Platte dröhnte dieser Satz durch ihren Kopf. *Ich bin allein. Ich bin allein.*

Die Schulter, an der sie sich hatte ausweinen wollen, war zu Asche verbrannt. Sie kam sich vor wie in einem Granathagel – ein Schock nach dem anderen, seit sie in Montana angekommen war – es war einfach zuviel – kritische Überlastung aller mentalen Schaltkreise – totaler Kurzschluß.

Schluchzend drehte sie sich um und ließ sich gegen Rafferty fallen. Im Sturm war jeder Hafen recht. Nach allem, was er ihr angetan hatte, konnte er sie wenigstens festhalten, während sie weinte.

Sie preßte ihr Gesicht an seine Schulter, ohne Rücksicht auf die scharfkantige Erdnußdose, die sie in den Armen hielt. J. D. war wie vom Donner gerührt, Panik ergriff ihn. Doch dann legten sich seine Hände fast wie von selbst auf ihre bebenden Schultern.

Sie war klein und zerbrechlich. Zerbrechlich. Ihre Tränen sickerten durch sein Hemd bis in sein Herz. Lucy hätte nie geweint, sie war zu abgebrüht gewesen, zu zynisch. Aber die kleine Marilee weinte, als würde die Welt untergehen. Weil er ihre Gefühle verletzt hatte. Weil sie eine Freundin verloren hatte.

»Sch«, flüsterte er, und seine Finger wanderten nach oben zu den seidig weichen Haaren in ihrem Nacken. Ihr sanfter, frischer Duft setzte sich in seiner Nase fest und lockte seinen Kopf nach unten. »Sch. Tut mir leid, Schätzchen. Nicht weinen. Bitte wein nicht.«

Die Erdnußdose bohrte sich in seinen Magen. J. D. ignorierte sie. Mit einem Mal erwachten schlafende Instinkte in ihm, sehr normale, sehr männliche – das Bedürfnis zu beschützen, zu trösten. Sie schlichen sich durch das Bollwerk seiner Abwehr, an einer Stelle, die die Tränen dieser Frau zermürbt hatten. Sie weinte, als hätte sie alles auf dieser Welt verloren. Er sagte sich, ein Mann müßte schon aus Stein sein, wenn er da kein Mitleid empfinden würde.

»Sch. Still«, flüsterte er und strich mit den Lippen über ihre Haut. Weich wie ein Pfirsich. Warm. Feucht und salzig von Tränen. Seine Finger glitten tiefer in ihre zerzauste Mähne, umfaßten ihren Kopf, bogen ihn zurück. »Schsch«, murmelte er. Sein Blick heftete sich auf ihren Mund. Ihre Lippen waren voll, üppig, leicht geöffnet, glänzend, verlockend.

Mari hob den Blick zu ihm, ihr Herz hämmerte wie verrückt. Seine Augen waren grau wie altes Zinn. Er atmete schwer. Beide atmeten schwer. Seine Lippen waren leicht geöffnet. Sie erinnerte sich an ihre Berührung, ihren Geschmack. Ein seltsamer Magnetstrom erfaßte sie, zog sie näher zu ihm. Er wollte sie jetzt küssen. Die Botschaft summte in der Luft zwischen ihnen. Sie wollte seinen Kuß erwidern.

Würde er ihr das hinterher zum Vorwurf machen?

Sie wich einen Schritt zurück, gerade als er seinen Mund auf den ihren senken wollte. Er mochte sie nicht. Wie hatte sie nur daran denken können, ihn zu küssen. Auf Neandertaler hereinzufallen gehörte nicht zu ihren sicherlich zahlreichen Fehlern.

»Ich muß mir die Nase putzen«, sagte sie, ein prachtvoller Dämpfer für die sexuelle Spannung. »Hast du ein Taschentuch?«

J. D. fischte ein sauberes Taschentuch aus seiner Hosentasche und reichte es ihr verlegen. Er versuchte, sich einzureden, er sei froh, daß dieser Anfall von Irrsinn vorbei sei. Er mußte demnächst etwas gegen diesen sexuellen Notstand tun. Sobald das Vieh gebrannt und geimpft war ... und zur Sommerwiese getrieben war...

Mari putzte sich die Nase, wischte sich die Augen und warf Rafferty einen verlegenen Blick zu. »Danke, daß ich dich naß weinen durfte.«

»Du hast mir ja keine Wahl gelassen.«

»O Gott, was bist du taktvoll.«

Der große Fuchswallach, auf dem J. D. gekommen war, trottete jetzt langsam auf sie zu, mit schleifenden Zügeln. Er streckte den Kopf vor und blies ihr sanft ins Gesicht, dann stupste er seine Nüstern gegen ihre Wange. Die Geste war so süß und tröstlich, daß Mari sofort wieder die Tränen in die Augen schossen.

»Dein Pferd hat bessere Manieren als du.«

»Da magst du recht haben«, sagte J. D. leise. Sarge sah sein kaum merkliches Handsignal, trat zurück und schnaubte laut. Sie lachte. J. D. ignorierte die Tatsache, wie sehr ihn dieser rauchige Klang freute. Er hatte sie mit diesem Trick nicht beeindrucken wollen, hatte nur versucht, sie vom Weinen abzuhalten.

»Wie heißt er?«

»Sarge.«

»Er ist schön«, sagte Mari. Mit einer Hand hielt sie immer noch die Erdnußdose, mit der anderen kraulte sie den Kopf des Wallachs, der genüßlich schnaubte und ihr bedeutete, daß er zwischen den Ohren gestreichelt werden wollte. Er schloß die Augen und grunzte zufrieden.

»Er ist ein gutes Pferd.«

Seine Stimme klang teilnahmslos, aber Mari spürte, wie sehr ihm das Tier am Herzen lag. Sarge ließ sich davon auch nicht beirren und knabberte an der Hemdtasche seines Herrn. Rafferty fischte leise schimpfend ein Buttermint heraus und gab es ihm.

Von wegen harter Typ, dachte Mari. Aber daß sein Pferd ihn mag, heißt noch lange nicht, daß er nicht doch ein Ekel ist, ermahnte sie sich.

»Also, was hast du hier überhaupt zu suchen, Rafferty? Außer mir den Spaß zu verderben.«

»Ich bin gekommen, um nach dem Vieh zu sehen«, sagte er und lockerte seinen Sattelgurt. »Keiner hat mir gesagt, daß ich es nicht tun soll.«

Vieh. Sie hatte vollkommen vergessen, daß es hier Vieh gab, keinen Gedanken daran verschwendet, daß es jetzt auch ihr gehörte. Bei der Vorstellung, daß sie jetzt auch noch Vieh besaß, geriet sie in Panik.

»Vieh«, sagte sie und folgte Rafferty, der sich in Richtung Scheune aufmachte. »Was für Vieh? Ich glaube nicht, daß ich bereit bin, mich mit Bullen und dergleichen abzugeben.«

J. D. musterte sie aus den Augenwinkeln. Sie war höchstens einen Meter sechzig groß und kaum sichtbar unter dem lila Riesenhemd, das ihr fast bis an die ausgefransten Knie ihrer Jeans hing. Ihre Haare waren total zerzaust, und sie hatte einen schwarzen Fleck auf ihrer Stupsnase. Jetzt sah sie ihn an, mit diesen riesigen, klaren, tiefliegenden Augen, die Stirn über den dunklen Brauen zweifelnd gerunzelt.

»Wenn ich's mir recht überlege, kann ich mir auch nicht vorstellen, daß Lucy sich mit Vieh abgegeben hat. Sie wollte ja noch nicht mal eine Bierdose aufmachen, aus Angst, sie könnte sich einen Nagel einreißen.« Um ehrlich zu sein – es gab bei Lucy so einiges, was plötzlich keinen Sinn mehr ergab. Mari warf einen besorgten Blick auf die Erdnußdose in ihrem Arm.

»Was ist das denn für ein Ding?«

Mari errötete ein bißchen. Sie hatte sich schon fast an Mr. Peanut gewöhnt, aber im Grunde war das Ganze doch etwas zu bizarr, um andere daran teilhaben zu lassen. Das willst du bestimmt nicht wissen, glaub mir.«

J. D. fand es ohnehin unwichtig. »Kannst du reiten?«

Er ging voran in das schummrige Innere der Scheune. Der muffige Geruch von Staub und das süße Aroma von Heu stiegen ihr in die Nase, ein Geruch nach Tieren und ihren Hinterlassenschaften, ein ehrlicher, natürlicher Geruch.

»Ja, ich kann reiten«, erwiderte sie gedankenverloren. »Meine Mutter fand, es mache Eindruck, wenn sie den Leuten erzählte, ich würde Reitstunden nehmen. Bis ich zum Zirkus wollte. Eigentlich wollte ich ja nur ein glitzerndes Trikot, aber auch darauf hat sie sich nicht eingelassen.«

»Ach Gott, armes kleines Mädchen«, sagte J. D. sarkastisch.

Mari warf ihm einen giftigen Blick zu. »Träume müssen nicht praktisch sein. Es tut trotzdem weh, wenn sie zerstört werden.«

J. D. füllte wortlos ein paar alte Eimer mit Futterpellets und führte sie dann durch eine Seitentür nach draußen.

»Darauf kannst du reiten, wenn dir danach ist«, sagte J. D. und kam sich ziemlich häßlich vor, weil er sich über ihren Kindertraum lustig gemacht hatte. »Besorg dir ein Glitzertrikot und amüsier dich.«

Mari blieb wie angewurzelt stehen und starrte die Kreatur auf der grasbewachsenen Koppel an. *»Ein Muli?«*

Ein elegantes Vollblut oder ein Quarterhorse hätten sie nicht überrascht. Lucy liebte alles Schöne und Teure. Aber ein *Muli*? Das Tier spitzte seine langen Ohren und wanderte langsam aus dem Schatten eines Unterstandes, als Rafferty seinen Eimer in den Futtertrog auskippte. Für einen Maulesel sah es wohl ganz gut aus, stämmig und mit glänzendem Fell. Aber der Kopf und die Ohren waren schon ziemlich seltsam.

»Irgendeine Schauspielerin oben in Livingstone hat sich letzten Sommer einen gekauft. Seitdem sind sie der letzte Schrei«, sagte J. D. und rollte grinsend die Augen. »Zaumzeug und der Sattel sind in der Scheune.«

Mari kletterte durch die Zaunbalken und umkreiste langsam das

Muli. Das Tier nahm die Nase nicht aus dem Trog, verfolgte sie aber mit den Augen. Als sie neben ihm in die Hocke ging, hörte es auf zu kauen, hob den Kopf und musterte sie etwas pikiert.

»Hallo Clyde, wie geht's denn so?«

Clyde schnaubte, tat, als würde er nach der Hand schnappen, die sie ihm hinhielt, dann wandte er sich wieder seinem Futter zu.

»Clyde?« sagte J. D. skeptisch. »Warum Clyde?«

»Warum nicht. Ich finde, er sieht aus wie ein Clyde.«

Sie überließen Clyde seinem Futter und gingen durch die kleine Koppel zu einem weiteren Tor. Um den Futtertrog waren etwa zwanzig Lamas erwartungsvoll versammelt und fixierten sie mit ihren prachtvollen, langbewimperten Augen.

»Hier ist dein Viehbestand«, sagte J. D. etwas sarkastisch.

»Lamas! Toll!« Sie blieb ruhig stehen, und ein Junges kam angetapst und knabberte an ihrem Hemdzipfel. »Lucy hat nie etwas von Lamas gesagt!«

»Na ja«, sagte J. D., »sie war eben voller Überraschungen, hab' ich recht?«

Er beobachtete, wie sie versuchte, sich mit den eigenartigen Kreaturen anzufreunden. Es paßte ihm gar nicht, daß sie so entzückt von ihnen war. Es wäre viel besser gewesen, wenn sie schreiend vor Angst davongelaufen wäre. Er hatte noch nie einen Menschen gemocht, der Tiere nicht ausstehen konnte. Sie erwiesen sich fast immer als unzuverlässig. Er wollte Marilee nicht mögen. Keinem aus Lucys Welt konnte man vertrauen.

Mari hatte noch nie ein Lama aus der Nähe gesehen und war so hingerissen von diesen sanften, wolligen Geschöpfen, die sie jetzt voller Neugier inspizierten, daß sie die Welt um sich herum vergaß. Sie streichelte sie, stellte sich vor, erzählte ihnen ihre Verbindung zu Lucy.

Eins stupste seine kleine Nase gegen die Erdnußdose, und sie wich lachend zurück, etwas ängstlich, weil das ganze Rudel sich hinter ihr herdrängte.

»Hilf mir ein bißchen auf die Sprünge, Rafferty«, sagte Mari. »Was genau machen Lamas denn? Ich meine, sie sind doch nicht gefährlich oder so was?«

J. D. schnaubte verächtlich. Nach seinen Maßstäben waren sie praktisch wertlos. Zugegeben, dafür können sie nichts, dachte er und kraulte ganz in Gedanken einen Hengst. »Wenn sie dich nicht mögen, spucken sie dich an.«

»Ah, große, haarige, stinkende Kreaturen, die spucken. Wie in der Junior High«, sagte Mari sarkastisch. »Aber was, bitte, hat Lucy mit ihnen gemacht?«

J. D. schüttete Futter in verschiedene Behälter, und die Lamas gingen zu ihren Trögen, ließen sie und J. D. aber nicht aus den Augen.

»Geld wahrscheinlich«, sagte J. D. mit verächtlich verzogenem Mund. »Wenn ich ein Rind aufziehe, von dem eine vierköpfige Familie ein ganzes Jahr leben kann, krieg' ich praktisch nichts dafür. Zieh ein Lama auf – das für überhaupt nichts gut ist –, und die ganze verdammte Welt rennt dir die Tür ein.«

Mari warf ihm einen strengen Blick zu, als sie die Koppel wieder verließen. »Auch Dinge, die man nicht essen kann, haben ihren Wert.«

J. D. schnaubte nur und ging dann so rasch in Richtung Scheune, daß sie fast rennen mußte, um Schritt zu halten.

»Das ist alles ein bißchen überwältigend«, sagte sie und schob sich eine widerspenstige Strähne hinters Ohr. »Ich kann mir Lucy einfach nicht mit einem Futtereimer in der Hand oder beim Ausmisten vorstellen.«

»Brauchst du auch nicht. Sie hatte einen Rancharbeiter.«

Diese Neuigkeit ließ Mari schockiert stehenbleiben. Die Ranch, die Lamas, eine Hilfskraft, dieses Haus, wieviel um alles in der Welt hatte Lucy geerbt, bevor sie hierher zog? Das alles mußte ein Vermögen gekostet haben. *Schau dir das Bankkonto an, Erbin.*

»Wen? Wo ist er jetzt?«

Rafferty hob ratlos die Schultern. »Keine Ahnung. Ist wahrscheinlich weitergezogen. Hat sich wohl gedacht, daß eine tote Frau ihn nicht bezahlen wird.«

Mari hatte ein ungutes Gefühl, was diesen Arbeiter anging. Lucy war erschossen worden. Und sofort danach hatte sich der Mann aus dem Staub gemacht. Sie packte J. D.s Arm, als er gerade nach dem Scheunentor greifen wollte. »Hat der Sheriff diesen Kerl vernommen?«

»Gab keinen Grund dafür. Der Zahnarzt hat doch gestanden.«

»Aber er hat behauptet, er hätte Lucy nie gesehen.«

»Der Idiot hat eine Frau statt eines Elchs erschossen. Überrascht mich nicht, daß er behauptet, er hätte sie nicht gesehen.«

Er hielt ihr die Tür auf, schloß sie hinter sich und stellte die Futtereimer ab.

»Was ist mit deinem Onkel?« fragte Mari und folgte ihm, als er Katzentrockenfutter in ein halbes Dutzend Schalen kippte und aus jedem Winkel der Scheune Samtpfoten in allen Farben und Schattierungen angerannt kamen. »Der, der ihre Leiche gefunden hat. Hat er etwas gesehen?«

Er drehte sich abrupt zu ihr um und fixierte sie mit wütendem Gesicht. »Ich hab' dir gestern abend gesagt, daß du dich von ihm fernhalten sollst«, knurrte er. »Und das war mein Ernst.«

»Warum?« fragte Mari, erstaunt, daß sie den Mut dazu hatte. »Was hat er denn zu verbergen? Wenn er es nicht getan hat –«

»Er hat es nicht getan«, zischte J. D. »Laß ihn in Ruhe. Er hat genug durchgemacht.«

Mari schluckte, als er an ihr vorbeiging und aus der Scheune stolzierte. Ihre Fragen über den geheimnisvollen Del Rafferty und den Rancharbeiter mußten warten. Rafferty kochte vor Wut, suchte nur nach einem Vorwand, sie fertigzumachen. Sie würde ihm keinen liefern.

Die Sonne verschwand allmählich hinter den Bergen und warf lange Schatten über den Hof. J. D. stand neben seinem Pferd, zurrte den Gurt fest, machte sich bereit, loszureiten. Gedanken an Herumtreiber und gesichtslose Männer mit Pistolen glitten wie dunkle, ölige Schlangen in Maris Kopf. Das unheimliche Gefühl von Verlassenheit, das sie hier an ihrem ersten Abend überwältigt hatte, kroch mit den Schatten heran.

»Rafferty, warte!« rief sie und lief zu ihm.

Er schwang sich in den Sattel und wartete.

»Hör mal«, sagte sie und legte die Hand auf den warmen Hals des Fuchswallachs. »Ich weiß überhaupt nichts über Lamas, und ich weiß auch nicht, was ich mit ihnen oder mit dem Anwesen hier machen soll. Es ist alles so schnell gegangen, daß ich mir noch nicht mal sicher bin, ob es überhaupt Realität ist.«

Er sagte kein Wort, saß einfach da und starrte sie an.

»Ich meine ... ich brauche deine Hilfe. Nur für ein oder zwei Wochen. Ich bezahle dich –«

»Ich will dein Geld nicht«, sagte er beleidigt. »Ich nehme kein Geld von Nachbarn.«

Sie sah hoch zu ihm, runzelte ratlos die Stirn. »Aber –«

»Ich kümmere mich um das Vieh«, sagte er, zog seine Hutkrempe tiefer und nahm die Zügel auf. Sarge hob sofort den Kopf, bereit für seinen nächsten Befehl. »Ich werde bloß kein Geld dafür nehmen.«

Mari sah ihn ratlos an, kam sich wieder einmal vor wie ein Besucher in einem fremden Land. »Mach, was du willst.«

»Ja, Ma'am«, murmelte er und nickte. »Das mache ich meistens.«

Sie sah ihm nach, wie er wegritt, verärgert, müde, frustriert. Und unterschwellig kribbelte da noch etwas anderes, etwas, das ihr jetzt gar nicht gefiel. Sie hatte nicht die Geduld, sich damit herumzuschlagen, daß sie einen Mann attraktiv fand, dem sie am liebsten die Augen ausgekratzt hätte. Solche Männer, zu denen man sich so hingezogen fühlte, waren nur für eins gut – wilden, heißen, betäubenden Sex. Dafür war sie nicht nach Montana gekommen. Sie war gekommen aus Freundschaft und weil sie einen neuen Anfang machen wollte.

Sie stieg die Verandatreppe hoch, setzte sich auf eine Bank und schaute hinaus zu dem Abhang, wo Rafferty unter den Bäumen verschwunden war. Sie mußte jetzt an wichtigere Dinge denken, sich zum Beispiel überlegen, was sie mit der Ranch und den Lamas tun wollte. Und was sie gegen dieses flaue Gefühl im Magen tun sollte, das sie jedesmal packte, wenn sie an Lucys Tod dachte.

Die Sonne glitt tiefer hinter die Berge. Von allen Seiten krochen die Schatten näher. In ihrem Magen bildete sich ein Knoten.

Ein Killer, der nie sein Opfer sah. Ein Tagelöhner, der verschwunden war. Ein Mann, von dem J. D. Rafferty sie fernhalten wollte. Ein Lebensstil, der Unsummen kostete. Ein letzter Brief, der keinen Sinn ergab.

»Du bist mir einige Erklärungen schuldig, Luce«, murmelte sie, drückte die Erdnußdose an ihre Brust und sah hinaus auf die Berge, die plötzlich ihren Blick zu erwidern schienen.

Er beobachtete die Frau durch ein 6 x 24 Burris-Signature-Fernglas, stellte am Objektiv, um die Lichtstärke abzustimmen. Eine Ruger M 77 Mark II fest an die Schulter gedrückt, lehnte er am Stamm einer Föhre, stumm, reglos, so reglos, daß er mit seiner Umgebung verschmolz, als wäre er ein Fels oder ein Baum. Diese Fähigkeit, so reglos zu verharren, hatte es ermöglicht, daß er so lange überlebt hatte.

Obwohl das gar nicht so gut war.

Er kalkulierte ganz automatisch Entfernung und Flugbahn. Er hatte die Ballistiktabellen kurz nach den Multiplikationstabellen gelernt und kannte sie besser als die letzteren. Jetzt würde er die Zahlen nicht benutzen. Es war nur eine gute Übung für den Verstand, mehr nicht.

Er hatte sich befohlen, diesen Ort zu meiden, der Blondine aus dem Weg zu gehen. Aber die letzten beiden Nächte hatte sie ihn böse verfolgt, und schließlich hatte er beschlossen, er müßte unbedingt wissen, ob sie zum Haus zurückgekommen war.

Das war nicht die Frau, die er erwartet hatte. Sie war blond, genau wie die andere, aber anders. Sie war anders angezogen, bewegte sich anders. Erleichterung durchflutete ihn, ließ ihm die Knie weich werden. Mit einem Mal wog die Ruger tausend Pfund. Sie war es nicht.

Die Frau lachte. Ein erfrischender Klang, der in seinen Ohren wie Musik tönte. Nicht so wie die andere. Ihr Lachen war bitter, scharf gewesen. Das Echo dieses Lachens brachte Bruchstücke der Erinnerung mit sich. Dunkelheit. Hunde. Das Knallen eines Gewehrs. Der Anblick von Blut. Der Geruch von Tod.

Er ließ die Ruger fallen und drückte die Handballen in die Augenhöhlen, als könnte der Druck die Szene auslöschen. Panik erfaßte ihn, schnürte ihm die Kehle zu, lähmte seine Lunge, ließ ihn zittern. Vergangenheit, Gegenwart und Zukunft taumelten wie ein Kaleidoskop durch seinen Kopf. Geräusche von Krieg, Gelächter, Schreie von Verwundeten und Sterbenden, Befehle, Schüsse, Explosionen, der Gestank von Tod und Fäulnis und Sumpf. Sein Herz klopfte wie eine wütende Faust gegen sein Brustbein. Schweiß tränkte seine Kleidung, entzog seinem Körper die Wärme, während die kühle Nachtluft ihn umfing.

Er holte tief Luft, so tief es seine schmerzenden Lungen erlaubten, hielt den Atem an und konzentrierte sich darauf, jeden Gedanken aus seinem Kopf zu verdrängen. Und als sein mentaler Bildschirm gnädig schwarz wurde, atmete er langsam aus, zählte die Sekunden, konzentrierte sich darauf, seinen Puls zu reduzieren.

Jeder Moment seines Lebens war wie das Abfeuern eines Schusses – er mußte seine Mitte halten, die Kontrolle behalten. Anlegen, zielen, Luft holen, die Hälfte ausatmen, über den Abzug streichen, wieder von vorne anfangen. So hatte er es geschafft. Ein Schuß nach dem anderen. Keine Ablenkungen.

Keine hübschen Blondinen mit rauchigen Stimmen.

Er nahm das Gewehr, erhob sich aus der Hocke und machte sich auf den Weg den Berg hoch, ließ sich wie ein Phantom von der Dunkelheit verschlucken.

KAPITEL 8

Samantha war zum ersten Mal seit einer Woche um vier Uhr mit ihrer Arbeit fertig. Der Abend gehörte ihr. Bei dem Gedanken verkrampfte sich ihr Magen vor Angst. Die Vorstellung, allein in dem kleinen Haus zu bleiben, das sie mit Will geteilt hatte, war ihr zutiefst zuwider. Es war so leer ohne ihn. Die Stille war unerträglich.

Überall sah sie sein Gesicht vor sich, seine blauen Augen, wie er die Hand nach ihr ausstreckte, sie zur Liebe aufforderte.

Sehnsucht, so stark und verzweifelt wie das Bedürfnis zu atmen, bohrte sich in ihr Herz und riß alle Wunden wieder auf. Schmerz durchströmte sie wie frisches, heißes Blut.

Was ist falsch gelaufen, Will? Hab' ich dich zu sehr gebraucht? Hast du mehr gebraucht?

Sie erinnerte sich daran, wie sie sich auf seinen Heiratsantrag gestürzt hatte. Er hatte die Frage ganz beiläufig gestellt, so als würde er fragen, ob sie mit ihm eine Runde galoppieren wollte. Und sie hatte die Chance mit beiden Händen gepackt, wie eine Ertrinkende.

Gleichgültig, wie sie es drehte und wendete, es war ihre Schuld. Sie hatte zuviel gewollt, sich zu sehr an ihn geklammert, zuviel gebraucht. Sie war nicht hübsch genug und nicht Frau genug und hatte nicht genug Erfahrung im Bett. Gleichgültig, wie wütend sie auf ihn war, weil er sie verlassen hatte, oder wie verletzt, weil er sie betrog, sie gab sich immer selbst die Schuld. Genau wie ihre Mutter, die immer wie ein geprügelter Hund um ihren Vater herumschlich, sich ständig für eingebildete Sünden entschuldigte. Jeder Vergleich mit ihrer Mutter war ihr zutiefst zuwider. Am liebsten hätte sie ihre Familie total verleugnet. Jede Verwandtschaft zu der Familie in dem schäbigen Haus mit den verdreckten Kindern abgestritten. Die Schuldgefühle, die dieser Gedanke mit sich brachte, waren genauso wenig willkommen wie die Tatsache, daß die Neills ihre Familie waren.

Sie schaute sich in der Bar um, während sie ihre Schürze abband und wegpackte. Leute kamen zur Happy Hour. Paare. Lauter schöne, reiche Menschen. Sie hatten alles, und sie hatte nichts und niemanden. Nur Rascal, den Welpen, den Will ihr an ihrem Geburtstag geschenkt hatte, zwei Wochen, bevor er sie verließ.

»Alles in Ordnung, Samantha, Schatz?«

Mr. Van Dellen beugte sich besorgt zu ihr. »Wenn du mit jemandem reden willst, du weißt, ich bin immer für dich da.«

»Mir geht's gut, ehrlich, Mr. Van Dellen. Ich bin nur müde.«

»Na schön«, sagte er, sah aber nicht sehr überzeugt aus. Dann rief ihn ein Kunde, und er entfernte sich.

Die Spannung entwich aus ihrem Körper wie Luft aus einem Ballon. Sie konnte nicht mit ihm über ihre Sorgen reden. Er war zwar nett, aber alle wußten, daß er und Mr. Bronson ... na ja, eben ... schwul waren.

Das Problem war, daß sie auch sonst keinen Freund hatte, dem sie sich anvertrauen konnte.

Sie schulterte niedergeschlagen ihre Tasche, machte sich auf den Weg zum Seitenausgang und lief Evan Bryce direkt in die Arme.

»Samantha!«

Er strahlte sie an wie einen alten Freund, was sie noch mehr aus der Fassung brachte als ihr Beinahezusammenstoß. »Tut mir leid, Mr. Bryce.«

»Du brauchst dich nicht zu entschuldigen«, sagte er und legte eine Hand auf ihre Schulter. »Und nenn mich Bryce, wie alle meine Freunde. Ich leih' nicht jedem so einfach mein Taschentuch, weißt du.«

Samantha senkte den Kopf bei der Erinnerung, wie sie an seiner Schulter geweint hatte. Mein Gott, er war Evan Bryce, und sie war nur Sam Neill, ein kleiner Niemand vom falschen Ende der Stadt.

Bryce beobachtete ihre Reaktion durch seine Wimpern.

»Komm, setz dich zu uns«, sagte er und dirigierte sie zu seinem Tisch.

»Nein, das geht nicht.«

»Warum nicht, du hast doch jetzt frei. Es gibt keinen Grund, warum du nicht einen mit uns trinken kannst.«

Es gab hundert Gründe. Sie paßte nicht zu ihnen. Sie war verheiratet. Sie mußte nach Hause – wofür? Die Gedanken schwirrten durch ihren Kopf, deutlich erkennbar in ihren Augen.

»Du hast dir eine kleine Belohnung verdient, finde ich«, sagte er leise und sah ihr tief in die Augen. »Oder etwa nicht?«

Samantha sah ihn einen Moment an. Sie brauchte diese Aufmerksamkeit wie eine verdorrte Pflanze Wasser.

»Komm, du wirst ein paar neue Freunde kennenlernen.«

Sie sah die Leute an, die an seinem Stammtisch an der hinteren Wand saßen. Schöne, lächelnde, reiche Leute. Glücklich. Für eine kurze Weile würde sie ein Teil davon sein. Eine Weile nicht an Will denken, einen Drink, ein bißchen Zeit, ohne den Schmerz der Einsamkeit.

»Ja«, sagte sie und nickte. »Ja, gern.«

»Gutes Mädchen«, sagte Bryce und führte sie zu seinem Tisch.

Mari ging in Richtung Mystic Moose. Sie hatte im Rainbow Café zu Abend gegessen. Bei Nora Davis mit ihrer rosa Uniform und ehrlicher Hausmannskost hatte sie sich wohler gefühlt als im eleganten Restaurant des Hotels.

Gesättigt schlenderte sie den Gehsteig entlang, ließ die Stadt auf sich einwirken, und allmählich verflog die Spannung des Tages. Auf der Hauptstraße herrschte relativ reger Betrieb. Vor dem Hell and Gone stand eine lange Reihe Pick-ups, die Musik aus der Jukebox und das Klicken der Billardkugeln waren bis auf die Straße zu hören.

Sie fragte sich, ob das wohl J. D.s Stammlokal war, auch wenn das keine Rolle spielte, wie sie sich einredete.

Die Läden, in denen das gewöhnliche Volk einkaufte, waren alle dunkel, nur die schicken Läden, in denen die Fremden einkauften, waren hell erleuchtet.

Komisch, daß ihr das auffiel. Sie war schließlich selbst fremd hier. Aber irgend etwas in ihr sträubte sich gegen diese Abstempelung. Irgendwie fühlte sie sich auf diesen Straßen zu Hause, als wäre sie hier aufgewachsen. Die schicken Einkaufsstraßen von Sacramento, in denen ihre Mutter und ihre Schwestern ständig unterwegs waren, waren ihr immer fremd gewesen.

»Marilee«, ihre Mutter knirschte mit ihren teuren Kronen. »Kannst du denn nicht wenigstens versuchen, gut auszusehen? Deine Haare sind unmöglich, und du siehst aus, als würdest du dich im Goodwill einkleiden.«

»Ich kaufe auch bei Goodwill ein. Da gibt's die besten Jeans.«

Abigail Jennings stöhnte und schüttelte vorsichtig ihre perfekte Frisur. »Ich versteh' dich nicht, Marilee. Warum kannst du nicht sein wie deine Schwester?«

Weil ich ich bin, Mom, dachte sie traurig. Mari, der wehe Finger.

Achtundzwanzig Jahre lang hatte sie sich bemüht, eine brave Jennings zu sein, wie Lisbeth und Annaliese. Vergeblich.

Ihr ganzes Leben lang war sie ein Außenseiter gewesen, aber hier, in New Eden, Montana, hatte sie dieses Gefühl nicht.

Rafferty betrachtete sie als Außenseiter. Aber dieser Gedanke brachte nur wieder die Erinnerung an seinen Kuß, seinen Körper, zurück. Sie schob ihn rasch beiseite und ging weiter.

Ein Stück weiter die Straße hinunter blieb sie vor einem New-Age-Laden mit dem Namen Selah stehen und beschloß spontan, hineinzugehen. Ein bißchen Licht, ein paar Leute, eine gute Abwechslung. Der Laden war winzig, holzgetäfelt, voller Bücherregale und Vitrinen mit Kristallen, Kerzen und Körben mit polierten Steinen. Über allem schwebte wie ein Nebel der intensive Geruch von Räucherwerk, und aus versteckten Lautsprechern kam Vogelgezwitscher und Wasserrauschen – Natur aus der Dose. Mari mußte grinsen. Das ausgerechnet hier, im Paradies.

»Hat der Obsidian schon geholfen?«

Sie hob den Kopf und sah, daß es M. E. Fralick war, ganz in dunkelblauen Samt und lachsfarbene Seide gehüllt.

»Wie bitte?«

M. E. verdrehte die Augen hinter ihrer Brille gen Himmel und sagte ungeduldig: »Sie hat ihre Mitte noch nicht gefunden.« Dann richtete sich ihr durchdringender Blick wieder auf Mari, der sie wie einem zurückgebliebenen Kind erklärte: »Der Stein, den ich Ihnen gestern gegeben habe. Obsidian. Er wirkt Wunder als Abwehr gegen störende Vibrationen.«

»Ach so...« Mari kramte verlegen den Stein aus ihrer Jeansjacke. »Ich bräuchte wahrscheinlich einen in Basketballgröße. Aber ich weiß die Geste zu schätzen, danke.«

Die Schauspielerin runzelte besorgt die Stirn. »Sie müssen Ihre Mitte finden. Sprechen Sie mit Damien, Schatz«, sagte sie und deutete auf den riesenhaften kahlköpfigen Mann hinter dem Tresen. »Er ist ein Zenmeister.«

Mari beäugte ihn mißtrauisch. Wenn diese Massen ihre Mitte fanden, würden wahrscheinlich kleine Monde eine Umlaufbahn um Damien einschlagen.

Ein Schwung Neugieriger drängte sich in den Laden, was M. E. glücklicherweise ablenkte, so daß Mari dem Laden entfliehen konnte, ohne die sicherlich reizvolle Bekanntschaft des Zenmeisters zu machen.

Sie erreichte das Mystic Moose, gerade als der Mond hinter den Absarokas aufstieg, und ging in ihr Zimmer, um ihre Gitarre zu holen. Trotz Rafferty hatte sie die Zeit gestern nacht hinter dem Hotel genossen. Nur der Mond und die Berge und ihre Musik. Die Aussicht darauf war wesentlich tröstlicher als eine ganze Schubkarre voller Obsidiane.

Kevin Bronson stand in der Halle, als sie aus dem Aufzug stieg, und grinste fröhlich.

»He, Lucy hat uns erzählt, daß Sie spielen«, sagte er und deutete auf ihre Gitarre. »Sie hat gesagt, Sie wären so gut, daß Sie nach Nashville oder L. A. gehen und Ihre Zeit nicht in Gerichtssälen verplempern sollten.«

»Lucy hat das gesagt?«

Das war ihr unbegreiflich. Lucy hatte sie nur ein paarmal bei Jam Sessions gehört, aber sich nie lobend geäußert.

Kevin fand ihre Überraschung wohl etwas seltsam, aber seine gute Erziehung gestattete keinen Kommentar. Eben ein echter Yale-Absolvent, vom Designer-Haarschnitt bis zu den Pferdelederschuhen.

»Ich war gerade auf dem Weg in die Bar, um mit Drew einen Kaffee zu trinken. Hätten Sie Lust, sich uns anzuschließen?« Er strahlte sie mit seinen prachtvollen weißen Zähnen an. »Vielleicht können wir Sie überreden, etwas für uns zu spielen?«

Sie lachte, und sie gingen zusammen los. »Sie müssen mich gar nicht überreden. Ich bin absolut schamlos.«

Sie setzten sich an einen Tisch in der Nähe des Kamins und unterhielten sich bei köstlichem Kaffee mit irischer Sahne. Mari erzählte ihnen von ihren Erlebnissen mit Miller Daggrepont, und beide fanden Lucys Wahl eines letzten Ruheorts zum Kichern.

»Das ist ja wirklich makaber«, sagte Drew und nippte an seinem Kaffee. »Aber typisch Lucy.«

»Ich kann es nicht fassen, daß sie mir alles vererbt hat«, sagte Mari, obwohl sie sich vorkam, als würde sie ein Verbrechen gestehen.

Drew und Kevin sahen sich erstaunt an, enthielten sich aber eines Kommentars. »Werden Sie bleiben?«

»Ich weiß es nicht. Momentan weiß ich gar nichts«, sagte sie, aber sie dachte an die Aussicht von der Terrasse des Blockhauses, das Gefühl von Frieden, das ihr die Berge gaben, das Gefühl, hierherzupassen, nach dem sie sich ihr ganzes Leben lang gesehnt hatte. Sie dachte daran, wie Rafferty sie im Staub der Koppel unter sich gerollt hatte, wie er sie ungeschickt gehalten hatte, während sie weinte, und Wärme strömte durch ihre Glieder, die nur wenig mit den niedrigen Flammen im Kamin zu tun hatte.

Sie zwang sich, an Lucy zu denken, und damit kamen wieder die Fragen.

»Was war das für ein Mann, der für sie gearbeitet hat?« fragte sie.

»Ich hab' gehört, daß er nach dem Unfall einfach verschwunden ist.«

»Kendall Morton?« Kevin schnitt eine Grimasse. »Schmierig, Tätowierungen, schlechte Zähne, zum Abgewöhnen widerlich.«

Drew nippte an seinem Kaffee und nickte. »Komischer Kerl. Hat nie viel gesagt. Immer im Hintergrund geschmollt.«

»Und trotzdem hat es keiner für nötig gefunden, ihn nach Lucys Tod zu verhören?« sagte Mari fassungslos.

»Gab keinen Anlaß dazu«, erklärte Drew. »Sheffield hat gestanden, und damit war die Sache beendet. Außerdem hatte Morton keinen Grund, sie umzubringen.«

»Seit wann brauchen Leute einen Grund?«

»Motiv«, sagte er mit einer eleganten Geste. »Regeln der Beweisführung. Sie sollten mit der Prozedur vertraut sein. Morton hatte kein Motiv –«

»Aber er hatte Gelegenheit, wahrscheinlich die Mittel, und sein Verhalten war verdächtig. Haben Sie eine Ahnung, wohin er gegangen ist?«

»Warum versuchen Sie, diesem Mann etwas anzuhängen? Es war ein Unfall, die passieren eben. Grübeln Sie nicht soviel, Schatz. Lassen Sie's gut sein. Im übrigen finde ich, wir sollten uns duzen, und zur Feier solltest du uns etwas vorspielen. Machst du das, ja?« Er reichte ihr die Gitarre. »Lucy hat uns erzählt, du hättest eine außergewöhnliche Stimme.«

Mari war dankbar für diesen Themenwechsel, nahm ihre alte Gitarre und begann, sie zu stimmen. »Eigentlich sollte ich Cellistin werden«, sagte sie. »Meine Schwester Lisbeth spielt Violine, Annaliese Flöte. Mutter dachte, es würde ihre Freunde beeindrucken, wenn wir bei Wohltätigkeitsveranstaltungen als Trio aufträten.«

»Was ist passiert?« fragte Kevin.

Sie schnitt eine Grimasse. »Mein Lehrer sagte, ich würde den Bogen wie eine Säge handhaben. Da hab' ich die Stunden geschwänzt und Gitarre bei einem alternden Hippie gelernt, der mal mit den Grateful Dead gejamt hat. Mutter war nicht beeindruckt, als sie das herausfand.«

Sie begann zu spielen, genoß wie immer die perfekte Resonanz der alten Gitarre, stimmte ein vertrautes Lied an und fing an zu singen, ein Lied von Regen und dem Ende einer Beziehung, das Lied einer Frau, die betrachtet, was sie verloren hat, und ihr Leben weiterspinnt, ein Lied vom Rhythmus des Blues. Sie merktc gar nicht, daß sie eigentlich das Lied ihres Lebens sang, ehrlich, voller Gefühl, mit einer Stimme, so süß und dunkel wie der Kaffee, den sie getrunken hatten.

Nachdem das Lied beendet war, blieb sie einen Augenblick sitzen, verloren, merkte gar nicht, daß der ganze Raum verstummt war. Applaus brandete auf und holte sie zurück in die Gegenwart. Sie winkte verlegen ab.

»Lucy hat recht«, sagte Kevin begeistert. »Du hast dich an die Anwälte verschwendet.«

»Und das ist nur die Spitze des Eisbergs«, sagte sie sarkastisch und nahm einen Schluck Kaffee.

»Du hast ein Publikum verdient«, sagte Drew. »Wir würden uns wahnsinnig freuen, wenn du hier spielst, solange du bleibst. Wir haben ein Trio, das hier am Wochenende spielt. Bitte sag, daß du mitmachst.«

Mari verzog das Gesicht. »Ich dränge mich nicht bei anderen Musikern auf«, sagte sie. »Vielleicht rede ich mal mit ihnen.«

»Das hast du bereits«, sagte er, und seine grünen Augen glänzten. »Ich bin der Mann am Klavier.«

Alle lachten, und Mari konnte nicht fassen, wie gut das tat, wie gut sie sich fühlte hier bei ihren neuen Freunden. Sacramento und Brad Enright und ihre Familie waren mit einem Mal Lichtjahre entfernt.

»Ich hoffe, daß wir Sie nicht zum letzten Mal gehört haben, Marilee.«

Evan Bryce lächelte auf sie herab wie ein lange verschollener Freund. Mari quälte sich ein Lächeln ab und murmelte etwas angemessen Bescheidenes. Er war ihr auf den ersten Blick unsympathisch gewesen, zum Teil wegen seiner Verbindung zu Lucys Tod. Der Rest war Instinkt, und dem vertraute sie bedingungslos. Die Jahre bei Gericht hatten ihn perfektioniert. Und Bryces Schau war nicht echt.

Wie bei ihrem ersten Treffen trug er wieder hochhackige Stiefel, hautenge Jeans, die sein Geschlecht recht deutlich zeigten, einen Gürtel, für den ein Cheyenne seinen Brustschmuck geopfert hatte, und ein offenes weißes Hemd mit bauschigen Ärmeln. Wahrscheinlich wollte er mit der auffälligen Kleidung seine geringe Größe kompensieren.

»Wie ich höre, sind Sie inzwischen Grundbesitzerin in unserem kleinen Paradies geworden«, sagte er und hakte einen Daumen in seinen Gürtel. »Der Fluch der Kleinstadt. Neuigkeiten verbreiten sich erschreckend schnell. Sie wissen, daß Ihr Grundstück an meines grenzt?«

»Ja, ich weiß.« *Und deshalb ist Lucy tot*, dachte sie im stillen. Aber zugegeben, er war nicht der Idiot mit dem Gewehr gewesen.

»Heißt das, Sie werden ein Mitglied unserer Gemeinde?« sagte er, so hoffnungsvoll, daß es nur gelogen sein konnte. »Oder werden Sie verkaufen?«

»Das kann ich jetzt noch nicht sagen.«

»Natürlich«, murmelte er verständnisvoll. »Wenn Sie den Besitz gern kennenlernen möchten, bin ich jederzeit bereit, Sie zu führen.«

»Danke.«

»Es ist ein wunderbarer Besitz. Lucy hatte es dort sehr gemütlich. Hat sie Ihnen je erzählt, wie sie dazu gekommen ist?«

Sein Blick war seltsam scharf. Diese Frage war kein Zufall.

»Sie hat mir erzählt, sie hätte das Haus gesehen, als sie hier einmal Urlaub machte. Dann hat sie etwas Geld geerbt und beschlossen, es zu kaufen.«

Wenn hinter dieser Geschichte mehr steckte – und davon war Mari überzeugt –, so wußte sie es nicht. Sie fragte sich, ob Bryce etwas wußte.

Seine Miene verriet nichts. Seine Wimpern sanken auf Halbmast. »Lucy hatte viel Glück ... und sie war sehr clever.«

»Wir alle wissen, wie clever Lucy war«, sagte Drew, was ihm einen prüfenden Blick von Bryce einbrachte.

»Ja«, sagte er, ganz bedächtig. »Manchmal zu clever für ihr eigenes Wohl.«

Eine seltsame Spannung ließ die Zeit stillstehen. Dann wandte sich Bryce wieder an Mari, lächelnd, als wäre nichts gewesen. »Ich hoffe, wir haben Gelegenheit, Sie noch einmal zu hören, Mari. Sie haben großes Talent.«

»Danke.«

Er verabschiedete sich und ging zurück zu seinem Hofstaat an seinem Tisch. Kevin starrte mit grimmig vorgeschobenem Kinn in seinen Kaffee. Drew rieb sich die Unterlippe, hob den Blick zu ihr, und für einen Augenblick sah er im Schein des Kaminfeuers richtig bedrohlich aus.

»Das Stück Land hätte er wirklich zu gerne«, sagte er leise. »Und

J. D. Rafferty auch, wenn man ehrlich ist. Obwohl die hundert Morgen ihm eigentlich egal sein könnten. Den Gerüchten zufolge besitzt Bryce achtzigtausend Morgen.«

»O Gott.«

»Ja.« Sein wütender Blick schweifte quer durch den Raum. Bryce lachte, als einer seiner Gäste ihm zuprostete. Samantha Rafferty saß zu seiner Rechten, in dem Stuhl, in dem sonst Bryce' Cousine, Sharon Russell, saß. Samantha lachte ebenfalls, aber mit geducktem Kopf, als wolle sie verheimlichen, daß sie den Witz verstanden hatte. Drew runzelte die Stirn. Er sammelt Land wie andere Leute Briefmarken. Seiner Vermutung nach war Land nicht das einzige, was Evan Bryce sammelte, und er nahm sich vor, mit Samantha zu reden, wenn sie das nächste Mal zur Arbeit kam.

»Interessanter Mann«, murmelte Mari.

Kevin schob seinen Stuhl vom Tisch zurück. »Entschuldigt mich«, murmelte er. »Ich hab' zu arbeiten.« Er raffte die Papiere zusammen, die er mitgebracht hatte, und ging.

Drew rieb sich seufzend die linke Schläfe.

Mari hatte mit einem Mal das Gefühl, in etwas sehr Privates hineingeraten zu sein. Sie ließ die Gitarre von ihrem Schoß gleiten und stand auf. »Danke für den Kaffee. Ich glaube, ich gehe jetzt schlafen. Ich will früh raus. Möchte diesen Sonnenaufgang nicht verpassen.«

Drew zwang sich ein Lächeln ab, das aber sofort wieder verflog. Er packte ihr Handgelenk. »Hüte dich vor diesem Bryce, Schatz«, murmelte er. »Lucy hat es genossen, mit Schlangen zu spielen, aber sie hatte selbst Fangzähne. Ich möchte nicht, daß man dir weh tut.«

»Weh tut? Wie? Wörtlich?«

»Sei auf der Hut.«

Er erhob sich ebenfalls und verschwand durch dieselbe Hintertür wie Kevin. Mari blieb allein am Kamin zurück, beobachtete, wie Evan Bryce mühelos die junge Frau neben sich umgarnte, und dachte an die Schlange im Garten Eden.

»Hast du dich heute abend amüsiert, Samantha?«

Samantha lächelte schüchtern den Mann an, der sie zu ihrem leeren Haus begleitete. Bryce hatte darauf bestanden, ihr mit seinem Wagen nach Hause zu folgen, um sicherzugehen, daß ihr nichts passierte.

Seine schöne Cousine wartete in seinem Mercedes Cabrio, das hinter Samanthas Schrotthaufen von Camaro parkte.

»Ja«, sagte sie verlegen.

»Es war eine Freude, dich bei uns zu haben. Du bist wie eine frische Brise ... so unverdorben.«

»Du meinst, naiv.«

»Aber nicht als Beleidigung. Du bist jung und schön und vielversprechend, und du hast noch so viel vor dir.«

Zum Beispiel eine weitere Nacht in einem leeren Bett. Eine Zukunft voller endloser Tage als Kellnerin im Moose. Die Gedanken lasteten wie Felsen auf ihren Schultern, als sie die Treppe zu ihrer windschiefen Veranda hochstieg.

Bryce nahm ihre Hände und drehte sie zu sich um. Seine Miene war ernst und väterlich – zumindest stellte sie sich väterlich so vor. Ihr Vater hatte seine Kinder immer wie streunende Hunde, die ihm im Weg waren, behandelt.

»Du darfst nicht zulassen, daß dich dein gebrochenes Herz abschottet, Schätzchen«, sagte Bryce. »Dein Mann ist ein Idiot. Die Welt dreht sich auch ohne ihn weiter, du hast immer noch ein Leben, und wahrscheinlich ein besseres ohne ihn. In dir steckt so viel, was du noch entdecken und erforschen mußt. Lösch es nicht aus.«

Samantha schossen die Tränen in die Augen. Warum konnte Will ihr nicht sagen, wie wunderbar sie war?

»He, keine Tränen mehr«, murmelte Bryce und wischte ihr eine von der Wange. »Du hast genug geweint. Wann hast du deinen nächsten freien Tag?«

»Übermorgen.«

»Perfekt«, sagte er lächelnd. »Du kommst raus auf die Ranch und bleibst den ganzen Tag. Du kannst schwimmen und reiten und mit Leuten zusammensein, die dich zu schätzen wissen.«

Sie wollte protestieren, aber das duldete er nicht; er drückte nur kurz ihre Hände, beugte sich vor und gab ihr einen väterlichen Kuß auf die Wange.

»Ich werde dich selbst abholen. Mach dich bis neun Uhr fertig. Wir werden reiten gehen. Ein Picknick machen. Es wird wunderbar.«

Dann war er fort, schritt graziös auf seinen eleganten Mercedes zu.

Samantha betrat das dunkle Haus, machte sich nicht die Mühe, das Licht einzuschalten. Der Schein der Straßenlampe, der durch das

Fenster fiel, genügte. Wie immer hatte sie insgeheim gehofft, Will würde auf sie warten.

Er war nicht da. Wahrscheinlich war er unten im Hell and Gone, lachend, trinkend, mit einer Blondine mit großen Brüsten und engen Jeans im Arm. Ob es ihm etwas ausmachen würde, wenn er wüßte, daß sie den Abend mit Leuten verbracht hatte, die Sportwagen fuhren und Champagner tranken?

Die Frage bohrte sich wie ein Messer in ihr Herz. Jetzt kamen die Tränen. Sie sank auf den Holzboden des Wohnzimmers, beugte sich vor, rollte sich zusammen wie ein Ball. Ihr langer Zopf lag wie eine Schnur auf dem Boden.

Rascal kam auf seinen dicken Pfoten aus der Küche gesprungen, mit wehenden Ohren und wedelndem Schwanz. Er war halb Golden Retriever, halb wer weiß was, groß und tapsig und überschäumend vor Liebe. Er bellte sie an, knurrte und winselte gleichzeitig, wußte nicht, was er mit ihr machen sollte. Schließlich setzte sich Samantha auf, griff nach ihm und ließ ihn auf ihren Schoß klettern, dankbar für etwas, das sie umarmen konnte, das ihr die Tränen vom Gesicht leckte.

Sie drückte den Welpen fest an sich und schluchzte sich das Herz aus dem Leib, niedergeschmettert von dem Gedanken, daß der Hund, den er ihr geschenkt hatte, sie mehr liebte als Will...

»Was meinst du? Weiß diese Jennings, was Lucy getrieben hat?«

Bryce drehte sich zu seiner Cousine um und musterte sie voller Bewunderung. Im Mondlicht war sie wirklich atemberaubend. »Das weiß ich noch nicht. Bis jetzt hat sie nichts verlauten lassen.«

Sharon löste mit einem raschen Griff ihre blonde Mähne aus dem eleganten Knoten und warf den Kopf zurück. »Ich kann mir nicht vorstellen, daß Lucy ihr alles vererbt hat ohne Zugabe ihrer schmutzigen kleinen Geheimnisse.«

»Das wird keine Rolle spielen«, sagte er, er war momentan mit anderen Komplikationen beschäftigt. »Kein Grund, sich Sorgen zu machen.«

Er machte sich tatsächlich keine Sorgen. Für ihn war alles ein Spiel. Ein Spiel, das er nicht verlieren konnte. Einige riskierten ungeheuer viel dabei, aber er hatte alle Trümpfe in der Hand. Das war das Schöne an Macht und einem genialen Verstand.

Lucy hatte das begriffen. Sie wäre vielleicht im Lauf der Zeit eine würdige Rivalin für ihn geworden, oder eine würdige Partnerin. Ihre Reize im Bett und außerhalb hatte er jedenfalls sehr genossen und die Möglichkeit schon in Betracht gezogen.

Schade, daß sie tot war.

KAPITEL 9

Am nächsten Morgen war Maris erster Punkt auf der Tagesordnung ein Gang zur Eisenwarenhandlung, um Putzsachen einzukaufen, da Lucy damit sicher nicht ausreichend ausgestattet war. Sie hielt ein Schwätzchen mit Marcia, der Verkäuferin, nachdem sie alles gefunden hatte, dann ging sie quer über die Straße ins Rainbow Café und gönnte sich eine Tasse Kaffee und ein Stück Lemon Meringue Pie mit Nora. Nora beschrieb ihr den Weg zur Carnegie-Bibliothek, und sie machte sich dort auf die Suche nach einem Buch über Lamas, das sie schließlich in der Kinderabteilung fand. Über Mulis gab es nichts, aber sie waren Pferden sehr ähnlich, deshalb nahm sie noch ein paar Bände über Reitkunst mit, zum Auffrischen ihrer Kenntnisse.

Sie kam mit dem alten Hal Linderman ins Gespräch, der nach vierzig Jahren als Mathematiklehrer an der New Eden High School nach seiner Pensionierung den Posten als Bibliothekar übernommen hatte. Eine Stunde später hatte sie einen provisorischen Bibliotheksausweis und eine Einladung, sich den Presbyterianern anzuschließen.

Zufrieden machte sie sich auf den Weg zu ihrem Honda. Jetzt noch einen Vorrat Lebensmittel aus dem Supermarkt an der Tankstelle und dann raus zur Ranch, um dort einen Tag lang zu putzen, zu lesen und die Aussicht zu genießen. Sie überquerte den Stadtplatz und blieb kurz stehen, um der Bildhauerin vor dem Gericht bei der Arbeit zuzusehen. Marcia in der Eisenwarenhandlung war nicht sonderlich begeistert von diesem Projekt, aber Mari fand es interessant.

»Es symbolisiert den Konflikt zwischen alter und neuer Lebensweise, der sich vereint zu etwas Ganzem und Schönem«, sagte Colleen Bentsen. Sie trug einen Schweißeranzug, die Maske hatte sie auf den Kopf geschoben. Hinter ihr stand ein Tisch mit Werkzeug und Haufen von Gerümpel, das aussah wie Schrottmetall.

»Finde ich gut«, sagte Mari. »Mir gefällt, wie sich die beiden Elemente – das Rauhe und das Glatte, zu einem einzigen Arm verschlingen, der stärker sein wird als die einzelnen Komponenten.«

Die Künstlerin strahlte: »Genau.«

Eine solche Partnerschaft des Alten und des Neuen war in New Eden wohl ziemlich unwahrscheinlich. Aber Idealismus hatte noch keinem geschadet, fand Mari. Träume waren wichtig. Sogar unerreichbare Ziele waren es wert, angestrebt zu werden.

Sie mußte an ihre eigenen Ziele denken, als sie aus der Stadt fuhr. Einmal hatte sie von einer Karriere als Sängerin geträumt, aber ihre Eltern hatten die Daumenschrauben angesetzt und auf College und Rechtsstudium bestanden. Sie hatte gegen sie gekämpft und gegen sich. Die junge Frau gegen das unsichtbare Kind. Schließlich hatte man sich auf einen Kompromiß geeinigt. Die Träume waren verloren. Keiner lebte glücklich bis in alle Ewigkeit.

Was ist denn so falsch daran, Gerichtsschreiberin zu sein? Ihr wolltet doch, daß ich Jura studiere. Das ist ein Job, der damit zu tun hat.

Wir wollten, daß du Anwältin wirst, Marilee. Du bist so intelligent. Du könntest alles werden, was du willst.

Gut. Ich will Gerichtsstenographin werden.

Eigentlich wollte sie gar nicht Gerichtsschreiberin werden. Sie wollte nur nicht Anwältin werden. Sie spürte immer noch die Last der Traurigkeit und Enttäuschung ihrer Eltern in ihrem Herzen. Manchmal trauerte sie noch dem Traum nach, den sie bei dem vergeblichen Versuch, sie zu befriedigen, aufgegeben hatte.

»Zeit für einen neuen Anfang, Marilee«, sagte sie und drehte das Autoradio lauter. Der Wind peitschte durch das offene Fenster ihres Wagens und zerzauste ihre Mähne. »Träum was Neues. Was Großes.«

Aber die Gegenwart warf noch zu viele offene Fragen auf, um sich auf die Zukunft zu konzentrieren, und das einzig Große, was ihr in den Sinn kam, war J. D. Rafferty.

Den Rest des Tages verbrachte Mari mit Putzen. Sie konnte das Chaos in Lucys Haus einfach nicht mehr ignorieren und auch nicht ihr Bedürfnis, es zu beseitigen. Die Zerstörung durch die Vandalen war einfach eine zu große Beleidigung des Andenkens ihrer Freundin und erinnerte sie zu heftig an willkürliche Gewalt. Der Geruch danach hing wie eine düstere Wolke im Haus, und sie riß alle Fenster auf, um ihn zu vertreiben.

Die Küche nahm sie sich zuerst vor, kratzte die Schmiere vom Boden, schrubbte die mexikanischen Kacheln und wusch den Kühlschrank aus. Bis zum Abend hatte sie sich durch das große Zimmer gearbeitet. Der tote Gummibaum war auf dem Müll, die Drucke an der Wand hingen wieder gerade, der Berberteppich war gesaugt. Das aufgeschnittene Sofa verdeckte sie mit einem bunten mexikanischen Tuch, das sie neben der Holzkiste gefunden hatte. Sie rettete die Kissen, die noch zu gebrauchen waren, die anderen warf sie weg. Der Haufen Feuerholz, der einmal ein Schaukelstuhl und ein Beistelltisch gewesen war, wurde nach draußen geschafft.

Mr. Peanuts beobachtete alles von seinem Hochsitz auf dem hölzernen Kaminsims. Mari stellte sich vor, wie Lucys Geist hinter den gemalten Augen lauerte und kichernd zusah, wie sie bis zur Erschöpfung schuftete. Lucys Geschick im Delegieren körperlicher Arbeit war schon immer phänomenal gewesen.

Ich hätte statt dir in deiner Familie auf die Welt kommen sollen, Marilee.

In vieler Hinsicht hätte sie fabelhaft in den Jenningsclan gepaßt. Das Familienmotto war: »Lebe gut, zieh dich gut an, und stell jemanden zum Arbeiten an.« Mari hatte Lucy immer damit getröstet, daß ihre Mutter niemals ihre Promiskuität geduldet hätte.

Nachdem das große Zimmer fertig war, warf Mari einen Blick durch die Reste einer Glastür in ein gemütliches Arbeitszimmer und stöhnte, als sie die Zerstörung dort sah. Überall waren Bücher und Papiere verstreut. Zertrümmerte Plastiken und noch mehr verstümmelte Pflanzen. Jemand hatte mit der bronzenen Adlerplastik mit ausgebreiteten Schwingen einen eleganten Nußbaumschreibtisch zertrümmert. Mari wollte nicht noch einmal daran denken, wieviel Arbeit hier noch auf sie wartete. Statt dessen holte sie sich die letzten zwei Dosen Light-Bier aus dem Kühlschrank und ging nach draußen.

Die Sonne hatte ihren Abstieg hinter die Berge im Westen begonnen und tauchte das Tal in ein warmes Bad von Bernstein und Schatten. Sie stand lange auf der Terrasse und sah hinunter zum Fluß, bis sie merkte, daß dort unten am Ufer keine Pferde grasten, sondern Lamas.

Bei dem Gedanken an ihre sanften Augen und ihr königliches Gehabe mußte sie lächeln. Sie wollte einfach runtergehen zu ihnen und auf ihre angenehmen Laute lauschen. Sie würde sich auf den Zaun setzen, damit sie ihre weichen Nasen an ihr reiben konnten. Sie würden ihr Abendbrot wollen, und sie würde ihnen sagen, daß sie warten mußten, bis Rafferty kam.

Sie war sich nicht sicher, ob er heute kommen würde. Das Buch, das sie in ihrer Mittagspause gelesen hatte, war sehr vage, was die Fütterung von Lamas betraf. Sie hatten einen unerschöpflichen Vorrat an Wasser und Gras. Vielleicht bekamen sie die Pellets nur ein- oder zweimal in der Woche als Ergänzungsfutter. Auf jeden Fall hatte Rafferty sicher Wichtigeres zu tun, als hierherzukommen und eine Arbeit zu machen, die jeder zehnjährige Ranchersohn im Schlaf erledigen könnte. Er mochte sie ja nicht einmal. Er hatte sie nur aus Wut geküßt, unter sich begraben, weil sie ihn angegriffen hatte.

Und er hat dich im Arm gehalten, als du geweint hast, warum das, Marilee?

Weil ich ihm keine andere Wahl gelassen habe.

Bei diesem Gedanken runzelte sie die Stirn. Trotzdem hatte er sich bereit erklärt, ihr mit den Tieren zu helfen. Weil sie seine Nachbarin war.

Das war wohl ein Teil des Kodex des Westens, vermutete sie. Teil des persönlichen Rafferty-Kodex. Das rührte sie an einer Stelle ihres Herzens, von deren Verwundbarkeit sie nichts geahnt hatte. Sie hatte zu viele Jahre in einer Welt gearbeitet, in der sich jeder selbst der Nächste war.

Sie konnte nicht mehr länger stillstehen und ging zum vorderen Teil des Hauses, dann über den Hof zu den Wirtschaftsgebäuden auf der Suche nach Lamas. Der Rasen mußte dringend gemäht werden. Noch ein Punkt für die Liste von morgen, ein Rasenmäher oder ein Lama herbringen. Lucy hatte natürlich jemanden gehabt, der das machte. Kendall Morton, Tagelöhner aus dem Nirgendwo.

Sie wollte Sheriff Quinn ein paar Fragen zu Morton stellen. In Kalifornien hätte sie ein halbes Dutzend Freunde aus der Rechtsprechung anrufen und sein Vorstrafenregister prüfen lassen können. Aber dies hier war nicht Kalifornien.

Ein Tagelöhner, überlegte sie. Eine Ranch an einem Ort, wo das Land sein Gewicht in Gold wert war. Eine Herde exotischer Tiere. Ein neuer Range Rover in der Garage neben Lucys rotem Miata. Woher in aller Welt kam nur das viele Geld?

Ein Glückstreffer, hatte Lucy ihr erzählt. Eine Erbschaft von einem entfernten Verwandten. Aber wer sollte ihr so viel Geld hinterlassen, wo sich keiner gefunden hatte, um sie bei sich aufzunehmen und aus der endlosen Kette von Pflegestellen zu retten, in denen sie aufgewachsen war.

Diese Fragen lösten Unruhe in ihr aus, ein Kribbeln unter ihrer Haut. *Marilee, das ist idiotisch, es spielt keine Rolle mehr. Lucy ist tot, ihr Mörder bestraft.*

Bestraft. Sie schnaubte verächtlich. Bewährung und tausend Dollar Geldstrafe. Ein Menschenleben war billig, wenn man Schönheitschirurg aus Beverly Hills war und einflußreiche Freunde hatte. Sie versuchte, sich den Mann vorzustellen, wie er während der ganzen Verhandlung geweint hatte. Eine Verhandlung, deren Ausgang von vornherein durch sein Geständnis feststand. Er hatte Lucy nicht erschießen wollen. Er hatte nicht gewußt, daß Lucy da war. Er war weggegangen und hatte sie einfach den Geiern und sonstigem Getier überlassen.

Egal wie oft Mari sich die Geschichte durch den Kopf gehen ließ, sie konnte einfach kein Mitleid für Sheffield aufbringen. Sie kam immer wieder zu demselben Schluß. Sein Verhalten war unverantwortlich gewesen, hatte ein Menschenleben gekostet, und die Konsequenzen hatte er aus seiner Kleingeldkasse bezahlt. Sie wußte verdammt genau, daß ein arbeitsloser Cowboy für dasselbe Vergehen den Rest seiner Tage auf Staatskosten verbracht hätte. Die Dame Justitia war vielleicht blind, aber Geld roch sie auf Kilometer, und ihre Waage neigte sich dementsprechend.

Aber was, wenn Sheffield sie doch nicht erschossen hatte?

Mari blieb an der Koppel stehen, stützte die Arme auf den oberen Balken und ließ die beiden Bierdosen an ihrer Plastikschlaufe baumeln. Sie sehnte sich nach einer Zigarette, versagte sich aber das Vergnügen. Heute war sie tatsächlich so tief gesunken und hatte unter den Autositzen nach verirrten Zigaretten gesucht und drei gefunden. Zwei hatte sie noch in der Brusttasche ihrer Jacke.

Sie hatte sich geschworen, ein neues Leben anzufangen. Keine Sackgassenkarriere. Kein Leben im Schatten der Erwartungen ihrer Eltern. Keine bedeutungslosen Beziehungen mehr. Das Wegwerfen der Zigaretten war symbolisch gewesen. Sie hatte mit Rauchen angefangen, um die Langeweile und die Spannung ihres Berufes zu mildern. Sie hatte ihren Job aufgegeben, also hatte sie auch die Zigaretten aufgegeben. New Eden hatte sich nach dem perfekten Ort für einen neuen Anfang angehört. Ein akademisches Jahr im Paradies. Rauchen und Streß nicht erlaubt.

Aber ihr dröhnte der Kopf, und ihre Laune war auf dem Nullpunkt. Ihre Nerven waren in Fetzen. Sie tastete nach der Klappe ihrer Jackentasche. Nur eine...

Ausgerechnet in diesem Augenblick mußte Rafferty auf seinem großen Fuchs aus dem Wald geritten kommen. Die Krempe seines schwarzen Hutes überschattete seine Augen, aber sein Mund war ein grimmiger Strich. An seiner Haltung merkte man, daß ihm alles weh tat, er sich aber größte Mühe gab, das nicht zu zeigen. Irgendwie rührend, dachte Mari, verdrängte den Gedanken jedoch sofort. Sture Männer, denen Stolz wichtiger war als gesunder Menschenverstand, hatten sie schon immer gelangweilt. Warum sollte sie dann diesen hier rührend finden.

»Du willst hier wohl wieder alles abbrennen?« sagte J. D. spöttisch und deutete auf den Haufen toter Pflanzen und zertrümmerter Möbel, der auf den verkohlten Resten ihrer Kostüme lag.

Mari warf ihm einen giftigen Blick zu. »Ja, ich wollte dir die Chance geben, mich wieder anzugreifen. Ich hab' noch zwei oder drei Rippen, die du mir gestern nicht gebrochen hast.«

Er schwang sich vom Pferd und verkniff sich mit einiger Mühe ein Stöhnen. Er war seit Sonnenaufgang im Sattel gewesen und kam allmählich in das Alter, in dem er das nicht mehr so einfach wegsteckte. Er musterte die Frau vor ihm mit zusammengekniffenen Augen. »Soweit ich mich erinnern kann, hast du dich auf mich gestürzt.«

»Ich enttäusche dich nur ungern, aber erwarte nicht, daß das heute wieder passiert«, schimpfte sie. »Ich bin fix und fertig.«

Sie sah noch zerzauster aus als sonst. Ihr Pferdeschwanz hatte sich gelöst, und ihre Mähne ging ungebändigt bis zu den Schultern. Sie hatte Schmutz auf dem Kinn, und ihre Augen schienen größer und unergründlicher, ihr Gesicht wirkte dagegen schmal, und sie sah mitgenommen aus. Sie versank in ihrer Jacke, wodurch sie winzig und zerbrechlich wirkte, ein Wesen, das die Stärke eines Mannes brauchte. J. D.s Libido nominierte ihn für diese Aufgabe, die er aber für den Moment mit grimmiger Miene ablehnte.

»Ja, ich hab' gehört, daß Urlaub furchtbar anstrengend sein kann«, sagte er sarkastisch.

»Ich hab' aufgehört, es Urlaub zu nennen, als ich erfahren habe, daß meine Freundin tot ist«, sagte Mari wütend. »Und, zu deiner Information, ich hab' den ganzen Tag gearbeitet, versucht, das Haus wieder in Ordnung zu bringen. Ich bin mir nicht sicher, ob das mit

Viehtreiben oder was immer du machst, vergleichbar ist, aber für mich ist das harte Arbeit.«

Seine Antwort war ein unverständliches Knurren, dann machte er sich in Richtung Scheune auf, was Mari gar nicht paßte. Sie wollte ihn bei sich haben, nicht ihn persönlich, versicherte sie sich, nur seine Gesellschaft. Soviel Einsamkeit war sie nicht gewöhnt.

»He, warte«, sagte sie und lief hinter ihm her. »Willst du ein Bier?«

»Warum?« fragte er, blieb stehen und drehte sich zu ihr um. »Versuchst du schon wieder, mich mit scharfen Getränken gefügig zu machen, Marilee?«

Sein sarkastisches Lächeln, das raubtierhaft männliche Funkeln in seinen Augen, beschleunigten Maris Puls, und er wurde noch schneller, als seine Hand nach ihrem Kinn griff und er mit dem Daumen über ihre Unterlippe strich.

»Ich hab' dir schon einmal gesagt, daß das nicht nötig ist«, sagte er, und seine leise Stimme kratzte wie Schleifpapier an ihren Nerven. »Ein Wort genügt. Ich könnte heute gut was Weicheres reiten als ein Pferd.«

Mit Erstaunen stellte er fest, daß es eine Tatsache war. Auf dem Weg vom Berg herunter hatte er nur einen Gedanken gehabt, einfach ins Bett zu fallen und alles zu vergessen. Der Anblick von Marilee – zerzaustes Haar, schmutziges Kinn – hatte zwar auch den Wunsch nach einem Bett geweckt, aber mit ihr an seiner Seite. Es ergab zwar keinen Sinn, aber wo es um Sex ging, war das normal.

Sie wich einen Schritt zurück und versuchte, wütend dreinzuschauen. »Träum mal schön weiter, Rafferty. Ich hab' dir ein Bier angeboten, nicht meinen Körper.«

J. D. kicherte boshaft und legte seine Hand zwischen ihren Hals und ihre Schulter, sein Daumen streifte über das flache V über ihrem Schlüsselbein. »Dein Puls rast, Marilee«, murmelte er. »Regt dich eine Dose Bier immer so an?«

»Nur wenn ich überlege, ob ich sie einem lästigen Mann über den Kopf ziehe. Willst du ein Bier oder nicht?«

Seine Kehle fühlte sich an wie eine Kiesgrube, sein Mund schmeckte nach Staub und Pferden. »Ja, ich sollte dich wohl besser entwaffnen.«

Mari rollte die Augen, ging zu einer Bank am Ende der Scheune und setzte sich. Sie warf ihm sein Bier zu und öffnete ihre eigene Dose.

Rafferty zog es vor zu stehen, lehnte sich an das verwitterte Holz der Scheune. Er sah erschöpft aus. Sein Hemd war voller Schweißränder und Dreck, seine Jeans schlaff und zerknittert. Er hatte sich offensichtlich das Gesicht gewaschen, bevor er hier herunterritt, die scharfe Trennlinie zwischen sauber und schmutzig war an seinem Hals deutlich zu erkennen. Der Schatten auf seinen hageren Wangen verriet, daß es schon einige Zeit her war, seit er sich rasiert hatte.

»Waffenstillstand, okay?« Sie prostete ihm mit dem Bier zu. »Ich glaube, heute würde keiner von uns einen Zweikampf durchstehen.« Er nickte kurz, öffnete die Bierdose und trank die Hälfte in einem langen Schluck. Mari entdeckte, wie die Muskeln an seinem Hals arbeiteten. Ein Funkenschauer schoß durch ihren Körper.

»Harter Tag im Büro?« fragte sie, um sich abzulenken.

»Das Übliche.«

»Was ist das ›Übliche‹?«

»Hab' die Zuchtherde zum Markieren und Impfen zusammengetrieben. Fohlen eingeritten. Bullen mußten verlegt werden.«

Mari ahnte, daß hinter diesen spärlichen Worten wesentlich mehr steckte. Rafferty war Weltmeister im Untertreiben, sagte kein Wort, das nicht absolut notwendig war. Ein liebenswerter Zug, der einen aber auch auf die Palme bringen konnte. Sie war an die typischen Männer der Neunziger gewöhnt, die nicht mehr aufhören konnten, über sich zu reden, wenn sie erst einmal angefangen hatten.

»Brandzeichen wie in den Cowboyfilmen? Mit dem Lasso einfangen, auf den Boden werfen und ihnen das heiße Eisen in die Flanken drücken?«

Er richtete sich auf, schob grimmig sein Kinn vor. »Wir machen das aus gutem Grund«, sagte er, wütend, daß jemand glauben konnte, er würde absichtlich einem Tier Schmerzen zufügen. »Bist du Vegetarier oder so was?«

»Nein. Nur neugierig. Ich esse alles außer Leber. Die mag ich nicht. Und ich esse solche Sachen nicht, von denen die Leute behaupten, sie würden genau wie Huhn schmecken. Das heißt fast immer, daß es irgendein Tier ist, das man nicht essen würde, wenn man wüßte, was es ist.«

»Klapperschlange«, sagte J. D. mit einem zögernden Grinsen. »Schmeckt genau wie Huhn.«

Sie schnitt eine Grimasse und schüttelte sich in ihrer riesigen Jacke. »Nein danke. Ich hab' in der vierten Klasse Ernährungskunde gehabt.

Mrs. Kaplan hat nie erwähnt, daß wir einen täglichen Bedarf an Reptilien haben.«

Er lachte, es klang etwas rostig, als wäre es für ihn ungewohnt. Mari belohnte ihn mit einem Lächeln. Er beäugte den leeren Platz auf der Bank neben ihr. Kämpfte mit sich. Er wollte von ihr nicht zum Lachen gebracht werden, ihrem Charme erliegen. Er wollte sie im Bett haben. Er wollte ihr Land kaufen. Alles andere führte auf gefährliches Glatteis. Er richtete sich auf und sagte: »Ich hab' hier ein paar Arbeiten zu erledigen.«

»Das kann auch zehn Minuten warten. Gönn dir mal 'ne Pause, Rafferty.«

»Leute, die Pause machen, überleben hier nicht lange«, sagte er und setzte sich dann doch auf das äußerste Ende der Bank, mit einem müden Blick auf das Blockhaus. »Zumindest war das bis jetzt so.«

»Wie lange ist deine Familie schon hier?« fragte Mari leise, fasziniert von den Gefühlen, die sie hinter seiner Macho-Fassade nur erahnen konnte.

»Vier Generationen«, sagte er, mit unüberhörbarem Stolz. »Seit dem Krieg.«

Er sagte das, als hätte es nur einen in den letzten einhundertfünfzig Jahren gegeben, als hätte dieser Winkel von Montana in einer anderen Zeit existiert als der Rest der modernen Welt. Und wie sie da so im Hof der Ranch saßen, umgeben von Wildnis, ohne eine Spur von Zivilisation, war Mari fast versucht, es zu glauben.

»Der Bürgerkrieg«, sagte sie zur Klarstellung.

»Ja, Ma'am.«

»Und die Raffertys waren Südstaatler?«

»Ja, Ma'am. Aus Georgia.«

Das erklärte seine Manieren. Falls er welche zeigte, dann waren sie seltsam förmlich, die höflichen Manieren des alten Südens, ein bißchen rauh an den Kanten vom Leben in der Wildnis. Wenn diese Bräuche vier Generationen überlebt hatten, dann nur, weil sie wie kostbare Erbstücke weitergereicht wurden, genau wie sein Stolz auf das Land und sein Mißtrauen gegenüber Fremden.

Sie drehte sich auf der Bank zur Seite und lehnte sich gegen die rauhe Wand der Scheune. »Du kannst dich wirklich glücklich schätzen«, murmelte sie, »daß du weißt, wer du bist und wohin du gehörst. Da, wo ich herkomme, ist praktisch keiner ein Eingeborener, und Tradition kriegen wir aus Emily Post.«

»Hier wird's auch bald so sein.«

»Nur wenn die Eingeborenen wegziehen.«

»Viele sind schon weg. Die meisten können es sich nicht leisten zu bleiben.«

»Weil Leute wie Lucy Land kaufen?«

»Leuten mit Geld ist nichts heilig.«

»Du sagst das, als wären sie böse. Vielleicht lieben sie das hier genauso wie du. Frag doch mich, ich kann dir nur bestätigen, daß ein Gefühl der Zugehörigkeit nichts mit Geburtsrecht zu tun haben muß.«

J. D. sagte nichts. Seine Gefühle waren zu stark für Worte. Keiner konnte dieses Land mehr lieben als er. Es war ein Teil von ihm, wie sein Herz, wie seine Hände. Er konnte sich nicht vorstellen, daß ein Fremder so empfinden könnte. Er wollte es auch nicht.

Er schielte zu Mari. Sie war ganz in Gedanken, nagte an ihrer Unterlippe und spielte mit den Fransen an einem Riß in ihren Jeans. Verirrte blonde Strähnen hingen ihr ins Gesicht. Er mußte zugeben, daß sie ganz anders aussah als die anderen Zugereisten. Sie trug keine Designerwesternklamotten, mit denen sie andere beeindrucken wollte. Sie trug nicht mal Make-up – und brauchte auch keins. Und sie war ganz bestimmt nicht wie Lucy, mit ihren teuren Kleidern und den langen, lackierten Nägeln. Sie umgab keine stickige Parfumwolke. Er holte tief Luft, rutschte ein bißchen näher zu ihr und roch einen Hauch Zitronenöl.

»Du hast den ganzen Tag im Haus gearbeitet?« Er versuchte, möglichst nonchalant zu klingen.

»Mhmm...«

»Willst du hier einziehen, Marilee?«

»Nein. Ich –«

Sie seufzte und schaute über den Hof zum Haus und dem Tal, das dahinter lag. Dieser Platz gehörte ihr, womit sie immer noch nicht zurechtkam. Mit ihrem alten Leben hatte sie abgeschlossen, und was jetzt? Sie war nach Montana gekommen, um abzuschalten, für den Augenblick zu leben. Die Zukunft würde sich irgendwie von selbst regeln.

»Ich weiß es nicht. Als ich hierherkam, hatte ich nicht die Absicht zu bleiben. Ich wollte nur ein bißchen Zeit, um mit mir selbst ins reine zu kommen. Ich hab' einfach meinen Job aufgegeben, und dann war da dieser Typ –« Sie verstummte und warf Rafferty einen reumütigen

Blick zu. »Aber das ist eine andere Geschichte. Auf jeden Fall hab' ich tatsächlich ein ahnungsloses Unschuldslamm gefunden, das meine ganze Stenographenausrüstung gekauft hat. Ich bin hergekommen, um zu feiern. Lucy wäre begeistert gewesen ... aber mit all dem hier hab' ich ganz bestimmt nicht gerechnet.«

Ein eisiger Schauer lief durch ihren Körper, und sie zog ihre alte Jacke etwas fester um sich, wobei sie entdeckte, wie furchtbar ihre Nägel aussahen. Die, die sie nicht abgebissen hatte, waren bei ihrem Putzmarathon abgebrochen, und ihre Hände waren rauh und aufgerissen.

»Du hättest Handschuhe tragen sollen«, murmelte J. D. Er nahm ihre Hand, drehte sie um und sah sich die schwieligen Fingerspitzen an. Er rieb sie und dachte daran, wie die Klänge ihrer Gitarre und ihre leise, rauchige Stimme ihn bewegt hatten.

Mari stockte der Atem, als er ihre Hand erforschte. Ein warmes, berauschendes Kribbeln wanderte ihren Arm hoch und breitete sich in Wellen in ihrem Körper aus. Sie sah hoch zu ihm und fragte sich, ob er es auch spürte. Seine Hand war warm und rauh und riesig, ihre verschwand darin wie die eines Kindes.

»Wenn du so weitermachst, wirst du Rancherhände kriegen«, sagte er.

Wie seine, dachte sie, Hände, die sie berührten, dunkle Haut auf heller, Schwielen, die ihre zartesten Stellen liebkosten – Feuer strömte durch ihre Adern. *Das ist völlig verrückt, Marilee.* Chemie – das war die Erklärung. Zu schade, daß sie Chemie immer noch genausowenig verstand wie damals in der High School.

J. D. hob seinen Blick zu ihrem und fühlte sich mit einem Mal wie in Trance. Er war nicht der Typ Mann, der die Beherrschung verlor, sich wegen einer Frau zum Narren machte, wie sein Vater oder Will. Trotzdem konnte er Maris Hand nicht loslassen, konnte nicht den Blick von ihr wenden. Ihre dunklen, klaren, blauen Augen sahen ihn verwundert an, ihr Mund war leicht geöffnet. Er konnte sich sehr genau an den Geschmack dieser Lippen erinnern.

Es ist nur Sex, beruhigte er sich. Nur ein Hormonstoß.

Er beugte sich vor, und sein Mund ergriff Besitz von ihrem. Ihre Lippen öffneten sich bereitwillig, eine symbolische Geste, die seinen Körper erbeben ließ. Seine Zunge glitt in ihren Mund, vollendete die Geste, brachte sie zur Schwelle der nächsten Ebene in diesem uralten Spiel.

Er küßte sie intensiv, besitzergreifend, seine freie Hand grub sich in ihre wilde Mähne. Seine andere war immer noch mit der ihren verschlungen. Er zog sie nach unten, bog ihre kleinen Finger um seine Erektion und stöhnte vor Schmerz und Wonne.

»So sehr begehre ich dich, Marilee«, flüsterte er, und sein Mund wanderte zu ihrem Kinn, dann hoch zu ihrem Ohr. Er nahm behutsam das Ohrläppchen zwischen seine Zähne und biß zärtlich zu.

»Ganz schön heftig«, hauchte Marilee. Ihr Verstand war wie in Gaze gehüllt, die Logik gefangen zwischen Schichten sinnloser Lust, überwältigt von Raffertys Männlichkeit und Sexualität.

»Laß mich in dich, Marilee«, hauchte er. »Ich will in dir sein, ich will dich um mich spüren. Heiß. Naß.« Seine Hand schob sich zwischen ihre Beine. »Bist du heiß auf mich, Marilee?«

Sie konnte nur stöhnen. Die Hitze war unglaublich, sie hatte das Gefühl zu schmelzen, sich zu verflüssigen, in Raffertys Hände zu fließen. Sie strich mit der Hand über sein Glied und konnte sich nur allzu gut vorstellen, was für ein Gefühl es wäre, wenn er in sie eindrang, sie ausfüllte, dehnte.

Er küßte sie wieder, grob, wild, stieß seine Zunge tief in sie. Seine Finger tasteten nach ihrem Reißverschluß.

»Laß mich rein«, keuchte er, biß sie zärtlich in den Hals und küßte dann die Stelle. »Laß dich von mir stoßen, Marilee.«

Seine grobe Sprache schickte Pfeile der Erregung durch ihren Körper, gleichzeitig traf er damit aber auch einen empfindlichen Nerv. Ihm ging es nur darum, seine Bedürfnisse zu befriedigen. Das hatte er von Anfang an offen gesagt. Er mußte sie nicht lieben. Er mußte sie nicht einmal mögen.

Sie war, weiß Gott, nicht prüde. Sie war auch schon mit Männern ins Bett gegangen, die sie nicht liebte. Aber da war immer gegenseitiger Respekt und Freundschaft gewesen, wenn auch sonst nichts. Hier konnte jedoch von Respekt und Freundschaft keine Rede sein.

Und trotzdem begehrte sie ihn.

Ihr war ganz schwindlig von diesem Konflikt der Emotionen. Alles drehte sich, sie hatte das Gefühl zu fallen.

Dann landete ihr Hinterteil so hart auf dem Boden, daß sie die Augen aufriß. Sie hatte es tatsächlich fertiggebracht, von der Bank zu fallen.

»Wow.« Sie rappelte sich mit wackligen Knien hoch und klopfte sich den Staub von ihren Jeans. »Ich hab' schon gehört, daß einen

Küsse umhauen können«, sagte sie mit etwas gequältem Lächeln, »aber ich hab' es nie wörtlich genommen.«

Ihr Gesicht brannte vor Scham, und sie wandte sich ab. Ihre Hände zitterten. Großer Gott, ihr ganzer Körper zitterte. Wie lange war es her, daß ein Mann sie durch die Macht seines Kusses hatte erzittern lassen? Und wie lange war es her, daß sie einen Mann so heftig begehrt hatte, daß ihr Verstand aussetzte und primitive Instinkte die Regie übernahmen?

Da hast du dir wirklich Probleme eingehandelt, Marilee.

J. D. packte ihren Arm und drehte sie zu sich. »Laß uns ins Haus gehn und die Sache im Bett beenden.«

Mari wich vor ihm zurück, schüttelte den Kopf. »Nein.«

»Nein?« sagte er ungläubig. Wut und sexuelle Frustration hämmerten in ihm. »Ich habe dich nicht nein sagen hören, als du mein Glied in der Hand hattest.«

»Tut mir leid«, flüsterte sie mit erstickter Stimme. »Ich kann das nicht tun.«

»Red keinen Unsinn, Marilee«, knurrte J. D. »Du ziehst dein Höschen aus, machst die Beine breit, und ich mache uns beide glücklich. So einfach ist das.«

»Nicht für mich. Ich schlafe nicht mit einem Mann, nur weil ich zufällig verfügbar bin, wenn er Lust hat.«

»Lucy schon«, sagte er brutal.

Mari hob den Kopf und sah ihn durch einen Schleier von Tränen und Traurigkeit an. »Ich bin nicht Lucy.«

Ihr Stolz traf ihn wie ein Vorschlaghammer. Sie zierte sich nicht. Sie spielte keine Spielchen. Sie widersetzte sich ihm. Schon wieder. Und war so verdammt hübsch, mit ihren juwelenblauen Augen und den zerzausten blonden Haaren.

Seine Erregung verebbte allmählich. J. D. zog ein Taschentuch aus seiner Hosentasche, runzelte die Stirn und wischte ihr die Tränen ab. Er gab ihr das Taschentuch und befahl ihr, sich die Nase zu putzen, dann strich er ihr die Haare zurück und hob ihr Gesicht zu seinem.

»Wir sind noch nicht miteinander fertig, Marilee«, sagte er mit strenger Miene. »Noch lange nicht. Es passiert vielleicht nicht heute oder morgen, aber es wird passieren, so sicher wie das Amen in der Kirche. Das ist ein Versprechen.«

Es klang eher wie eine Drohung, trotzdem sagte Mari nichts, als er sich abwandte und in die Scheune ging.

Das Zwielicht verschwand rasch. Nacht kroch mit langen, kühlen, schwarzen Fingern, die nach Tannen und feuchter Erde rochen, über die Berge herunter. Irgendwo im Tal rief ein Elchbulle seinen Harem. Unheimlich und doch schön.

Raffertys Pferd wartete geduldig dort, wo er es am Zaun angebunden hatte, mit halb geschlossenen Augen und hängender Unterlippe. Ein Eichhornpärchen inspizierte in der Koppel den neuen Müllhaufen.

Mari stand zitternd da, wie gelähmt von J. D.s Versprechen.

Lebe für den Augenblick, Marilee.

Und wenn Rafferty ein Teil dieses Moments war?

Wohin würde sie das führen? Das war das Beängstigende an der wenig befahrenen Straße, man konnte nicht immer sehen, was hinter der Kurve lag.

Die Scharniere des Scheunentors quietschten. Mari wirbelte herum.

Er kam langsam auf sie zu, entschlossen, ließ sie nicht aus den Augen. Und er kam ihr wieder zu nahe, wie immer. Ein wohliger Schauer lief über ihren Rücken.

»Und was darf es sein, Marilee?« fragte er ruhig. Seine Augen glänzten wie grauer Samt in der Dämmerung. »Ist heute Nacht die Nacht?«

Sie blieb starr stehen, aus Angst, sie könnte nicken, wenn sie sich bewegte. »Ich bin noch nicht bereit.«

Er beugte sich zu ihr und küßte sie, eindringlich, intim, dann richtete er sich auf.

»Dann mach dich bereit.«

Er ging zu seinem Pferd, zurrte den Gurt fest, schwang sich in den Sattel und wandte sich in Richtung Stars and Bars.

»He, Rafferty«, Mari hatte sich aus ihrer Starre gelöst und ging zu ihm. »Was dagegen, wenn ich morgen komme und mir anschaue, wie das mit den Brandzeichen ist?« sagte sie impulsiv und bereute die Frage, sobald sie sie ausgesprochen hatte.

Er sah hinunter zu ihr, sein Gesicht war nur eine Silhouette im Dämmerlicht. »Wie du willst.«

Sie lächelte. »Richtig.«

Sie sah ihm nach, wie er langsam davontrabte, glücklich, daß er ihr diesen Einblick in seine Welt erlauben würde, vielleicht ein bißchen zu glücklich.

»Was soll's, Marilee«, sagte sie und machte sich auf den Weg zum Haus, mit etwas zittrigen Beinen. »Lebe für den Augenblick.«

***

Mitternacht. Tiefste Nacht. Die Zeit der Geister und der Jäger.

Er konnte den Unterschied nicht immer erkennen. Die Bilder verliefen ineinander. Die Hunde, die Leichen, die Hundeführer und Tiger. Sie preschten durch den Wald, machten Lärm, den nur er hören konnte. Lärm, der laut wie ein M-16 in seinem Kopf explodierte, von der Metallplatte abprallte. Das Scheinwerferlicht explodierte vor und hinter seinen Augen.

Die Blondine war da. Da war er sich ganz sicher. Er konnte ihr Lachen und ihre Schreie hören. Sein Kopf dröhnte von den Lauten und den Bildern. Er kniff die Augen zu, doch sie drangen trotzdem ein – durch seine Ohren und seine Fingerspitzen. Er fühlte, wie ihm der Tiger die Brust aufriß. Das Blut floß nach innen anstatt nach außen, und die Visionen rauschten mit der Flut herein und seine Kehle hoch, erstickten ihn.

Er kauerte hinter dem gekrümmten Stamm einer Kiefer, umklammerte sein Gewehr und weinte wie ein Weib. Er konnte sich nicht bewegen, konnte nicht atmen, konnte nicht denken, konnte nicht fliehen. Er schluchzte so heftig, daß er nicht schießen konnte. Er schluchzte lautlos, den Mund zum Schrei geöffnet, aber kein Laut kam heraus. Alles blieb in ihm. Die Wut, die Angst, der Wahnsinn. Und er packte das Gewehr und hielt es umklammert. Sein einziger Anker in der wirklichen Welt. Sein einziger Freund in dunkler Nacht.

Die Blondine lachte. Der Tiger schrie. Die Hundeführer erledigten ihr schmutziges Werk.

Er umklammerte sein Gewehr und betete in einen leeren Himmel. *Bitte, bitte, werde schwarz. Werde schwarz …*

KAPITEL 10

Das Muli beäugte sie mit unverhohlenem Mißtrauen.

»Du glaubst, ich kann das nicht, stimmt's?« sagte Mari und hievte den schweren Westernsattel hoch. Er wog eine Tonne. Als ihre Mutter sie in den Reitunterricht geschickt hatte, mit adretten Breeches und einem Samthut, war der Sattel klein und leicht, das Pferd zierlich gewesen.

Clyde musterte sie von Kopf bis Fuß, und seinem Ausdruck nach zu schließen hätte er am liebsten schallend gelacht. Seine Augen waren scharf und klar, blitzten vor zynischer Intelligenz, die nichts Gutes verhieß. Er klappte ein langes Ohr zurück und schüttelte seinen großen hausbackenen Kopf.

Mari packte den Sattel fester und nahm all ihren Mut zusammen. Sie stellte sich auf eine alte Kiste, schwang den Sattel auf den Rücken des Mulis und zerrte die Satteldecke bis zu seiner Kuppe. Sie kämpfte mit dem ungewohnten Westerngurt und versuchte, sich zu erinnern, was Rafferty getan hatte, als er den Gurt bei seinem großen Fuchs justiert hatte. Einmal wollte sie schon aufgeben und einfach ohne Sattel losreiten, aber der Gedanke an den Gebirgspfad hoch zur Stars and Bars und die Tatsache, daß sie seit zehn Jahren nicht mehr im Sattel gesessen hatte, gaben ihr neue Kraft, und schließlich schaffte sie es, den Gurt festzuzurren.

Nach einigem Gerangel hatte sie auch das Zaumzeug festgemacht, führte ihr edles Reittier hinaus in die frühmorgendliche Sonne und stieg mit wenig Grazie und erheblichen Schwierigkeiten auf. Sie rutschte ein wenig hin und her, um die richtige Stellung zu finden, dann lenkte sie das Muli im Schritt in Richtung Pfad.

Schon nach kurzer Zeit war alle Angst vor diesem Unternehmen verflogen, und Mari war hingerissen von der atemberaubenden Landschaft, durch die sie ritt. Der Geruch von Erde und Kiefern, die Farben der Blumen, die zitternden Espenblätter, der Gesang der Vögel. Sie sog alles in sich auf, und wie durch Zauber wurden die Eindrücke in ihrem Kopf zu Melodien.

Clyde stapfte unverdrossen weiter, spürte aber, daß seine Reiterin gar nicht bei der Sache war. Er knabberte unterwegs an den Büschen, und als sie zu einer Lichtung kamen, blieb er stehen und senkte den Kopf in den frischen Klee. Mari wollte ihm den Kopf hochziehen, aber die Aussicht ließ sie alles andere vergessen.

Es war großartig, absolut hinreißend. Die Ranch lag unter ihnen, und dahinter öffnete sich das Tal, üppig und grün, durchzogen vom glitzernden Silberband des Flusses. Und weit hinter dem Tal erhoben sich die Gallatinberge, deren schneebedeckte Gipfel in der Frühlingssonne glänzten.

Irgendwo von einem Baumwipfel über ihr schwang sich ein Adler in die Luft, sein Schrei zerriß die morgendliche Stille.

Mari stockte der Atem. Sie war in der Stadt aufgewachsen, hatte viel Schönes bereist, was die Zivilisation zu bieten hatte, aber noch nie hatte ein Ort sie so gefangengenommen. Sie saß da, zitternd am ganzen Körper, wie ein Instrument, bei dem jemand den perfekten Ton angeschlagen hat. Es kam ihr vor, als hätte sie ihr ganzes Leben lang auf diesen Augenblick gewartet, auf dieses Gefühl, ihre Nische gefunden zu haben.

Dieses Gefühl machte ihr ein bißchen angst. Sie wußte nicht, wie lange es dauern würde, wußte nicht, ob sie es mit beiden Händen packen oder vorbeiziehen lassen sollte. Sie dachte an Rafferty und seine Aversion gegen Fremde. Sie war nicht von hier, war nur auf der Durchreise, und trotzdem stand die Zeit still vor der Majestät dieses Anblicks.

Sie hätte auf diesem Fleck für immer bleiben können, schwebend, in diesem Augenblick.

Aber irgendwo da oben bekamen Rinder ihre Brandzeichen, wurde gearbeitet. Irgendwo da oben war J. D. Rafferty. Mari zog Clydes Kopf aus dem Klee und trieb ihn in Richtung Stars and Bars.

Sie hörte den Aufruhr, bevor sie etwas sehen konnte. Das Blöken von Kühen und Kälbern erfüllte die Luft, eine hektische Kakophonie. Das Maultier spitzte seine langen Ohren und wurde schneller. Mari fixierte die Staubwolke, die in der Ferne über den Koppeln schwebte, und trieb das Muli zum Trab an.

Dort angelangt, wußte sie nicht, wohin sie zuerst schauen sollte – ein Irrgarten von verwitterten Bretterzäunen, Männer, die über den engen Verschlägen hockten und etwas machten, was sie nur erraten konnte. Die Luft war erfüllt von Staub und Rauch, dem Geruch frischen Mists und brennender Häute. Wie ein John-Wayne-Film.

»Mund zu, Ma'am, sonst fliegt Ihnen noch was rein, was Ihnen bestimmt nicht schmeckt.«

Mari riß sich von dem Spektakel los und schaute hinunter auf ein weiteres lebendiges Stück Westernlegende. Der alte Cowboy war verhutzelt wie eine Dörrpflaume, braungebrannt von Jahren in der Sonne. Die Beine waren dürr und spindelig und krumm von Jahren im Sattel. Er schielte unter der Krempe eines fleckigen grauen Hutes hervor, mit fröhlichen blauen Augen und einem schüchternen Lächeln.

»Tucker Cahill, zu Ihren Diensten, Ma'am.« Er schoß einen Strahl Tabaksaft auf den Boden, dann sah er wieder zu ihr hoch.

»Haben Sie sich verirrt oder so was?«

»Nicht, wenn das hier die Stars and Bars ist.«

»Das ist sie, so sicher wie's Amen im Gebet.«

»Ich bin Marilee Jennings. J. D. hat gesagt, daß ich kommen und beim Markieren zusehen kann.«

Tucker hätte fast seinen Kautabak verschluckt. »Da brat mir doch einer 'nen Storch«, murmelte er.

»Wie bitte?«

Tucker war immer noch fassungslos. Die einzige Frau, die J. D. je auf die Ranch eingeladen hatte, war die Tierärztin, soweit er sich erinnern konnte.

Er grinste sie fröhlich an. »Wollen Sie nicht absteigen, ich besorg Ihnen den besten Tribünenplatz, Miss Jennings.«

»Das wäre schön.«

Sie schwang ihr Bein über den Rücken des Mulis, sprang herunter und zuckte zusammen, als ihr ein Schmerz von den Zehen bis zu den Haarwurzeln hochschoß. Sie fühlte sich genauso o-beinig wie der alte Cowboy und fragte sich, ob sie je wieder normal gehen könnte.

Um den ersten Schritt etwas hinauszuzögern, reichte sie ihm die Hand. »Sie können mich Mari nennen«, sagte sie und grinste. »Hat Ihnen schon mal jemand gesagt, daß Sie aussehen wie Ben Johnson, der Schauspieler?«

Tucker kicherte vergnügt. »Ab und zu. Steigen Sie einfach auf den Zaun da drüben, Mari, dann sehen Sie, wie das mit den Brandzeichen geht. Ich kümmere mich um das Muli.«

Mari dankte ihm und machte sich mit zusammengebissenen Zähnen auf den Weg. Jeder Schritt war eine Qual, aber schließlich schaffte sie es bis zur Koppel, kletterte auf den obersten Querbalken und setzte sich drauf. Das organisierte Chaos zu beobachten, war faszinierend. Ein paar Minuten später stellte Tucker sich neben sie.

»Ich hatte keine Ahnung, daß Rancher ihr Vieh immer noch brandmarken«, sagte sie und mußte fast schreien, um den Lärm zu übertönen. »Ich habe gedacht, das wäre zusammen mit Dampfloks und Krinolinen aus der Mode gekommen.«

»Die alten Methoden sind manchmal die besten. Bis jetzt hat noch keiner eine bessere Methode zum Viehtreiben gefunden, als auf dem Rücken eines guten Quarterhorse. Und keiner hat was Besseres als Brandzeichen zur Markierung von Vieh gefunden. Hier gibt's 'ne Menge offenes Land. Rinder verlaufen sich, mischen sich mit anderen Herden.«

Er zeigte mit stolzgeschwellter Brust auf J. D., der sich auf einem hellgrauen Pferd am hinteren Ende der Koppel bewegte. »Im Umkreis von hundert Meilen gibt's keinen, der das Viehgeschäft besser kennt. Er kennt den ganzen modernen Schnickschnack – elektronische Verkaufsnetze, Herden mit dem Computer überwachen, Zeug, von dem so ein alter Trottel wie ich keinen blassen Dunst hat. War zwei Jahre auf dem College, bevor sein Dad gestorben ist. Ja, Ma'am«, sagte er und nickte. »J. D. ist ein prächtiger Rancher, ein prächtiger Viehtreiber und ein guter Mann, durch und durch. Und Sie werden hier keine Menschenseele finden, die was andres sagt.«

Diese Lobeshymne klang verdächtig, als wollte er ihr J. D. schmackhaft machen. Mari fand das süß und versuchte, nicht zu lächeln.

»Von Kindesbeinen an hat er die Ranch geführt. Und das meine ich wortwörtlich. Tom – J. D.s Daddy –, er ruhe in Frieden, war nie mit dem Herzen bei der Arbeit. Er hat sein Herz den Frauen geschenkt, und das hat ihn umgebracht, nachdem Wills Mama weg war.«

Mari studierte das verwitterte Profil des alten Mannes, eine Million Fragen drängten sich in ihrem Kopf, obwohl es sicher besser wäre, wenn sie nicht soviel über Raffertys Vergangenheit wüßte, nicht wüßte, was ihn so verdammt hart gemacht hatte, damit sie kein Mitleid mit ihm haben konnte. Aber die Neugier war stärker. Sie war eben zu sentimental, zu romantisch veranlagt. *Du wirst dich nie ändern, Marilee...*

Und so purzelte die Frage einfach aus ihrem Mund: »Und J. D.s Mutter?«

»Ist gestorben, als er noch ein ganz kleiner Racker war. Krebs, Gott sei ihrer Seele gnädig. Sie war eine gute Frau. Der arme Tom war ohne sie einfach verloren – zumindest, bis Wills Mutter angeschneit kam. Dann war er total verloren.«

Und in dem Gerangel war J. D. untergegangen. Ein kleiner Junge, der sich Verantwortung aufgebürdet hatte, deren Last für sein Alter viel zu groß gewesen war, während sein Vater im romantischen Nebel versank. Das erklärte eine Menge. Sie spürte, wie ihr Herz ein kleines Stück weiter außer Kontrolle glitt, und ihr Selbsterhaltungsinstinkt meldete sich warnend. Sich in einen Mann wie Rafferty zu verlieben bedeutet, Herzschmerz und Probleme herausfordern, sagte sie sich streng. Leider hatte sie den unschönen Verdacht, daß ihr Herz nicht zuhörte.

Sie wechselte das Thema, ein wahrscheinlich vergeblicher Versuch der Selbsterhaltung, und bat ihn, ihr zu erklären, wie das mit dem Absondern des Viehs in einzelne Verschläge funktionierte.

Will Rafferty und ein alter Mann mit Zopf arbeiteten Seite an Seite, impften, markierten Ohren, kastrierten Stierkälber und drückten ihnen dann den Sparren-T-Brandzeichen der Stars and Bars auf. Der ganze Prozeß dauerte etwa eine Minute pro Tier.

Nach etwa einem halben Dutzend Tiere hob Will den Kopf und sah sie. Er grinste über sein ganzes schmutziges Gesicht und verließ dann seinen Posten ohne einen Blick zurück.

»He, Marilee«, rief er und ging mit ausgebreiteten Armen auf sie zu. »Wie läuft's denn so?«

»Ganz gut, wenn ich mir auf dem Ritt hierher keine bleibenden Schäden geholt habe«, sagte sie.

Er lachte, schwang sich zu ihr auf den Zaun und drehte seine Baseballkappe nach vorn, alles in einer Bewegung. Er setzte sich etwas zu nahe zu ihr, so nahe, daß sie den Geruch von Schweiß und Tieren roch, so nahe, daß sie seine rotunterlaufenen verkaterten Augen deutlich sehen konnte. Sie wäre gern ein Stück weggerutscht, aber Tucker saß links neben ihr.

Der alte Cowboy warf Will einen strengen Blick zu. »Wenn J. D. dich beim Nasebohren erwischt, wird er dir den Hintern versohlen.«

Wills Mund wurde schmal. »J. D. kann zur Hölle fahren, ich hab' seit Sonnenaufgang hart gearbeitet. Ich mach' fünf Minuten Pause. Es passiert nicht jeden Tag, daß wir hier eine hübsche Lady zu Besuch haben.«

»Nein, die sind rarer als die Zähne bei 'ner Henne«, gab Tucker zu, stieg vom Zaun und zog sich die Hose zurecht. »Besonders solche, die dein Bruder einlädt.«

Will spielte den Schockierten und sagte zu Mari: »J. D. hat Sie *eingeladen*?«

»Nicht direkt«, gab Mari zu und beobachtete mit gerunzelter Stirn, wie Tucker davonhumpelte, um Wills Platz einzunehmen. »Ich habe mich selbst eingeladen. Er hat nicht nein gesagt.«

»Trotzdem können Sie sich was einbilden, das kann ich Ihnen sagen. J. D. führt das hier wie ein verdammtes Kloster. Er möchte nicht, daß irgendein böses Weib uns die Köpfe verdreht und von der Arbeit ablenkt.«

Mari mußte sofort an Lucy denken, verkniff sich aber eine Bemerkung. »Was ist mit Ihrer Frau?«

»Was soll mit ihr sein?«

»Fällt sie auch unter die Kategorie böses Weib?«

»Sam. Ganz bestimmt nicht. Sie ist ein braves Kind.« *Süß, vertrauensvoll, braucht dringend jemanden, der sie liebt.* Jedesmal wenn er an Sam dachte, wurde ihm übel, plagte ihn das schlechte Gewissen. Er hatte mit allen Mitteln versucht, *nicht* an sie zu denken, seit dem Abend, an dem er sie im Moose gesehen hatte.

»Kind? Wie alt ist sie denn?«

»Dreiundzwanzig.« Er zupfte an dem rötlichen Moos, das sich am Balken festgesetzt hatte. »Ich kenne sie bloß schon eine Ewigkeit. Hab' immer das Gefühl, sie ist meine kleine Schwester.«

Was erklären könnte, warum er nicht bei seiner Frau lebt, dachte Mari. Wenn ich einen Mann hätte, der mich wie eine kleine Schwester behandelt und hinter jedem Rock her ist, würde ich ihn auch verlassen.

»Und«, sagte Will und klatschte seine Hand auf ihren Schenkel. »Was verschafft uns die Ehre, Marilee?«

Sie entfernte seine Hand, rutschte einen halben Meter weit von ihm weg und sagte: »Ich wollte mal sehen, wie so eine Ranch funktioniert.«

»Ich werd' Ihnen sagen, wie eine Ranch funktioniert«, sagte er mit einem Anflug von Bitterkeit in der Stimme. »Tag und Nacht schuften, Woche für Woche, Monat für Monat, Jahr für Jahr, bis zum Tod oder zur Pfändung.«

»Wenn es Ihnen nicht gefällt, warum gehen Sie dann nicht weg?«

Er lachte verlegen. Ein Teil von ihm hätte zu gern sofort die Stars and Bars verlassen, aber da war sein Bruder, den er schon von klein auf bewunderte und dem der andere Teil von ihm beweisen wollte, daß er kein Versager war. Ein unlösbares Dilemma.

»Die Stars and Bars verläßt man nicht, schöne Frau«, murmelte er und sah hinüber zur hinteren Koppel, wo J. D. Rinder von der Herde trennte. »Nicht, wenn man Rafferty heißt.«

J. D. saß auf einer grauen Stute und sonderte ein Kalb nach dem anderen von seiner Mutter ab und trieb es in die Pferche. Die Arbeit beanspruchte ihn völlig, trotzdem fragte er sich von Zeit zu Zeit, ob Marilee tatsächlich auftauchen würde.

Er verfluchte sich, weil eine Frau es geschafft hatte, ihn von seiner Arbeit abzulenken. Solche Ablenkungen brauchte er wie ein Loch im Kopf. Er hatte Sorgen genug. Was sollte nächstes Jahr werden, wenn Lyle Watkins und seine Jungs nicht mehr da waren, um bei der Arbeit in den Pferchen zu helfen? Tucker und Chaske würden noch ein Jahr älter sein, zu alt, um einen vollen Tag dieser Arbeit durchzustehen. Gott allein wußte, wo Will sein würde. Und sein einziger Nachbar wäre dann Bryce.

Bryce würde sich sicher nicht auf einen Arbeitstausch einlassen. Der weiß doch nicht mal, was echte Arbeit ist, dachte J. D.

Die kleine Stute richtete sich auf und schnaubte laut, was J. D. in die Gegenwart zurückholte. Diese Gruppe Rinder war auf die Pferche verteilt. Sie würden diesen Haufen brandmarken und impfen, eine Essenspause einlegen, dann wieder von vorne anfangen.

Er würde Tucker die Stute eine Weile herumführen lassen, damit der alte Mann sich ein bißchen ausruhte. Tucker gab sein Alter nur ungern zu, aber J. D. sah, wie er immer krummer und steifer wurde. Doch für einen Cowboy gab es keine Pensionierung, er würde die Stars and Bars nur mit den Füßen voran verlassen.

Die Ranch ist Tuckers Zuhause, genauso als wäre er ein Rafferty, dachte J. D. Er hatte die besten Jahre seines Lebens und noch einige mehr hier gearbeitet. Und jetzt war J. D. dafür verantwortlich, daß er auch im Alter ein Dach über dem Kopf und genug zu beißen hatte. Tucker war schließlich auch der Ersatzvater für ihn gewesen, als Tom Rafferty in seiner Besessenheit nicht mehr dazu fähig gewesen war. Zugegeben, all das lastete schwer auf seinen schmerzenden Schultern. Aber er hatte keine Zeit, darüber zu grübeln. Die Arbeit wartete.

Er wendete die Stute in Richtung Tor, und da entdeckte er Marilee, die auf dem Zaun saß und über eine Bemerkung von Will lachte. Blinde Eifersucht packte ihn. Von dem Tag an, an dem Sondra und Tom Will aus dem Krankenhaus nach Hause gebracht hatten, war Will immer der Mittelpunkt gewesen. Jeder fiel auf seinen Charme herein und amüsierte sich über ihn. Keinen schien zu stören, daß er keinen Ehrgeiz hatte, die Zinsen für zwei Monate an einem Nachmittag verspielte und ungefähr so zuverlässig war wie ein streunender Kater.

J. D. trabte außen um die Koppel herum zu dem Paar auf dem Zaun. Sein Blick ließ das Lächeln auf Marilees Gesicht gefrieren, dann wandte er sich Will zu, ohne sie eines Wortes zu würdigen.

»Du hockst hier und läßt deinen Hintern über den Zaun hängen, während ein Mann von fast siebzig deine Arbeit für dich macht? Verdammt noch mal, was hast du dir dabei gedacht?«

Wills grimmiges Gesicht war der Spiegel des seines Bruders. »Ich hab' mir gedacht, ich hätte zwei Minuten Pause verdient, nachdem ich seit heute früh schufte. Ich hab' mir gedacht, es wäre vielleicht höflich, unserem Gast hier hallo zu sagen –«

»Ja, genau«, sagte J. D. verächtlich, »wie ein Fuchs, der zur Gans hallo sagt –«

»Verflucht noch mal, J. D., wenn du eifersüchtig bist ...«

J. D. gab seinem Pferd die Sporen, so daß es vorwärtstänzelte und sein Bein seitlich gegen den Zaun gequetscht wurde. Er ignorierte den Schmerz und verpaßte Will einen Schlag, der ihn in den Korral fallen ließ.

»Ich bin stocksauer, mehr nicht«, fauchte er. »Beweg deinen faulen Hintern, und mach deine Arbeit.«

Will fixierte ihn wütend durch die Zaunstangen. Sein Gesicht war fast so rot wie das T-Shirt, das er trug.

»Rutsch mir den Buckel runter, J. D.!« zischte er. »Ich arbeite hier wie ein Pferd...«

»Wenn du nicht gerade Rodeo spielst oder unten im Little Purgatory zockst.«

»– ohne daß ich je einen Dollar dafür sehe –«

»Ach ja? Du verlierst doch alles beim Pokern –«

»Du bist nicht mein Boß und auch nicht mein Wärter, und wenn ich mir zehn Minuten Zeit nehmen will, um mit jemandem zu reden, werd' ich das verdammt noch mal machen!«

Mari war das Ganze sehr peinlich, obwohl sie selbst genug Erfahrung mit Geschwisterrivalitäten hatte.

»He, Jungs«, sagte sie und hob beschwichtigend die Hand. »Ich bin nicht hierhergekommen, um Ärger zu machen –«

J. D. warf ihr einen wütenden Blick zu. »Aber du hast es trotzdem geschafft.«

»Laß Marilee aus dem Spiel«, schimpfte Will. »Es ist nicht ihre Schuld, daß du so ein Miesnick bist.«

»Nein, und es ist auch nicht ihre Schuld, daß du mit dem denkst, was zwischen deinen Beinen ist, und nicht mit deinem Kopf.«

»Wenn meine Anwesenheit ein Problem ist«, sagte Mari, »dann geh' ich einfach.«

»Deine Anwesenheit in Montana ist das Problem«, fauchte J. D. kaum hörbar.

Die Bemerkung tat weh, aber Mari ließ sich nichts anmerken. »Ja, vielleicht wirst du mal König, dann kannst du mich und alle anderen von meiner Sorte ausweisen lassen.«

J. D. biß die Zähne zusammen und wandte sich ab von ihr. Ihm war gar nicht wohl in seiner Haut, ein sehr ungewohntes Gefühl. Er hätte Will nicht vor allen Leuten beschimpfen dürfen. Die Arbeit auf der Koppel ruhte, und alle warteten gespannt, wie die Sache ausgehen würde.

Das passierte eben, wenn Frauen hier rumstolzierten: Männer verloren den Kopf.

»Aber Jungs«, sagte Tucker, der alte Diplomat, und kam auf sie zu. »Vielleicht brauchen wir alle eine gute warme Mahlzeit und eine Chance, uns auf etwas zu setzen, was sich nicht bewegt. Ich hab' eine große Schüssel von meiner berühmten Lasagne im Ofen. Sollte ungefähr jetzt fertig sein. Warum gehn wir nicht alle rauf ins Haus?«

J. D. hatte weder Appetit auf Essen noch auf Gesellschaft. Er wollte gerade den anderen sagen, sie sollten ruhig gehn, als sein Stute den Kopf hob, die Ohren spitzte und in Richtung Nordwesten wieherte. Sofort wurde ihr Ruf von einigen Pferdestimmen erwidert.

Eine Gruppe Reiter tauchte zwischen den Kiefern und Föhren auf. Es waren insgesamt sechs, mit einem Packmuli als Nachhut. Selbst aus der Ferne erkannte J. D. sofort Bryce an der Spitze seines Hofstaates. Die Sonne schimmerte auf seinem langen, blaßblonden Haar und seinem breiten, weißen Lächeln. Er ritt einen schönen kastanienbraunen Hengst, der unruhig tänzelte.

Es dauerte einige Minuten, bis die Gruppe sie erreichte, aber keiner auf der Ranch sagte ein Wort, während sie näher kam. Zumindest nicht, bis die Reiter nahe genug waren, um ihre Gesichter zu erkennen.

Will stockte der Atem, als er sah, saß Sam unter den Reitern war. Ihre Blicke trafen sich für einen Augenblick, dann wandte sie sich ab und lenkte ihren Apaloosa hinter einen dunkelhaarigen Mann auf einem Falben.

Sam, seine Sam, mit Evan Bryce' Clique? Sie gehörte doch gar nicht zu ihnen! Eine Kellnerin, ein armes Mädchen aus dem falschen Viertel. Sie war seine Frau.

»Hallo, Nachbarn!« rief Bryce mit leutseligem Grinsen.

»Bryce.« J. D. nickte knapp, machte sich nicht einmal die Mühe, den Hut vor den Damen in der Gruppe zu ziehen.

Die Blonde mit dem harten Gesicht, mit der Bryce immer unterwegs war, ritt neben ihm und musterte J. D. amüsiert. Hinter ihr war eine magere, kichernde Blondine in einem Männerhemd, das sie nicht einmal zugeknöpft, sondern einfach um die Taille geknotet hatte. Sie beugte sich im Sattel vor und flüsterte einem dunkelhaarigen Mann etwas zu, dem man trotz seines Westernhemds schon von weitem den Stadtmenschen ansah. Die Nachhut bildete Orvis Slokum und der Packesel, beladen mit Picknickkörben. Orvis hatte auf der Stars and Bars gearbeitet, bevor er sich auf Ladenüberfälle spezialisierte. Bryce hatte ihn direkt aus dem Gefängnis angeheuert und war damit in die Zeitung gekommen, als großer Wohltäter der Menschheit.

Neben Orvis versuchte Samantha, sich unsichtbar zu machen, indem sie krampfhaft ihr Sattelhorn anstarrte.

J. D. warf einen kurzen Blick zu Will, der unter der morgendlichen Dreckschicht aschfahl geworden war.

»Was ist denn hier los?« fragte Bryce amüsiert. »Eine Versammlung oder so was?«

»Arbeit«, knurrte J. D. »Vielleicht haben Sie schon davon gehört.«

Bryce lachte unverdrossen. »Mr. Rafferty, ich gebe ja zu, daß Sie von Rancherarbeit mehr verstehen als ich. Aber dafür versteh' ich mehr vom Reichwerden, nicht wahr? Meine Freunde und ich sind unterwegs, um die Früchte meiner früheren Bemühungen zu genießen, und machen einen Ritt über meine Ländereien.«

Ein Muskel zuckte in J. D.s Wange. »Sie haben sich ein bißchen verirrt.«

Bryces Grinsen war geradezu raubtierhaft. »Ganz im Gegenteil. Wir reiten nur hier durch zur Flying K.«

J. D. hörte, wie Lyle Watkins, sein alter Nachbar, sich verschämt räusperte.

»Wir wollten uns nur nachbarschaftlich verhalten und kurz vorbeikommen und Ihnen Bescheid geben.«

J. D.s Hände klammerten sich um seinen Sattelknauf, und er mußte all seine Kraft aufbieten, um nicht die Beherrschung zu verlieren.

»Die Flying K gehört Ihnen nicht«, sagte er gelassen.

»Noch nicht.«

»Also«, sagte J. D. gelangweilt, auch wenn ihm gar nicht danach zumute war. »Wir könnten natürlich den ganzen Tag hier rumhocken und über nichts reden, aber ich starre lieber die Fliegen an der Wand an, als die Zeit mit Ihresgleichen zu verbringen. Wenn Sie mich bitte entschuldigen, ich habe zu arbeiten.«

Er wartete nur solange, bis er sah, wie Bryce unter seiner Sonnenbräune rot anlief, dann wandte er sein Pferd und wollte wegreiten.

»Ich darf also annehmen, Mr. Rafferty, daß Sie nicht daran interessiert sind, heute abend zu meiner kleinen Party zu kommen?«

»Genau.«

»Zu schade«, sagte Bryce, zwang sich mit einiger Mühe ein Lächeln ab. »Aber Mari, ich hoffe, Sie machen uns die Freude. Bringen Sie Ihre Gitarre mit, wenn Sie Lust haben. Es kommen ein paar Leute aus der Musikbranche, wär' vielleicht eine Chance für Sie.«

Mari kam sich vor, als wäre sie zwischen zwei Fronten geraten, aber sie wußte, was sie zu tun hatte. »Danke für die Einladung«, sagte sie, kaum hörbar. »Ich komme gerne.«

Ihr war zumute, als hätte sie Rafferty verraten, aber das war sie Lucy schuldig. Der dunkelhaarige Mann auf dem Falben hatte nämlich Lucy MacAdam sehr gut gekannt. Ben Lucas, das größte Schwein unter den Strafverteidigern von Sacramento. Mari kannte ihn vom Sehen und durch seinen Ruf. Was sie nicht wußte, war, was er mit Evan Bryce zu schaffen hatte.

»Gut, wir freuen uns auf Ihren Besuch.« Bryce wollte gerade sein Pferd wenden und wegreiten, als sein Blick auf Will fiel. »Mmm, o je, das ist natürlich etwas ungünstig«, sagte er und spielte den peinlich Berührten. »Sie wären natürlich auch willkommen, Mr. Rafferty, aber nachdem Ihre Exfrau da sein wird, wäre es wohl etwas peinlich. Sie verstehen doch.«

Will versuchte, Samanthas Blick zu fangen, aber sie wandte sich ab. Exfrau. Exfrau. Das Wort blinkte wie eine Neonreklame in seinem Kopf. Sie waren noch nicht geschieden ... noch nicht. Vielleicht betrachtete ihn Samantha schon als Exmann.

J. D. saß wie ein Wächter auf seiner Stute und ließ Bryces Clique an sich vorbeiziehen, wortlos, teilnahmslos, bis Samantha vorbeikam. Er nickte ihr zu und sagte ihren Namen. Sie versteckte sich hinter dem Vorhang ihrer Haare und vermied es, ihm in die Augen zu sehen. J. D. biß die Zähne zusammen und konzentrierte sich auf Orvis Slokum, der Schwierigkeiten mit dem Zügel des Mulis hatte.

Orvis war der geborene Verlierer, mager, schmuddlig, mit einem Wieselgesicht und schlechten Zähnen. Er war ein unfähiger Rancharbeiter gewesen und ein noch schlechterer Räuber. Trotzdem wünschte J. D., er hätte sich nicht mit jemandem wie Bryce eingelassen.

»Ein Jammer zu sehen, wie tief du gefallen bist, Orvis«, sagte J. D., als wäre Gefängnis die bessere Lösung.

Orvis hatte die Leine des Mulis inzwischen hoffnungslos verheddert, und sein Pferd wurde nervös, weil seine Stallgefährten sich immer weiter entfernten. Das Muli legte die Ohren an und versuchte, den braunen Wallach zu beißen, wobei es knapp Orvis' hageres Bein verfehlte. »Tut mir leid, wenn Sie so denken, Mr. Rafferty«, murmelte er. »Mr. Bryce zahlt richtig gut.«

Jetzt bäumte sich das Muli auf, das Pferd bockte, und Orvis versuchte vergeblich, die beiden unter Kontrolle zu bringen.

J. D. seufzte, beugte sich vor und entwirrte die Leine mit einer raschen Handbewegung. »Es gibt Wichtigeres als Geld, Orvis.«

Er warf Orvis die Leine zu, der verfehlte sie jedoch, und das Muli galoppierte hinter seinen Kameraden her. Orvis drehte sein Pferd und nahm die Verfolgung auf.

J. D. wandte sich kopfschüttelnd seinen Leuten zu. Lyle, seine beiden Jungs und Chaske waren bereits auf dem Weg zum Haus. Tucker stand noch verunsichert da. Aber J. D. hatte nur Augen für die beiden, die wie gelähmt dasaßen.

Will fing sich als erster, sprang vom Zaun und machte sich auf den Weg zum Haus. Doch sein Blick war auf den weißroten Pick-up gerichtet. Er mußte raus hier, weg von allen, am besten ins Hell and Gone, wo er bei einigen Drinks und einem Spielchen den Schock, seine Frau mit Bryce zu sehen, vergessen konnte.

J. D. versperrte ihm den Fluchtweg zu seinem Truck. »Wir haben da ein ganz großes Problem, kleiner Bruder«, sagte er mit leiser, gefährlicher Stimme.

»Mach 'n Punkt, J. D.« Er klang wie ein kleiner Junge, obwohl er versuchte, ganz locker zu tun, und er fühlte sich auch so. Seine Augen brannten, er ballte die Fäuste und wünschte genau wie damals, er wäre stark genug, J. D. zu verprügeln. Aber J. D. war immer größer, stärker, besser, gescheiter gewesen.

»Will –«

»Bitte geh mir aus dem Weg.« Er blieb mit gesenktem Kopf stehen, bis J. D. sein Pferd rückwärts dirigierte und ihn vorbeiließ.

J. D. sah ihm nach, wie er in den Pick-up stieg und vom Hof raste, dann wandte er sich Mari zu, die immer noch auf dem Zaun saß. Ihre blauen Augen sahen direkt in die seinen, und er versuchte, sich gegen ihre Wirkung zu wappnen.

»Ist Bryce ein Freund von dir?«

»So würde ich das nicht nennen. Wir kennen uns.«

»Und du wirst seinen Champagner trinken und dich mit seinen berühmten Freunden amüsieren?«

»Ich habe meine Gründe dafür.«

»Du solltest dir wirklich einen anderen Umgang suchen, Marilee.« Er schüttelte den Kopf, und sie glaubte, seine Enttäuschung zu spüren, was ihr mehr bedeutete, als es eigentlich sollte. Dann nahm er die Zügel auf, ritt wortlos in Richtung Scheune und ließ Mari auf dem Zaun sitzen. Sie sah ihm nach und verfluchte sich, weil sie etwas auf seine Meinung gab. Hinter ihr blökten die Kühe unaufhörlich, so daß sie keinen klaren Gedanken fassen konnte. Zumindest redete sie sich das ein, als sie vom Zaun stieg und ihm in die Scheune folgte.

J. D. stellte die Stute ab und nahm den Hinterausgang aus der Scheune. Von hier aus war nur Wildnis zu sehen. Berge, Bäume, Himmel, Wiesen voller Blumen. Dieser Anblick wirkte normalerweise beruhigend auf ihn. Aber heute hatte er das Gefühl, er würde das alles zum letzten Mal sehen. Etwas wie Angst regte sich in ihm, doch es war ein so fremdes, unwillkommenes Gefühl, daß er es nicht wahrhaben wollte. Leider ließ es sich nicht so einfach verdrängen. Ständig sah er Bryce' Gesicht vor sich, grinsend, als hätte er ein fünftes As im Ärmel. Und, bei Gott, das hatte er, oder etwa nicht? Er hatte Samantha.

Er rieb sich fluchend das Gesicht. Was sollte er tun? Er konnte Lyle nicht daran hindern, sein Land zu verkaufen, und auch Samantha nicht verbieten, Bryce zu sehen, genausowenig wie er Will daran hindern konnte, loszupreschen und irgend etwas Idiotisches zu tun. Die Wölfe hatten ihn eingekreist, und er konnte nichts dagegen tun. Diese Erkenntnis traf ihn bis ins Mark.

Mari stand im Schatten innerhalb der Scheunentür und hielt den Atem an. J. D. wäre sicher nicht angetan, wenn sie ihn jetzt stören würde. Die nackte Verletzlichkeit in seinem Gesichtsausdruck traf sie wie ein Schlag in die Magengrube. Es war, als hätte sie Zorro ohne Maske gesehen und müßte erkennen, daß er doch nur ein normaler Mensch war. Sie hatte den Drang, zu ihm zu gehen, ihn zu trösten, wußte aber instinktiv, daß er das nicht wollte, und diese Erkenntnis tat weh.

Oh, Marilee, worauf läßt du dich da ein?

Sie schlich auf Zehenspitzen den Gang zurück, dann drehte sie um und stapfte laut hustend zum hinteren Scheunentor. Als sie vor das Tor trat, trug J. D. wieder seine übliche, unnahbare Miene. Er räusperte sich und warf ihr einen grimmigen Blick zu.

»Ich dachte, du gehst.«

»Ohne Clyde komm ich nirgends hin«, sagte sie schnippisch.

»Wer –? Ach so, das Muli.« Er machte keine Anstalten, in die Scheune zu gehn, sondern lehnte sich gegen den Zaun.

Mari versuchte, genauso lässig zu tun. »Normalerweise gehe ich nicht gern auf Parties.«

»Dann geh doch nicht.«

»Aber ich bin es Lucy schuldig. Sie hat mir ihren ganzen Besitz vererbt, und ich muß einige Dinge klären.«

»Hat Bryce dich schon gefragt, ob du verkaufst?« fragte J. D.

»Nicht direkt.«

»Er wird.« Er musterte sie mit zusammengekniffenen Augen. »Wirst du verkaufen?«

»Ich weiß es nicht.«

»Er ist ein brutaler, lästiger kleiner Bastard, den nur eins interessiert: das zu kriegen, was er will.«

Mari legte den Kopf schief. »Dasselbe könnte ich von dir sagen – bis auf das Wörtchen klein.«

Er zuckte nicht einmal mit der Wimper. Kaum vorstellbar, daß dies derselbe Mann war, den sie vorhin aus dem Schatten heraus beobachtet hatte. Dieser Mann sah aus, als hätte er noch nie in seinem Leben Angst gehabt, als würden Kugeln von seiner Brust abprallen.

»Wirst du an mich verkaufen?« fragte er ohne Umschweife.

»Ich hab's dir doch gesagt, ich habe mich noch nicht entschieden, ob ich verkaufe.«

Er ging zu ihr und legte links und rechts von ihr seine Hände auf das Tor. Mari drehte sich zu ihm, und ihr Puls beschleunigte sich.

»Spiel keine Spielchen mit mir, Marilee«, warnte er.

»Spielchen interessieren mich nicht«, flüsterte sie atemlos.

Einen Augenblick lang sah J. D. in diese großen, blauen Augen, suchte nach Lügen, nach einem Grund für Mißtrauen. Dann überkam ihn das Gefühl, in ihren Augen zu ertrinken, und Bryce und Lügen und alles andere waren vergessen. Sein Mund preßte sich auf ihren und tauchte in berauschendes Vergessen.

Mari erwiderte den Kuß, klammerte sich an seine Schultern, deren Muskeln unter der feuchten Baumwolle wie Stein waren, dann wanderten ihre Hände zu seinem starken Nacken, und ihre Zungen umspielten einander, kosteten den Geschmack von starkem Kaffee und Staub.

J. D. drückte ihren Rücken gegen die Balken, seine Hand glitt zwischen sie und öffnete die Knöpfe ihres Hemds. Sie ließ ihn gewähren und hinderte ihn auch nicht, als er den Kopf neigte, das Spitzenkörbchen ihres BHs beiseite zog und ihre Brustspitze in den Mund nahm. Begierde explodierte wie eine Bombe in ihrem Körper. Sie packte seinen Kopf, zog ihn näher.

Sie wollte ihn haben. Sie wollte ihn trösten, ihm etwas Weiches, Sanftes bieten –

Doch dann regte sich das letzte Quentchen Vernunft. Was, wenn er derjenige war, der Spielchen spielte? Er wollte ihr Land, und er wollte ihren Körper, und sie war sich verdammt sicher, daß er sonst nichts von dem wollte, was sie zu bieten hatte. Sie war eine Fremde. Sie gehörte nicht hierher.

J. D. schien ihren plötzlichen Stimmungsumschwung zu spüren, hob den Kopf und sah sie an. Seine Augen glühten wie Lava. Sie brachte keinen Ton heraus, konnte nur den Kopf schütteln. Er trat einen Schritt zurück, schlug ihr Hemd übereinander, und sie stieg mit wackligen Knien vom Zaun.

»Ich spiele keine Spielchen«, sagte sie noch einmal. Aber als sie in die dämmrige Scheune ging, hatte sie das entsetzliche Gefühl, daß sie bereits in ein Spiel verwickelt war, mit Regeln, die sie nicht verstand, und Einsätzen, die viel zu hoch waren.

»Ich wünschte, du hättest Will nicht so behandelt«, sagte Samantha leise. Sie stand vor der Tür zu Bryces Stall. Der Rest seines Hofstaats war bereits auf halbem Weg zum Haus, doch Samantha zögerte, weil sie sich hier im Stall wohler fühlte als in dem Herrenhaus.

Bryce rieb sich das Kinn und überlegte, ob er sich vor der Party noch rasieren sollte, gleichzeitig studierte er Samantha. Sie sah mehr aus wie ein Stallknecht als einer seiner üblichen Gäste. Ihre Jeans waren alt, die Bluse aus billiger Baumwolle. Ihr Haar hatte sie wieder zu einem praktischen Zopf gebunden und mit einem rosa Gummiband gesichert.

»Er mußte schockiert werden, Schätzchen«, sagte er, mit genau der richtigen Mischung von Tröstlichkeit und väterlicher Weisheit. »Jetzt wird er vielleicht aufwachen und sehen, wie idiotisch es war, dich zu vernachlässigen. Wenn nicht, dann hat er dich nicht verdient.« Er nahm das Ende ihres Zopfes, streifte das Band ab und begann, die Flechten zu lösen. »Ich persönlich finde, daß er dich gar nicht verdient hat«, murmelte er. »Jeder vernünftige Mann würde dich auf Händen tragen, dich verwöhnen, anstatt dich verdorren zu lassen.«

Er breitete ihr Haar über ihre Schultern aus, dann drehte er sie zu sich, mit väterlich besorgter Miene. »Dein Haar ist eine Pracht, Samantha. Du solltest es offen tragen, es zeigen. Versteck deine Schönheit nicht, Schätzchen, sei stolz darauf.«

Samantha waren diese Schmeicheleien peinlich, und sie versuchte, sich abzuwenden, aber seine blassen Augen ließen sie nicht los, hypnotisierten sie. Er hielt sie sicher für ein dummes, naives Kind. Sie hatte noch nie etwas Besonderes getan, war noch nie irgendwo gewesen. Sie hatte keine Ahnung, wie sie sich bei Leuten wie ihm benehmen sollte. Und trotzdem nahm er sich Zeit und war nett zu ihr und wollte ihr mit Will helfen.

»Ich hab' mich noch nie schön gefunden«, gab sie schüchtern zu.

Dieses Geständnis war tatsächlich eine Überraschung für Bryce. Sie hatte das Zeug zu einem Topmodel. Wie konnte sie sich dessen nicht bewußt sein? Er kannte keine einzige Frau, die nicht jede Waffe ihres Arsenals genau kannte. Aber Samantha meinte es tatsächlich ehrlich, und das rührte ihn wie kaum etwas.

Er hob sanft ihr Kinn hoch, damit sie ihm in die Augen sah. »Schätzchen, du könntest die Welt auf den Kopf stellen«, sagte er mit ernster Miene. »Du brauchst nur jemanden, der dir den richtigen Weg zeigt und dich ermutigt. Haben dich deine Eltern nicht ermutigt?«

Samanthas einziger Kommentar war ein verbittertes Lachen. Sie konnte mit Bryce nicht über ihre Familie reden. Sie war arm und dreckig. Armenhäusler, hatte man immer hinter ihrem Rücken geflüstert, halbe Indianer.

»Ich sollte jetzt nach Hause gehn«, murmelte sie verlegen. »Ich muß meinen Hund füttern.«

»Ich schicke Morton, der soll das erledigen«, sagte Bryce. Er durfte sie jetzt, in dieser melancholischen Stimmung, nicht entwischen lassen, sonst würde sie sicher nicht zu der Party kommen. Und das konnte er nicht dulden.

»Das ist nicht nötig, ich muß mich sowieso umziehen«, sagte Samantha, obwohl sie genau wußte, daß sie nichts Passendes für eine solche Party besaß.

Bryce wartete, bis er den ersten Schimmer von Tränen in ihren Augen sah, dann nahm er ihre Hand und lächelte. »Warte bitte einen Moment hier. Ich hab' eine kleine Überraschung für dich.«

Er ging in den Stall und gab einem Rancharbeiter Anweisung, sich um Samanthas Hund zu kümmern, dann ging er wieder nach draußen, nahm ihren Arm und führte sie zum Haus. In Samanthas Augen war es fast so groß wie das Moose, ganz aus grauem Holz und Stein, mit funkelnden Fenstern und einem unendlich hohen Dach. Im Vorbeigehen sah sie das Wohnzimmer, mit riesigen Fenstern und einer gewölbten Decke mit Balken, wie eine Kathedrale. Die Aussicht war unglaublich, so als würde man im Himmel stehen und aufs Paradies hinunterschaun. Ihr ganzes Haus hätte bequem in diesem Zimmer Platz gehabt.

Bryce führte sie über eine geschwungene Treppe in den Gästetrakt. Fünf der zehn Gästezimmer waren besetzt, aber es war niemand zu sehen. Alle hatten sich zurückgezogen, um sich für die Party fertig zu machen.

Die Suite, in die Bryce Samantha führte, war so luxuriös, daß ihr der Atem stockte. Dicker beigefarbener Spannteppich, antike Möbel, echte Gemälde an den Wänden. Ein riesiger frischer Blumenstrauß in einer chinesischen Vase auf dem Tisch im Wohnzimmer. Im Schlafzimmer waren die Türen des Schranks geöffnet und gaben den Blick frei auf eine Ansammlung herrlicher Kleider.

»Such dir was aus«, sagte Bryce. »Ich hab' Sharon in die Latigo

Boutique geschickt, ein paar Sachen in deiner Größe holen. Die Farben sind genau richtig für dich. Was du sonst noch brauchst, findest du in der Kommode.«

»Ich kann das nicht annehmen«, flüsterte Samantha schockiert. Im Latigo kostete eine Bluse soviel, wie sie im Monat verdiente. Im Schrank hing ein halbes Dutzend.

»Natürlich kannst du. Wir sind doch Freunde. Ich bin ein großzügiger Mensch und genieße es, meinen Freunden Sachen zu schenken, besonders solchen, die etwas Besonderes in ihrem Leben brauchen.« Er strich mit dem Handrücken über ihr Gesicht. »Das ist mein Geschenk an dich, Süße. Genieß es. Meine Belohnung ist dein Lächeln.«

Samantha mußte wider Willen lächeln. »Es ist fast zu schön, um wahr zu sein.«

»O nein«, murmelte Bryce und griff nach dem Türknauf. »Das ist eine Chance, Samantha. Alle Türen der Welt stehen dir offen. Du mußt nur den Mut haben, hindurchzugehen.«

Damit verließ er den Raum. Das arme Ding. Er wußte genau, wie es war, ein Leben ohne jede Qualität zu führen, finanziell, kulturell und gesellschaftlich bankrott zu sein. An ein solches Leben würde Will Rafferty sie fesseln. Sie mußte einen kurzen Blick auf die Welt erhaschen, die ihr offenstand, damit sie sich von diesen Fesseln losreißen konnte.

Er warf einen Blick auf seine Platin-Rolex mit dem handgeschmiedeten silbernen Adlerarmband. Zwei Stunden Zeit, sich vorzubereiten. Reichlich Zeit. Alles war unter Kontrolle.

Außer J. D. Rafferty. Bryce runzelte die Stirn. Dieser verdammte Cowboy, der scheinbar glaubte, er wäre der König von Montana.

»Ich werde dich auf die Knie zwingen, Rafferty«, fauchte er. »Ich krieg' deine verdammte Ranch.«

Die Erkenntnis, daß er bereits den Schlüssel dazu hatte, ließ seine Wut verfliegen. Und bis er zu seiner Suite kam, lächelte er bereits wieder. Das Lächeln wurde wollüstig, als er sein Schlafzimmer betrat, wo Sharon nackt auf einem Berg Wildlederkissen lag, nur mit einem schmalen, silberbeschlagenen Gürtel und hohen Schlangenlederstiefeln bekleidet.

»Wie geht's denn unserem kleinen Täubchen?« fragte sie, als er begann, sich auszuziehen.

»Es brütet. Sie mag deinen Kleidergeschmack.«

»Das will ich hoffen, du hast ja ein kleines Vermögen dafür ausgegeben.«

»Eine Investition. Samantha wird mich nicht einmal einen Bruchteil dessen kosten, was ich durch sie gewinnen werde.«

»Raffertys Land. Hast du sie angefaßt?« Sharon versuchte, möglichst unbeteiligt zu klingen. Sie ging auf die Knie und robbte auf ihn zu, das lange Ende des Gürtels baumelte über ihr sorgfältig gestutztes dunkles Schamhaar.

»Natürlich nicht.«

Lachend warf sie sich auf ihn, packte seine Hoden durch die Jeans und drückte zu. Ihre Augen funkelten vor Bosheit. »Schwör es.«

Bryce stöhnte, genoß den Schmerz, der ihn durchbohrte. Er packte eine Handvoll ihrer blonden Haare und riß ihr den Kopf zurück. »Ich schwöre es. Warum sollte ich ein Mädchen wollen, wenn ich dich habe?«

Sie lächelte düster und ließ ihn los, dann öffnete sie seinen Gürtel und seinen Reißverschluß. »Warum nicht? Sie ist schön. Unschuldig. Ich weiß, daß ich sie genießen würde.«

»Da bin ich mir sicher«, flüsterte Bryce und streichelte ihren Kopf, während sie seinen schwellenden Penis in den Mund nahm.

»Aber du kannst sie nicht haben, Schatz. Erst wenn ich gekriegt habe, was ich will.«

Mari stieg aus ihrem Honda und überprüfte ein letztes Mal ihr Aussehen. Ihr Outfit würde zwar niemanden zu Begeisterungsstürmen hinreißen, aber das war ja auch nicht der Zweck der Übung. Aus den wenigen Kleidungsstücken, die ihr geblieben waren, hatte sie eine violette Seidenbluse und einen schmalen, kurzen schwarzen Rock herausgezerrt. All ihre Pumps waren im Feuer gelandet, also mußten es schwarze Ballerinas sein und eine Billigstrumpfhose von der Tankstelle, die sie den letzten Nerv kostete, weil sie sich ständig verdrehte. Sie sah sich kurz um, ob sie jemand beobachtete, und versuchte, sie zurechtzuzupfen.

Auf dem gepflasterten Parkplatz vor Bryces nettem kleinen Heim drängte sich eine seltsame Ansammlung von europäischen Importautos und amerikanischen Geländemonstern. Irgendwo hinter dem gigantischen Blockhaus dröhnten Bässe in der Abendluft.

»O Gott, der muß halb Oregon dafür abgeholzt haben«, flüsterte sie ehrfürchtig. Das Haus war groß genug, um den gesamten Kongreß unterzubringen. An einem Ende ragte ein Turm wie eine Rakete in den endlosen Himmel von Montana. Das Dach war aus Schiefer, das Fundament aus Felsblöcken. Der Gesamteindruck besagte nur eines: Macht.

Ein Schauder lief über Maris Rücken. Sie schrieb es der kühlen Abendluft zu und machte sich auf die Suche nach der Musik und einigen Antworten.

Bryce kam ihr am Ende der Terrasse entgegen, als hätte er speziell auf sie gewartet. Er trug weite, dunkelblaue Seidenhosen, ein weites, weißes Hemd, offen bis zum Gürtel, ganz Schicki-Micki. Die Haare waren zu einem ordentlichen Pferdeschwanz gebunden, was seine überhohe Stirn betonte, sein Lächeln war geradezu blendend.

»Marilee, ich freu' mich ja so, daß Sie gekommen sind«, sagte er und nahm ihre beiden Hände in seine. »Ich hatte Angst, Ihr Freund Rafferty hätte es Ihnen ausgeredet.«

»Rafferty sagt mir nicht, was ich zu tun habe«, erwiderte sie und wich dem Kuß aus, den er ihr auf die Wange drücken wollte. Sie duckte sich an ihm vorbei und deutete auf die Terrasse und den Pool, wo sich lauter größere und kleinere Berühmtheiten drängten. »Sehr beeindruckend, Mr. Bryce.«

»Na ja, es ist eben ein Heim«, sagte er lachend. Ein Kellner erschien neben ihm, und Bryce nahm zwei schmale Champagnerflöten von seinem Tablett und reichte Mari eine. »Bryce genügt. Alle meine Freunde nennen mich so.«

»Auch Lucy.«

»Natürlich. Lucy war hier Stammgast.« Er schüttelte traurig den Kopf. »Soviel Lebenslust. Schrecklich, daß wir sie so jung verlieren mußten.«

»Ja, allmählich hab' ich das Gefühl, daß ich sie kaum gekannt habe.«

Er nippte an seinem Glas. »Sie standen sich nicht sehr nahe? Sie hat von Ihnen erzählt. Ich bin überrascht, daß sie Ihnen nicht alles über ihr Leben hier erzählt hat.«

»Wir waren einmal Berufskollegen. Wir waren Freunde. Aber wir hatten nur wenig Kontakt, nachdem sie hierher gezogen war. Wie ich schon sagte, ich habe fast das Gefühl, daß ich sie überhaupt nicht mehr gekannt habe.«

Ihr Blick schweifte über die etwa dreißig Auserwählten, die sich auf der Terrasse tummelten, alle atemberaubend schön. Da war Uma Kimball, Hollywoods neueste Entdeckung, die jemand als Mischung zwischen Tinker Bell und Madonna bezeichnet hatte, rothaarig, mit einem Kleid, das aussah wie ein Jutesack, und einem Vermögen an Diamanten in den Ohren. Sie verzehrte Canapés, während ein männliches Modell mit langer blonder Mähne ihr seine nackten Brustmuskeln vorführte.

Neben dem Pool stand die Walküre in einem schlichten schwarzen Stretchmini, der keinen Zweifel daran ließ, daß sie kein Mann war. Ihre Augen richteten sich kühl, amüsiert, wie Laser auf Mari.

»Zum Beispiel«, Mari drehte sich wieder zu Bryce, »hat mir der Sheriff erzählt, Lucy wäre alleine ausgeritten – als sie ihren Unfall hatte. Sie war einfach nicht der Typ, der die Kommunikation mit der Natur sucht.«

»Ja, Lucy steckte eben voller Überraschungen. Ich möchte Sie gerne ein paar Leuten vorstellen«, sagte Bryce und dirigierte sie zu der riesenhaften Blondine am Pool. »Marilee, das ist meine Cousine, Sharon Russell.«

Sharon musterte Mari von Kopf bis Fuß und sagte dann spöttisch: »Ach ja, die kleine Sängerin.«

Maris Lächeln hätte einem Haifisch Ehre gemacht. »Wie schön, Sie kennenzulernen«, sagte sie mit zuckersüßer Stimme. »Sie sind Bryces Cousine? Sie sehen sich so ähnlich, daß ich dachte, Sie wären Brüder, äh, pardon, Geschwister.«

Sharons Blick hätte Granit schmelzen können.

»Sie haben Ihre Gitarre nicht mit?« sagte Bryce enttäuscht.

»Sollte ich mir mein Abendbrot mit Singen verdienen?«

»O, nein. Es sind nur ein paar Leute von Columbia Records hier. Ich dachte, das könnte eine Chance für Sie sein. Sie haben ein seltenes Talent, Marilee.«

Mari sah in seine kühlen blauen Augen und fragte sich, was für ein Spiel er spielte. War er wirklich so gütig, oder hatte er seine Freude daran, Leute zu manipulieren, um sich ihre Dankbarkeit zu sichern?

»Ein andermal vielleicht«, sagte sie, als sie die dunklen Haare und das attraktive Gesicht von Ben Lucas aus dem Augenwinkel sah. »Ich bin noch ziemlich mitgenommen von der Sache mit Lucy und möchte mich nur ein bißchen unterhalten, was umsonst essen.«

»Aber selbstverständlich.« Bryce strahlte sie an. »Amüsieren Sie sich.«

Lucas flirtete gerade mit dem schwarzhaarigen Mädchen, das heute nachmittag bei der Reitertruppe dabei gewesen war. Der Mann sah gut aus, was er sehr wohl wußte. Wie die meisten sehr einflußreichen Strafverteidiger, die Mari kennengelernt hatte, war er so eitel und arrogant, daß es schon fast an Megalomanie grenzte. Sein heutiges Publikum hatte er sich gut ausgesucht. Das Mädchen hing gebannt an seinen Lippen. Sie war höchstens zwanzig, viel zu frisch und unschuldig für die Gesellschaft hier.

Er prahlte gerade mit seinem neuesten Freispruch – eine Sechzehnjährige, die die Frau ihres Geliebten ermordet hatte. Mari stellte sich neben die beiden und mischte sich in das Gespräch ein, hocherfreut, daß sie endlich einem Anwalt die Meinung sagen konnte, ohne Angst um ihren Job zu haben.

»Sie können doch nicht behaupten, daß die moralische Korrumpierung durch ihren Geliebten den Abzug gedrückt hat, das hat die süße Kleine ganz allein gemacht«, sagte sie.

»Ich sollte wohl froh sein, daß Sie nicht in der Jury waren, Miss –«

»Jennings, Marilee Jennings. Wir haben uns vor ein paar Jahren kennengelernt. Ich war Gerichtsprotokollführerin. Ich habe einmal mit einem Ihrer Partner gearbeitet. Kalifornien gegen Armand Uscavaro. Er hat behauptet, Stimmen aus der Hölle hätten ihn gezwungen, seine Eltern im Schlaf zu ermorden, und versuchte dann, es wie Raubmord aussehen zu lassen, damit er zwei Millionen Dollar erben konnte. Der arme Kleine. Wie sich rausstellte, hatten sie ihm nicht erlaubt, Heavy Metal zu hören. Wahrscheinlich hatten sie es verdient zu sterben.«

Lucas ignorierte ihren Sarkasmus einfach. »Die Welt ist klein.« Er lächelte sie an. »Zu meiner Schande muß ich gestehn, daß ich mich nicht an Sie erinnern kann. Dabei bilde ich mir ein, daß ich nie ein hübsches Gesicht vergesse.«

»Sie können sich wahrscheinlich besser an meine Freundin erinnern. Lucy MacAdam?«

Er blinzelte erschrocken. Mari registrierte seine Reaktion und wandte sich dann an die junge Frau. »Tut mir leid, aber bei der Macho-Nummer heute nachmittag hab' ich Ihren Namen nicht mitgekriegt.«

Samantha sah hinunter auf die kleine Blondine mit der rauchigen Stimme und den wohlgeformten Kurven, genau der Typ Frau, auf den Will fliegen würde, und kam sich vor wie ein unbeholfener Trampel, trotz ihrer Seidenbluse und der schicken Hose, die sie sich ausgesucht hatte. Am liebsten wäre sie im Erdboden versunken.

»Samantha«, murmelte sie und klammerte sich verzweifelt an ihr Weinglas. »Samantha Rafferty.«

Jetzt blinzelte Mari erschrocken. »Rafferty? Sind Sie Will Raffertys Frau?«

»Ja.«

Die Antwort wurde von einem eisigen Blick begleitet, den Mari nicht gleich verstand. Ihr war gerade klar geworden, was J. D. gemeint hatte, als er heute nachmittag nach dem kleinen Drama mit Bryce zu seinem Bruder sagte: *»Da haben wir ein ernsthaftes Problem, kleiner Bruder.«* Wills verlassene Frau in Begleitung von Evan Bryce, dem Mann, der König von Eden Valley werden wollte. *Heiliger Strohsack.*

Sie warf einen Blick zu Bryce, der lachend neben Uma Kimball stand, die noch ein Käsetörtchen in den Mund stopfte. Er hatte wirklich etwas Diabolisches an sich. Ein Teufel, der menschliche Gestalt angenommen hatte, um mit den Leben der Menschen zu spielen.

Samanthas giftiger Blick war so penetrant, daß Mari sich wieder ihr zuwandte. Und jetzt wußte sie, was der Grund für diesen Blick war. Eifersucht. Mein Gott, das arme Ding dachte sicher, sie wäre eine von Wills zahlreichen Eroberungen.

»J. D. hatte mich eingeladen, beim Aussondern der Kälber zuzusehen«, log sie. »Er hat mir mit Lucys Tieren geholfen – meinen Tieren, sollte ich jetzt wohl sagen. Ich kann mich noch nicht so recht an den Gedanken gewöhnen.« Sie wandte sich Ben Lucas zu, der alles gelassen mitangehört hatte. »Ich nehme an, Sie haben von Lucys Unfall gehört?«

»Ja. Eine schreckliche Tragödie für alle Beteiligten. Graf – Dr. Sheffield – war außer sich vor Schmerz.«

»Sie kennen Dr. Scharfschütze?« sagte Mari spitz.

»Ich bin sein Anwalt.«

O Gott, Marilee, in welches Fettnäpfchen bist du da wieder getreten?

Sie hörte den Lärm der Party wie das ferne Summen eines Bienenschwarms. Die Musik dröhnte aus versteckten Lautsprechern, stampfend, atonal. Die Beleuchtung des Pools flackerte über Ben Lucas' attraktives Gesicht. Sein Mund bewegte sich, aber Mari konnte ihn kaum hören, so heftig pochte es hinter ihren Schläfen. Er erzählte etwas von einem zweiten Wohnsitz auf der anderen Seite des Tals und einer Zulassung für die Gerichte von Montana.

»Wie praktisch«, sagte sie grimmig. *Lucy hatte für Lucas gearbeitet. Lucas war einmal ihr Geliebter gewesen. Lucas arbeitete für Sheffield. Sie alle kannten Bryce, den großen Puppenmeister. War das nicht nett?* Die Informationen schwirrten wie das bunte Glas eines Kaleidoskops durch ihren Kopf. »Sie müssen sehr stolz auf sich sein, daß Sie es geschafft haben, den Wert eines menschlichen Lebens auf ein geringfügiges Vergehen und ein Taschengeld herunterzuplädieren.«

Seine dunklen Augen wurden starr. Wie bei einem Haifisch, dachte sie. Wie passend. »Es war ein Unfall, Miss Jennings!«

»Ja, ich weiß, wie das läuft«, sagte sie verbittert. »Keine böse Absicht, kein Vorsatz. Wenn er nicht unschuldig war, hätte er es sein müssen.«

Sie sah wutentbrannt zu ihm hoch, voller Haß auf ihn und seinesgleichen. Er war einer der Anwälte, die das System zur Farce machten. Für ihn zählte nur seine Freispruchrate. Nicht das Gesetz, nicht die Gerechtigkeit. Nicht Unschuld oder Schuld.

»Entschuldigen Sie mich, aber Anwälte hängen mir zum Hals raus«, sagte Mari, schleuderte ihr Glas in den Pool und schritt auf das Haus zu, ohne Rücksicht auf die neugierigen Blicke, die ihr folgten.

Eine Flügeltür stand offen. Sie führte in einen riesigen Raum im zentralen Teil des Hauses. Mari watete durch ein Meer von champagnerfarbenem Spannteppich, vorbei an weißen Ledersofas, den Georgia-O'Keefe-Drucken und der indianischen Kunst in hohen beleuchteten Vitrinen zum Foyer, das mit mexikanischen Kacheln ausgelegt war, und suchte ein Badezimmer. Sie brauchte ein paar Minuten für sich allein und verspürte nach dem Gespräch mit Lucas den überwältigenden Drang, sich zu waschen. Hinter seiner attraktiven Fassade und den teuren Klamotten war er ein schleimiger Aal. Einer von den Anwälten, die ihren Klienten 300 Dollar die Stunde für einen Dreißig-Stunden-Tag abnahmen und sich weigerten, ihren Protokollführer zu zahlen, bis ein Rechtsstreit von achtzehn Monaten beendet war.

Vor ihr schwang eine Tür auf, und heraus stolperte Uma Kimball, kichernd und mit glasigen Augen, und wischte sich den mit Collagen behandelten Mund mit dem Handrücken ab, wobei sie ihren Lippenstift verschmierte.

»Hallo!« quietschte sie wie ein kleines Mädchen beim Schulfest. »He, tolle Party, was?«

»Ist das das Badezimmer?«

Uma kicherte, und die Kaskaden von Diamanten an ihren Ohren

tanzten. »Hoffentlich. Ich hab' grade dort ein Pfund Hors d'Œuvres abgeladen. Iß, bis du kotzt – das ist mein Motto.« Sie bog sich vor Lachen und packte Maris Schulter, um sich zu stützen.

»Oh, ja, wie schick«, sagte Mari, aber ihr Sarkasmus war verschwendet. Die Schauspielerin fixierte jetzt ihre Haare.

»Das ist ja Wahnsinn!« Sie ergriff eine Strähne und rieb sie zwischen den Fingern. »Wo hast du diese Farbe her? Von José?«

»DNA.«

»Wo ist *das*?«

»In meinen Genen. Es ist echt. Ich bin so auf die Welt gekommen.«

Uma schaute zuerst ein bißchen verwirrt drein, dann grinste sie. »Machen Leute das noch?«

»Bin eben altmodisch«, sagte Mari seufzend. Ihr Kopf dröhnte. »Du hast nicht zufällig eine Zigarette?«

»Du lieber Himmel, nein.« Umas aufgedunsener Mund schmollte. »Rauchen ist *mega-schlecht* für den Teint. Aber frag Bryce. Bryce kann dir alles besorgen.«

»Da möchte ich drauf wetten.«

»Ohne Quatsch. Zum Beispiel hat er das beste Pulver, das ich je probiert habe. Willst du was?«

Mari wollte ihrer neuen Freundin sagen, daß sie lieber auf dem Planeten Erde blieb, verkniff es sich aber in letzter Sekunde. Sie wollte mehr über Bryce erfahren, mehr über die Leute, mit denen Lucy vor ihrem Tod zusammen gewesen war. Irgendwo in diesem ganzen Chaos würde sie ihre Antworten finden.

»Komm!« Uma packte sie am Arm und zerrte sie durch die Eingangshalle, ihr schmales Gesicht glühte vor Aufregung und Kokainfieber. Sie bogen um die Ecke und kamen zu einer hohen, geschnitzten Flügeltür. Sie zwinkerte Mari zu. »Man muß das geheime Klopfzeichen kennen.«

Sie trommelte etwas Undefinierbares gegen die Tür, dann drehte sie kichernd den Knopf und stolperte in den Raum.

»Süßes oder Saures! Gibt's hier Nasenbonbons?«

Uma richtete sich auf und schoß zielstrebig auf einen riesigen Billardtisch mit geschnitzten Mahagonibeinen zu. Das einzige Licht im Raum kam von einer Messinglampe über dem Tisch. Sie beleuchtete mit drei perfekten Kegeln einen langen Spiegel, der auf der Schieferplatte lag, bestrahlte ein Dutzend ordentlicher Reihen Kokain, die nur auf ein paar juckende Nasen warteten.

Mari blieb gleich hinter der Tür wie angewurzelt stehen, als sie den Mann erkannte, der sich mit einem zusammengerollten Hundertdollarschein in der Nase über den Spiegel beugte. Ihr Herz hämmerte wie ein Preßluftbohrer.

MacDonald Townsend. Richter MacDonald Townsend.

Er hob den Kopf, und ihre Blick prallten mit der Wucht zweier Züge aufeinander.

»Ich bin bloß auf der Suche nach ein paar Zigaretten«, murmelte Mari und entfernte sich aus dem Lichtkegel um den Tisch. Jemand reichte ihr eine Schachtel Gauloises. Sie nahm einfach die ganze Pakkung, stammelte ein Danke und huschte aus dem Raum in die dämmrige Halle.

MacDonald Townsend war einer der angesehensten Richter von Nordkalifornien, ein Platz im obersten Gerichtshof war ihm praktisch sicher. Er hatte großen Einfluß beim Gouverneur, eine reiche Frau und offensichtlich eine Vorliebe für kolumbianischen Schnee.

Und einen heißen, langen Sommer lang war MacDonald Townsend Lucys Geliebter gewesen.

Die Fragen dröhnten lauter und immer heftiger in Maris Kopf. Sie rannte durch das Gewirr von Gängen, bis sie endlich eine Tür nach draußen entdeckte und ins Freie rannte. Sie holte tief Luft und versuchte, sich zu orientieren. Sie sah, daß der Parkplatz ein Stück weiter oben lag, gleich hinter den Stallungen. Immer noch zittrig, mit rasendem Puls, ging sie auf den dunklen Scheunenhof zu. Der Geruch von Pferdemist und Kiefern war ungleich angenehmer als der Gestank von Habgier und Macht, der wie Smog über Bryces Clique schwebte.

Sie lehnte sich an die offene Stalltür und lauschte den tröstlichen Geräuschen fressender Pferde und der Musik, die aus dieser Entfernung ganz angenehm klang. Doch nicht einmal das konnte ihre Spannung lösen.

Mein Gott, was für eine Party. Haifische von Anwälten. Eine Säule der Rechtsprechung, die Koks schniefte. Sie kam sich vor wie Alice im Wunderland auf LSD. Angstschauer liefen ihr über den Rücken. Alice hatte für heute genug. Sie mußte so schnell wie möglich weg von hier, konnte diesen Ort nicht eine Sekunde länger ertragen.

Sie lief den Weg zum Parkplatz hinunter zu ihrem Honda und ahnte nicht, daß ihr Gefühl, beobachtet zu werden, sie nicht trog.

Richter Townsend lief wie ein Tiger in dem eleganten Ambiente von Bryces Arbeitszimmer auf und ab. Er war zweiundfünfzig und ähnelte Charlton Heston. Viele sagten, ihm würde eine brillante Zukunft bevorstehen. Im Augenblick ging diese Zukunft in seiner Vorstellung gerade in Rauch auf. Seine Nerven waren zum Zerreißen gespannt.

»Verdammt, Bryce, wie konntest du sie hierher einladen? Sie könnte eine zweite Lucy werden – oder schlimmer.« Er blieb am Fenster stehen und sah hinaus in die Dunkelheit. Sein schmaler Mund zitterte. »Oh Gott, ich kann es nicht fassen, daß mir das passieren muß!«

Bryce saß auf der Schreibtischkante und beobachtete ihn gelassen. Innerlich war er voller Verachtung für Townsend. Der Mann hatte nicht die Nerven, um in der Oberliga zu spielen. Er war schwach – ohne Rückgrat. Ständig erlag er irgendwelchen Versuchungen – Frauen, Kokain, Geld. Er erlag, konnte nicht einfach genießen. Ein riesiger Unterschied. MacDonald Townsend war wie ein Seiltänzer mit Höhenangst. Jedesmal wenn er ausrutschte, schrie und schwitzte er, besudelte sich. Bryce verachtete ihn und genoß es, ihn zu schubsen, das Seil zu schütteln, ihn an den Abgrund zu locken.

»Wir wissen nicht, was Lucy ihr vielleicht erzählt hat«, sagte Townsend. »Wir wissen nicht, was für Beweise sie vielleicht hinterlassen hat.«

»Wir haben das Haus durchsucht«, sagte Bryce gelassen. »Da war kein Videoband. Lucy hat Spielchen mit dir gespielt, dein Geld genommen und hinter deinem Rücken über dich gelacht.«

»Dieses Miststück.« Der Mann zitterte am ganzen Körper. »Ich hätte sie nie anfassen dürfen.«

»Nein«, bemerkte Bryce, »nein, mein Freund, du hättest Lucy nie anfassen dürfen. Du hast nicht die Nerven für solche Spielchen. Aber du hast jedoch das große Glück, mich zu haben. Ich werde für dein Wohlbefinden sorgen.«

»Du regelst das mit dieser Jennings?«

»Ich werde sie im Auge behalten. Ich werde mich um alles kümmern. Wie immer.«

Bryce ging zur Tür, begierig, zur Party zurückzukehren. Townsend langweilte ihn. Samantha war wesentlich interessanter. Ihre Unschuld war echt, die Schönheit frisch. Er wollte an ihrer Seite stehen und das Erstaunen über alles, was sie hier erlebte, sehen.

Die Stimme des Richters ließ ihn noch einmal stehenbleiben.

»Bryce, weißt du, wer Lucy umgebracht hat?«

Bryce verzog keine Miene. »Natürlich. Sheffield. Es war ein Unfall. Nicht wahr?«

Mari saß zusammengerollt in einem Stuhl auf ihrer Terrasse, eingewickelt in den mexikanischen Schal, starrte hinunter auf den mondsilbrigen Fluß und ließ ihren Gedanken freien Lauf, während sie eine Gauloises nach der anderen rauchte. Sie *würde* aufhören damit – aber nicht heute abend. Sie *würde* diesen neuen Anfang machen – sobald ihr altes Leben sie endlich losließ.

Absoluter Wahnsinn. Townsend nahm Koks. Lucas vertrat den Mann, der Lucy erschossen hatte. Alle in diesem Schlangennest um Bryce. *Hüte dich vor Bryce, Schatz... Lucy hat es genossen, mit Schlangen zu spielen, aber sie hatte auch selbst Fangzähne...*

Schlangen im Garten von Eden. Kälteschauer liefen ihr bei dem Gedanken über den Rücken.

»Worauf zum Teufel hast du dich nur eingelassen, Lucy?« flüsterte sie und starrte mit tränennassen Augen die Mr.-Peanut-Dose an, die sie herausgeholt und auf den Tisch gestellt hatte.

In einer Hand hielt sie Lucys Brief umklammert. Sie hatte nicht darin gelesen, hielt ihn nur fest, als könne er ihr die Kraft geben, in die Vergangenheit der Schreiberin zu sehen. Aber sie fühlte nur Angst und Verwirrung.

Eigentlich wollte sie nur eines, jemanden, dem sie sich anvertrauen konnte, eine Schulter zum Anlehnen. Aber da war niemand. Ihre Familie würde sie nicht verstehen. Brads einzige Sorge wäre die Möglichkeit, Ben Lucas kennenzulernen.

Sie dachte an die Leute, die sie hier kannte. Drew würde ihr zuhören, aber was würde sie sagen? Sie hatte nur Fragmente, Eingebungen und ungute Gefühle.

Und dann war da die häßliche Möglichkeit, daß er ihr etwas erzählen könnte, was sie gar nicht hören wollte. Am meisten sehnte sie sich nach einer Umarmung, nach Beschwichtigung, nach Stärke. Von jemandem, der mit beiden Beinen auf der Erde stand. Jemand, der sie auffangen konnte. Jemand, an den sie sich klammern konnte.

J. D. Rafferty kam ihr in den Sinn. Sie wollte es nicht, aber er schlich sich einfach in ihre Gedanken ein. Was für eine Ironie, daß sie das Bedürfnis hatte, sich ausgerechnet an ihn zu wenden. Er wollte sie nicht einmal in diesem Staat haben.

Er wollte sie nur in seinem Bett haben.

J. D. stand am Geländer der Koppel und betrachtete die Pferde bei Mondlicht. Nachdem sein Vorrat an Buttermints aufgebraucht war, ignorierten sie ihn. Sie hatten einen langen harten Arbeitstag hinter sich und brauchten ihren Schlaf.

J. D. wußte genau, wie sich die Tiere fühlten. Auch er war körperlich total erschöpft, jeder Muskel schmerzte. Und außerdem hatte er das Gefühl, jemand hätte sein Gehirn mit einem Bleirohr bearbeitet und dann einen Mühlstein um seinen Hals gehängt, der ihn immer tiefer zog.

Wills Frau in der Clique von Bryce zu sehen, hatte ihn in Panik versetzt. Bis zu diesem Zeitpunkt hatte er sich noch etwas vormachen können, sich eingeredet, er könnte Evan Bryce bei seinen Spielchen besiegen. Aber Bryce hatte Katz und Maus mit ihm gespielt, sich amüsiert. Jetzt erhöhte er den Einsatz, und J. D. hatte schlechte Karten in der Hand.

Wenn Samantha sich von Will scheiden ließ – Grund genug hatte sie ja –, könnte sie ihn vor Gericht zerren und ihn auf seinen Anteil an der Stars and Bars verklagen. Und falls sie gewann, würde Bryce direkt neben ihr stehen, um seinen Fuß in die Tür zu setzen. Und wenn ihm das gelang, wäre das das Ende. Die Arbeit von vier Generationen Raffertys wäre zunichte gemacht, und J. D. hätte die Schuld daran. Er hätte die Last, die Schande zu tragen. Und wenn er die Stars and Bars verlöre, hätte er gar nichts mehr.

Er sah hinaus auf die Hügel und Bäume und fühlte sich ausgedörrt wie ein sonnengebleichter Knochen.

Ihm würde nichts bleiben.

Er hatte niemanden.

Er dachte an Marilee, und es gelang ihm nicht, sich gegen den plötzlichen Drang, sie in die Arme zu nehmen und festzuhalten, zu wehren.

Narr.

»Du warst heute ziemlich hart zu dem Jungen.«

J. D. sah hoch zu Tucker, der auf ihn zuhumpelte.

»Er ist kein Junge. Er ist ein Mann«, sagte J. D. »Höchste Zeit, daß er sich wie einer benimmt.«

»Er hat's momentan sehr schwer, J. D.«

»Wie wir alle. Das Leben hier ist hart.«

»Du machst es auch nicht leichter – nicht für dich und auch nicht für die anderen. Wir, Will, Chaske und ich, stehen dir zur Seite, vergiß das nicht.«

»Was, wenn er einfach alles sausenläßt?«

»Das wird er nicht«, sagte Tucker, obwohl er auch nicht davon überzeugt war. Er spuckte, wischte sich den Mund mit dem Ärmel ab. »Das wird er nicht. Er ist ein Rafferty. Und jetzt geh schlafen, mein Junge.« Er machte sich auf den Weg, steif und krummbeinig. J. D. blieb am Zaun stehen. Hier bei den Pferden würde er mehr Frieden finden als in seinem Bett. Im Bett würden seine Gedanken wieder zu Marilee wandern und zu gefährlichen Sehnsüchten nach Dingen, die er nie haben könnte.

Sie war heute nacht da oben bei Bryce, trank seinen Champagner, lachte über seine Witze. Sie war eine von ihnen, was schlicht und einfach bedeutete, daß sie für ihn immer nur eine Versuchung bleiben würde.

Wirklich schade. In Nächten wie dieser wäre es nett, jemanden zu haben, der ihm die Schulter massierte, seine Sorgen teilte, sein Bett wärmte und seine Bedürfnisse stillte. Und der Geschmack von Marilee Jennings haftete immer noch in seinem Mund. In Nächten wie dieser war es verdammt hart, der Versuchung zu widerstehen.

Will saß auf der Hintertreppe des kleinen Hauses, das er einmal mit seiner Frau geteilt hatte. Seiner Exfrau. Das Wort war wie ein Dorn in seinem Gehirn. Der Mond war aufgegangen und erleuchtete den Hinterhof. Rascal, der Labrador, war eifrig auf Schatzsuche gewesen. Der Hof sah aus wie umgepflügt. Jetzt lag er neben ihm auf der Treppe, seine dicken Pfoten zuckten in Welpenträumen.

Das Haus hinter ihm war dunkel und leer. Sam hatte es verlassen. Will fragte sich, ob sie wohl je zurückkehren würde, wenn sie erst einmal das Leben auf dem Olymp gekostet hatte.

»Was erwartet sie schon hier, Willie«, nuschelte er. Der Jack Daniels hatte seine Zunge bleiern gemacht. Die leere Flasche stand zwischen seinen Beinen. Er war nicht betrunken, heute wollte es ihm einfach nicht gelingen. Die Angst war stärker als der Alkohol, er konnte seine Gedanken nicht zum Schweigen bringen.

Er wollte keine Frau. Heirat war eine Gefängnisstrafe. Das hatte er als Jugendlicher gesehen. Sein Vater hatte seine Frau zu einem Leben verurteilt, das sie satt hatte. Heiraten war dumm. Jeder sollte frei von einer Beziehung zur anderen wechseln können. Keine Bindungen, keine Schuldgefühle, kein bitterer Nachgeschmack.

»Warum hast du dann Sam überhaupt geheiratet, Willie-Boy?«

Und warum war dieses Wort wie ein Stachel in seinem Fleisch? *Ex*frau, *Ex*frau.

Und warum saß er dann hier, so voller Angst und so einsam, obwohl der Mond schien und die Nachtluft nach dem Parfum anderer Frauen roch?

Weil du sie liebst, du Trottel.

»Du hast wieder mal alles verpatzt, Willie«, flüsterte er, und zwei Tränen kullerten über seine Wangen.

KAPITEL 12

Mari erwachte in ihrem Stuhl, als die ersten Boten des Morgens den Himmel perlgrau verfärbten. Ihr ganzer Körper schmerzte vom Schlafen in unnatürlicher Stellung in der kühlen feuchten Luft. Sie kämpfte sich aus dem Stuhl und versuchte, ihre Verspannung zu lösen. Ihr Kopf dröhnte von den französischen Zigaretten und den Träumen, die den wenigen Schlaf zu einer Achterbahnfahrt gemacht hatten.

Sie stützte sich stöhnend auf die Stuhllehne, rieb sich die Augen und strich sich die Haare aus dem Gesicht. Sie hielt immer noch den Brief umklammert, den Lucy für sie hinterlassen hatte. Aber ehe sie sich an den Brief wagte, brauchte sie erst einmal Kaffee, also steckte sie ihn unter die taunasse Mr.-Peanut-Dose und ging ins Haus.

Sie setzte Wasser für Instantkaffee auf und ging dann auf die Gästetoilette neben der Küche, um sich ein bißchen zu restaurieren. Sie stöhnte vor Entsetzen, als sie in den Spiegel sah, und kramte hastig in dem Medizinschränkchen, bis sie Augentropfen und Vaseline fand und zu retten versuchte, was zu retten war.

In Lucys Schlafzimmer, wo die Spuren der Vandalen immer noch nicht beseitigt waren, machte sich Mari auf die Suche nach etwas Frischem zum Anziehen, fand saubere Unterwäsche, Jeans, ein T-Shirt und ein leuchtend orangefarbenes Sweatshirt, das mit einem riesigen roten Frauenmund bedruckt war.

Mit dem Kaffee in der Hand ging sie wieder hinaus auf die Terrasse, zündete sich die letzte Gauloises an und nahm sich noch einmal den Brief vor.

Wir alle haben unsere Bestimmung im Leben... Meine war es, ein Dorn in reichen Pfoten zu sein... Es hat mich dahin gebracht, wo Du heute bist. Oder hat es mich dahin gebracht, wo ich jetzt bin?

Die Zeilen hatten überhaupt keinen Sinn ergeben, als sie sie das erste Mal gelesen hatte, aber jetzt: *wo Du heute bist – die Ranch. Oder hat es mich dahin gebracht, wo ich bin – tot.*

Ihr Puls wurde immer schneller. Hatte Lucy womöglich den Mord an sich vorausgesehen?

Mord. Bei diesem Wort fielen ihr die Fotos aus Sheriff Quinns Akte wieder ein. Lucys lebloser Körper, in den jemand ein Loch geschossen hatte.

Lucy wußte Dinge über Leute mit Geld, die sie nicht hätte wissen sollen. In dem Sommer, in dem sie mit Richter Townsend geschlafen hatte, hatte er mit ihr ein Wochenende in Montana verbracht. Sie hatte Mari erzählt, auf diese Weise hätte sie ihre kleine Ranch gefunden. Ihr Versteck.

Gesetzlose hatten Verstecke. Gesetzlose wurden erschossen.

Dr. Sheffield behauptete, er hätte sie nicht gesehen. Was, wenn es gelogen war? Was, wenn Lucy etwas über ihn gewußt hatte, was sie nicht hätte wissen sollen?

Dieses teure Blockhaus, das unbezahlbare Land, das sich vor ihren Augen erstreckte, die Lamas, der Range Rover, die teuren Klamotten, die im Schlafzimmer verstreut lagen, und der luxuriöse Lebensstil – woher hattest du das viele Geld, Lucy?

Lucy wußte Dinge über Leute mit Macht und Geld, die sie nicht hätte wissen sollen. Lucy war tot.

Mari faltete den Brief und klopfte damit nachdenklich gegen ihren Mund. Sie mußte sehen, wo die Schüsse gefallen waren, mußte selbst sehen, ob es ein Unfall gewesen sein könnte. Und sie mußte mit dem Mann reden, der die Leiche gefunden hatte – Del Rafferty, egal ob es J. D. paßte oder nicht.

Gegen Mittag waren Mari und Clyde bereits unterwegs in die Berge, mit der Karte in der Hand, die Sheriff Quinn ihr auf eine alte Serviette gekritzelt hatte, mit Anweisungen wie »links am blauen Stein und an der toten Kuh Richtung Norden«. Das konnte ja heiter werden. Sie konnte von Glück sagen, wenn sie nicht in Kanada landete.

Der Sheriff hatte sie nicht gerade ermutigt: »Sie werden ihn nicht finden, außer er will es, und er will es sicher nicht. Er mag keine Fremden.«

Mari versuchte, nicht daran zu denken, daß J. D. gesagt hatte, sein Onkel könne einer Maus auf zweihundert Meter Entfernung den Schwanz abschießen.

Je höher sie stiegen, desto nervöser wurde sie. Das Gelände war unwegsam, der Pfad kaum erkennbar. Die Landschaft war zwar atemberaubend, aber Mari war viel zu beschäftigt, um sie zu würdigen. Sie konnte nur eines denken: Die Lucy, die sie gekannt hatte, hätte sich nie das Hinterteil in diesem verfluchten Sattel wund geritten – außer es hätte sich wirklich gelohnt.

Vielleicht war sie hier mit Sheffield verabredet gewesen. Aber warum ausgerechnet hier, wenn es zahllose wesentlich zugänglichere, verschwiegenere Orte gab?

»Zu schade, daß du nicht reden kannst, Clyde«, sagte sie zu dem Muli und streichelte seinen warmen, glatten Hals. »Du könntest mir genau erzählen, was passiert ist.«

Clyde schaute sie kurz an, sehr zynisch, dann schüttelte er seine langen Ohren, um eine Fliege zu vertreiben.

Sie standen am Rand einer Lichtung und ruhten sich aus. Mari hatte das Muli an einem Bach trinken lassen und ließ jetzt die Zügel lokker, damit es ein bißchen grasen konnte. Sie wäre gern abgestiegen, um sich die Beine zu vertreten, hatte aber Angst, sie würde es nicht mehr zurück in den Sattel schaffen.

Über ihr ballten sich dicke graue Wolken zusammen, wie aufgeblasene Schwämme, und verdeckten die Sonne. Toll. Sie waren zig Meilen von zu Hause weg, und gleich würde es regnen. Sie warf einen Blick auf die Karte und versuchte, ihren knurrenden Magen zu ignorieren.

Sie war sich einigermaßen sicher, daß sie den blauen Fels passiert hatten, aber die tote Kuh war eine andere Geschichte. Sie waren tatsächlich an einem Haufen gebleichter Knochen vorbeigekommen, aber Tierskelette waren nicht gerade ihr Fachgebiet.

Clyde hob plötzlich den Kopf und machte einen Satz vorwärts, bereit, durchzugehen. Die Karte flog aus Maris Hand, als sie versuchte, sich im Sattel zu halten und die Zügel aufzunehmen. Das Muli galoppierte los, und auf der anderen Seite der Lichtung jagten zwei Rehe davon.

Mari gelang es, das Muli so herumzureißen, daß es im Kreis galoppierte. Bleib oben, bleib oben. Der Weg nach Hause war verdammt lang.

Endlich hatte sie das Tier wieder unter Kontrolle, und es blieb zitternd stehen. Clyde legte seine langen Ohren an und schnaubte mit geblähten Nüstern.

»Gutes Muli, braves Muli«, keuchte Mari und klopfte mit zittriger Hand seinen Hals. »Reg dich ab, ja, Clyde.«

Der Adrenalinstoß verebbte, zurück blieb ein leichtes Schwindelgefühl. Sie rang keuchend nach Luft. Aber Clyde machte keine weiteren Anstalten, durchzugehen, und allmählich entspannte sie sich. Was hatte ihn erschreckt? Wahrscheinlich die Rehe. Oder vielleicht noch einer von Bryces Jagdkumpanen?

»He, ist da jemand mit 'nem Gewehr unterwegs?« schrie sie. Das Muli erschauderte unter ihr. »Ich bin kein Elch!«

Schweigen. Eine leichte Brise regte sich. Donner grollte über dem nächsten Gebirgszug im Westen. Ihr Ruf wurde nicht erwidert. Das Maultier zitterte immer noch verängstigt.

Sie hörte das Krachen des Schusses erst den Bruchteil einer Sekunde, bevor die Kugel in den Baumstumpf neben ihr einschlug. Dann passierte alles so rasch, daß ihr Verstand nicht mehr folgen konnte. Sie fiel nach hinten, von Clyde sah sie nur noch den muskulösen Hintern und fliegende Hufe. Sie fragte sich, ob sie wohl angeschossen war. Dann stürzte sie zu Boden, und alles wurde schwarz.

Als sie allmählich aus der Bewußtlosigkeit erwachte, wußte Mari nicht, ob sie tot oder lebendig war. Lebendig, vermutete sie, Tote hatten keine Schmerzen, und ihr tat jeder einzelne Knochen weh. Sie schlug die Augen auf und hätte fast geschrien, als sie das Gesicht über sich sah. Es war sicher kein Gesicht, das man im Himmel zu sehen erwartete, sondern das eines Cowboys, und seinen Augen nach zu schließen, kam er vielleicht nicht aus der Hölle, aber hatte sie mit großer Wahrscheinlichkeit schon gesehen.

Unter seinem grauen Cowboyhut dräuten schwere Brauen, seine schmalen graublauen Augen flackerten unstet, ob vor Angst oder Wut, konnte Mari nicht feststellen. Er war wohl um die Fünfzig, mit einem hageren, verwitterten Gesicht voller Falten. Auf der linken Seite des Kinns hatte er eine runde Narbe, die seinen Mund zu einer grotesken Grimasse verzog. In seinen großen, rauhen Händen hielt er ein sehr tödlich aussehendes Gewehr.

»Bitte töten Sie mich nicht«, flüsterte Mari in panischer Angst. Ihr wurde plötzlich bewußt, wie einsam diese Wildnis hier war – fast eine Million Morgen wildes Land, so stand es in ihrem Führer, und neunzig Prozent davon ohne Straßen. Er könnte sie weiß Gott wo hinbringen, ihr weiß Gott was antun, und es gäbe keine Zeugen, außer den wilden Tieren. Ihr Herz erschauderte wie ein sterbender Vogel.

»Wenn ich Sie hätte töten wollen, Ma'am«, sagte er mit leiser, heiserer Stimme, »dann wären Sie längst tot.«

Die Stimme. J. D.s Stimme, nur leiser, heiserer. Das Gesicht war eine härtere Version von J. D.s. Sie richtete sich langsam auf, ließ aber das Gewehr nicht aus den Augen.

»Del Rafferty?« sagte sie mit einiger Mühe.

Seine Augen wurden zu schmalen Schlitzen. »Ja, Ma'am.«

»Und Quinn hat gesagt, ich würde Sie nie finden.«

Del ging vor seinem Pferd her. Er war wütend. Er wollte diese Blondine nicht am Hals haben. Er hatte sie verschrecken wollen. Das letzte, was er wollte, war, eine Frau in seinem Haus haben, besonders nicht *diese* Frau.

Sein Gedächtnis versuchte, wieder alles durcheinanderzubringen, wie so oft, versuchte ihm einzureden, sie wäre ihm hier herauf gefolgt, hätte seine Spur verfolgt, weil sie seine Gegenwart spürte, weil sie *wußte*. Es versuchte, ihm weiszumachen, sie wäre die andere, nur verkleidet, die gekommen war, um ihm angst zu machen. Aber er erstickte das im Keim. Sie war nicht die andere. Sie war die Neue, und sie war einfach hier, mehr nicht. Es mußte ihm nicht gefallen. Er mußte nur damit fertig werden. Sie tolerieren und dann loswerden.

Ihr Muli war inzwischen sicher schon auf halbem Weg nach Hause. Verdammt schade, daß sie es nicht geschafft hatte, drauf sitzenzubleiben.

»Sie leben also hier oben?« fragte sie.

Del warf einen Blick über die Schulter und sagte nichts. Sie saß auf seinem Wallach mit ihrem wilden, strähnig blonden Haarmop und einem blauen Flecken auf der Wange. Sie war sicher hübsch, aber er hatte schon vor langer Zeit aufgehört, sexuelle Gedanken über Frauen zu haben. Er versuchte, gar nicht an sie zu denken, genau wie er versuchte, nie an Vietnam oder an die Zeit nach seiner Heimkehr zu denken, wo alles in der dunklen Leere seines Bewußtseins verschwunden war. Er lebte sein Leben Sekunde für Sekunde, konzentrierte sich völlig auf den Augenblick, um von einem zum nächsten zu kommen.

»Meine Freundin wurde vor zwei Wochen irgendwo hier getötet. Bei einem Jagdunfall erschossen. Der Sheriff hat mir erzählt, Sie hätten ihre Leiche gefunden.«

Del ging einfach weiter, versuchte, nicht hinzuhören. Er konzentrierte sich auf seine Atmung, darauf, einen Fuß vor den anderen zu setzen, das Pferd den steilen Weg zur Sommerweide der Kühe hochzuführen. Wenn er die Frau ignorierte, würde sie vielleicht unsichtbar werden und aufhören zu reden. Eine wunderbare Vorstellung.

»Ich hatte gehofft, Sie könnten mir ein paar Fragen beantworten, damit ich mir ein besseres Bild machen kann.«

Andererseits war da die unschöne Aussicht, daß sie *nie* aufhören würde zu reden. Als er sie das erste Mal durch das Fernglas gesehen hatte, unterhielt sie sich gerade mit dem Muli.

»Quinn hat mir erzählt, Sie hätten die Leiche erst zwei Tage nach dem Unfall gefunden, aber ich würde gerne wissen, ob Sie vielleicht am Tag, als sie erschossen wurde, etwas gehört oder gesehen haben?«

Bilder huschten durch seinen Kopf – Dunkelheit, Mondlicht, die rennende Frau. Er stolperte und riß sich mit Gewalt zurück in die Gegenwart und verfluchte sich und diese Frau. Er konnte ihren keuchenden Atem hören, die Hunde. Sein Herz hämmerte wie verrückt.

»... jede Kleinigkeit könnte helfen. Ich muß nur wissen...«

»Ich weiß es nicht!« brüllte er und wirbelte so schnell herum, daß sich das Pferd erschrocken aufbäumte. Aber Dels Blick war starr auf die blonde Frau gerichtet, eine Leiche, die in seinem Sattel saß, mit einem riesigen, blutigen Loch in der Brust, durch das er die Spanish Peaks sehen konnte. »Ich will nicht wissen, was mit dir passiert ist! Ich will nichts über die Tiger wissen! Laß mich in Ruhe! Laß mich in Ruhe, oder ich laß dich für die Hundeführer zurück, verfluchtes Weib!«

Er blinzelte, die Leiche verschwand, und die neue Frau starrte ihn mit kalkweißem Gesicht an.

»L-Lucy«, stammelte sie. »*Ihr* Name war Lucy. Ich bin Mari.«

Del wandte sich beschämt ab und stapfte weiter. Deshalb war er im Sommercamp geblieben. Er konnte keine Leute um sich haben. Sie störten seine Konzentration, und dann fiel alles in seinem Kopf auseinander, die Fragmente explodierten, grell und dunkel und blutig. Sein Gehirn begann unter der Metallplatte zu pochen.

Donner grollte über seinem Kopf, und es fing an zu regnen.

Mari sagte kein Wort mehr auf dem Ritt zu seiner Hütte. Anfangs hatte Del Rafferty gesagt, er würde über Funk jemanden verständigen, der sie holte. Hoffentlich würde er das nach seinem Bruch mit der Realität auch noch tun, und hoffentlich dauerte es nicht zu lange, bis Hilfe kam. Er war offensichtlich nicht ganz bei Verstand. Wäre nett gewesen, wenn irgendeiner es für nötig befunden hätte, ihr das zu sagen. J. D. hatte wohl gedacht, eine Warnung würde genügen, und Quinn hatte geglaubt, sie würde ihn sicher nicht finden.

Endlich kam das Camp in Sicht. Eine kleine Hütte mit Anbau, einer Scheune mit einer offenen Wand und einer Koppel mit vier Pferden. Ein Trio Hunde stürzte freudig bellend auf sie zu. Rafferty ignorierte sie, band das Pferd an den Zaun und ging, ohne Mari eines Blickes zu würdigen, in die Hütte.

Der Regen wurde etwas stärker. Mari stieg vom Pferd und eilte in den Schutz der Hütte, bevor der Mann sie aussperren konnte. Als sie die Hand nach dem Türknauf ausstreckte, drehte sie den Kopf nach links und blickte einer Klapperschlange direkt in die Augen.

Sie schrie und sprang zurück. Die Schlange saß in Angriffsstellung in einem Käfig aus Holz und zwei Schichten Draht, der in Kopfhöhe an die Wand der Hütte genagelt war, etwa einen halben Meter vor der Tür. Sie war fast so dick wie ihr Handgelenk, braun und schwarz gezeichnet, und fixierte sie mit glänzenden Augen und zitterndem Schwanz.

Die Tür schwang auf, und Del Rafferty sagte mit grimmigen Blick: »Lassen Sie meine Schlange in Ruhe. Kommen Sie hier rein, wo ich Sie sehen kann.« Dann packte er sie am Arm und zog sie ins Haus.

Die Hütte bestand aus einem großen Raum. Es gab einen Küchenbereich mit einem Holzofen, einem winzigen Kühlschrank und einem grobgezimmerten Tisch mit zwei Stühlen. Die notwendigsten Lebensmittel waren in offenen Regalen untergebracht. Ein Spülbecken war auch da, mit Pumpe. Ansonsten war die Hütte mit einer alten Couch und einem schmalen, ordentlich gemachten Eisenbett möbliert. An der hinteren Wand standen, sauber aufgereiht, etwa ein Dutzend Gewehre, gereinigt und poliert.

Mari starrte das Arsenal mit offenem Mund an. Del Rafferty nahm das Gewehr, mit dem er auf sie geschossen hatte, von der Schulter und begann, es zu entladen und zu reinigen, ohne sie eines Blickes zu würdigen. Sie dachte daran, wie er auf sie gefeuert und sich hinterher nicht mal entschuldigt hatte. Sie dachte daran, wie Lucy in dieselbe Lichtung geritten war.

Sheffield hatte behauptet, er habe sie nicht gesehen. Hatte es Del Rafferty?

Sie wich vor ihm zurück, den Blick starr auf die Narbe gerichtet, die sein Gesicht entstellte, prallte dabei rückwärts gegen einen Stuhl und setzte sich abrupt. Ihre Hand landete auf dem Tisch und stieß gegen ein Jagdmesser, das klappernd wegrutschte.

Ihr wurde ganz flau im Magen, als sie jetzt die ordentlich aufgereihten Messer neben einem Wetzstein entdeckte. Del ging direkt auf sie zu, nahm das Hirschmesser mit seiner breiten, brutalen Klinge und legte es außerhalb ihrer Reichweite ab. Ihr Puls beruhigte sich wieder etwas.

Er rief die Stars and Bars über ein Funkgerät, das zwischen den Gewürzen auf der kleinen Küchentheke stand. Er sagte nur: »Komm hier rauf. Hier ist eine Frau. Ich will sie hier weghaben.« Dann ging er hinaus, um sein Pferd zu versorgen, und ließ Mari mit ihren Gedanken allein.

J. D. brauchte etwa eine Stunde mit seinem Truck zum Camp. Er holperte über den alten Holzfällerpfad, durch Sturzbäche von Regen, die die Sicht praktisch auf Null reduzierten und den Pfad in Morast verwandelten. Als er oben aus dem schlammbespritzten Geländefahrzeug stieg, war er bereit, einen Mord zu begehen. Del hatte keinen Namen genannt, aber J. D. war sich sicher, daß Marilee die Frau war, die das einsame Leben seines Onkels störte.

Dels Hunde kamen durch die Pfützen angelaufen, und Zip sprang von der Ladefläche und begrüßte seine Kumpel mit lautem Gebell. Der Regen war auf die andere Seite der Absarokas weitergezogen, alles triefte, glitzerte, duftete. Millionen von Insekten schwirrten durch die Luft, und die Vögel zwitscherten süße Frühlingslieder.

Aber J. D. bemerkte nur den Schlamm, der an seinen Stiefeln sog, als er quer durch den Hof zur Hütte stapfte. Wenn er zurück nach Hause kam, würden sie Vieh impfen und dabei bis zu den Schenkeln im Schlamm stehen. Das einzig Gute war, daß die Arbeit an den Bewässerungsgräben für ein oder zwei Tage verschoben werden konnte. Tucker konnte das machen, und Chaske konnte mit dem Beschlagen der Pferde anfangen, während er nach New Eden fuhr, um sich mit dem Banker wegen der Flying-K-Geschichte zu treffen. Pläne und Sorgen schwirrten wie ein Hornissenschwarm durch seinen Kopf.

Del kam aus dem Schatten des Holzverschlags. Er sah blaß und wütend aus.

»Ich will sie hier nicht haben«, sagte er grimmig.

»Dann sind wir schon zwei«, murmelte J. D.

»Sie redet ununterbrochen.«

»Sie behauptet, sie wäre fähig zu schweigen. Ich hab's aber noch nicht erlebt.«

Dels Finger bohrten sich in seinen Arm. Seine Augen waren glasig. »Manchmal ist sie die andere«, stammelte er verzweifelt. »Ich will nicht, daß die andere zurückkommt. Ich will keinen hier haben. Das ist meine Hütte.«

»Ich weiß«, sagte J. D. mit beruhigender Stimme und versuchte, seine eigene Wut zu zähmen, als er sah, in welch furchtbarem Zustand sein Onkel war.

Del war kurz vor einem Zusammenbruch. Es hatte Zeiten gegeben, da war J. D. überzeugt gewesen, er würde sich in den großen Abgrund stürzen – buchstäblich. Aber er hatte geglaubt, diese Zeiten wären vorbei. Der alte Soldat hatte sich seit einiger Zeit sehr wacker gehalten. Es ging ihm gut hier oben, so allein – ebenso gut, wie man es erwarten konnte, nachdem der Krieg seinen Verstand irreparabel zerschmettert hatte. Er versorgte das Vieh, wenn es auf den Sommerweiden war, und den Rest der Zeit verbrachte er mit seinen Gewehren und seinen Hunden.

Für Leute aus der Stadt war das sicher verrückt, aber für Del war es eine vergleichsweise gesunde Existenz, besser als im Armeehospital und besser als das, was er in den zahllosen Flaschen Jack Daniels gefunden hatte nach seiner Rückkehr aus dem Krieg. Er hatte sein Gleichgewicht gefunden. Jetzt drohte es zu kippen – dank Marilee Jennings.

»Ich bringe sie fort«, sagte J. D. »Sie wird nie wieder hierherkommen. Das versprech' ich dir.«

Del bebte am ganzen Körper und hätte am liebsten laut losgeheult. Er war eine Schande: schwach, verrückt, eine Last für seine Familie. Ängste und alte Erinnerungen regten sich, häßliche Dinge aus der Vergangenheit, aus Vietnam, wanden sich wie Schlangen in seinem Kopf. Er hatte versucht, sich zu beruhigen, aber die Schlangen waren stärker.

»Was ist mit der anderen? Ich will nicht, daß die andere zurückkommt.«

J. D. seufzte. »Sie wird nicht zurückkommen, Del. Sie ist tot.«

Del schüttelte den Kopf, wandte sich ab und rieb die Narbe an seinem Kinn, seine Finger naß von Speichel. Die nordvietnamesische Kugel, die sein Gesicht zerschmettert und ein Loch in seinen Schädel gesprengt hatte, hatte auch einige Nerven durchtrennt. Jetzt sabberte er wie ein Idiot. Er wischte sich das Kinn mit dem Ärmel ab. J. D. wußte nicht, daß die Toten regelmäßig zurückkehrten. J. D. wußte nicht, daß er sie oft nachts zwischen den Bäumen sah – die Leichen der Männer, mit denen er gedient hatte, die verfaulten Körper von Männern, die er erschossen hatte. Die Blondine. Die Leute behaupteten, die Toten wären tot und ein für allemal weg. Sie hatten keine Ahnung.

»Soll ich Tucker raufschicken?« fragte J. D. und versuchte, geschäftlich zu klingen. »Damit er nachschaut, ob alles bereit ist für das Vieh, wenn wir's rauftreiben?«

»Nein, nein«, murmelte Del, rieb sich seine Narbe und die andere, die unter seinen graudurchsetzten dunklen Haaren verborgen war. Manchmal träumte er, der Knoten vernarbten Fleisches wäre eine Schraube, die er herausziehen könnte, und die ganze obere Hälfte seines Kopfes würde sich öffnen, und die Schlangen würden herauskriechen und im Tageslicht schrumpeln und sterben. »Nein, ich will einfach in Ruhe gelassen werden. Laßt mich in Ruhe.«

J. D. sah ihm nach, wie er davonstolperte, gebeugt von der Last seiner Alpträume. Es tat ihm in der Seele weh. Sein Onkel war einmal ein guter Mann gewesen, ehrenhaft, stark. Er hatte sich den Marines angeschlossen und sich freiwillig an die Front gemeldet, weil er ein Patriot war und für seine Überzeugungen kämpfen wollte. Er hatte sich beim Militär für sein Land aufgeopfert, und sein Land hatte ihn verbogen und zerbrochen zurückgeschickt, körperlich und geistig verkrüppelt, ein Schatten des tapferen jungen Mannes, der er einst gewesen war. Er war als Held fortgezogen und als weitere Bürde von Verantwortung auf J. D.s endloser Liste zurückgekehrt.

J. D. wandte sich der Hütte zu und sah, wie Marilee von der offenen Eingangstür weghuschte. Schlagartig packte ihn wieder die Wut. Er schritt zur Tür und riß sie auf. Sie stand drei Meter von ihm entfernt mit weit aufgerissenen Augen, die kleinen Hände unter dem riesigen Mund auf dem orangefarbenen Sweatshirt gefaltet. Sie sah jung und verängstigt und unerklärlich sexy aus. Begierde regte sich in ihm und machte ihn noch wütender.

Er zeigte auf die Tür: »Steig in den Truck und sag kein Wort«, befahl er mit zusammengebissenen Zähnen.

Mari gehorchte ohne Widerworte. Sie wollte weg von Del Rafferty. Mit J. D. könnte sie nach Herzenslust streiten, sobald sie im Auto saßen. Sie rannte durch die Tür, vorbei an der Schlange, dann blieb sie kurz stehen, um ihre Jeans hochzurollen, und stapfte durch den Schlamm zum Truck. Dort stellte sie sich auf das Trittbrett, streifte ihre verklebten Turnschuhe ab und warf sie auf die Ladefläche. J. D. machte ein Handzeichen, und Zip hüpfte auf den Wagen, dann setzte J. D. sich hinter das Steuer. Er sagte kein Wort, bis sie ein gutes Stück den Berg hinunter waren und die Hütte nicht mehr zu sehen war.

»Ich hab' dir gesagt, laß ihn in Ruhe.«

»Du bist nicht mein Vater«, sagte Mari spitz. »Du kannst mir nichts verbieten. Und wenn ich's recht bedenke, konnte er das auch nicht.«

Er sah sie fassungslos an. »Ich hab' dir *gesagt*, du sollst ihn in Ruhe lassen, und das war mein Ernst. Glaubst du, ich hab' das nur gesagt, weil ich mich gerne reden höre?«

»Aber es ist dir nie in den Sinn gekommen zu sagen: ›Ach übrigens, Marilee, mach einen großen Bogen um meinen Onkel, er ist gemeingefährlich.‹«

J. D. packte das Steuerrad des heftig holpernden Pick-ups fester und sagte mit zusammengebissenen Zähnen: »Du hast ja keine Ahnung, was du angerichtet hast.«

»Was ich angerichtet habe? Pardon, aber ich war diejenige, die er zu erschießen versucht hat.«

»Er hat nicht versucht, dich zu erschießen. Wenn Del das gewollt hätte, wärst du jetzt tot.«

»Wie Lucy?« Die Worte waren aus ihrem Mund, ehe sie es verhindern konnte.

J. D. warf ihr einen eisigen Blick zu: »Was soll das heißen?«

»Was glaubst du wohl?« keifte sie. »Dein Onkel ist ein Psychopath, mit genug Waffen, um eine Ein-Mann-Invasion auf Kuba zu starten –«

»Er ist kein Psychopath.«

»Er hat auf mich geschossen. Er hat mich für eine redende Leiche gehalten –«

»Er hat Probleme«, gab J. D. widerwillig zu, während er mit dem Steuer kämpfte. Der Pick-up heulte seinen Protest, als er den Gang wechselte und auf das Bremspedal trat, da sie einen steilen Abhang hinunterrollten. »Ich hab' dir gesagt, laß ihn in Ruhe. Wenn du auf mich gehört hättest –«

»Wenn du dir die Mühe gemacht hättest, mir zu erklären –«

»Ich muß dir gar nichts erklären!« brüllte er, voller Haß auf die Fremden, die sein Leben durcheinanderbrachten, sein Land, seine Familie. Und die hier haßte er ganz besonders, weil ein Teil von ihm, über den er anscheinend keine Kontrolle hatte, sie so sehr begehrte. »Ich bin dir nichts schuldig, Lady, kapiert? Du gehörst nicht hierher –«

»Bitte verschon mich mit diesen Sprüchen à la König der Berge«, sagte Mari voller Verachtung und stützte sich gegen das Armaturenbrett, um in dem heftig schwankenden Auto Halt zu finden. »Das hier ist ein freies Land, Eure Hoheit. Ich bin hier, und es ist mir völlig egal, ob dir das paßt oder nicht. Meine Freundin ist tot, und ich werde rausfinden, warum, es ist mir egal, was du –«

»Es war ein Unfall! Mein Gott, kannst du es nicht einfach akzeptieren? Es war ein Unfall. Es ist passiert. Es ist vorbei. Der Gerechtigkeit wurde Genüge getan.«

»Von wegen. Eine Strafe und ein Klaps auf die Hand bezeichne ich nicht als Gerechtigkeit. Und offen gesagt, dieses ganze Unfall-Szenario stinkt zum Himmel.«

J. D. warf ihr einen scharfen Blick zu und nahm den Fuß vom Gas. »Wie meinst du das?«

Mari öffnete den Mund und wollte antworten, aber er wurde ihr gewaltsam zugeklappt, als der Truck ein Stück abwärts rutschte und abrupt stehenblieb. Sie prallte seitlich gegen das Armaturenbrett und fiel auf die Knie. J. D. knallte mit dem Kopf gegen die Windschutzscheibe, richtete sich fluchend auf, legte den Rückwärtsgang ein und versuchte, den Truck aus dem Loch zu schaukeln. Schlamm spritzte in Fontänen von den durchdrehenden Reifen, aber der Pick-up rührte sich nicht von der Stelle.

»Toll«, schimpfte er, stieg aus und schlug die Tür zu.

Mari schwang ihre Tür auf und stolperte hinaus, ohne daran zu denken, daß sie barfuß war. Sie kämpfte sich um den Kühler des Trucks herum, Schlamm und tote Blätter quollen zwischen ihren Zehen hoch. Zip sprang von der Pritsche und stürzte sich fröhlich kläffend ins Unterholz.

»Tolle Fahrkünste, Rafferty«, sagte Mari hämisch.

Er hob warnend den Finger. »Leg dich nicht mit mir an, Marilee, ich bin sowieso schon auf hundert.«

»*Du* bist auf hundert? Man hat auf mich geschossen, mich entführt, mich verängstigt, und die letzte Stunde habe ich damit zugebracht, mich zu fragen, ob jemand auftauchen und mich retten würde, bevor Rambo beschließt, mich mit einem seiner zahlreichen Messer zu häuten und daraus Lampenschirme zu machen. Wenn irgend jemand hier das Recht hat, wütend zu sein, dann bin ich das.«

J. D. beugte sich drohend über sie. »Du hast keine Rechte«, brüllte er. »Du gehörst nicht hierher. Ich habe dir gesagt, du sollst wegbleiben.«

»Und ich habe dir gesagt, hör auf, mich rumzukommandieren!« schrie Mari, stemmte beide Hände gegen seine Brust und schubste ihn mit all ihrer Kraft.

Er stieß zurück, und sie verlor das Gleichgewicht. Mari schrie und klammerte sich an seine Knie, als ihr die Füße wegrutschten. J. D. fiel wie eine gefällte Eiche, und sie purzelten zusammen den Abhang hinunter.

Sie blieben kurz vor einem moosbedeckten Felsen liegen, wo der Hang etwas abflachte. Mari lag unten. J. D. richtete sich über ihr auf, stemmte seine Hände links und rechts von ihrem Kopf in den weichen Boden.

Sie starrte ihn mit benommenen, tiefblauen Augen an, blinzelte, bis ihr Blick sich wieder klärte. Ihr Haar war voller Zweige und Blätter, und ein blauer Fleck zog sich über ihre Wange. Ihre Lippen waren geöffnet, sie atmete heftig. Ihre Beine waren mit seinen verschlungen, und ihr Venusberg bäumte sich einladend gegen seine schwellende Männlichkeit. Die Krallen der Wollust, die ihn seit Tagen plagten, bohrten sich gnadenlos in sein Fleisch.

Mit einem Mal schien die Luft heißer, erfüllt von den reifen, fruchtbaren Gerüchen des Waldes. Ihre Blicke trafen sich. J. D. bewegte sich vorsichtig, prüfend gegen sie. Ihr stockte der Atem. Ihre Augen öffneten sich weit. Sie machte keine Anstalten, sich zu wehren.

Er wollte sie haben. *Verdammt*, und wie! Er war hart, pochend, die Gier war schmerzlich, brannte wie ein Feuer in ihm.

»Du machst mich wahnsinnig, Marilee«, flüsterte er. Wahnsinnig vor Begierde. Wut, Frust, alles war vergessen, nur noch die Leidenschaft war da, brannte heißer, greller. Es war egal, daß sie nicht die Richtige für ihn war. Nur noch seine Begierde zählte. »Du schaffst es, mich wahnsinnig zu machen«, knurrte er.

Mari sagte nichts. Sie fühlte seine Erektion und verzichtete darauf, sich einzureden, sie begehre ihn nicht. Sie wollte ihn mit jeder Faser ihres Körpers. Hunger packte sie, erstaunte sie. Sie gehörte nicht zu der Sorte, die sich von ihren Hormonen dirigieren ließ. Sie ging nicht mit jedem Mann ins Bett. Und dieser Mann machte sie genauso wütend, wie er sie erregte. Er war stur, arrogant. Und wie schon einmal kam ihr der Gedanke, daß es für sie beide nur eines geben konnte: heißen, zügellosen Sex.

Und was, bitte, wäre daran so schlimm?

»Ich will dich nicht hier nehmen«, murmelte er und ließ sich langsam auf sie sinken. Er stützte sich auf einen Ellbogen und strich ihr mit der anderen Hand das zerzauste Haar aus dem Gesicht. Sein Atem ging schneller, als er ihre Brüste an seiner Brust spürte. »Ich will dich nicht hier«, sagte er, »aber ich bin so verrückt auf dich, daß ich es nicht mehr länger ertragen kann. Ich will dich jetzt, jetzt gleich. Wirst du wieder versuchen, mich daran zu hindern, Marilee?«

Es war keine Herausforderung, es war ihre letzte Chance. Die Luft zwischen ihnen zitterte vor Spannung. Sie war sich seiner Erregung, ihrer eigenen Erregung zu stark bewußt. Das empfindliche Fleisch zwischen ihren Beinen pochte vor Sehnsucht, ihn zu fühlen, und er war mehr als bereit, diese Sehnsucht zu stillen. Würde sie versuchen, ihn aufzuhalten? Konnte sie es? Wollte sie es?

Sie schüttelte langsam den Kopf.

Sein Mund senkte sich über ihren und besiegelte ihr Schicksal. In der Sekunde, in der sich ihre Lippen berührten, in dem Moment, in dem seine Zunge gegen ihre glitt, war jede Vernunft verloren, verdampft in der Hitze, die zwischen ihnen aufloderte. Er küßte sie grob, wild, besitzergreifend. Sie packte seinen Kopf mit beiden Händen und erwiderte den Kuß mit derselben Hingabe.

Sie rissen an ihren Kleidern. Die Druckknöpfe seines Hemdes sprangen auf, und ihre kleinen kühlen Hände krallten sich in seine Brust, schlangen sich in das Dickicht dunkler Haare. Ihre Finger strichen über die gespannten Muskeln seines Bauches und wieder nach oben. Er zog ihr T-Shirt und ihr Sweatshirt mit einem Ruck über ihren Kopf, schleuderte das Knäuel blindlings in einen Busch und fand sofort wieder ihre Lippen. Dann berührten ihre nackten Brüste seine Haut, und das letzte Fünkchen Verstand verpuffte.

Mari keuchte, als sie seinen Körper auf ihrem spürte. Er war fieberheiß. Jeder Nerv vibrierte, zitterte beim leisesten Kontakt. Sie spürte jedes einzelne Brusthaar, das über ihre Knospen strich. Sie wollte in einem Atemzug schreien und um mehr betteln. Sie küßten sich und betasteten sich gegenseitig mit Händen, fiebernd vor Ungeduld, rollten auf ihrem kleinen Plateau herum, spürten weder Schlamm noch Blätter, noch Zweige, waren blind für alles außer ihrer Leidenschaft.

Sie knieten sich hin, und J. D. bog Mari über seinen Arm nach hinten, küßte ihre Brust, seine Zunge umspielte ihre Knospe, dann sog er, entlockte ihr wilde Schreie. Maris Finger fummelten mit dem Verschluß ihrer Jeans, zerrten den Reißverschluß nach unten.

Hose und Höschen wurden beiseite geschoben. Ihre Beine öffneten sich, und seine große Hand fand ihr zartestes Fleisch. Heiß. Naß. Schmerzend nach seiner Berührung. Er teilte die zarten Falten mit seinen schwieligen Fingern, sie bäumte sich gegen ihn, forderte ihn, bettelte ihn an. Er tauchte in den warmen Honig ihres Frauenkörpers, rieb, streichelte und neckte. Immer und immer wieder stieß seine Zunge tief zwischen ihre Lippen, und gleichzeitig quälte er sie mit federleichten Berührungen an den Lippen ihrer Weiblichkeit.

Mari wand und bäumte sich gegen ihn, wahnsinnig vor Sehnsucht, begierig, ihn in sich zu spüren. Sie schob eine Hand zwischen ihre Körper und hielt ihn fest, zerrte und streichelte ihn durch den weichen Stoff seiner alten Jeans, entlockte ihm ein tiefes Stöhnen.

Sein Mund senkte sich wieder über ihre Brüste, er küßte sie, knabberte an ihr, während er seinen Gürtel wegriß und versuchte, sich zu befreien. Mari schob ihn zurück, sank auf die Knie, küßte seine Brust. Begierig darauf, ihn genauso zu reizen und zu verlocken wie er sie, suchte sie seine flache Brustwarze und nahm sie zwischen die Zähne, rieb mit der Zungenspitze darüber. Sie schob seine Hände beiseite und kämpfte mit seinem Reißverschluß, riß ihn herunter, befreite seine stattliche Erektion. Seine weiße Baumwollunterhose wurde rasch heruntergerissen, und dann hielt sie ihn in ihrer Hand, hart und glatt wie eine Stahlstange, heiß und schwer, pulsierend lebendig.

J. D. verlor die Beherrschung, als sich ihre Finger um ihn schlossen. Er legte Mari auf den Boden zurück, kniete sich zwischen ihre Schenkel und drang mit einem mächtigen Stoß in sie. Sie schrie seinen Namen und wand sich ekstatisch unter ihm. J. D. biß die Zähne zusammen und hielt sich an ihr fest, als ihr Körper sich rhythmisch um ihn zusammenzog. Ihre Nägel gruben sich in seinen Rücken, wilde Schreie forderten ihn auf, sich ihrer Ekstase anzuschließen. Er konnte sich nicht mehr zurückhalten, begann zu stoßen, grub sich mit jedem Stoß tiefer.

»Schling deine Beine um mich, Marilee«, befahl er und stöhnte laut, als sie es tat und ihn noch tiefer in sich hineinzog.

Mary klammerte sich mit den Schenkeln um seine Hüften, schlang die Arme um ihn, preßte den Kopf gegen seine Schulter und gab sich ihm willenlos hin. Sie war nicht mehr fähig, einzelne Empfindungen zu identifizieren. Es gab keine Worte für den Ort, an den er sie entführte. Das Paradies hatten sie im ersten Augenblick der Vereinigung gefunden, aber er brachte sie über das Paradies hinaus, in unbekanntes Territorium, in einem Tempo, das ihr den Atem raubte. Jeder Stoß berührte etwas in ihr, das zu finden noch keinem anderen Mann gelungen war.

Der zweite Höhepunkt war noch gigantischer als der erste. Hinter ihren Augenlidern wurde alles weiß. Sie hörte J. D. aufstöhnen, als er sich ein letztes Mal in ihr begrub und seinen Samen in heißem Strahl ergoß. Dann hörten Zeit und Raum auf zu existieren.

Bewußtsein kehrte Schicht für Schicht zurück. Sie atmete wieder, eine Aufgabe, die für einige Augenblicke ihre ganze Konzentration verlangte. Ihre Lider waren wie Blei, und es erforderte ungeheure Kräfte, sie zu öffnen. J. D. lag schwer und reglos auf ihr.

»Sind wir noch am Leben?« fragte sie ehrfürchtig.

Er richtete sich langsam auf, heftig atmend. Welkes Laub hatte sich in seinen Brusthaaren gefangen. Mari streckte die Hand aus und bürstete es behutsam weg, konzentrierte sich auf die Aufgabe, das Unvermeidliche hinauszuzögern.

J. D. musterte sie eindringlich, registrierte die verblassende Röte auf ihren Wangen, die gesenkten Augen. Sie hatte einen blauen Fleck auf der Wange. Er wußte nicht, ob sie ihn schon vorher gehabt hatte. Ihre wilde Mähne war zerzaust und voller Zweige und Erdkrumen.

Allmächtiger. Sie waren mitten im Wald, lagen nackt auf einem Teppich nasser, welker Blätter. Um sie herum zwitscherten Vögel, ein Eichhörnchen jagte vorbei, und Zip kam angesprungen und machte einen graziösen Satz über sein Herrchen hinweg.

Scham durchflutete J. D. Er verlor nie die Beherrschung bei einer Frau. Niemals. Selbst als Teenager hatte er seine Wollust mit eiserner Faust im Zaum gehalten. Es war eine Frage der Ehre, Teil eines Schwurs, den er vor Jahren geleistet hatte. Es erschütterte ihn, daß er all das in der Sekunde vergessen konnte, die es dauerte, seine Jeans zu öffnen.

Marilee schaute jetzt hoch zu ihm, beobachtete ihn genau. Marilee, die Fremde. Marilee, Erbin des Thrones von Lucy MacAdam.

Gott, Rafferty, was hast du dir dabei gedacht?

Er zog sich von ihr zurück, riß hastig seine Hose hoch und kämpfte mit dem Reißverschluß. Mari sah ihm zu, und ein kalter, harter Klumpen Angst breitete sich in ihrem Bauch aus. Zu spät fiel ihr ein, daß es genau dies war, was mit heißem, wildem, zügellosem Sex nicht stimmte. Danach, wenn die Erregung verebbte, drängten sich einem wieder dieselben Kümmernisse und Probleme auf, mit denen man vorher zu kämpfen gehabt hatte. Rafferty wollte sie in seinen kostbaren Bergen nicht haben. Er konnte sie nicht ansehen, ohne gleichzeitig Lucy und Bryce und alle anderen zu sehen, die ihm seine Heimat wegnehmen wollten.

Sie seufzte und griff sich das bunte Bündel aus T-Shirt und Sweatshirt. Sie entwirrte die Ärmel, streifte beides über, dann schüttelte sie ihr Haar und versuchte, die Erd- und Blattreste mit den Fingern herauszukämmen.

»Also, es war nett, so lang's gedauert hat«, sagte sie voller Sarkasmus.

J. D. sah sie kurz an, während er sich das Hemd anzog. Sie versuchte hart zu sein. Sie versuchte, dies genauso nonchalant wie Lucy zu handhaben. Aber sie sah weder hart noch unbeteiligt aus. Sie sah zerbrechlich aus. Als brauchte sie einen starken Arm. Und er war, weiß Gott, nicht der Mann, der Trost bieten konnte. Er hätte sich nicht mehr zwischen ihnen wünschen sollen als Feindseligkeit. Das war das Sicherste. Das war das Beste.

Ihre Blicke trafen sich. Ihre Augen waren klar und riesig, wie blaue Glasjuwelen funkelten sie unter dunklen Brauen. Ihr Mund war ein weiches, verletzliches Herz, ihre Lippen geschwollen von seinen Küssen. Besitzgier brandete in ihm hoch, und er war machtlos dagegen. Er griff nach ihr, zog sie in seine Arme und sah ihr tief in die Augen.

»Wenn du glaubst, es ist vorbei, irrst du dich gewaltig, Marilee.«

Mari blinzelte erschrocken; die Aussichten, die seine Worte eröffneten, ließen ihr den Atem stocken. »Wir sind noch nicht fertig?«

»Noch längst nicht.« Er beugte den Kopf und knabberte an ihrer Wange, ihrem Hals, ihrem Ohrläppchen. Eine Hand strich über ihren Rücken zu ihrem nackten Po und knetete die üppige Schwellung einer Backe. Er zog sie eng an sich und stöhnte laut, als das Blut erneut in seinen Unterleib rauschte. »Mädchen, wir haben noch nicht mal richtig angefangen.«

KAPITEL 13

Der Laster wurde abgestellt. Nach der Rückkehr auf Lucys Ranch wurde Clyde, das hinterlistige Muli, versorgt. In der Badewanne des Gästezimmers wurde der Schlamm beseitigt. Dann befaßten sich J. D. und Mari miteinander.

Mari war seltsam schüchtern in seiner Gegenwart, wenn man bedachte, was passiert war. Die Zeit, die seit ihrer ersten leidenschaftlichen Begegnung verstrichen war, hatte den Bedenken Gelegenheit gegeben, Wurzel zu fassen. Was würde dies bedeuten? Wohin würde es sie führen? Sie erlaubte sich keine Antwort. Sie wollte den Wust von Fragen und Zweifeln und Ängsten verdrängen und für eine Weile nur vom Instinkt leben.

J. D. schien das recht zu sein, als sie zusammen in der Wanne standen. Er konzentrierte sich auf ihren Körper, erforschte mit Händen und Mund, experimentierte mit Berührung und Druck, während das Wasser aus der Dusche auf sie herunterrauschte. Er hatte scheinbar keinerlei Bedenken, als er ihren Rücken wusch und den Schaum mit seinen Händen verteilte, Hände, die sich um ihren Brustkorb schlangen, hinauf zu ihren Brüsten wanderten. Er rieb ihre Knospen mit seinen Daumen, ließ sie durch den Schaum lugen. Sie schloß leise wimmernd die Augen, als er mit der Seife zwischen ihre Beine glitt und sie streichelte und reizte, bis sie keine Luft mehr bekam.

Triefend vor Wasser arbeiteten sie sich ins Gästezimmer vor. J. D. war zu ungeduldig, um bis zum Bett zu warten; er preßte Mari gleich hinter der Tür gegen die Wand, bückte sich und nahm ihre Brustwarzen in den Mund. Eine Hand glitt ihren Bauch hinunter zu dem Busch dunkler Locken am Schenkelschluß. Seine Küsse wanderten ihren Hals hoch bis zu den Lippen, und seine Zunge glitt in ihren Mund, als ein Finger tief zwischen ihre Beine drängte. Mari tastete blindlings nach ihm, wollte seinen Schaft packen und ihn zu sich ziehen, in sich hinein. Aber er wich ihr lachend aus.

»Noch nicht, Schätzchen.« Er murmelte die Worte in ihr Ohr, mit rauher, grober Stimme, und liebkoste sie. »Ich will, daß du diesmal bereit für mich bist.«

»Ich bin bereit, J. D., bitte!«

Sie schlang ihre Arme um seinen Hals, lehnte sich gegen ihn, rieb ihre Brustspitzen an seiner Haut. J. D. drückte sie stöhnend an sich, küßte sie tief, hemmungslos, dann trug er sie zum Bett.

Sie fielen auf das Bett, ohne Rücksicht auf die Risse in der Matratze und dem Laken, alles war vergessen, es gab nur noch sie beide. Der Nachmittag war grau gewandet, das Zimmer in Schatten getaucht, die das Chaos, das die Vandalen hinterlassen hatten, gnädig verschwimmen ließen. Über ihnen trommelte ohne Unterlaß der Regen auf das Dach.

Mari war aufgepeitscht wie der Sturm, der den Regen gebracht hatte, außer Kontrolle, als hätte ihr Körper sich vorgenommen, all die Jahre wettzumachen, die er sich den Erwartungen anderer gebeugt hatte. Das Gefühl war beängstigend, erregend, löschte jeden Gedanken aus. Sie gab sich ihm hin, gab sich J. D. hin, bäumte ihm ihre Hüften entgegen, als er die Knospe ihrer Leidenschaft mit dem Daumen fand.

Er zog eine Spur von Küssen ihren Körper hinunter, verweilte an der Rundung ihrer Taille, der sensiblen Stelle direkt über dem Delta von Locken auf ihrem Unterleib. Mari stöhnte vor Frust und Lust, versuchte, ihn tiefer zu drängen, aber J. D. hatte andere Vorstellungen. Er wand seinen Körper in einer langen, zärtlichen Liebkosung an ihrem hoch und begrub sein Gesicht in der Grube ihres Halses, murmelte ihr heiße, dunkle Worte ins Ohr.

Mari zitterte vor Verlangen, und sie ergriff die Initiative, machte sich an die Erforschung seines Körpers. Er war kräftig gebaut, der Körper eines Mannes, der sein ganzes Leben lang körperlich schwer gearbeitet hatte. Schön war ein zu feminines Wort dafür, attraktiv zu zivilisiert. Männlich. Berauschend männlich. Schultern, breit genug, um die Last seiner Welt zu tragen. Ein mächtiger Brustkorb mit dichtem dunklen Haar. Ein Bauch aus Sehnen und Muskeln. Die kräftigen Schenkel und Waden eines Reiters.

Er war hart, muskulös, an einigen Stellen vernarbt. Mari küßte sie, wollte ihm Sanftheit und Trost spenden, obwohl sie wußte, daß er nur nehmen würde, was er wollte – ihren Körper.

Sie streichelte seinen Schaft, strich mit der Wange über den samtweichen Kopf, atmete tief den dumpfen Geruch seiner Erregung ein.

Sie küßte ihn behutsam, rieb mit der Zunge über den Tropfen, der aus seiner Spitze perlte.

J. D. verlor abrupt die Beherrschung. Er riß Mari in seine Umarmung und warf sie unter sich. Sein haltloses Verlangen überraschte selbst ihn. Nie zuvor hatte er eine Frau so begehrt. Das Bedürfnis, sie zu nehmen, zu besitzen, sie sich zu unterwerfen, war jenseits aller Vernunft.

Nur Sex –, sagte er sich, es ist nur Sex, aber das zähmte sein Verlangen auch nicht.

Er kramte in der Schublade des Nachtschränkchens nach einem Kondom, obwohl er gar keins benutzen wollte, ein instinktives, primitives Bedürfnis. Er hatte bei Frauen immer Vorsichtsmaßnahmen getroffen, aus Angst, in eine Beziehung gezwungen zu werden. Aber er wollte nicht, daß etwas zwischen ihn und Marilee kam. Er wußte bereits, was für ein gutes Gefühl es war, in ihrer engen, seidigen Hitze begraben zu sein, hatte bereits die primitive Lust erfahren, seinen Samen in sie zu ergießen. Das Verlangen, es wieder zu tun, war fast stärker als seine Vernunft.

Mari nahm ihm die Entscheidung ab, nahm das Kondom und stülpte es ihm über. Dann waren alle Entscheidungen gefallen. Gedanken gab es nicht mehr. Nur noch einen Mann und eine Frau.

Er glitt in sie, stöhnte, als er die Wärme, die Enge ihres Körpers spürte. Er nahm sie in die Arme, seufzte erregt, als er ihre Brüste spürte, die Seide ihrer Haut, staunte über das Gefühl, seinen rechtmäßigen Platz in ihr gefunden zu haben. Irgendwo in seinem mißtrauischen Herzen regte sich der schwache Gedanke, er dürfe sich nicht erlauben, so zu empfinden. Aber dann wurden seine Skrupel von einer Woge von Gefühlen weggeschwemmt. Er zog sich zurück und stieß dann wieder zu, langsam, kraftvoll, bis tief in ihren Kern, erfüllte sie und flüsterte leise: »Gut.«

Ihr stockte der Atem, dann hauchte sie: »Ja.«

Donner grollte über ihnen. Regen prasselte auf die Oberlichter. Alles war belanglos außer diesem Ritual, so alt wie die Zeit, außer seinem Bedürfnis, bis tief in ihr Innerstes zu dringen.

Er ritt sie sanft, kraftvoll, drang mit jedem langsamen Stoß tiefer in sie. Sie bewegte sich in perfektem Einklang mit ihm, nahm ihn auf, erschauerte vor wohliger Lust.

»Komm für mich, Marilee«, murmelte er gegen ihren Hals. »Komm, Schätzchen, komm für mich.«

Seine Stimme war leise und rauh und düster, düster wie das Grau seiner Augen, die in ihre tauchten. Mari flüsterte keuchend seinen Namen. Er füllte sie vollständig, hob mit jedem Stoß ihre Hüften von der Matratze. Die Intensität der Lust war fast unerträglich, nur eine Haaresbreite vom Schmerz entfernt. Es wuchs in ihr, eine überwältigende Mischung aus Hunger, Leidenschaft, Sehnsucht. Sie fühlte sich, als würde sie einen Berg hochgezerrt und hielte dann zitternd am Gipfel inne.

J. D.s Hand glitt zwischen ihre Körper, öffnete die zarten Blütenblätter ihrer Weiblichkeit, strich sanft über die schmerzende Knospe des Verlangens. »Komm für mich, Marilee. Komm schon, komm, Schatz...«

Sie drängte sich wimmernd gegen ihn, näher, immer näher am Rande des Abgrunds. Sein Finger glitt tiefer, drückte gegen den Eingang ihres Körpers, die Stelle, wo er sie bereits ausfüllte, wo sein dicker, pulsierender Schaft hinein- und wieder hinausglitt, hinein und hinaus...

»J. D.... J. D.!«

Über den Rand des Abgrunds hinweg, in freiem Fall. Empfindungen peitschten durch sie wie Sturm, wild, pochend, köstlich. J. D. stürzte mit ihr. Sie schlang ihre Arme um ihn und klammerte sich an ihn, als ihr Bewußtsein schwand und sie nur noch aus einem hämmernden Herzen und vibrierenden Nerven und brennenden, schmerzenden Muskeln bestand.

Und dann kam Reglosigkeit, in ihr und um sie herum. Reglosigkeit und Selbsterkenntnis. Daß sie so etwas noch nie mit einem anderen Mann erlebt hatte. Daß sie bereits viel zu tief in dieser Sache drinsteckte. Daß aus dem, was in der Hitze eines Augenblicks auf dem Berg passiert war, mehr werden könnte, als sie zu bewältigen bereit war. Daß Rafferty mehr sein könnte, als sie zu bewältigen bereit war.

Mari öffnete langsam die Augen. Sie war an J. D. gekuschelt, die Wange in die Kuhle seiner Schultern geschmiegt, ein Bein um seines geschlungen. Das Licht im Zimmer war verblaßt, wie ein körniges, unterbelichtetes Schwarzweißfoto. Hinter den Holzwänden fiel immer noch Regen herab. Er rann in Bächen über das Oberlicht. Das einzige Geräusch, beruhigend, melancholisch.

Der Tag ging allmählich in Nacht über. Sie hatte keine Ahnung, wie spät es war, wieviel Zeit vergangen war. Sie wußte nicht, ob Rafferty wach war. Er atmete tief und regelmäßig. Er sagte kein Wort.

Mari streckte die Finger ihrer linken Hand, vergrub sie in dem groben schwarzen Haar auf seiner harten Brust. Sein Herz klopfte langsam und stetig.

Woran dachte er? Was empfand er? Was bedeutete all dies für ihn?

Sie würde nicht fragen, aus Angst vor seiner Antwort. Aus Angst, er könnte so gefühllos wie in der Nacht, in der sie sich kennenlernten, sagen: *Wir hatten Sex. Mit Freundschaft hatte das nichts zu tun.*

Bedeutete es wirklich nicht mehr für ihn? Nur Erleichterung? Befriedigung dringender körperlicher Bedürfnisse?

Wollte sie, daß es mehr bedeutete?

Das war die große Frage. Sie lebte doch angeblich nur für den Augenblick, suchte nicht nach einer Zukunft mit einem Mann, den sie kaum kannte. Sie waren wohl kaum ein Paar, das der Himmel füreinander bestimmt hatte. Er war stur und bockig, und er hatte entschieden, daß sie nicht hierhergehörte.

Schmerz, wie Salz auf einer unheilbaren Wunde, brandete durch ihren Körper. Sie hatte doch immer nur eins gewollt: einen Ort, an den sie gehörte. J. D. sagte, sie gehöre nicht hierher. Er würde ihr keinen Platz in seinem Leben einräumen, mehr als das hier würde sie nicht von ihm bekommen. Sie würde immer eine Außenstehende sein. Er würde in ihr Leben kommen und gehen, wie es ihm paßte, aber in seinem wollte er sie nicht haben.

Sie hatte sich eingeredet, sie würde für den Augenblick leben, aber dafür war sie nicht geeignet. Tief in ihrem Herzen wollte sie mehr, hatte immer mehr gewollt.

Der Spaß geht auf deine Kosten, Marilee.

Die Einsamkeit, die sie umfing, streckte ihre kalten Finger bis in ihre Seele.

»Frierst du?« Seine Stimme war tief und weich wie zerknüllter Samt.

Mari biß sich auf die Lippe und nickte, den Tränen nah. Lächerlich. Sie hatte keinen Grund zu weinen. Sie schluckte heftig, als J. D. sie in die zerfledderte Decke wickelte.

»Du bist so still«, murmelte er. »Zu still.«

Er drehte ihr Gesicht zu sich. Sie setzte sich auf und wandte sich ab, aber nicht, ehe er die Tränen gesehen hatte. Es war wie ein Schlag in die Magengrube.

»Marilee? Was ist los? War ich zu grob? Hab ich dir weh getan?«

»Nein.« *Noch nicht.* Sie stand auf, als er nach ihr griff und mit den Fingerspitzen über ihren nackten Rücken strich.

Mari suchte in den überall verstreuten Kleidern, bis sie einen Frotteemantel fand, und streifte ihn über. Er war viel zu groß, die Ärmel hingen ihr fast bis zu den Knien. Gut. Sie brauchte einen Kokon, wollte sich darin verstecken.

Sie strich sich die Haare hinters Ohr, wanderte zum Fenster und sah hinaus auf den regennassen Berg und die einbrechende Dunkelheit. J. D. beobachtete sie vom Bett aus. Sie spürte seinen Blick, unverwandt, kraftvoll, als wollte er sie zwingen, ihn anzuschauen. Als sie es nicht tat, stand er auf und ging zu ihr, bewegte sich ganz selbstverständlich in seiner Nacktheit.

»Ich hab' an Lucy gedacht«, sagte sie mit wundem Herzen. »Ich hab' mich gefragt, ob du je ... hier mit ihr ...«

»Lucy hat mit uns nichts zu tun.«

»Mein Fehler.« Ein klägliches, mißlungenes Lachen. »Das hatte ich vergessen. Es war ja nichts Persönliches. Nur Sex.«

»Ich habe es dir schon einmal gesagt. Ich werde dir nicht vorgaukeln, daß ich sie gemocht habe.«

»Und was ist mit mir, J. D.?« Sie hob den Blick zu ihm, zu stolz, zu verletzt. »Wirst du mir vorgaukeln, daß du mich magst?«

Er fluchte leise. »Was soll das, Marilee? Willst du ein Versprechen von mir? Willst du hübsche Worte? Dann hast du den falschen Cowboy erwischt.«

Sie schüttelte den Kopf und wandte sich wieder dem Fenster zu. Sie hatte kein Recht, mehr zu verlangen, als er gegeben hatte. Sie hatte von Anfang an gewußt, was J. D. wollte, er hatte ihr nichts vorgemacht. Es war nicht seine Schuld, daß ihr Augenblick der Selbsterkenntnis zu spät gekommen war.

»Bitte verschone mich jetzt, Rafferty. Es war eine harte Woche, weißt du«, sagte sie leise.

J. D. trat hinter sie, umarmte sie und drückte sie an sich, umfing sie mit seiner Kraft. »Müde?« fragte er und küßte ihre Schläfe.

Heiße Tränen brannten hinter ihren Augen. Er konnte nicht ahnen, wie müde sie war – wie ausgelaugt. Sie war nach Montana gekommen, um sich zu erholen, um eine Freundin zu besuchen. Statt dessen mußte sie einen Härtetest nach dem anderen über sich ergehen lassen. Ihre Nerven waren in Fetzen. Ihre Freundin war tot, und sie war sich nicht sicher, warum. Sie war sich nicht einmal sicher, ob sie es wissen wollte.

Aber die Fragen ließen sich nicht verdrängen. Es gab niemanden sonst, der die Antworten finden konnte, niemanden, dem etwas daran lag.

»Urlaub kann einen ganz schön mitnehmen, weißt du«, sagte sie mit tränenerstickter Stimme.

»Komm her«, flüsterte J. D. und drehte sie in seinen Armen um. Er schmiegte ihren Kopf an seine Brust, rieb ihren Rücken und murmelte beruhigend. Sein Herz verkrampfte sich, als er ihr leises Schluchzen hörte, und eine warme Zärtlichkeit für sie stieg in seinem Inneren auf, doch er ignorierte das Gefühl. Es bedeutete nichts, galt nur für diesen Moment.

Einen Moment, den er Lucy MacAdam nie gegeben hätte oder irgendeiner anderen Frau vor ihr. Einen Moment, von dem ein einsamer, namenloser Teil von ihm wollte, daß er ewig dauern würde.

»Du hast mich ohne Taschentuch erwischt«, sagte er.

Mari schniefte und lachte, erstaunt, daß er Sinn für Humor zeigte, jetzt, wo sie es am meisten brauchte. »Schon okay«, sagte sie und wischte sich das Gesicht mit dem Ärmel ab, »ist nicht mein Morgenmantel.«

»Deinen hast du wahrscheinlich als symbolische Geste gegen Frottee verbrannt.«

»Noch ein Witz, Rafferty! Verausgabe dich nicht. Wieso bist du überhaupt so nett zu mir?«

»Ich denke, ich bin dir was schuldig«, erwiderte er, um der Wahrheit nicht zu nahe zu kommen. »Mein Onkel hat auf dich geschossen. Du hast zwar meine Warnung mißachtet, aber trotzdem hast du nicht verdient, daß man dich zu Tode erschreckt.«

»Dein Mitgefühl ist geradezu überwältigend.«

Sein Gesicht blieb ernst, und er strich mit der Hand über den blauen Fleck auf ihrer Wange. »Hast du dir den geholt, als du vom Muli gefallen bist?«

»Den und noch ein paar. Ich sollte wahrscheinlich froh sein, daß ich mir nicht das Genick gebrochen habe.«

J. D. versuchte, die Angst zu unterdrücken, die in ihm hochstieg. »Er will nur in Ruhe gelassen werden«, sagte er. »Der Krieg hat ihn innerlich zerfetzt, seinen Verstand ruiniert.«

»Sollte er nicht im Krankenhaus sein?«

»Das war er ein paar Jahre lang. Es hat ihn fast umgebracht. Die Ärzte konnten ihm nicht helfen. Schließlich habe ich ihn nach Hause gebracht. Er gehört zur Familie. Er gehört auf die Stars and Bars.«

»Einfach so? Viele würden ihn nicht in ihrer Nähe haben wollen. Viele würden sich vor der Verantwortung scheuen.«

»Ja, und genau das ist faul in diesem Land. Keiner hat mehr Sinn für Verantwortung.«

Außer J. D. Rafferty. Das rührte Maris Herz. J. D. Rafferty, der letzte Cowboyheld, der letzte ehrliche Mann. Er hatte einen Ehrenkodex und eine Lebensart, die es höchstens noch in Clint-Eastwood-Filmen gab. Er war ein harter Mann, es wäre unklug, ihn in romantisch verklärtem Licht zu sehen. Aber dann dachte sie daran, wie er seinen Onkel aus dem Veteranenhospital geholt hatte. Damals war er wohl kaum mehr als ein Teenager gewesen, und trotzdem hatte er die Verantwortung auf sich genommen. Genau wie er die Verantwortung für die Ranch übernommen hatte. Er hatte nie Zeit gehabt, Kind zu sein, dieser Mann, der seine Verletzlichkeit keinem zeigte. Gefährliche Gedanken. Genauso gefährlich für ihr Herz, wie Del Rafferty es für ihre Gesundheit gewesen war.

»Er hat mir angst gemacht, J. D. Nicht nur, als er auf mich geschossen hat. Was, wenn er Lucy umgebracht hat?« sagte sie leise.

»Hat er nicht.«

»Kannst du dir da wirklich so sicher sein?«

Nein, das konnte er nicht, aber er würde eher sterben, als das zugeben. Del gehörte zur Familie. Die Raffertys hielten zusammen, egal, was passierte. Lucy war tot, nichts würde das ändern. »Hör auf zu bohren. Es war ein Unfall, Marilee.«

Aber als sie so dastanden, hinaus in den Regen starrten, jeder in Gedanken verloren, war keiner von beiden ernsthaft davon überzeugt.

J. D. fuhr um acht Uhr zu einem Treffen der Viehzüchter von Montana in die Stadt. Er mußte mit ein paar Leuten reden, ob es eine Möglichkeit gäbe, gemeinsam die Flying K aufzukaufen.

Mari, immer noch in ihren Morgenmantel gewickelt, stand auf der Veranda und sah ihm nach, wie er in die düstere, verregnete Nacht verschwand. Dicker Nebel schwebte über dem Boden und zwischen den Bäumen. Mari zog den riesigen Mantel fester um sich. Mit J. D. mochte es ja hier romantisch sein, allein war es schlicht unheimlich.

Sie ging zurück ins Haus. Sie mußte sich noch ein paar Kleidungsstücke ausborgen und zurück in die Stadt fahren. Sie war am Verhungern, und außerdem hatte sie Angst davor, hier nachts allein zu bleiben, wo draußen dieser Irre Del herumlief. Ihr Zimmer im Hotel war ihr lieber, nicht nur aus Sicherheitsgründen, sondern auch, weil sie sich erst mit dem Gedanken vertraut machen mußte, daß dieses Haus ihr gehörte. Sie begriff nicht, womit sie das verdient hatte. Sie wußte nicht, was für Bedingungen Lucy vielleicht daran geknüpft hatte.

Sie fand Jeans, ein T-Shirt und Turnschuhe, zog sie an und lief die Treppe hinunter, mit nur einem Gedanken: endlich etwas in den Magen zu bekommen. Aber dann drehte sie sich am Fuß der Treppe noch einmal um, und ihr Blick fiel auf die zertrümmerte Tür zum Arbeitszimmer, und die Fragen wirbelten erneut durch ihren Kopf. Fragen, die sich um Namen rankten. MacDonald Townsend. Ben Lucas. Evan Bryce.

Sie stieg über die Glasscherben in das Zimmer und knipste eine Messingtischlampe an, die die Vandalen übersehen hatten. Der Schreibtisch war ruiniert, die bronzene Adlerplastik steckte in der Mitte der zersplitterten Platte. Ein weiterer toter Gummibaum lag neben seinem Topf. Das Stenographiergerät, das Lucy offensichtlich aus sentimentalen Gründen behalten hatte, stand unberührt auf einem Eichenpodest neben dem Panoramafenster. Ein Denkmal für ihre Vergangenheit. Der Boden war übersät mit Papieren, die aus dem Aktenschrank gerissen worden waren. Unwichtiges Zeug – Garantien, Besitzurkunden, Fachzeitschriften über Lamas, Steuerformulare.

Die Bücher waren aus den Regalen gerissen und lagen auf dem Kiefernholzboden. Zwischen Krimis, Büchern über Sexpraktiken und Frauenromanen lag ein dicker Band des Martindale-Hubbell-Anwaltsverzeichnisses.

Martindale-Hubbell.

Du kommst nicht in den Martindale-Hubbell, aber mein Name wird in Schande weiterleben…

Die Zeile aus Lucys Brief schoß ihr durch den Kopf. Sie hob das Buch auf und blätterte es durch. Band Drei, Verzeichnis kalifornischer Anwälte, P-Z. Ein weiterer Band lehnte im Regal – Band Neun, Eintragungen von sechs Staaten – Montana und fünf, die mit dem Buchstaben N begannen. An beiden Bänden war nichts Ungewöhnliches zu entdecken. Es waren die Standardausgaben, mit den üblichen Verzeichnissen.

Die gesamte Ausgabe umfaßte fünfzehn Bände, plus Register, aber Lucy hätte keine Verwendung für alle gehabt. Mari war sich nicht einmal sicher, ob sie den Band mit Montana schon gehabt hatte, als sie hierherzog. Sie hätte nur die zwei dicken Bände mit den Namen der unzähligen Anwälte, die Kalifornien plagten, erwartet.

Zwei Bände.

»Und wo ist dann A bis O?« flüsterte sie.

Sie suchte unter den Möbeln, unter den herausgerissenen Schubladen. Keine Spur vom Martindale-Hubbell, Band zwei, Kalifornien A bis O.

Mari sah sich in dem total verwüsteten Zimmer um, und ihr Magen wurde zu einem Eisklumpen. Was, wenn es kein Vandalismus gewesen war? Was, wenn es kein Betrunkener gewesen war, der in Miller Daggreponts Büro eingebrochen war? Daggrepont war Lucys Anwalt. Lucy, die Geheimnisse mächtiger Leute gekannt hatte.

Wir alle haben unsere Bestimmung im Leben. Meine war es, ein Dorn in reichen Pfoten zu sein...

Die Ranch, die Lamas, die Autos in der Garage, das Vermögen an Kleidern, das im Schlafzimmer verstreut lag. Geld. Woher hatte Lucy all das Geld gehabt?

Nur eine einzige Antwort ergab überhaupt einen Sinn. Eine schrecklich logische, bei der alle Puzzleteile paßten.

Erpressung.

Vor ihrem geistigen Auge sah sie Lucy, grinsend, ihr zynisches, geheimnisvolles Grinsen.

»O Gott, Lucy«, flüsterte Mari zitternd. »Was hast du getan?«

Miller Daggrepont war ein Mann, der wußte, wo und wann man eine Gelegenheit beim Schopfe packen mußte.

Seit Jahren bediente er sich aus Treuhandfonds und Nachlässen. Keiner stellte ihn in Frage. Er nahm immer nur jeweils eine kleine Summe und betrachtete seinen ergaunerten Profit als »Gratifikation«. Viel mehr bekam ein einfacher Anwalt in einem Nest wie New Eden, Montana, nicht. Die meisten seiner Klienten waren Farmer, deren Reichtum in Land, Viehbestand und Gerätschaften festgelegt war. Die Neureichen in Eden waren mit eigenen Anwälten ausgerüstet gekommen. Miller schlug sich mit Scheidungen und gelegentlichen Erbschaftsstreitigkeiten durch. Und mit seinen »Gratifikationen«. Und seinen Plänen.

Er beäugte die Frau auf der anderen Seite seines überquellenden Schreibtisches und lächelte gütig. Sie hatte bereits einen erklecklichen Betrag für sein Sparschwein geleistet, ohne etwas zu ahnen. Sein habgieriger Kopf summte vor Überlegungen, was sie ihm noch alles geben könnte.

»Also, kleines Fräulein!« dröhnte er und schlug mit seinen fetten Händen auf das Wirrwarr auf dem Schreibtisch: »Was bringt Sie denn in einer Nacht wie dieser hierher? Richtiges Mistwetter da draußen, was? Haben Sie sich entschlossen, das Land zu verkaufen?«

Mari zwang sich ein Lächeln ab. Daggreponts Augen hinter den dicken Brillengläsern blitzten vor Habgier. »Nein, noch nicht.«

»Ein Wort genügt, und ich werde die ganze Chose für Sie regeln.«

»Danke. Sie sind sehr« – *opportunistisch, ausnützerisch, geierhaft* – »fleißig.«

Daggrepont nahm es als Kompliment.

»Um ehrlich zu sein«, sagte sie, »ich stehe immer noch unter Schock, und ich kann mir noch keine Gedanken über das Land machen. Es gibt so viele unbeantwortete Fragen. Ich bin vorbeigefahren und habe Ihr Licht gesehen. Dachte, ich schau' einfach mal rein und versuche, ob Sie vielleicht ein paar für mich beantworten können.«

Seine Stirn runzelte sich zu fetten Wülsten, und er rieb mit seinen Wurstfingern sein drittes Kinn. »Was für Fragen? Finanzielle?«

»Irgendwie schon.« Sie suchte nach einem Sitzplatz und parkte schließlich ein winziges Stück ihres Pos auf einem Stuhl, der mit einem Stapel alter *Life*-Magazine und einer Schuhschachtel mit alten

Militärabzeichen beladen war. Sie stellte die Schuhschachtel auf den Boden und lehnte sich an die Magazine. »Ich dachte, Sie wüßten vielleicht etwas über die Erbschaft, die Lucy gemacht hatte, bevor sie hierher kam.«

Daggrepont holte tief Luft. »Ich fürchte, da kann ich Ihnen nicht helfen, kleine Lady. Ich war nicht eingeweiht. Sie hat mich ihr Testament aufsetzen lassen, mich zum Vollstrecker bestimmt, mehr war nicht.«

»Hat sie gesagt, warum? Ich meine, sie war jung und gesund, nicht die Art Mensch, der solche Pläne macht.«

»Sie hatte Grundbesitz und einen Viehbestand. Geld auf der Bank. Das war reine Vernunft!« brüllte er in Richtung Decke. Seine Triefaugen wurden schmal. »Sie sollten daran denken, selbst eins aufzusetzen. Ich wäre nur zu glücklich, Ihnen dabei zu helfen. Ich hab' die Formulare gleich hier –«

»Im Augenblick nicht«, sagte Mari. »Trotzdem danke. Vielleicht später.«

Sie seufzte und sah sich im Zimmer um. Das hier war ein Versuchsballon gewesen, der nichts gebracht hatte. Ihr wurde klar, daß sie gehofft hatte, Daggrepont könnte sich als etwas anderes erweisen als chronisch sonderbar.

»Wissen Sie denn überhaupt etwas über ihre Finanzen?« *Mein Gott, was soll er denn sagen, Marilee? Sie meinen, ob Lucy eine Erpresserin war? Aber klar, kleines Fräulein, sicher war sie das.*

Daggrepont legte den Kopf zur Seite: »Wie meinen Sie das?«

»Ich habe mich gefragt, wieso sie plötzlich soviel wohlhabender war als zu der Zeit, als ich mit ihr zusammen war.«

Der Anwalt grinste von einem Ohr zum anderen.

»Sie sind die erste Klientin, die sich Sorgen macht, daß sie *zuviel* erben könnte!« Er lachte so heftig, daß die Spinnweben an der Decke tanzten.

»Nein, ich war neugierig, mehr nicht. Lucy und ich haben uns im letzten Jahr etwas aus den Augen verloren.«

»Wirklich schade.«

»Ja, also...« Maris Blick fiel auf seine Sammlung von Martindale-Hubbell-Verzeichnissen, als sie aufstand. Sein Band neun stammte anscheinend noch aus Moses' Zeit. Ebenso die Ausgaben für Idaho und Wyoming. Kein Kalifornien A bis O. »Mr. Daggrepont, Lucy hat sonst nichts für mich hinterlassen, was Sie vielleicht vergessen haben?

Sie hat ein Buch in ihrem Brief erwähnt. Und irgendwie kann ich es nicht finden.«

Daggrepont runzelte die Stirn wie eine Bulldogge und hievte sich aus dem Stuhl. »Nein, Ma'am, da war kein Buch, sonst hätte ich es Ihnen selbstverständlich gegeben.«

Mari ging zu ihrem Auto und wollte gerade einsteigen, als ein alter rosa Cadillac neben ihrem Honda hielt. Nora Davis ließ das Fenster herunter und rief ihr zu: »He, Marilee, laß uns in einen Nachtklub gehen!« Genau, was sie jetzt brauchte. Mari nahm die Einladung dankbar an.

Das Hell and Gone war eine Oase des Lebens in einer Nacht, die wegen schlechten Wetters abgesagt war. Warmes Licht und blinkende Neonlichter begrüßten die Gäste, der Lärm von Musik, Pool-Billard und Übermut war ohrenbetäubend.

Nora quetschte ihren Straßenkreuzer zwischen zwei Ranch Trucks neben dem Eingang der Bar.

»Hast du denn keine Angst, daß sie dir Dellen in die Türen machen?« fragte Mari, als sie sich aus dem Wagen zwängte.

Nora lachte, und die beiden rannten unter das Vordach aus dem Regen. »Schätzchen, du wirst keinen Cowboy auf diesem Planeten finden, der rosa Lack auf seinem Truck haben will. Meine Mutter hat das Ding gewonnen, es braucht eine eigene Tankstelle, aber der Vorteil ist eben, daß jeder Mann in Montana einen großen Bogen drum macht.«

Die beiden nahmen sich lachend bei den Schultern und gingen in die Kneipe.

Der Regen hatte die Cowboys früher als sonst in die Stadt getrieben. Die meisten waren schon auf dem besten Weg zum Kater. Alle freuten sich, Frauen ohne Begleitung zu sehen, und pfiffen und schrien, als Mari und Nora hereinkamen. Jeder kannte Nora, und sie genoß die fröhliche Begrüßung.

Die beiden bestellten Bier und Mari dazu einen Bull Burger mit allen Beilagen und einer doppelten Portion Zwiebelringe.

Nora hob ihre dünnen gezupften Brauen. »Ißt du für zwei, Schätzchen?«

»Ich hab' seit dem Frühstück nichts mehr gegessen. Arbeit macht Appetit.«

»Wie ein Stallknecht. Was hast du denn den ganzen Tag gemacht – wilde Pferde geritten?«

»Etwas Ähnliches.« Mari wandte sich ab und hoffte, daß die Wärme in der Bar die plötzliche Röte in ihrem Gesicht erklären würde.

Nora begann jetzt mit der Aufzählung, wer von den Anwesenden etwas darstellte. Mari prägte sich die Gesichter, ihr Grinsen und ihr Lachen ein, genoß die rauhe Atmosphäre, den Geruch von Bier und Zigaretten und warmen Männerkörpern.

Im Fernseher lief ein Baseballspiel, das lautstark kommentiert wurde. Alan Jackson brüllte durch den Lautsprecher: »Paßt auf die Jukebox auf.« Das galt den Paaren, die auf der Tanzfläche balzten.

Ein Haufen Leute drängte sich um die Pingpongtische am hinteren Ende des Raumes, wo Flipper blinkten und Billardkugeln klackten.

»Die starten gleich die Mäuserennen«, rief Nora aufgeregt. »Da müssen wir hin!«

Sie liefen zu den Tischen und drängten sich zwischen die Cowboys, um besser sehen zu können. Es wurde eifrig gewettet, als die Teilnehmer einzeln zur Begutachtung hochgehalten wurden. Eine Maus namens Pink Floyd war heißer Favorit. Mari setzte einen Dollar auf Mouse O'War und brüllte sich mit den anderen Fans heiser, als die Türen des winzigen Starttors hochgezogen wurden und die Mäuse ihren irrwitzigen Sprint hin zur Belohnung, einem Stück Erdnußbutter oder altem Käse, starteten.

Mouse O'War gewann um Nasenlänge vor Godzilla. Pink Floyd sprang über die Abgrenzung, entging wie ein Wunder den schweren Stiefeln seiner verärgerten Anhänger und verschwand unter einem Videopokerautomaten.

Mari holte ihren Gewinn und machte sich auf den Weg zurück zu ihrem Tisch, wo gerade ihr Essen gebracht wurde. Nora schnappte sich unterwegs einen Cowboy und trieb ihn zur Tanzfläche, wo Hal Ketchum gerade »Hearts are gonna roll« anstimmte.

Der Hamburger war himmlisch. Mari biß hinein und stöhnte vor Wonne. Ein halbes Pfund bestes Rindfleisch aus Montana auf einem weichen Brötchen. Sie konnte es kaum halten. Geschmolzener Käse troff heraus und lief ihr durch die Finger.

»Ich hab' noch nie eine Frau so essen sehen wie dich, Marilee. Wie machst du das bei deiner süßen Figur?«

Will setzte sich grinsend mit einer Flasche Bier auf die Bank gegenüber von ihr. Es war wohl nicht sein erstes. Seine blauen Augen sahen ziemlich trübe aus. Das unverbesserliche Grinsen war schief. Er schnappte sich einen riesigen Zwiebelring von ihrem Teller, biß hinein und zeigte seine prächtigen weißen Zähne.

»Ich arbeite es mir ab.«

»Hat J. D. dir beim Abarbeiten geholfen?« sagte er frech.

Mari zuckte nicht mal mit der Wimper. »Ein Gentleman würde so etwas nicht fragen.«

Will sah sich in der Bar um. »Kein einziger Gentleman in Sicht, auf Meilen nicht. Hier gibt's nur uns armselige Mistgabeljockeys, die vielleicht Glück haben oder einfach saufen, bis sie umfallen.«

Er tat sich selbst furchtbar leid, und das schon seit einiger Zeit. Mindestens zwei Tage. Seitdem er Samantha gesehen hatte. Seine *Ex*-frau.

»Ich habe gestern Ihre Frau getroffen«, sagte Mari und taufte ihren Hamburger mit einer Pfütze Ketchup.

Sie ließ Will nicht aus den Augen, während sie kaute, versuchte, seine Reaktion zu interpretieren, und fragte sich, was wohl der Auslöser für seine Probleme war – seine Trinkerei? Seine Frau? J. D.? Vielleicht war er einfach ein Trottel, aber das wollte sie nicht glauben. Will hatte bei allem Charme, aller Frechheit etwas Unschuldiges, auch wenn er ziemlich Dreck am Stecken hatte. Er betrog seine Frau, was ihn verachtenswert machte, aber Mari war überzeugt, daß es dafür einen tieferen Grund gab als Testosteronstörungen.

Lucy hätte sie ausgelacht.

Sein Grinsen verflog. Er legte den Zwiebelring zurück auf den Teller. »Ach ja. Hat sie sich gut amüsiert mit den reichen Knaben?«

Er konnte sich nur allzu leicht vorstellen, wie Sam da oben mit offenem Haar und einem Glas Champagner herumgetanzt war, lachend, die Jungs aus der Stadt betörend.

»Ich glaube eher, sie hat sich nicht sehr wohl gefühlt«, sagte Mari. »Sie scheint mir zu lieb für die Gesellschaft da oben.«

»Ja, aber meine Gesellschaft ist ihr wohl auch nicht gut genug.«

»Das braucht Sie nicht zu wundern, wenn Sie hinter jedem Rock herjagen. Untreue ist ein Charakterzug, den die meisten Frauen bei ihrem Ehemann nicht schätzen.«

Will suchte nach einer schnippischen Antwort, aber sein Gehirn hatte Sendepause. Er war ein Schwein, ein Verlierer, ein Versager, wußte nicht mehr, wie er sich aus diesem Schlamassel befreien sollte.

Er hatte Sam vertrieben, jetzt wurde sie in dem Sog des feinen Lebens mitgerissen. Sie würde sicher nie zu ihm zurückkehren. Warum auch? Was erwartete sie denn schon hier? Er hätte an ihrer Stelle sofort zugegriffen.

Und was sagt das über dich, Willie-Boy?

»Hören Sie«, sagte Mari. »Es geht mich nichts an. Ich hab', weiß Gott, genug Sorgen, ohne daß ich mich in Ihr Leben einmische. Ich fand nur, daß sie ein sehr nettes Mädchen ist, mehr nicht.«

»Das ist sie«, murmelte er und versuchte ein Lächeln, so falsch wie ein Dreidollarschein. »Und warum, glauben Sie, hat sie sich dann mit einem Trottel wie mir eingelassen?«

»Vielleicht sollten Sie sie das fragen.«

»Vielleicht hat sie gedacht, sie könnte mich retten, was?« Er hielt sein Bier hoch wie für einen Werbespot. »Tut mir leid, Ladies, nicht zu retten. Kein Pfand, kein Rückgeld.«

Eine Kellnerin kam mit einem vollen Tablett für einen anderen Tisch vorbei. Er nahm sich einfach ein Bier und grinste sie so frech an, daß sie ihn ungeschoren gewähren ließ.

Mari schüttelte erstaunt den Kopf. Er machte den Eindruck, als wäre das Leben ein endloses Spiel, aber hinter der Fassade lauerte die Angst. Sie brachte es einfach nicht fertig, ihn nicht zu mögen.

»Marilee«, sagte er, mit einem Mal ganz philosophisch, »bist du dir schon mal vorgekommen wie eine Schere für Linkshänder in einer Welt voller Rechtshänder?«

»Ja«, murmelte sie, »o ja.«

Nora kam von der Tanzfläche zurück, mit hochrotem Kopf, ganz euphorisch. Will zog sie an ihrem Pferdeschwanz und versuchte, sie dazu zu bringen, mit ihm auf die Tanzfläche zurückzugehen. Sie verweigerte sich mit der Entschuldigung, sie sei erschöpft, und er wandte sich zu Mari.

»Komm«, sagte er, »den Hamburger abarbeiten, Vielfraß.«

»Ich glaube, du kannst nicht mal gerade stehen, bei deinem Alkoholpegel. Seit wann duzen wir uns?«

»Seit eben. Stehen kann ich wirklich nicht, aber tanzen. Ich bin der Meister des Texas-Twostep.«

Sie ließ sich breitschlagen, und wie sich herausstellte, war er betrunken ein besserer Tänzer als die meisten Männer nüchtern. Er war athletisch, graziös, mit einem angeborenen Gefühl für Rhythmus. Sie tanzten, bis ihre Waden schmerzten, und dann tanzten sie noch ein bißchen weiter. Mari sagte sich, daß er dabei wenigstens nicht trinken konnte, und wenn er mit ihr tanzte, tanzte er wenigstens mit jemandem, der hinterher nicht mit ihm schlafen wollte.

Um Mitternacht verkündete Nora, der Abend sei vorbei. Sie brauche ihren Schönheitsschlaf vor der Frühstücksschicht. Will ging mit ihnen hinaus und versuchte, sie zu überreden, noch eine Stunde zu bleiben.

»Nichts geht mehr, Cowboy, ich habe genug und du auch.« Mari entzog ihm ihre Hand, wodurch er heftig ins Schwanken geriet. »Vielleicht wär's besser, du suchst dir jemanden, der dich nach Hause fährt.«

Er war beleidigt. »Ich kann fahren.«

»Ja, direkt gegen einen Baum.«

»Marilee hat recht«, sagte Nora. »Gib mir die Schlüssel, Romeo.«

Will wich einen Schritt zurück. »He, he, wo sind wir denn? In *Thelma und Louise*? Ich laß mich nicht von einem Weiberpaar rumkommandieren.«

»Du brauchst einen gottverdammten Aufpasser, rund um die Uhr.«

Wills Puls begann zu rasen, als er die Stimme seines Bruders hörte. »Oh, Scheiße, hier spricht die Stimme der Verdammnis!« rief er und krümmte sich theatralisch. »Was willst du machen, J. D., mir Startverbot geben?«

J. D. ignorierte ihn und wandte sich statt dessen den Frauen zu. »Willst du heute mal sehen, wie sich die unteren Zehntausend amüsieren, Marilee?«

»Ich glaube an soziale Gleichberechtigung«, sagte sie gelassen. »Und was ist deine Entschuldigung?«

»Durst.«

»Warum gehst du nicht rüber ins Moose«, sagte Will gereizt. »Da kannst du Bryce treffen und zur Abwechslung ihm die Hölle heiß machen statt mir.«

»Ja, das langweilt allmählich.«

»Warum läßt du mich dann nicht in Ruhe?«

»Warum reißt du dich nicht zusammen?«

Mari legte eine Hand auf seinen Arm, wollte ihn von Will ablenken. Er warf ihr einen vernichtenden Blick zu. »Laß es gut sein, J. D.«, sagte sie leise. »Er hat ein bißchen zuviel getrunken.«

»Will hat immer nur ein bißchen zuviel getrunken. Das ist das einzige, was er wirklich gut beherrscht. Das und Mist bauen. Da bist du einsame Spitze, was, Willie-Boy?«

»Halt die Klappe.« Will fühlte sich mit einem Mal wieder wie ein Zehnjähriger, der die Nase voll davon hatte, stets zu seinem Bruder aufzuschauen und nie den Anforderungen J. D.s gerecht zu werden. Wut packte ihn, und er versetzte J. D. einen Stoß. »Halt die Klappe, John Sturkopf. Ich hab' die Nase voll von dir.«

»Dann weißt du endlich, wie's mir geht«, knurrte J. D. Er war müde und sehr gereizt. Das Treffen der Viehzüchter hatte nichts gebracht außer Mitgefühl und Kopfschmerzen. Einen Streit mit Will brauchte er wie ein Loch im Kopf, und das absolut letzte, was er brauchte, war, daß Marilee ihre hübsche Nase in die Geschichte steckte. Es erinnerte ihn zu sehr an Sondra, die sich, als sie noch Kinder waren, ständig eingemischt hatte, ständig Wills Partei ergriffen und ihn beschützt hatte, egal was er angestellt hatte.

»Warst du schon wieder unten im Little Purgatory?« sagte er. »Was hast du heute nacht verloren? Mein letztes Hemd?«

Mari zerrte an seinem Arm, versuchte, ihn zurückzuziehen. »J. D., vielleicht solltest du –«

»Vielleicht solltest du dich da einfach raushalten, Marilee!« fuhr er sie an. »Du hast keine Ahnung, was hier läuft.«

Mari hob beschwichtigend die Hände. »Schön«, zischte sie. »Schlagt euch gegenseitig K. O. Nora, ich glaube, wir haben unser Stichwort für den Abgang verpaßt.«

Nora warf J. D. einen Blick zu, der schon schlechtere Männer zu wimmernden Bündeln reduziert hatte. »Ja, ich sehe genug sinnlose Gewalt im Fernsehen. Gehn wir, Schätzchen.«

Es war fast ein Uhr, als Mari im siebten Stock des Hotels aus dem Aufzug stieg. Sie war völlig erschöpft, ausgelaugt, verletzt.

»Morgen ist ein neuer Tag, Marilee«, murmelte sie und kramte ihren Schlüssel aus der Tasche. »Ist das nicht eine wunderbare Aussicht?«

Sie drückte den Schalter für das Licht im Eingang. Es passierte nichts. Seufzend streifte sie einen Turnschuh ab und klemmte ihn in die Tür, damit sie etwas Licht hatte, bis sie eine Lampe fand.

Sie spürte die Gefahr, eine Sekunde bevor sie sie sah. Ihre Nackenhaare stellten sich auf. Sie drehte sich instinktiv zum Bett um und stieß einen Schrei aus.

Die große, dunkle Gestalt prallte wie ein D-Zug gegen sie, warf sie gegen einen Beistelltisch, von dem mit lautem Gepolter das Telefon fiel. Mari kämpfte mit ihrem Angreifer, versuchte, auf den Beinen zu bleiben, rang keuchend nach Luft. Sie gerieten ins Taumeln, fielen, sie prallte so heftig auf den Rücken, daß ihr die Luft wegblieb. Ein Kaleidoskop von Farben explodierte vor ihren Augen.

Kämpfe! Kämpfe!

Sie schlug wie wild um sich, versuchte, den Angreifer abzuwehren, und stellte erstaunt fest, daß sie keinerlei Schmerzempfinden mehr hatte, anscheinend durch den Sturz.

Mit einem Mal füllte sich ihre Lunge wieder mit Luft, Adrenalin brandete durch ihre Adern. Der Geruch von Schweiß und Angst brannte in ihrer Nase. Sie schlug mit einer Hand nach dem Angreifer, mit der anderen tastete sie nach einer Waffe und fand das Telefon. Sie packte es und schwang es mit aller Kraft, traf die Schulter des Mannes, der vor Schmerz grunzte.

Kämpfe! Kämpfe!

Sie versuchte verzweifelt, sich unter ihrem Angreifer herauszuwinden, während sie ihn weiter mit dem Telefon bearbeitete. Schließlich richtete er sich auf, Mari nahm die Chance wahr und krabbelte in Richtung Tür.

Steh auf! Lauf!

Das Licht auf dem Korridor lockte wie ein Leuchtturm des Himmels, und sie krabbelte in Panik weiter.

Lauf! Lauf!

Etwas Großes, Hartes knallte seitlich gegen ihren Kopf, und alles wurde schwarz.

Der Eindringling lief hinaus in den Korridor, in die Freiheit.

Mari blieb auf dem Teppich liegen, reglos, das Telefon etwa einen halben Meter außer ihrer Reichweite. Ihr Verstand trieb durch leeren Raum.

Eine Stimme tönte aus dem Hörer. Sie klang angenehm besorgt. »Rezeption. Wie können wir Ihnen helfen?«

KAPITEL 15

Drew war untröstlich über den Überfall. Er lief aufgeregt im Zimmer auf und ab und raufte sich die Haare. »Das ist entsetzlich«, sagte er zum vierten Mal. »So etwas ist hier noch nie passiert.«

Mari versuchte nicht hinzusehen. Jede Bewegung der Augen intensivierte den Schmerz, der gnadenlos in ihrem Kopf hämmerte. Sheriff Quinn war anläßlich des Vorfalls aus dem Bett geholt worden – Drew hatte darauf bestanden. Er lehnte mit grimmiger Miene an der Kommode, während ein Deputy im Zimmer herumsuchte. Raoul, der Nachtportier, tänzelte vor der offenen Tür herum und versuchte, nicht überflüssig auszusehen.

»Oh Gott, ich hab' solche Schuldgefühle«, sagte Kevin, und drückte ihre Hand. Er saß neben ihr auf dem zerwühlten Bett und sah aus wie eine Reklame für Calvin-Klein-Nachtwäsche in seinem blauen Seidenmorgenrock. »Seit Monaten reden wir davon, daß die alten Schlösser durch Codekarten ersetzt werden müssen. Wenn wir's getan hätten, wäre das vielleicht nicht passiert.«

»Es ist nicht eure Schuld«, murmelte Mari erschöpft.

»Sie haben den Kerl überhaupt nicht richtig gesehen?« fragte Quinn gähnend.

»Es war dunkel. Ich habe auf den Schalter gedrückt, als ich reinkam, aber die Birne war durchgebrannt. Zumindest habe ich das gedacht. Dann passierte alles viel zu schnell. Er trug dunkle Kleidung und eine Skimaske. Mehr kann ich nicht mit Bestimmtheit sagen.«

»War er groß, klein, dick, dünn?«

»Größer als ich. Stärker als ich.« Was in ihrem augenblicklichen Zustand nicht schwer war. Ihr war speiübel. Ihr Schädel fühlte sich wie ein geplatztes Ei an. Sie tastete nach der schmerzenden Stelle hinter ihrer rechten Schläfe, und als sie die Hand wegnahm, war sie klebrig von geronnenem Blut.

Kevin wurde etwas blaß, als er das sah. »Ich hole einen Eisbeutel«, sagte er und hastete aus dem Zimmer, wobei er Raoul fast umgerannt hätte.

»Können Sie feststellen, ob etwas gestohlen wurde?« fragte Quinn und rieb sich seine schiefe Nase.

Maris größte Sorge war ihre Gitarre gewesen, aber die stand unversehrt in der Ecke. Im ganzen Zimmer lagen Kleider verstreut und waren Möbel umgeworfen. Sie besaß nichts, was zu stehlen sich lohnte.

Keinen teuren Schmuck, kein Bargeld, keine Reiseschecks. Der Dieb hatte mit ihrem Zimmer eine Niete gezogen – falls es überhaupt ein Dieb war. Ihr Kopf dröhnte und hallte vor Möglichkeiten.

»Soweit ich es beurteilen kann, ist nichts gestohlen worden«, sagte sie und musterte den massigen Sheriff aus den Augenwinkeln. Das war nicht der Mann, dem sie ihre Theorien in puncto Lucy anvertrauen konnte. Dan Quinn hatte keine Fantasie. Steak und Kartoffeln. Missionarsstellung.

Er sah zu Drew. »Hat sonst irgend jemand irgend etwas Ungewöhnliches gehört oder gesehen?«

»Nein. Es war eine ganz normale Nacht, bis dies passierte.« Drew kniete sich zu Mari. »Es tut mir so leid, Schatz.«

»Es war nicht deine Schuld.«

»Ich lasse deine Sachen von Raoul in eine Suite bringen, während wir in der Notaufnahme sind.« Vor der Tür scharrte der Nachtportier wie ein eifriger Hund, der dankbar für eine Aufgabe war. »Mari, ich dulde keine Widerrede, du läßt dich untersuchen, basta. Ich werde dich selbst hinfahren.«

»Wir werden das Zimmer nach Fingerabdrücken untersuchen«, sagte Quinn und gähnte erneut. »Und die übrigen Gäste auf dieser Etage befragen wir morgen früh. Meine Deputys auf Streife halten Ausschau nach Verdächtigen.«

Der Mann sah so müde aus, daß Mari sich ihre eigenen Fragen verkniff. Die konnten bis morgen warten.

Sie verbrachte den Rest der Nacht im Krankenhaus, wo Drew sie wie versprochen hingebracht hatte. Dr. Larimer, den man ebenfalls aus dem Bett hatte holen müssen, prüfte ihre Augen und Reflexe, nähte die Platzwunde an ihrem Kopf mit drei Stichen und verkündete, sie wäre fit.

»Fit wofür?« fragte Drew, erbost über diese Gefühllosigkeit.

Der Arzt sagte irritiert: »Für was auch immer. Es ist nur eine leichte Gehirnerschütterung.« Er war es gewohnt, Rodeoreiter und Ranchpersonal zu behandeln. Das hier war ein hartes Land mit Menschen, die hart im Nehmen waren, zu denen aber Drew offensichtlich nicht gehörte.

»Ich werde sie über Nacht zur Beobachtung hierbehalten«, sagte Larimer zu Mari. Er hatte keine Lust, sich Ärger mit diesen Fremden einzuhandeln.

Mari schickte Drew zurück zum Moose. Sie wollte nur ein Bett und eine Handvoll Schmerztabletten, etwas, das das Hämmern und die Vermutungen für ein paar Stunden ausschloß. Sie bekam ein Bett mit einem weinenden Baby auf der anderen Seite des Korridors. Sie lag im Bett, der Geruch von Bleichmittel brannte in ihrer Nase, Gedanken an Lucy jagten durch ihren Kopf, und das Weinen des Babys zerrte an ihren Nerven.

Sie sehnte sich nach Trost und dachte an J. D. Waren wirklich nur ein paar Stunden vergangen, seit sie mit ihm im Bett gelegen und dem Regen gelauscht hatte? Sie fragte sich, ob sie sich die ganze Begegnung nur eingebildet hatte. Lust auf Alphamänner war nicht ihr Ding. Sie war nicht nach Montana gekommen, um mit einem Cowboy zu schlafen.

Trotzdem schloß sie die Augen und stellte sich vor, sie läge neben ihm, kuschelte sich an seinen großen muskulösen Körper. Sie stellte sich vor, sie gehörten zusammen, sie würde ihm etwas bedeuten. Die Alternative war, sich einsam zu fühlen, und das war das letzte, was sie in dieser furchtbaren Nacht wollte.

Quinn sah besser aus. Er war rasiert und trug ein frisches Hemd. Seine Laune dagegen hatte sich nicht gebessert. Er saß hinter seinem Schreibtisch und hätte zu gerne den Kuchen probiert, den seine Frau ihm für die Kaffeepause mitgegeben hatte, aber er hatte das dumpfe Gefühl, daß ihm diese Kaffeepause nicht vergönnt sein würde.

Marilee saß ihm gegenüber, blaß, mit dunklen Augenringen, einem häßlichen Bluterguß auf der Wange und einem ernsten Gesichtsausdruck, der nichts Gutes verhieß.

Quinn mochte gar nicht daran denken, daß jemand in seinem Revier überfallen worden war. Und dann auch noch eine von den Fremden, die bei der geringsten Provokation gleich ihren Anwalt antanzen ließen und den ganzen Pressezirkus. Bei dem Gedanken wurde ihm ganz flau im Magen. Er fixierte mit grimmigen Blick seinen Kuchen und die Tasse mit der Aufschrift »Superdad«.

Das Leben war hier wesentlich einfacher gewesen, bevor die Prominenten hier eingefallen waren.

»Wie geht es Ihnen heute morgen, Miss Jennings?« fragte er höflich.

Ihr schiefes Lächeln war humorvoller, als er es erwartet hatte. »Ich habe jetzt wesentlich mehr Verständnis für Fußbälle – so fühlt sich mein Kopf an. Aber wie man mir sagt, ist das in ein, zwei Tagen vorbei.«

»Sie hätten heute wirklich nicht kommen müssen.«

»Ich nehme an, es gibt noch keine Spuren von dem Mann, der mich überfallen hat?«

Er schüttelte den Kopf und wartete schicksalsergeben auf den Vortrag über die Inkompetenz der Polizei in Kleinstädten. Marilee Jennings schaute nur traurig drein.

»Er ist sicher längst weitergezogen. Diebe machen sich schleunigst aus dem Staub, wenn sie nur knapp davongekommen sind.«

»Falls es nur ein Dieb war.«

Quinn legte den Kopf zur Seite. »Wie soll ich das verstehen?«

Mari holte tief Luft. »Ich bin mir nicht sicher, ob er wirklich nur stehlen wollte. Ich glaube, er hat vielleicht etwas Bestimmtes gesucht.«

»Was zum Beispiel?«

»Da bin ich mir nicht sicher.« Er schaute ungeduldig drein, und sie redete rasch weiter, ehe sie der Mut verließ. »Sie wissen, daß ein paar Tage nach ihrem Tod in Lucy MacAdams Haus eingebrochen wurde –«

»Vandalen. Klar weiß ich das.«

»Aber was, wenn es gar keine Vandalen waren? Kurz danach wurde in Miller Daggreponts Büro eingebrochen. Daggrepont war Lucys Anwalt. Finden sie das nicht seltsam?«

»Eigentlich nicht.« Er sah Mari an. Je ungeduldiger er wurde, desto größer und bedrohlicher sah er aus. »Es passiert öfter, daß Jugendliche in Ranchhäuser einbrechen, wenn sie wissen, daß keiner im Haus ist. Und was Daggreponts Büro angeht, es liegt genau gegenüber vom Hell and Gone. Dort wird jedes Jahr ein paarmal eingebrochen. Ich sag' Miller immer wieder, er soll sich ein neues Schloß besorgen, aber er kassiert lieber die Versicherung für sein Gerümpel, das angeblich antik ist.«

»Aber jetzt ist in mein Hotelzimmer eingebrochen worden.« Mari verlor allmählich auch die Geduld. Sie war erschöpft, und ihr Kopf schmerzte. Sie brauchte dringend ein paar von den Schmerztabletten, die Dr. Larimer verschrieben hatte, ein Bett und eine Woche Schlaf, aber sie hatte gehofft, sie könnte Quinns Polizisteninstinkt wecken, damit er die Sache vielleicht von einem anderen Blickpunkt untersuchen würde.

Der Instinkt machte keine Anstalten, aufzuwachen.

»Ich finde, das sind ein bißchen viele Zufälle.« Sie ließ nicht locker. »Ich war mit Lucy befreundet. Sie hat mir ihren ganzen Besitz hinterlassen. Sie könnte mir doch etwas hinterlassen haben, das für jemanden so wichtig ist, daß er bereit ist, ein Verbrechen dafür zu begehen.«

»Und, hat sie?«

Sie schloß frustriert die Augen. Wahrscheinlich hielt er sie für verrückt. »Sie hat mir für den Fall ihres Todes einen Brief hinterlassen – was ohnehin schon seltsam ist. In dem Brief erwähnt sie ein Buch – Martindale-Hubbell, das ist ein Verzeichnis aller Anwälte. Eine Ausgabe davon steht in ihrem Schlafzimmer, aber ein Band fehlt.«

»Wenn er fehlt und Sie glauben, es wäre das, was der Dieb gesucht hat, warum sollte er dann in Millers Büro oder in Ihr Zimmer einbrechen? Er hätte es doch bei Miss MacAdam mitnehmen können, als er dort eingebrochen ist.«

»Lucy könnte es versteckt haben. Er hat vielleicht gedacht, sie hätte es Daggrepont zur sicheren Verwahrung gegeben oder daß es mir irgendwie gelungen war, es zu finden.«

»Und warum sollte sie ein Anwälteverzeichnis verstecken?«

»Vielleicht hat sie etwas darin versteckt.«

»Was zum Beispiel?«

Ich weiß es nicht. Damit konnte man jeden Cop zur Weißglut treiben. Cops wollten Beweise und Logik und einfache Erklärungen, keine Mutmaßungen und dunkle Ahnungen. Wenn sie ihm erzählte, sie hätte Richter MacDonald Townsend auf einer Party koksen gesehen, würde er sie wahrscheinlich fragen, was *sie* an diesem Abend geschluckt hatte.

Townsend war über jeden Zweifel erhaben. Sie hätte es wahrscheinlich selbst nicht geglaubt, wenn sie es nicht mit eigenen Augen gesehen und gewußt hätte, was zwischen dem Richter und Lucy gewesen war. Quinn würde auch nichts Ungewöhnliches daran finden, daß Ben Lucas Sheffield in dem Prozeß um Lucys Tod vertreten hatte. Lucas war ein prominenter Anwalt, der eine Zulassung für die Gerichte von Montana hatte. Er bewegte sich in denselben Kreisen wie Sheffield. Wen scherte es, daß er Lucy in Sacramento gekannt hatte?

»Ich hoffe, das klingt nicht verrückt. Aber es gibt einige Dinge an Lucys Tod, die mich von Anfang an gestört haben. Und jetzt passiert das.«

»Es war ein ganz klarer Fall, Miss Jennings«, sagte Quinn grimmig. »Wir haben den Verantwortlichen.«

»Sheffield hat behauptet, er hätte Lucy nie gesehen.«

»Ich nehme an, er hat gelogen. Er hat versehentlich eine Frau erschossen. Als ihm klar wurde, was er getan hatte, ist er in Panik geraten.«

»Oder jemand anderer könnte sie erschossen haben.«

Der Sheriff schnaubte laut und runzelte die Stirn. »Vermutlich haben Sie irgendeine Vorstellung, wer? Ich nehme an, es war dieser geheimnisvolle Mann, der dieses geheimnisvolle Buch will, über das Sie eigentlich nichts wissen.«

»Ich will damit nur sagen, daß es andere Möglichkeiten gibt. Was ist zum Beispiel mit diesem Tagelöhner von Lucy, der nach ihrem Tod verschwand? Kendall Morton. Haben Sie ihn überprüft? Haben Sie sein Vorstrafenregister überprüft?«

»Solche Informationen sind vertraulich«, sagte Quinn. Sein dicker Hals und sein Gesicht wurden zusehends röter. »Wir haben alles Notwendige getan –«

»Notwendige?« fragte Mari spöttisch. Allmählich verlor sie die Beherrschung. »Sie haben einem Prominenten eine geringfügige Strafe aufgebrummt und ihn dann nach Beverly Hills zurückgeschickt, damit er den reichen Ladies weiter Fett vom Po absaugen kann. Haben Sie je irgendeinen anderen Verdächtigen in Betracht gezogen? Was ist mit Del Rafferty? Er hat gestern auf mich geschossen!«

Quinn zuckte nicht mal mit der Wimper. »Aber er hat Sie nicht getötet, oder? Wenn Del Sie hätte töten wollen, würden wir jetzt nicht hier sitzen.«

»Vielleicht wollte er Lucy töten.«

»Weil er dieses Verzeichnis der Anwälte wollte, damit er sie alle aufspüren und auch umbringen kann?«

»Ihren Spott können Sie sich sparen, Sheriff«, sagte Mari wütend und beugte sich im Stuhl vor. »Del Rafferty hat diverse Schrauben locker. Er hat auf mich geschossen, weil ich sein Revier betreten habe. Vielleicht glaubte er, guten Grund zu haben, Lucy zu erschießen.«

Kaum hatte sie es ausgesprochen, fühlte sie sich wie ein Verräter. Automatisch fiel ihr J. D. ein, wie er seinen Onkel geschützt und verteidigt hatte. Sie dachte an Del. Er hatte sie zu Tode erschreckt, aber sie konnte seinen Blick nicht vergessen, er zehrte an ihrer Seele. Sein Geisteszustand war die Hölle auf Erden.

Quinns Blick war eiskalt vor Zorn. »Hören Sie, Miss Jennings: Del ist nicht ganz richtig im Kopf. Jeder weiß das. Aber er rennt nicht rum und bringt Leute um. Und wenn er versehentlich diese Frau erschossen hätte, hätte er es gestanden, kein Rafferty hat je einen Unschuldigen für etwas, das er getan hat, büßen lassen.«

Besiegt. Mari mußte sich ergeben. Quinn würde sich das Leben nicht unnötig schwermachen, indem er einen abgeschlossenen Fall neu aufrollte. *Du hättest es wissen müssen, Marilee. Lag wahrscheinlich an diesem Schlag auf den Kopf.* »Okay, ich gebe auf. Ich sehe, daß es keinen Sinn hat.«

»Ja, Ma'am.« Quinn richtete sich zu seiner vollen Größe auf, mit grimmig vorgeschobenem Kinn. »Der Meinung bin ich auch. Es tut mir leid, daß Ihre Freundin getötet wurde. Es tut mir leid, daß Sie überfallen wurden. Und wenn ich sage, ich wünschte, es wäre nicht passiert, ist das, bei Gott, mein voller Ernst. Vor allem wünsche ich mir, es wäre nicht hier passiert.«

Mit anderen Worten, er wünschte, sie und Lucy und ihresgleichen wären nie nach New Eden gekommen.

Mari stand auf und sah Quinn direkt in die Augen. »Das wünsche ich mir auch, Sheriff. Von ganzem Herzen.«

»Was hast du mit dem Pferd vor?« fragte J. D.

Will, der an diesem Tag zwölf wurde, saß bereits im Sattel. Der Apaloosa-Wallach war erst zwei und sehr wild. Er war sein ganzes Leben lang frei gewesen, bis Chaske ihn vor drei Wochen in den Bergen eingefangen hatte. J. D. hatte sofort ein Auge auf ihn geworfen. Das junge Pferd hatte einen wundervollen Körperbau und kluge Augen, war kupferfarben, mit weißen Fesseln und einer schneeweißen Decke über dem Hinterteil. J. D. hatte mit Chaskes Hilfe mit ihm in der runden Koppel gearbeitet, versucht, es an Menschen zu gewöhnen und dann an den Sattel. Es war erst zweimal geritten worden.

Als Will die Zügel aufnahm, tänzelte das Pferd und warf den Kopf, rollte die weißgeränderten Augen und versuchte, den fremden Menschen auf seinem Rücken zu sehen.

Will grinste selbstzufrieden. »Ich werde ihn reiten.«

Nackte Eifersucht packte J. D. Das Pferd gehörte ihm. Er hatte eine natürliche Begabung im Umgang mit Pferden, und das war das einzige, wo sein hochnäsiger kleiner Bruder nicht dazwischenfunken konnte. Bis jetzt. Nichts war ihm heilig.

»Du wirst auf deinen mageren kleinen Hintern fallen, du Knallkopf. Steig ab.«

Will packte die Zügel fester. Das Pferd tänzelte im Kreis, schnaubte mit geblähten Nüstern. Will war etwas blaß geworden, zeigte aber sonst keine Furcht. »Ich kann ihn reiten, wenn ich will, John Depp. Er gehört dir nicht.«

»Er gehört mir mehr als dir!« J. D. sprang auf den Zaun und griff nach dem Zügel des Pferdes. Das Pferd scheute, traute niemandem mehr. »Runter mit dir, bevor du ihn ruinierst!«

Will ignorierte ihn, da er Sondras Stimme hörte. Sie ging mit ein paar von ihren Freunden aus der Stadt über den Hof zum Korral. Sie war angezogen wie eine Lady aus der Stadt, was J. D. haßte, aber er haßte eigentlich alles an Sondra und ihren hochnäsigen Freunden. Vor lauter Wut über ihr Erscheinen merkte er gar nicht, daß Will mit dem jungen Pferd durch das Tor hinausritt.

Und dann passierte alles auf einmal. Will sagte etwas, um seine Mutter auf sich aufmerksam zu machen. Sie drehte sich lächelnd zu ihm und hob die Hand, um zu winken. Das Pferd ging los wie eine Rakete, mit allen vieren in der Luft. Will trieb es fast die Augen aus dem Kopf, dann kniff er sie zu, das Pferd landete, steckte den Kopf zwischen die Knie, so daß er vom Sattel auf den Hals geworfen wurde.

Keiner konnte etwas tun, außer zuschauen, bis das Unvermeidliche passierte. J. D. blieb auf dem Zaun und krallte seine Hände in das rauhe Holz. Sondra schrie wie am Spieß. Ihr Liebhaber rannte los, um Hilfe zu holen, aber Will konnte nicht geholfen werden. Er würde zum Opfer seiner eigenen Dummheit werden. Und das Pferd auch.

J. D. verfolgte mit blutendem Herzen, wie das Pferd bockte und wieherte, verrückt vor Angst. Will purzelte Hals über Kopf herunter und landete mit einem beängstigenden Knall im Staub. Das Pferd machte kehrt und raste weg von den Leuten, direkt in den Korralzaun. Es warf sich dagegen, versuchte verzweifelt, über die oberste Stange zu kommen, und verhedderte dabei seine Vorderbeine zwischen den Stangen.

All die Leute aus der Stadt drängten sich um den stöhnenden Will. J. D. rannte dem Pferd zu Hilfe, redete leise auf es ein, versuchte, es zu beruhigen, und betete, daß das Tier sich bei dem Gestrampel kein Bein brechen würde. Das kupferfarbene Fell des Wallachs war fast schwarz vor Schweiß, Blut rann über die weißen Fesseln seiner Vorderhand, wo er sich am Zaun aufgeschürft hatte.

Chaske kam und übernahm das Pferd mit finsterer Miene. Die ganze Arbeit war so schnell, so achtlos ruiniert. J. D. wollte ihm in die Scheune folgen, aber der alte Mann schüttelte den Kopf und warf einen vielsagenden Blick auf die um Will versammelte Menge.

»Kümmere dich zuerst um deinen Bruder.« Chaskes strenger Blick duldete keinen Widerspruch.

Will lebte und stöhnte, badete im Mitleid der Leute aus der Stadt. J. D. machte sich mehr Sorgen um das Pferd. Abgeworfen zu werden war hier an der Tagesordnung, daran starb nur selten einer, und meistens war es sowieso die eigene Schuld. Das junge Pferd dagegen würde jetzt vielleicht sein Mißtrauen gegenüber Menschen nie verlieren. Und das war *alles* Wills Schuld.

Er fixierte Will mit grimmiger Miene. Sondra sah wütend, mit tränenüberströmten Augen zu ihm hoch. Sie kniete neben ihrem Baby, wiegte leise weinend seinen Kopf. »Wie konntest du das tun?«

J. D. taumelte erschrocken rückwärts. »Es war nicht meine Schuld! Ich hab' ihm gesagt, er wird sich seinen dämlichen Hals brechen!«

»Du hättest ihn aufhalten müssen. Mein Gott, J. D., du bist sechzehn, er ist doch noch ein kleiner Junge. Hast du denn überhaupt kein Verantwortungsgefühl!«

Eine Axt hätte ihn nicht härter treffen können. Verantwortung? Sie wußte ja nicht mal, wie man das schreibt. Sie hatte ihre Familie verlassen, egoistisch, wie sie war, und ihren Sohn hatte sie genauso egoistisch erzogen. Will würde die Geschichte wieder so hindrehen, daß ihn keinerlei Schuld traf. Und J. D. mußte wieder mal für alles die Verantwortung übernehmen – genau wie bei der Arbeit und dem Haus und jedem Job, den sein Vater ignorierte, weil er zu beschäftigt war, seiner Frau nachzutrauern, die so treulos war wie eine läufige Hündin. Und J. D. würde die Verantwortung übernehmen, sie ertragen und nie ein Wort darüber verlieren, weil er ein Rafferty war, und *das* war seine größte Verantwortung.

J. D. zwang sich in die Gegenwart zurück und schüttelte den Kopf, um die Benommenheit loszuwerden. Sah ihm gar nicht ähnlich, zurückzublicken. Was vorbei war, war vorbei. Es spielte keine Rolle mehr.

Aber dann blickte er über die Koppel zu Will und mußte zugeben, daß das nicht stimmte. Es *spielte* eine Rolle. Eine sehr große. Im Laufe der Zeit waren nur die Einsätze höher geworden, bis jetzt alles in der Schwebe hing. Die Ranch balancierte gefährlich schwankend auf einer Felsspitze. Will war das Gewicht, das den Ausschlag geben würde.

Seit der Szene im Hell and Gone hatten sie kein Wort mehr gewechselt. J. D. hatte Angst, er könnte die Beherrschung verlieren, und das machte alles noch schlimmer. Momentan sah er schon rot, wenn er Will nur begegnete. Er war immer derjenige gewesen, der die Ranch geliebt, hier gearbeitet, für sie gekämpft hatte, und trotzdem hatte Will die Macht, sie für ihn zu verlieren, und wie es aussah, war er drauf und dran, das zu tun.

Die Vorstellung, keine Kontrolle über sein eigenes Schicksal zu haben, trieb J. D. fast zum Wahnsinn. Die Zukunft aller – seine, Tuckers, Chaskes – lag in den Händen eines Mannes, der noch nie für irgend etwas Verantwortung übernommen hatte.

Will lehnte an der Scheune, vornübergebeugt, und trank aus dem Schlauch. Er war pünktlich zum Frühstück erschienen, hatte aber nur kalten Kaffee getrunken, mit keinem geredet. Jetzt nahm er seine verspiegelte Pilotenbrille ab und spritzte sich das Gesicht ab.

Sie hatten den Tag damit verbracht, die restlichen Tiere zu impfen und zu untersuchen. Wie erwartet, war der Korral ein Meer von Morast. J. D. war bis zur Taille voller Schlamm, selbst Gesicht und Nakken waren total verkrustet. Er richtete sich auf und ging zum Schlauch.

Will reichte ihn ihm, setzte seine Sonnenbrille auf, strich sich die Haare zurück und drehte sein Profil in die untergehende Sonne. Er sah aus wie Tom Cruise, der gekommen war, um für einen Tag Cowboy am neuesten Set Hollywoods zu spielen. Der Vergleich machte J. D. so wütend, daß er sich rasch den Schlauch über den Kopf hielt, um sich abzukühlen.

Tucker war bereits ins Haus gegangen, um sich um das Abendessen zu kümmern. Chaske erledigte die letzten Arbeiten. Der Tag neigte sich, die Sonne glitt langsam hinter die Gallatin-Berge. Unterhalb der Koppel jagten die Hütehunde Mäuse im hohen Gras. Irgendwo in den Wäldern dahinter balzte ein wilder Truthahn.

J. D. drehte das Wasser ab und richtete sich langsam auf, nahm all das in sich auf, voller Wehmut, als wäre es bereits verloren.

»Wir müssen reden«, sagte er ruhig.

Will betrachtete ihn durch seine Spiegelgläser, kein freches Grinsen, kein Grübchen war in Sicht. »Klartext bitte, J. D. Willst du *mit mir* reden oder mir eine Predigt halten?«

»Wir müssen über Samantha reden.«

Er wandte sich ab und schüttelte den Kopf. »Ich will dieses Gespräch nicht führen.«

»Ich auch nicht.«

Jetzt kam das Grinsen, scharf wie ein Rasiermesser. »Dann lassen wir's doch.«

»Einfach so tun, als wär nichts, weil du keine Lust dazu hast?« J. D. hatte größte Mühe, ruhig zu bleiben. »Hast du überhaupt eine Ahnung, wie ernst das sein könnte – wenn sie sich mit Bryces Haufen einläßt?«

»Oh ja, das habe ich«, sagte Will verächtlich. »Sie ist meine Frau. Was glaubst du, wie ich mich fühle?«

»Ich weiß es nicht. Du führst dich auf, als wär's dir völlig egal, was sie macht. Du bist jede Nacht im Hell and Gone und versuchst, jeden Rock aufs Kreuz zu legen. Und ich soll glauben, daß dein Herz gebrochen ist?«

»Du verstehst überhaupt nichts«, sagte Will verbittert und machte sich auf den Weg zu seinem Truck.

J. D. packte ihn am Arm und riß ihn zurück. »Bei mir kommst du mit dieser Nummer nicht durch. Du bist hier nicht das unschuldige Opfer! Du hast das Mädchen geheiratet und sie dann sitzengelassen. Jetzt ist sie in einer Position, wo sie uns allen die Kehle durchschneiden kann, und alles, was du tust, ist, dich zu besaufen und tanzen zu gehen!«

»Und was soll ich deiner Meinung nach tun?«

»Hol sie zurück. Stell dich deiner Verantwortung. Handle einmal in deinem Leben wie ein Mann.«

»Warum sollte ich?« sagte Will spöttisch, »wo du doch Manns genug für den ganzen Scheißstaat von Montana bist? Dir kann ich es ja nie recht machen, egal, was ich tue, warum sollte ich mir da die Mühe machen?«

»Oh, mein Gott, geht's für dich nur darum? Ich rede hier von unserem Leben, Will!«

»Das *ist* unser Leben«, konterte er. »Hast du denn die letzten zehn Jahre nicht aufgepaßt?«

J. D. schüttelte den Kopf. »Das ist unglaublich«, murmelte er. »Wir könnten die Ranch verlieren, und du willst tatenlos in deinen Whiskey schmollen, weil du als zweiter auf die Welt gekommen bist! Heiliger Strohsack, hast du denn gar keinen Stolz? Hast du keinen Funken Selbstachtung?«

Will starrte ihn durch seine dunkle Brille an. J. D. durchschaute ihn. Alle konnte er mit seinem Grinsen und einem Zwinkern täuschen, nur ihn nicht. Und jetzt hatte er die Nase voll vom ewigen Verstellen. Er konnte sich nicht mehr länger verstecken.

»Nein«, sagte er leise, schockiert, wie wahr es war. »Den habe ich nicht.«

Diesmal ließ J. D. ihn gehen, als er in Richtung Truck strebte. Er blieb reglos an der Scheune stehen, fühlte nichts mehr außer Angst. Hier war das einzige Leben, das er wollte. Die Ranch. Die Berge. Die Pferde und das Vieh. Die Kühle und die Stille, die unter den Bäumen hervorkroch, als das Sonnenlicht verblaßte. Der durchdringende Ruf eines Elchbullen. Das unheimliche, schwirrende Geräusch des Nachtfalken, der durch das Zwielicht nach seiner Beute taucht.

Das war alles, was er sich je gestattet hatte zu begehren, alles, was er je geliebt hatte. Und jetzt hing es an einem seidenen Faden, schwang in der Brise hin und her.

KAPITEL 16

Mari saß an dem Glastisch und schaute hinunter in das Tal, das in die weichen Samttöne der Dämmerung getaucht war. Sie blieb sitzen, während die Sonne unterging, dachte nach und ließ gedankenverloren die Finger über die Saiten ihrer Gitarre gleiten.

Quinn glaubte ihr nicht. Spielte das eine Rolle? Lucy war tot. Unwiederbringlich. Wenn jemand sie getötet hatte, weil sie ihn erpreßt hatte, würde die Geschichte dann damit enden? Keine Lucy, keine Erpressung. Ende der Handlung. Mari wußte nichts über Lucys Intrigen. Wollte nichts wissen.

Aber was, wenn Kendall Morton Lucy getötet hatte? Noch immer wußte keiner, wo er war.

Und wenn Del Lucy getötet hatte? Er hatte Motiv, Mittel, Gelegenheit.

Oh, Del.

Oh, J. D....

Er liebte seinen Onkel, schützte seine Familie. Ein rauher Ritter auf einem großen Fuchswallach. Der Verteidiger des Königreichs. Der letzte Ehrenmann. So hart, so undurchschaubar. So verletzlich.

Sie wußte nicht, warum sie überhaupt an ihn dachte. Er wollte sie nicht um sich haben, wollte sie nur im Bett. Und sie hatte gedacht, sie wäre zu emanzipiert, um auf so einen Mann hereinzufallen.

Sie strich sich die Haare hinters Ohr, begann ein neues Lied, eine neue Reihe von Gedanken.

Alte Gedanken.

Quinn glaubte ihr nicht. Die Vermutungen und Wahrheitsfetzen, die sie in der letzten Woche zusammengetragen hatte, sagten ihm nichts, ihm fehlte die Phantasie, die Punkte zu dem Bild zu verbinden, das sie deutlich sah.

Blutergüsse, Schürfwunden, gebrochene Knochen. Zum hundertsten Mal an diesem Tag fiel ihr der kurze Bericht des Gerichtsmediziners ein. Nachdem sie ihn am ersten Tag gelesen hatte, hatte sie das alles verdrängt, jetzt verfolgte es sie. Schnitte, Blutergüsse, eine gebrochene Nase. Verletzungen, die vielleicht von dem Sturz von Clyde herrührten, aber Mari war genauso gestürzt und hatte nur ein paar blaue Flecken aufzuweisen.

Sie schloß die Augen und versuchte, sich die grausige Szene vorzustellen – die Kugel, die Lucy in den Rücken traf, sie nach vorne schleuderte, das Muli, das durchging, Lucy, die kopfüber herunterstürzte. In ein tiefes Kissen aus hohem Gras. Woher kamen die Schnittwunden? Wie hatte sie ihre Nase gebrochen? Vielleicht war sie auf einen Felsen gestürzt, aber das erklärte immer noch nicht die Schnittwunden oder die dreckigen, gebrochenen Fingernägel.

Nach einem kurzen Nickerchen, das von beunruhigenden dunklen Bildern gestört wurde, hatte Mari den Großteil des Nachmittags damit verbracht, den Leichenbeschauer aufzuspüren. Wie sich herausstellte, war er ein Veterinär, der den Job nie gewollt hatte. Keiner im Landkreis wollte den Job, aber er hatte ihn akzeptieren müssen, weil diesen Posten traditionell immer der Jüngste mit medizinischer Ausbildung im Landkreis bekam – was, wie er betonte, besser war als in manchen Landkreisen, wo dieser Posten dem Tankwart oder dem Futtermittelhändler übertragen wurde. Der Job erforderte kein Diplom, man brauchte nur Leichen zu beschauen und Formulare auszufüllen. Er mußte keine Obduktionen durchführen. Wenn eine erforderlich erschien, wurde das bedauernswerte Opfer zum Gerichtsmediziner nach Bozeman transportiert. In Lucys Fall hatte er es nicht für notwendig befunden. Ein Volltrottel hätte sehen können, was sie umgebracht hatte.

Sie fragte ihn, ob er die Prellungen, Schürfwunden, gebrochenen Knochen erklären könnte? Beim Sturz von ihrem Muli zugezogen. Basta. War sie sexuell mißbraucht worden? Keine Ahnung, hatte keine Veranlassung, nachzuschauen, und wieso stellte sie überhaupt so idiotische Fragen? Die Frau wurde bei einem Jagdunfall getötet. Ende der Geschichte. Ende des Gesprächs. Sackgasse.

Mari versuchte, nicht mehr an den unfreundlichen Veterinär zu denken, und ließ ihre Gedanken wieder zu Lucy wandern.

Was hatte sie überhaupt dort oben auf dem Berg zu suchen? Mit wem hatte sie sich dort verabredet?

Mit J. D.?

Bei dem Gedanken wurde ihr flau im Magen. Lucy war am Rafferty Ridge gestorben. Sie hatte mit J. D. Rafferty geschlafen, und Del Rafferty sah Gespenster und konnte auf zweihundert Meter einer Maus den Schwanz abschießen.

Del hatte Lucy vielleicht als Bedrohung gesehen, eine Fremde, die versuchte, in sein Revier einzudringen.

Was, wenn Del sie getötet hatte? Und was würde es nützen, wenn sie das beweisen könnte? Gefängnis wäre für ihn schlimmer als ein Todesurteil. Es würde Lucy nicht wieder lebendig machen. Es würde die lockere Verbindung zwischen ihr, Marilee, und J. D. endgültig zerstören.

Und was erhoffst du dir überhaupt von dieser Verbindung, Marilee?

Nichts. Es würde niemals eine echte Bindung zwischen ihnen geben. Und überhaupt suchte sie das auch nicht. Und J. D., weiß Gott, auch nicht.

Sie war wieder mal allein. Der wehe Finger. Trieb in einem Vakuum in einem dunklen Paradies.

Draußen im Tal brüllte ein Elch, und Mari stimmte ein wehmütiges Lied an. Sie redete sich ein, es wäre nur ein Lied, nicht eine Klage ihres Herzens.

Ihre Stimme schwebte hinaus in die kühle Abendluft, stark und warm und ehrlich, zu ehrlich, was ihre Gefühle anging.

Silberner Dunst schwebte über dem Fluß, weich und rauchig wie ihre Stimme. Weit hinten im Tal ertönte wieder der Ruf des Elchs. Ein Kojote antwortete leise. Der Abendstern erschien zwinkernd über den Bergen im Westen.

J. D. zögerte im tiefen Schatten seitlich des Hauses. Er blieb stehen, fasziniert, hypnotisiert von ihrer Stimme – die schmerzliche Zärtlichkeit, die Abgeklärtheit, die komplizierten Nuancen von Gefühl und Erfahrung.

Mit einer Handvoll sorgsam gewählter Noten leitete sie jetzt von dem Liebeslied zu einem Porträt eines Ortes über. Ein Ort mit Bergen und Wasser. Ein Land des Himmels. Einfache Tugenden und sterbende Traditionen. Pferde im hohen Gras. Elche an einem Fluß. Windschiefe Terrassen und eine alte Kirche. Ein Gefühl von Unschuld und Weisheit und Stille. Ein verzweifeltes Klammern an Zeiten, die längst vorbei waren, und Trauer darüber.

Mit wenigen Sätzen hatte sie ein makelloses Bild dieses Landes gezeichnet. *Seines* Landes, *seiner* Gefühle, *seiner* Ängste. Die Worte hatten ihn berührt, wie ihn noch nie eine Frau gerührt hatte, einen Teil von ihm berührt, an den er noch nie jemanden herangelassen hatte – sein Herz. Für ein paar Augenblicke lehnte er sich an die rauhen Balken des Hauses und gestattete sich, in ihren Worten zu existieren. Gestattete sich, verletzlich zu sein, ein Verlangen nach etwas zu empfinden, das er nicht einmal beim Namen nennen konnte. Und als das Lied zu Ende war und die Gitarre verstummte, blieb er einfach stehen, voller Wehmut.

Langsam trat er aus der Dunkelheit. Mari wandte sich mit weit geöffneten, dunklen Augen zu ihm um.

»Gibt's heute keine feine Party, zu der du mußt, Marilee?« fragte er.

Maris hübscher Mund verzog sich zynisch. »Ich lasse meist eine aus, wenn ich Gehirnerschütterung habe. Leute mit Kopfverletzungen sind einfach stimmungstötend.«

J. D. musterte sie eindringlich, um zu sehen, ob sie ihn auf den Arm nahm. Jetzt bemerkte er, wie mitgenommen sie aussah; ihr Gesicht war blaß und durchsichtig wie die Blütenblätter einer Lilie.

»Es wird wohl erst Donnerstag in der Zeitung stehen – da das der einzige Tag ist, an dem eine erscheint«, sagte sie etwas verlegen, stellte ihre Gitarre beiseite und stieg vom Tisch. »Ich bin gestern abend zusammengeschlagen worden.«

»Du bist was?«

»Jemand dachte wohl, es wäre lustig, wenn er sich in meinem Hotelzimmer versteckt und mir das Telefon über den Kopf zieht, sobald ich zur Tür reinkomme.« Sie versuchte nicht zu zeigen, daß sie bei dem Gedanken daran wieder vor Angst zu zittern begann. »Ich fand's nicht lustig.«

»Um Gottes willen, Marilee!«

Er ging zu ihr, nahm ihr Gesicht zwischen seine Hände und drehte es zum Licht. Sie zuckte zusammen, als seine Fingerspitzen in ihr Haar glitten und die wunde Stelle streiften.

Die Gefühle, die diese Berührung in ihm auslöste, waren fremd, unwillkommen, aber zu stark, um sie zu verdrängen. Er konnte die Vorstellung nicht ertragen, daß ihr jemand körperlich weh getan hatte. Sie war so klein, so zart ... Sie war *sein*. Verdammt, sie gehörte ihm. Vielleicht nicht für immer, aber solange sie hierblieb. Der Beschützerinstinkt, den er sonst nur für seine Familie und sein Land verspürte, überwand alle Hindernisse und umfing Marilee. Er hätte den Mann, der ihr das angetan hatte, mit Wonne erwürgt.

»Wer war es?« fragte er.

Sie hob ratlos die Schultern. »Die Typen in Skimasken sehen für mich alle gleich aus.«

»Ist alles mit dir in Ordnung?«

»Nein«, flüsterte sie und versuchte zu lächeln. Das Lächeln zitterte und verschwand. »Ich könnte eine Schulter zum Anlehnen gebrauchen.«

Er zog sie in seine Arme, hielt sie fest, hüllte sie sorgsam in seine Stärke. Mari schmiegte ihren Kopf an seine Schulter und atmete tief ein. Seife mit einem subtilen Hauch Mann. Er hatte geduscht, bevor er hier herunterkam. Sein Hemd war weich und roch nach Sonne. Und vor allem war er warm und stark, und sie paßte so gut in seine Arme. Als ob sie dorthin gehörte.

Ihre Hände glitten um seine Taille, genossen das Gefühl von harten Muskeln und gewaschener Baumwolle. »Das ist gut«, flüsterte sie.

»Haben sie etwas gestohlen?«

»Ich hab' nichts, was stehlenswert ist.« *Nur mein Herz*. Sie spürte, wie es ihr langsam entglitt.

»Er hat dir ansonsten nicht ... weh getan?« Großer Gott, wenn irgendein Schwein sie vergewaltigt hatte –

»Nein, nein«, flüsterte sie und zog ihn fester an sich. »Ich glaube, er war gar nicht hinter mir her, aber ich möchte jetzt lieber nicht darüber reden.«

Mari legte den Kopf zurück. Das Licht aus dem Haus war gerade so hell, daß es J. D.s hartes, kantiges Gesicht betonte. Kein Bildhauer hätte das ureigene Wesen des Westens besser einfangen können – stolz, integer, hart, kompromißlos.

»Du bist doch nicht hierhergekommen, um zu reden, oder, Rafferty?«

»Nein.« Ein Lächeln umspielte seine Mundwinkel. »Ich wollte aufs Kreuz gelegt werden.« Das Lächeln verschwand, und er strich über die Wange mit dem Bluterguß, den Clyde ihr verpaßt hatte. »Aber es wird mich nicht umbringen, wenn's nicht geht. Dir wird sicher nicht danach zumute sein.«

»Ach, ich weiß nicht«, murmelte sie sehnsüchtig. »Es wär vielleicht ganz nett, sich begehrt zu fühlen. Warum küßt du mich nicht und findest es heraus?«

»Bist du sicher?« fragte er.

»Küß mich«, befahl sie.

Sein Kuß war so zart, so süß, als wären ihre Lippen aus gesponnenem Glas. Seine Besorgnis trieb ihr die Tränen in die Augen. Sie fühlte sich fast zu verletzlich, zu zerbrechlich. Mit einem Mal packte sie die Gier nach hemmungsloser Leidenschaft, brennender Leidenschaft, so heiß, daß sie das Gefühl von Hilflosigkeit und Hoffnungslosigkeit in Asche verwandelte.

Sie stellte sich auf die Zehenspitzen, packte J. D.s Kopf und zog ihn in den Kuß, in ihren Mund, küßte ihn wild, hungrig, daß sofort die Funken sprühten. J. D. riß sie an sich, erwiderte Aggression mit Aggression, stieß seine Zunge tiefer in sie. Seine Hand glitt zwischen sie, in ihre offene Jacke und fand ihre Brust. Er knetete, streichelte, drückte sie durch den weichen Stoff des alten Hemdes, das sie anhatte. Dann hakte er seine Finger in die Knopfleiste, und die Knöpfe gaben nach, fielen klappernd auf den Holzboden.

Mari stöhnte laut, als er ihre Brust wieder berührte. Seine Hand war groß, breit, schwielig und rauh. Seine Fingerspitzen rieben ihre schmerzende Knospe, zwickten sanft, zogen daran. Das Feuer des Verlangens loderte noch heißer in ihr. Sie fühlte sich stark, wild, schwindlig, als sie das Leichentuch der Ohnmacht zerriß. Hier hatte sie Macht, hier mit ihm, in diesen Momenten gemeinsamen Verlangens.

Ihre Hände krallten sich in den Stoff seines Hemdes, zerrten es aus seinen Jeans, öffneten es Druckknopf für Druckknopf, damit sie ihn berühren konnte. Sie genoß es, ihn zu berühren. Die Hitze seiner Haut. Die elastische Seide seiner Brusthaare. Die harten Bänder seiner Muskeln und Rippen. Sie war trunken vor Verlangen. Ihr schwindelte, sie schwebte. Dann wurde ihr entfernt bewußt, daß er sie hochgehoben hatte.

Er setzte sie auf den Glastisch, legte sie zurück, öffnete ihre Jacke und ihr Hemd, entblößte sie dem Licht. Sie sah hinauf zu ihm, verträumt, berauscht, mit funkelnden Augen. J. D. vergaß alles – was sie durchgemacht hatte, wer sie war, die furchtbare Müdigkeit, die ihn bedrückt hatte. Es gab nur noch eins für ihn. Verlangen. Unkompliziert. Schlicht. Süße, heiße Begierde. Keine Spielchen. Keine Tricks. Nur Verlangen. Sein Verlangen. Ihres. Sie stand zu ihrem Verlangen. Sie streckte eine Hand nach ihm aus, lud ihn ein.

Er beugte sich über sie und küßte ihre Brüste, eine und dann die andere. Sie bäumte sich ihm entgegen, forderte ihn auf, sie zu nehmen, die zarte Knospe ihrer Brust in den Mund zu nehmen, daran zu saugen. J. D. erfüllte jeden ihrer Wünsche. Das war es, was er heute abend brauchte. Die Zuflucht ihres Körpers. Das tröstliche Gefühl, in ihrem Körper Geborgenheit zu finden. Er war so erschöpft von dem Krieg, den er offenbar im Alleingang führen mußte. Er brauchte diese Augenblicke wilder Hemmungslosigkeit. Er mußte sich verlieren können.

Er packte ihren dünnen Rock und schob ihn bis zur Taille hoch. Er war so ungeduldig, daß er ihr Höschen einfach entzweiriß. Dann drückte er ihre Schenkel auseinander und begrub sein Gesicht im heißen, feuchten Fleisch ihres Frauenleibs, begierig, sie zu schmecken.

Mari keuchte seinen Namen, schlang ihre Finger in seine Haare und schob ihre Hüften vor, um ihm besseren Zugang zu gewähren. Er öffnete sie mit den Fingern und küßte sie, verschlang sie.

Als die Lust in einer schweren Woge über ihr zusammenschlug, schwammen Sterne vor ihren Augen, und sie wußte nicht, ob sie in ihrem Kopf waren oder am Nachthimmel von Montana, der sich wie ein schwarzes Meer von Samt über ihnen ausbreitete.

J. D. richtete sich keuchend auf. »Ich will dich«, knurrte er, küßte ihre Lippen, ihre Wangen, ihren Hals.

»Ich will dich auch. Ich will dich in mir haben.«

»Dann bedien dich, Marilee«, murmelte er.

Ihre Finger kämpften mit seiner Gürtelschnalle, öffneten den Knopf und Reißverschluß seiner Jeans. Sie küßten sich wieder. J. D.

konnte nicht mehr länger warten, er wich vom Tisch zurück, zog sie mit sich. Er fiel auf einen der Liegestühle, zerrte Mari auf seinen Schoß, mit gespreizten Beinen. Münder vereinten sich, Zungen duellierten sich. Ihr Haar fiel nach vorne, verhüllte ihre Gesichter wie ein zerknüllter Seidenvorhang.

J. D.s große Hände packten ihre Hüften, zogen sie herunter, hoben sie auf seinen Schaft. Maris Finger gruben sich in die stählernen Muskeln seiner Schultern. Sie verharrte einige exquisite Sekunden lang reglos, während die Grenze zwischen Schmerz und Lust verschwamm. Dann begann sie sich langsam zu bewegen, ritt ihn, liebkoste ihn mit ihrem Körper, füllte ihren Leib mit ihm. Mit jedem Stoß wurde das Tempo schneller, bis sie beide keuchten. Für beide kam der Höhepunkt wie ein glühend heißer Schwall. J. D. preßte sie an sich, und sie klammerte sich an ihn, ritt den Sturm von Gefühlen bis zum Ende.

Hinterher ließ sie sich auf ihn sinken, die Arme um seinen Hals geschlungen. Sie war völlig ausgelaugt, körperlich und geistig aller Energie beraubt. Ihr Kopf dröhnte, ihre Haut kribbelte. Sie hatte nie solche Wollust und solche Hilflosigkeit im Nachspiel erlebt. J. D. hielt sie fest. Sie spürte seinen kräftigen Herzschlag an ihrer Brust, fühlte sich sicher in seinen Armen. Sie wünschte, dieses Gefühl würde ewig andauern, doch sie wußte, daß dieser Wunsch vergeblich war, und dieses Wissen lag wie ein Stein auf ihrer Seele.

»War's gut?« Seine Stimme war ein leises Schnurren.

»Auch auf die Gefahr hin, daß ich unbescheiden klinge«, sagte Mari. »Ich dachte, ich wäre besser als gut. Aber ich will deinen Wortschatz nicht über die Gebühren strapazieren. Ich gebe mich mit einem Buttermint zufrieden.«

Er griff lachend in eine Hemdtasche und sah ihr tief in die Augen, als er das Bonbon in ihren Mund steckte. Mari nahm seine Hand, küßte die Fingerspitzen, zog sie dann zwischen ihre Lippen und sog daran. J. D.s Nasenflügel bebten. Er steckte immer noch tief in ihr, und jetzt zog sich ihr Körper erneut lustvoll um ihn zusammen.

Mari erschauerte, nicht von der Nachtluft, sondern von dem verzweifelten Verlangen, ihn in sich zu halten – nicht nur für ein paar wonnevolle Augenblicke, sondern länger, viel länger. Sie fühlte sich in seiner Nähe sicher auf eine Art, die sehr unklug war, aber heute abend war sie so erschöpft und so verloren, daß sie nicht die Kraft hatte, sich von ihm zu lösen.

»Bleib heute nacht«, flüsterte sie, entsetzt darüber, wie ihre Stimme vor Verlangen zitterte.

J. D. sah sie überrascht an. Sie wollte mehr, als er eigentlich bereit war zu geben, und er brauchte sie mehr, als er je zugeben würde.

Nur heute nacht, versprach er sich. *Es ist nur Sex.*

»Bleib über Nacht«, flüsterte sie.

J. D.s Mund senkte sich auf ihren, sein Herz klopfte etwas schneller. »Versuch nur, mich loszuwerden.«

Del beobachtete, wie die Lichter unten im Haus ausgingen und oben im Schlafzimmer wieder angingen. Das Fenster hatte keinen Rolladen. Er konnte sie deutlich durch sein Remington 700 sehen. J. D. und die blonde Frau, die sich gegenseitig auszogen. Sich küßten. Sich berührten.

J. D. und die blonde Frau. Wie zuvor, aber anders, das wußte Del. Eine andere blonde Frau. Die, die soviel redete, nicht die tote. Trotzdem gefiel ihm das nicht. Die Blondinen verschwammen in seinem Kopf, schwirrten wie Glühwürmchen darin herum, lenkten ihn von der Aufgabe ab, bei Verstand zu bleiben.

Schwer atmend, senkte er das Fernglas, kniff die Augen zusammen. Da war etwas, was er tun mußte, das wußte er genau. Die Blondinen verfolgten ihn Tag und Nacht. Sie waren hinter J. D. her. J. D. sagte, sie wären hinter der Ranch her.

Es mußte doch etwas geben, was er tun konnte. Seit Vietnam war er allen nur eine Last gewesen. In jenen glorreichen Tagen hätte er gewußt, was zu tun wäre. Damals war sein Verstand messerscharf, seine Instinkte perfekt geschärft gewesen. Er war ein Held, eine Maschine gewesen. Jetzt war alles in seinem Kopf verworren, unentwirrbar.

Diese Blondine, jene Blondine, tote Blondinen. Tiger in der Nacht. Die Hundeführer, die sich durch die Bäume schlichen, um ihr dreckiges Geschäft zu erledigen. Wie sollte er J. D. irgend etwas davon erzählen, wenn er nicht die leiseste Ahnung hatte, was wirklich und was nicht wirklich war.

Scham krallte sich wie eine Hand in sein Herz. Wenn er doch nur etwas tun könnte, um all dem Einhalt zu gebieten. Wenn er nur die Blondinen auf immer verjagen könnte. Wenn er doch nur wieder stark sein, nur für eine kurze Weile seinen Verstand wiederhaben könnte. Er verlangte nicht viel vom Leben. Wenn er nur diese eine Sache nur für eine kleine Weile haben könnte.

Er hätte darum gebetet, aber es gab keinen Gott, der ihn hören könnte, sonst hätte er seine Gebete schon vor Jahren erhört.

KAPITEL 17

Die Atmosphäre in der Bar des Moose knisterte vor Elektrizität. Die Geschichte vom Einbruch war durchgesickert, nachdem einige Gäste von der Polizei verhört worden waren, und jetzt kursierten die wildesten Gerüchte.

Samantha hörte die Geschichten und Spekulationen, während sie bediente, und war etwas besorgt bei dem Gedanken, die Nacht alleine zu verbringen. Sie hatte immer Schwierigkeiten, allein zu schlafen, nachdem sie in einem kleinen Haus voller Menschen aufgewachsen war. Damals hätte sie alles darum gegeben, eine Nacht lang allein zu schlafen, in ihrem eigenen Bett, ihrem eigenen Haus. Jetzt hatte sie Angst davor. Ihr Bett war zu leer, das Haus zu still. Heute nacht würde sie wach liegen, Wills leeren Platz anstarren und sich fragen, ob der geheimnisvolle Bandit bei ihr einbrechen und sie angreifen würde. Und wenn ja, würde es Will überhaupt etwas ausmachen, wenn er davon hörte?

Sie hatte die Nacht der Party in Bryces Gästezimmer verbracht. Sie war lange wach gelegen, nach all der Aufregung. Sie hatte so viele Leute kennengelernt, sich gut unterhalten. Es war wie ein Traum gewesen – die berühmten Leute, die schönen Kleider, die sie getragen hatte, die Musik, der Champagner, der leuchtende Pool in der dunklen Nacht.

Sie mußte grinsen, als sie einem Pärchen aus Beverly Hills ein Bier und einen Falstaff servierte. Ein Märchen. Sam Rafferty als Cinderella, mit Evan Bryce als Märchenpate. Aber die Uhr hatte zwölf geschlagen, der Zauber war vorbei, und jetzt prostituierte sie sich wieder für Trinkgelder im Moose, machte die Nachtschicht, bis sie nach Hause in ihr schäbiges kleines Haus gehen konnte, um alleine zu schlafen.

Düstere Laune senkte sich wie ein Schleier über sie. Tränen stiegen ihr in die Augen, und sie versuchte, sie wegzublinzeln, als sie auf fünfzig Dollar herausgab und Service mit einem Lächeln lieferte. Noch eine halbe Stunde, dann konnte sie nach Herzenslust weinen, und keiner würde es sehen, außer Rascal.

Als sie zurück zur Bar gehen wollte, blinzelte ihr Bryce zu. Er saß an seinem üblichen Tisch. Heute waren nur drei Leute bei ihm, Sharon, Ben Lucas und ein anderer Mann, den sie auf der Party kurz gesehen hatte, ein großer, steif wirkender Mann, der aussah wie ein Fernsehansager. Von den vieren amüsierte sich anscheinend nur Bryce. Er grinste und winkte sie zu sich.

»Hallo, Schöne, wann bist du denn hier fertig?«

Samantha lächelte verlegen. Sie war sich nicht ganz sicher, wie sie reagieren sollte.

»Die haben dich heute abend ganz schön auf Trab gehalten«, sagte er. »Sind wahrscheinlich alle ganz aus dem Häuschen wegen des Einbruchs, von dem wir gehört haben.«

»Ja«, sagte sie, dankbar für sein Interesse. »Haben Sie gehört, wessen Zimmer es war?« fragte sie, aufgeregt, weil sie etwas mehr wußte. »Das von Marilee Jennings. Sie war bei Ihrer Party.«

Ben Lucas hob die Augenbrauen und blickte über den Tisch zu dem älteren Mann – Townsend.

Bryce runzelte die Stirn und rieb sich das Kinn. »Wirklich? Das ist ja furchtbar. Ist sie verletzt?«

»Er hat sie auf den Kopf geschlagen. Ich hab' gehört, sie hat eine Gehirnerschütterung, aber sie ist nicht im Krankenhaus. Sie hatte Glück.«

Er sah abwesend aus. »Ja, das hatte sie wohl«, murmelte er.

»Es ist zum Fürchten«, sagte Samantha und rieb sich die Arme. »Hier gibt's so was nicht, daß Leute überfallen und ausgeraubt werden.«

Bryce richtete sich auf, seine blauen Augen wurden schmal. Er runzelte besorgt die Stirn. »Du bist allein zu Hause. Ist das in Ordnung?«

»Klar«, sagte sie, nicht gerade begeistert.

»Nein, das gefällt mir nicht.« Er schüttelte den Kopf. »Komm doch auf die Ranch, du kannst da übernachten.«

Samantha blinzelte erschrocken über dieses Angebot. Wirklich sehr verlockend, noch eine Nacht in diesem luxuriösen Gästezimmer. »Nein, das geht nicht«, sagte sie automatisch.

»Natürlich geht das. Du bist uns immer willkommen, nicht wahr, Sharon?«

Samantha schielte zu der riesigen Blondine, die gar nicht erfreut aussah.

»Nein, danke«, sagte Samantha, während ihre Selbstachtung wieder auf den Nullpunkt sank. Sie konnte sich genau vorstellen, was Sharon sich dachte – *Dämliche kleine Provinzkellnerin.* »Ist schon okay, ich bin's gewohnt, allein zu sein. Außerdem hab' ich nichts, was einen Dieb interessieren würde.«

Drei Tische weiter räusperte sich ein Mann ungeduldig und hob sein leeres Glas, als Samantha in seine Richtung schaute. Sie nickte ihm zu und wandte sich wieder zu Bryce um. »Ich muß gehen. Danke für das Angebot, aber ich komme schon zurecht.«

Er nahm ihre Hand und drückte sie mit ernster, väterlicher Miene. »Überleg es dir. Wir sind noch eine Weile hier.«

Er sah ihr nach, wie sie wegging, mit dem dicken Zopf, der auf ihrem schmalen Rücken tanzte. Dann sah er Drew Van Dellen, der ihn mit gerunzelter Stirn hinter dem Tresen beobachtete.

»Bryce, wir müssen reden«, sagte MacDonald Townsend mit barscher, leiser Stimme.

Ein dumpfes Dröhnen pochte hinter Bryces Augen. Townsend sang schon den ganzen Abend dieses Lied. Bryce vertröstete ihn immer wieder, einfach weil er seine perverse Freude daran hatte. Er war nicht in der Stimmung, sich das Gewinsel des Richters anzuhören.

»Gleich, Townsend«, sagte er gereizt, ohne Van Dellen aus den Augen zu lassen. Er erhob sich geschmeidig und schlenderte weg vom Tisch, grinste, als er hörte, wie Townsend sich bitterlich bei Sharon und Ben Lucas über ihn beklagte.

Drew legte seinen Stift zur Seite, als Bryce sich der Bar näherte. Er sparte sich die Mühe eines Lächelns. »Mr. Bryce?«

»Drew.« Bryce grinste und stützte seine Ellbogen auf die Bar. »Wie ich höre, hatten Sie gestern nacht ein bißchen Ärger.«

»Es wird nicht wieder passieren.«

»Wie geht es Marilee?«

»Den Umständen nach recht gut.«

»Keine Spur von dem Übeltäter?«

»Keine.«

»Hmm . . . Ich kann mir vorstellen, daß es nur ein zufälliger Einbruch war. Oder jemand hat gedacht, sie hätte etwas Wertvolles von Lucy geerbt.«

»Dem ist nicht so«, sagte Drew. »Jedenfalls nichts, was klein genug gewesen wäre, um es in ihrem Zimmer aufzubewahren.«

Bryce nickte weise. »Bei Lucy konnte man nie wissen. Sie steckte immer voller Überraschungen.«

»Wie die meisten Leute. Und nicht immer angenehme.« Er warf einen Blick zu Bryces Tisch. »Nehmen wir doch zum Beispiel Ihren Freund, den Richter. Privat ist er wohl gar nicht der freundliche Mensch, den uns die Presse vorgaukelt.«

»Ja, also, Townsend steht momentan ziemlich unter Streß«, sagte Bryce, und sein Lächeln hätte einem Haifisch Ehre gemacht.

Drew zog die Augenbrauen hoch und schaute unglaublich gelangweilt drein. »Übrigens wollte ich mal mit Ihnen über Samantha reden.«

»Ach wirklich?«

Die Vorstellung schien ihn zu amüsieren, und Drew hatte allergrößte Mühe, sich zu beherrschen. »Ja, sie ist sehr jung, wissen Sie. Nicht sehr weltgewandt, was die Lebensart außerhalb von Montana betrifft.«

»Und?« Bryce sah ihn erstaunt an. »Soll das eine Warnung sein, Drew?« fragte er lachend.

»Nur ein Hinweis, daß sie unerfahren ist. Und verheiratet.«

»Möchte man nicht meinen, so wie ihr Mann sie behandelt.«

»Sie haben ein paar Probleme –«

»Sie hat etwas Besseres verdient«, sagte Bryce entschieden. »Sie ist ein gescheites, schönes Mädchen. Ich will ihr nur ein bißchen Spaß, ein bißchen Aufmerksamkeit geben.«

In der Hoffnung, daß du davon profitierst. Diese Ansicht behielt Drew jedoch für sich. Er konnte es sich nicht leisten, sich mit Bryce anzulegen. Er könnte seinem Geschäft schwer schaden.

»Ich will nur nicht, daß man ihr weh tut«, sagte er diplomatisch und sah Samantha nach, die gerade eine Runde an einen Tisch mit Touristen brachte. Hübsches, süßes Mädchen, so unverdorben wie die Wildnis, in der sie lebte. Schade, daß sie so ein Pech mit Männern hatte. Schade, daß Männer solche Schweine waren. Bei dem Gedanken, daß sie Gegenstand eines Tauziehens zwischen Bryce und den Raffertys werden könnte, blutete ihm das Herz.

Bryces Blick wanderte ebenfalls zu Samantha. Schön, exotisch, unschuldig, frisch, bereit zu kosten, was die Welt ihr zu bieten hatte. Mit ein bißchen Führung hatte sie grenzenlose Möglichkeiten. Die Vorstellung war für ihn so verführerisch, wie sie für sie sein sollte.

»Ich habe wirklich nicht die Absicht, ihr weh zu tun«, murmelte er. »Geben sie mir einen Whiskey, Drew?«

Er nahm den Drink mit zurück an seinen Tisch, wo Lucas Verführungsspielchen mit Sharon spielte und Townsend leise vor sich hinschmollte. Er kippte seinen Wodka hinunter, als Bryce sich setzte, und sagte vorwurfsvoll: »Wie lange willst du mich noch hinhalten?«

Bryce verzog das Gesicht. »Ich würde sagen, bis du zu lästig wirst, aber der Augenblick ist bereits eine vage Erinnerung.«

Townsend ignorierte die Beleidigung. »Hast du das Videoband gekriegt?«

»Nein.«

Das Gesicht des Richters glänzte vor Schweiß, sein Blick war gehetzt und unstet. Bryce rieb sich das Kinn und fragte sich, wieviel Koks Seine Ehren dieser Tage schnupfte. Zuviel, der Idiot, um seine Schuldgefühle zu ersticken.

»Du verfluchtes Schwein«, zischte er. Seine Hand krampfte sich zitternd um das leere Glas. »Du hättest es gar nicht erst machen dürfen!«

Bryce stützte die Ellenbogen auf den Tisch, vergewisserte sich kurz, daß es keine ungebetenen Zuhörer gab, und fixierte Townsend dann mit eisigen blauen Augen.

»Das gehört zum Spiel, Euer Ehren«, sagte er leise. »Du weißt doch, wie es so schön heißt: Wenn du den Knast nicht verträgst, begeh das Verbrechen nicht.«

Townsends Körper begann sichtlich zu beben, seine Augenränder färbten sich rot. »Wenn das Band in die falschen Hände gerät, ist mein Leben vorbei!« flüsterte er mit erstickter Stimme.

Bryce studierte teilnahmslos seine Fingernägel. Nichts auf dem Band konnte mit ihm in Verbindung gebracht werden. Das war einer der Schlüssel seiner Macht. In Gedanken hatte er Townsend bereits als Verlust abgeschrieben. Der Mann war ein Feigling. Feiglinge konnte man nur ein paarmal einsetzen, bis nichts mehr von ihnen übrig war.

»Das hättest du dir vorher überlegen müssen, mein Freund«, sagte er und sah Townsend direkt in die Augen. »*Bevor* du den Abzug gedrückt hast.«

»Und du willst wirklich nicht mit zur Ranch kommen?«

»Ich komm schon zurecht«, sagte Samantha.

Bryce saß am Steuer ihres alten Camaros, und hinter ihnen fuhr Sharon mit seinem Mercedes.

»Du kommst zurecht«, sagte er vorwurfsvoll. »Und was ist mit mir? Ich werde die ganze Nacht kein Auge zutun aus Sorge um dich.«

Samantha strahlte ihn an. »Das bedeutet mir sehr viel. Es ist schön zu wissen, daß sich jemand um mich sorgt.«

Noch schöner wäre es, wenn Will dieser Jemand wäre. Ihr Blick wanderte zu den Lichtern des Hell and Gone.

»Das ist doch selbstverständlich, Samantha. Ich betrachte dich als Freundin. Wie oft muß ich dir das noch sagen, bevor du es glaubst?«

»Ich weiß es nicht«, gab sie ohne Argwohn zu. »Ich kann mir so schwer vorstellen, daß jemand wie Sie mit jemandem wie mir befreundet ist. Ich bin doch nur eine Kellnerin.«

»Das ist dein Job, nicht das, was du bist. Das darfst du nie verwechseln, Samantha. Diese Art zu denken hemmt dich nur. Dir steht die ganze Welt offen, du mußt nur zugreifen.«

Sie waren vor ihrem Haus angelangt. Bryce reichte ihr die Schlüssel, ging um das Auto und öffnete ihr die Tür. Sie stieg mit gesenktem Kopf aus und tat so, als krame sie in ihrer Tasche. Seit Tagen stauten sich widersprüchliche Gefühle in ihr – Einsamkeit und Unzufriedenheit, Sehnsucht, Hunger. Was hatte sie denn schon? Ein Schrottauto. Ein gemietetes Haus, das selbst im Mondlicht trist aussah. Einen Welpen. Einen Mann, der sie ignorierte. Sie dachte an die Party, die aufregende Atmosphäre, die wichtigen Leute, die mit ihr gesprochen hatten. Das Gefühl, an etwas Besonderem teilzuhaben.

Bryce ging vor ihr ins Haus, um es auf Eindringlinge zu untersuchen. Er brauchte knapp drei Minuten, dann hatte er in jedes schäbige Zimmer und in jeden Schrank gesehen. Samanthas Gesicht brannte vor Scham; hoffentlich hatte er nicht gemerkt, daß alles, was sie besaß, vom Trödel stammte.

»Sind an diesen Türen Schlösser?« fragte er, als sie wieder hinaus auf die Veranda gingen.

Sie nickte und rieb sich die Arme gegen das plötzliche Gefühl von Einsamkeit. Rascal rieb sich an ihren Beinen, dann warf er sich vor sie und kaute an ihren Schuhbändern.

»Gut, benutze sie. Damit ich wenigstens eine Stunde Schlaf kriege.«

»Das werd' ich. Danke fürs Heimbringen.«

»Mach' ich doch gerne. Jemand sollte sich um dich kümmern. Ruf mich an, wenn du etwas brauchst. Auch wenn du bloß genug davon hast, die Tapfere zu spielen.«

»Danke«, flüsterte sie, mit den Tränen kämpfend. »Du bist ein guter Freund.«

Er nickte, gab ihr einen Kuß auf die Wange, drückte sanft ihre Schulter und trat zurück. »Gute Nacht, Schatz, denk darüber nach, was ich dir gesagt habe.«

Rascal begleitete ihn kläffend zu seinem Mercedes, bis Sam ihn zurückrief. Sie setzte sich auf die Treppe und nahm den Hund in den Arm. *Dir steht die ganze Welt offen.* Sie versuchte sich vorzustellen, was für ein Gefühl das wäre, hier einfach alles liegen- und stehenzulassen. Wie frei sie sich fühlen würde. Wie jemand ganz Besonderes. Nur einmal hatte sie sich bis jetzt als jemand ganz Besonderes gefühlt, als sie mit Will zusammen war und glaubte, er würde sie lieben, glaubte, sie könnten eine Familie werden. Kleine Träume. Süße Träume. Zerbrochene Träume, die sie an ein Leben voller Leere ketteten.

Will saß in seinem Pick-up ein Stück weiter die Straße hinunter, mit ungehinderter Sicht auf sein Haus. Im Licht der Straßenlaterne sah er Sam mit Rascal auf der Verandatreppe sitzen.

Er saß schon eine ganze Weile hier. Lang genug für eine halbe Flasche Jack Daniels und sechs Büchsen Bier. Die leeren Dosen kullerten auf dem Boden herum und klapperten jedesmal, wenn er sich bewegte. Das Geräusch erinnerte ihn an die Kuhglocken der bockenden Bullen beim Rodeo. Wie passend. Er hatte Sam bei einem Rodeo den Heiratsantrag gemacht. In Gardiner ... oder in Big Sky? Er wußte es nicht mehr, sein Gehirn war total vernebelt.

Nur eines war kristallklar: die Erinnerung daran, wie Sam ihn danach angesehen hatte. Wie eine Prinzessin hatte sie ausgesehen, strahlend im Schein des Lagerfeuers. Staunende, dunkle exotische Augen, die weichen, vollen Lippen vor Überraschung leicht geöffnet. Der dicke schwarze Zopf über ihrer Schulter. Sie hatte ihn angesehen wie ein armes Kind, das den Weihnachtsmann gefunden hatte. Als wäre er ein Held. Nie zuvor in seinem Leben hatte er sich so wichtig gefühlt.

Du bist ein Betrüger, Willie-Boy.

Er hatte ihr etwas vorgespielt, damit sie sich in ihn verliebte. Sie geheiratet, ohne jeden Gewissensbiß. Sie verletzt, ihr das Herz gebrochen. Warum sollte sie ihn wieder aufnehmen? Jede halbwegs vernünftige Frau würde ihm das Herz mit einem rostigen Messer rausschneiden und es den Kojoten zum Fraß vorwerfen.

Die Mühe hätte er ihr fast erspart, als er mit ansehen mußte, wie Bryce sie küßte. Er hatte sie herzlos betrogen, aber dieser eine Kuß wäre Buße für all seine Sünden gewesen, hatte die Klinge direkt in sein Herz gestoßen.

Was hast du erwartet, Willie?

Hatte er geglaubt, sie würde ewig warten, sich nach ihm verzehren, wie sein Vater nach seiner Mutter? Was hatte er gedacht?

Daß sich seine lästige Ehe einfach in Luft auflösen würde, damit er sich nicht den Konsequenzen stellen mußte?

So einfach wirst du diesmal nicht davonkommen, Willie-Boy.

Was würde J. D. tun?

J. D., der Held. Der Inbegriff eines Mannes. Ein Mann mit Prinzipien. Mach das Richtige. Geh den harten Weg.

Was würde J. D. tun, wenn er Evan Bryce dabei erwischte, wie er seine Frau küßte? Ihm einen Tritt versetzen, der ihn quer durch Montana befördert. Das war sein Recht, seine Pflicht nach dem Gesetz des Westens.

Evan Bryce hatte noch einiges zu lernen, wenn er in Montana leben wollte.

Es war ein gutes Gefühl, die Schuld auf Bryce abzuwälzen. Darin war Will Weltmeister. Bryce war an allem schuld. Bryce wollte ihm seine Frau stehlen. Bryce versuchte, sein Land zu stehlen. Es spielte keine Rolle, daß Will behauptet hatte, er könnte auf beides verzichten. Jetzt brauchte er nur eine Zielscheibe für seine Wut, die nicht auf seiner Brust klebte.

Als Samantha aufstand und ins Haus ging, drehte er den Schlüssel im Zündschloß, und der Truck erwachte brüllend zum Leben. Eine dreiviertel Tonne Kraft und Metall dröhnte unter ihm.

Bis zum Stadtrand fuhr er vorsichtig, hielt sich an die kleinen Seitenstraßen, wo kein Sheriff lauern konnte. Am Paradise Motel bog er in die Hauptstraße ein und trat das Gaspedal durch. Er ließ die Fenster runter und drehte das Radio voll auf.

Die Straße verlief ein langes Stück schnurgerade. Ein Segen für einen Mann, der soviel Alkohol getrunken hatte. Er konzentrierte sich darauf, den Truck zwischen den weißen Linien zu halten, und hielt Ausschau nach den Rücklichtern des Mercedes. Die Nacht war ein schwarzer Tunnel, der Truck eine Rakete, die durch die Leere schoß.

Er bestand nur noch aus einem Paar Hände auf dem Steuerrad, einem Paar Augen, einem Paar Füße, die die Pedale bedienten.

Will holte den Mercedes so rasch ein, daß er daran vorbeibrauste. Er trat auf die Bremsen, und der Track begann zu schlingern. Will versuchte, ihn unter Kontrolle zu bringen, aber er reagierte zu langsam, und der Mercedes schoß hupend an ihm vorbei.

»Scheiße!« schrie Will. »Du Dreckschwein hast meine Frau gestohlen.«

Die Rücklichter des Mercedes blinzelten spöttisch in der Ferne.

»Ich werde deinen Hintern zurück nach Hollywood treten!« brüllte Will, trat das Gaspedal durch und jagte mit qualmenden Reifen hinterher. Der Truck begann aufzuholen, als die Straße langsam steiler und kurviger wurde, holpernd und schlingernd von zu hoher Geschwindigkeit.

Will kam sich vor, als würde er einen Mustang reiten, der eine Nummer zu groß war für ihn. Er versuchte, sich auf den Wagen zu konzentrieren, darauf, Bryce von der Straße zu rammen. Aber der Mercedes zog plötzlich ab wie eine Rakete und war weg, und Will blieb zurück, auf dem besten Weg zu einem Totalschaden.

Er bog zu schnell in eine Serpentine, riß das Steuer zu hart herum, und dann begann die Welt zu purzeln, wie Socken im Trockner, überschlug sich immer und immer wieder. Und die Bierdosen klapperten wie Alarmglocken, deren Warngeläute zu spät eingesetzt hatte.

»Machst du dir Sorgen wegen Townsend?« Sharon goß sich einen Scotch ein und wanderte barfuß über das Meer von dickem Teppich. Bryce stand am Fenster und starrte hinaus. Das einzige Licht im Raum kam von den Vitrinen mit Indianerkunst und den Spots, die die Gemälde beleuchteten.

Er machte eine abfällige Handbewegung. »Er ist nichts. Er ist am Ende. Er macht mir keine Sorgen.«

»Und was ist mit dieser Jennings?«

»Wenn sie wirklich Ärger machen wollte, hätte sie es längst getan.« Er nahm Sharons Glas und nippte daran. »Sie ist völlig anders als Lucy.«

»Enttäuscht?« sagte Sharon voller Ironie.

Bryce drehte sich zu ihr um, lächelte. »Immer noch eifersüchtig? Lucy ist tot, Schatz.«

»Hurra!« Sie riß ihr Glas aus seiner Hand, prostete ihm zu und leerte es mit einem Zug.

»Du bist wirklich eine Spielverderberin«, beschwerte sich Bryce. »Beschwere ich mich etwa, wenn du mit anderen Männern ins Bett gehst?«

»Nur wenn dir die Aussicht versperrt wird.«

Bryce wanderte weg von ihr. Er war nicht in Stimmung, sich mit ihr zu kabbeln. Er war mit ganz anderen Gedanken beschäftigt. Erregenden Gedanken, die ihm fast den Atem raubten.

»Ich muß ständig an Samantha denken«, gab er lächelnd zu. »Drew hat mir heute abend nahegelegt, die Finger von ihr zu lassen.«

Sharons Blick war wie ein Pfeil. »Wie amüsant.«

»Sie hat so ungeheuer viel Potential und ist sich dessen überhaupt nicht bewußt«, sagte er, erstaunt über soviel Unschuld, entzückt davon. »Ich könnte ihr Türen öffnen, durch die sie die ganze Welt erobern könnte.«

»Sie ist ein Mittel zum Zweck«, zischte Sharon wütend. Sein Ton gefiel ihr gar nicht.

Er klang geradezu besessen. Und ein besessener Bryce war unberechenbar. Und sie hatte, offen gesagt, die Nase voll von seinen Anfällen der Besessenheit mit anderen Frauen. Sie war diejenige, die ihm bei allem zur Seite stand. Sie war sein Partner. Sie hatten sich gemeinsam aus der Armut nach oben gekämpft. Sie hatte keine Lust, das fünfte Rad am Wagen zu spielen.

Sie mußte ihn von dieser Vernarrtheit ablenken, bevor es zu weit ging, wie bei Lucy.

Bryce winkte ungeduldig ab. »Ja, mehr war sie zu Anfang nicht, aber siehst du denn nicht die Möglichkeiten? Ihr Gesicht könnte auf der Titelseite jeder Illustrierten im Land sein. Ich könnte ihr einen Filmvertrag verschaffen –«

»Sie wird sicher ganz wild darauf sein, sich von dir managen zu lassen, nachdem du das Leben ihres Mannes ruiniert hast.«

»Er selbst ist derjenige, der sein Leben ruiniert. Sobald ich Samantha überredet habe, sich von ihm zu trennen, und ich ihr zeigen kann, was für ein wunderbares Leben ich ihr bieten kann –«

Sharon packte die Whiskeykaraffe und schleuderte sie auf ihn. Das Geschoß verfehlte ihn und explodierte am Fensterrahmen, ein Regen von Scotch und Splittern ergoß sich auf den Teppich. Bryce starrte sie erschrocken an, als sie mit energischen, wütenden Schritten auf ihn zuging.

»Sie ist ein dummes Kind. Sie ist nichts«, fauchte sie mit rauher, maskuliner Stimme. Sie blieb dicht vor ihm stehen, steif vor Wut, die geballten Fäuste im Anschlag, und sagte voller Verachtung: »Du bist ein solcher Narr. Hier steht viel mehr auf dem Spiel als deine Chance, Professor Higgins zu spielen. Das Mädchen ist Mittel zum Zweck. Du willst das Land ihres Mannes, du kannst es durch sie kriegen. So lautet der Plan. Für etwas anderes brauchst du sie nicht. *Ich* kann dir alles geben, was du brauchst.«

»Du kannst mir nicht die Freude geben, die Welt neu zu entdecken. Du kannst mir keine Unschuld geben«, sagte er brutal. »Die hattest du nie.«

Das nahm ihr den Wind aus den Segeln. Es war, als würde sie vor seinen Augen schrumpfen. »Du Mistkerl«, zischte sie mit Tränen in den Augen und zitterndem Mund. »Du mieses Schwein, siehst du denn nicht, daß ich dich nur beschützen will?«

»Vor Samantha?« Er lachte.

»Vor dir selbst.«

»Gräm dich nicht, Schatz«, sagte er leise und strich über ihre Wange. Ihre Sorge interessierte ihn nicht. Seine Prioritäten verlagerten sich. Es zählte nur noch das neue Ziel. »Ich war auch nie unschuldig. Wir sind aus demselben Holz geschnitzt.«

Sharon weinte jetzt, schluchzte erbärmlich. Der glasige, abwesende Ausdruck in Bryces Augen machte ihr angst, aber da war auch noch die Wut auf ihn. Sie legte ihr Gesicht in seine Handfläche und biß kräftig zu, dann leckte sie den Abdruck ihrer Zähne mit ihrer Zungenspitze.

»Ich würde alles für dich tun«, flüsterte sie. »Ich bin mehr wert als hundert dumme, naive Mädchen. Du brauchst mich.«

Bryce lächelte gedankenverloren und nahm ihre Hand. »Wir sind Partner.«

Sie sah, daß er mit seinen Gedanken woanders war. Bei dem Mädchen, zweifellos. Die Besessenheit hatte also begonnen. Wieder. Und sie konnte nichts tun, außer abwarten. Verzweiflung krallte sich in ihre Brust. Sie kam näher und küßte ihn, ein wollüstiger Kuß, unmißverständlich. Sie war immer noch da, verfügbar, willig. Sie würde nehmen, was er zu geben bereit war.

»Partner für immer«, murmelte sie und trat zurück. Sie schob ihr Kinn vor und verhüllte ihren Schmerz mit Stolz und einem sarkastischen Blick. »Amüsier dich mit deiner kleinen indianischen Prinzessin. Schlaf mit ihr, wenn es sein muß. Aber wenn du dich in sie verliebst, reiße ich dir das Herz raus.«

Bryce kicherte. »Ich mag es, wenn du so brutal redest.«

»Du magst es, wenn ich brutal *bin*.« Und das genoß sie. Sie konnte ihren Frust an ihm ablassen, und er genoß es. Es hatte schon seine Vorteile, wenn man einen Mann mit verkorkstem Verstand liebte. Sie nahm mit einem bösen Lächeln seine Hand und führte ihn zur Treppe. »Heute nacht ist deine Glücksnacht, Cousin.«

KAPITEL 18

J. D. wachte, wie gewohnt, um vier Uhr auf. Marilee war an ihn gekuschelt, wie ein kleines Tier des Waldes auf der Suche nach Wärme. Ihr Haar war weich wie Rohseide, und sie duftete zart nach Kokosnuß und Jasmin. Er wußte, wie jeder Zentimeter von ihr roch und schmeckte. Jeder Zentimeter von ihr war seinem Gedächtnis eingeprägt. Sie gehörte ihm.

Sein Besitz. Nie zuvor hatte er eine Frau als die seine betrachtet. Hatte es nie gewollt. War immer auf der Hut davor gewesen. Wie war es dann ausgerechnet dieser Frau gelungen, seine Verteidigung zu durchbrechen? Allein schon aufgrund ihrer Verbindung mit Lucy hätte er gegen sie immun sein müssen. Trotzdem konnte er sie nicht ansehen, ohne sie zu begehren, konnte sie nicht besitzen, ohne noch mehr zu wollen.

Die Wahrheit machte ihm angst. Die Furcht war ein kalter Fels in seinem Bauch. Sie beide durften nur Leidenschaft teilen. Mehr konnte er nicht erlauben. All seine Energie, all seine Aufmerksamkeit mußte er jetzt der Ranch widmen. Er mußte die Stars and Bars erhalten und die Lebensart, die man ihm anvertraut hatte. Eine Ablenkung wie Marilee konnte er sich nicht leisten. Und schon gar nicht, wenn sein Onkel möglicherweise ihre beste Freundin umgebracht hatte.

J. D. starrte zur Decke, versuchte, den Gedanken gewaltsam zu verdrängen. Bei Tageslicht hatte er keine Mühe, sich einzureden, daß Del die Leiche nur gefunden hatte. Nachts, wenn die Welt nur aus Dunkelheit und Schatten bestand, mußte er immer an die verrückten Äußerungen denken, die sein Onkel gemacht hatte.

Er war für Del verantwortlich. Er war für die Stars and Bars verantwortlich. Er war dafür verantwortlich, daß Bryce daran gehindert wurde, den ganzen Absarokas-Gebirgszug aufzukaufen. Tonnenschwer drückte diese Last auf seine Brust.

Dumpfer Schmerz pochte hinter seinen Augen. Er schaute auf seine Uhr. Höchste Zeit zu gehen. Bei Lucy war er nie die ganze Nacht gewesen, hatte es auch nie gewollt. Aber Marilee war eben nicht Lucy. Sie rührte ihn wie nie zuvor eine Frau.

Er sah hinunter auf ihren Kopf, die kleine Hand, die auf seiner Brust lag, und ein Zittern ging durch seinen Körper, wie der Vorbote eines Erdbebens.

Ihre Augen öffneten sich langsam, und sie sah ihn mit diesen tiefen, unergründlichen Augen an.

»Stimmt etwas nicht?« flüsterte sie.

»Ich muß gehen.«

»Es ist mitten in der Nacht.«

»Es ist schon nach vier.« Er ließ sie los, stand auf und griff nach seinen Unterhosen. »Wenn ich nicht bald in Gang komme, geht mir der Tag durch die Lappen. Ich habe zu arbeiten.«

Mari setzte sich auf und wickelte sich in die Decke. Ihr Kopf schmerzte. Es schmerzte noch mehr, daß er gehen wollte. *Schlechte Neuigkeiten, Marilee*. Sie strich sich die Haare hinters Ohr und runzelte die Stirn.

»Willst du eine Tasse Kaffee, bevor du gehst?«

»Schlaf weiter. Du hast gestern nacht nicht viel Schlaf bekommen.«

»Du aber auch nicht.«

Sie kletterte aus dem Bett und suchte nach ihren Kleidern. In ihrem Kopf hämmerte ein Preßlufthammer, aber sie würde sich nicht unterkriegen lassen. Wenn Rafferty aufstand, würde sie auch aufstehen. »Glaubst du etwa, ich bin so ein empfindliches Pflänzchen aus der Stadt? Ich kann ein Muli reiten, ich war in einer Cowboykneipe, und ich habe seit einer Woche keinen Sonnenaufgang verpaßt. Was bin ich dann?«

»Ein Mädchen aus der Stadt, das in Montana Urlaub macht.«

»O Gott«, schimpfte sie und griff nach den Druckknöpfen an seinem Jeanshemd. »Sie werden dich doch noch für die David-Letterman-Show holen.«

Rafferty fand das nicht komisch. »Du bist, was du bist, Marilee.«

Ihre Hände verharrten auf seiner Brust. *Du bist, was du bist.* Sie paßte nirgends hin. Schon ihr ganzes Leben hatte sie nirgendwo richtig hingepaßt. Und jetzt hatte sie geglaubt, sie hätte den Ort gefunden, wo sie sich einfügen konnte, ohne ihre Seele zu verkaufen, aber jetzt sagte ihr J. D., sie würde in Montana immer eine Außenseiterin bleiben. Oder sprach er von seinem Herzen? *Du verlierst so oder so, Marilee.*

»Du kennst mich nicht, Rafferty«, murmelte sie. »Du bist viel zu sehr damit beschäftigt, mich in irgendeine Schablone zu pressen, um zu sehen, wer ich wirklich bin.«

Ein Muskel zuckte an seiner Wange, aber er sagte nichts.

»Ich werd' jetzt Kaffee machen«, sagte sie und wandte sich ab, damit er ihre Augen nicht sehen konnte. »Es ist nur Pulverkaffee, ich hoffe, du bist nicht wählerisch.«

»Solange er heiß und schwarz ist«, sagte er und folgte ihr nach unten, von Gewissensbissen geplagt, aber auch verärgert, weil sie ihm unterstellte, sein Urteilsvermögen sei nicht unfehlbar. Noch ein Grund, so schnell wie möglich abzuhauen, dachte er, ging aber trotzdem mit ihr in die Küche.

»Meine Spezialität: heißer schwarzer Schlamm. So was brauchen Gerichtsschreiber.«

»Das ist ein guter Job, nicht wahr?«

»Klar, vorausgesetzt, man ist ein perfektionistischer Masochist mit eigenem Vermögen.«

Sie setzte das Kaffeewasser auf und holte zwei Tassen aus dem Schrank.

»Das war ungerecht«, sagte sie mit einem Seufzer. »Für den Richtigen ist es ein sehr guter Job. Ich war einfach nicht die Richtige. Überraschung!« Ihr strahlendes Lächeln war falscher als eine Dreidollarnote.

J. D. lehnte sich an die Arbeitsplatte und beobachtete sie mit zusammengekniffenen Augen. »Was willst du jetzt tun, nachdem du das aufgegeben hast?«

»Also meine Mutter meint, ich werde mir einen Job in einer schäbigen Bar suchen, in die Drogenszene einsteigen und auf der Straße enden, wo ich meinen Körper für ein Taschengeld verkaufen werde. Ich bin da etwas optimistischer.«

Er lachte nicht. Er wartete einfach auf eine ehrliche Antwort. Mari rollte die Augen, während sie den Kaffee fertig machte. »Daraus darf ich wohl schließen, daß du bei der Verteilung von Humor nicht anwesend warst.«

Seine Mundwinkel zuckten. »Ich war arbeiten.«

»Ich hätte es wissen müssen.« Sie reichte ihm seine Tasse und nahm einen vorsichtigen Schluck aus ihrer.

»Ich weiß noch nicht, was ich machen werde«, gab sie zu und lehnte sich an den Tresen. »Das war eines der Dinge, über die ich während meiner Sommerferien voller Spaß und Freude im Garten Eden nachdenken wollte.«

Sie seufzte, nippte an ihrem Kaffee und sah sich Raffertys Gürtelschnalle an, ein Rodeopreis von 1978. Damals war er etwa sechzehn oder siebzehn gewesen. Sie fragte sich, wie er wohl als Teenager, als Kind gewesen war. Sie konnte sich gar nicht vorstellen, daß er je anders als ernst und beinhart gewesen war, ein Kind mit traurigen grauen Augen und grimmigem Mund. Bei dem Gedanken hätte sie ihn am liebsten in den Arm genommen. Närrin, sagte sie sich.

»Ich muß mich nicht gleich morgen entscheiden«, sagte sie, um sich abzulenken. »Durch den Verkauf meiner Ausrüstung hab' ich für eine Weile genug zum Leben. O Gott, wenn Lucys Nachlaß geregelt ist, hab' ich wahrscheinlich genug zum Leben, bis mir die Zähne ausfallen«, sagte sie erschrocken. »Ich glaube, die meisten Menschen würden sich darüber freuen. Ich fühle mich ... schmierig.«

J. D. war erstaunt. »Du fühlst dich schmierig, weil sie dir Geld und Besitz hinterlassen hat?« Lucy hätte nie Schuldgefühle gehabt.

»Wir waren Freunde, nicht miteinander verwandt. Was hab' ich nur getan, um all das zu verdienen?« Sie schloß mit einer Geste das Haus und die Ranch ein. Sie warf ihm einen verlegenen Blick zu. »Ich glaube, am meisten macht mir zu schaffen, was *Lucy* getan hat, um all das zu verdienen.«

Er hob ratlos die Schultern. »Du weißt mehr als ich. Sie war deine Freundin.«

»Du hast keine Ahnung, worin sie da verwickelt war?«

»Nichts Gutes, nehme ich an. Sie gehörte zu der Sorte, die Klapperschlangen mit Stöckchen triezen, nur so zum Spaß.«

Mari runzelte die Stirn. »Ja, also, ich fürchte, eine davon könnte sie umgebracht haben.«

J. D. knallte seine Tasse wütend auf den Tresen. »Verdammt noch mal, Marilee, wirst du endlich damit aufhören! Es war ein Unfall. Unfälle passieren eben.«

»Und es war nur Zufall, daß hier eingebrochen wurde und in Miller Daggreponts Büro und in mein Hotelzimmer?« Sie schüttelte den Kopf. »Das kann mir keiner weismachen. Ich glaube, hier ist irgend etwas im Gange, und ich muß rausfinden, was das ist. Ich glaube nicht, daß Lucy einfach zum Spaß da raufgeritten ist. Und ich glaube, daß sie jemand umgebracht hat.«

»Was für eine Rolle spielt das noch?« sagte er grob. »Tot ist tot.«

Mari starrte ihn mit offenem Mund an. »Ich fasse es einfach nicht, daß ausgerechnet du das sagst, Mr. Ehrenkodex, Mr. Integrität! Es ist ein verdammt großer Unterschied zwischen fahrlässiger Tötung und Kapitalverbrechen Mord. Wie kannst du gutheißen, daß jemand mit einer Geldstrafe davonkommt, wenn das Leben einer Frau absichtlich beendet wurde?«

J. D. schob grimmig sein Kinn vor und wich ihrem Blick aus. Mord konnte er nicht gutheißen. Er wünschte nur, er könnte vergessen, daß Lucy MacAdam je existiert hatte, ganz zu schweigen davon, daß ihre Existenz gewaltsam beendet wurde. Wenn sie doch bloß nie hierhergekommen wäre, wenn ihre Freunde nie hierhergekommen wären – einschließlich Marilee. *Besonders* Marilee. Sie lenkte ihn ab und bohrte in seinem Gewissen und brachte ihn völlig durcheinander.

»Auf mich wartet Arbeit«, knurrte er und machte sich auf den Weg zur Tür.

Mari versperrte ihm den Weg mit ihrem Arm. »Hat sie dir wirklich so wenig bedeutet, daß dich nicht einmal interessiert, ob ihr Mörder bestraft wird?« fragte sie leise. *Und wenn Lucy ihm so wenig bedeutet hat, was, glaubst du, bedeutest du ihm dann, Marilee?*

J. D. dachte an Del, redete aber von Sheffield. Sein Blick blieb auf die Mr.-Peanut-Dose gerichtet, die auf dem Kaminsims am anderen Ende des großen Raumes stand und ihn hämisch angrinste. »Er ist bestraft worden, Marilee. Laß es gut sein, und mach mit deinem Leben weiter.«

»Ja, ja, natürlich«, flüsterte sie verbittert. »Was ist schon eine tote Bettgespielin, wenn eine andere zur Hand ist und ihren Platz einnimmt?«

Er blickte auf sie hinunter, und sein Herz drehte sich um angesichts der Wut und des Stolzes, der aus ihren Augen funkelte, die vor Tränen glänzten wie riesige Juwelen. Sie schob ihr Kinn vor und sah ihn herausfordernd an.

Er brauchte sie nicht. Wollte sie nicht hier haben. Er brauchte die Gefühle nicht, die ihm Fesseln anlegten.

»Das hast du gesagt«, knurrte er. »Nicht ich.«

Mari blieb reglos in der Küche stehen. Wie durch einen Nebel hörte sie, wie die Haustür zuschlug, sein Truck startete und vom Hof rumpelte. Sie fragte sich, wieso sie ihn gestern nicht kommen gehört hatte. Wahrscheinlich war sie zu vertieft in ihre Musik gewesen. Vielleicht hätte er sie dann nicht so überrumpeln können. Wahrscheinlich doch.

Aber all diese Gedanken konnten ihren Schmerz nicht lindern. Diesen Schmerz, der wie ein feuriger Knoten ihre Brust zu sprengen drohte. Sie wollte diesen Schmerz nicht, und ganz besonders wollte sie sich nicht in einen Mann verlieben, der so hart und kompromißlos wie J. D. Rafferty war.

Sich verlieben. Es war wie ein schlechter Witz, ein böser Traum. Er war arrogant, jähzornig, so hart, daß es schon an Brutalität grenzte. Was war da zum Verlieben?

Die Verletzlichkeit in diesen abgeklärten grauen Augen, wenn er über das Land schaute, das seit hundert Jahren die Heimat seiner Familie war. Land, das Stück für Stück weggenommen wurde. Die Behutsamkeit seiner großen rauhen Hände, wenn er ein Tier berührte. Die Sanftheit dieser Hände, wenn sie sie berührten. Die heftige Zärtlichkeit seines Liebesspiels. Die Loyalität einem Onkel gegenüber, den die meisten abgeschoben hätten. Seine Entschlossenheit, die Last der Welt auf diesen breiten Schultern zu tragen, ohne ein Wort der Klage.

Er war kein Papiercowboy, sondern ein Mann mit vielen Kanten und Ecken und einem Kern, den er gegen alles verschloß, nicht nur aus Stolz und Mut. Er war ein Mann, dessen Lebensweise bedroht war, ein Mann, der es gewohnt war, sein eigenes Schicksal zu kontrollieren, und jetzt versuchten Fremde, diese Kontrolle an sich zu reißen. Er war ein Mann, den man dazu erzogen hatte, keine Schwäche zu zeigen. Aber sie wußte, daß er Angst hatte – um sein Zuhause, seinen Lebensunterhalt.

Um sein Herz?

Das zu hoffen war gefährlich. Gefährlich und leichtsinnig. Sie war nicht hierhergekommen, um nach Liebe zu suchen, sie wollte nur akzeptiert werden. Sie wollte keinen Mann lieben, der dies zu einer schweren Arbeit und einer Herausforderung machte. Jeder Schritt wäre ein Kampf, und sie war es müde zu kämpfen. Sie wollte einfach nicht mehr kämpfen. Sie wollte ein einfaches, friedliches Leben.

Aber das Leben war nun einmal nicht so. Das Leben war genauso vielschichtig wie Rafferty, voller Kanten und Schatten, und sie konnte sich nicht einfach zurücklehnen und es vorbeiziehen lassen. Ihre Reise nach Montana war der erste Schritt auf ihrem Weg gewesen, sich selbst gegenüber ehrlich zu sein. Ein Teil dieser Ehrlichkeit war Rafferty. Ein Teil war die Loyalität ihren Freunden gegenüber. Eine Freundin war tot, und sie mußte herausfinden, warum, weil es sonst keiner tun würde. Keiner scherte sich darum.

Bei dem Gedanken, wie Rafferty darüber dachte, packte Mari wieder die Wut. Er war immer offen gewesen, was seine Gefühle Lucy gegenüber anging, aber sie hatte nicht erwartet, daß er so gefühllos sein könnte.

War er wirklich so kalt? Oder wollte er einfach, daß keiner erfuhr, was wirklich passiert war?

Del. Wollte J. D. seinen Onkel schützen? Könnte Del Lucy kaltblütig erschossen haben? Oder hatte er vielleicht gar nicht gewußt, was er tat?

Mari wanderte zur Terrassentür. Sie zog sie auf und schaute hinaus über das Tal, wo das erste Licht der Morgendämmerung den Himmel rosa färbte. Nebel lag in schmalen Gazestreifen über dem Boden und schlängelte sich um die dunklen Stämme der Bäume. Kühle Luft küßte ihre Wangen mit dem Duft von Kiefern und Zedern und feuchtem Gras. Unten am Fluß hob ein Elch den Kopf, und sein hoher, unheimlicher Ruf hallte herauf zu ihr.

Tränen sickerten aus Maris Augen und liefen ihr übers Gesicht. Sie liebte dieses Land so sehr. Warum konnte es nicht einfach die Zuflucht sein, die sie sich wünschte?

»Warum muß es denn so schwer sein?« flüsterte sie, verwirrt, voller Schmerz.

Keiner antwortete ihr. Gott nicht, keine innere Stimme. Das Tal schwieg. Der Elch zog weiter. Sie war allein.

Ihre Gitarre stand neben der Tür. Sie griff danach wie ein Kind nach seiner Kuscheldecke, drückte sie fest an sich und ging hinaus auf die Terrasse.

»Bleiben nur noch wir zwei, alte Freundin«, flüsterte sie und strich zärtlich über die Saiten.

Sie hockte sich auf den Tisch, verschränkte die Beine unter sich, ohne Rücksicht auf den Tau, der sich auf der Platte gesammelt hatte, und zog ihren Morgenmantel wie eine Decke um sich, beugte den Kopf und begann zu spielen. Das Lied war wehmütig, voller Zärtlichkeit, Sehnsucht und Verlangen. Alles, was ihr Herz empfand. Und als es vorbei war, blieb sie einfach sitzen, schwelgte in der Stille und ihrem Schmerz.

»Das war wirklich hübsch, Marilee.«

Sie riß den Kopf herum. Will lehnte an der Hausecke. *Sie hielt ihn aufrecht*, wäre wohl passender gewesen. Sein Hemd war zerrissen, das Gesicht blutverschmiert, sein rechtes Auge war violett und verschwollen, und er hatte eine Platzwunde auf der Stirn. Er versuchte, sie anzulächeln, zuckte aber vor Schmerz zusammen.

»Oh, mein Gott!« keuchte Mari und sprang vom Tisch. »Was ist passiert?«

»Hatte einen kleinen Unfall«, sagte Will und richtete sich langsam auf.

Er sagte nicht, daß er von Glück reden konnte, daß er noch am Leben war. Er fühlte sich, als wäre er unter eine Herde Pferde geraten. Sein Kopf schmerzte, seine Rippen taten weh, er hatte ein verstauchtes Knie, und seine gute alte Schulter war wieder mal ausgerenkt gewesen, was er durch kräftiges Rammen gegen einen Baumstamm in Ordnung gebracht hatte, aber sie tat immer noch höllisch weh.

»Ein kleiner Unfall?« sagte Mari besorgt. »Du siehst eher aus, als hättest du dich mit einem Mack Truck angelegt!«

»Es war ein Ford«, sagte er und fuhr sich mit der Zunge über die drei Zähne, die er sich angeschlagen hatte. »Der sieht schlimmer aus als ich. Gut, daß ich neun Leben habe.«

»Eins davon hast du gerade hinter dir, Kater. Was machst du denn hier? Du gehörst ins Krankenhaus!«

»Ja, also . . .« Er wollte seufzen, aber der Seufzer blieb ihm vor Schmerz in der Lunge stecken. »Glaubst du, ich könnte dir das im Sitzen erklären? Ich bin fast eine Meile gelaufen, um bis hierher zu kommen.«

»Du lieber Himmel. Du kannst in meinem Auto sitzen, und ich bring dich ins Krankenhaus.«

»Nein, kein Krankenhaus. Ich leide schon genug. Vertrau mir, Marilee. Ich hab' diese Nacht überlebt, also werde ich auch dies überleben. Kein Krankenhaus. Wenn du mich nur nach Hause fährst, das wäre großartig.«

Sie rollte die Augen und murmelte etwas wenig Schmeichelhaftes über Cowboys, während sie ihn ins Haus führte und an den Tisch im großen Zimmer setzte. Will beobachtete durch einen Nebel von Schmerz, wie sie mit einem Handtuch, einem Waschlappen, warmem

Seifenwasser, einer Flasche Alkohol und einer Schachtel Pflaster zurückkam. Dann machte sie sich mit grimmiger Miene daran, sein Gesicht zu säubern.

»Spuck's aus, Rafferty.« Sie rümpfte ihre kleine Nase. »O je, das hast du wahrscheinlich schon. Du stinkst wie eine Brauerei.«

»Bier schwappt eben, wenn der Truck rollt.«

»Du bist ja wohl nicht ganz bei Trost, so betrunken zu fahren. Willst du dich umbringen, oder wolltest du bloß irgendein unschuldiges Opfer verstümmeln oder töten?«

»Ich brauch keine Standpauke, Marilee«, schimpfte er. »Aua!«

»Halt still und hör auf zu jammern. Wenn du dich nicht selbst schon so zugerichtet hättest, würde ich dir noch ein paar verpassen.«

»Die Mühe kannst du dir sparen. J. D. wird mir den Kopf abreißen.« Er versuchte zu grinsen, was kläglich mißlang.

Mari sah ihn streng an. »Sich fast umzubringen gehört nicht zu den Dingen, die ich komisch finde.«

»Ach komm, Marilee. Mach lieber deinen Morgenmantel zu. Ich krieg da eine Gratisshow. Nicht, daß ich was dagegen hätte, aber ich bin momentan nicht in der Stimmung für so was.«

Sie trat wutentbrannt zurück und zurrte den Gürtel fester um ihre schmale Taille. »Nachdem du nicht mehr in unmittelbarer Todesgefahr schwebst, kann ich mich ja wohl noch anziehen. Ich bin gleich wieder da.«

»Hast du ein paar Aspirin?«

»In meiner Handtasche.«

Er zerrte die Handtasche über den Tisch zu sich und kramte, bis er in dem unbeschreiblichen Durcheinander Aspirin fand und ein Fläschchen verschreibungspflichtiges Tylenol mit Codein. Er warf die Aspirin zurück in die Tasche, nahm ein paar von den Tylenol und spülte sie mit einer Dose Pepsi aus dem Kühlschrank hinunter. Auf dem Weg zurück zum Tisch musterte er sich in dem zerbrochenen Spiegel mit geflochtenem Rahmen.

»He, du schaust ja zum Fürchten aus, Kleiner«, sagte er grimmig.

Aber immer noch besser als tot. Wie sein Truck. Der war Schrott. All das hübsche, glänzende Metall zertrümmert, ruiniert. Es brach ihm das Herz. Er erinnerte sich, daß er deshalb geweint hatte, als er halb bewußtlos in dem Wrack gelegen hatte. Aber hauptsächlich hatte er an Sam gedacht und sich gefragt, ob sie je erfahren würde, daß er bei dem Versuch gestorben war, den Mann von der Straße zu drängen, der sie ihm wegnehmen wollte. Jetzt fragte er sich, wie lange es wohl dauern würde, bis sie herausfand, daß ihre Versicherungsprozente ins Uferlose steigen würden.

Wenn sie sich scheiden ließ, mußte sie sich nicht an der Prämienzahlung beteiligen.

*Ex*frau. *Ex*frau.

Er ließ sich stöhnend auf einen Stuhl fallen.

Marilee trabte in engen Jeans und einem riesigen lavendelfarbenen Sweatshirt mit dem Logo des Moose auf der Vorderseite die Treppe herunter.

»Will, es tut mir leid, daß ich dich vorhin so angefahren habe. Aber ich mag dich, und ich hasse es, wenn ich mit ansehen muß, daß jemand etwas macht, was ihn umbringen könnte. Ich habe gerade eine Freundin verloren. Ich möchte nicht schon wieder einen Freund verlieren.«

»Schon okay.« Er sah ihr nach, wie sie in die Küche ging, in einer Tüte auf dem Tresen wühlte und mit einer Schachtel Doughnuts und Papierservietten zurückkam. »Ich weiß am besten, wie dämlich das war. J. D. weiß natürlich alles besser und wird es mir vorhalten, bis ich mir wünsche, der Truck wär mit mir drin in die Luft gegangen.«

Er klang so niedergeschlagen, daß er Mari fast schon wieder leid tat. Außerdem wußte sie sehr wohl, was es hieß, das Mißfallen der Familie zu erregen. Sie holte sich ebenfalls eine Dose Pepsi, setzte sich zu ihm an den Tisch und stellte die Doughnutschachtel zwischen sie.

Er nahm sich einen Zimtdoughnut und prostete ihr mit der Dose zu. »Frühstück für Champions.«

»Enthält den Tagesbedarf an chemischen Zusätzen und Konservierungsmitteln.« Sie nahm sich selbst einen. »Du solltest wirklich zum Arzt gehen.«

Will schnitt eine Grimasse. »Ich hab' mich bei Stürzen aus dem Bett schon schlimmer verletzt.«

»Muß nett sein, mit dir auszugehen.«

»Willst du's rausfinden?« Das Kodein begann zu wirken, und mit einem Mal war der Schmerz erträglich. Er lachte über Maris entsetzten Blick. »Oh, ja richtig, du tanzt ja mit dem Boß. Ist es was Ernstes? Darf ich dich bald Schwester nennen?«

»Nein.«

Sie war plötzlich sehr mit den Krümeln auf ihrer Serviette beschäftigt, und ihr Mund sah so verkniffen aus, daß er merkte, es war Vorsicht geboten. Ihre Augen waren rot gewesen, als sie ihn draußen auf der Terrasse angesehen hatte, als hätte sie geweint. Du mußt noch viel lernen, J. D. Arme Marilee.

»Da hast du dir einen harten Brocken ausgesucht, Schätzchen«, sagte er. »Der ist mit seinem Job verheiratet, mit dem Land. Wahrscheinlich hält er das für das Sicherste. Hat nicht gedacht, daß das Land sich einfach davonschleichen könnte. Inzwischen haben wir natürlich gelernt, daß das Land nur eine hübsche Hure ist, die an den Meistbietenden geht. Ein echter Hammer, was?«

»Trifft dich das?«

»Nicht so schlimm wie ihn. Für J. D. ist die Ranch Mutter, Geliebte, Pflicht. Für mich ist sie das Ding, das Mama an eine Ehe gefesselt hat, die sie nicht wollte. Auf Pflicht hatte ich noch nie Appetit.«

»Aber du bleibst trotzdem. Warum?«

Die Frage stellte er sich auch regelmäßig. Aber er hatte noch keine Antwort gefunden. So tief wollte er nicht graben. Er hatte zu große Angst davor, was dabei alles ans Licht kommen könnte. *Schöner Feigling bist du, Willie-Boy.*

Er hatte keine Antwort. Und Mari drängte ihn nicht. Sie kannte die Wirrungen und Irrungen, die das menschliche Herz umsponnen, nur allzu gut. Warum war sie aufs College gegangen, anstatt ihr Glück als Songschreiberin zu versuchen? Warum hatte sie den Job weitergemacht, obwohl sie ihn gehaßt hatte? Warum hatte sie versucht, sich an Brad Enright zu verkaufen, obwohl sie ihn nicht wirklich geliebt hatte?

Warum konnte das Leben nicht einfach sonnig und simpel sein?

Sie seufzte und klopfte sich den Puderzucker von den Händen. »Die Wunde muß genäht werden. Komm, Cowboy«, sagte sie und stand auf. »Ich fahr dich zu Dr. Charme und Takt.«

KAPITEL 19

MacDonald Townsend lief vor dem großen Fenster in seinem Arbeitszimmer auf und ab. Die Aussicht aus diesem Fenster, ein Panorama der wilden Schönheit Montanas, hatte ihn eine hübsche Stange Geld gekostet. Heute morgen würdigte er sie keines Blickes.

Sein Leben ging den Bach hinunter. Schlicht und einfach. Er blieb neben seinem schweren antiken Eichenschreibtisch stehen, um sich eine Zigarette anzuzünden, aber seine Hände zitterten so heftig, daß er es aufgab. Er wußte, was er brauchte, wonach sein Körper schrie. Es lag in der obersten rechen Schublade seines Schreibtisches, aber er kämpfte gegen die Sucht, versuchte verzweifelt, sich davon loszureißen. Sein Gesicht war von einem Schweißfilm überzogen. Seine Nase lief. Er zog ein feuchtes, zusammengeknülltes Taschentuch aus der Hosentasche, wischte sich die Oberlippe ab und begann wieder, auf und ab zu laufen.

Sein Puls raste wie der eines Karnickels, etwas, das in letzter Zeit immer häufiger passierte. Er wußte nicht, ob das am Kokain lag oder am Streß, jedenfalls war er kurz vor dem Zusammenbruch.

Er blieb stehen und starrte blicklos aus dem Fenster. Wie hatte es nur soweit kommen können? Er hatte die Welt in Händen gehalten, war auf dem besten Weg in den Obersten Gerichtshof gewesen. Man respektierte und bewunderte ihn, ihn und seine Frau. Seine Personalakte war blütenweiß.

Dann hatte er Lucy MacAdam kennengelernt. Und das war der Anfang seines Abstiegs in die Hölle gewesen.

Er erinnerte sich an ihr erstes Treffen, als wäre es erst gestern gewesen. Es war bei einer Party im eleganten Haus von Ben Lucas gewesen. Ihr Blick hatte ihn wie ein Laserstrahl durchbohrt. Sie war platinblond, ungeheuer sexy, trug ein goldfarbenes Strickminikleid, das wie ein Handschuh saß, ohne etwas darunter, wie er später an jenem Abend herausgefunden hatte, als sie ihn an der Krawatte in ein wenig benutztes Gästebad zog.

Damals war er zwar kein glücklich verheirateter Mann gewesen, aber ein zufriedener. Irene, mit der er seit dreißig Jahren verheiratet war, hatte jedes Interesse an Sex verloren, war vollauf mit ihren guten Taten beschäftigt. Er erinnerte sich, daß er froh darüber gewesen war, weil ihn so nichts von seiner Karriere ablenken konnte.

Und dann war mit einem Schlag alles anders geworden. Wenn er zurückdachte, fand er es immer noch erstaunlich, daß er so leicht in Versuchung geraten konnte und die Versuchung ihn so tief hatte hineinreiten können, daß alles so schnell passiert war.

Irrsinn, das war es. Er hatte ihn wie Krebs befallen. Zuerst war es Lucy, dann das Kokain, die Partys, die Streifzüge in Evan Bryces Welt und die Leute, die sich um ihn bemühten. Zuerst war er so selbstzufrieden gewesen, hatte sich geschmeichelt gefühlt, hatte geglaubt, er könnte seine Laster von seinem öffentlichen Image trennen. Aber im Laufe der Zeit war es immer schwieriger geworden, bis er das Gefühl hatte, als müsse er Bowlingkugeln jonglieren, während er mit einem Fuß auf einem Stecknadelkopf balancierte. Er hatte Stück für Stück die Kontrolle über sich verloren, und jetzt trudelte sein Leben in einer Spirale abwärts, wie ein Flugzeug mit rauchenden Motoren.

Seine Kokainsucht war völlig außer Kontrolle. Die Drogen und die Erpressung fraßen in alarmierender Geschwindigkeit sein Vermögen auf. Irene wollte ihn verlassen. Gott allein wußte, was passieren würde, wenn ihr Anwalt Geld und Besitz forderte, die längst zur Finanzierung seines geheimen Lebens aufgebraucht waren. Bryce hatte ihn unter der Knute, und da war dieses sehr belastende Videoband, das zumindest seine Karriere beenden würde, falls es in die falschen Hände geriet.

»Ich muß dieses Band kriegen«, murmelte er.

Sein Puls raste so heftig, daß er das Gefühl hatte, er würde explodieren. Den Tränen nahe, warf er sich in den ledergepolsterten Schreibtischsessel und griff nach der Schublade, krallte seine Finger um den Griff.

Ich muß aufhören, sagte er sich, sonst wird der Irrsinn nie enden. Gestern nacht hatte er sich geschworen, aufzuhören. Er würde seinen Urlaub auf sechs Monate Pause vom Richterstuhl ausdehnen und eine Entziehungskur in einem anderen Staat machen. Und bei seiner Rückkehr würde er dann ein neuer Mann sein, derselbe wie früher, zurück auf dem schmalen Pfad der Tugend.

Der Plan brachte ein Stimmungshoch, ganz ähnlich wie von den Drogen. Einen Moment lang sah er seine Zukunft im rosa Licht. Doch dann zerriß das Schrillen des Telefons die Euphorie.

Er packte den Hörer, sein Puls begann wieder zu rasen. »Townsend.«

»Richter Townsend.« Eine fremde männliche Stimme, voll falscher Jovialität. »Ich war ein Freund einer Freundin von Ihnen, Lucy MacAdam.«

Townsend sagte nichts. Zahllose Gedanken schwirrten durch seinen Kopf, keiner davon angenehm.

»Sind Sie noch da?«

Er versuchte zu schlucken, seine Kehle war ausgedörrt. »J-ja, ich bin da.«

»Ich weiß zufällig, daß Sie und Lucy ein kleines Ding am Laufen hatten. Dachte, wir könnten mal darüber reden.«

Das Band, o mein Gott, er hatte das Band. »Was wollen Sie?«

»Nicht am Telefon. Ich regle Geschäftliches lieber persönlich.«

»Wo?«

»Fischen Sie gerne, Richter?«

»Was? Was zum Teufel?«

»Natürlich fischen Sie gerne, sonst wären Sie doch nicht hier. Ich hab' da einen tollen Platz drüben am Little Snake entdeckt. Wir treffen uns in einer Stunde an der Abzweigung der Mine Road zur County 9, dann fahre ich voraus. Wissen Sie, wo das ist?«

»Ich werde da sein.«

»Gut. Und bringen Sie Ihre Brieftasche mit, Richter.«

Er legte mit zitternder Hand den Hörer auf. Der Druck in seinem Kopf steigerte sich ins Unerträgliche, hämmerte wie ein Paar Fäuste hinter seinen Augen.

Würde dieser Alptraum nie enden?

Aber wenn ich das Band kriegen kann, dachte er verzweifelt, werde ich jeden Preis dafür bezahlen, werde sogar dieses Haus hier verkaufen, um das Geld aufzubringen. Das wäre sowieso das Beste. Das Haus zu verkaufen. Das könnte alles retten. Er würde es verkaufen, eine Entziehungskur machen, Irene zurückholen, ehe die Scheidungsverhandlung seine zerrütteten finanziellen Verhältnisse enthüllte.

Dieser Plan beruhigte ihn etwas, aber er zitterte immer noch. Irgendwie mußte er es schaffen, beherrscht zu wirken, wenn er dem Erpresser gegenübertrat. Es wäre sehr unklug, Angst zu zeigen.

Seine Finger schlossen sich wieder um den Griff der Schublade und zogen sie auf. Nur noch dieses eine Mal...

Mari ging mit Will in die Notaufnahme, um sicherzugehen, daß er sich auch tatsächlich behandeln lassen würde. Dann fuhr sie durch die Stadt zum Moose.

Touristen in Westernkleidung trabten durch die Lobby zum Frühstück, um für einen weiteren Tag in der freien Natur gewappnet zu sein. Mari ging nach oben, duschte und zog sich wieder eigene Jeans, ein T-Shirt und ein Männerhemd an, dann ging sie hinunter in den Speisesaal und hielt Ausschau nach Drew.

Kevin saß allein an einem Tisch und arbeitete an einem Stapel Papiere, während er an seinem Kaffee nippte. Mari schlängelte sich zu seinem Tisch und setzte sich ihm gegenüber.

»Hat deine Mutter dir nie gesagt, daß du deine Hausaufgaben nicht am Frühstückstisch machen sollst? Du wirst dir deine Haltung ruinieren.«

Er hob den Kopf und grinste. »Nein, den kenne ich noch nicht. Bei uns zu Hause hieß es immer: ›Renn nicht mit dem Bleistift in der Hand –‹«

»Du wirst dir das Auge ausstechen«, beendeten sie den Satz im Chor.

Mari lachte. »Ich glaube, die größte Angst meiner Mutter war das gesellschaftliche Stigma, eine Tochter mit Augenklappe zu haben. Es gibt nur wenige Designer, die das schick finden.«

Kevin fing einen Kellner ab und bestellte Kaffee. »Frühstück?«

»Nein, danke«, sagte sie mit einem gierigen Blick auf den dicken Heidelbeermuffin, der unberührt auf seinem Teller lag. »Ich hab' schon einen Doughnut gegessen.«

»Dann nimm wenigstens ein bißchen Obst.« Er schob ihr eine Schale mit Melone und Beeren hin.

Mari spießte ein Stück Melone mit der Gabel auf und biß davon ab.

»Wie fühlst du dich?« sagte Kevin mit dem besorgten Hundeblick, der ihm so gut stand.

»Gut. Aber bitte, laß uns die Geschichte vergessen. Hast du gehört, ob Quinn schon eine Spur von dem Kerl hat?«

Er schüttelte den Kopf. »Er wird ihn wohl kaum erwischen. Es wäre einfacher, wenn er etwas gestohlen hätte und versuchen würde, es zu verkaufen oder zu verpfänden.«

»Ich würde ja nur gerne wissen, ob er *damit gerechnet* hat, etwas zu finden. Lucy hat in ihrem letzten Brief an mich ein Buch erwähnt. Ich habe es bis jetzt nicht finden können.«

»Was für ein Buch wäre es denn wert, jemanden dafür zu überfallen?«

Sie zuckte die Achseln. Sie wollte das nicht mit Kevin besprechen. Eine innere Stimme sagte ihr, daß er in Lucys Intrigen sicher nicht eingeweiht gewesen war, er war einfach zu lieb. Andererseits war sie bereit, darauf zu wetten, daß sein Partner mehr wußte, als er zugab.

»Ist Drew in der Nähe?«

»Nein«, sagte Kevin knapp. Die Atmosphäre wurde merklich kühler, das Lächeln war wie weggewischt. »Er ist unterwegs, um mit der Natur zu kommunizieren. Fischen oder so was. Ich hab' ihn heute früh noch gar nicht gesehen.«

»Oh.« Mari nagte an ihrer Unterlippe. »Ist irgend etwas nicht in Ordnung?«

Kevin starrte auf seinen Teller. »Nein. Es ist nichts. Warum wolltest du ihn sprechen?«

»Ist nichts Wichtiges. Wir haben uns nur neulich abends über Lucy unterhalten. Ich dachte, wir könnten das Gespräch bei einem Kaffee beenden.«

»Na ja, er wird schon irgendwann wiederkommen. Spätestens um fünf. Das Trio spielt ab sieben in der Lounge.« Er strahlte sie hoffnungsvoll an. »Wirst du mitspielen?«

»Oh, ich weiß nicht –«

»Ach komm, du hast doch keine Angst vor der Bühne. Es wäre toll, dich wieder singen zu hören.«

»Vielleicht. Wir werden sehen.«

Sie warf einen Blick auf ihre Uhr, dann beugte sie sich vor und mopste ein Stück Muffin. »Ich muß los«, sagte sie, steckte es in den Mund und ging.

Den Großteil des Morgens verbrachte Mari damit, Will in der Stadt herumzuchauffieren. Vom Krankenhaus fuhren sie zu Chucks Karosseriewerkstatt und bestellten einen Abschleppwagen. Von dort aus ging's weiter zur Big-Sky-Versicherungsgesellschaft, um den Schaden zu melden. Nachdem man ihm dort gesagt hatte, er würde wahrscheinlich wegen seines Verkehrssündenregisters aus der Versicherung fliegen, ließ er Mari zum Cheyenne-Gebrauchtwagenhandel am Rand der Stadt fahren, wo er versuchte, seinem guten Freund Ed Twofeathers ein Leihauto abzuschwatzen. Big Ed sagte ihm, er solle zu Fuß gehen.

Im Supermarkt an der Tankstelle kaufte Will sich eine billige Sonnenbrille, als Ersatz für die, die er bei dem Unfall verloren hatte, dann aßen sie eine fettige Pizza und machten sich anschließend auf den Weg zur Ranch.

Will, deprimiert und müde von den Schmerztabletten, schlief auf dem Weg zur Stars and Bars ein. Mari steckte eine Kassette von Shawn Colvin in den Recorder und ließ sich noch einmal alles durch den Kopf gehen.

Will wachte auf, als sie durch das Tor der Ranch rollten. Niemand war zu sehen, außer Chaske, der an der Scheune die Hufe eines braunen Wallachs trimmte. Kein J. D. in Sicht.

»Danke fürs Bringen, Marilee«, sagte er und öffnete seine Tür. »Du bist ein echter Kumpel.«

»Ja.« Sie sah ihn vorwurfsvoll an. »Denk dran, wenn du dich das nächste Mal bis obenhin voll hinters Steuer setzt.«

Er versprach ihr nicht, es nicht wieder zu tun. Er hatte schon zu viele Versprechungen gemacht, die er nicht halten konnte.

Als er aus dem Honda stieg, ging die Haustür auf, und Tucker und J. D. traten auf die Veranda.

»Junge, du siehst ja aus, als hättest du deinen Kopf in einen Sack Wildkatzen gesteckt!« rief der alte Mann und humpelte die Treppe herunter. »Deine eigene Mutter hätte dich nicht erkannt. Was zur Hölle ist da passiert?«

Will kam sich vor wie ein Käfer unterm Mikroskop. Tucker stand direkt vor ihm und musterte ihn mit zusammengekniffenen Augen, aber J. D.s Blick war wesentlich durchdringender, trotz der Entfernung.

»Du hast es endlich geschafft und den Truck um einen Baum gewickelt, stimmt's«, sagte J. D. grimmig und stieg die Treppe runter.

Will zwang sich ein säuerliches Lächeln ab. »Du liegst fast richtig. Aber nur fast. Hab' ihn einen Abhang hinuntergerollt.« Er breitete die Arme aus. »Wie du siehst, habe ich überlebt, vielen Dank für dein Beileid, Bruder.«

J. D. schüttelte den Kopf. Er war wütend auf Will, aber noch wütender war er auf sich selbst, wegen der verspäteten Angst um seinen Bruder. Will war trotz allem schließlich ein Rafferty, und er hätte sich fast umgebracht. J. D. wünschte, er müßte sich keine Sorgen machen, das tat nur weh. Nicht zum ersten Mal wünschte er sich, er wäre ein Einzelkind.

»Ich sollte dir wirklich den Rest geben«, fauchte J. D. »Von allen dämlichen, unverantwortlichen –«

»Deine Standpauke brauch' ich nicht, J. D.«

»Nein? Was brauchst du denn, Will? Ein hübsches Ding, das dir die Hand hält und dich bemitleidet? Versuch's doch mal mit deiner Frau.« Fast so rasend wie Will machte ihn die Tatsache, daß er mit Marilee unterwegs war. Eifersucht brannte in ihm wie eine Säure, und das gefiel ihm gar nicht.

Mari stieg aus dem Honda und lehnte sich an das Dach. »Beruhig dich, J. D. Ich hab' ihn nur vom Krankenhaus nach Hause gefahren.«

»Wirklich nachbarschaftlich von dir, Marilee«, sagte er voller Sarkasmus.

»Mein Gott, J. D.«, schimpfte Will. »Halte sie da raus. Du bist sauer auf mich.«

»Und ob ich sauer auf dich bin. Wir müssen morgen einen Haufen Vieh in die Berge hochtreiben, und du bist nicht in der Verfassung, auf ein Pferd zu steigen. Wie zum Teufel soll ich einen zusätzlichen Mann bezahlen, wenn jeder Cent, den du nicht verspielt hast, dafür draufgeht, diesen Betrieb in Gang zu halten? Und was ist mit den Arztrechnungen und den Abschleppkosten und den Reparaturkosten? Hast du einmal daran gedacht, als du mit einem vollen Tank Jack Daniels die Straße entlanggebraust bist?«

»Nein, J. D., habe ich nicht«, sagte Will verbittert. Er ballte die Fäuste. »Vielleicht habe ich andere Dinge im Kopf als diese gottverdammte Ranch. Ist dir das je in den Sinn gekommen? Vielleicht habe ich die Schnauze voll davon. Vielleicht ist mir scheißegal, was damit passiert.«

Tucker trat nervös von einem Fuß auf den anderen. »Also, Jungs, das ist jetzt vielleicht nicht die richtige Zeit –«

»Die Zeit ist vielleicht schon vorbei«, sagte J. D. gefährlich leise.

Will war am Ende. Er konnte J. D.s Maßstäben nie gerecht werden, hatte es nie gekonnt.

Er stellte sich J. D.s eisigem Blick, ohne mit der Wimper zu zucken, und seine Kindheit und seine Jugend zogen an ihm vorbei – wie er hinter J. D. hergetappt war, die Streitereien, die erzwungenen Waffenstillstände, die seltenen Augenblicke der Kameradschaft. Sie waren Brüder, aber J. D. hatte ihm nie verziehen, daß er auf der Welt war, und würde es auch nie. *Halb*bruder. Ein halber Mann. Halb so gut. Er fühlte, wie etwas in ihm verwelkte und starb. Hoffnung. Was für ein trauriges Gefühl.

»Ich geh' packen«, sagte er leise.

Tucker fluchte und versuchte, Will auf dem Weg zum Haus einzuholen, aber der wehrte mit erhobener Hand ab. Der alte Mann blieb ratlos und wütend stehen. Dann fuhr er J. D. an.

»Verdammt, dein Schädel ist wirklich härter als jede Betonmauer!«

»Halt die Luft an, alter Mann.«

J. D. drehte sich um und ging fort in Richtung Koppel. Er wollte sich zwingen, Marilee nicht anzusehen, aber es gelang ihm nicht ganz. Sie stand neben ihrem Auto, mit wutentbrannten Augen und grimmig zusammengekniffenem Mund. Schuldgefühle schnappten nach ihm. Er verdrängte sie. Zum Teufel mit Marilee Jennings. Zum Teufel mit Will. Er brauchte keinen von beiden.

Du solltest besser gehen, sagte Mari sich. Sie hatte genug eigene Probleme. Aber Will war trotz aller Fehler ihr Freund und J. D. trotz allem ihr Liebhaber. Sie konnte nicht einfach zurückstehen und mitansehen, wie das brüderliche Band zwischen den beiden endgültig zerriß.

Sie lief fluchend hinter ihm her. »J. D. –«

»Halte dich da raus, Marilee.« Er ging so schnell weiter, daß sie rennen mußte, um Schritt zu halten. »Das geht dich überhaupt nichts an.«

»Er hätte bei dem Unfall getötet werden können.«

»Wär ihm ganz recht geschehn.«

»Verdammt noch mal, Rafferty, hör auf!« schrie sie und schlug ihn, so fest sie konnte, auf den Arm. Er blieb stehen. »Hör auf, so zu tun, als interessierte dich nichts und niemand außer dieser Ranch.«

»Interessiert mich auch nicht.«

»Das ist eine Lüge, und das weißt du auch! Wenn du so ein Schwein wärst, würdest du keinen hundert Jahre alten Rancharbeiter behalten und einen Onkel, der vor zwanzig Jahren den Verstand verloren hat.«

»Das ist meine Pflicht.«

»Das ist Fürsorge. Das ist dasselbe. Und es ist dir nicht egal, was mit Will passiert.«

»Woher zum Teufel willst du wissen, was mir am Herzen liegt und was nicht«, schrie er wütend, weil sie einen empfindlichen Nerv getroffen hatte. »Glaubst du, weil du mit mir im Bett warst, bist du ein Experte? Wenn ich gewußt hätte, daß du soviel Ärger machst, hätte ich meine Hose zugelassen.«

Mit finsterer Miene stapfte er weiter zu der Koppel, wo ein halbes Dutzend Pferde mit interessiert gespitzten Ohren auf ihn wartete. Mari ging ihm nach, obwohl sie wußte, daß sie sich zum Narren machte.

»Dasselbe könnte ich auch sagen, weißt du«, sagte sie wütend. »Du wirst nie einen Preis für Charme gewinnen, und ich bin ganz bestimmt nicht nach Montana gekommen, um in eine Familienfehde verwickelt zu werden.«

»Dann halte dich verdammt noch mal raus.«

»Es ist zu spät, so zu tun, als kennten wir uns nicht. Ich will nur eins sagen: Will ist der einzige Bruder, den du hast, J. D. Ja, er ist verkorkst, aber er ist kein hoffnungsloser Fall. Er braucht Hilfe. Du könntest wenigstens mal zehn Minuten aufhören, den harten Burschen zu spielen, und etwas Mitgefühl zeigen.«

»Du willst Mitgefühl?« sagte er verächtlich. »Dann geh zu einem Priester. Es ist kein Spiel, Marilee. Ich bin genau das, was ich zu sein scheine.« Er breitete die Arme aus. »Kein As im Ärmel, keine Trickspiegel. Du findest, ich bin zu hart? Dein Pech. Such dir einen anderen Cowboy fürs Bett. Momentan gibt's hier noch genug. Wenn dir mein Bruder so gut gefällt, solltest du's mit ihm vielleicht auch mal probieren.«

Mari zuckte zusammen, als hätte er ihr einen Schlag ins Gesicht versetzt. Tränen schossen ihr in die Augen, aber sie schluckte sie hinunter. »Mein Gott, kannst du widerlich sein!«

»Wenn's dir nicht paßt, dann geh. Keiner wird dich aufhalten, Stadtmädchen.«

»Gut«, flüsterte sie mit zittriger Stimme. Mehr brachte sie nicht heraus. »Ich gehe. Und spar dir die Mühe, noch mal in Lucys Haus zu kommen. Ich brauche dich auch nicht.«

»Ist mir recht. Ich hab' sowieso Wichtigeres zu tun. Ruf mich an, wenn du dich entschieden hast, das Land zu verkaufen.«

Mit tränenverschleiertem Blick machte sie sich auf den Weg zu ihrem Auto. Unterwegs drehte sie sich noch einmal zu ihm um, kopfschüttelnd. »Du bist so damit beschäftigt, das zu schützen, was du besitzt, daß du nicht einmal siehst, daß du alles, was wirklich wichtig ist, verlierst. Du tust mir leid, Rafferty. Am Schluß wirst du nur noch dieses Land haben und sonst gar nichts.«

»Alles andere ist sowieso unwichtig«, sagte J. D., aber Mari hatte sich bereits abgewandt und stolzierte zum Wagen zurück.

Er blieb stehen und sah ihr nach, wie sie davonfuhr. Den Schmerz in seiner Brust ignorierte er beharrlich. Sie durfte ihm nichts bedeuten. Das konnte er nicht zulassen. Sie würde kein Teil seines Lebens bleiben. In ein oder zwei Wochen würde sie das ländliche Leben langweilen, und sie würde nach Kalifornien zurückgehen. Er würde zurückbleiben, die Ranch bewirtschaften und darum kämpfen, daß seine Art zu leben nicht ausstarb. Und dabei durfte er sich von nichts stören lassen.

Als er sich der Koppel zuwandte, tönte das Wort *Märtyrer* durch seinen Kopf und hinterließ einen bitteren, metallischen Geschmack in seinem Mund. Er spuckte in den Staub und kletterte durch den Zaun, um ein Pferd einzufangen.

Es war Mari ein Rätsel, wie sie es von der Stars and Bars ins Tal hinunter schaffte, ohne gegen einen Baum zu rasen. Ein Wunder. Wenn es die gäbe. Mari war so wütend und verletzt, daß sie keinen klaren Gedanken mehr fassen konnte. Sie sprang aus dem Honda und machte sich auf den Weg zur Scheune. Sie begann zu rennen, sprintete in das dunkle Innere und zur Seitentür hinaus. Clyde wieherte erschrocken, als sie an ihm vorbeilief, aber sie rannte einfach weiter zur Lamakoppel und kletterte über das Tor, rannte weiter über die Weide, bis ihre Lunge brannte und ihr die Knie weich wurden. Dann ließ sie sich ins hohe Gras fallen und blieb schluchzend liegen.

Sie wußte nicht einmal genau, warum sie weinte. Weil Rafferty ihre Gefühle verletzt hatte? Damit hätte er sich den Lebensunterhalt verdienen können, der sture Bock. Weil sie Mitleid mit Will hatte, weil es ihr in der Seele weh tat, was diese beiden Brüder verloren? Weil ihre Freundin tot war? Weil sie so nach einer Zigarette gierte, daß sie jede Kippe aus dem Rinnstein aufgesammelt hätte? Aus all diesen Gründen und vielen anderen.

Sie lag im Gras und weinte, bis keine Tränen mehr kamen, dann blieb sie einfach liegen. Die Sonne schien auf sie herab, warm und gelb wie geschmolzene Butter, inmitten von Popcorn-Wolken. Mari schlug die Augen auf und beobachtete, wie sich die Wiesenblumen im Wind wiegten – zarte Veilchen, Glockenblumen, die gerade begannen, ihre Knospen zu öffnen. Ihre Schönheit beruhigte sie, ihre Schlichtheit war tröstlich. Eine Hummel summte träge von Blüte zu Blüte, ahnte nichts von der menschlichen Welt und ihren Agonien.

Vielleicht hatte J. D. recht, wenn er sein Herz diesem Land schenkte, sie hätte es auch gekonnt. Sie fühlte sich als Teil davon, labte sich an seiner Schönheit und seiner Kraft. Sie drehte sich auf den Rücken und schaute hinauf in den Himmel. Er war wirklich größer hier. In Momenten wie diesen fühlte sie sich hier mehr zu Hause als je zuvor irgendwo anders, hier war die Heimat ihrer Seele.

Eine Lama-Nase näherte sich ihr, klein und pelzig, zuckte neugierig und küßte ihre Wange. Mari setzte sich lächelnd auf und streichelte den Hals des lustig gefleckten Babys.

»Ich werde dich Parfait nennen«, verkündete sie, überrascht, wie heiser ihre Stimme war.

Die langen Ohren des Lamas drehten sich interessiert. Ein halbes Dutzend seiner Verwandten stand ein Stück weiter weg und beobachtete Mari mit sanften Rehaugen.

Mari stand langsam auf, um sie nicht zu erschrecken. Sie ließen sie nicht aus den Augen, kauten aber unbeirrt weiter. Ihnen war egal, daß Mari sich in einen Mann verliebt hatte, der Held und Bösewicht zugleich war. Sie standen über den Grausamkeiten, die Menschen sich gegenseitig antaten. Sie kannten das Geheimnis inneren Friedens und betrachteten sie mit sanftem Mitleid für ihr Unwissen, gaben ihr Trost durch ihre Gesellschaft.

Sie verbrachte den Nachmittag mit ihnen und ignorierte sämtliche Schwierigkeiten, die sich vor ihr auftürmten. Sie mischte sich unter die Tiere, streichelte sie, erzählte ihnen von der Bedeutung des Lebens. Ein paar Stunden lang war nichts anderes mehr wichtig. Die Lamas halfen ihr, alle Spannungen zu vergessen, die Sonne gab ihrer Seele neue Kraft. Dann, als die Sonne langsam ihren Abstieg gen Westen begann, kehrte Mari wieder zurück in die Welt der Menschen und Sorgen und Geheimnisse von Lamafutter.

KAPITEL 20

J. D. ritt die kleine blonde Stute des Apothekers über die Furt oberhalb des Little Snake Creek. Die Stute war unsicher mit dem ungewohnten Gewicht eines Mannes auf dem Rücken und wehrte sich gegen die Zügel. Ganz automatisch brachte er sie behutsam wieder unter Kontrolle.

Er war mit seinen Gedanken nicht bei der Arbeit, hatte die Stute nur gesattelt, weil es ihm widerstrebte, irgend etwas zu tun, was nicht auf irgendeine Weise produktiv war.

Und wie war das mit Marilee?

Die Zeit, die er mit ihr verbracht hatte, wäre produktiv gewesen, wenn sie irgendwelche Anstalten gemacht hätte, ihm Lucys Land zu verkaufen. Aber dafür mit ihr ins Bett zu steigen war gegen seine moralische Überzeugung. Und wenn er aus irgendeinem anderen Grund mit ihr ins Bett stieg, würde er damit Probleme schaffen, die er sich geschworen hatte zu vermeiden.

Aber das stand ohnehin nicht mehr zur Diskussion. Er würde nicht mehr mit ihr ins Bett gehen.

Er ritt mit grimmigem Gesicht weiter. Das Leben war wirklich verdammt schwierig. Sein Versuch, ein Angebot für die Flying K auf die Beine zu stellen, war ein kläglicher Fehlschlag gewesen. Ein Anruf beim Präsidenten der First Bank of Montana hatte ihm lediglich Beileid für Wills beispiellose Spielverluste im Little Purgatory eingebracht. Und Bryce rieb sich wahrscheinlich lachend die Hände und zählte sein Geld. Nachdem er jetzt Samantha in den Fingern hatte, war er sicher überzeugt, daß die Stars and Bars ihm auch bald gehören würde.

Und jetzt war auch noch Will gegangen, war mit Tuckers altem Pick-up einfach auf und davon. Er hatte immer damit gerechnet, daß Will eines Tages seinen Anspruch auf das Familienland aufgeben würde. Jetzt, wo es soweit war, spürte er weder Erleichterung noch Triumph, nur ein seltsam hohles Gefühl im Magen. Alte Schuldgefühle regten sich. Reue darüber, etwas zu verlieren, was er eigentlich nicht gewollt hatte.

Er hatte seine familiäre Verpflichtung Will gegenüber mißbraucht, ihn schikaniert und bevormundet, ihn behandelt wie einen Knecht, nicht wie einen Bruder.

Marilee glaubte, Will brauche Hilfe, weil er seine Trinkerei nicht mehr unter Kontrolle hatte. J. D. betrachtete das als Ärgernis. Dies hier war ein rauhes Land mit rauhen Menschen. Trinken gehörte zum Leben eines Cowboys, auch wenn es manchmal zum Problem wurde. Er hatte Will nie wegen seiner Trinkerei beschimpft, immer nur wegen der Folgen.

Die Schuldgefühle nagten immer stärker. Die Wahrheit zerrte an ihm. Das bleierne Gewicht der Verantwortung. Er war hierhergekommen, um ihrer Last zu entgehen, nicht, um sie unter dem Mikroskop zu betrachten. Er war hierhergekommen, um sich in seiner ersten Liebe – dem Land – zu verlieren.

Dieses Stück hier entlang des Snake Creek war einer seiner Lieblingsplätze – wenn nicht gerade ein halbes Dutzend Idioten aus der Stadt mit ihren teuren Anglerwesten und Gummistiefeln zum Fischen unterwegs waren. Aber heute hatte er Glück. Ein Stückchen flußabwärts stand ein roter Bronco, aber sein Besitzer war nirgends zu sehen. Wahrscheinlich war er beim Pilzesammeln im Wald.

Das kleine Tal und die Hügel zu beiden Seiten gehörten dem Bureau of Land Management. J. D. hatte einmal überlegt, ob er das Stück Land pachten sollte, aber eine Umweltgruppe hatte eine »Rettet Little Snake«-Kampagne gestartet für die Angler und Wochenendwanderer aus Bozeman und Livingstone. Das kleine Stück Grasland war den Aufwand eines Kampfes nicht wert gewesen.

Trotzdem ritt er immer noch gerne hierher, wenn er Gelegenheit dazu hatte. Es war einsam hier, abgeschieden, im Augenblick noch unverdorben. Der Little Snake war ein kleiner klarer Fluß, der sich zwischen Espen und Pappeln hindurchschlängelte. Er hatte hier schon oft Rehe gesehen und sogar Bären, obwohl sie von den Ranchern und Touristen immer weiter in die Wildnis zurückgedrängt wurden.

Er lenkte die blonde Stute zum Ufer hinunter und trieb sie behutsam ins Wasser. Als sie knietief im Fluß stand und sich ruhig in der Gegend umsah, griff er in seine Satteltasche und holte die Teile einer Angelrute heraus. Die Stute sah sich neugierig um, blieb aber ruhig stehen, während er die Teile zusammensteckte.

Er hatte sie erst ein halbes dutzendmal geritten, aber sie war von Natur aus gescheit und sensibel. Sie würde ein gutes Reittier für die Tochter des Apothekers abgeben. Sie tänzelte leicht, als er die Angel das erste Mal auswarf, beruhigte sich aber rasch wieder. Der wahre Test würde kommen, wenn tatsächlich eine Forelle anbiß.

J. D. entspannte sich ebenfalls. Sein Kopf leerte sich, als er allmählich seinen Rhythmus mit der Rute fand. Die Sonne wärmte seinen Rücken, das Wasser plätscherte, das Gras duftete. Ein Sperber kreiste über der Lichtung auf der anderen Flußseite und wartete auf den perfekten Augenblick, um auf seine Beute im Gras herunterzustoßen.

Die Forellen wollten nicht beißen. J. D. holte die Schnur ein und watete mit der Stute zum anderen Ufer und trieb sie auf die Böschung. Dann ritten sie flußabwärts, dahin, wo der Bronco geparkt war. Es war Zeit, zurück nach Hause zu reiten. Die Ranch war eine Stunde Ritt entfernt, und die Schatten wurden länger.

Als er sich dem Auto näherte, erkannte er es. Miller Daggreponts Namen und selbstverliehener Titel prangten in Gold auf der Tür. Seltsam, daß er nirgends zu sehen war. Miller war Angler und würde sich nie die Mühe machen, Pilze zu suchen.

Er trieb die Stute noch einmal in den Fluß, um ein letztes Mal die Angel über einer sumpfigen Stelle auszuwerfen. Er holte aus und fluchte, als sich seine Fliege im Unterholz verhedderte. Gedanken an Marilee hatten seine Konzentration gestört. Das durfte er einfach nicht zulassen.

Er zerrte an der Schnur, hoffte, daß er sie ohne größere Anstrengung entwirren könnte, leider vergeblich. Er trieb die Stute zum Ufer, ließ sie auf die Böschung klettern und stieg ab. Dann ging er mit dem Zügel in der einen und der Rute in der anderen Hand auf die sumpfige Stelle zu.

Er ließ die Stute los, als er das Schilf erreicht hatte. Sie beobachtete mit gespitzten Ohren, wie er ins schenkelhohe Wasser stieg und die Schnur weiter aufrollte.

Ein Vogel stieg kreischend aus dem Schilf auf, und J. D. schaute kurz über die Schulter, um zu sehen, ob die Stute gescheut hatte. Sie beobachtete ihn interessiert, rührte sich aber nicht von der Stelle. Er wollte weitergehen, da stieß sein linkes Knie gegen etwas Hartes, und er verlor das Gleichgewicht. Sein rechter Fuß rutschte im Schlamm weg, und er stürzte ... direkt auf die Leiche von Miller Daggrepont.

»Heiliger Strohsack! Kühe aus dem Fluß ziehen ist dagegen ein Kinderspiel.« Deputy Doug Bardwell watete durchs Schilf und versuchte, die Leiche zu fassen zu bekommen. »He, J. D., kannst du ihn nicht mit dem Lasso und der Stute rausholen?«

Quinn, der die Fußspuren an der Böschung untersuchte, hob den Kopf. »Peter, rein mit dir, und dann zieh die Leiche am anderen Ufer raus. Ich will nicht noch mehr Spuren auf der Böschung haben. Der Himmel weiß, wie viele Leute hier waren, seit es geregnet hat.«

J. D. hockte neben ihm und sah sich mit gerunzelter Stirn den Boden an. »Ich denke, ein paar waren schon hier, aber siehst du das hier drüben? Sieht aus wie zwei Leute, die gekämpft haben.«

»Das heißt noch lange nichts«, sagte Quinn, schob sich den Hut zurück und kratzte sich seinen strohblonden Kopf. »Außerdem sieht's für mich so aus, als hätte der gute alte Miller einen Herzanfall gehabt und wäre ins Wasser gefallen. Siehst du, wie er sich die Brust hält?«

Die beiden gingen zur anderen Seite des Wassers, wo Bardwell und Peter mit Daggreponts leblosem Körper kämpften und ihn schließlich stöhnend ans Ufer hievten.

»Mann.« Bardwell setzte sich seufzend direkt neben die Leiche. »Mein Vater hat immer gesagt, nur ein toter Anwalt ist ein guter Anwalt. Er hat wahrscheinlich noch nie einen aus dem Wasser ziehen müssen.«

»Siehst du das?« Quinn ging neben Daggrepont in die Hocke. Er zeigte auf die rechte Hand des Toten, die ein Stück von seinem braunen Karohemd in Höhe des Brustbeins umklammerte. »Das heißt Todeskrampf. Heißt, daß er sich da festgehalten hat, als er gestorben ist. Miller hatte ein schwaches Herz, weißt du.«

»Kein Wunder«, bemerkte Peter, der mit einer 35-mm-Kamera die Leiche fotografierte. »Der hat gefressen wie ein Scheunendrescher.«

J. D. kniete sich neben die Leiche und sah sich alles sehr genau an. Ein dunkler Verdacht hatte sich langsam eingeschlichen, während er auf Quinn gewartet hatte, den er mit Daggreponts Autotelefon verständigt hatte. Daggrepont war Lucys Anwalt gewesen, und Marilee war davon überzeugt, daß an Lucys Tod etwas faul war. Und jetzt war Daggrepont tot, und J. D.s Instinkt sagte ihm, daß mehr dahinter steckte als ein schlechtes Herz.

Er sah hinauf zu den bewaldeten Hügeln über dem Tal. Del kannte diese Hügel wie seine Westentasche.

»Schau her«, sagte er und verdrängte die bohrenden Fragen. Er zeigte auf ein paar verfärbte Hautstellen an den Falten von Daggreponts fettem Hals. »Sieht aus, als hätte ihn einer an der Kehle gepackt.«

»Ich kenne mindestens zwanzig oder dreißig Leute, die Miller gern den Hals umgedreht hätten«, sagte Bardwell.

Quinn runzelte die Stirn, als er den Kopf des Anwalts zur Seite drehte. »Die Totenstarre setzt gerade erst ein. Der kann noch nicht lange hier sein«, murmelte er und sah sich die Verfärbungen am Hals genauer an. Dieser Tote hier hatte ihm gerade noch gefehlt. Sobald Marilee Jennings erfuhr, daß Lucy MacAdams Anwalt unter mysteriösen Umständen ums Leben gekommen war, würde sie ihm die Tür einrennen mit ihrer Verschwörungstheorie. Diese verfluchten Fremden. Nichts als Ärger.

»Also gut«, sagte er, stand auf und wischte sich die Hände an seiner Hose ab, »wir bringen ihn nach Bozeman, damit sie ihn sich genau anschauen.«

»Geschnitten und gewürfelt.«

Quinn wandte sich mit grimmigem Gesicht an ihn. »Bardwell, halt die Klappe, und hol den Leichensack.« Er drehte sich zu J. D. um. »Ich werde wohl Ines beibringen müssen, daß sie keinen Boß mehr hat. Soviel ich weiß, hatte er keine Verwandten. Weißt du noch jemanden, den man gleich verständigen sollte?«

»Ja«, sagte J. D. mit einem Seufzer. »Ich sag's ihr selbst.« Dann machte er sich auf den Weg zu seinem Pferd.

Er war gar nicht begeistert von der Vorstellung, daß sie in diesen Schlamassel mit hineingezogen würde. Noch weniger gefiel ihm, daß sie ihre Nase in Dinge steckte, die sie nichts angingen. Aber die Aussicht, sie wiederzusehen, gefiel ihm ein bißchen zu gut, auch wenn er das energisch abgestritten hätte.

KAPITEL 21

Drews Trio spielte von sieben bis eins in der Lounge des Moose. Mari schloß sich ihnen an, sang zu jedem zweiten Lied der Gruppe. Sie boten dem wohlhabenden Publikum eine eklektische Mischung aus Folk, Jazz und Country. Sie sang hauptsächlich aus ihrem Blues-Repertoire und ab und zu eine ihrer eigenen Kompositionen, wie immer spiegelte sich ihre Stimmung in ihrer Musik. Wenn die Band die Lieder kannte, begleitete sie sie. Es war einer dieser seltenen, wunderbaren Momente, in denen sich Stil und Instinkt der Musiker nahtlos ineinanderfügen und Magisches schaffen.

Das Publikum, das in die Lounge gekommen war, um sich mit Freunden zu unterhalten, verstummte und ließ sich von der Musik verzaubern. Die kleine Tanzfläche war immer voll, der Applaus immer begeistert.

In der ersten Pause setzte sich Mari zu Drew auf die Klavierbank. Die anderen beiden Bandmitglieder machten sich auf die Suche nach Freunden und etwas zu trinken.

»Das ist wunderbar«, sagte sie und drückte Drews Hand. »Danke für die Einladung.«

»Die Freude ist ganz auf unserer Seite, Schatz. Du hast ein seltenes Talent.« Er nahm einen Schluck von seinem Tonic und zuckte etwas zusammen, als er das Glas wegstellte.

»Alles in Ordnung?«

»Ja, ja«, sagte er ganz in Gedanken und rollte seine rechte Schulter. »Hab' mir einen Muskel überdehnt, mehr nicht. Bin eben ungeschickt.«

»Du wirkst heute etwas bedrückt«, sagte er.

Mari war beschämt: »O Gott, deprimiere ich etwa die Leute?«

»Ganz im Gegenteil«, sagte er lachend. »Sie sind hingerissen von dir. Nur sind diese wunderbaren Augen ein bißchen traurig. Kann ich irgendwie helfen?«

Sie schüttelte den Kopf und schnitt eine Grimasse. »Ich hab' mich da auf etwas eingelassen, was ich besser gelassen hätte. Keine Angst, ich bin ein großes Mädchen und hart im Nehmen.«

Er runzelte die Stirn und steckte ihr eine blonde Strähne hinters Ohr. »Was meinst du damit, du hast dich auf etwas eingelassen? Hat das etwas mit Lucy zu tun?«

»Nein, warum? Weißt du etwas, was ich wissen sollte?«

Er wandte sich ab und wünschte, er hätte den Mund gehalten. »Ich weiß nur, daß Lucy immer eine gute Nase für Ärger hatte.«

»Die Art Ärger, die sie vielleicht das Leben gekostet hat?«

»Das hab' ich nicht gesagt.«

Mari beugte sich vor und packte den Ärmel seines smaragdfarbenen Seidenhemds. »Verdammt, Drew«, flüsterte sie, »wenn du etwas weißt, sag's mir. Ich glaube nicht, daß Lucys Tod ein Unfall war, aber bis jetzt hab' ich noch keinen gefunden, dem das nicht völlig egal ist.«

Er wandte sich mit gerunzelter Stirn seinen Notenblättern zu. »Ich weiß lediglich, daß Lucy etwas mit MacDonald Townsend zu tun hatte, was ihn nicht sehr glücklich gemacht hat.«

»Hat sie ihn erpreßt?«

»Vielleicht. Auf jeden Fall hat er ihren Lebensstil zum Teil finanziert, aber er kann sie nicht umgebracht haben.«

»Wieso nicht?«

»Mein Gott, Mari, der Mann ist Richter! Richter knallen nicht einfach Frauen ab.«

»Aber Schönheitschirurgen schon.«

»Das war ein Unfall. Sheffield hatte keinen Grund, Lucy umzubringen.«

»Was ihn zum perfekten Sündenbock macht.« Mari ließ nicht lokker. »Kein Motiv, keine Mordanklage, nur eine Geldstrafe. Ben Lucas ist Sheffields Anwalt. Lucas und Townsend sind alte Kumpel. Alle treffen sich immer auf Bryces Hazienda ...«

Drew schüttelte entnervt den Kopf: »Du greifst nach Strohhalmen.«

»Vielleicht, vielleicht auch nicht. Du glaubst, Townsend wäre über jeden Zweifel erhaben? Bezirksrichter nehmen angeblich auch kein Koks, aber ich habe gesehen, wie er sich bei Bryce damit bedient hat. Da frage ich mich doch, was er sonst noch für schlechte Gewohnheiten hat.«

»Es wär' mir lieber, wenn du das nicht rausfindest.«

Er wandte sich wieder der Musik zu, sicher nur, um ihr nicht in die Augen sehen zu müssen, wie Mari glaubte.

»Was weißt du sonst noch, Drew?« fragte sie hartnäckig.

Er kniff die Augen zu und seufzte: »Marilee ...«

»Fabelhafte Musik!«

Bryces Stimme ließ sie beide zusammenzucken. Mari drehte sich zu ihm um und zwang sich ein höfliches Lächeln ab. »Danke.«

Er stand mit einer Flasche Pellegrino in der Hand und einem Tausend-Watt-Lächeln vor ihr. Mari fragte sich, ob das Lächeln vielleicht nur eine schmerzverzerrte Grimasse war. Seine Jeans waren so eng, daß es kein Wunder gewesen wäre. Den anderen Arm hatte er lässig um Samantha Raffertys Schulter drapiert.

Das Mädchen sah verlegen aus, was bei Drews vorwurfsvollem Blick nicht weiter verwunderlich war. Mari fragte sich, ob Samantha schon von Wills Unfall gehört hatte. Sie verkniff sich die Frage, weil sie keine Lust hatte, sich noch eine Beule wegen Einmischung in Rafferty-Angelegenheiten zu holen.

»Wirklich zu schade, daß Sie neulich bei der Party Ihre Gitarre nicht dabeihatten«, sagte Bryce. »Rob Gold von Columbia wäre hingerissen gewesen.«

»Vielleicht ein andermal«, sagte Mari, obwohl ihr klar war, was für eine tolle Chance sie da verpaßt hatte.

»Auf ›vielleicht‹ lasse ich mich nicht ein«, verkündete Bryce. »Sie sollten in ein Flugzeug springen und zu ihm fliegen. Ich mache ein paar Anrufe, wenn Sie wollen –«

Und damit wäre ich weg aus Montana. »Danke, aber ich glaube, momentan ist das nicht der richtige Zeitpunkt für mich.«

»Gelegenheiten wachsen nicht auf Bäumen.«

»Nein, aber tote Freundinnen auch nicht. Ich brauche erst einmal ein bißchen Zeit, um mich zu erholen.«

Sein Blick war väterlich, gönnerhaft. »Sie sind ja fast krankhaft loyal, Schätzchen. Lucy biegt sich vor Lachen auf ihrer Wolke. Sie hätte sich diesen Leckerbissen nicht entgehen lassen, sie hat jede Chance genützt, um weiterzukommen, nicht wahr, Drew?«

Ihre Blicke begegneten sich für einen Augenblick. Dann erhob sich Drew elegant von der Klavierbank und griff nach Samanthas Arm.

»Samantha, Schatz, auf ein Wort.«

Samanthas Augen wurden groß vor Schreck. »Ich habe heute abend frei, Mr. Van Dellen.«

»Ja, Schatz, ich weiß«, konterte er geschickt und führte sie weg von Bryce zum Seiteneingang der Veranda.

Bryce ließ sie ohne Widerspruch gehen. Er ließ sich neben Mari auf die Klavierbank fallen und nahm einen großen Schluck von seinem San Pellegrino. Dann drehte er sich mit ernster, besorgter Miene zu Mari.

»Wie geht es Ihnen, Marilee? Wie ich höre, hatten sie neulich nachts einen Zusammenstoß mit einem Einbrecher.«

»Ja, oder so was ähnliches. Gut, daß er mich auf den Kopf geschlagen hat, der ist härter als Beton.«

»Das ist nicht komisch, Engel«, sagte er mit gerunzelter Stirn. »Sie hätten getötet werden können.«

»Ach ja?«

»Es kann passieren.« Er tat es mit einem Schulterzucken ab. »Aber wann werden Sie mal für einen Tag nach Xanadu kommen? Nach allem, was passiert ist, können Sie sicher einen sorgenfreien Nachmittag am Pool gebrauchen.«

Außer der Sorge, welche der Schlangen in Bryces Grube möglicherweise der Mörder war. Netter Gedanke.

»Ich werde Ihnen Bescheid geben«, sagte sie und stand auf. »Die Pause ist vorbei. Zeit, die Truppen zu unterhalten.«

»Wirf sie um, Schätzchen.«

Er strahlte sie an. Immer der gütige Monarch. Dann stolzierte er auf seinen hochhackigen Cowboystiefeln zurück zu seinem Tisch, wo Lucas und Uma Kimball ihn erwarteten. Von Townsend keine Spur. Am Tischende ließ der Muskelprotz seine Muskeln unter einem hautengen T-Shirt spielen, und Sharon saß daneben in einer schwarzen Lederkorsage und mit einer grimmigen Miene, die Joan Crawford alle Ehre gemacht hätte.

Mari schnitt eine Grimasse, als sie ihren Gitarrenriemen über die Schulter legte. »Vorsicht, Shar, Baby«, murmelte sie. »Hat dir deine

Mutter nie gesagt, daß dir das Gesicht bleiben könnte? Wahrscheinlich nicht.«

Samantha kam zum Seiteneingang herein, mit Tränen in den Augen. Bryce fing sie ab und dirigierte sie wieder zur Tür hinaus. Drew stolzierte am Klavier vorbei, durch die Menschenmenge hindurch, zur Tür hinaus in sein Büro.

Mari trat zum Mikrofon, schlug einen Akkord an und sang die Einleitung eines Mary-Chapin-Carpenter-Liedes und dachte daran, daß das Leben in New Eden immer merkwürdiger wurde.

***

J. D. hörte die Stimme, bevor er die Lounge betrat. Sie traf ihn wie eine Faust sein Herz. Rauchig, leise, voller Schmerz, Verwirrung und Sehnsucht nach etwas, das unerreichbar war. Er trat langsam in die Lounge und stellte sich in den Schatten.

Sie saß auf einem Hocker vor einer kleinen Band, und ein Spot verwandelte ihr silberblondes Haar in eine goldene Aura. Auf den Knien hatte sie die alte Gitarre, mit der sie verwachsen schien, sobald sie zu spielen begann. Sie sang ein Lied über das Ende einer Beziehung, ein Mann, der hinter eine Mauer aus Schweigen und Gleichgültigkeit glitt, schmerzliche Worte, die unausgesprochen in der Luft schwebten, bedrückend. Eine Frau, die unfähig war, den unvermeidlichen Verlust aufzuhalten. Bedauern um das, was hätte sein können, aber nie sein würde.

Er kannte das Lied, aber so hatte er es noch nie gehört – der Schmerz des Verlusts war fast greifbar. Er versuchte, die Worte nicht an sich heranzulassen, sich den Schuldgefühlen zu entziehen, die mit jeder leisen Gitarrennote durch seine Brust hallten. Er versuchte, sich einzureden, es gäbe keinen Grund, Schuldgefühle zu haben. Er hatte nur das genommen, was sie ihm angeboten hatte. Verdammt noch mal, soviel war das auch nicht gewesen. Mit diesem Gedanken kam auch noch Bedauern, doch er schob es genauso rücksichtslos beiseite wie alles andere.

Zwischen den Strophen arbeitete er sich bis zu einem leeren Stuhl am hinteren Ende der Bühne vor. Und ihre blauen Augen fanden ihn wie Magneten im dämmrigen Licht. Sie spielte unbeirrt weiter, beugte sich nur nach vorn, so daß ihre zerzauste Mähne das Gesicht verdeckte. Als das Lied zu Ende war, blieb sie reglos sitzen, dann stellte sie die Gitarre beiseite, stieg von der Bühne und ging zur Seitentür hinaus.

Die Band stimmte eine Jazznummer an. J. D. erhob sich und folgte Mari mit raschen Schritten.

»Was willst du hier, Rafferty?« fragte sie, als er auf die Veranda trat.

Sie lehnte am Geländer, die Arme über der Brust verschränkt, in engen, ausgebleichten Jeans, einem weißen T-Shirt und einer Nadelstreifenweste. Wirklich kein sexy Outfit, aber anziehend auf eine Art, die er nicht ganz verstand.

Sie kniff die Augen zusammen. »Du hast meinen Morgen ruiniert und meinen Nachmittag. Bist du etwa erst glücklich, wenn du mir auch noch den Abend verdorben hast?«

»Ich habe versucht, dich auf der Ranch zu erwischen, aber du warst schon weg.«

»Und jetzt kannst du mir den Abend vor hundert Zeugen verderben. Das muß doch ein echter Erfolgstag für dich sein.«

J. D. ließ es wortlos über sich ergehen. Er hatte es wohl verdient. Und es war besser so. Wenn sie böse auf ihn war, konnte sie ihm nicht zu nahe kommen. Das redete er sich zumindest ein.

»Ich muß mir das nicht gefallen lassen, weißt du«, sagte sie mit heiserer Stimme und blinzelte heftig, um die Tränen zurückzuhalten, als sie sich an ihm vorbeizudrängen versuchte.

J. D. packte sie am Arm und zog sie neben sich. »Es war nicht meine Absicht, dir weh zu tun, Marilee. Und jetzt bin ich nur hier, um dafür zu sorgen, daß dir nicht weh getan wird.«

Mari entriß ihm wütend ihren Arm. »Das Boot ist schon vor einer Weile abgefahren, Skipper.«

»Miller Daggrepont ist tot.«

Der Schock traf sie wie eine Faust in den Magen. Sie wandte sich zitternd zu ihm um. »Was? Was hast du gesagt?«

»Miller Daggrepont ist tot. Ich habe ihn heute nachmittag am Little Snake Creek gefunden. Quinn glaubte, er hätte einen Herzschlag gehabt.«

»Und was glaubst du?«

»Ich glaube, daß ihn jemand erwürgt hat.«

Mari griff sich instinktiv an den Hals, lehnte sich über das Geländer und starrte hinaus in die Dämmerung.

J. D. stellte sich hinter sie, legte seine große Hand auf ihre Schulter und strich ihren Arm entlang. Kaum drei Zentimeter Luft trennten ihre Körper. Sie mußte sich nur ein bißchen zurücklehnen und wäre eingehüllt in seine Wärme, seine Kraft. Er nahm ihr die Entscheidung ab, überbrückte die Distanz, legte seine Wange an ihr Haar.

Die Geste war für ihn fremd, und doch kam sie aus einem Instinkt heraus. Sie sah so klein, so verloren aus. Und trotz allem, was er sich und ihr gesagt hatte, war da immer noch dieser Besitzanspruch, ein Urinstinkt, eine Antwort auf einen unhörbaren Ruf ihrerseits. Sie war verletzlich, er wollte ihre Kraft sein. Sie war verängstigt, er wollte ihr Mut sein.

Es war töricht. Es ist gefährlich, dachten beide.

Mari war sich sicher, daß er sie am Ende wegstoßen würde, weil sie ihm zu nahe gekommen war. Aber in der Zwischenzeit konnte sie für einen Augenblick die Augen schließen und sich vorstellen ... wünschen ... hoffen ... alles vergeblich, alles naiv. Sie konnte sich vorstellen, er würde sie lieben, sich einreden, sie bedeute ihm etwas, sich wünschen, er wäre nicht so unzugänglich, so hart, und hoffen, ihre Liebe könnte ihn ändern.

Mein Gott, was bist du dumm, Marilee ... liebst einen Mann, den du nie haben kannst ... Er hatte seinen Standpunkt klargemacht. Jede Zärtlichkeit, die er jetzt zeigte, war nur eine Geste, oder noch schlimmer, Mittel zum Zweck. Sie hatte das Gefühl so satt, benutzt oder mißbraucht zu werden. Und trotzdem wünschte und hoffte sie ...

»Quinn schickt die Leiche zur Obduktion nach Bozeman.«

»Warum erzählst du mir das?«

»Weil er Lucys Anwalt war.«

»Na und? Du glaubst doch, Lucys Tod war ein Unfall – und außerdem ist es dir doch sowieso gleichgültig.

»Das ist nicht wahr.«

Sie lachte und drehte den Kopf zu ihm. »O doch. Das einzige, was dich interessiert, ist doch dieses Land.«

Das abzustreiten wäre genauso schlimm, wie zuzugeben, daß er für sie etwas Besonderes empfand. Die Art Gefühl, die seinen Vater umgebracht hatte, weil man ihm nie vertrauen konnte. Sie hatte ihn in der Falle. Typisch Frau, dachte er zähneknirschend.

»Es gibt mindestens ein Dutzend Leute, die Miller den Tod gewünscht haben«, sagte er, um sich nicht über Gefühle äußern zu müssen. »Er war in einige dubiose Landverkäufe verwickelt. Aber wenn das etwas mit Lucy zu tun hat, könnte es etwas mit dir zu tun haben. Ich will dich nicht tot sehen, Marilee.«

»Was für ein Trost!« sagte sie sarkastisch. Dann drehte sie sich herausfordernd zu ihm um. »Aber wenn ich tot wäre, hättest du noch größere Schwierigkeiten, mir Lucys Land abzuschwatzen, stimmt's?«

Sie wollte ihn verletzen, so wie er sie verletzt hatte, und das gelang ihr auch.

Er beugte sich bedrohlich über sie, packte das Geländer links und rechts von ihr. »Ich gebe zu, ich will dieses Land«, sagte er mit bedrohlicher Stimme. »Aber das Bumsen war ganz allein zum Spaß. Willst du mir etwa einreden, du hättest es nicht genossen, Marilee?«

»Du Schwein«, fauchte sie. Er preßte sie jetzt gegen das Geländer, und als sie sich zurücklehnte, berührten ihre Hüften die seinen, und sofort wurde sie heiß und feucht.

Seine Augen waren hart und dunkel wie roher Granit. Sein Lächeln berührte sie nicht. »Als ich in dir war, habe ich aber etwas anderes von dir gehört, Marilee«, murmelte er. »Sag mir, daß du es nicht wolltest.« Er streifte ihre Wange. Sein Atem war so warm wie die Fingerspitzen auf ihrer Haut. »Siehst du, du kannst es nicht. Was ich wirklich wollte, war dir ganz egal, solange du nur deinen Spaß mit mir hattest.«

»Ich glaube, du verwechselst mich mit Lucy«, zischte sie. »Zu schade, daß sie tot ist. Allmählich glaube ich, ihr ward füreinander bestimmt.«

J. D. trat einen Schritt zurück und wandte sich ab. Ihm gefiel die Rolle nicht, die er zu spielen versuchte. Spielen war Lucys Stärke gewesen, nicht seine. Marilee sah hoch zu ihm mit tränennassen Augen, Augen, die ihn verdammten. Bot ihm die Stirn, kämpfte für sich. Das namenlose Gefühl schwoll in seiner Brust.

»Es lag mir sehr wohl etwas daran, was du wolltest, J. D.«, sagte sie. »Mein Fehler war zu glauben, daß etwas in dir steckte, was es wert war, dein ganzes Machogehabe zu ertragen. Etwas Gutes, etwas Zärtliches. Dumm von mir zu glauben, du würdest es mich finden lassen. Dumm von mir zu glauben, daß es existiert.«

Sie ging ein Stück weg, dann drehte sie sich wieder um und strich sich eine zerzauste Strähne aus der Stirn. Tränen flossen in stetem Strom aus ihren blauen Augen und funkelten wie Kristall. Ihre Nasenspitze war rot. Und trotzdem traf es ihn wie ein Schlag, wie hübsch sie war und wie zerbrechlich, trotz all ihrer Stärke.

»Du verwechselst mich immer wieder mit Lucy«, sagte sie. »Laß mich mal eins klarstellen, Cowboy. Ich bin nicht Lucy. Ich mag es nicht, wenn man mich benutzt. Ich mag es nicht, wenn man mir weh tut. Ich spiele keine Spielchen. Wenn ich jemanden mag, dann ist es echte Zuneigung. Wenn du das nicht willst, gut, dein Verlust. Aber komm ja nicht und sag mir, was ich tun soll oder wem ich vertrauen soll oder wo ich hingehöre und wo nicht. Du kannst nicht auf zwei Hochzeiten tanzen, Rafferty. Du kannst dir nicht einfach nehmen, was du willst, und den Rest liegenlassen.«

J. D. senkte den Kopf und seufzte. Der Druck in seiner Brust war schwer und stachlig wie ein Morgenstern. Er redete sich ein, er wolle das nicht, hätte noch nie nachts wach gelegen und sich danach verzehrt. Er hatte Kämpfe auszutragen, eine Ranch zu führen. Er konnte es sich nicht leisten, Energien sinnlos zu verschwenden.

Mari wartete mit angehaltenem Atem. Der törichte Teil ihres Herzens wartete darauf, daß er sie um Verzeihung bat und ihr seine Gefühle eingestand. Reine Dummheit. Diese Art Mann war er nicht. Die Zärtlichkeit, die sie einen Blick lang in seinen Augen gesehen hatte, war eine Verirrung gewesen, er war eisenhart erzogen worden. Sie konnte die Vergangenheit nicht ändern oder die Regeln, nach denen er lebte. Was sie verband, war nicht das, was sie brauchte. Es hatte keinen Sinn, sich daran festzuklammern. Besser, sie fand sich mit den Tatsachen ab und ging fort.

Die Seitentür zur Lounge öffnete sich, und Drew kam heraus. »Alles in Ordnung, Schatz?«

Mari starrte noch ein paar Sekunden auf Raffertys gebeugten Kopf. In vergeblicher Hoffnung. Er sagte kein Wort.

»Nein«, murmelte sie mit heiserer Stimme. »Aber ich werde drüber wegkommen.«

Sie ging an Drew vorbei durch die Tür und machte sich auf den Weg zur Damentoilette.

Um halb zwei war nur noch das Personal in der Lounge des Mystic Moose, stellte Stühle auf und polierte die Bar. Kevin stand an der Kasse hinter dem Tresen, prüfte die Quittungen und lachte über die Cowboywitze des Barkeepers. Mari legte ihre Gitarre in den Kasten und klappte ihn zu.

»Möchtest du darüber reden?« sagte Drew leise.

Er stand in der Einbuchtung des Flügels, keinen Meter von ihr entfernt. Mari schüttelte den Kopf, beschämt, weil die Tränen schon wieder kamen. Unbegreiflich, daß es so schmerzte. Sie kannte Rafferty kaum eine Woche, und die meiste Zeit war er unleidlich gewesen. Sie rang sich ein Lächeln ab und nahm den Gitarrenkasten wie einen Tanzpartner in den Arm.

»Es gibt nicht viel zu erzählen. Ich hab' mich von meinem Herzen leiten lassen. Das ist nie besonders klug.«

Drews warme grüne Augen strahlten vor Mitleid. »Vielleicht nicht, aber stell dir vor, wie schön die Welt wäre, wenn wir uns das alle trauten.«

Er nahm sie und die Gitarre in den Arm und drückte sie. »Wenn du eine Schulter zum Ausweinen brauchst, weißt du, wo du sie findest.«

»Danke.«

»Jetzt schlaf dich erst einmal aus, Schatz«, sagte er. »Du siehst völlig erschöpft aus. Und versuche, es dir aus dem Kopf zu schlagen, das bringt nichts mehr. Ich möchte nicht, daß du verletzt wirst, weil du versuchst, etwas zu ändern, was nicht zu ändern ist.«

Sie sah ihm nach, wie er sich durch die Tische zur Bar schlängelte, und ein Satz von Lucy fiel ihr ein: *Die Guten sind entweder verheiratet oder schwul.*

Mari verabschiedete sich von den anderen, ging zur Seitentür hinaus und wanderte die Veranda entlang. Sie hatte zwar in den letzten zwei Nächten herzlich wenig geschlafen, trotzdem war sie sicher, daß sie zu aufgedreht war, um direkt auf ihr Zimmer zu gehen.

Sie überlegte kurz, ob sie zur Ranch hinausfahren sollte und sich zu den Lamas unter die Sterne legen, aber Visionen von Grizzlys und frei herumlaufenden Irren verjagten diese Phantasie. Und im Bett auf der Ranch zu schlafen kam auch nicht in Frage; allein bei dem Gedanken roch sie schon Raffertys warmes, männliches Aroma. Verdammter Sturkopf von Cowboy.

Er glaubte, er müßte es mit der ganzen Welt aufnehmen. Superman mit Stetson. Ritterlich und grausam. Hart wie Granit. Verletzlich wie ein gebrochenes Herz. Er wollte um keinen Preis zugeben, daß ihm irgend jemand am Herzen lag, dem er möglicherweise auch etwas bedeutete – weder Tucker noch Will und schon gar nicht Marilee, die Fremde.

Sie stapfte durch das taunasse Gras zu ihrem Stein, kletterte hinauf, setzte sich und schaute zurück auf New Eden. Goldene Rechtecke am Moose markierten, wo andere Menschen noch keinen Schlaf fanden. Sie fragte sich, welches der Lichter zu Drew und Kevin gehörte, fragte sich, ob die beiden jemals so stritten, daß einer von ihnen das Gefühl hatte, sein Herz wäre grün und blau geschlagen.

Im Hell and Gone herrschte noch reger Betrieb. Die Kneipe war hell erleuchtet, und der Lärmpegel war so hoch, daß man das Hämmern der Baßgitarren bis hierher hören konnte. Sie fragte sich, ob Will wohl dort drinnen war und sich wieder bis zur Bewußtlosigkeit betrank.

Ihr Herz blutete für ihn, das schwarze Schaf der Raffertys. Komisch, daß sie sich nicht in ihn verliebt hatte, sie hatten so vieles gemeinsam. Aber er hatte auch eine Frau.

Bei dem Gedanken an Samantha schüttelte sie den Kopf. Was für ein Schlamassel. Sie war vor der Realität nach Montana geflohen und war mitten in eine Seifenoper geraten – Gut gegen Böse, gierige Landbarone gegen den armen Rancher, Intrigen, Untreue und Gott weiß was sonst noch.

Ein Teil von ihr wäre am liebsten auf und davon. Aber es war ein kleiner Teil, ein Überrest der alten Marilee. Sie wollte Montana gar nicht verlassen. Sie wollte hierhergehören – *richtig* hergehören, nicht nur hier leben. Sie wollte genauso ein Teil all dessen sein wie Rafferty und die Berge und der endlose große Himmel. Und wenn sie sich dieses Ortes würdig erweisen wollte, mußte sie nach seinen Regeln leben – das Richtige tun, Integrität schätzen und Mut und Verantwortung. Und ihre erste Aufgabe bei dieser Mission war es, die Wahrheit über Lucys Tod herauszufinden.

Keine leichte Aufgabe. Und keiner da, der ihr helfen würde.

Sie legte den Kopf zurück und sah hinauf zu den Millionen von Sternen am nächtlichen Himmel und entdeckte den Polarstern, der hell über den Gipfeln strahlte. Sie starrte hinauf und wünschte sich nur das eine, obwohl sie tief in ihrem Herzen wußte, daß es heute nacht nicht passieren würde.

Will lag auf der Ladefläche von Tuckers altem Truck und starrte hinauf zu den Sternen. Alles war etwas verschwommen, ob von Tränen oder zuviel Alkohol, wußte er nicht genau. Leider waren die Bilder vor seinem inneren Auge um so deutlicher. Bilder aus seiner Jugend mit J. D. und Tucker. Und schon damals war klargewesen, daß er einfach nicht gut genug für einen Rafferty war. Nicht hart genug für die Stars and Bars. Der Sohn seiner Mutter, Prinz der Tunichtgute.

Und dann kam die Erinnerung, wie er mit Sam im Arm in seinem

Truck gelegen hatte. Mit einem dämlichen Grinsen im Gesicht. Ein warmes wohliges Gefühl in der Brust. Am Rande von etwas Neuem, etwas, das er nicht benennen konnte.

Und dann erinnerte er sich an die Nacht, in der er auf der Third Avenue geparkt hatte. Allein und betrunken hatte er dem Schnurren des Mercedesmotors gelauscht, der vor dem Haus lief, das er mit seiner *Ex*frau, *Ex*frau ... geteilt hatte.

Jetzt wirst du frei sein, Willie-Boy.

Befreit von der Ranch. Befreit von J. D. Befreit von Sam.

Frei, um du selbst zu sein.

Die Angst davor kribbelte in seinem Bauch und verschlang ihn dann vollkommen. Und die Sterne verschwammen in den Tränen, die ihm übers Gesicht liefen.

Sharon drehte ihr Gesicht zu einem Himmel, schwarz wie Pech, mit kleinen Lichtpunkten übersät. Sie versuchte sich vorzustellen, daß die Wärme der Sterne in sie strömte und ihr neue Kraft gab, aber ihr Licht war kalt, und sie fühlte nur Leere.

Sie lag auf einem Liegestuhl auf dem Balkon vor ihrem Schlafzimmer, nackt und allein, und ihre silikongespritzten Brüste ragten wie Pyramiden gen Himmel. Sie wußte, daß einer der Stallknechte sie beobachtete, und in einer anderen Nacht hätte sie ihn vielleicht gerufen, wie schon öfter. Aber heute nacht hatte sie andere Dinge im Kopf.

Bryce war immer noch nicht zu Bett gegangen. Er hatte sich in seinem Arbeitszimmer eingeschlossen, um nachzudenken.

Das passierte öfter, das brauchte er, um seine finsteren Geschäfte zu planen. Aber Sharon vermutete, daß dies heute nacht nicht der Fall war; heute nacht dachte er nicht an Geschäfte, sondern an Samantha Rafferty, und der Gedanke war wie ein Dolch in ihrem Leib.

Die Besessenheit steigerte sich, genau wie damals bei Lucy MacAdam. Nur war Lucy ihm gewachsen gewesen, ebenfalls eine Kobra.

Samantha war das krasse Gegenteil, naiv, arglos, würde Bryce nie gewachsen sein. Ihre Unschuld würde ihn bald langweilen. Seine perversen Neigungen würden sie abschrecken. Sharon versuchte, sich damit zu trösten. Sie schloß die Augen und dachte an Bryce und befriedigte sich dann selbst, mit seinem Bild vor Augen. Sie liebte ihn. Er war der einzige Mensch auf dieser Welt, den sie liebte – sich selbst eingeschlossen. Sterne explodierten hinter ihren Lidern, als sie den Höhepunkt erreichte, Hitze durchströmte sie, er war bei ihr.

Aber als sie die Augen aufschlug, war sie allein. Die Sterne waren Lichtjahre entfernt.

J. D. saß auf seiner Veranda und musterte mit zusammengekniffenen Augen den Nachthimmel. Klarer Himmel. Gutes Wetter. Ein guter Tag für den Viehtrieb morgen – nur würden sie morgen das Vieh nicht in die Berge treiben – ihnen fehlte ein Mann.

Eigentlich hätte er froh darüber sein müssen, daß Will fort war, aber er fühlte nur eine gähnende Leere in sich.

Du tust mir leid, Rafferty. Am Schluß wirst du nichts haben außer diesem Land.

Gott, wie er Ironie haßte, und wie er es haßte, im Irrtum zu sein. Er hatte nie gewollt, daß Will ein Teil von ihm oder ein Teil dieses Besitzes war. Jetzt war er fort. Die Beziehung, die sie verbogen, verdreht und mißbraucht hatten, war endgültig zerbrochen. Und es machte ihm etwas aus. Sehr viel sogar.

Er hatte nie eine Frau gewollt, die ihm etwas bedeutete. Dann war Marilee aufgetaucht, aus einer Welt, der er mißtraute und die er verachtete. Und sie bedeutete ihm etwas. Und als er Miller Daggreponts Leiche fand, hatte ihn plötzlich die Angst gepackt. Angst um Marilee.

Du kannst doch nicht um jemanden Angst haben, der dir nichts bedeutet, nicht wahr, J. D.?

Du warst nie ein Lügner. Und das ist eine Lüge.

Sie paßten nicht zusammen. Er brauchte keine Frau wie sie. Und sie brauchte keinen Mann wie ihn. Sie war eine moderne, gescheite Frau, die an der Schwelle zu einem neuen, reichen Leben stand. Er war eine Antiquität. Seine Art zu leben starb langsam aus. Er war an eine Tradition gekettet, die ihn abwärts zog wie ein Bleigewicht. Mit Fähigkeiten, die keine Rolle mehr spielten. Ein selbstgeschaffener Isolationist, der die Einsamkeit zur Perfektion geschliffen hatte und sie inneren Frieden nannte.

War nie ein Lügner.

Von wegen, J. D.

»Schöne Nacht.«

Chaske tauchte aus dem Nichts auf und setzte sich neben J. D.

»Bist du auch gekommen, um mir zu sagen, daß ich ein Mistkerl bin?« sagte er herausfordernd. »Tucker ist dir zuvorgekommen.«

Chaske zuckte mit den Schultern und holte seinen Tabak und das Zigarettenpapier aus der Hosentasche.

»Ich brauche es nicht zu hören«, sagte J. D.

»Mmmm.«

»Will ist, wie er ist. Ich bin, wie ich bin. Der Tag mußte kommen.«

»Mmm.« Der alte Indianer rollte sich in aller Ruhe eine Zigarette.

»Will ist fort«, sagte J. D., mehr zu sich selbst. »Wir müssen einfach damit fertig werden. Ich werd' mich morgen ans Telefon hängen und einen Arbeiter besorgen. Wir müssen bis Mittwoch das Vieh in den Bergen haben.«

Chaske zündete sich gelassen seine Zigarette an und nahm genüßlich einen Zug. »Das Vieh kann warten. Das Gras wird in ein oder zwei Wochen besser sein. Jetzt, wo wir Regen haben.«

J. D. musterte das verwitterte alte Gesicht.

»Er wird nicht zurückkommen, Chaske. Diesmal nicht.«

Chaske grunzte ein bißchen, nahm noch einen Zug von seiner Zigarette. Als er ausatmete, roch die Luft nach brennendem Hanf.

»Das Vieh kann warten. Du hast einen Haufen Vieh, aber nur einen Bruder.« Er inhalierte noch einmal kräftig, dann drückte er die Kippe aus und erhob sich, streckte sich wie eine Katze. »Muß los. Hab' 'ne Verabredung.«

J. D. zog die Augenbrauen hoch. »Es ist schon nach eins.«

»Sie ist eine Nachteule. Ein Mann muß die Qualitäten jeder Frau zu schätzen wissen. Sie hat gute Qualitäten.« Er nickte. »Die kleine Blonde – wette, die hat auch gute Qualitäten. Sieht so aus. Vielleicht solltest du versuchen, es rauszufinden.«

»Sie ist nur auf der Durchreise, Chaske. Und überhaupt, ich habe keine Zeit. Jemand muß das hier alles zusammenhalten. So wie ich das sehe, ist das der einzige Grund, warum ich auf der Welt bin«, sagte er und erschrak selbst vor der Bitterkeit in seiner Stimme. »Damit der Name Rafferty auf der Besitzurkunde bleibt.«

»Wird schwer, wenn es nach dir keine Raffertys gibt«, sagte er und wandte sich ab, sah hinaus über das weite Land.

J. D.s Gedanken wanderten zu einem verschwommenen Bild eines dunkelhaarigen Babys, das an der Brust seiner Mutter trank. Ein Sohn, den er erst noch zeugen mußte, und eine Frau, von der er behauptete, daß sie die völlig falsche für ihn wäre. Irgendwie sah sie in diesem Bild verdammt richtig aus.

»Der Mensch kann das Land nicht besitzen, weißt du«, verkündete Chaske. »Menschen kommen und gehen, das Land wird immer dasein. Die Weißen begreifen das nicht. Das einzige, was wir besitzen, ist unser Leben.«

All die vielen unausgesprochenen Worte lasteten schwer auf J. D. und entrangen ihm einen Seufzer. Er war zu müde, um sich zu wehren.

»Verdammt schöne Nacht«, sagte der alte Mann und deutete zum Himmel. »Schau dir all die Sterne an.« Er blickte J. D. an, und seine kleinen dunklen Augen funkelten vergnügt. »Gute Nacht für Nachteulen.«

Dann verschwand er, und J. D. blieb allein mit sich, der Nacht und den Sternen zurück. Allein. So wie es ihm bestimmt war. Harter Mann. Brauchte niemanden. Hatte nie jemanden gebraucht.

Du verlogener Hund.

Townsend saß an seinem Schreibtisch, ohne den schwarzen Samthimmel vor seinem Fenster eines Blickes zu würdigen. Er zitterte. Ihm war schlecht. Seine Zunge fühlte sich an wie ein aufgedunsener Aal, und er konnte kaum atmen. Aus seiner Nase tropfte ohne Unterlaß dünner salziger Schleim. Tränen liefen ihm übers Gesicht. Kokainhäufchen glühten auf dem dunklen Holz des Schreibtisches. Er hatte keine Ahnung mehr, wieviel er verbraucht oder verschwendet hatte, und wischte die Reste in seinen ledernen Papierkorb. Zwischen dem feinen weißen Pulver lag ein Revolver.

Es war ein 357er Colt Python, sechsschüssig, mit einem riesigen Lauf. Armselig phallisch, genauso armselig wie er. Ein zweiundfünfzigjähriger Spießer, der mit den Schicki-Mickis mithalten wollte. Sich in eine Frau verknallt hatte, die seine Tochter sein könnte. Er hatte die Pistole gekauft, um Lucy zu beeindrucken. Lucy, seinen Dämon. Sie hatte ihn ins Märchenland geführt und dann in die Hölle.

Erst heute morgen hatte er noch gedacht, er könnte aus dem Sumpf steigen, etwas von seinem Leben retten. Aber nein. Ein weiterer Blutegel hatte versucht, sich an ihm festzusaugen. Er würde sich nie von ihnen befreien können. Jetzt nicht mehr. Ganz besonders jetzt nicht.

Der fette Anwalt – Daggrepont – war tot. Er hatte ihn nicht töten wollen. Sie hatten sich am Fluß getroffen. Und diese widerliche habgierige Kröte hatte ihn erpressen wollen, weil er über ihn und Lucy Bescheid wußte.

Und dann war er ausgerastet, hatte Daggreponts fetten Hals gepackt und zugedrückt, bis seine Zunge heraushing und sein groteskes Gesicht violett angelaufen war, und dann hatte er losgelassen.

Und Daggrepont hatte gewürgt, gekeucht, mit rollenden Augen und hängender Zunge. Schaum war aus seinem Mund gequollen, und dann war er gefallen, mit zuckenden Armen und Beinen.

Daggrepont hatte versucht, aufzustehen, hatte aber seinen Körper nicht kontrollieren können, war ins Schilf, ins Wasser gefallen.

Lauf weg. Er war weggerannt, in seinen Jeep gesprungen und zu seinem Haus gerast. Aber unterwegs hatten sich häßliche Gedanken geregt. Beweise. Es würde Beweise geben. Reifenspuren. Und Fußspuren. Spuren am Hals des Toten. Beweismaterial, irgendwo versteckt, das Lucy und Townsend mit Daggrepont in Verbindung brachte. Diesmal würde es keine einfache Erklärung geben, die die Wahrheit kaschierte. Selbst hier in dieser Wildnis würde ein Gerichtsmediziner Würgemale erkennen.

Es war vorbei. Es gab keinen Neuanfang. Er war ruiniert, dank Evan Bryce und Lucy – der Teufel und seine Vertraute.

Es gab kein Zurück. Die Wahrheit umhüllte ihn wie ein kaltes, schwarzes Leichentuch, wie der große schwarze Nachthimmel von Montana. Ein Firmament ohne Himmel darüber. Schwarz wie Bryces Herz.

Mit zitternder Hand nahm er den Hörer des Telefons und drückte die Kurzwahltaste für Bryces Nummer. Mit der anderen griff er nach der Python.

***

Die Sterne waren wie Versprechen am Himmel. Strahlend und so weit entfernt. Außerhalb seiner Reichweite. Zu weit weg, um die Dunkelheit zu verjagen. Die Nacht um ihn herum war mattschwarz, elektrisch geladen. Sein Nackenhaar stellte sich auf, so stark war die Magnetkraft des Mondes.

. . .Tanzen unter dem Mond. Wie die Blonde, die den Abhang hinuntertanzte. Mondlicht glühte in ihren Augen, auf ihrer Haut, aus ihren Wunden. Del rollte hinter den Baum zurück und kniff die Augen zu, so fest, daß Farben hinter seinen Lidern explodierten, rot und gold. Er spürte die Druckwelle der Explosionen auf seiner Haut, roch das Napalm und den faulig süßlichen Geruch brennenden, verwesenden Fleisches.

Dann schlug er die Augen auf, und Vietnam war verschwunden. Die Brise kühlte seinen schweißnassen Kopf, es roch nach Tannen und feuchter Erde. Er drückte sein Gewehr an sich wie eine Geliebte.

Ein schriller Schrei bohrte sich in sein Trommelfell. Die alten Geister waren fort. Neue nahmen ihren Platz ein. Die Blonde tanzte durch die Nacht wie eine Sirene, die ihn auf die zerklüfteten Felsen des Wahnsinns locken, ihn zerschellen lassen wollte. Panik erfaßte ihn. Sie rannte mit den Tigern. Sie starb und erstand wieder auf. Eine mythische Kreatur.

Er glaubte, es wäre seine Bestimmung, seine Mission, sie zu töten. Sie zu töten könnte seine Ehre wiederherstellen, seine Schande auslöschen, ihm seinen Platz im Gefüge der Welt zurückgeben. Alles Unrecht wiedergutmachen.

Er brachte das Gewehr in Stellung. Fand die Frau im Zielfernrohr. Justierte das Fadenkreuz auf ihre Brust, korrigierte die Richtung des Laufs. Sein Finger küßte den Abzug.

Töte sie.

Töte sie.

Rette dich.

Oder jage dich selbst in den Wahnsinn.

Die Blonde tanzte weiter. Forderte ihn heraus. Lockte ihn. Ignorierte ihn. Tanzte wie ein Derwisch. Der Tanz der Toten. Eine Erscheinung in der Nacht.

Töte sie.

Töte dich selbst.

Sie verwandelte sich in einen Fleck im Gras. Die Schlacht tobte in seinem inneren, quetschte sein Herz. Zitternd ließ er den Abzug los und richtete das Gewehr in den Himmel, die Sterne sprangen ihn durch den Lauf an. Die strahlenden Lichter der Hoffnung. Immer noch außer Reichweite. Immer außer Reichweite.

KAPITEL 22

Richter knallen nicht einfach Frauen ab...

Mari murmelte diese Zeile immer wieder vor sich hin, wie eine Mantra, die Gefahren bannen konnte, als sie ihren Honda neben einem schlammbespritzten schwarzen Jeep zum Stehen brachte. Townsend war derjenige, der Lucy nach Montana gebracht hatte. Er war ihr Geliebter gewesen. Drew glaubte, er habe Lucy Geld gegeben – oder Lucy habe Geld von ihm erpreßt. Das machte ihn zum Schlüssel zur Wahrheit über Lucys Tod. Oder zum Verdächtigen in ihrem

Mordfall. Sie versuchte, nicht daran zu denken, als sie die Treppe zur Veranda seiner »Blockhütte« hochstieg.

Das Haus war ähnlich wie das von Lucy, nur größer, mit einer teureren Aussicht. Ein extravaganter Erholungsort vom Streß des Richtertisches. Gerechtigkeit zahlte sich offensichtlich aus. Oder die Townsends waren immer schon vermögend gewesen.

MacDonald Townsend genoß großes Ansehen in juristischen und politischen Kreisen. Mari war ihm einmal begegnet und hatte ihn öfter von weitem gesehen. Falls sie je sein Leben verfilmten, wäre Charlton Heston die Idealbesetzung, wenn er ihn steif wie ein gestärkter Kragen spielen würde. Es war schwer, sich vorzustellen, daß sich dieser überkorrekte Mann über einen Billardtisch beugte und Koks reinzog. Genauso schwer konnte man sich vorstellen, daß dieser Meister Proper mit der Ehefrau, die im Vorstand sämtlicher Wohltätigkeitsvereine von Sacramento saß, mit Lucy ins Bett gestiegen war. Und doch hatte er beides getan.

Die Frage war, was hatte er sonst noch getan?

Sie drückte die Türklingel und versuchte, rasch noch eine Gesprächsstrategie zu finden. *Haben Sie meine Freundin umgebracht*, wäre doch etwas plump und auch töricht.

Drinnen im Haus bellte ein Hund. Mari spähte durch die Seitenfenster neben der Tür und sah einen Hund im Foyer gegen eine Tür springen, hektisch kratzend und bellend, in dem Versuch, in das dahinterliegende Zimmer zu gelangen.

Sie seufzte und klingelte noch einmal. Die Tür im Inneren blieb geschlossen, aber der Hund rannte jetzt auf die Haustür zu, sprang am Seitenfenster hoch und sah Mari an, dann rannte er wieder zu der geschlossenen Tür im Haus, stürmte wieder zu Mari zurück, winselnd. Offensichtlich kein gefährlicher Wachhund.

Mari versuchte die Eingangstür. Sie war nicht abgesperrt, und Mari betrat das Haus. Der Hund tänzelte um sie herum, heftig kläffend.

»Richter Townsend? Ist jemand zu Hause?«

Nach dem dritten Ruf versuchte der Hund, sie zu der geschlossenen Tür zu zerren, die er total zerkratzt hatte.

Sie stellte sich vor die Tür und horchte auf Stimmen. Stille.

»Richter Townsend?« Sie trommelte mit den Knöcheln gegen die Tür, was ein neuerliches Kläffkonzert auslöste, dann herrschte wieder Schweigen. Der Hund stupste sie mit seiner feuchten Schnauze an, und schließlich griff sie nach dem Türknauf.

Die Tür schwang auf und gab den Blick frei auf ein spektakuläres Arbeitszimmer. Dunkles Holz, riesige Fenster, ein Wald von ledergepolsterten Ohrensesseln und ein Kamin aus Naturstein. Die Köpfe einer Reihe unglücklicher Geschöpfe hingen über dem Kamin, von denen sie die meisten nur aus dem *National Geographic* kannte. Ein Zebrafell prangte an der hinteren Wand, daneben ein Tigerfell, und aus einer Ecke dräute ein ausgestopfter Grizzly.

In der Mitte der Fensterwand stand Townsends Schreibtisch, ein massives, poliertes Nußbaummöbel mit Messingbeschlägen. Darauf lag, mit dem Gesicht nach unten, Townsend selbst. So wie's aussah, hatte er sich den Revolver in den Mund gesteckt und sich den Kopf weggeschossen.

Einen langen Augenblick blieb Mari wie gelähmt stehen und starrte ihn an. Sie war unfähig, ihren Blick von diesem Grauen zu lösen. Aus dem Augenwinkel registrierte sie, daß Blut und Fetzen von Gehirnmasse am Fenster klebten. Die Luft stank nach gewaltsamem Tod.

Ihr Blick wanderte wieder zu Townsend. Der Körper war eine leere Schale, zerknittert und weggeworfen. Die Seele des Menschen war mit unbekanntem Ziel verreist. Seine rechte Hand umklammerte noch den Griff des Revolvers, der seinen Kopf wie die Schale eines weichen Eis zertrümmert hatte.

Jetzt begann ihr Gehirn mit einem Schlag wieder zu arbeiten. Sie machte einen Satz rückwärts.

»Oh, mein Gott«, flüsterte sie, als hätte sie Angst, ihn zu wecken. »Oh, mein Gott!«

Und dann wurde ihr übel. Sie stolperte mit der Hand vor dem Mund aus dem Zimmer, sah die Küche am anderen Ende des Ganges und schaffte es gerade noch bis zur Spüle, ehe sie ihr Frühstück erbrach.

Nachdem es vorbei war, drehte sie den Hahn auf und ließ sich das Wasser übers Gesicht laufen, als könne sie wegwaschen, was ihre Augen gesehen hatten. Heftig zitternd griff sie nach einem Geschirrtuch und drückte es an ihre Wangen.

Townsend war tot. Lucy war tot, danach Miller Daggrepont, und jetzt hatte Townsend Selbstmord begangen.

Sie rief zitternd vom Küchentelefon das Büro des Sheriffs an. Die Telefonistin versprach ihr, gleich jemanden zu schicken – sobald sie die genaue Lage von Richter Townsends Haus lokalisiert hätte.

Mari war immer noch zu erschüttert, um stillsitzen zu können. Sie wanderte durchs Haus, bis sie im Speisezimmer eine Flasche Glenfiddich entdeckte. Sie nahm einen Schluck, um den Hurrikan in ihrem Kopf etwas zu beruhigen. Townsends grausiges letztes Porträt war zwar immer noch vor ihrem inneren Auge, aber jetzt konnte sie sich auf andere Details auf dem Schreibtisch konzentrieren. Die Waage der Justitia, eine Waagschale voller Kleingeld und Briefmarken, das Telefon, schwarz, der Hörer nirgendwo zu sehen, ein rotes Licht, das an der Konsole brannte.

Kein Hörer. Sie starrte aus dem Fenster zum Vorhof, hielt Ausschau nach der fernen Staubwolke, die das unmittelbare Eintreffen eines Deputy verkündete. Sie nahm noch einen Schluck Scotch. Kein Hörer. Hatte er den Hörer von der Gabel genommen, um nicht gestört zu werden, während er seinen letzten Schuldspruch an sich selbst vollstreckte? Oder hatte er jemanden angerufen?

Wenn sein Selbstmord etwas mit Lucys Tod zu tun hatte ... wenn er kurz vor seinem Tod mit jemandem geredet hatte ... könnte diese Person vielleicht irgendeine Verbindung zu Lucy haben?

Der Hund kam winselnd ins Speisezimmer, stupste gegen Maris Beine, schaute sie mit besorgten Augen an. Sie streichelte ihn gedankenverloren und stellte ihr Glas beiseite. Quinn hatte die Nase voll von ihren Theorien. Diese wollte er sicher auch nicht hören. Und er würde ganz bestimmt nicht dulden, daß sie an einem Tatort herumschnüffelte.

Mit dem traurigen Schäferhund an den Fersen ging sie langsam, mit hämmerndem Herzen auf das Arbeitszimmer zu. Sie befahl dem Hund, hier zu warten, und ging so zielstrebig, wie es ihre wackligen Knie erlaubten, in das Arbeitszimmer. Sie zwang sich, den Richter nicht anzusehen, und ging zu der Seite des Schreibtischs, an der das Telefon stand und sein rotes Licht wie ein Dämonenauge glühte.

Die Wiederholungstaste war direkt links neben Townsends zertrümmerten Kopf. Sie nahm einen Bleistift und drückte mit dem Radierende auf den Knopf. Die elektronische Musik moderner Technologie erklang aus dem Hörer, der am Boden lag. Mari lauschte, wie das Telefon am anderen Ende klingelte. Beim dritten Läuten ertönte eine Frauenstimme mit schwerem osteuropäischen Akzent. »Hier bei Mr. Bryce. 'allo?«

Samantha streckte sich in ihrem Liegestuhl. Zum Schutz ihrer Augen vor dem gleißenden Sonnenlicht am Pool trug sie eine Sonnenbrille, die mehr kostete, als sie in einer Woche verdiente. Bryce hatte sie ihr geliehen. Eigentlich hatte er sie ihr geschenkt, aber ihr war wohler, wenn sie sie als Leihgabe betrachtete.

Sie hatte sich bei ihrer Arbeitsstelle krank gemeldet. Nach dem Gespräch gestern abend hatte sie keine Lust, Mr. Van Dellen unter die Augen zu treten. Bryce sagte ihr, sie brauche sich deswegen keine Sorgen zu machen. Drew mische sich in Dinge ein, die ihn gar nichts angingen, und er würde ihre Freundschaft nicht verstehen. Er würde nicht verstehen, was sie mit Will durchmachte. Drew wolle sie nur beschützen, wie ein Bruder eine Schwester – aber war das nicht eine Ironie, da Bryce doch genauso empfand? Kein Grund für einen Konflikt, wenn doch beide letztendlich dasselbe wollten.

Gestern abend hatten sie die Worte Bryces beruhigt, doch als sie dann heute morgen allein in ihrem Bett aufwachte und die Morgensonne wie ein Scheinwerfer ihr schäbiges Zimmer erleuchtete, verlor Bryces Trost seine Wirkung, und Mr. Van Dellens Worte verfolgten sie erneut.

Überleg dir, was du tust, Samantha. Du bist nicht wie sie. Siehst du das denn nicht?

Doch, sie sah es. Anscheinend konnte das jeder sehen – sie war nur ein dummes, ungelenkes Mischlingskind, das versuchte, etwas zu sein, was es nicht war. Alle sahen es, außer Bryce. Er behandelte sie, als wäre sie genauso wichtig wie seine reichen und berühmten Freunde. Er behandelte sie wie eine schöne Frau statt wie eine kleine Schwester. Er ermutigte sie, wo alle anderen sie immer nur bemitleidet oder ausgelacht hatten. Kein anderer schien das zu verstehen.

Also hatte sie heute Zuflucht bei ihrem Freund gesucht. Sie konnte den Tag auf seinem Berg verbringen, an seinem Pool, weit weg von der Realität des Lebens. Vergessen war Sam, die Kellnerin, hier war sie für einen Tag Samantha, Teil der Schönen und Reichen. Sie konnte hier neben Uma Kimball liegen und sich von einem berühmten Strafverteidiger eisgekühlte Drinks servieren lassen, während er eingehend ihr Dekolleté studierte.

Das letztere war Sam etwas unangenehm, also legte sie sich auf den Bauch und zog ihr langes Haar wie einen Vorhang um ihre Schultern.

»Danke«, murmelte sie und stellte den Margarita neben sich auf einen niedrigen Glastisch. Ben Lucas grinste sie an, als hätte sie gerade etwas sehr Geistreiches gesagt, und plazierte seinen gebräunten, getrimmten Körper in orangefarbener Badehose zwischen sie und den Pool.

»Ohne das Hemd wirst du schneller braun«, sagte er.

Samantha hatte sich aus dem Schrank im Gästezimmer einen schlichten türkisfarbenen Badeanzug ohne Träger ausgesucht und dann eins von Wills weißen Hemden darübergezogen, das sie heute morgen mitgenommen hatte. Im Stuhl rechts neben ihr lag Uma Kimball in der prallen Sonne, nur mit einem knappen schwarzen Tanga bekleidet. Umas Brust war flach wie die eines Schulmädchens.

»Ich hab' eingebaute Sonnenbräune«, sagte Samantha verlegen.

Sharon kam auf Lucas zugeschlendert, in goldenen Stilettos und einem Badeanzug, der aus einem gekreuzten Gazeband zwischen ihren langen, perfekten Beinen bestand.

»Sam ist züchtig«, sagte sie amüsiert. »Ist das nicht nett, Ben?«

Uma rollte sich zur Seite und richtete ihre glasigen Augen auf Samantha. »Du bist also *wirklich* so was wie 'ne Indianerin?«

»Teilweise.«

»So eine wie in *Der mit dem Wolf tanzt*?«

»So eine aus Montana. Meine Mutter ist Cheyenne.«

»Die Sängerin? Cool!«

Sharon stöhnte vor Ungeduld. »Mein Gott, Uma, bist du eigentlich je nüchtern?«

Die Schauspielerin schob die Brille auf ihre Koboldnase und grinste Sharon boshaft an: »Bist du eigentlich je kein Ekelpaket?«

Samantha duckte sich verschämt, versteckte sich hinter ihrem Vorhang von dunklen Haaren. Mr. Van Dellens Worte dröhnten in ihren Ohren – *Du bist keine von ihnen ...*

»Reisa hat einen leichten Imbiß vorbereitet.« Bryce kam fröhlich auf sie zu; die Spannungen, die in der Luft schwebten, schienen ihn nicht zu berühren. Er sah chic und locker aus in bauschigen weißen Musselinhosen und einem offenem Hemd aus Dschungelstoff. Sein sonnengebleichtes Haar war wie immer zu einem Pferdeschwanz gebunden. Er wandte sich an Sharon. »Warum gehst du nicht und schlägst deine Zähne in etwas, das nicht blutet, Schatz?«

»Komm mit«, konterte Sharon und ließ ihn nicht aus den Augen. »Wir haben Geschäftliches zu besprechen.«

»In einer Minute.« Bryce winkte ab und wandte sich wieder Samantha zu.

Sharon berührte seinen Arm, wollte ihn wegzerren. Geschäft hatte immer Vorrang bei ihm – außer er war verliebt. »Bryce –«

»Ich sagte, später«, zischte er.

Sharon zeigte ihre Zähne und entfernte sich dann, ohne sich anmerken zu lassen, wie verletzt und beunruhigt sie war. Lucas folgte ihr mit Uma im Schlepptau. Sie hatte einen Finger in seine Badehose gehakt und ihre kaum vorhandenen Brüste mit einem Handtuch über der Schulter kaschiert.

»Hast du dir schon ein bißchen Appetit angearbeitet?« Bryce grinste.

Samanthas Mund verzog sich zu einem kleinen ironischen Lächeln, während sie ihre endlosen Beine über den Rand des Liegestuhls schwang und sich aufsetzte. Mona Lisa in Montana, dachte Bryce. Wenn ihr je klar wurde, wieviel Macht sie mit diesem geheimnisvollen Lächeln auf Männer ausüben konnte . . . eine unwiderstehliche Herausforderung. Natürlich war sie das bereits, sie wußte es nur noch nicht.

»Dort, wo ich herkomme, gilt das nicht als Arbeit«, sagte sie und schwang ihr Haar zurück über die Schulter.

Bryce setzte sich auf den Stuhl neben sie. Er deutete auf den Muskelprotz Fabian, der sich in der Sonne aalte. »Das darfst du ihm nicht erzählen. Er wird eine Million mit einem Kalender verdienen, wenn seine Bräune makellos ist.«

Samantha wußte nicht, ob er scherzte, und warf ihm einen skeptischen Blick zu. Bryce strich über ihre Wange, dann nahm er ihr Kinn und sah ihr in die Augen. »Du könntest auch eine Million verdienen, wenn du wolltest.«

Sie lachte. »Ich? Das glaube ich kaum.«

Er runzelte die Stirn. »Du könntest alles, Schatz. Du bist eine bildschöne junge Frau, Samantha. Du könntest der Star von L. A. werden oder von New York. Du mußt nur an dich selbst glauben.«

»Ich kann nicht nach L. A. gehen. Ich habe einen Ehemann.«

»Der sich nicht blicken läßt«, sagte Bryce mit unverhohlener Verachtung und hakte gleich nach. »Er behandelt dich wie einen Bürger zweiter Klasse. Nein, schlimmer als das, er behandelt dich wie Luft.«

Samantha nagte an ihrer Lippe und wandte sich ab, damit er ihre Tränen nicht sehen konnte. Bryce legte den Arm um ihre Schulter und drückte sie voller Mitgefühl, hauchte einen Kuß auf ihr Haar.

»Tut mir leid, Schätzchen, ich wollte dich nicht aufregen. Es macht mich nur so wütend, mitansehen zu müssen, wie er dich ignoriert.«

Er war selbst erstaunt, welch heftige Gefühle dieses Mädchen in ihm auslöste, wo sie doch noch vor einer Woche nur eine unbedeutende Schachfigur gewesen war. Er saß hier, den Arm um ihre Schultern gelegt, und wollte etwas Gutes für sie tun. Er konnte sich nicht erinnern, wann ihm das das letzte Mal passiert war. Vor Jahren. Nie. Er hatte immer nur seinen Vorteil im Sinn gehabt. Aber jetzt wollte er Samantha mit einbeziehen. Er konnte alles haben, was er wollte – die Macht, das Land, Samantha –, und konnte ihr Dinge geben – Chancen, Ruhm – und zusehen, wie sie aufblühte, mit dem Wissen, daß er dafür verantwortlich war. Ein berauschendes Gefühl, die Rolle eines großzügigen Gottes zu spielen. Eine Rolle, die ihm gefallen könnte.

»Du könntest soviel mehr haben, als er dir gibt«, murmelte er, um den Stachel noch etwas tiefer zu treiben.

Samantha sah hinüber zu den schattigen Tischen im Innenhof, wo Uma sich mit Früchten vollstopfte und Ben Lucas gerade eine Erdbeere in ein Glas Champagner tauchte, sie in den Mund steckte und ihr zulächelte. Sharon saß allein an einem Tisch und blätterte in der *Cosmopolitan*.

»Ich glaube, deine Cousine mag mich nicht besonders«, sagte Samantha leise.

»Sharon?« Bryce zuckte achtlos die Schultern und nahm Samantha fester in den Arm. »Sharon mag niemanden. Sie ist sehr ... revierbewußt. Und das ist eine ihrer besseren Eigenschaften.«

»Klingt, als magst du sie auch nicht besonders.«

Er überlegte kurz und strich seufzend über ihren Arm. »Ich glaube, ihr ewiges Theater geht mir auf die Nerven. Aber wir haben schon viel zusammen erlebt, Sharon und ich. Und sie gehört schließlich zur Familie.«

Mit Loyalität ist Samantha sicher zu beeindrucken, dachte er. Auf jeden Fall war das besser als die Wahrheit. Die würde sie schockieren, abstoßen. Sie war zu naiv, hatte ein zu behütetes Leben hier oben in den Bergen gelebt, wo Leute noch an so bizarre Dinge wie Moral glaubten.

Die breiten Flügeltüren zum Haus schwangen auf, und Reisa, die Haushälterin, stapfte heraus. Die Frau hatte einen Körper wie ein Ölfaß und ein Gesicht wie eine Bratpfanne, aber sie konnte kochen und verstand kaum Englisch, zwei absolut notwendige Voraussetzungen für diesen Job. In ihrem breiten Kielwasser folgte Marilee Jennings. Bryces Interesse verlagerte sich sofort, wie bei einem Jagdhund, der eine neue Witterung aufnahm.

»Marilee«, rief er und erhob sich, Samantha zog er mit sich hoch und dann zum Ende des Pools, um seinen neuesten Gast zu begrüßen.

Mari versuchte, sich ein Lächeln abzuringen, ein monumentales Unterfangen, nachdem sie gerade zwei Stunden mit Sheriff Quinn und seinen Deputys verbracht hatte. Der Sheriff war nicht gerade begeistert gewesen, sie in Gesellschaft einer Leiche vorzufinden.

Bryce war äußerlich nicht anzumerken, daß er einen Notruf von einem Freund bekommen hatte. Falls er etwas über den Tod des Richters wußte, so war er genauso kaltblütig wie die Eidechsen, die für seinen Gürtel ihre Haut geopfert hatten. Er verwöhnte Mari mit seinem strahlenden Lächeln. Die Sonne schien seine hohe Stirn zu segnen.

»Ich freue mich, daß Sie sich doch noch entschlossen haben, sich uns anzuschließen«, sagte er. »Setzen Sie sich. Reisa wird Ihnen etwas zu trinken holen.«

»Das ist nicht direkt ein Höflichkeitsbesuch.« Maris Blick glitt kurz über die Anwesenden und kehrte dann zu Bryce zurück. »Ich dachte mir, Sie sollten erfahren – da Sie ein Freund von ihm waren –, daß MacDonald Townsend tot ist. Er hat sich irgendwann gestern nacht umgebracht.«

Bryce Miene verzog sich angemessen ungläubig. Er stemmte die Fäuste in die Hüften. »Großer Gott, Sie scherzen!«

»Ganz so schwarz ist mein Humor nicht. Townsend ist tot.«

Ben Lucas sprang auf und ging zu Bryce. Er schob seine Sonnenbrille auf die Stirn und sah Mari so grimmig an, als hätte sie den Abzug gedrückt. »Townsend ist tot? Du lieber Himmel, was ist passiert?«

Mari hob ratlos die Schultern. Ihre Hände tasteten sich in die Taschen ihrer weiten Jeans und ballten sich zu Fäusten. »Ich habe keine Ahnung. Ich glaube, er hat keinen Brief hinterlassen. Ich bin heute morgen bei ihm vorbeigefahren, weil er, äh, Lucy gekannt hat und ich dachte, wir könnten uns einfach unterhalten, wissen Sie. Ich habe ihn in seinem Arbeitszimmer gefunden.«

»Das muß entsetzlich für Sie gewesen sein«, murmelte Bryce. Er ging auf sie zu, nahm ihren Arm, und führte sie zu dem Tisch, wo Sharon mit steinerner Miene und zusammengekniffenen Augen saß.

»Setzen Sie sich.« Er sah über die Schulter zu seiner Haushälterin, die neben den Flügeltüren wartete. »Reisa, bringst du Miss Jennings einen Cognac?«

»Nein, danke«, sagte Mari. Der Scotch, den sie bei Townsend getrunken hatte, hatte längst seine Wirkung verloren. Ihr Verstand war schmerzlich klar, und dabei sollte es auch bleiben, solange sie sich in dieser Schlangengrube befand. »Eine Cola wäre wunderbar.«

Bryce runzelte die Stirn, nickte aber der Frau zu.

»Ich frage mich, ob die Polizei Irene angerufen hat«, sagte Lucas zu Bryce mit einem grimmigen Blick auf Mari. »Mrs. Townsend«, erklärte er, dann wandte er sich wieder Bryce zu. »Ich werde sie anrufen. Es ist besser, wenn sie eine solche Nachricht von einem Freund hört.«

»Ja, natürlich. Nimm das Telefon in meinem Büro.« Bryce rieb sich das Kinn. »Und ich komme mit. Ich möchte ihr sagen, daß sie mit jeder Hilfe von mir rechnen kann.«

Die beiden verschwanden im Haus. Mari unterdrückte den Drang, ihnen zu folgen. Sie war sich nicht sicher, was sie sich von der Überbringung der Nachricht erhofft hatte. Allem Anschein nach war Bryce nicht der Typ, der unter der Last eines überbeanspruchten Gewissens zusammenbrechen und gestehen würde. Ihre nebulösen Vermutungen sollte sie wohl besser auch für sich behalten, das könnte leicht gefährlich werden.

Betretenes Schweigen legte sich über die Gesellschaft am Pool. Samantha schlängelte sich auf den Stuhl, den Lucas gerade verlassen hatte, und zog ihr übergroßes Männerhemd fester um sich. Sie war sehr verunsichert, nachdem Bryce sie alleingelassen hatte. Sharon saß Mari stocksteif gegenüber, eine Eisplastik in St.-Tropez-Bademode. Am Becken rollte sich der Muskelprotz auf den Bauch und spannte seine Gesäßmuskeln.

»MacDonald Townsend«, sagte Uma, nahm eine Handvoll Sternfruchtscheiben und stopfte sie auf einmal in den Mund. Sie kaute angestrengt, dann wischte sie sich den Saft von ihrer aufgeblasenen Unterlippe. »Hat er bei *Tage unseres Lebens* mitgespielt?«

Sharon verdrehte die Augen. Der Muskelprotz sagte nichts.

»Glaubst du, sie weiß von dem Anruf?« Bryce drehte sich mit seinem Stuhl hinter dem massiven Teakschreibtisch. »Das spielt doch keine Rolle. Der Anruf ist sowieso registriert, sie brauchen nur Townsends Telefonrechnung zu prüfen. Andererseits kann keiner beweisen, daß ich die Nachricht bekommen habe.«

Er zog eine Minikassette aus dem Schreibtisch und warf sie Lucas zu. »Der verfluchte Anrufbeantworter, ständig kaputt.«

Lucas ließ die Kassette zwischen seinen Fingern kreisen. »Keiner kann erwarten, daß du mitten in der Nacht einen Anruf entgegennimmst. Um diese Zeit ist kein Personal da, das den Anruf für dich übernehmen könnte.«

»Nur diese verdammte Maschine«, sagte Bryce und übte ein Stirnrunzeln. »Ich wollte mir längst eine neue besorgen. Vielleicht, wenn ich das getan hätte ... aber es wäre wohl ohnehin zu spät gewesen.«

»Sehr gut.« Lucas nickte. »Ein bißchen Gewissen und Bedauern zeigen. Sehr glaubhaft.«

»Ich hätte Schauspieler werden können«, sagte Bryce, »aber es wäre nicht annähernd so aufregend gewesen.«

Es stand außer Frage, daß es zu spät gewesen wäre, Townsend zu retten, selbst wenn er sich die Mühe gemacht hätte. Er hatte das Band gleich am nächsten Morgen abgehört. Nach einem tränenreichen, verworrenen Monolog, dem Geständnis und der Anklage gegen ihn war das Geräusch einer kleinen Explosion zu hören. Townsend hatte seinen Abschiedsbrief auf dem Anrufbeantworter hinterlassen und seinen eigenen Tod aufgezeichnet. Selbstzerstörung im Zeitalter der Technologie.

»Er hatte nie richtigen Mumm«, sagte Bryce ohne jedes Mitleid. »Ich verabscheue solche Menschen. Gut, daß er tot ist. Ich hätte es nicht länger ertragen können, dieses ewige auf die Kniefallen und Winseln.«

Lucas warf die Kassette hoch und fing sie wieder auf. »Solange er nichts hinterlassen hat, was den Rest von uns belasten könnte.«

»Er hatte gegen keinen von uns etwas in der Hand.«

»Er könnte ein unterzeichnetes Protokoll hinterlassen haben, wer weiß«, sagte Lucas, mit einer kleinen Sorgenfalte zwischen den Brauen. Mit demselben Blick säte er vor Gericht Zweifel in die Köpfe der Geschworenen.

Bryce erhob sich vom Stuhl und sah dem Anwalt direkt in die Augen. »Hat er nicht.«

Mit einer raschen Handbewegung zog dieser das Band aus der Kassette, setzte es mit seinem vierundzwanzigkarätigen Feuerzeug in Brand und ließ es in den Baccarataschenbecher auf seinem Schreibtisch fallen.

Bryce überredete Mari zu bleiben, doch keiner der anderen unterstützte ihn dabei. Das Angebot eines Badeanzuges lehnte sie ab. Es schien ihr nicht ratsam, sich unter diesen Leuten halbnackt auszuziehen. Zum einen war sie, wie sie fand, körperlich nicht in der Bikiniliga. Ihre Selbstachtung war nach Raffertys Abfuhr ohnehin schwer angeschlagen, da brauchte sie wirklich keinen Nabelvergleich mit Uma Kimball oder Sharon Russell. Besonders nicht mit Sharon, deren Figur in ein Schaufenster von Frederick's of Hollywood gehörte.

Außerdem vertraute sie mit möglicher Ausnahme von Samantha keinem von ihnen. Lucas verfolgte jeden ihrer Schritte mit seinen Haifischaugen. Sharons Blick war klinisch kühl, wie der eines Wissenschaftlers, der eine Maus in einem Labyrinth beobachtet. Der Muskelprotz war auf einem anderen Planeten, und Uma *war* tatsächlich von einem anderen Planeten. Mari kam sich vor, als wäre sie in einer alternativen Realität gelandet, in einer, die von Leichen übersät und von Bedrohungen überschattet war.

Bryce spielte mit bedrückter Miene den Gastgeber. Er saß mit ihr im Schatten, Samantha zu seiner Rechten und ein unberührtes Glas mit Scotch vor sich.

»Er war sehr betroffen von Lucys Unfall«, sagte er. »Das war wohl auch zum Teil der Anlaß.«

»Standen sie sich denn so nahe?« fragte Mari und beobachtete, wie seine knochigen Hände mit dem Glas spielten.

Bryces Blick war messerscharf, seine Stimme aber völlig ruhig. »Er hat Lucy das Geld für den Kauf der Ranch gegeben. Hat sie Ihnen das nicht erzählt?«

»Ich denke, ich wollte es wohl auch nicht wissen. Ich bin kein großer Befürworter heimlicher Affären.«

Samantha rutschte tiefer in ihren Stuhl, als wollte sie sich unsichtbar machen. Sie war vorhin ins Haus gegangen und hatte sich angezogen, mit großer Sorgfalt, wie ein kleines Mädchen, das Verkleiden spielt. Der Erfolg war, daß sie angekleidet genauso verletzlich wirkte wie im Badeanzug. Mari dachte an Will und biß sich zur Strafe auf die Zunge.

»Das ist ja gerade das Ironische«, sagte Bryce seufzend. »Townsend auch nicht. Er war von Lucy besessen, litt aber ständig unter Schuldgefühlen. Er wollte auch seine Frau nicht ihretwegen verlassen, obwohl die Ehe in den letzten Jahren mehr oder minder nur noch Fassade war.«

Er nippte an seinem Glas und ließ den Blick über den Pool ins Leere wandern. »Töricht, sich an etwas Bedeutungsloses zu hängen, wo er doch einen neuen Anfang hätte machen können.«

Samanthas Stuhl klapperte, als sie die Stellung änderte. »Vielleicht hat er seine Frau noch geliebt«, sagte sie leise. »Vielleicht konnte er sich selbst nicht helfen.«

Bryce sah ihr direkt in die Augen. »Wir können uns immer selber helfen, Schätzchen.«

Die Augen des Mädchens füllten sich mit Tränen. Mari hätte sie gerne in den Arm genommen und ihr gesagt, daß Will sie noch liebte, daß er es wert war, nicht lockerzulassen, es wert war, für ihn zu kämpfen, aber sie war sich dessen doch nicht sicher. Nicht so ganz. Es war nur ein Gefühl, und Gefühle hatten ihr bereits genug Ärger mit den Rafferty-Brüdern eingehandelt. Trotzdem konnte sie nicht einfach dasitzen und mitansehen, wie Bryce versuchte, ein Unschuldslamm in seinen Pferch zu locken. Sie war hier und deshalb verantwortlich. In ihrem Herzen hatte sie sich diesem Land verpflichtet, eine Verpflichtung, die nichts mit Besitzrechten, aber sehr viel mit persönlicher Integrität zu tun hatte.

»Wenn sich die Menschen immer selbst helfen könnten«, sagte sie, »dann hätte Betty Ford keine Klinik. Es steckt wesentlich mehr hinter den Problemen von Menschen als nur Schwäche.«

Bryces kleiner Mund wurde noch schmäler. Mari ignorierte ihn und stellte sich Samanthas schmerzerfülltem Blick, versuchte ihr telepathisch zu vermitteln, was das für sie persönlich hieß.

»Das ist eine sehr romantische Vorstellung: zu denken, daß jeder gerettet werden kann oder es wert ist, gerettet zu werden«, sagte Lucas, der sich ebenfalls angezogen hatte. Anscheinend war Nacktheit eine Beleidigung für das Andenken eines Toten. »Die Rückfallquoten in unseren Gefängnissen machen diese Theorie zunichte, Marilee.«

»Wir sprechen hier nicht von eingefleischten Kriminellen. Wir reden über einen guten Menschen, der ein paar falsche Entscheidungen getroffen hat.«

Angeblich ging es hier um Townsend, aber Bryce wußte, daß sich das Gespräch längst nicht mehr um den Richter drehte. Leider konnte er nicht darauf eingehen ohne einen weiteren harten Angriff auf Will Rafferty, den Samantha nicht bereit war zu hören, soviel war klar. Er beugte seufzend den Kopf. Diesen Punkt hatte Marilee gemacht. Ihre Gefährlichkeit mußte ohne Zweifel neu überdacht werden.

»Sie sind recht blauäugig, was die Menschheit angeht«, sagte Sharon und nippte an ihrem Margarita.

»Ich ziehe die Bezeichnung optimistisch vor«, konterte Mari mit einem gequälten Lächeln.

»Dumm«, lautete Sharons taktloser Kommentar. Ihre Aufmerksamkeit richtete sich jetzt auf Bryce, der mit Samantha beschäftigt war. »Jeder versucht doch nur, seine eigenen egoistischen Interessen zu wahren. Die Ehrgeizigen trampeln jeden nieder, der ihnen dabei im Weg steht. Die Rücksichtslosen tragen Spikes. Die Narren werden zertrampelt. Jeder ist sich selbst der Nächste.«

Mari hob die Augenbrauen. »Na ja, damit haben Sie sicher mehr Erfahrung als ich«, sagte sie freundlich. »Ich habe ein sehr behütetes Leben geführt«, fügte sie hinzu, als Bryces Cousine rot wurde.

»Bleiben Sie in der Nähe«, sagte Sharon und stand auf. »Sie werden es schnell genug lernen.«

»Wie humorvoll«, murmelte Mari und rollte die Augen, als Sharon mit einem perfekten Hechtsprung in den Pool tauchte.

»Sharon hat auf die harte Tour gelernt, daß das Leben sehr grausam sein kann«, sagte Bryce. »Sie mußte überleben lernen.«

»Hmm.« Mari stellte sich Bryces Cousine im Kampfanzug mit einem M16 in der Hand vor. War gar nicht so schwer.

Von der Vorderseite des Hauses her war ein Lastwagenmotor ohne Auspuff zu hören, ein lautes Röhren, das sogar Fabian, den Muskelprotz, von seinem konzentrierten Sonnenbad ablenkte. Alles drehte sich erwartungsvoll zur Seitentür.

»Lieferwagen«, schimpfte Bryce und stand auf. »Bei dem, was sie verlangen, um hier raufzukommen, könnten sie sich vergoldete Auspuffrohre leisten.«

Er ging zum Tor hinaus und kam eine Sekunde später rückwärts geflogen. Das hohe verwitterte Tor knallte gegen die Steinmauer, und Bryce landete mit dem Hinterteil auf der Terrasse. Alle schreckten hoch.

»Will!« schrie Samantha und sprang auf.

Will kam mit geballten Fäusten durch das Tor und ging direkt auf Bryce los. »Du dreckiger Hurensohn! Laß die Finger von meiner Frau, du gottverdammtes Schwein!«

Die Worte waren sehr undeutlich, und er schwankte ein bißchen, stapfte aber unbeirrt auf Bryce zu, der versuchte, sich auf den nassen Poolkacheln hochzurappeln. Will holte mit der Linken aus und verpaßte Bryce einen Schwinger auf sein schmales Kinn. Bryce ging zu Boden, spuckte Blut und rollte außer Reichweite.

»Will, hör auf!« rief Samantha und rannte zu ihm. Ein Teil von ihr war entsetzt über sein Verhalten, schockiert über sein Aussehen – er hatte eine genähte Wunde auf der Stirn und ein blaues Auge. Ein anderer Teil von ihr war begeistert, daß sie ihm noch so viel bedeutete, daß er hierherkam, um eine Szene zu machen. In ihrem Kopf überschlugen sich die Gedanken: Er liebte sie, er war gekommen, um sie nach Hause zu bringen, und dann würden sie glücklich bis ans Ende ihrer Tage zusammenbleiben; Bryce würde sie hassen, ihre Chancen auf ein besseres Leben würden sich in Luft auflösen.

Will kam ein bißchen zur Besinnung und drehte sich zu seiner Frau um. Die junge Frau, die er da sah, war eine Fremde. Ihr Haar wehte wie ein dunkler Seidenvorhang um ihre Schultern. Sie trug Make-up und Schmuck und etwas Schickes, Kupferfarbenes, das ihren dunklen Teint betonte. Sie sah aus wie ein Model, wie irgendeine hochnäsige Gans aus der Vogue. Nicht wie seine Sam. Sie war zu gut für ihn. Sie war ihm entglitten. Wollte mehr, als er ihr geben konnte. Seine *Ex*frau ... *Ex*frau ...

»Was ist los, Sam?« fragte er, bemüht, seine Angst mit Wut zu tarnen. »Willst du nicht, daß ich deinem Liebhaber die Visage poliere?«

»Er ist nicht mein –«

»Das kannst du dir sparen. Ich weiß, worauf der aus ist. Schau dir das an.« Er wedelte mit den Armen in Richtung Haus. »Mr. Reicher Hurensohn. Er kriegt dich, ein gutes Stück von der Stars and Bars und deinen knackigen Hintern dazu.« Er beugte sich vor und hauchte ihr eine Ladung Jack Daniels ins Gesicht. »Toller Deal, was, Sam?«

Für Samantha war es wie ein Schlag, der ihre Welt aus den Angeln hob. Sie warf sich auf Will und hämmerte mit den Fäusten gegen seine Brust.

»Du Bastard! Wie kannst du es wagen, das zu sagen! Nach allem, was du getan hast, nach all den Frauen!« Wut und Schmerz schnürten ihr die Kehle zu. Tränen stiegen ihr in die Augen, flossen über ihre Wangen und verschmierten die frisch aufgetragene Wimperntusche. »Nachdem du mir so weh getan hast!«

»Dir weh getan?« Will lachte hämisch. »Ja, das sieht man, wie weh es dir getan hat. Aufgetakelt wie eine Fünfzig-Dollar-Hure sitzt du hier rum und trinkst Champagner mit deinen berühmten Freunden –«

»Das reicht, Rafferty«, sagte Bryce und stellte sich hinter Samantha. Seine Unterlippe blutete, er tastete vorsichtig einen Zahn ab und zuckte zusammen. Die Krone hatte sich gelockert.

Will sah ihn voller Verachtung an. »Was willst du tun, reicher Knabe? Sam sagen, daß sie mir in den Hintern treten soll? Du kannst es jedenfalls nicht. Du legst die Leute nur mit deinem Geld aufs Kreuz.«

»Will –«

Marilee erschien in seinem Blickfeld, mit besorgtem Gesicht. Mit ihr hatte er hier wirklich nicht gerechnet. Er wußte sowieso nicht, was er eigentlich erwartet hatte, als er mit Tuckers altem Truck den Berg hinaufgebraust war. Der Alkohol hatte sein Hirn benebelt, und er konnte nur noch aus Impuls heraus handeln. Der ganze Tag war nur eine vage Erinnerung. Sam fort, als er ins Haus gestolpert war, um ihr zu sagen – was? Daß er sie liebte? Daß er Angst hatte, sie zu lieben? Egal, sie war nicht dagewesen. Nicht im Moose . . . Bryce, dieses Schwein, schenkte ihr Sachen . . . Echtes Wunder, daß er es den Berg hoch geschafft hatte . . . Wenn er doch nur verunglückt wäre . . .

»Will –« Mari kam näher und legte eine Hand auf seinen Arm. Er riß sich los, holte bedrohlich zu Bryce hin aus und lachte, als Bryce Samantha zwei Schritt zurückzog.

»Du willst meine Frau? Nimm meine Frau!« schrie er, ertrinkend in einem Strudel von Gefühlen. »Nimm meine Frau, bitte! Ich wollte sowieso nie eine!«

Samantha stöhnte, als hätte er ihr ein Messer in die Brust gestoßen, riß sich schluchzend von Bryce los und rannte ins Haus. Bryce schüttelte angewidert den Kopf.

»Du bist bedauernswert, Rafferty.«

Will sprang ihn an und holte aus, verpaßte aber seine Nase um einige Zentimeter.

»Los, du Armleuchter«, reizte ihn Will. »Gönn mir die Befriedigung. Wehr dich, Stadtjunge. Sehn wir mal, was du außer Geld zu bieten hast.«

Mari sah, daß er schwankte, und er hatte offensichtlich Schwierigkeiten, Bryce auszumachen. Wahrscheinlich sah er ihn doppelt. »Komm jetzt, Will. Du hast genug angerichtet.«

Richtig. Willie-Boy, der Versager. Das kann er am besten. Wut und

Angst und Frust loderten in ihm auf, und er stürzte sich mit einem wilden Schrei auf Bryce.

Bryce erwischte ihn mit einem rechten Haken direkt auf die Nase. Der Knochen gab mit deutlichem Krachen nach, und Blut strömte wie Wasser aus einem Feuerwehrschlauch. Will stolperte benommen und überrascht zur Seite. Bryce gab ihm keine Zeit, sich zu sammeln. Nachdem Samantha fort war, brauchte er sich nicht mehr zu zügeln. Er packte einen Stuhl und schwang ihn wie einen Baseballschläger. Der erste Schlag traf die Rippen, der zweite seitlich das Knie.

Beim ersten Kontakt mit dem Stuhl krümmte sich Will, als ein paar Rippen barsten. Beim zweiten knickte das Knie nach innen, und er spürte, wie etwas riß. Er brach stöhnend und blutüberströmt zusammen. Bryce versetzte ihm noch einen Tritt in den Bauch, worauf er einen Großteil des Whiskeys und die undefinierbaren Reste seines Mittagessens erbrach.

»Verschwinde von meinem Besitz, Rafferty«, sagte Bryce mit eisiger Stimme. Dann wandte er sich ab und ging weg.

Mari war schockiert, wie brutal Bryce Will angegangen hatte. Sie ließ sich neben ihm auf die Knie fallen und legte eine zitternde Hand auf seine Schulter. »Kannst du aufstehen?«

»Vielleicht.« Er sah sie an – alle drei Maris, und versuchte zu grinsen. »Aber dein Timing ist lausig, Marilee.«

»Steh auf, Champion. Ich bringe dich ins Krankenhaus.«

Die Haushälterin kam auf die Terrasse gerannt, gefolgt von zwei Angestellten. Bryce deutete auf Will.

»Schaff ihn hier weg, Morton, fahr seinen Schrotthaufen runter ins Tal, ich will nicht, daß er mir die Einfahrt versaut.«

Maris Kopf schnellte hoch. *Morton*. Sie stand langsam, mit wackligen Knien auf. *Kendall Morton*. Ein schmuddliges Individuum in einem dreckigen Karohemd mit abgeschnittenen Ärmeln, damit man die zahlreichen Tätowierungen auf seinen sehnigen Armen besser sehen konnte. Sein rundes Gesicht verzog sich zu einer häßlichen Grimasse, als er Will packte und seine gelbbraunen Zähne zeigte.

Kendall Morton war gar nicht verschwunden. Er arbeitete für Evan Bryce. *O Gott, was denn noch alles*?

»Wirst du mir eine Standpauke halten, Marilee?« murmelte Will durch den Bausch blutgetränkter Papiertücher, den er sich unter seine gebrochene Nase hielt. Er saß auf dem Beifahrersitz, gekrümmt und nach links gelehnt, ein vergeblicher Versuch, den Schmerz in seinen Rippen zu lindern.

Mari sah kurz zu ihm. »Die Mühe kann ich mir sparen, du bist viel zu betrunken, um zuzuhören.«

Er versuchte zu lachen, aber der Honda holperte in ein Loch, und er stöhnte laut. Mari nahm das Gas etwas zurück, aber zu mehr Mitleid war sie auch nicht mehr fähig.

Allmählich begriff sie, warum J. D. so hart zu Will war. Wills ständige Trinkerei und die Dummheiten, die er dann anstellte, brachten sie zur Weißglut. Und sie kannte ihn erst ein paar Tage, J. D. mußte sich schon sein ganzes Leben lang damit herumschlagen.

Und sie hatte auch noch den Nerv besessen, J. D. eine Predigt über Mitgefühl und Toleranz zu halten! Vielleicht verdiente Will gar kein Mitgefühl. Vielleicht brauchte er einen kräftigen Tritt in den Hintern. Vielleicht sollte sie ihn hinter dem Auto herschleifen, anstatt sich die Polster mit Blut vollschmieren zu lassen.

Ihr Kopf begann zu dröhnen, als sie einen Blick in den Rückspiegel warf. Kendall Morton folgte ihr in dem Truck, mit dem Will gekommen war. Ein weiterer Mann bildete die Nachhut ihres kleinen Trosses in einem von Bryces Ranchtrucks.

Wie zum Teufel kam Kendall Morton dazu, für Bryce zu arbeiten? Oder hatte er in Wirklichkeit die ganze Zeit schon für Bryce gearbeitet? Ihr Kopf summte vor lauter Möglichkeiten.

Dr. Larimer, der Arzt in der Notaufnahme, war nicht gerade begeistert, Will und Mari schon wieder zu sehen. Er betäubte den Bereich um die Nase, dann wurde er zu einem dringenderen Fall ins nächste Behandlungszimmer gerufen. Mari setzte sich auf einen Stuhl und beobachtete Will, der vergeblich versuchte, sie anzugrinsen. Er sah jetzt etwas nüchterner aus.

»Mir ist wirklich schleierhaft, was du dir dabei gedacht hast, einfach bei Bryce reinzuschneien –«

»Denken? Was ist das?«

». . . aber es war so unbeschreiblich dumm, daß mir die Worte fehlen, es zu beschreiben, Will«, Mari beugte sich zu ihm. »Bryce ist gemeingefährlich. Der Mann hat mehr Geld als Gott, und er war sicher nicht anwesend, als die Gewissen verteilt wurden. Er hat die Macht, die Stars and Bars zu ruinieren.«

»Das ist jetzt J. D.s Problem, nicht meins.«

Sie biß die Zähne zusammen und stand auf. »Ich möchte nicht wissen, wer von euch beiden den stureren Kopf hat«, schimpfte sie und fuhr sich durchs Haar. »Okay, vergiß Bryce. Was ist mit Samantha? Was hast du davon, wenn du sie schikanierst?«

»Das geht dich nichts an, Marilee«, murmelte er. »Vergiß es. Du weißt gar nichts von Sam und mir.«

»Ich weiß zumindest eines: Wenn ich deine Frau wäre, dann wäre deine geringste Sorge, daß ich mich mit einem anderen Mann rumtreibe. Ich hätte dir nämlich längst den Schädel eingeschlagen.«

Er hob den Kopf und sah sie trotzig an. »Mach halblang, Marilee. Ich hab' genug Probleme ohne deine Gardinenpredigt. Ich brauche sie nicht.«

»Nein«, sagte sie und schüttelte den Kopf. Sie hob ihre Tasche auf, warf sie über die Schulter und ging zur Tür. Sie hatte die Nase voll von den Raffertys. Sie packte den Türknauf, dann drehte sie sich noch einmal um und sah ihn streng an: »Was du brauchst, ist, erwachsen zu werden.«

J. D. beugte sich im Sattel etwas nach vorn, als sein Pferd die kleine Anhöhe am Blue Rock hinaufkletterte. Er zügelte den Wallach und blieb einen Moment sitzen, mit einer Hand am Sattelhorn, lauschte, wartete, horchte. Sarge drehte behäbig den Kopf hin und her und spitzte die Ohren.

Del betrachtete den blauen Felsen als untere Grenze seines Territoriums. Er bewachte sein Revier sorgsam und kontrollierte Tag und Nacht die Grenze. Er hätte sich sicher geschämt, hätte er gewußt, daß J. D. dies wußte. Der Gedanke lag wie Blei auf J. D.s Herz. Del wollte keine Last für die Familie sein. Er betrachtete sich selbst als Schande, ein halber Mann mit zerstörtem Verstand. Er lebte jahraus, jahrein hier oben, um sich zu verstecken. Er arbeitete im Sommercamp fürs Vieh, um seine Schuld zu tilgen.

Was könnte er sonst noch getan haben, um seine Schuld zu tilgen?

Erinnerungen an Gesprächsfetzen wirbelten durch J. D.s Gehirn. Dels verrücktes Gerede über seine Gewehre, über die Dinge, die er nachts da oben angeblich gesehen hatte, wie er Marilee mit Lucy verwechselt hatte. Und er, J. D., hatte sich vor Del zu allem Überfluß auch noch darüber beklagt, wie die Fremden das Rafferty-Land bedrohten.

Großer Gott, wenn Del sich nun das Gerede zu Herzen genommen hatte, dann hätte er vielleicht glauben können, Lucy zu töten, sei eine edle Tat. Ein Akt der Gewalt könnte ihn von diesem schmalen, brüchigen Vorsprung endgültig in den Abgrund gestürzt haben.

Das durfte einfach nicht wahr sein. Allein der Gedanke war schon Verrat. Aber die Gedanken ließen sich nicht aufhalten. Und genausowenig konnte er die Stars and Bars einfach von der Außenwelt abschotten, so sehr er sich das auch wünschte. Der Gesellschaft und ihrem Ehrgeiz konnte man sich einfach nicht entziehen. Sie würden kämpfen und sich anpassen müssen, um zu überleben. Er war verantwortlich für die Ranch und jeden, der dort arbeitete, für ihr Wohlbefinden und ihr Tun.

Verantwortlich.

Wills ramponiertes, wütendes Gesicht tauchte vor J. D.s innerem Auge auf, doch dann zerriß das Peitschen eines Gewehrschusses weiter oben am Berg die Stille. Mit noch schwererem Herzen spornte J. D. sein Pferd an und trieb es weiter den Weg hinauf.

Im Camp war keine Spur von Del zu sehen. Keine Hunde, die angestürmt kamen und ihn begrüßten. Dels Stute war nicht bei der Herde in der Koppel. J. D. band sein Pferd ans Geländer und lockerte den Gurt, dann suchte er nach Anzeichen, daß Del einen Zusammenbruch gehabt haben könnte. Es gab keine. Alles war makellos, wie immer. Die Schlange lag zusammengerollt in ihrem Käfig an der Wand der Hütte. Das war zwar nicht normal, aber typisch für Dels Auffassung von Normalität. Den Käfig mit der Schlange dort aufzuhängen, war eines der ersten Dinge gewesen, die sein Onkel gemacht hatte, als er hierhergekommen war.

J. D. ging nicht in die Hütte, um dort nachzusehen. Dels Haus war tabu, keiner betrat es ohne seine Einladung.

Er setzte sich auf die Bank im Schatten neben dem Geräteschuppen, um zu warten. Wenn Will nicht davongelaufen wäre, würden sie heute das Vieh hochtreiben. Dann hätte er jetzt weder die Zeit noch die Energie, über Rechenschaft und Loyalität nachzugrübeln. Aber Will war fort. *Du hast ihn hinausgeworfen, J. D. Deinen eigenen Bruder.* Und jetzt saß er hier und wartete darauf, seinen Onkel zu fragen, ob er möglicherweise in zwei Morde verwickelt war. Was war das für eine Loyalität? Welche seiner Verpflichtungen würde überwiegen – das zu tun, was dem Gesetz nach richtig war, oder das, was moralisch gerechtfertigt war? Richtig nach seinen Vorstellungen? Wenn für ihn das Land das Wichtigste war, war er dann nicht genauso verabscheuungswürdig wie Bryce?

Er ließ den Kopf in die Hände sinken und wünschte, er könnte einfach mit den Fingern schnippen und alles verschwinden lassen. Ein Wunsch aus seiner Kindheit, aus der Zeit, als Tom Sondra kennengelernt hatte, und aus den Tagen, als er immer die Schuld für Wills Fehler und die Strafe dafür zugeschoben bekommen hatte.

Verfluchte Zeitverschwendung, sich etwas zu wünschen. Und die Zeit, wie die meisten anderen Faktoren, war nicht auf seiner Seite. Ein Mann mußte die Karten ausspielen, die das Leben ihm gegeben hatte. Basta. Kein Jammern, kein Aufgeben, keine vergeblichen Wünsche nach besseren Karten.

Irgendwo auf dem dunklen Korridor des Waldwegs jaulte aufgeregt ein Jagdhund. Dann stürmte Dels schwarzbrauner Hund mit wehenden Ohren in den Hof. J. D. blieb sitzen. Sekunden später brach Del mit seinem Pferd aus dem Dickicht östlich des Wegs, wie ein Dämon aus einer anderen Welt. Er stand in den Steigbügeln, das Gewehr im Anschlag, J. D. im Fadenkreuz.

»Del, um Gottes willen!« schrie J. D. und warf sich von der Bank.

Das Erkennen schlug einen schrecklichen Funken hinter Dels Augen, unter der Metallplatte, die schwer auf seinem Gehirn lastete und mit böser Elektrizität geladen war. Er riß das Gewehr runter und stoppte die Stute mit einem kräftigen Ruck an den Zügeln. Verdammt, beinahe hätte er J. D. erschossen. Er hätte beinahe zugelassen, daß die Monster in seinem Inneren ihn dazu verleiteten, den Abzug zu drücken.

Er stieg mit weichen Knien vom Pferd und hielt sich am Gewehr fest, um das Zittern in seinen Händen zu bremsen.

»Was zum Teufel –« J. D. verkniff sich, was er hatte sagen wollen, als er die Scham in den Augen seines Onkels sah, bevor dieser sich abwandte, um das Pferd am Koppelzaun anzubinden. Sein rasender Puls beruhigte sich allmählich wieder. »Du hast mir einen ganz schönen Schreck eingejagt, Kumpel. Ich hätte vielleicht funken sollen, daß ich komme.«

Del sagte nichts, schlang nur die Zügel um einen Balken. Die anderen Pferde verließen J. D.s Fuchs und trabten zu ihrer Stallgefährtin, mit erhobenen Schwänzen und funkelnden Augen. Del konzentrierte sich auf sein Gewehr, holte die beiden Patronen heraus.

»Ich hab' einen Schuß gehört, als ich unten am blauen Stein war. Warst du das?«

»Könnte sein.«

»Was hast du erwischt?«

J. D. kniff die Augen zusammen. »Sieht dir gar nicht ähnlich, Munition zu verschwenden, Del.«

Del wandte sich ab und steckte das Gewehr in das Sattelhalfter. »Zu weit weg«, murmelte er. »Ich hatte keine klare Schußlinie.«

»Was war's denn?«

Del schluckte und rieb seine Narbe. Er konnte nicht sagen, daß er geglaubt hatte, einen Tiger zu sehen. Tiger waren bei Tageslicht nicht unterwegs. Er schüttelte den Kopf und zuckte vor Schmerz zusammen. Nein, verdammt, J. D. hatte keine Ahnung von Tigern. Er konnte nicht über Tiger reden – genausowenig wie über Blondinen, die im Mondschein tanzten.

»Del.«

»Katze«, sagte er. »Wollte keine Pumas hier haben, wenn das Vieh hochkommt.«

»Mmm. Ja, also, die Herde bringen wir erst ein bißchen später«, sagte J. D. und ging mit seinem Onkel zum Haus. Dels drei Hunde standen erwartungsvoll vor der Hütte. Ihr Herrchen knurrte sie an, und das Trio entfernte sich mit eingezogenem Schwanz. »In einer Woche vielleicht.«

Del fragte nicht, warum. Aber er war froh. Er wollte das Vieh jetzt nicht hier oben haben. Er wollte erst die Blondinen hier weg haben. Die Frauen und ihre Zauberlehrlinge. Er wünschte, er könnte sich entscheiden, was er mit ihnen tun sollte. Er wünschte, er hätte den Mut, *irgend etwas* zu tun, das Gefühl zu wissen, was richtig war.

Die Klapperschlange hob den Kopf und zischte sie an. Del würdigte sie keines Blickes. Er ging in die Hütte, zum Küchenregal, und holte zwei Dosen Limonade. J. D. setzte sich an den Tisch und trank seine Limonade, während Del wie ein Tier im Käfig im Zimmer auf und ab lief und seine Narbe rieb. Die Hütte war peinlich ordentlich aufgeräumt, genau wie die Gewehre in ihrem Ständer.

»Du warst nicht zufällig gestern unten am Little Snake, oder?« fragte J. D. beiläufig.

Del zuckte wie von der Tarantel gestochen. »Nein . . . nein . . .«, murmelte er, den Blick auf die Gewehre am Ende des Raums gerichtet. »Nein.« Er blieb mit einem Mal stehen und fixierte J. D. mit stahlgrauen Augen. »Du hast doch nicht etwa diese blonde Frau mitgebracht, oder?«

J. D. verkniff sich ein Seufzen. »Nein.«

»Ich will sie nicht hier haben. Die bringt Ärger. Vergiß das nicht, J. D.«

J. D. war sich nicht sicher, ob Del Lucy oder Marilee meinte. Er wußte nicht, ob Del die beiden unterscheiden konnte. Er sagte sich, daß er in jedem Fall eher hätte zuhören sollen. »Vergiß sie, Del. Laß sie in Ruhe, hörst du? Ich habe sie im Griff. Du brauchst dir keine Sorgen zu machen.«

»Trau der ja nicht«, knurrte Del. »Ich trau' keiner von den Blonden. Die machen alle nur Ärger.«

»Wo du recht hast, hast du recht«, murmelte J. D. Er nahm noch einen Schluck Limonade, um sich für den nächsten Teil des Gesprächs zu wappnen. »Ich habe gestern Miller Daggrepont am Little Snake tot aufgefunden. Herzanfall, glaub' ich. Dachte, du hättst ihn vielleicht dort beim Fischen gesehen.«

Er nippte an seiner Limonade und beobachtete dabei seinen Onkel, suchte nach einem Anzeichen von Erkennen ... oder Schuld. Seine eigene Schuld nagte an ihm.

»Hast du etwas gesehen, Del?«

Ich hab' einen Tiger am Berg gesehen. Ich hab' die Leichen im Mondschein tanzen sehen. Verrückte Sachen. Del fühlte, wie seine Kehle sich zuschnürte, als ob eines der Gespenster ihm die Luft abdrücken wollte. Er versuchte, einen Schluck aus der Dose zu nehmen, aber es lief an der gelähmten Seite seines Mundes heraus und spritzte auf sein Hemd.

»Ich – ich hab' eine Katze gesehen, sonst nichts«, murmelte er und wischte sich den Fleck mit einem Taschentuch weg. »Wollte keine Katzen hier haben, wenn das Vieh kommt.«

Vielleicht hatte er das schon gesagt, aber er war sich nicht sicher. Unter der Platte summte sein Gehirn wie ein Schwarm Moskitos. Er konnte sich nicht erinnern, wann er das letzte Mal länger als zwei Stunden geschlafen hatte. Er konnte sich nicht erinnern, je ohne dunkle Träume geschlafen zu haben. Es ist jetzt wichtig für mich, wach zu bleiben, redete er sich ein. Er mußte helfen, die Ranch zu bewachen. Er mußte dafür sorgen, daß die Blonden sie nicht stahlen oder die Stadtidioten oder die Männer, die den Hundeführern Befehle erteilten.

J. D. holte tief Luft und biß die Zähne zusammen. »Del, ich muß dich fragen, ob du damals, als die Frau erschossen wurde, etwas gesehen hast. Gibt's da irgend etwas, was du mir vielleicht erzählen willst?«

Del hatte den Blick starr auf seine Gewehre gerichtet, sein entstellter Mund klappte auf und zu, wie bei einem Fisch. Seine Augen glänzten vor Tränen und dem dunklen Licht Tausender Alpträume. J. D. fühlte sich, als wäre er unter einen Mühlstein geraten.

»Del? Hast du mir etwas dazu zu sagen?«

»Nein«, murmelte er und starrte weiter auf die Gewehre mit ihren geölten Läufen. »Du willst doch keine Katzen hier haben, wenn das Vieh kommt.«

J. D. rieb sich die Augen. Er wußte, daß er nicht nachgeben sollte, wußte, daß er ihn einfach direkt fragen sollte, ob er etwas mit Lucys Tod zu tun hätte. Aber er brachte es einfach nicht fertig. Er würde sich auf jeden Fall die Finger verbrennen. Quinn hatte sein Wort akzeptiert, daß Del die Leiche nur gefunden hatte. Wenn er den Sheriff anlog, litt seine Integrität. Wenn er Del anzeigte, konnte er sich wahrscheinlich nicht mehr ins Gesicht sehen.

Und wenn dein Onkel ein Mörder ist?

Die Antwort rutschte durch die Schlinge. Häng dein Lasso auf, Cowboy, und mach Schluß für heute. Fang dir morgen eine ein.

»Wo hast du die Katze gesehen?« fragte er leise. »Vielleicht schaue ich mich auf dem Heimweg ein bißchen um.«

KAPITEL 24

Samantha war so gedemütigt und verletzt, daß sie den Rest des Tages im Gästezimmer verbrachte, das Bryce ihr zugeteilt hatte. Unmittelbar nach der Szene auf der Terrasse klopfte er an ihre Tür, aber sie ließ ihn nicht herein.

Sie weinte bis zur Erschöpfung, dann fiel sie in einen tiefen, traumlosen Schlaf. Als sie erwachte, war die Sonne hinter den Bergen verschwunden und das Zimmer voller Schatten.

Verwirrt und benommen setzte sie sich auf und sah sich um. Einen Augenblick lang glaubte sie zu träumen, glaubte, sie müsse sich nur schütteln, dann würde sie auf ihrer eigenen schäbigen Matratze in dem Haus aufwachen, das sie mit Will teilte.

Will.

Sie schloß die Augen, als sie sich erinnerte. An jede Kleinigkeit.

Will, der betrunken über Bryces Terrasse stolperte. Wie er Bryce geschlagen hatte. Die häßlichen Dinge, die er zu ihr und über sie gesagt hatte.

Nimm meine Frau ... Ich wollte sowieso nie eine haben!

Samanthas Augen brannten, ihre Kehle schnürte sich zu, aber es kamen keine Tränen. Sie hatte sie alle geweint. Sie fühlte sich so elend wie nie zuvor in ihrem Leben. Sie lehnte sich an das Kopfteil des eleganten Bettes und sah an sich hinunter. Das elegante kupferne Seidenkleid, das sie vor Wills Auftritt angezogen hatte, war total zerknittert. Beschädigt vom Kontakt mit ihrer Haut, weil es viel zu fein für jemanden wie sie war.

Armes dummes Kind. Hast gedacht, du könntest sie täuschen, stimmt's? Dumme Träumerin. Werde erwachsen, Samantha. Werde erwachsen und schau, was du wirklich bist.

Sie stand langsam auf und ging zum Spiegel, der über dem Schreibtisch hing. Kein schöner Anblick. Verheult, verschmiertes Make-up, aufgedunsenes Gesicht. Strähnige, zerzauste Haare. Irgendwo hatte sie einen Ohrring verloren, und das Kleid war ruiniert.

Sie sah armselig aus. Fühlte sich armselig.

Kein Wunder, daß Will sie nicht haben wollte. Sie war es nicht wert. Sie war naiv und töricht. Bryces Freunde saßen wahrscheinlich unten und lachten über sie. Beschränkte kleine Kellnerin, die sich einbildete, sie könnte zu den Schönen und Reichen gehören.

Sie wandte sich ab und ging zum Fenster. Die Unterwasserbeleuchtung des Pools brannte, aber von Bryces Gästen war nichts zu sehen. Sie fragte sich, ob sie wohl irgendwo unten versammelt waren und ob sie sich heimlich an ihnen vorbeischleichen und das Haus verlassen könnte, ohne gesehen zu werden.

Sie gehörte nicht hierher. Sie wußte nicht, wo genau sie hingehörte, aber hierher bestimmt nicht.

Cinderellas Zeit auf dem Ball war abgelaufen.

Sie zog die Kleider aus, die Bryce ihr gekauft hatte, den Ohrring, die Kette und die Armbänder, dann ging sie ins Bad und schrubbte sich das restliche Make-up ab. Sie flocht sich ihren üblichen Zopf, zog ihre alten Jeans an und hielt inne. Wills Hemd. Das konnte sie nicht anziehen, sie gehörte nicht mehr zu ihm. Er wollte sie nicht. Hatte sie nie gewollt.

Es brach ihr fast das Herz, aber sie faltete es zusammen und legte es in eine Kommodenschublade, tauschte es gegen ein weißes Seiden-T-Shirt – das einfachste, was sie nehmen konnte.

Anschließend räumte sie alles auf, beseitigte alle Spuren ihres Aufenthalts, so gut es ging. Sie würde sich einfach aus dem Haus stehlen und zu dem zurückkehren, was von ihrem Leben noch übrig war. Ein schäbiges Haus und ein rostiges Auto und ein kleiner Hund.

Sie würde sich ein Auto leihen müssen. Oder vielleicht könnte sie einer der Arbeiter –

»Samantha?« Bryces Stimme ertönte vor der Tür der Suite.

Sie erstarrte. Sie wollte ihn nicht sehen, wollte ihm nicht unter die Augen treten. Vielleicht, wenn sie wieder nicht antwortete –

»Samantha, ich weiß, daß du wach bist. Ich hab' dich gehört. Öffne die Tür, Schätzchen. Ich hab' dir was zum Abendessen gebracht. Wir unterhalten uns.«

»Ich – ich weiß nicht, was ich sagen soll«, murmelte sie.

»Du brauchst gar nichts zu sagen. Du kannst einfach essen, und ich rede für uns beide. Wie klingt das?«

Zu gütig, dachte sie und nagte an ihrer Lippe.

»Samantha?«

»Also gut.«

Sie öffnete die Tür. Bryce stand mit einem Tablett vor ihr, schick wie immer. Die einzig sichtbaren Zeichen seines Kampfes mit Will waren ein blauer Fleck, ein Schnitt an seinem Kinn und seine geschwollene Unterlippe. Er musterte sie von Kopf bis Fuß und summte leise vor sich hin.

»Ich dachte mir, ich gehe einfach«, gab sie zu und dämpfte das Licht, damit Bryce ihr verheultes Gesicht nicht so deutlich sehen konnte.

Er stellte das Tablett auf einen kleinen runden Tisch in der Nähe des Fensters, deckte den Teller auf und goß zwei Gläser aus der Flasche Chardonnay ein. Er hatte mit dieser Reaktion gerechnet. Samanthas Ego war zu zerbrechlich, um mit einer solchen Demütigung fertig zu werden. Rafferty würde dafür bezahlen. Lange und schmerzlich. Er hatte es nicht besser verdient.

»Warum denn nur, Liebes?« fragte er mit sanfter Stimme.

Samantha kam sich vor, als wäre sie gerade aus einem Traum erwacht. Er klang so ruhig und unbeteiligt, als wäre gar nichts geschehen. »Na ja ... nach allem, was heute nachmittag passiert ist, und ... ich hab' bloß gemeint ...«

Er drehte sich zu ihr um und schenkte ihr sein herzlichstes, verständnisvollstes Lächeln. Väterlich, dachte er. Gütig. »Es war nicht deine Schuld.«

»Will ist mein Mann.«

»Will ist ein Narr. Er hatte kein Recht, hierherzukommen. Er hatte kein Recht, dir solche Dinge zu sagen.«

Samantha schluckte den Knoten von Schuld in ihrer Kehle hinunter. »Ich bin seine Frau.«

»Er hat dich nicht verdient.« Seine knochigen Hände zogen behutsam die ihren aus ihren Jeanstaschen und umspannten sie. »Er besitzt dich nicht.«

Er will dich nicht.

Diese Wahrheit war wie ein Dolch in ihrem Herzen. Sie konnte nicht die Frau eines Mannes sein, der sich weigerte, ein Ehemann zu sein. Sie war keine Ehefrau. Sie hatte niemanden. Sie hatte nichts.

Eine frische Woge von Tränen füllte ihre Augen, und ihr Mund begann zu zittern.

Bryce lächelte insgeheim, als er sie an sich zog und in die Arme nahm. »Er hat deine Tränen nicht verdient, Samantha. Er besaß einen Diamanten und hat ihn weggeworfen. Das ist sein Verlust, nicht deiner.«

Sie drückte ihr Gesicht in seine Schulter und schluchzte, als würde die Welt untergehen. Wahrscheinlich geht ihre Welt auch unter, dachte er. Aber es erwartete sie eine neue Welt, eine bessere, größere – seine Welt. Und er würde sie führen und vorführen. Sie würde mehr sein, mehr besitzen, als sie sich je hatte träumen lassen. Und sie würde ihm gehören.

»Es . . . es tut mir leid«, stammelte Samantha und versuchte, sich von ihm zu lösen. »Ich-ich weine nie vor anderen L-Leuten.«

Bryce strich sanft mit dem Daumen die Tränen von ihrer Wange und sah ihr lächelnd in die Augen. »Ich fühle mich geehrt«, murmelte er. »Du fühlst dich wohl bei mir. Du vertraust mir. Das bedeutet mir sehr viel – dein Freund zu sein. Ich möchte nur das Beste für dich, Samantha.«

Sie sah in seine funkelnden Augen, voller Güte. Sie war nichts. Sie hatte nichts. Er wollte das Beste für sie. Er mochte sie. Er betrachtete sie als Freundin.

»Ich brauche einen Freund«, flüsterte sie.

»Ich bin da.« Er zog sie wieder in seine Arme und hielt sie fest, streichelte ihr Haar mit einer Hand, mit der anderen rieb er langsam ihren Rücken. Hypnotisch. »Ich bin hier«, flüsterte er, und seine Lippen streiften ihr Ohr. »Ich werde alles sein, was du brauchst.«

Sie schlang ihre Arme um ihn, und er wiegte sie in einem langsamen, genüßlichen Tanz, drückte sie noch enger an sich. Draußen war die Welt in Nacht getaucht. Die Zeit verschwamm, Samantha ließ sich dahintreiben, klammerte sich an ihren einzigen Freund.

Sie hatte niemanden, nichts auf dieser Welt, außer diesen gütigen Mann, der sie festhielt.

Sein Mund drückte sich an ihre Schläfe, streifte ihr Ohr.

Ich werde dir alles sein, was du brauchst, Samantha ...

Ich gebe dir alles ...

Ich liebe dich ...

Sie sog die geflüsterten Worte auf wie ein trockener Schwamm und fragte sich, ob er sie überhaupt ausgesprochen hatte oder ob sie sich nur so sehnsüchtig gewünscht hatte, sie von jemandem zu hören, von irgend jemandem. Vielleicht hatte sie geträumt.

»Ich liebe dich«, flüsterte er und küßte ihre Wange und ihren Mundwinkel. Seine Erektion stieß gegen ihren Bauch, und sie spürte, wie ihr Körper erwachte.

»Wir dürfen nicht«, flüsterte sie, machte aber keine Anstalten, ihn wegzustoßen. Sie trieb dahin im Nebel, im Traum.

»Ja«, murmelte er. »Ich liebe dich, Samantha. Laß mich dir zeigen, wie das ist.«

»Aber ich –«

»Schsch . . . laß mich dich lieben, bis du keinen Schmerz mehr fühlst.«

Sie glaubte, sie könnte ihn aufhalten, aber seine Hände waren in ihrer Bluse, zeichneten hypnotisierende Muster auf ihren Rücken, und das tat so gut. Dann umfing er ihre Brust, und ihr stockte der Atem.

Es war so lange her. Sie war so einsam gewesen.

Dies ist nur ein Traum ...

Er ließ sie langsam auf das Bett sinken und folgte ihr. Die Bettdecke war kühl auf ihrer bloßen Haut. Er hatte ihr Haar gelöst, und es ergoß sich wie Seide um sie. Sein Mund umschloß ihre Brustspitze, und Verlangen packte sie. Das Verlangen, geliebt zu werden, berührt zu werden.

Seine Finger glitten in das Gewirr dunkler Locken zwischen ihren Beinen, und sie öffnete sich ihm, schmolz in seiner Hand wie warmer

Honig. Er war gütig und sanft. Er begehrte sie. Will nicht. Sie sah in seine seltsam hellen Augen, als er sich über ihr aufrichtete.

»Liebst du mich wirklich?« murmelte sie.

Bryce verharrte reglos. Energie pulsierte durch seinen Körper. Er war wie elektrisiert, an der Schwelle zu neuer Größe. Neuer Macht.

»Ja«, erwiderte er und wußte, es war so wahr wie noch nie zuvor in seinem Leben. Dann drang er in die pure, süße Wollust vor.

»Du hast sie im Bett gehabt, nicht wahr?« fauchte Sharon.

Bryce gab ihr nicht die Genugtuung einer Antwort. Er stand vor dem großen Fenster in dem eleganten Wohnzimmer und sah hinaus in die Nacht. Im Grunde hörte er seiner Cousine gar nicht zu. Er fühlte sich riesig, sein ganzer Körper schien gewachsen, um die summende Energie aufzunehmen, die ihn durchströmte. Durch seinen Kopf schwirrten Ideen und Pläne. Im Kontrollzentrum seiner Gedanken war Sharon bereits abgeschrieben.

Sharon war keine gute Verliererin. Sie bewegte sich wie eine Tigerin auf Beutesuche durch das dunkle Zimmer. Ihre Augen funkelten vor Wut im fahlen Lichtschein der Vitrinen.

»Sie ist so süß«, schwärmte Bryce. »So unglaublich süß und voller Verlangen.«

Seine Schwärmerei prasselte wie ein Hagelschauer auf ihr Ego, biß sich in ihr Herz. Sie konnte nicht süß sein, war es nie gewesen. Verlangen kannte sie nur allzu gut. Was sie jetzt brauchte, war eine Ablenkung für Bryce, um ihn von seiner Besessenheit zu heilen. Wenn er sich zu sehr auf das Mädchen fixierte, würde er sie ganz fallenlassen. Die Vorstellung erfüllte sie mit Angst, aber diese Angst würde sie nie zeigen. Niemals.

»Verlangen haben wir alle«, hauchte sie und lehnte sich an ihn.

Sie ließ ihn ihre Brüste durch ihren durchsichtigen schwarzen Hausanzug spüren, rieb sich wie eine Katze an ihm, packte ihn durch seine Jeans. Er wandte sich ohne eine Spur von Interesse von ihr ab.

Panik stieß wie eine Faust in Sharons Kehle. »Wenn sie so wunderbar war, was machst du dann hier unten?«

Bryce blieb an der Anrichte stehen, wollte sich einen Drink einschenken, verwarf aber dann die Idee. Er wollte nichts, was seine Hochstimmung stören könnte, seine Gedankenprozesse verlangsamen. Er sah sich selbst als Diamant – strahlend, hart, mächtig.

»Sie ist zerbrechlich«, sagte er. »Sie muß geschliffen werden.

Wahrscheinlich hat sie jetzt Gewissensbisse. Wenn ich zu besitzergreifend bin, wird sie fliehen.« Er rieb sich das Kinn und sah hinaus in die Weite, und sein Gesicht strahlte vor Freude über seine eigene Genialität. »Schliff.« Er lächelte sein Filmstarlächeln. »Genau das braucht sie.«

»Wie wär's mit ein bißchen Schliff für mich«, sagte Sharon, zwang sich ein Lächeln ab und schmiegte sich wieder an ihn. Ein Hauch von Verzweiflung zitterte in ihrer Stimme. Hoffentlich hatte er es nicht bemerkt.

»Heute nicht«, sagte Bryce ungeduldig.

Er ließ sie ein zweites Mal stehen. Ging weg, ohne sie anzusehen, ohne sie zu berühren oder ihr ein Versprechen für morgen zu geben.

»Heute nicht«, zischte sie wütend und stellte sich ihm in den Weg. »Du mußt dich wohl für deine kostbare Prinzessin schonen. Ist es das?«

Bryces Blick war kühl, desinteressiert. »Erspar mir die Eifersuchtsnummer. Du hast genau hier gesagt, ich soll mit ihr schlafen.«

»Für *uns*«, klärte sie ihn auf. »Nicht für *dich*. Damit wir kriegen, was wir wollen, nicht, damit du auf Wolke Sieben herumwanderst, geblendet von ihrer Unschuld.«

»Nimm ein Valium und geh ins Bett«, sagte er brutal. »Du gehst mir auf die Nerven.«

»Wie kannst du es wagen, mich wie einen lästigen Dienstboten wegzuschicken?«

»Du benimmst dich doch so.«

»Du Schwein!« schrie sie. »Nach allem, was ich für dich *getan* habe!«

Als er versuchte, sich abzuwenden, krallte sie sich in seinen Arm, riß sich die Bluse auf und entblößte ihre Brüste. »Schau mich an!« fauchte sie.

Er schaute. Ohne Gefühl. Ohne Lust. Er war angewidert von dem, was er sah. Verzweiflung, Erniedrigung, Ausschweifung, eine alternde Dirne, deren Verderbtheit keine Grenzen kannte. Und merkte nicht, daß er in einen Spiegel schaute. Er schwebte in höheren Sphären. Auf zu neuem Ruhm. Wiedergeboren in den Augen einer Unschuldigen.

Er sah seiner Cousine direkt in die Augen und sagte gelassen: »Du verlierst die Kontrolle.«

Sharon wich zurück, raffte ihre Bluse zusammen, beschämt, niedergeschlagen, schockiert, wie sehr er sie erniedrigt hatte.

»Ich bin nicht diejenige, die die Kontrolle verliert«, flüsterte sie. »Dein Gehirn ist vergiftet von diesem Mädchen. Du denkst nur noch an sie. Vor einer Woche hättest du sie glatt übersehen.«

»Das war vor einer Woche. Jetzt kenne ich sie. Jetzt sehe ich die Möglichkeiten. Das ist einer deiner zahlreichen Fehler, Sharon, dir fehlt der Weitblick.«

»Nein, ich sehe ausgezeichnet«, sagte sie verbittert. »Du bist besessen von ihr. Genau wie du von Lucy besessen warst –«

Er schüttelte den Kopf und grinste, hatte die Frechheit, sich über sie lustig zu machen. »Nein. Wenn du wüßtest, wie sehr du dich irrst. Das ist es überhaupt nicht.«

Sie starrte ihn an, zwang sich, die seltsame Euphorie in seinen Augen zu akzeptieren. »Du glaubst, du hast dich in sie verliebt, nicht wahr?« flüsterte sie, obwohl ihr allein bei dem Wort übel wurde. Sie spürte, wie ihre Welt zu zerbröckeln begann. Sie zermarterte sich den Kopf nach einer Möglichkeit, den Schaden zu begrenzen. Sie hatte genug gegen ihn in der Hand. Bryce konnte sie nicht total fallenlassen. Sie könnte ihn ruinieren, wenn sie wollte.

Aber sie konnte ihn nicht zwingen, sie zu lieben. Sie hatte geglaubt, er wäre nicht fähig, romantisch zu lieben. Er war zu vielem fähig, aber Liebe gehörte nicht dazu.

Er ging, ohne sich umzudrehen, zur Tür und schaltete die Lichter der Vitrinen aus. »Ich glaube es nicht, ich *weiß*, daß ich sie liebe.«

»Sie wird dich verlassen, das weißt du«, sagte sie. Sie versuchte krampfhaft, ruhig zu bleiben, klammerte sich an einen Rest Stolz und Zynismus. »Sie wird herausfinden, wer du wirklich bist, und sie wird dich hassen, und dann wird sie dich verlassen.«

»Nein«, murmelte er. Er fühlte sich allmächtig. »Das werde ich nicht zulassen.«

Der Traum handelte von Tod. War erfüllt von einer Gruppe von Menschen, die entweder tatsächlich oder im übertragenen Sinn für sie tot waren. Lucy, mit einem sauberen, runden Loch durch ihren Körper. Townsend ohne Schädel oberhalb der Augenbrauen. Miller Daggrepont mit einem kessen violetten Schal um seinen fetten Hals. Del Rafferty ohne untere Gesichtshälfte. Brad Enright mit einem Schild mit der Aufschrift: HALLO, MEIN NAME IST ARSCHLOCH. Und Will mit einer Baseballmütze mit Halterungen für zwei Bierdosen und Schläuchen zum Mund.

Die Gäste waren zu einer Cocktailparty in Del Raffertys Hütte versammelt. Ihre Familie stand etwas abseits, bei den Gewehren. Kendall Morton beäugte sie aus der Ecke in einer Wolke selbsterzeugten Drecks.

Mari kam herein, mit Cowboyhut, Stiefeln, einer Weste und sonst nichts und merkte sofort, daß sie die ganz falsche Garderobe anhatte. Ihre Mutter und ihre Schwestern schüttelten den Kopf.

»Marilee, du gehörst einfach nicht zu uns«, sagte ihre Mutter.

»Hierher gehört sie ganz bestimmt nicht«, sagte Will.

Sie umkreisten sie und rückten dann immer näher und näher, mit grimmigen, vorwurfsvollen Gesichtern. Alle außer Lucy. Lucy lächelte sarkastisch. J. D. stand neben ihr.

»Hier, Süße«, sagte sie und reichte ihr die Mr.-Peanut-Dose. »Etwas, was du auf deine Reise mitnehmen kannst.«

»Welche Reise?«

»Die Reise, um dich selbst zu finden.«

Dann öffnete sich der Boden, und sie fiel direkt in ein schwarzes Loch und starrte hinauf in den Kreis von Gesichtern und Halbgesichtern.

Lucy winkte: »Schick mir ja eine Postkarte!«

Mari erwachte mit einem Ruck, und ihr Puls begann zu rasen, als sie vergeblich versuchte, sich zu orientieren. Dunkelheit. Kühl, feucht. Sie saß auf der Veranda von Lucys Haus.

Sie holte tief Luft, drückte eine Hand an ihre Brust, um sich zu vergewissern, daß sie real und lebendig war. Ihre Augen gewöhnten sich allmählich an die Dunkelheit, und jetzt erkannte sie vertraute Formen – das Geländer der Veranda, die riesigen Tannen, schemenhafte Umrisse der Lamas auf der Weide am Fluß.

Sie war aus der Stadt gekommen, um sie zu füttern, hatte sich nur einen Moment auf die Terrasse setzen wollen, als die Sonne unterging. Sie hatte ganz bestimmt nicht vorgehabt, einzuschlafen. Jetzt umfing sie das Gefühl, allein in der Wildnis zu sein, wie kalter Tau.

Drei Menschen waren in diesem dunklen Paradies gewaltsam gestorben. Jeder Tod hatte sie auf irgendeine Weise berührt. Sie spürte jetzt, wie sie sie berührten, wie knochige Hände aus dem Jenseits an ihr zerrten, versuchten, sie tiefer in das Böse hineinzuziehen.

Und sie ging mit ihnen. Willig. Nicht gerade die Reise, die sie geplant hatte, als sie ihre Kostüme in den Honda gepackt und Sacramento vor einer Ewigkeit verlassen hatte.

Sie war hierhergekommen, um Spaß zu haben. Kein Spaß in Sicht. Sie war hierhergekommen, um sich selbst zu finden, und statt dessen versuchte sie, einen Mörder zu finden. Sie war hierhergekommen, um Gesellschaft zu haben. Sie war allein.

Irgendwo im Tal begannen Kojoten zu heulen, und die Luft auf der Veranda verdichtete sich mit Elektrizität, die Mari die Nackenhaare aufstellte. Sie war allein, aber mit einem Mal fühlte sie sich nicht allein. Sie spürte die Intensität des Blickes, der auf sie gerichtet war, Augen, die überall in der Dunkelheit sein konnten.

Kendall Mortons häßliche Visage tauchte vor ihrem inneren Auge auf. Sie hatte einen Freund bei der California Highway Patrol angerufen und Revanche für sechs Jahre Gefallen eingefordert. Könnte er die Computerbänke von Montana anzapfen – vorausgesetzt, daß Montana welche hatte – und das Vorstrafenregister von Kendall Morton besorgen? Er hatte geseufzt, etwas davon gemurmelt, daß es ihn seinen Job kosten könnte, und dann versprochen, bis morgen früh etwas zu liefern.

Kendall trieb davon, und Del Rafferty nahm seinen Platz ein. Eine Erscheinung. Ein Gespenst. Noch einer der lebenden Toten aus ihrem Traum. Einer der Verdächtigen. Sie wollte ihn bemitleiden, aber sie konnte ihn nicht ausschließen. Er war ein bezahlter Killer beim Militär gewesen, und sein Krieg hatte für ihn nie geendet. Oder vielleicht hatte er getauscht: Dienst am Vaterland gegen Dienst am Rafferty-Land.

Sie wollte es nicht auf die harte Tour rausfinden.

Sie beugte sich behutsam nach vorne, versuchte langsam zu atmen, lauschte angestrengt.

»Du schläfst wie ein Stadtmädchen.«

J. D. schlenderte aus dem Schatten, die Hände in den Taschen seiner Jeans. Mari erhob sich und warf ihm einen wütenden Blick zu.

»Was machst du denn hier?«

»Irgendein großer Berglöwe hätte dich zum Abendessen verspeisen können.«

»Wohl kaum«, konterte sie. Sie hatte schließlich ihre Reiseführer aufmerksam gelesen. »Es gibt keine Berichte, daß je ein Berglöwe in diesem Gebiet jemanden angegriffen hat.«

Eine Augenbraue hob sich. »Vielleicht war der arme Kerl hinterher nicht mehr da, um die Geschichte zu erzählen.«

Mari ging nicht auf diese Spielchen ein. »Ich hab' dich gefragt, was du hier machst, Rafferty. Du warst nicht eingeladen.«

»Ich hab' oben im Haus Licht gesehen«, sagte er und lehnte sich seelenruhig an das Geländer, obwohl ihm gar nicht danach zumute war. Er spürte Druck von allen Seiten, der ihn zu etwas Hartem und Gefährlichem machte. Und Mari sah weich und verschlafen aus. Wenn er sie jetzt in die Arme nähme, wäre ihr Körper sicher warm, die Nase kalt, und ihr Haar würde nach Tau und Kiefern duften. Aber ihre Augen unter den dunklen Brauen waren mißtrauisch, und er wußte, daß sie nicht willig kommen würde. Dafür hatte er gesorgt. Er hatte sie weggestoßen. Weil es so am besten war. Weil er die Ablenkung oder die Gefahr einer Frau in seinem Leben nicht wollte.

Du warst nie ein Lügner, J. D.?

»Du bist von deinen Pflichten als Hausmeister befreit«, sagte Mari. »Du bist nicht mehr verantwortlich für diesen Besitz.«

Seine Sorge hatte nicht dem Besitz gegolten, aber das würde er nie zugeben.

»Gewohnheit«, sagte er.

»Dann brich mit ihr.«

»Del sagt, er hätte oben am Five Mile Creek eine große Katze gesehen.«

»Ja, ich wette, Del sieht einen Haufen Gestalten«, sagte Mari gereizt. Sie hätte ihren Vorderzahn für eine Zigarette gegeben.

»Laß es, Marilee«, warnte J. D. »Der Tag war verdammt lang. Ich möchte nicht über Del reden.« *Oder an Del denken oder Vermutungen darüber anstellen, was aus Del hätte werden können, während er unter dem schützenden Banner der Stars and Bars gelebt hatte.*

»Erzähl mir davon. Bei mir hat der Morgen damit angefangen, daß ich eine Leiche gefunden habe. Da kommt man gleich richtig in Stimmung, wenn du weißt, was ich meine.«

J. D. stieß sich vom Geländer ab und sah sie entsetzt an. »Du hast was?«

»Eine Leiche gefunden. Gestern war dein Glückstag, heute war meiner.«

Sein Blick war bohrend wie Laserstrahlen. Die Spannung seines Körpers ließ sein ganzes Umfeld vibrieren. »Wen?«

»MacDonald Townsend. Ehrenwerter Richter. Weiberheld. Kokser. *Der* MacDonald Townsend. Das wird dir gefallen, es ist sehr machohaft: Er hat sich den Kopf mit einem 357 Colt Python weggeschossen.«

»Judas«, zischte er. Er kniff die Augen zusammen und fixierte Marilee. In der Dunkelheit war sie blaß wie Elfenbein. »Alles mit dir in Ordnung?«

Sie rammte ihre Hände in die Taschen ihrer Jeansjacke und schob ihr Kinn vor, als hätte er ihren Stolz verletzt. »Ich glaube, ich werde so schnell keine Grieben mehr essen.«

»Judas«, murmelte er wieder.

Eins mußte er ihr lassen, sie war beim Erzählen der Geschichte bemerkenswert ruhig geblieben. Die meisten Frauen hätten die Nerven verloren. Aber sie war eben nicht wie die meisten Frauen, woran sie ihn immer wieder gern erinnerte. Es wäre ihm lieber gewesen, wenn sie geschluchzt oder einen hysterischen Anfall bekommen hätte. Dann wäre der Drang, sie in die Arme zu nehmen und sie festzuhalten, nicht so heftig gewesen. Aber sie stand einfach trotzig da, herausfordernd. Zäher Typ, das Mädchen.

Er hob die Hand und legte sie an ihre Wange, seine Fingerspitzen strichen über die babyweichen Haare an ihrer Schläfe. Ihre Wange war weich und weiß gegen seine abgearbeitete Haut. Ihre Lippen öffneten sich, als sie den Blick zu ihm hob. Eine Einladung. Er wollte sie annehmen. Es spielte keine Rolle, daß es töricht war. Es spielte keine Rolle, daß er derjenige war, der sie weggestoßen hatte. Sein Herz klopfte vor Erwartung schneller. Das Bedürfnis zu schützen, zu behüten, zu trösten war wie ein Schmerz. Und dann war da das Bedürfnis, sie vor dem Irrsinn der Welt zu bewahren. Er wollte sie in seine Arme nehmen und sie beide in irgendein neues Eden bringen, ein unberührtes Paradies, wo es nur noch sie beide gab und endlos viel Zeit und keine Einmischungen, keine Pflichten, keine Fronten, keine Leichen.

Sein Mund senkte sich langsam über ihren und berührte ihre Lippen mit seinen. Mari erschauderte vor Verlangen. Mein Gott, wie sie dieses Verlangen ängstigte. Sie hätte mit ihm verschmelzen können, sich für immer in seiner Umarmung verlieren, in seinem Kuß. Aber *für immer* war kein Wort, das auf sie und Rafferty anzuwenden war. Sie konnte es sich nicht erlauben, sich zu verlieren. Sie zwang sich, den Kopf wegzudrehen, und schloß die Augen vor den drohenden Tränen.

»Wo hast du ihn gefunden?« fragte J. D. mit heiserer Stimme und trat zurück, so wie sie zurückgetreten war.

Mari räusperte sich, strich sich eine Strähne hinters Ohr und starrte konzentriert auf den Verandaboden. »In seinem Arbeitszimmer.

Ich bin zu ihm gefahren, um mit ihm über Lucy zu reden. Ich dachte, er wüßte vielleicht etwas. Sie waren liiert, weißt du. Lucy hat ihn möglicherweise erpreßt.«

Sie blickte kurz zu J. D. auf, um zu sehen, wie er reagierte. Er zuckte nicht einmal mit der Wimper, als hätte er von Lucy nichts anderes erwartet.

»Townsend«, sagte er und runzelte nachdenklich die Stirn. »Ist er ein Freund von Bryce?«

»War. Warum?«

J. D. gab keine Antwort, überlegte. Oben am Five Mile Creek, wo er nach seinem Besuch bei Del nach Spuren seines Phantompumas gesucht hatte, hatte er etwas gefunden, was sich nicht damit erklären ließ, daß Touristen dort oben Wanderungen unternahmen.

Spuren von Pferden – einer Reihe von Pferden – und Hunden. Die verwesenden Überreste eines großen starken Jagdhunds, der etwa eine Woche tot war; er lag halb im Wasser, der Körper war zerfetzt und verwest, er vergiftete das Wasser. Er zog die Überreste heraus und ließ sie am Ufer liegen, die Natur würde den Rest erledigen. Durch die Verwesung war nicht mehr genau feststellbar, wie der Hund ums Leben gekommen war. Er dachte an Dels Phantomkatze. Ein Puma würde kämpfen, wenn es nötig war.

Pferde, Hunde, Zigarettenkippen und Patronenhülsen auf dem Boden. Spuren einer Jagd. Aber momentan war keine Jagdsaison. Pumas waren auf jeden Fall geschützt – auch wenn jedes Jahr einige ein verfrühtes Ende fanden. Es gab Führer, die Jägern für einen Preis Großkatzen versprachen.

Wildern gehörte zu den häufigsten – und profitabelsten – Verbrechen im Staat Montana.

Pferde, Hunde, Spuren einer Jagd. Und unmittelbar nördlich vom Five Mile Creek lag Evan Bryces privates Paradies. Bryce, der Sportsmann, Bryce, der Überflieger, Bryce, der ein Freund des toten Richters gewesen war, der wiederum der Geliebte der toten Lucy gewesen war, der früheren Klientin des toten Rechtsanwalts Daggrepont.

»Ich hab' es Bryce gestern selbst schonend beigebracht«, sagte Mari. »Er hat sich nicht gerade die Augen ausgeweint.«

J. D. hob den Kopf. »Wie hat er sich benommen?«

»Er hat die richtigen Worte gesagt, aber sein Herz war nicht bei der Sache. Ich glaube, es war ihm gleichgültig. Seine erste Gefühlsregung hat er gezeigt, als Will ohne Einladung reinspazierte. Das war vielleicht peinlich. In keinem Knigge steht, was zu tun ist, wenn ein betrunkener Cowboy den Gastgeber angreift und ihn bezichtigt, daß er's mit seiner Frau treibt.«

»O mein Gott«, fluchte J. D. »Was ist passiert?«

»Will hat Bryce ein paar Schwinger verpaßt, ein paar gemeine Sachen zu Samantha gesagt. Samantha ist weinend ins Haus gelaufen, dann hat Bryce einen Stuhl auf Wills Rippen zerschlagen. Er ist gefährlich jähzornig. Ich möchte ihm nicht in die Quere kommen.«

»Es wäre mir lieber, wenn du ihm nicht in die Quere kommst.«

»Ja, ja, als ob du das zu bestimmen hättest.«

Sie machte Anstalten, sich zu entfernen. J. D. packte sie am Arm. »Ich meine das ernst, Marilee, mir paßt das alles nicht.«

»Und mir paßt es nicht, wenn du mir sagst, was ich zu tun habe«, fauchte sie. Sie war mit den Nerven am Ende, und Rafferty konnte es nicht lassen, weiter auf ihnen herumzutrampeln. »Du bist kein Spieler hier, Cowboy, soweit ich das beurteilen kann. Das hast du ja gestern abend hinreichend deutlich gemacht. Und davor auch schon mehrmals. Alles, was du von mir und Lucy wolltest, war Sex und dieses Land. Jetzt wirst du keines von beiden kriegen, und das ärgert dich. Pech.

Du möchtest nicht, daß ich Nachforschungen über Lucys Tod anstelle. Du möchtest nicht, daß ich deinen irren Onkel überprüfe. Du möchtest nicht, daß ich mit Bryce Kontakt habe. Und, weißt du was, Rafferty? Es ist mir völlig egal, was du nicht willst. Du willst mich nicht zu beiderseitig akzeptablen Bedingungen, also verschwinde aus meinem Leben.«

Sie riß sich los und ging erschöpft zur Haustür. Dort drehte sie sich noch einmal um. »Weißt du was, Rafferty, du bist ein Heuchler, mehr nicht. Du sitzt hoch zu Roß auf deinem kostbaren Berg und hältst Predigten über Integrität und persönliche Rechenschaft. Schau in den Spiegel. Ich würde sagen, dir fehlt eine ganze Menge von beiden.«

J. D. sagte nichts. Er blieb auf der Veranda stehen und sah ihr nach, wie sie ins Haus ging. Ein paar Minuten später startete der Honda auf der anderen Seite des Hauses, dann hörte er, wie der Kies unter den Reifen knirschte, als sie vom Hof fuhr.

Er sagte sich, daß es keine Rolle spielte. Daß es ihn nicht zu kümmern brauchte. Es war alles nur zum Besten. Er hatte wichtigere Sorgen. Er brauchte keine Frau in seinem Leben, würde diese nicht in sein Herz lassen.

Leere pochte schmerzend in seiner Brust.

Du warst nie ein Lügner, J. D.?

Was bist du doch verlogen.

KAPITEL 25

Samantha lag in der Mitte des riesigen Bettes, starrte an die Decke und lauschte den Geräuschen der Nacht. Es waren keine zu hören. Nicht so wie bei ihrem Haus in der Stadt. Keine Hunde, die bellten. Kein später Verkehr der Kunden des Hell and Gone auf dem Heimweg. Kein Klingeln in den Ohren vom Horchen, ob Will vielleicht heimkam, obwohl sie tief im Herzen wußte, daß er nicht kommen würde.

O Will. Was ist jetzt passiert?

Die Entscheidung war wohl bereits gefallen. Will hatte klar gezeigt, wie es um seine Gefühle stand, und sie hatte den ersten Schritt weg von ihm getan. Einen Riesenschritt. Auf wackligem Boden. Jetzt wartete sie mit pochendem Herzen auf den tiefen Fall.

Bryce hatte sie geliebt. Es schien wie ein Traum, aber sie wußte, es war keiner. Ihr Körper bebte noch von den Nachwehen.

Er hatte gesagt, er liebe sie.

Sie hätte ... etwas fühlen müssen. Glück. Erleichterung. Erregung. Bestätigung. Aber sie fühlte nichts. Sie war eine naive Fremde auf unbekanntem Gebiet. Sie wußte nicht, was man von ihr erwartete oder was sie von irgend jemand anderem erwarten sollte.

Bryce hatte ihr Bett verlassen, während sie schlief. Sie fragte sich, was er jetzt wohl dachte. Wahrscheinlich, daß sie ein unerfahrenes Mädchen war und nicht sehr gut im Bett. Wenn sie gut im Bett wäre, hätte er sie nie verlassen.

Sie setzte sich seufzend auf und lehnte sich an das Kopfteil. Ein Zweig lila Löwenmaul lag auf dem leeren Kissen, auf dem Bryces Kopf liegen sollte. Unter die Blumen hatte er ein Briefchen gesteckt. Sie öffnete es und las es im sanften Licht der Nachttischlampe.

Samantha

Ich weiß, du brauchst Zeit zum Nachdenken. Bitte hab keine

Schuldgefühle. Wir sind unseren Herzen gefolgt, sie irren sich nur selten.
Bryce

Ihr Herz hatte sie schon mehr als einmal fehlgeleitet. Direkt in Wills Arme. Sie vertraute ihrem Herzen nicht mehr.

Sie war zu nervös, um liegenzubleiben, also stand sie auf und zog die Jeans und das T-Shirt an, die auf dem Boden lagen. Barfuß tappte sie über den dicken Teppich zum Fenster und sah hinaus. Die Poollichter waren ausgeschaltet. Ein dünner Sichelmond verwandelte das Wasser in flüssiges Zinn.

Eine Erinnerung tauchte auf. Süß und schmerzlich. Will grinsend, mit boshaft blitzenden Augen. Ein Pool hinter einem Haus in Reno. Sie waren auf Hochzeitsreise gewesen – zwei volle Tage ungezügelter Lust. Sie hatten alles Geld auf den Kopf gehauen und mußten die Nacht in Wills Pick-up verbringen. Die Nacht war heiß gewesen, und Samantha hatte sich nach einem kühlen Bad in einem Pool gesehnt. Dann war da ein Pool – erdnußförmig, hinter einem niedrigen Backsteinhaus. Und sie waren einfach über den Zaun gestiegen, hatten sich ausgezogen und gebadet. Hinterher hatten sie sich auf die Pritsche des Trucks gelegt, Sterne gezählt und sich geliebt.

Tränen glitten über Samanthas Gesicht, als sie sich mit einem Ruck in die Gegenwart zurückholte. Warum konnte Will sie nicht so lieben, wie sie ihn liebte?

Sie liebte ihn immer noch. Diese Erkenntnis brachte nichts, außer Verzweiflung. Sie liebte einen Mann, der sie nicht haben wollte, und hatte sich einem Mann hingegeben, den sie nicht liebte. Es gab ein Wort dafür, aber sie kannte es nicht. Bryce wird es wissen, dachte sie, und sie entfernte sich vom Fenster, aber ihn konnte sie nicht fragen.

Ihre Gedanken jagten sich gegenseitig in ihrem Kopf, bis sie sie am liebsten alle herausgeschüttelt hätte. Was sollte sie tun, was sollte sie zu Bryce sagen? Sollte sie weiter das dumme, hoffnungslose Kind sein oder als Erwachsene den Schritt in die neue Welt wagen und ein neues Leben anfangen?

Sie konnte nicht mehr in diesem Zimmer bleiben, es drohte sie zu erdrücken. Ganz vorsichtig, bedacht, keinen Lärm zu machen, schlich sie sich die Treppe hinunter und durch die Flügeltür hinaus auf die Terrasse, ging vorbei am Pool zu der kleinen Mauer dahinter, kletterte hoch und schwang ihre Beine hinüber.

Unter ihr war ein steiler, felsiger Abhang mit Bäumen, der ins Tal abfiel, wo Nebel über dem Fluß aufstieg und sich langsam ausbreitete. Die Luft war kühl und feucht. Samantha erschauderte und schlang die Arme um sich. Weit drüben im Westen konnte sie den nächsten Gebirgszug ausmachen, den Schnee auf den Gipfeln der Berge, der wie ein Streifen weißer Spitze im Mondlicht schimmerte.

Sie blieb lange so sitzen, ohne zu denken, ohne sich zu entscheiden. Saß einfach da und sog die Stille der Wildnis auf. Das Gefühl, beobachtet zu werden, kroch langsam von hinten heran, wie Fingerspitzen zwischen den Schulterblättern. Sie drehte sich so rasch um, daß sie fast gestürzt wäre.

Es war keiner auf der Terrasse. Nichts bewegte sich. Keine Augen, die in der Dunkelheit glühten. Auch oben im Haus in den Fenstern war nichts zu sehen.

Muß ich mir eingebildet haben. Wollte wahrscheinlich, daß es Will ist. Dummes Kind. Er wird nie zu dir zurückkommen. Du solltest es dir auch nicht wünschen.

Sie glitt von der Mauer und ging durch die Seitentür hinaus, wollte zum Stall gehen, und da war wieder dieses Gefühl, das sie verfolgte wie ein Schwarm Mücken. Oben in den riesigen Kiefern am Rand des Gartens schrie eine Eule...

Das Geräusch glitt über ihre Haut wie eine feuchte Hand. Aberglauben aus der Kindheit stieg aus den Tiefen ihres Bewußtseins hoch. Eulen waren Unglücksboten, Helfer böser Geister. Ihr Cheyenne-Großvater, an den sie sich kaum erinnern konnte, hatte ihr und ihrem Bruder erzählt, daß Eulen einen nahen Tod ankündigten.

Albern. Warum sollte sie an Tod denken? Aber mit einem Mal schien die Nacht zu still und die Luft zu schwer zum Atmen. Die Ställe waren viel zu weit weg. Angst schnürte ihr die Kehle zu. Einen Augenblick lang zögerte sie, hin- und hergerissen zwischen Logik und Instinkt. Und dann passierte plötzlich alles gleichzeitig und wie in Zeitlupe.

Eine dunkle Gestalt trat aus den Schatten, als Samantha sich zum Haus zurückdrehte. Eine Gestalt ohne Gesicht, ohne Geschlecht, schwarz gekleidet, mit einer Maske und Handschuhen. Samantha öffnete den Mund, um zu schreien, aber das Geräusch erstickte, als ein schwarzer Sack über ihr Gesicht gestülpt und mit einer Schnur um den Hals festgezurrt wurde. Sie schlug mit Fäusten und Füßen um sich, aber die plötzliche Dunkelheit raubte ihr das Gleichgewicht, sie stolperte und fiel.

Sie versuchte sich aufzurichten, aber ihr Angreifer schlug sie wieder nieder, mit etwas, das sich wie ein Baseballschläger anfühlte. Die Schläge prasselten wahllos auf sie herunter, und sie versuchte verzweifelt, außer Reichweite zu kriechen, aber der Boden war abschüssig, und sie stürzte kopfüber in die Tiefe. Die Felsen rissen ihr Kinn und Wangen durch den groben Stoff der Kapuze auf.

Fragen schwirrten durch ihren Kopf, während sie dalag. *Wer? Was? Was würde aus ihr werden? Würde es irgend jemanden interessieren?* Tränen strömten und tränkten die Kapuze. Sie wollte schluchzen, den Schmerz und die Angst hinausschreien, die ihr den Atem raubten, aber der Stoff erstickte sie.

Die Schnur um ihren Hals zog sich zusammen, riß ihr den Kopf hoch, hängte sie. In Todesangst riß Samantha an der Kapuze, fand wieder Boden unter den Füßen, zerrte mit einer Hand an der Schnur, mit der anderen schlug sie nach ihrem Angreifer. Ihr Handballen krachte gegen Knochen, und sie hörte einen überraschten Schmerzensschrei.

Dann versuchte sie, loszurennen und gleichzeitig ihre Kapuze wegzureißen, und die Welt, die Nacht drehte sich um sie, alles war ein Nebel von Schwarz und Weiß. Ihre Beine bewegten sich, schneller, aber sie schien nicht von der Stelle zu kommen. Wie in einem Alptraum rückte das Haus immer weiter weg. Ihr Herz hämmerte wie verrückt, übertönte alles außer dem Knirschen von Stiefeln auf Kies hinter ihr.

Sie warf einen Blick über die Schulter, gerade als der Schläger auf sie zukam. Der Schmerz war eine grellorange und rote Explosion in ihrem Kopf. Dann wurde alles schwarz, und die Welt hörte auf zu existieren, als die Eule wieder schrie.

KAPITEL 26

Mari wanderte im grauen Zwielicht vor Sonnenaufgang durch die Straßen von New Eden. Nebel verhüllte die Gebäude und Häuser und gab ihnen etwas Unwirkliches. Irgendwie wirkten die alten Gebäude noch älter, die Geschäfte veraltet. Skurille Traditionen, die sich hartnäckig zu halten versuchten, während der Fortschritt sie überrollte. Süß und traurig. Lockhart's Ladies Shop mit seinem Schaufenster voller Polyesterhosenanzüge neben der schicken Latigo Boutique. Der schäbige alte Drugstore Schulter an Schulter mit dem Mountainbikeladen. Monroes Futter- und Buchladen, mit Regalen voller verdreckter Westernromane und fotokopierter Kochbücher des Damenkränzchens der evangelischen Kirche, wenige Meter entfernt von M. E. Fralicks New-Age-Buchladen mit dem Zenmeister als Verkäufer und Kristallen, das Stück für tausend Dollar.

Traurigkeit sickerte in ihre Knochen und Muskeln, und sie ballte die Hände in den Taschen ihrer Jeansjacke zu Fäusten. Sie überquerte die Straße, ging zum Stadtplatz und setzte sich auf eine Bank vor der Carnegie Bibliothek. Auf der anderen Seite des Parks stand Colleen Bentsens Skulptur, die sie anfangs als Symbol der Kooperation gut gefunden hatte. Das Gerichtsgebäude war 1890 aus Backstein, mit dorischen Säulen links und rechts von der steinernen Aufgangstreppe, erbaut worden. Die Farbe blätterte wie Schuppen ab, aber es war ein ehrwürdiges, altes Gebäude. Nicht sehr groß, nicht sehr aufwendig, aber stolz auf seine Vergangenheit. Davor wirkte die Skulptur wie ein Stück Schrott von einer eingestürzten Hängebrücke, eine Beleidigung für den Ort, den sie ehren sollte.

Unruhig und angewidert über ihren Anfall von Melancholie machte Mari sich auf den Rückweg zum Moose. Sie würde nicht mehr lange hierbleiben. Vielleicht eine Woche. Die Suite, die Drew und Kevin ihr zur Verfügung gestellt hatten, war wunderschön, aber sie war kein Zuhause. Die Ranch war ein Zuhause. Ihres. Es war höchste Zeit, das zu akzeptieren und nicht mehr länger zu fragen, warum Lucy sie ihr vererbt hatte. Sie würde vielleicht nie die Beweise finden, die so viele Dinge erklären würden. Aber das änderte nichts an der Tatsache, daß die Ranch jetzt ihr gehörte. Sobald sie keine Angst mehr davor hatte, nachts dort allein zu sein, würde sie in das Haus einziehen. An ihrer Musik arbeiten. Mit den Lamas spielen. Vielleicht einen Garten anpflanzen.

Und oben auf dem Berg würde Rafferty die Grenzen seines Königreichs abschreiten und auf sie herunterschauen. Es wäre ein gutes Gefühl, zu wissen, daß er bereute, die Chance, die sich ihm geboten hatte, verpaßt zu haben. Sie wollte nachts im Bett liegen und sich vorstellen, wie ihn die Reue plagte. Sie wollte nicht daran denken, daß sie ihn innerhalb einer knappen Woche geliebt und verloren hatte. Es war besser, sich einzureden, daß sie ihn nie geliebt hatte. Besser, nicht zurückzuschauen und ein neues Leben anzufangen.

Doch selbst während sie sich das einredete, dachte sie zurück an den Abend und fragte sich, was passiert wäre, wenn sie seinen Kuß nicht verweigert hätte.

Die Pick-ups sammelten sich vor dem Rainbow. Ranchhunde patrouillierten auf den offenen Ladeflächen. Kein blauer Ford mit dem Stars and Bars Zeichen. Keine Spur von Zip. Mari überlegte, ob sie frühstücken wollte, aber sie hatte keine Lust. Sie war nicht in der Stimmung für kameradschaftliche Atmosphäre. Vielleicht würde sie zu einem späten Abendessen vorbeischauen und mit Nora ausgehen, wenn ihre Schicht zu Ende war.

Aber die Aussicht, Will zu begegnen, trübte die Vorstellung, und sie verwarf auch diese Idee.

Sie ging quer durch die Lobby des Moose, rechnete nicht damit, jemand anderen außer Raoul dort vorzufinden, aber Kevin stand hinter dem Empfang und starrte mit grimmiger Miene auf einen Computerausdruck. Er hob den Kopf und sah sie mit müden Augen und allen Anzeichen einer schlaflosen Nacht an.

»He, Kevin, was ist los?« fragte Mari und lehnte sich gegen den Tresen. »Hast du die Friedhofsschicht gefahren?«

Das spitzbübische Lächeln tauchte kurz auf und verblaßte sofort wieder. »Nicht direkt. Ich konnte sowieso nicht schlafen, also hab' ich Raoul freigegeben.«

»Schlafstörungen?«

»Streit mit Drew.«

»Oh. Tut mir leid.«

»Mir auch«, murmelte er und blätterte das grünlinierte Papier durch, ohne es anzusehen.

»Ein schlimmer, was?«

»Schlimm genug.« Er schüttelte den Kopf und fixierte den Elchkopf über dem Kamin.

»Da glaubt man, jemanden zu kennen, und dann sieht man ihn plötzlich an und kennt ihn überhaupt nicht...« Er seufzte und schüttelte noch einmal traurig den Kopf.

»Ist er in der Nähe?« fragte Mari. Sie wollte sich eigentlich nicht in das Privatleben der beiden einmischen, aber Kevin sah so verloren aus, und dann war da noch die Sache mit Townsend. Sie wollte sehen, wie Drew auf die Nachricht reagierte, in der Hoffnung, ihm noch ein paar Informationen entlocken zu können.

»Ich weiß nicht, wo er ist«, murmelte Kevin betreten. »Er ist gestern nacht hier rausgerauscht, ich habe keine Ahnung, wohin er gegangen ist.«

Das muß ja ein legendärer Streit gewesen sein, dachte Mari. Sie fragte sich, ob er möglicherweise etwas mit dem zu tun habe, was Drew von Lucys Leben wußte, wollte aber nicht so berechnend sein, ihn auszufragen. Der arme Kevin sah aus wie ein verirrter Welpe. Er war ein Freund, genau wie Drew, und er brauchte Hilfe und Verständnis.

»Ihr kriegt das schon wieder hin«, sagte sie leise und legte ihre Hand auf seinen Arm.

Er vermied es, ihr in die Augen zu sehen, und blätterte mit grimmiger Miene weiter. »Ja, sicher. Ahmm ... würdest du mich bitte entschuldigen, Mari? Ich glaube, in meinem Büro klingelt das Telefon.« Er verschwand durch die Tür, ehe Mari auch nur nicken konnte.

Sie ging durch die leere Lounge und hinter den Tresen der pompösen Bar. Neben der Kasse stand ein Telefon. Sie drückte die Nummer des CHP Computerraums in Sacramento.

»California Highway Patrol.«

»Marilee Jennings. Kann ich bitte Paul Kael sprechen?«

»Bleiben Sie dran.«

Sie klemmte sich das Telefon zwischen Schulter und Ohr und vertrieb sich die Wartezeit mit Zupfen an ihrer zerfetzten Nagelhaut, bis sich Paul ganz außer Atem meldete.

»Du bist mir was schuldig, Blauauge.«

»Wohl kaum. Hab' ich dich etwa nicht der bildschönen Mrs. Kael vorgestellt?«

»Irrelevant. Hier zählt nur eine gewisse Beverly Tarbon, meine Abteilungsleiterin, die mich fast dabei erwischt hätte, als ich etwa zweitausend Vorschriften verletzt habe.«

»Fast zählt nicht«, sagte Mari ohne eine Spur von Mitleid. »Hast du etwas gefunden?«

»Ja. Du hast doch nichts mit diesem Kerl, oder?«

»Der Himmel bewahre. Der Kerl ist ein Brechmittel.«

»Das brauchst du mir nicht zu sagen. Ich hab' sein Vorstrafenregister gesehen. Der Typ ist sechsmal angeklagt worden. Zwei Verurteilungen mit kleinem Aufenthalt im staatlichen Erholungsheim.«

»Wofür?«

»Kriminelles sexuelles Verhalten und Vergewaltigungsversuch. Du hast vielleicht ein Händchen, Marilee.«

Marilee wurde ganz flau im Magen. »Ich hab' eben dieses Talent.«

Sie verließ die Bar durch die Seitentür und ging wie in Trance zu ihrem Wagen. Die Lamas mußten gefüttert werden. Einige Zimmer im Haus mußten noch aufgeräumt werden.

Kendall Morton ein Sexualverbrecher.

Lucys Arbeiter war ein Vergewaltiger. Hatte Lucy das gewußt? Und noch wichtiger, hatte es etwas mit ihrem Tod zu tun? Mari erinnerte sich an das auffällige Desinteresse des Pathologen, als sie ihn gefragt hatte, ob bei Lucy Hinweise auf sexuelle Belästigung gefunden worden wären. Er hatte sich die Mühe gespart, das zu überprüfen.

An der Tankstelle holte sie sich einen großen Kaffee zum Mitnehmen und etwas Gebäck, dann fuhr sie zu den Klängen von Vince Gill im Radio die Straße zur Ranch hoch.

Unterwegs löste sich der Nebel langsam auf, aber die Sonne wollte nicht herauskommen. Der weite Himmel hing wie eine Bleidecke über ihr, regenschwer.

Das Wetter paßte zu ihrer Stimmung. Oben angelangt setzte sie sich auf die Terrasse, aß ihr Frühstück und versuchte, für ein paar Minuten all ihre Sorgen zu vergessen, indem sie die Vögel beobachtete. Dann machte sie sich auf, die Lamas zu füttern.

Die Scheune war düster wie eine Höhle. Mari schaltete das Licht an und wünschte, es wären ein Dutzend mehr Lampen. Ihre Haut kribbelte vor Angst. In ihrer Fantasie lauerte Kendall Morton in jeder Ecke.

Sie zog einen der Eimer heraus und beugte sich über die Futterkiste. Die Lamapellets waren fast aufgebraucht, und sie mußte praktisch in die Kiste klettern, um die Reste herauszuholen. Sie stieß mit der Schaufel hinein und verfing sich an etwas Schwerem.

»Was zum –«

Es war ein in Plastik eingeschweißtes Buch. Auch ohne den Titel zu sehen, wußte sie sofort, was es war, und ein Teil von ihr wäre am liebsten auf und davon, wollte nichts damit zu tun haben. Obwohl sie nach dem Buch gesucht hatte, überzeugt, daß es das Rätsel klären könnte, das Lucy hinterlassen hatte, wäre es ihr lieber gewesen, es nicht zu finden. Sie wußte, daß ihr die Antworten darin nicht gefallen würden, wollte die Wahrheit über ihre Freundin nicht schwarz auf weiß sehen. Aber die Zeiten des Verdrängens waren endgültig vorbei. Sie mußte sich dem stellen und dann endlich ihr Leben weiterleben.

Sie zog den Plastikbeutel heraus. Es war der Martindale-Hubbell,

Band 2, Kalifornische Anwälte A bis O, und ein Videoband mit der Aufschrift »Townsend«.

Samantha tauchte langsam, wie ein Taucher aus den Tiefen des Ozeans, aus ihrer Ohnmacht auf. Aus der Schwärze ins schimmernde Licht. Aber sobald sie die Oberfläche durchbrochen hatte, wäre sie am liebsten wieder untergetaucht. Das Licht stach wie Dolche in ihre Augen, Schmerz schoß durch ihren Hinterkopf, ihren Rücken entlang, durch Arme und Beine, und ihr Magen schlug Saltos.

Stöhnend versuchte sie, sich zusammenzurollen und zur Seite zu drehen, aber es ging nicht. Sie war mit Händen und Füßen an ein Bett gefesselt.

Panik und Übelkeit stiegen in ihr auf, schnürten ihr die Kehle zu, bis zu dem Knebel, der in ihrem Mund steckte. Sie schluckte krampfhaft, würgte, blind vor Tränen. Erinnerungen an die Nacht hämmerten in ihrem Kopf. Die Dunkelheit. Die Stille. Der Ruf der Eule.

Und jetzt rauschte es heran wie eine Sturmflut. Angst. Kämpfe um ihr Leben. Die Kapuze, die sie zu ersticken drohte. Eine hochgewachsene Gestalt, schwarz gekleidet. Eine Maske. Der Knüppel, der zuschlug, immer und immer wieder.

Sie hatte keine Ahnung, was passiert war, seit sie das Bewußtsein verloren hatte. Sie hatte keine Ahnung, wer sie angegriffen hatte und was sie mit ihr vorhaben könnten. Panik schoß wie ein Stromschlag durch ihren Körper. Sie bäumte sich auf, versuchte sich loszureißen, aber dann verebbte der Adrenalinstoß, und sie blieb schluchzend liegen, spürte, wie das Blut von ihren aufgeschürften Handgelenken tropfte.

Langsam begann sie ihre Umgebung wahrzunehmen. Ein Holzhaus mit grob behauenen Wänden. Ein kleines Fenster, erfüllt von grauem Licht. Draußen waren Vögel zu hören und das Schnauben eines Pferdes. In der Hütte war kein Geräusch. Soweit sie es beurteilen konnte, war sie allein.

»Wo zum Teufel ist sie?« schrie Bryce und knallte das drahtlose Telefon auf den Glastisch, daß die Saftgläser tanzten. In Samanthas Haus ging keiner ans Telefon. Sie war nicht im Hotel. Und das Wichtigste, sie war nicht im Bett seines Gästezimmers. Sie war weg. Das war in seinem Plan nicht vorgesehen.

Sharon rettete gelassen ihr Croissant vor dem Saftbad. »Wahrscheinlich ist sie mit einem der Cowboys runter in die Stadt gefahren. Du hast ja gesagt, sie wird's bereuen.«

»Ich hab' nie gedacht, daß sie weglaufen würde!«

Er lief wie ein Tiger vor dem Frühstückstisch auf und ab, die Hände in die schmalen Hüften gestemmt, wutentbrannt, daß sie seine Pläne für ein Frühstück zu zweit – mit einem kleinen Nachspiel im Bett – durchkreuzt hatte.

Sharon warf ihm einen kurzen Blick zu und tauchte ihr Croissant in Johannisbeermarmelade. »Ich wußte, daß sie gehen wird,« murmelte sie, »ich hätte nur nicht gedacht, daß es so bald passiert. Anscheinend ist ihre Toleranzgrenze für dich nicht sehr hoch.«

Bryce fuhr sie mit wütend blitzenden Augen an: »Ich hab' die Nase voll von deinen Sticheleien, Sharon. Ich hab' viel Geduld mit dir, aber jetzt ist sie zu Ende.«

Sharon erhob sich wie eine Königin aus ihrem Stuhl, die Fassade eisig, in weiße Seide gehüllt, aber im Inneren tobte der Schmerz, und er glänzte aus ihren Augen. Ihr Haar war zu einem strengen Knoten hochgesteckt, und sie sah Bryce an – sah *hinunter* auf Bryce, dank ihrer hochhackigen goldenen Pantoletten, die sie angezogen hatte, um sich wenigstens ein bißchen überlegen zu fühlen.

»Wage ja nicht, mir zu drohen«, warnte sie ihn mit zitternder Stimme. »Deine kleinen Huren kommen und gehen. Ich werde immer hier sein. Ich kenne dich zu gut. Ich weiß zuviel. Ich kann dein Leben zur Hölle machen – und glaub ja nicht, daß ich davor zurückschrecke.« Ihr Lächeln war das einer Kobra. »Glaub das ja nicht, du undankbares Miststück.«

Reisa kam mit einer Kaffeekanne und abwesendem Blick auf die Terrasse. Sharon stolzierte in einer Woge weißer Seide und Parfum an ihr vorbei.

»Kaffee, Mr. Bryce?«

»Geh mir aus dem Weg«, keifte Bryce, ging um sie herum zur Seitentür hinaus und zu seinem Mercedes.

Mari hatte geglaubt, das Band wäre pornographisch. Ein nettes Filmchen über Lucys Eskapaden mit Townsend im Bett oder etwas ähnliches. Aber als sie in den Ruinen des Schlafzimmers ihrer Freundin vor dem Fernseher saß, der wundersamerweise noch funktionierte, bekam sie etwas völlig anderes als Sex zu sehen.

Ein Film über eine Jagd. An sich nichts Ungewöhnliches, aber einer der Männer der in Khaki kostümierten Jagdgruppe war Townsend, begleitet von einigen Treibern und einem Mann, den sie Graf nannten.

Graf. J. Grafton Sheffield. Ein kleiner, unscheinbarer Mann, der aussah, als könnte er keiner Fliege was zuleide tun, geschweige denn, einen Menschen erschießen.

Sie ritten einen Waldweg entlang, durch dichtes Gehölz. Geräusche von splitterndem Holz, schnaubenden Pferden. Irgendwo in der Ferne kläfften unablässig Hunde. Townsend erzählte von seinen Trophäen, wie er in Alaska einen Grizzly aus einem Helikopter geschossen hatte. Dann kam die Gruppe zu einer Lichtung, und Sheffields Pferd scheute.

Die Kamera fing eine kläffende Hundemeute mit ihren schmuddligen Führern ein und schwenkte dann zu einem verbeulten Geländewagen mit einem Anhänger. Auf dem Anhänger stand ein Stahlkäfig, etwa einen Meter hoch und zweieinhalb bis drei Meter lang. Im Käfig war ein ausgewachsener Tiger. Eine prachtvolle, bildschöne Kreatur.

Die Reiter stiegen ab, und die Pferde wurden weggeführt. Die Cowboys und Townsend machten sich an ihren Gewehren zu schaffen. Die Kamera kreiste um den Tigerkäfig. Das Tier hechelte, Speichel troff von seinem Kinn. Einer der Hunde wurde losgelassen und stürzte sich auf den langen Schwanz des Tigers, der zwischen den Stäben heraushing. Die Katze brüllte überrascht und versuchte, hochzuspringen, aber der Käfig war so niedrig, daß sie nur mit zitternden Muskeln kauern konnte. Der Hund bellte wie verrückt, stürzte sich immer wieder auf den Käfig und stachelte seine Kumpane zum Randalieren an.

Townsend und der Cowboy schulterten ihre Gewehre und entfernten sich von der Lichtung. Ein weiterer schmuddliger Handlanger kletterte auf den Tigerkäfig und zog die Tür auf, dann trieb er die Katze mit einem Stock aus dem Käfig. Sie stolperte vom Anhänger und blieb taumelnd, verwirrt stehen. Dann wurden die Hunde losgelassen.

Die Meute griff mit gefletschten Zähnen den Tiger an. Der versuchte, sich in seiner Angst unter den Geländewagen zu retten, aber zwei Hunde versperrten ihm den Weg. Er scheute, ein dritter Hund sprang ihn seitlich an und verbiß sich in seiner Flanke. Der Tiger drehte sich kreischend um und schleuderte den Hund mit einem Prankenschlag vier Meter weg, dann rannte er los, versuchte den Wald zu erreichen, dicht gefolgt von der kläffenden Meute. Einmal stolperte er und fiel, die Hunde stürzten sich auf ihn, aber es gelang ihm, wieder auf die Beine zu kommen und weiterzurennen.

Zwanzig Meter vom Waldrand entfernt hob Townsend das Gewehr, zielte und feuerte zweimal. Der Tiger brach leblos zusammen. Die Hunde stürzten sich sofort auf ihn, aber die Handlanger rannten los und vertrieben sie mit Knüppeln.

Mari saß auf der kleinen Couch, und die Tränen liefen ihr übers Gesicht. Ihr war speiübel. Sie sah, wie der Cowboy und Sheffield Townsend gratulierten. Townsend posierte grinsend, hielt den Kopf der toten Katze an den Ohren hoch, als wäre er wirklich stolz auf das, was er gerade getan hatte. Sie erinnerte sich an Townsends Büro und die präparierten Tierköpfe, die Häute, den ausgestopften Bären. Das Schwein hatte ihn vom Helikopter aus geschossen, nicht von Angesicht zu Angesicht. Und die Tigerhaut war kein Ergebnis eines Kampfes auf Leben und Tod in Indien, sondern schlicht und einfach ein Abschlachten.

Das Band war zu Ende. Sie drückte die Stopptaste und das laute, getürkte Gelächter einer Comedy-Serie gellte durch den Raum. Sie drückte die Lautstärke auf Null, dann warf sie die Fernbedienung beiseite und stand mit wackligen Knien auf.

Auf diesem Band war alles außer dem Ritt ungesetzlich, ganz zu schweigen von unmoralisch und unethisch. Wenn die Presse davon Wind bekommen hätte, wäre Townsends Laufbahn beendet gewesen. Reichlich Munition für einen Erpresser. Ein wunderbares Motiv für den Mord an einem Erpresser.

Ihr erster Gedanke war, das Band zu Quinn bringen. Aber was sollte das nützen? Keiner auf dem Band sagte, wo sie sich befanden. Das Gesicht hinter der Kamera wurde nicht identifiziert. Townsend war tot, also spielte es keine Rollte, daß er ein vom Aussterben bedrohtes Tier auf einer getürkten Jagd erschossen hatte. Quinn würde vielleicht die Dreckskerle erkennen, die die Jagd inszenierten. Er würde Sheffield erkennen, aber man konnte ihm kaum etwas vorwerfen. Er war nach dem Schuß auf Lucy mit einer Geldstrafe davongekommen, wer sollte ihn da anzeigen, nur weil er an einer ungesetzlichen Jagd teilgenommen hatte?

Sie umklammerte immer noch den Martindale-Hubbell-Band, den sie noch nicht geöffnet hatte, weil sie genau wußte, daß sein Inhalt ihr keine Freude machen würde. Aber jetzt war der Ball ins Rollen gekommen und nicht mehr aufzuhalten. Sie würde die Sache zu Ende bringen, also holte sie tief Luft und schlug das Buch auf.

Die ersten hundert Seiten waren herausgeschnitten, um Platz zu schaffen für einen Stapel Notizen in der Kurzschrift der Gerichtsprotokollführer. Mari lehnte sich zurück und blätterte sie durch. Ihr Herz wurde schwerer mit jedem Satz, den sie von Lucys Notizen las, mit jedem Satz über die Leute, die sie erpreßt hatte.

Townsend, den sie als egoistischen alten Narren verachtete. *Er hat nicht den Mumm, mit den großen Jungs mitzuhalten, aber hängt trotzdem hier rum. Sie werden ihn bei lebendigem Leib auffressen. Geschieht ihm recht ...* Kyle Collins, ein Schauspieler, dessen Junge-von-nebenan-Aussehen entscheidend für sein Image war. *Wenn seine Fans bloß wüßten, wozu er nach einer Portion von Bryces Kokain fähig ist ... Ich hab ihm gesagt, ich leihe ihm die Bilder, die ich gemacht habe, für seine nächste Werbekampagne. Was wird wohl sein Publikum sagen, wenn es ihn in der Lederunterwäsche sieht?* Ein Senator des Staates Texas, der anscheinend an Blutrauschjagdfieber litt und eine Reihe von illegalen Trophäen bei einem Besuch von Bryces Paradies geschossen hatte. *Matthews Motto lautet: Wenn es sich bewegt, erschießen. Ein teures Hobby, Senator. Laß mal sehen, der Leopard hat dich glatte 8 000 Dollar gekostet. Meine Kooperation sollte mindestens soviel wert sein ...*

Sie erklärte detailliert, wie Bryces kleiner Jagdclub funktionierte, wie Bryce den Kauf exotischer Tiere über ein Schwarzmarktnetz organisierte. Die Kosten für den Jäger wurden je nach Tier und Begleitumständen berechnet. Manchmal bot Bryce die Jagd umsonst an, wenn sein »Freund« zögerte. Bryce nahm dann alles auf Video auf und benützte das Band als Sicherheit, die ihm zukünftige Gefallen von Geschäftsleuten, Politikern und Hollywoodstars garantierte. Er erpreßte sie nicht direkt, sondern behielt einfach die Bänder. Er brauchte ihr Geld nicht, er wollte Macht.

Ich genieße das Spiel mit Bryce. Er ist ein Spieler. Er kennt die Regeln. Er weiß einen Spieler mit ebenbürtigem Talent zu schätzen, und ich glaube wirklich nicht, daß er etwas dagegen hat, daß ich mir von seinen Freunden Geld hole. Er glaubt an das Überleben des Stärkeren. Die Unvorsichtigen müssen für ihre Fehler bezahlen. Für uns ist es wirklich ein Spiel. Das Spiel des Lebens. All das und noch toller Sex ... nicht so gut wie mit dem Cowboy, aber auf jeden Fall ... gewagter ... Cousine Ekelpaket gefällt es nicht, daß sie ihn mit mir teilen muß. Ich würde sagen, leck mich, aber sie würde vielleicht darauf zurückkommen ...

Da waren noch mehr Einzelheiten, Lucy berichtete ohne eine Spur von Gewissen, wie es ihr gelungen war, eine Kopie von Townsends Jagdband zu kriegen, und wie sie ihn mit Drohungen, das Band an CNN zu schicken, schikaniert hatte. Sie erzählte von ihren Eskapaden auf Bryces Partys, von den Dingen, die sie gehört und gesehen und von denen sie profitiert hatte, den Schwächen, die sie ausgenützt, dem Geld, das sie damit verdient hatte.

Mari schloß mit zitternden Händen das Buch und legte es beiseite. Ihre Freundin war eine Erpresserin gewesen. Eine verachtenswerte, parasitische Erpresserin. Tausende von Dollar. Zehntausende von Dollar. Vielleicht mehr. Von den Reichen und Berühmten und Mächtigen erpreßt. Sie hatten fürstlich bezahlt für das zweifelhafte Versprechen, daß ihre schmutzigen Geheimnisse gewahrt würden. Laut der Notizen waren es sechs Männer – und mehrere Frauen –, die Lucy nur zu gerne tot gesehen hätten.

»O Gott, Lucy«, murmelte Mari und rieb sich das Gesicht. Sie fühlte sich schmutzig, und ihr war übel. Durch einen Nebel von Tränen sah sie sich im Zimmer um, in diesem hübschen Haus, das sie geerbt hatte, und sah nur Schmutz. Alles war besudelt – das Haus, das Land, die Autos –, mit dreckigem Geld gekauft. Sie wollte wegrennen, alles niederbrennen, sich lange ganz heiß duschen.

Du brauchst ein Leben, Kumpel, ich gebe dir meins ... Die Zeile aus Lucys letztem Brief fiel ihr ein, und alles in ihr sträubte sich gegen den Gedanken, daß sie da weitermachen könnte, wo Lucy aufgehört hatte. Wie hatte Lucy so etwas auch nur denken können? Hatte die Dekadenz ihres Lebens hier sie so korrumpiert, daß Korruption für sie die Norm geworden war?

Mari schüttelte den Kopf und weinte ein bißchen, trauerte um die verlorene Seele ihrer toten Freundin. Begreifen würde sie das Ganze nie.

Im Fernsehen lief immer noch die Comedy-Serie, und wieder erschallte grelles Gelächter im Hintergrund.

Ein ganz normaler Tag im Paradies. Comedy-Serien und dämliche Werbung. Erpresser und Weiberhelden. Schöne und Bestien. Inkompatible Welten, die denselben Raum und dieselbe Zeit bevölkerten. Lebendiger Surrealismus.

»Und du steckst mittendrin, Marilee«, murmelte sie.

Ihr Gehirn war kaum fähig, die Möglichkeiten, die Fragen zu verkraften. Jetzt hatte sie für vieles Beweise, aber keinen Beweis dafür, wer Lucy tatsächlich getötet hatte. Vielleicht reichte es, um den Fall neu aufzurollen, aber sie war sich nicht sicher, ob Quinn zustimmen würde. Lucy war tot, Sheffield bestraft, und Townsend war ebenfalls tot. Aber da gab es noch andere Verdächtige.

Alle Wege führten zu Bryce. Laut Lucys Notizen arrangierte er die Jagden. Er nahm die Bänder auf. Er hatte ein Dutzend mächtige Leute am Gängelband. Der Marionettenspieler. Er verführte seine Freunde zur Jagd und arrangierte dann geschickt, daß sie selbst ins Fadenkreuz gerieten. Nicht, weil er Geld oder Gefallen von ihnen brauchte, sondern weil er das Spiel liebte.

Bryce hatte bei Lucys Unternehmen am meisten zu verlieren. Vielleicht waren die Einsätze mit der Zeit größer geworden als die Freude, die er am Spiel mit ihr hatte. Vielleicht hatte sie eine Grenze überschritten. Vielleicht war Bryce der Mann, für den Sheffield den Kopf hingehalten hatte. Oder vielleicht hatte der Tod nichts mit Bryce zu tun. Vielleicht war es Kendall Morton allein gewesen. Oder vielleicht waren alle Theorien Unsinn, und Sheffield hatte sie tatsächlich versehentlich erschossen.

Mari wußte nicht, was sie tun sollte. Was sie brauchte, war jemand, der das Beweismaterial bestätigen konnte, der bereit war, sich alles anzuhören, während sie versuchte, es zu analysieren. Drew fiel ihr als erster ein, aber dann folgten sofort die Zweifel. Wußte er von Bryces kleinem Jagdclub, war es das, worüber er nicht reden wollte? Weil er auch schuldig war? Jetzt erinnerte sie sich vage an den Streit, den Drew und Kevin an ihrem ersten Tag im Moose gehabt hatten. Sie hatten über die Ethik des Jagens gestritten, und das offensichtlich nicht das erste Mal. Möglicherweise war das auch der Grund ihres gestrigen Streits gewesen.

Du glaubst, jemanden zu kennen, und plötzlich siehst du ihn an und stellst fest, daß du ihn überhaupt nicht kennst.

»Wie wahr, wie wahr«, murmelte sie.

Und unwillkürlich kam die Erinnerung an die Nacht, in der sie den Eindringling in ihrem Hotelzimmer überrascht hatte. Ein Mann in Schwarz. Und die Erinnerung an Drew, wie er später in ihrem Zimmer gestanden hatte, gehetzt aussehend, schwarz angezogen.

»Du lieber Himmel, Marilee, du hast ja eine Verschwörungspsychose.« Sie erhob sich, strich sich durchs Haar und begann im Zimmer auf und ab zu laufen. »Drew hat nichts damit zu tun. Dreh nicht durch.«

Durchgedreht.

Del Rafferty war total durchgedreht.

Ich will nicht wissen, was dir passiert ist! Ich will nichts von den Tigern wissen! Laß mich in Ruhe! Laß mich in Ruhe, oder ich laß dich für die Hundeführer liegen!

Sie hatte Del auf Grund seiner Bemerkung über Tiger nicht zugetraut, daß er helfen wollte. Es hörte sich verrückt an. Er hatte sie mit einer Leiche verwechselt und gedacht, er hätte einen Tiger gesehen. Das klang total verrückt.

Aber was, wenn Del gar nicht so verrückt war? Was, wenn er eine von Bryces Jagden gesehen hatte? Sicher mußte er dann denken, daß er wahnsinnig war. Und jetzt hatte Mari selbst den Tiger gesehen. Sie konnte ihm versichern, daß das, was er gesehen hatte, echt war. Dann hätten sie eine gemeinsame Basis: Vielleicht würde er ihr dann erzählen, was er – wenn überhaupt – über Lucys Tod wußte.

Ich will nicht wissen, was mit dir passiert ist!

Was darauf hindeutete, daß er es wußte.

Dem Sheriff würde Del als Zeuge nicht gefallen, und J. D. würde es nicht gefallen, daß sie in das Revier seines Onkels eindrang. Aber sie mußte die Wahrheit finden und die Tür zu diesem häßlichen Kapitel im Leben ihrer Freundin endgültig schließen. Quinn und Rafferty konnten ihr gestohlen bleiben. Sie ging hinaus in die Scheune, um ihr Muli zu satteln.

KAPITEL 27

Er beobachtete sie durch sein Leupold-Fernglas. Sein Remington-Gewehr ruhte an seiner Schulter. Er sah sie, wie aus einem halben Meter Entfernung, sah ihr entschlossenes Gesicht, den Mund, der unablässig auf das Muli einredete. Hinter ihm winselte einer seiner Jagdhunde. Ein strenger Blick, und der Hund legte sich mit dem Kopf auf den Pfoten neben ihn und sah ihn demütig an.

Er verfolgte sie schon, seit sie den Blue Rock passiert hatte. Sie ritt frech drauflos, ritt dieses Muli, als ob ihr der Berg bereits gehören würde. Die Blondinen würden versuchen, sich den Berg unter den Nagel zu reißen. Das wußte er. Deswegen kamen sie nachts hierher – um ihn zu schikanieren, zu vertreiben. Und jetzt kam sie einfach im Tageslicht daher. Ohne jede Skrupel.

Er könnte sie jetzt erschießen, sein Finger am Abzug krümmte sich, aber er drückte nicht ab. Er war sich nicht sicher, ob das nicht ein Teil des Tests war. Und er sah, daß es die kleine Blondine war, nicht die tote Blondine oder die, die im Mondschein tanzte. J. D. wäre stocksauer auf ihn, wenn er die erschießen würde. Er hatte gesagt, laß sie in Ruhe.

Del ließ den Abzug los, rührte sich aber nicht. Vielleicht wußte J. D. nicht, daß die Blondinen die Macht übernehmen würden. Er stand unter ihrem Bann, oder etwa nicht? Vielleicht war Del der einzige, der sie daran hindern konnte, die Stars and Bars zu übernehmen. Wenn er sie aufhalten könnte, wäre er ein Held. Seine Familie wäre wieder stolz auf ihn, und dann könnte er auch wieder stolz auf sich sein, etwas, was er seit sehr langer Zeit nicht mehr gewesen war. Seit vor Vietnam nicht mehr.

Lautlos wie das Nichts erhob er sich und machte sich auf den Weg nach oben. Die Blonde war unterwegs zu seiner Hütte. Sie durfte unter keinen Umständen ins Haus gehen. Er würde vor ihr da sein.

Mari lief rastlos im Hof auf und ab. Die Pferde in der Koppel beobachteten sie neugierig. Clyde, der an einen Pfosten gebunden war, schloß die Augen und schlief ein.

Warten war kein Teil ihres Plans gewesen. Sie war gar nicht auf die Idee gekommen, Del könnte nicht dasein, wenn sie kam.

Da sie keine Lust hatte, dem Schlangenwächter an der Hauswand zu nahe zu kommen, ging sie zum Fenster an der Seite und klopfte, konnte aber nichts sehen, weil es mit einem Store verhängt war. Sie rief seinen Namen und klopfte ans Glas, aber das einzige Geräusch war das ominöse Klappern der Rassel der Schlange, die durch das Klopfen aufgewacht war.

Sie warf einen Blick auf die Uhr und seufzte. Selbst wenn Del auftauchte, wußte sie nicht, wie lange es dauern könnte, um ihn zum Reden zu bringen – falls er überhaupt mit ihr reden würde. Der Himmel war immer noch bleiern, drohte mit Regen und früher Dämmerung. Sie wollte auf dem Weg den Berg hinunter nicht von der Dunkelheit überrascht werden. Es war auch tagsüber schon dunkel genug im Wald, und sie kannte weder das Muli noch den Weg sehr gut. Und hatte sie nicht irgendwo gelesen, daß Bären nachts jagten?

Sie lehnte sich an die Koppelumzäunung und versuchte, eine Stute vom Wassertrog wegzulocken. Ihre eigene Kehle war völlig ausgedörrt, weil sie gar nicht auf die Idee gekommen war, sich etwas zum Trinken mitzunehmen, so eilig hatte sie es gehabt, der Wahrheit auf die Spur zu kommen. Sie streichelte die Stute und schaute zurück zum Haus. In der Hütte gab es eine Wasserpumpe und Limodosen im Küchenregal. Es gab kein Schloß an der Tür. Da war aber die Klapperschlange.

Natürlich wußte sie, daß die Schlange keine echte Bedrohung war, sie war im Käfig und der Maschendraht war viel zu eng, sonst wäre sie längst entflohen. Eigentlich konnte sie sie gar nicht beißen. Außer sie hatte soviel Kraft, daß ihr springender Körper den Draht zerriß. Dann würde sie wahrscheinlich auf ihrer Schulter landen und sie in den Hals beißen.

Sie schluckte, und ihre Zunge blieb am Gaumen kleben.

»Was soll das, Del Rafferty geht jeden Tag dran vorbei.« Mari nahm all ihren Mut zusammen und ging energisch auf die Hütte zu. Die Schlange hob den Kopf, als sie noch sieben Meter entfernt war, die Zunge kam heraus und prüfte die Witterung. In fünf Meter Entfernung setzte das Frühwarnsystem ein, das Klappern der Rassel jagte ihr eine Gänsehaut über den Rücken. In drei Meter Entfernung vom Käfig ließ sie sich auf die Knie fallen und betete, daß sie außer Sichtweite der Wachschlange und die Tür unverschlossen war.

Sie kroch auf allen vieren, so schnell sie konnte, zur Tür. Dann war ihre Hand am Türknopf.

Der Schuß fiel, als sie die Tür aufstieß, und sie sprang instinktiv in die Hütte, gerade als die Kugel den Schlangenkäfig traf und in die Wand einschlug. Der Riegel fiel ab, die Tür sprang auf, und die Klapperschlange fiel zwanzig Zentimeter von Maris Fuß entfernt auf den Boden.

Mari schrie, sprang auf und rannte in den Hauptraum der Hütte. Die Schlange folgte ihr ins Haus. Mari starrte sie wie gebannt an, Schweiß sammelte sich auf ihrer Stirn, rann in ihre Augenbrauen und tropfte herunter. Sie hatte zwei Möglichkeiten: In dieser winzigen Hütte mit einer Giftschlange zu bleiben oder hinauszulaufen und sich von einem Irren erschießen zu lassen. Tolle Auswahl.

Die Schlange wand sich langsam über den Boden. Sie war mindestens einen Meter zwanzig lang und so dick wie ihr Unterarm.

Mari wich langsam in den Küchenbereich zurück und merkte zu spät, daß sie sich selbst in die Ecke manövriert hatte. Es gab kein Entrinnen aus der Nische, wenn sie nicht über die Schlange stieg, die sich jetzt auf einer Matte neben dem Ofen an ein Paar Cowboystiefel kuschelte. Mari zog einen Küchenstuhl vor, stellte sich auf den Sitz und hoffte, daß Schlangen sich nicht an einem Chrombein hochschlängeln konnten. Ihre Beine zitterten sichtbar, ihre Zunge fühlte sich pelzig an.

Die Sache hier lief wirklich völlig anders, als sie es sich vorgestellt hatte. Sie hatte geplant, sich Del Rafferty vorsichtig zu nähern, gute Absicht und Vertrauenswürdigkeit auszustrahlen. Sie würde mit einer Freundschaftsouvertüre beginnen und dann elegant zu einer Entschuldigung wegen der Verletzung seiner Privatsphäre überleiten. Er würde ihre angeborene Güte spüren und ihr alles erzählen.

Aber der Mann, der jetzt in die Tür trat, sah nicht aus, als wäre er bereit, sich jemandem anzuvertrauen. Er hielt ein häßliches schwarzes Gewehr im Anschlag und trug eine schwarze Baseballmütze mit dem Schild nach hinten, wahrscheinlich, damit sie ihn nicht beim Zielen störte. Seine Augen waren Schlitze unter schweren Brauen. Aus seinem von der Narbe verzerrten Mund tropfte Speichel.

Mari hob langsam ihre zitternden Arme und versuchte einen verständlichen Satz herauszubringen. »B-Bitte nicht schießen.«

»Ich will dich nicht hierhaben«, knurrte Del und hob das Gewehr. »Du hast vielleicht J. D. getäuscht. Mich nicht. Du bist eine von den Blonden.«

Was sollte man darauf antworten. Sie konnte nicht abstreiten, daß sie blond war. »J-Ja, aber ich bin eine *gute* Blonde«, sagte sie hastig. »Weißt du nicht mehr? Ich bin nicht Lucy. Ich bin nicht die tote Blonde.«

Seine Augen wurden so schmal, daß sie nur noch Striche in seinem Gesicht waren. »Das weiß ich. Ich will dich nicht in meinem Haus haben. Keiner geht einfach in mein Haus.«

»Tut mir leid. Meine Mutter hat versucht, mich zu erziehen, aber ich hab' wohl das Gen für gutes Benehmen nicht mitgekriegt.«

Auf der Matte neben dem Ofen richtete sich jetzt die Klapperschlange auf und fixierte Del. Ihre Rassel klapperte bedrohlich. Del warf einen kurzen Blick darauf, bewegte sich rückwärts zum Kamin und kam mit dem Gewehr unter einem Arm und einer Feuerzange in der anderen Hand zurück. Er lockte die Schlange, bis sie zustieß, dann trat er behutsam auf ihren Kopf und packte ihren Hals mit der Feuerzange. Und all das machte er, als wäre es etwas ganz Alltägliches. Dann nahm er die Kreatur und trug sie zur Holzkiste vor der

Tür, warf sie hinein und schloß den Deckel mit dem Gewehrlauf. Mari kletterte vom Stuhl, ließ aber die Hände oben.

Del kam zurück ins Haus und richtete wieder das Gewehr auf sie. »Was willst du hier? Warum bist du hergekommen?« Um mich zu reizen, dachte er, um mich zu verführen, vielleicht so wie J. D. Dann wäre er auch unter ihrem Bann, und dann war die Ranch verloren. Er mußte auf der Hut sein.

Maris Blick schweifte von seinem Gesicht zum Gewehrlauf. Das Mißtrauen in seinen Augen verhieß nichts Gutes. »Ich muß mit dir reden, Del«, sagte sie, so ruhig sie konnte. »Ich muß mit dir über Tiger reden.«

Er zuckte zusammen, als hätte er einen elektrischen Schlag gekriegt. Die Tiger. Sie wußte von den Tigern. »Ist das ein Trick?«

»Nein.«

»Tanzt du mit den Hundeführern?«

»Nein«, flüsterte sie unter Tränen. »Hat Lucy das gemacht? Die tote Blonde – hat sie?«

Del gab keine Antwort. Sein Gehirn kochte unter der Metallplatte, blubberte und pochte. Er sah die Blonde an. Sie hatte tiefliegende Augen, klar wie gefärbtes Glas. Sie schaute ihn direkt an. Die meisten Leute machten das nicht. Die meisten Leute schauten auf den deformierten Teil seines Gesichts oder schauten an ihm vorbei, als hätte er gar keinen Kopf.

»Es ist wichtig, Del«, sagte sie leise. »Ich weiß, daß du die Tiger gesehen hast. Ich weiß, daß sie echt sind.«

Del starrte sie nur an.

Es ist ein Trick. Sie wird dich auch verhexen.

Er wußte nicht, was er tun sollte. Er wich einen Schritt zurück, dann begann er auf und ab zu gehen, mit hartem, militärischem Schritt, in der Hoffnung, daß diese präzise, mechanische Bewegung seine Gedanken irgendwie ordnen würde. Sie war eine Fremde. Sie war eine Blonde. Sie war uneingeladen in sein Haus gekommen. Gekommen, um zu nehmen, was noch von seinem Verstand übrig war.

Das durfte er nicht zulassen. Er mußte die Blonden aufhalten und die Hundeführer verjagen. Hier in den Bergen konnte es keine Tiger geben. Es lag in seinen Händen. Er konnte ein Held werden.

Er murmelte es teilweise laut vor sich hin, merkte gar nicht, daß die Frau ihn hören konnte.

»Ich habe den Tiger auch gesehen«, sagte sie. »Ich weiß, daß sie ihn erschossen haben – Bryces Leute. Ich glaube, einer von ihnen könnte auch Lucy erschossen haben.«

Seine Augen bohrten sich in die ihren, aber er marschierte unbeirrt weiter. »Sie ist die Tote. Du bist nicht die Tote, du bist die, die redet. Hör auf zu reden.«

»Aber Del, wir müssen reden. Du mußt mir sagen ...«

»Hör auf zu reden!« brüllte er. Er riß das Gewehr hoch und stürzte sich auf sie, schrie aus vollem Hals. »Hör auf zu reden! Hör auf! Ich hab' gesagt, hör auf!«

Mari stolperte rückwärts und krachte gegen die Arbeitsplatte. Ihr Hinterkopf knallte gegen das Regal, und drei Limodosen polterten auf den Boden. Es gab keinen Ausweg. Die Mündung von Dels Gewehr bohrte sich in ihre Wange, direkt unter dem Backenknochen. Am anderen Ende des Gewehrs zitterte Del, als wäre er im Epizentrum eines Erdbebens. Seine Augen rollten, der verstümmelte Mund klaffte, und Speichel rann über sein Kinn.

Das Gesicht des Todes. *Marilee, wenn du das überlebst, wird dich J. D. umbringen.*

»Tu's nicht, Del«, sagte sie leise. Er knurrte wie ein Tier, und sein Finger krümmte sich um den Abzug. Mari kämpfte gegen den Drang, die Augen zu schließen. Ihre Lippen bewegten sich kaum. Die Worte waren ein Hauch zwischen ihnen. »Ein Held würde es nicht tun.«

Held. Das Wort traf seinen hämmernden Kopf wie eine Lanze. Er könnte ein Held sein. Wenn er den Abzug drückte? Wenn er es nicht tat? Die Fragen kämpften in seinem Inneren, bedrängten seinen schmerzenden Verstand. Seine Hände zitterten, schwitzten. Er konnte es beenden, konnte sie töten. Aber das wäre nicht das Ende. Die Toten gingen nicht einfach weg. Er wußte das. Sie würde ihn heimsuchen, und er würde so tun müssen, als wäre sie nicht da, sonst würde sich J. D. für ihn schämen.

Mari beobachtete, wie die Schlacht in seinem Inneren tobte. Es brach ihr das Herz. Selbst mit seinem Gewehr im Gesicht brach es ihr das Herz. Sein Verstand war zerbrochen. Er wollte mit aller Gewalt das Richtige tun, aber er schien nicht zu wissen, was das Richtige war.

»Du kannst ein Held sein, Del«, murmelte sie und kämpfte mit den Tränen. »Hilf mir Del. J. D. wird so stolz auf dich sein.«

Sie bot ihm alles, was er sich wünschte. Für die meisten Menschen waren das Kleinigkeiten, aber um mehr wagte er gar nicht zu bitten. Das Richtige tun. J. D. stolz machen. Er bat nicht darum, wieder gesund zu werden. Er bat nicht um die Art Leben, das andere Männer führten. Er wollte doch nur eine Hilfe sein und keine Last. Es war nicht viel, worum er bat, aber seine Gebete waren bis jetzt nicht erhört worden.

»Tu das Richtige, Del«, flüsterte sie. »Leg das Gewehr weg.«

Sie stellte sich seinem Blick, ohne zu blinzeln, ohne zu verdammen, ohne Spott. Sie war nicht wie die andere. Das wußte er. Sie wollte helfen. Sie wollte auch, daß er zum Helden wurde. Das Blau ihrer Augen war wie ein See unter einem herbstlichen Himmel, ruhig und tief. Die Augen eines Engels. Etwas in ihnen berührte ihn an einem Ort, den seit langer Zeit keiner mehr versucht hatte zu betreten ...

»Wenn das ein Trick ist, Ma'am«, sagte er leise, trat zurück und senkte das Gewehr. »Dann bring ich dich später um.«

KAPITEL 28

Das Geräusch von Hunden zog Samantha aus den Tiefen der Bewußtlosigkeit. Ein scharfes Jaulen und Japsen, und ihre Augen flogen auf. Sie war immer noch in der Hütte, immer noch am Bett festgebunden. Es war immer noch Tag – oder es war schon wieder Tag. Sie hatte keine Ahnung, wie lange sie bewußtlos gewesen war. Auf jeden Fall schmerzte immer noch ihr ganzer Körper, besonders ihr Nacken. Ihre gefesselten Hände waren taub. Der Geruch von Urin und die Feuchtigkeit der Laken unter ihr verrieten, daß ihre Blase versagt hatte, während sie ohnmächtig gewesen war.

Draußen waren undeutliche Stimmen zu hören. Sie versuchte zu schreien, aber der Knebel saß wie ein Korken in ihrem Mund, und sie konnte ihn nicht lockern. Hoffnung stieg wie eine Wasserfontäne in ihr hoch. Vielleicht gehörten die Stimmen Wanderern, und sie würden reinkommen und sie retten. Oder Jäger – mit den Hunden. Aber es war keine Jagdsaison.

Die Hoffnung verebbte mit dem Gedanken, daß eine der Stimmen vielleicht ihrem Häscher gehörte.

Irgendwo hinter ihr, außerhalb des Sichtfeldes öffnete sich eine Tür. Die Minuten wurden länger, immer länger, bis ihre Nerven wie Klaviersaiten vibrierten. Ihr Kopf dröhnte. Sie fragte sich, ob sie sich das Geräusch der aufgehenden Tür und das Klacken von Stiefeln auf dem Boden nur eingebildet hatte.

Mit einem Mal hörte sie wieder die Stiefel. Sie kamen näher. Noch näher. Direkt hinter sie. Sie versuchte, den Kopf zu drehen, aber sie konnte den Träger der Stiefel nicht sehen, und der Schmerz, den die Bewegung auslöste, war unerträglich.

Dann fühlte sie warmen Atem auf ihrem Kopf, und zwei behandschuhte Hände glitten zwischen die Stäbe des Kopfteils, links und rechts von ihr. Sie bäumte sich vor Angst gegen ihre Fesseln. Die Hände umfaßten ihr Gesicht, Daumen strichen über ihre Backenknochen, ihre Mundwinkel entlang, hinunter über ihr Kinn zu ihrem Hals. Das schwarze Leder war kühl und duftete, die Berührung war kühn und seltsam sinnlich.

»Wie geht's denn meiner kleinen Indianerprinzessin?« Die Stimme war leise, voller Sarkasmus, fast maskulin.

Sharon. Samantha erschauderte. Namenlose Angst bohrte sich in ihre Knochen. Sie hatte keine Ahnung, wozu diese Frau fähig war, hatte aber von Anfang an instinktiv gewußt, daß Sharon Dinge gesehen und getan hatte, die sie selbst sich in ihren kühnsten Träumen nicht vorstellen konnte. Sie biß die Zähne gegen den Schmerz zusammen und beugte den Kopf nach hinten, um ihre Peinigerin zu sehen. Sharon drückte ihr Gesicht gegen die dünnen Eisenstangen des Bettes und lächelte.

»Heute sind nur wir Mädels da, Prinzessin. Keine Männer, um die wir uns schlagen können.« Sie legte ihre Daumen in die Kuhle an Samanthas Hals, dann drückte sie probehalber zu, würgte sie kurz, dann glitten ihre Hände hinunter zu ihren Brüsten. »Nur wir Mädels«, murmelte sie, dann erhob sie sich langsam und kam nach vorne, stellte sich seitlich neben das Bett. Sie trug ein hautenges schwarzes Trikot mit einer Jägerjacke darüber. Ihr Haar war mit Gel straff nach hinten gekämmt, ihr schmaler, breiter Mund war blutrot geschminkt. Aus einer tiefen Jackentasche holte sie ein schmales, gefährlich aussehendes Messer. Einen Dolch, der funkelte, als sie ihn bewundernd hin und her drehte.

Samanthas Augen weiteten sich vor Angst, und ein kalter Schweißfilm legte sich über ihren Körper.

Sharons Mund verzog sich amüsiert. »O ja, kleine Prinzessin, das ist für dich.« Sie setzte sich auf die Bettkante und rollte den Messergriff zwischen ihren Händen, drehte die Klinge hin und her. »Ich kann nicht zulassen, daß du Bryce den Kopf verdrehst. Ich war bereit zu teilen, aber ich werde nicht zulassen, daß du ihn mir wegnimmst. Ich hab' ihn Lucy nicht gelassen, und ich werde ihn auch dir nicht lassen. Er hat *immer* mir gehört. Und ich werde nicht zulassen, daß seine Besessenheit daran was ändert.«

Mit einer Hand packte sie Samanthas T-Shirt und schlitzte es mit einem Schnitt von oben bis unten auf. Ihre Augen bohrten sich in Samanthas, kalt, wie die eines Reptils. »Aber erst einmal will ich meinen Spaß haben«, flüsterte sie und schlug die Hälften des Hemds zurück, um Samanthas Brüste zu enthüllen. Sie waren klein und hübsch. Weiche Haut mit dunklen braunen Knospen. Die Brüste eines jungen Mädchens. Sie überlegte, wie es wäre, sie abzuschneiden.

»Ich wollte, daß Bryce dich mit mir teilt, aber er wolle es nicht. Er dachte, du wärst zu rein. Unbefleckt«, zischte sie mit verächtlich verzogenem Mund. »Seine kleine Jungfrau. Du wirst nicht mehr unbefleckt sein, wenn ich mit dir fertig bin. Du wirst nicht unbefleckt sterben.«

Sie legte das Messer beiseite, erhob sich vom Bett und zog sich aus.

Tränen rannen über Samanthas Gesicht, als Bryces Cousine sich ihr näherte. Sie versuchte nicht zu weinen, weil der Knebel sie dann würgte und ihr Kopf noch lauter dröhnte, aber sie kam nicht dagegen an. Sie war gefangen in einem Alptraum, den sie sich nur selbst zuzuschreiben hatte. Wenn sie sich doch nur nicht mit Bryces Clique eingelassen hätte...

Sie hatte geglaubt, sie könnte sich für kurze Zeit etwas vormachen, sich einreden, daß sie zu ihnen gehörte, leben, als wäre sie jemand Besonderes. Aber sie war nicht Cinderella, und das Leben war auch kein Märchen. Im Grunde ihres Herzens hatte sie gar kein Märchen gewollt, sondern nur Will, ein Heim und eine Familie.

Und jetzt würde sie Will nie haben, nie eine Familie haben. Sie würde hier durch die Hand einer Wahnsinnigen sterben, als Buße für die Sünde ihrer eigenen Dummheit. Also ließ sie stumm schluchzend alles über sich ergehen, alle Demütigungen, die Sharon mit perverser Freude ihrem Körper zufügte.

»Jetzt bist du befleckt, kleine Jungfrau«, sagte Sharon, die mit gespreizten Beinen auf ihren Hüften saß. Ihre Schultern waren breit und kantig wie die eines Mannes. Ihre Brüste waren spitze Plastikpyramiden, von Haut überzogen. Sie hatte kein Gramm Fett an ihrem Körper, bestand nur aus Muskeln und Sehnen. Sie griff nach dem

Messer auf dem Nachttisch. »Du bist befleckt, und du wirst obendrein noch verunstaltet sein.«

Sie drückte die Spitze des Messers direkt unter Samanthas rechtes Auge, drückte ganz leicht. Samantha biß auf ihren Knebel und versuchte vergeblich, nicht zu zittern. Sie konnte Sharons Hand am Messergriff sehen, die Klinge, wie sie sich hin und her bewegte, mit ihr spielte. Die Spitze biß sich in die zarte Haut, und Samantha versuchte, sich in die Matratze zu drücken. Nackte, kalte Angst packte sie. Schweiß lief in Strömen über ihr Gesicht.

Sharon lachte, ein rauhes, kehliges Lachen. »Du wärst häßlich, wenn ich dir die Augen rausschneide, nicht wahr? Dann würde Bryce dich nicht mehr mögen. Er mag nur schöne Sachen. Schön wie du, mit deinen langen, seidigen Haaren.«

Sie hob das Messer und packte Samanthas Zopf, riß ihn hoch und wand ihn um ihre Faust, dann schnitt sie mit dem Messer die Haare Strähne für Strähne dicht an der Kopfhaut ab.

Es war eine Erleichterung, als die letzte Strähne von der Klinge durchtrennt war und der Druck nachließ. Samantha versuchte, nicht daran zu denken, daß ihre Haare eines der wenigen Dinge waren, auf die sie stolz war. Will hatte immer so gerne damit gespielt, wenn sie im Bett waren. Sie versuchte, nicht mehr an Will zu denken. Sie versuchte, gar nicht mehr zu denken. Wenn es ihr gelang, nicht mehr zu denken, würde sie vielleicht einfach aufhören zu existieren. Sie würde unsichtbar werden, und Bryces Cousine, deren Augen vor Wahnsinn funkelten, würde das Interesse verlieren und weggehen.

Sie betete verzweifelt darum, nicht mehr zu denken. Sie betete um Erlösung von diesem Alptraum. Sie betete um ein Wunder.

Keiner antwortete.

Sharon beugte sich vor und flüsterte ihr ins Ohr. »Keine hübschen Haare mehr, kleine Prinzessin. Kein hübsches Gesicht mehr«, flüsterte sie und legte die Klinge des Messers an Samanthas rechten Backenknochen.

Orvis Slokum saß im Führerhaus seines zerbeulten 79er Chevy Pickups und kämpfte mit einer für ihn raren Erfahrung: ein Anfall von Gewissen.

Bis jetzt hatte er für alles, was er in seinem Leben verpfuscht hatte, ob es sich nun um die Schule handelte oder um einen Job, aus dem man ihn gefeuert hatte, anderen die Schuld gegeben; auch daran, daß er ins Gefängnis gekommen war.

Er bedauerte vieles in seinem Leben – am meisten jedoch, daß er als Slokum auf die Welt gekommen war, was ihm von vornherein alle Chancen verbaut hatte –, aber eins bedauerte er wirklich, nämlich daß er seinen Job auf der Stars and Bars verloren hatte. Die Raffertys waren gute Leute und hatten ihn nie verachtet, weil er ein Slokum war. J. D. war ein eisenharter Bastard, aber immer fair, ein Mann, den andere Männer bewundern konnten.

Ja, er bedauerte, daß J. D. ihn zu hart rangenommen und dann gefeuert hatte, weil er die Bewässerungsdämme lahmgelegt hatte – was auch nicht seine Schuld gewesen war. Der Verlust des Jobs hatte ihm nicht soviel ausgemacht, weil Mr. Bryce ihn frisch aus der Strafanstalt angeheuert hatte. Mr. Bryce zahlte richtig gut, und es gab nicht viel Arbeit auf seiner Ranch. Damals hatte Orvis sich ziemlich gut gefunden. Grade aus dem Knast und dann angeheuert zu werden auf dem größten Besitz weit und breit, kaum was zu tun und doppelt soviel Kohle, wie er anderswo verdient hätte.

Aber so toll, wie er dachte, war der Job nun auch wieder nicht. Die Leute um Bryce behandelten ihn wie Dreck. Alle Rancher im Umkreis von New Eden haßten Evan Bryce, und dieser Haß erstreckte sich auch auf die Leute, die für ihn arbeiteten. Und es gab Jobs hier, die er nicht gerne machte und bei denen ihm oft ganz übel wurde.

Die Jagdhunde waren ein Teil seines Jobs – füttern, dafür sorgen, daß sie fit waren, sie auf der Jagd beaufsichtigen. Scheinbar eine ganz einfache Sache, aber er hatte schnell rausgefunden, daß Bryce und seine hochnäsigen Freunde keine Sportsmänner waren, daß die Tiere, die sie jagten, in Montana nie zum Abschuß freigegeben waren. Löwen und Leoparden und alle möglichen exotischen Kreaturen, die er sonst nur aus dem Fernsehen kannte.

Bryce kaufte sie von einem dubiosen Mittelsmann, der sie als Überschußbestand von Zoos kaufte. Sie wurden nachts auf Schleichwegen auf Bryces Land gebracht und oft tagelang in Käfigen eingepfercht, kaum größer als sie selbst. Die Tiere hatten meist kaum eine Chance bei den Jagden. Oft wurden sie gedopt und schafften es kaum aus dem Käfig, bevor die Hunde sich auf sie stürzten oder sie einer von Bryces Gästen erschoß, um sie ausstopfen zu lassen und in sein Arbeitszimmer zu hängen. Und dann konnten sie ihren Freunden vorlügen, sie hätten sie auf einer gefährlichen Safari unter Einsatz ihres Lebens erlegt.

Orvis sagte sich, das würde keine Rolle spielen, die Tiere wären auch nichts anderes als normaler Viehbestand, und ein Mann hatte das Recht, mit seinem Viehbestand zu machen, was er wollte. Aber diese Ausrede verlor ihre Wirkung, wenn er mit ansehen mußte, wie diese Leute lachten, wenn sie irgendein armes betäubtes Tier erschossen hatten oder wenn sie ihn zwangen, es zu häuten.

Immer öfter mußte er daran denken, was J. D. an diesem Tag auf der Stars and Bars zu ihm gesagt hatte. *Es gibt auf dieser Welt Wichtigeres als Geld. Schade, daß es soweit kommen mußte, Orvis.*

Er mochte Bryces Leute nicht. Vor allem mochte er Bryces Cousine nicht, die wie ein Mann im Fummel aussah. Er schaute ab und zu gern in fremde Fenster und hatte sie ein paar Sachen tun sehen, die ihm den Magen umdrehten. Sex mit anderen Frauen. Sex mit zwei oder drei Männern auf einmal. Perverse Sachen. Er hatte sich geschämt, das zu sehen.

Sie hatte auch ein paar perverse Sachen mit Kendall Morton gemacht. Morton hatte es ihm erzählt. Orvis konnte sich nicht vorstellen, daß irgendeine Frau es mit Morton machen könnte. Der Gestank allein hätte sie vertreiben müssen. Aber gelogen hatte er bestimmt nicht. Miss Russell hatte Morton für diesen Job haben wollen, aber nachdem er nicht da war, hatte Miss Russell Orvis befohlen, zwei Hunde zu einer Jagdhütte am Five-Mile-Creek zu bringen und sie dortzulassen. Sie hatte ihm hundert Dollar gegeben und gesagt, er solle das für sich behalten. Er sollte verschwinden und morgen früh wiederkommen und keiner sollte was davon wissen, vor allem Bryce nicht. Sie würde ihn feuern lassen, wenn er das vermasselte, und wenn er keinen Job hatte, würde er seine Bewährung verlieren. Sie hatte ihm erzählt, sie hätte eine kleine Jagd für sich selbst arrangiert und wollte nicht, daß sich einer einmischte.

Orvis hatte die Befehle ausgeführt. Was scherte es ihn, wenn Sharon Russell allein jagen gehen wollte. Vielleicht hatte er Glück, und ein Grizzly würde sie fressen. Aber er hatte das Gefühl, daß sie nicht allein war. Nur um sich daran zu erinnern, warum er sie nicht ausstehen konnte, parkte er den Truck außer Sichtweite am alten Forstweg und lief dann durch die Bäume zurück, um einen kurzen Blick durch das hintere Fenster der Hütte zu riskieren.

Die Hunde, ein paar afrikanische wer-weiß-was, bellten ihn an, aber sie waren an einen Baum gekettet und bellten sowieso dauernd, Orvis brauchte keine Angst zu haben, erwischt zu werden, und schlich sich zum Fenster.

Und tatsächlich, da war sie, mit einer Frau und trotz des dreckigen Fensters konnte er ein paar Sachen deutlich erkennen: Sie waren beide pudelnackt, und eine war ans Bett gefesselt, verdammt seltsam. Eigentlich krank, dachte er, obwohl sein Penis scheinbar eine ganz andere Meinung hatte. Die Frau, mit der Sharon sich auf dem Bett wälzte, war schwarzhaarig und hatte dunkle Haut. Er konnte ihr Gesicht nicht erkennen, aber die einzige Frau in Bryces Kreis, auf die diese Beschreibung paßte, war Sam Rafferty, Wills Frau.

Und jetzt saß Orvis in seinem Pick-up und fragte sich, was er tun sollte. Er war sich ziemlich sicher, daß Will nicht wußte, daß seine Frau jetzt auf Lesben stand. Er selbst konnte es eigentlich auch nicht so recht glauben. Sam war ein nettes Mädchen.

Die Fesseln gaben ihm zu denken, obwohl er wußte, daß manche Leute auf so was abfuhren. Er rieb sich sein schmuddeliges kleines Kinn und saugte an seinen krummen Zähnen. Sein Wieselgesicht verzog sich zu einer Grimasse äußerster Konzentration, und er rutschte auf seinem Sitz herum, als drückte ihn die Blase. Er wollte nichts falsch machen. Er wollte nicht zu Will Rafferty gehen und ihm sagen, daß er seine Frau nackt mit einer anderen gesehen hätte, und grundlos einen in die Visage kriegen. Andererseits, wenn da so 'ne perverse Geschichte im Gang war...

Schade, daß es soweit kommen mußte, Orvis...

Das Dilemma rang in ihm wie zwei Wildkatzen in einem Sack. Er startete den Truck, legte den Gang ein und ließ ihn langsam den Abhang hinunterrollen.

Wär' schön, automatisch zu wissen, was das Richtige ist, wie J. D.

Leider tat er normalerweise immer das Falsche – war aber nicht seine Schuld.

»Und da hab' ich zu Harry Rex gesagt, warum soll ich scharf auf sie sein? Sie hat so viele Falten, daß sie sich den Hut anschrauben muß, wenn sie in die Kirche gehn will.« Tucker schüttelte angewidert den Kopf, beugte sich aus dem Sattel und spuckte Tabaksaft. »Und dieser Harry Rex, der lacht einfach, der Esel...«

J. D. klinkte sich aus dem Gespräch aus. Tucker brabbelte den ganzen Tag vor sich hin, und es störte ihn nicht weiter, wenn keiner zuhörte, er konnte getrost seine Gedanken schweifen lassen.

Sie wanderten den Berg hinunter. Zu Marilee, um genau zu sein. Sie hatte ihm ganz schön die Meinung gesagt. Zweimal. Mindestens. Er kam sich vor wie ein Bulle, der sich immer und immer wieder den Kopf wund stoßen mußte, bevor er begriff, daß er den Zaun nicht einrennen konnte. Schon so lange hatte er sich nur auf die Ranch konzentriert. Die Ranch nahm alles in Anspruch – seine Energie, sein Geld, sein Herz, seine Seele, seine Integrität. Es gefiel ihm nicht, was er unter dem Deckmantel der Ritterschaft für die Stars and Bars geworden war. Ein Märtyrer. Ein Scheinheiliger. Ein Söldner. Ein Lügner. Er hatte Jahre damit verbracht, das Image vom edlen Rancher aufzubauen, und mußte dann feststellen, daß nichts dahinter steckte als Angst. Angst, die Ranch zu verlieren. Angst, jemanden zu nahe an sich heranzulassen. Angst, sich selbst zu verlieren. Das Ironische daran war, daß es gar nicht soviel zu verlieren gab, er hatte bereits alles weggegeben – an die Ranch.

Er ritt neben Tucker her, erstaunt, daß der alte Mann immer noch weiterredete, als hätte er keine Ahnung, daß die Welt um ihn herum langsam aus den Fugen geriet. Er war erstaunt, daß es keine sichtbaren Zeichen dafür gab – der Himmel zerriß nicht wie ein blaues Seidenlaken, die Erde tat sich nicht auf. Alles sah vollkommen normal aus. Das Gras war grün. Die Luft roch nach Regen. Die Ranchgebäude in der Ferne sahen aus wie immer, alt, aber ordentlich. Auf der Weide, über die sie ritten, sprangen Kälber herum und jagten sich. Die meisten Kühe hatten sich hingelegt – ein weiteres Zeichen für Regen. Alles normal.

Er dachte an das, was Chaske ihm gesagt hatte, daß man das Land nicht besitzen könnte, und wußte, daß das Land noch dasein würde, auch wenn die Raffertys morgen aufhörten zu existieren. Er hatte sich an die Tradition geklammert, bis ihm praktisch nichts außer ihr geblieben war, und auch das konnte er verlieren, innerhalb eines Herzschlags, in dem kurzen Augenblick, den ein Banker brauchte, um einen Brief zu unterschreiben.

Sein Herz fühlte sich wie eine Bleikugel an.

»... J. D.?« Tucker beugte sich im Sattel vor und sah J. D. besorgt an. Sein Kautabakstück sah aus, als hätte er sich einen Golfball in die Backe gesteckt. »Benutzt du die Dinger links und rechts an deinem Kopf eigentlich für was anderes, als deine Sonnenbrille aufzuhängen?«

J. D. riß sich von seinen Gedanken los und machte ein grimmiges Gesicht, um seine Scham zu kaschieren. »Was?«

»Ich hab' dich gefragt, ob du dir das mit dem Wasser schon überlegt hast? Wenn wir die Herde nächste Woche hochtreiben, wer soll dann das Wasser wechseln?«

Leben auf der Ranch. Im Frühling und im Sommer mußte alles auf einmal getan werden. Während des langen kalten Winters gab es praktisch nichts zu tun. Jetzt mußten sie mit dem Bewässern der Heuwiesen beginnen. Das System auf der Stars and Bars war ein altes, bestehend aus Dämmen und Gräben, die nichts kosteten, aber ständig Arbeitskraft erforderten, weil jemand periodisch die Dämme versetzen mußte, um sicherzugehen, daß das ganze Land bewässert wurde. Nachdem Will fort war, hatten sie den Auftrieb der Herde zu den höhergelegenen Weiden verschoben, und jetzt kam ihnen die Arbeit an den Dämmen dazwischen. Ihnen fehlten zwei Männer auf einer Ranch, die ohnehin mit dem Minimum an Personal betrieben wurde.

»Ich werd' versuchen, Lyles Jungs für den Viehtrieb zu organisieren. Du wirst dich ums Wasser kümmern müssen. Den Job kann ich keinem grünen Jungen anvertrauen.« Das war nicht einmal gelogen, und außerdem war es weniger anstrengend, als eine Herde Rinder den Berg hochzutreiben.

Tucker verdaute das mit einem Nicken. Er spuckte und sagte, etwas zu nonchalant: »Wenn natürlich Will zurückkommt –«

»Das denke ich nicht, Tuck.«

»Na ja. Aber wenn das da oben nicht mein alter Truck ist, dann muß ich irgendeinem armen Tropf mein Beileid aussprechen, weil er genau denselben hat.«

J. D.s Kopf schnellte hoch. Der Truck war unverkennbar, ein massiger, unschöner Haufen Rost. Jemand saß auf der Ladefläche und warf ein Frisbee für Zip, der vor Freude ganz außer Rand und Band war.

Ein normaler Anblick. Als wäre alles in Ordnung. Als wäre sein Bruder kein Alkoholiker, der sich mit millionenschweren Grundstückseignern anlegte. Als wäre die Kluft zwischen ihnen nicht so groß wie der Grand Canyon.

»Sei ja nicht so streng mit dem Jungen«, begann Tucker.

J. D. setzte sein Pferd in Trab und ließ den alten Mann zurück.

Zip wollte das Frisbee nicht mehr hergeben, duckte sich jedesmal, wenn Will danach griff, mit boshaft funkelnden Augen. Scheinbar wußte er ganz genau, wie schmerzhaft es für ihn war, sich zu bücken. Seine Rippen fühlten sich an, als wäre er zwischen zwei Züge geraten, und wenn er sich bückte, begann seine gebrochene Nase zu pochen.

Und jeder Schmerz war glasklar, weder von Drogen noch von Alkohol gedämpft. Nachdem Marilee gegangen war und Dr. Larimer ihn verarztet hatte, war ihm mit einem Schlag klar geworden, wie kolossal dumm sein Angriff auf Bryce gewesen war. Er war aus der Notaufnahme gehinkt, und da stand Tuckers Truck auf dem Parkplatz. Sicher hatte ihn Bryce runtergeschickt, damit er die Mercedes- und Jaguarausstellung vor seinem Haus nicht störte. Ein Wunder, daß er ihn nicht gleich den Abhang runtergestürzt hatte.

Will setzte sich, immer noch wütend, hinters Steuer, fest entschlossen, direkt ins Hell and Gone zu fahren, um dem Feuer ein bißchen Zunder zu geben. Aber als er dann durch die Stadt fuhr, bog er ganz automatisch in die Jackson ein und parkte vor dem leeren armseligen Haus, das er einmal mit seiner Frau geteilt hatte.

*Ex*frau.

Mrs. Atkinson von nebenan kam auf ihre Veranda und starrte ihn an, als er den Weg zum Haus hochging. Er winkte ihr zu. Sie schaute ihn nur grimmig an und ging zurück in ihr Haus.

Du bist ganz schön tief gesunken, Willie-Boy, wenn dich nicht mal mehr die Nachbarn grüßen.

Er ging ins Haus und wanderte ziellos durch die Räume, bis ins Schlafzimmer, das er seit Wochen nicht mehr betreten hatte. Das Bett war gemacht, die billige blaue Tagesdecke ordentlich unter die Kissen gesteckt. Sam war eine gute Hausfrau, obwohl das Haus kaum der Mühe wert war. Und trotzdem hatte sie nie mehr verlangt. Er wußte, daß sie von einem schöneren Haus träumte, einem mit Sträuchern und Blumen und einer Küche, die groß genug war, um sich darin umzudrehen. Aber sie hatte ihn nie darum gebeten. Hatte nie schöne Kleider oder teuren Schmuck oder ein schnelles Auto verlangt.

Sie hatte ihn nie um etwas gebeten, außer um seine Liebe.

Eine einzige Sache wollte sie von dir, Willie-Boy, und das hast du vermasselt.

Er stand vor ihrem Toilettentisch und strich über die Sammlung billiger Ketten und Supermarktkosmetik und erinnerte sich an den Ausdruck auf ihrem Gesicht, als er sagte, er hätte nie eine Frau gewollt.

Du armseliges Arschloch, Willie-Boy. Stellst dich hin und brichst ihr das Herz vor Gott und all den Millionären. Reife Leistung.

Er schaute in den halbblinden Spiegel und sah das Bild eines kläglichen Mannes. Von der Familie verstoßen. Ein hoffnungsloser Fall für seine Freunde. Ein angeschlagener versoffener Cowboy, der das einzig Gute in seinem Leben weggeworfen hatte.

Du wolltest deine Freiheit, Willie. Jetzt hast du sie.

Aber er fühlte sich nicht frei. Er fühlte sich wie im Exil. Und der Verlust dieser Dinge, die er nie gewollt hatte, schmerzte. Die Ranch. Die Frau.

Er setzte sich aufs Bett und weinte wie ein Baby. Die Sonne ging unter und der Mond auf, und er saß immer noch da, allein, lauschte den Geräuschen des fernen Verkehrs und schlagender Fliegengitter und Rascal, der an der Hintertür winselte. Samantha kam nicht nach Hause. Keiner kam, um zu retten, zu rechtfertigen, sich zu versöhnen. Marilees boshafte Abschiedsworte rumorten wie ein Splitter unter seiner Haut: *werde erwachsen.*

Jetzt richtete er sich auf, ignorierte Zip, der mit dem Frisbee im Maul antrabte. J. D.s großer Fuchswallach blieb vor dem Truck stehen, und sein Bruder stieg ab. Ein gutes Zeichen, fand Will, auch wenn sein Gesichtsausdruck unter der breiten Hutkrempe nicht erkennbar war. Besser als ein Tritt ins Gesicht.

J. D. sah Wills übel zugerichtetes Gesicht, die schmerzgekrümmte Haltung und verkniff sich die übliche Standpauke.

»Du siehst ziemlich mitgenommen aus«, sagte er, zog den Hut vom Kopf und wischte sich mit dem Ärmel den Schweiß von der Stirn.

Will versuchte zu grinsen, was ihm nicht ganz gelang. »Hab' mir die Fresse von einem Jungen aus der Stadt polieren lassen. Trauriger Anblick.«

»Das kann ich mir denken.« Er setzte sich auf die Pritsche von Tuckers altem Truck, Sarges Zügel baumelten zwischen seinen Knien. Sarge beugte sich vor, rieb die Nase an seinem Vorderfuß und nickte prompt ein. »So wie's aussieht, wirst du's überleben, damit du dich wieder prügeln kannst.«

»Ich werd's überleben«, sagte Will und setzte sich vorsichtig ans andere Ende der Pritsche. Zip kam mit dem Frisbee anstolziert, legte es vor ihnen auf den Boden und wedelte hoffnungsvoll, leider vergeblich. »Und prügeln werd' ich mich so schnell nicht mehr. Schon gar nicht deswegen, ich hab's total vermasselt.«

»Samantha?«

»Falls sie zu mir zurückkommt, dann nur, um mir die Scheidungspapiere zu geben oder mir ein Messer in die Brust zu rammen. Und ich kann's ihr nicht mal verdenken.«

J. D. enthielt sich eines Kommentars. Er schaute hoch zu dem Haus, in dem sie beide ihre Jugend verbracht hatten, und versuchte sich vorzustellen, daß da Fremde wohnten. Die Vorstellung war wie ein Messerstoß ins Herz.

»Und was ist mit dir und Marilee?« fragte Will.

Er senkte verlegen den Kopf. »Da wird nichts draus.«

»Weil du ein sturer Bock bist?«

»Zum Teil.«

Will seufzte und kratzte Rost vom Blech der Pritsche. »Das ist eine armselige Ausrede für die Tatsache, daß man etwas Wertvolles verliert. Ich bin da Experte.«

J. D. sagte nichts. Wahrscheinlich hatte sein Bruder recht, aber es war wohl besser, daß die Geschichte zwischen ihm und Marilee einen natürlichen Tod starb. In ein, zwei Wochen war sie wieder in Kalifornien. Das Leben ging weiter.

»Ich hab' mir gedacht, ich werde meinen Anteil an dich überschreiben«, sagte Will. »Dann bleibt's aus dem Scheidungsprozeß raus. Ich verkauf's dir direkt, wenn du's endgültig machen willst. Dazu brauchen wir wahrscheinlich einen Anwalt. In diesem Land kann man nicht mal pinkeln gehen, ohne daß ein Anwalt sich das anschauen muß.«

J. D. sagte nichts. Das hatte er doch immer gewollt, oder? Die Ranch für sich haben. Er war derjenige, der sie liebte. Aber als er jetzt so neben seinem Bruder saß, den er angeblich nie gewollt hatte, klang das ziemlich krank.

»Was willst du machen? Rodeos?« Er hörte sich die Frage stellen, und fast hätte er sich umgedreht, weil sie klang, als hätte sich ein anderer ins Gespräch eingemischt. Aus dem Augenwinkel sah er Tucker, der drüben an der Scheune vom Pferd stieg.

»Ne, da ist nicht viel zu verdienen, außer man ist ein Star. Und dafür bin ich nicht gut genug«, sagte Will ohne eine Spur von Selbstmitleid. »Es ist höchste Zeit, mit der Rumspielerei aufzuhören.« Er sah J. D. an und grinste, ein müdes, reichlich abgenutztes Grinsen. »Hättest nie gedacht, daß du mich das mal sagen hörst, oder?«

Er seufzte. »Ich habe mir gedacht, ich gehe nach Kalispell und suche mir einen Job. Da ist ein Kumpel von mir, der sich 'ne goldene Nase verdient. Er verkauft Schnellboote an Filmstars am Flathead Lake. Ich hab' mir gedacht, wenn ich in genug Prominentenärsche krieche, kann ich in kürzester Zeit die sechsfünf, die ich im Little Purgatory schulde, zurückzahlen.«

J. D. warf ihm einen sarkastischen Blick zu. »Du hast doch keine Ahnung von Schnellbooten.«

Er grinste wieder, und diesmal kam sogar sein Grübchen zum Vorschein. »Seit wann hindert mich das daran, was zu tun? Ich könnte Kuhfladen in einem Brotladen verkaufen, und sie würden Schlange stehen.«

J. D. mußte lachen. Er schüttelte den Kopf. »Du bist ja recht überzeugt von dir.«

Das Grinsen war wie weggewischt. Will sah mit einem Mal sehr verletzlich und jung aus. »Nein. Ganz im Gegenteil. Aber es ist höchste Zeit, daß ich erwachsen werde. Allerhöchste Zeit.«

Sie blieben schweigend eine Weile sitzen. Keiner von beiden war fähig, in Worte zu fassen, was er empfand. Bedauern legte sich wie eine schwere Last auf J. D.s Schultern und preßte die Gefühle, die in ihm tobten, zu harten Knoten zusammen. Bedauern um ein brüderliches Verhältnis, das schon vor Wills Geburt zum Scheitern verurteilt gewesen war. Bedauern wegen des Keils, den ihre Eltern selbstsüchtig zwischen sie getrieben hatten. Bedauern, weil er den Wert dessen, was sie hätten haben können, erst erkannt hatte, als es bereits zu spät war. Er dachte an seine Prioritäten und wußte, daß dies vielleicht die letzte Chance war, etwas zu ändern. Kalispell war sehr weit weg von der Stars and Bars.

Er schaute zu den Bergen, schwarz und massig unter den Wolken. Ein Rotschwanzhabicht schwebte hoch oben, als wäre er an den schiefergrauen Himmel gesteckt. Er dachte an das Lied, das Marilee gesungen hatte, während er in dem Schatten ihrer Veranda stand. Das Lied über Stolz und Tradition und das Klammern an das alte Leben, ein Lied von Verzweiflung und Verlust und unerfüllten Träumen. Und fast konnte er das leise Echo von Jungengelächter hören, konnte die Gespenster ihrer Kindheit durch das hohe Gras laufen sehen. Nicht alle Erinnerungen waren schlecht.

»Du hast hier einen Platz, wenn du willst«, sagte er leise. »Ein paar Sachen müßten sich ändern, aber daß wir Brüder sind, gehört nicht dazu.«

Will nickte langsam, studierte erstaunlich interessiert seine abgeschürften Handknöchel. »Vielleicht in ein paar Monaten«, sagte er mit heiserer Stimme. »Ich glaube, es ist das beste, wenn ich eine Weile hier verschwinde. Du weißt schon, auf eigenen Füßen stehen. Mal sehen, wer ich bin, ohne dich zum Anlehnen oder von dir untergebuttert zu werden.«

Und wieder schwiegen beide und saßen da. Verarbeiteten, was sie gehört hatten, und fühlten, wie sich ihre Lebenswege trennten, wußten, daß dieser Moment von großer Bedeutung war, ein Wendepunkt. Doch keiner von beiden war fähig, es in Worte zu fassen. Es war nicht ihre Art.

»Wenn du ein oder zwei Tage warten kannst, helf' ich beim Auftrieb der Herde«, bot Will an.

»Das wär' gut«, murmelte J. D., den Blick auf den verbeulten Chevy gerichtet, der gerade aus dem Wald gekommen war und jetzt die Einfahrt hochrumpelte, mit klingelndem Motor und Orvis Slokum am Steuer.

KAPITEL 30

In der Ferne war das Bellen der Hunde zu hören. Weiter weg grollte Donner vor den Bergen im Westen und rollte über Eden Valley. Eine Warnung, die zu spät kam.

Samantha redete sich ein, sie hätte die Zeichen lesen müssen, sie hätte sie erkennen müssen, aber die Logik sagte ihr, daß kein normaler Mensch ahnen konnte, wie wahnsinnig Sharon Russell tatsächlich war. Sie machte sich immer noch Vorwürfe, weil sie so dumm und so naiv gewesen war. Aber das war sinnlos, und sie durfte keine Zeit verschwenden.

Sie rannte durch den Wald, schmerzgepeinigt von den Schlägen der gestrigen Nacht. Ihre Schultermuskeln waren von der unnatürlichen Stellung, zu der sie die Fesseln gezwungen hatten, völlig verkrampft, und ihre Hände pochten gnadenlos, seit sie wieder durchblutet wurden. Sie waren geschwollen und verfärbt, und die Angst vor Amputation packte sie, wenn sie sie ansah; aber das war wohl auch dumm, weil sie wahrscheinlich sowieso sterben würde.

Und dann war alles belanglos – ihre Hände, das abgehackte Haar, der Schnitt, der sich in einer blutigen Linie vom rechten Backenknochen quer übers Gesicht zog und entsetzlich brannte. Es war völlig egal, wie sie aussah, wenn sie tot war.

Samantha fragte sich, wer wohl ihren Tod betrauern würde.

Die Vorstellung war schockierend, unfaßbar. Sie hatte noch ihr ganzes Leben vor sich, sie konnte jetzt nicht einfach sterben. Der Gedanke zwang sie, weiterzurennen, mit hämmerndem Herzen und keuchender Lunge. Instinkt und Adrenalin spornten sie an, und sie taumelte weiter, ohne Rücksicht auf die dornigen Brombeerzweige, die ihre bloßen Beine aufrissen, tausend kleine Wunden bohrten und sich in den Resten des weißen T-Shirts verfingen, das in Fetzen von ihrem Hals hing. Sie war barfuß, ihre Zehen stießen an freiliegende Wurzeln, Dornen und Zweige bohrten sich in ihre Fußsohlen, aber sie lief unentwegt weiter.

Nach Süden. Sie wußte nicht, wo sie war, nahm aber an, daß sie sich noch auf Bryces Land befand. Im Osten lag die Wildnis der Absarokas, im Norden würde sie Sharon wieder in die Arme laufen. Nach Süden. Zum Rafferty-Land. Sie hatte keine Ahnung, wie weit es dorthin war. Sie hatte keine Ahnung, wie weit Sharon sie laufen lassen würde. Durfte nicht daran denken. Sie zwang sich, an nichts zu denken, konzentrierte sich nur darauf, einen Fuß vor den anderen zu setzen. Sie sprintete über eine Lichtung und dachte, wie dumm es war, den Schutz der Bäume zu verlassen, aber was nützte das schon. Die Hunde hatten ihre Spur.

Sie hörte das Kläffen der Hunde. Die Luft war schwer und reglos, träge vom nahenden Sturm. Geräusche drangen durch die Bäume, hallten, bis sie nicht mehr feststellen konnte, woher sie kamen. Waren sie noch hinter ihr? Oder hatte Sharon vor, ihr den Weg abzuschneiden? Sie blieb stehen und horchte, ließ sich erschöpft gegen einen Baumstamm fallen und versuchte sich zu orientieren.

Dunkelheit kroch vom Waldboden hoch und drückte von oben, schuf ein alptraumhaftes Zwielicht. Sie hatte jede Orientierung verloren, war erschöpft vor Angst und Hunger, alles drehte sich in ihrem Kopf, sie konnte keinen Gedanken mehr fassen. Der Schweiß lag kalt auf ihrer Haut, und sie schauderte, hätte fast erbrochen, wehrte sich dagegen, wehrte sich gegen die Todesangst, die ihr den Hals zuschnürte.

Du wirst hier draußen sterben, Samantha. Nackt, erschlagen, in den Kopf geschossen von einer Irren. Dummes Kind. Dumme Träumerin. Der Traum ist jetzt vorbei.

Dummes Mädchen. Dumme, alberne Jungfrau.

Sharon beobachtete ihre Beute durch das Nachtzielfernrohr auf ihrem Browning-Gewehr. *Ich könnte dich jetzt töten, kleine Schlampe.* Aber sie war noch nicht bereit, die Jagd zu beenden. Das kleine Luder hatte fünfzehn Minuten Vorsprung gekriegt, bevor sie hinter ihr herritt. Die Hunde hatten sofort ihre Witterung aufgenommen. Den Geruch von Blut und Angst. Ein Parfum, das Sharon täglich mehr genoß. Lucy MacAdam war ihr erstes menschliches Beutetier gewesen. Vielleicht machte der Rausch süchtig. Die Vorstellung erregte sie.

Ihr Opfer war etwa vierhundert Meter entfernt, lehnte fast ungedeckt an einem Baum. Aber die Zeit war noch nicht reif. Sie wollte sie hetzen, jagen. Sie wollte die Angst des Mädchens in der Luft schmekken.

Sie zu töten war keine echte Herausforderung. Der Spaß war das Katz- und Maus-Spiel und das Wissen, daß sie die Macht hatte, die Seele ihres Opfers vor Angst beben zu lassen. Viel zu lange hatten andere diese Macht über sie gehabt, aber jetzt gehörte sie ihr, und das genoß sie mehr als das Geld, mehr als Sex, mehr als jede Droge. Macht. Kontrolle. Die Macht, Gott zu spielen. Einen dunklen Gott.

Das war ihr persönliches Spiel. Keiner würde es je wissen. Sie hatte den Fehler gemacht, Lucys Leiche zurückzulassen, in der Annahme, keiner würde sie finden. Diesen Fehler würde sie bei Samantha Rafferty nicht machen. Das Mädchen würde vom Erdboden verschwinden. Spurlos. Das Leben würde weitergehen.

Sharon fragte sich, wie Bryce auf das Verschwinden des Mädchens reagieren würde. Hatte er sie lange genug geliebt, um sie zu betrauern? Würde er vermuten, was wirklich passiert war?

Ich hab' für dich getötet, du Bastard. Zweimal.

Sie hatte ihn vor seiner Besessenheit gerettet. Ihren Platz als seine rechte Hand behauptet. Sie wußte zuviel, war zu wertvoll für ihn, um durch ein bloßes Lustobjekt von ihrem Platz verdrängt zu werden.

Was würde Bryce tun, wenn er erfuhr, daß sie für ihn getötet hatte? Sich angewidert von ihr abwenden? Oder wäre diese Erkenntnis ein Aphrodisiakum für sie beide? Vielleicht wollte er dann beim nächsten Mal zusehen und sie hinterher nehmen, wenn das Blut noch an ihren Händen klebte. Bei dem Gedanken erschauderte Sharon vor Wonne. Die Hunde jaulten ungeduldig, begierig, loszurennen. Der größere schoß den Weg hinunter zur Lichtung. Sharon nahm die Fernsteuerung und drückte den Knopf, der durch eine Vorrichtung am Halsband des Hundes einen elektrischen Schlag auslöste. Der Hund jaulte vor Schmerz und fuhr herum, als hätte jemand an einer Leine gerissen.

Sie hob erneut das Gewehr und lächelte, als sie durch das Zielfernrohr sah. Bryces kleine Prinzessin war wieder auf der Flucht.

Sie schulterte das Gewehr, nahm die Zügel auf und galoppierte in südwestlicher Richtung los.

Clyde tastete sich den Weg hinunter, als wüßte er genau, wohin er ging. Mari vermutete, daß er diese Sicherheit nur vortäuschte. Sie war überzeugt, daß sie eine Abzweigung verpaßt hatten. Aber im fahlen Licht der nahenden Dämmerung hatte sie Schwierigkeiten, die vagen landschaftlichen Merkmale zu erkennen, die sie hier herauf geführt hatten. Es war nicht gerade die ideale Zeit, sich im Wald zu verlaufen. Im Vergleich zu den Gefahren, die hier in den Bergen lauerten, war ein Bär fast eine Kleinigkeit.

Es war ihr nicht gelungen, Del dazu zu überreden, mit ihr ins Tal zu kommen. Allein die Vorstellung, mit dem Sheriff zu sprechen, hatte ihn auf ein stotterndes Nervenbündel reduziert. Und zu ihrer Ranch wollte er auch nicht mitkommen. Die Dinge, die vorgefallen waren, und die Tatsache, daß er ihr offen davon erzählt hatte, all das hatte ihn derart aufgeregt, daß er jetzt einfach Wache halten mußte. Er mußte die Ranch bewachen.

Mari hatte nicht versucht, ihn zu überreden. Der Mann balancierte am Abgrund zum Wahnsinn, und sie wollte nicht diejenige sein, die ihn hinunterstieß. J. D. würde ihr das nie verzeihen.

»J. D. Als ob der noch eine Rolle spielen würde, Marilee«, murmelte sie. »Du weißt wirklich nicht, wann es Zeit ist, aufzuhören.«

Trotzdem ging er ihr nicht aus dem Sinn. Immer wieder sah sie ihn vor sich, mit dem Rücken an der Wand, wie er versuchte, das zu schützen, was ihm gehörte – seinen Onkel, sein Herz, sein Land. Sie gab ihm die Schuld daran, daß sie die Abzweigung verpaßt hatte.

Dabei hatte sie, weiß Gott, wichtigere Dinge zu überlegen. Sie mußte Quinn das Videoband und Lucys Notizen bringen und ihm alles erzählen, was Del ihr gesagt hatte. Sie war ein bißchen besorgt, ob er Del glauben würde, aber Del war schließlich ein Rafferty, und das Band bestätigte seine Geschichten von den Jagden.

Es war schwer gewesen, ihm zuzuhören, während er sich abmühte, bei seiner Geschichte von den Tigern und den Hundeführern Realität und Einbildung zu trennen, und es hatte ihr fast das Herz zerrissen, als er stotternd Lucys Tod schilderte, bruchstückhaft, vermischt mit anderen Alpträumen. Aber Mari war überzeugt, daß er gesehen hatte, wie Lucy um ihr Leben rannte, gehört hatte, wie die Hunde sie verfolgten, und gesehen, wie der Mörder den tödlichen Schuß abgab.

Die andere Blonde. Die Blonde, die mit den Hundeführern tanzte.

Sharon Russell.

Was das Motiv anging, so konnte Mari nur raten. Vielleicht hatte Lucy versucht, die falschen Kühe zu melken, versucht, Sharon zu erpressen. Oder vielleicht hatten Bryce und Sharon gemeinsam entschieden, daß sie genug von Lucys Erpressungen hatten. Was immer der Grund gewesen war, Sharon Russell hatte Lucy wie ein Tier in die Nacht gejagt und ihre Leiche den Aasgeiern überlassen, dann ihr Leben unbekümmert weitergelebt, als wäre nichts passiert.

Bei dem Gedanken drehte sich Mari der Magen um.

Sie brachte Clyde zum Stehen und sah sich um, ob sie irgend etwas Vertrautes entdecken könnte. Die Bäume sahen alle gleich aus. *Stadtmädchen*. Das Muli tänzelte unruhig unter ihr. Donner grollte. Wunderbar. Das Gewitter würde dem bißchen Tageslicht endgültig den Garaus machen. Und sie hatte sich auf einem Berg verirrt, wo Millionäre aus Sport bedrohte Arten abknallten.

»Wenn sie dich hier erwischen, Marilee, wirst du die bedrohte Art sein.«

Irgendwo weit weg zu ihrer Rechten glaubte sie Hundegebell zu hören und richtete sich im Sattel auf. Clyde schüttelte unwillig den Kopf und versuchte, ihr die Zügel zu entreißen. Ein Blitz schlug wie eine Peitsche in das Blätterdach über ihnen, und das Muli knickte mit den Hinterhufen ein.

Maris Herz begann zu rasen. Sie packte die Zügel fester. Hunde. Szenen aus dem Video schossen ihr durch den Kopf. Der abgebrüht aussehende Hundeführer mit den Haifischaugen.

Die muskulösen Hunde, die an ihren Leinen zerrten und knurrend die Zähne fletschten.

Donner rollte heran, und das Muli sprang los, schlitterte den Abhang auf dem Hinterteil hinunter. Mari biß die Zähne zusammen, lehnte sich im Sattel zurück und versuchte, es wieder unter Kontrolle zu bringen. Sie zog seinen häßlichen Kopf so weit nach rechts, daß sie ihm fast in die Augen schauen konnte, aber sein stämmiger Körper drängte weiter nach vorn, den Berg hinunter.

Ein greller Blitz erleuchtete den Himmel und tauchte den düsteren Wald in unwirkliches weißes Licht. Donner ließ die Luft erzittern. Die Welt neigte sich in einem verrückten Winkel, und Clyde war wild entschlossen, in den Abgrund zu stürmen. Dann teilte sich plötzlich das Dickicht zu ihrer Rechten, und eine Frau sprang heraus, nackt und blutend, mit vor Angst weit aufgerissenen Augen und Mund. Ihr Schrei ging in einem weiteren Blitzschlag unter. Sie warf sich mit verzweifelt ausgestreckten Händen auf das Muli.

Und wie im Traum schien mit einem Mal alles in Zeitlupe abzulaufen. Die Frau, die sich auf sie stürzte. Clyde, der mit solcher Wucht zur Seite scheute, daß Mari den Halt im Sattel verlor. Sie zerrte an den Zügeln, merkte zu spät, daß sie nur noch den rechten gepackt hielt und durch das Zerren ihr eigenes Schicksal besiegelt hatte.

Clyde verlor das Gleichgewicht, stürzte zu Boden und purzelte den Abhang hinunter. Mari wurde in hohem Bogen aus dem Sattel geschleudert und entging glücklicherweise dem Gewirr von wild strampelnden Hufen. Sie schlug mit ziemlicher Wucht auf dem Boden auf und rollte weiter, Hals über Kopf, wie eine Stoffpuppe, bis sie gegen einen Baumstumpf knallte. Sie blieb benommen im welken Laub liegen, ihre Ohren dröhnten, alles verschwamm ihr vor Augen.

Die Frau rannte auf sie zu, ein Trio zerfetzter, blutiger Gestalten.

»Helfen Sie mir! Oh, mein Gott, Hilfe! Bitte!« Die völlig hysterische Frau warf sich auf die Knie und zerrte an Maris Armen.

Mühsam setzte Mari sich auf und wehrte die Frau mit beiden Händen ab. »Hören Sie auf!« befahl sie und versuchte, aufzustehen, obwohl sich immer noch alles drehte. Angst packte sie mit einem Mal. Sie konnte nicht mehr über den Augenblick hinausdenken, sah nur noch die Frau mit ihren zerrupften schwarzen Haaren, den wilden dunklen Augen und dem zerschnittenen Gesicht und ihre Hände, grotesk aufgedunsen und violett verfärbt, die an ihren Kleidern zerrten. Sie wollte sie wegschubsen und fliehen. Doch dann erhellte ein Blitz ihr Gesicht, und sie erkannte, wer es war.

»Oh mein Gott«, murmelte sie schockiert. »Samantha? Du lieber Himmel, Samantha!« Es gelang ihr, einen der Arme des Mädchens zu packen, und sie schüttelte sie heftig. »Was ist passiert? Wer hat dir das angetan?«

»Sharon! Sie wird uns umbringen!« Sam krümmte sich vor Schmerz und Angst, schluchzte hemmungslos. »Sie hat diese andere Frau umgebracht. Sie wird uns auch umbringen!«

Sharon.

»Großer Gott!« murmelte Mari, und Gänsehaut kroch ihr über Rücken, Arme und Beine. Sie sah fassungslos, wie Samantha zugerichtet war. Ihr wunderschönes Haar war brutal abgeschnitten worden. Ihr Gesicht war dreckverschmiert und tränennaß, ein blutender Schnitt verlief mittendurch. Sie war nackt bis auf die schmutzigen Reste eines T-Shirts und von Kopf bis Fuß übersät mit winzigen Schnitten und Kratzern.

»Sharon hat dir das angetan?« sagte sie und streifte ihre Jeansjacke ab. Sie wollte sie dem Mädchen geben, aber Samantha war so verrückt vor Angst, daß sie sie nur verständnislos anstarrte. Mari nahm einen ihrer Arme und steckte ihn in den Ärmel.

»Sie ist wahnsinnig!« schrie Samantha. »Wir müssen fliehen!«

Sie versuchte, Maris Arm zu packen und sie den Weg hinunterzuzerren, wohin das Muli verschwunden war, aber ihre Finger wollten nicht gehorchen. Das Bellen der Hunde in der Ferne weckte erneut das Bedürfnis zu schreien, doch sie erstickte den Schrei zu einem jämmerlichen Gewinsel.

»Beeil dich!« bettelte sie.

Mari blickte sich kurz um, aber es war nichts zu sehen außer den dunklen Stämmen der Bäume. Sie war überzeugt, daß das Hundegebell von weiter unten kam, obwohl sie keine Ahnung hatte, wo sie sich befanden. Viele Meilen von zu Hause, keine Frage. Das einzige, was sie genau wußte, war, daß oben am Berg Del Rafferty eine Hütte hatte und ein Waffenarsenal, mit dem man eine ganze Armee abwehren konnte.

»Hier entlang«, befahl sie. Sie packte Samantha am Jackenärmel und begann den Weg hochzuklettern, den sie gekommen war.

»Bergauf? Bist du verrückt. Dann hat sie uns sofort eingeholt!«

»Wenn wir raufsteigen, muß sie es auch«, sagte Mari.

»Sie hat ein Pferd!«

»O wei.« Sie warf einen hoffnungslosen Blick nach unten. Clyde war längst auf und davon. Sie waren auf sich gestellt. Mit geifernden Hunden und einer mordlustigen Psychopathin auf den Fersen.

Sie wandte sich zu Samantha um. »Hör mal, Sam, wir haben keine andere Wahl. Del Raffertys Hütte ist hier entlang. Wenn wir es bis zu Del schaffen, sind wir in Sicherheit.« Sie schickte sich an, weiterzugehen, und murmelte zu sich: »Vorausgesetzt, er erschießt uns nicht.«

Sie arbeiteten sich den steilen Abhang hoch, begleitet von dicken Regentropfen, die durch das Blätterdach klatschten. Mari betete um einen Wolkenbruch. Keiner hörte ihr Gebet. Die Wolken hingen drohend über den Bergen, aber ihr Wasser hielten sie fest. Zwischen den Donnerschlägen hörten sie, wie das Bellen der Hunde unaufhaltsam näher kam.

So war es für Lucy gewesen. Von Hunden aufgespürt, gehetzt wie ein Kaninchen und aus Lust am Töten erschossen. Mari konnte Sharon Russell hinter ihnen fühlen, spürte ihre Gegenwart, so bedrohlich wie die Gewitterwolken über ihnen. Angst schnürte ihr die Kehle zu und schoß in grellen heißen Bögen durch ihr Bewußtsein. Es kostete sie ungeheure Kraft, ihre Gedanken zu konzentrieren. Sie mußte überlegen. Ihr Verstand war die einzige Waffe, die sie hatten.

Sharon war zu Pferd. Sie hatte Hunde. Wenn sie wollte, hätte sie sie inzwischen einholen können. Für sie war das offenbar eine Art krankes Spiel. Sie mußte tatsächlich wahnsinnig sein. Lucy war wenigstens noch eine Bedrohung für sie gewesen. Aber Samantha war bloß ein Kind, das keine Ahnung von Bryces Welt hatte. Was in aller Welt könnte sie getan haben, um das zu verdienen?

Was in aller Welt konnten sie bloß tun, um zu entkommen?

Von Dels Hütte waren sie zu weit entfernt. Das wußte sie, setzte aber trotzdem verbissen einen Fuß vor den anderen und zwang sich, den Weg weiter hochzusteigen.

Samantha rannte hinter ihr her, völlig erschöpft, schluchzend und würgend vor Angst. Ihre Beine waren wie Gummi. Sie wollte nur noch eins, sich zusammenrollen und aus diesem Alptraum erwachen, aber er wollte nicht enden. Sie wollte in den Arm genommen und getröstet werden. Sie wollte Will. Dumm, jetzt an ihn zu denken. Dumm, ihn zu wollen, wenn er sie nicht wollte.

Sie stürzten aus dem Wald auf eine Wiese. Mari blieb stehen, beugte sich nach vorn mit den Händen auf den Knien und rang mühsam nach Atem. Wind war aufgekommen und ließ das hohe Gras wogen und rascheln, das Grün changierte wie ein alter Samt. Der Regen wurde etwas stärker. Und dann erkannte sie die Stelle. Hier hatte Lucy ihr Ende gefunden. Karma. Ihr Nackenhaar stellte sich auf.

Sie waren beide so gut wie tot. Sharon war hinter Samantha her aus Gründen, die nur ihr eigener wahnsinniger Verstand begriff, aber Mari wußte, daß sie keine Skrupel hätte, auch sie zu töten, um eine lästige Zeugin loszuwerden.

Sam sank ins Gras, drückte ihre violett verfärbten Handballen vor ihre Augen und weinte lautlos. Mari brach es das Herz, sie so zu sehen. Das arme Kind. Bryce hatte sie zu seinen Zwecken in seine Welt gelockt, und sie war mitgegangen, überwältigt von dem Reichtum, der ständigen Aufregung und den berühmten Leuten. Und Bryces Leute hatten sie aufgenommen und benutzt und mißbraucht, ohne einen Gedanken an ihre Unschuld zu verschwenden.

Zur Hölle mit Bryce. Zur Hölle mit ihnen allen! Wie konnten sie es wagen, hierherzukommen und dieses Paradies zu vergiften. Ihr Paradies. Mari stellte das nicht in Frage. Es war keine Zeit dazu.

Das Hecheln der Hunde, die in einiger Entfernung durchs Unterholz brachen, war wie ein Stoß in den Rücken.

»Los, Kleine, nehmen wir die Beine in die Hand.«

»Ich kann nicht«, schluchzte Samantha, mit dem Gesicht auf dem Boden. Sie sah bereits aus wie eine Tote, blutverschmiert und dreckig, mit seltsam verrenkten Gliedmaßen.

Mari hätte sich am liebsten zu ihr gelegt und sie getröstet, aber der Trost könnte sie den Kopf kosten. Sie packte das Mädchen am Kragen und zog sie auf die Knie.

»Verdammt noch mal, beweg dich«, schrie sie. Es war noch ein weiter Weg bis zu Dels Hütte, über sehr steiles und unwirtliches Gebiet. Die einzige Möglichkeit, es zu schaffen, war, wenn sie in Bewegung blieben und Sharon zwangen, die Jagd zu verlängern.

Das Knallen eines Gewehrschusses machte die zweite Möglichkeit zunichte. Die Kugel schlug in denselben Baumstumpf ein, den Del bei Maris erstem Besuch getroffen hatte. Verrottetes Holz zersplitterte in alle Richtungen. Sam schrie und krümmte sich zusammen, als hätte die Kugel sie getroffen. Sie hielt sich die Ohren zu und schrie wieder. »Los, weiter! Weiter!« brüllte Mari und schob Sam brüsk vorwärts.

Aus dem Schutz des dichten Waldes hinter ihnen hallte unheimliches Gelächter durch den Regen, und das Blut in Maris Adern gefror zu Eis.

Gott steh uns bei. Sie waren beide so gut wie tot.

KAPITEL 31

»Ich bringe sie um.«

Will versuchte, sich auf der Beifahrerseite von J. D.s Truck mit einer Hand am Armaturenbrett und mit der anderen an der Tür abzustützen. Schmerz explodierte bei jedem Schlagloch durch seinen Körper. Aber das schürte nur seine Wut. Bilder aus der Geschichte, die Orvis erzählt hatte, schossen ihm immer wieder durch den Kopf. Sam gefesselt. Bryces Cousine, wie sie sie anfaßte. Er sah rot, fühlte sich, als würde sich ein wildes Tier in seiner Brust einen Weg nach draußen bahnen.

»Ich bring sie um«, fauchte er zum zehnten Mal. »Wenn sie Sam weh tut, ich schwöre es, dann bring' ich das Drecksweib um.«

J. D. warf ihm einen kurzen Blick zu. »Und es besteht keine Möglichkeit, daß Sam freiwillig dort ist?« fragte er vorsichtig. Die Frage hinterließ einen bitteren Nachgeschmack im Mund.

Will starrte ihn mit offenem Mund an: »Wenn du nicht fahren würdest, hätte ich dir dafür den Schädel eingeschlagen! J. D., du solltest Sam wirklich besser kennen!«

»Ich weiß, daß sie dich verlassen hat, um mit Bryces Clique loszuziehen.«

»Bryce hat sie verführt, dieser Hurensohn. Den sollte ich auch umbringen.«

J. D. schaltete runter und trat aufs Gas. Der alte Ford kämpfte sich schlingernd einen steilen Abhang hoch. Die Scheinwerfer bohrten sich in die Dunkelheit des verblassenden Tages. Der Himmel über ihnen hatte sich stahlgrau verfärbt und war von einem Spinnennetz von Blitzen durchzogen. Er betete, daß sie es bis zu Dels Lager schafften, ehe die Sintflut herunterkam. Je höher sie kamen, desto steiler und unwegsamer wurde der Weg. Die Furchen waren glitschig, als hätte jemand Wagenschmiere hineingegossen.

Sie hatten sich darauf geeinigt, daß sie Bryces Hütte am schnellsten erreichen würden, wenn sie zur Sommerweide fuhren, um dann von dort aus mit Pferden über das Red-Bear-Becken zu reiten. Will war zwar nicht in der Verfassung zu reiten, aber Sam war in Gefahr, und sie durften keine Zeit verlieren.

Er musterte seinen Bruder aus dem Augenwinkel, und ihm blutete das Herz. »Lieb sie und vergiß sie« war Wills Lebensmotto gewesen, und jetzt war dieser selbe Will fast wahnsinnig vor Sorge, von Schuldgefühlen zerfressen. Es spielte keine Rolle, daß Samantha sich von ihm scheiden lassen wollte. Er liebte sie. Soviel war klar, und er würde jeden in Stücke reißen, der ihr zu nahe kam. J. D. hätte nie geglaubt, daß Will zu so tiefen, so selbstlosen Gefühlen fähig war.

Und was ist mit dir, J. D.?

Er gab sich keine Antwort. Er mußte sich Marilee endlich aus dem Kopf schlagen, auch wenn es schwerfiel.

Er steuerte den Truck um eine Kurve, wo die Böschung fast senkrecht dreißig Meter abfiel. Der Weg verschwand hinter einer weiteren Anhöhe. J. D. biß die Zähne zusammen und trat aufs Gas.

Der Ford nahm die Herausforderung an, kämpfte sich brüllend den Hügel hoch. In diesem Augenblick kam Marilees Muli über die Anhöhe gestürmt. Es blieb keine Zeit zu reagieren. Das Muli war in vollem Galopp, mit wehenden Ohren und Zügeln. Es versuchte, dem Truck auszuweichen, aber es war zu spät. Sie prallten mit einem beängstigenden Krach aufeinander. Seine Vorderfüße schlitterten über die Haube. Das Stoßgitter vor dem Kühler traf seine Rippen, und sein ganzer Körper wurde auf die Haube geschleudert, dann rutschte es auf der Fahrerseite vom Wagen.

J. D. trat fluchend die Bremsen durch. Am ganzen Körper zitternd sprang er aus dem Auto und rannte zu Clyde. Das Muli war auf der Seite gelandet und strampelte heftig, um auf die Beine zu kommen. J. D. bekam die Zügel zu fassen, als es aufsprang und sofort zu steigen begann.

»Hoa, hoa. Ganz ruhig, Dicker.« Das Muli rollte mit den Augen und tänzelte hin und her. Sein Fell war schweißnaß, und es zitterte wie Espenlaub. An einer Flanke hatte es einen häßlichen Schnitt, aber nichts Lebensgefährliches. Seine Beine waren heil.

»Ist es in Ordnung?« fragte Will, der mit einem Seil angehumpelt kam.

»Ich glaube, es hat sich nichts gebrochen«, murmelte J. D. Seine Sorge galt weniger dem Muli als seinem leeren Sattel.

»Wo zum Teufel kommt es denn her?« schimpfte Will, er legte die Schlinge um den Kopf des Mulis und knotete ein provisorisches Halfter daraus.

»Es gehört Marilee.«

»Dann hat sie sich abwerfen lassen«, sagte er und band das Seil um einen Espenschößling. »Machen wir uns auf die Socken. Wenn wir Mari unterwegs sehen, kann sie ja mitkommen. Los jetzt.«

Will ging zum Truck, aber J. D. blieb noch einen Moment stehen. Angst krallte sich in seinen Bauch, Angst um Marilee. Über den Bäumen grollte Donner durch die geballten Wolken. Ein Gefühl von Verhängnis senkte sich wie ein Leichentuch über ihn.

Sie kämpften sich den Berg hoch, Mari schubste und zerrte Samantha, forderte ihrem Körper das Letzte ab. Der Wald war jetzt wieder dichter, was ihnen etwas mehr Sicherheit gab. Jeder Schuß auf sie müßte aus nächster Nähe abgegeben werden.

Sie rutschte aus und schlug heftig zu Boden. Schwerkraft und das Gewicht Samanthas an ihrem linken Arm drohten sie rückwärts zu ziehen, und sie haschte nach einem Busch, um sich festzuhalten.

Wir sind tot. Wir sind tot. Die Worte pulsierten durch ihren Kopf. Der Ausdruck auf Sams Gesicht schien das zu bestätigen. Die Augen waren leer, als wäre ihre Seele bereits entschwunden, ihr Mund stand offen. Sie stand unter Schock, wie Mari annahm, die Systeme ihres Körpers schalteten der Reihe nach ab, bis nur noch ein Körper übrigblieb, der rein mechanisch funktionierte. Gar keine so schlechte Vorstellung. Mari mußte all ihre Kräfte aufbieten, um nicht einfach aufzugeben. Aber es war noch so weit zu Dels Hütte.

Wir sind tot. Wir sind tot.

Sie würden es niemals schaffen. Sie konnte sich nicht mehr weiterschleppen, ganz zu schweigen von Samantha. Das Bellen der Hunde dröhnte in ihren Ohren.

Wir sind tot, dachte sie erneut. Zahllose Dinge schwirrten ihr durch den Kopf – Gebete, Sehnsüchte, Dinge, die sie bereute, Bilder ihrer Familie, verschwommene Vorstellungen von Kindern, die sie niemals haben würde. J. D.

Oh, verdammt, Marilee, nicht ausgerechnet jetzt.

Aber die Tränen ließen sich nicht bremsen. Sie würde bald sterben, und alles, woran sie denken konnte, war, daß sie J. D. Rafferty liebte. Ein hoffnungsloser Gedanke für eine hoffnungslose Situation. Sie wollte eine zweite Chance. Eine Chance, ihm zu zeigen, wer sie wirklich war, ihm die Möglichkeit geben, sie als die Frau zu lieben, die sie wirklich war. Sie wollte eine Chance, ihm etwas Gutes, Dauerhaftes, Wertvolles zu schenken. Ihr Herz. Ihre Liebe. Ihre Loyalität. Ihr Leben.

Das Leben, das Sharon ihr nehmen würde. Bald. Das Leben, das sie kampflos aufgeben würde, wenn sie nicht endlich aufstand und in Gang kam. Die alte Marilee wäre einfach sitzen geblieben, aber die existierte nicht mehr. Montana hatte sie verändert, und deshalb war sie noch nicht bereit, aufzugeben.

Irgendwo tief in ihrem Inneren fand sie die Kraft, von deren Existenz sie nichts geahnt hatte, und richtete sich auf. Sie lehnte Samantha an einen Baum und versuchte, einen Blick auf ihre Verfolgerin zu erhaschen. Die Senke, die sie gerade umrundet hatten, lag unter ihnen. Die Jagdhunde hetzten durch das hohe Gras. Sharon ritt direkt hinter ihnen, das Gewehr geschultert. Sie bewegten sich schnell, holten auf. Offensichtlich fand Sharon Menschenjagd im Regen nicht so aufregend. Wahrscheinlich hatte sie beschlossen, sie so schnell wie möglich zu töten, damit sie zurück zu ihrem Jacuzzi konnte, um darin ihren Triumph bei einem Glas Champagner zu feiern.

Der Regen war jetzt heftiger, prasselte durch die Bäume, und die Kleider klebten an ihren Körpern.

»Ich will nicht sterben«, murmelte Samantha mit leerem Blick.

»Dann mußt du tun, was ich dir sage«, sagte Mari streng. Sie nahm die Schultern des Mädchens und drehte sie mit dem Gesicht zu sich. »Verstehst du, was ich sage, Sam? Du mußt mir zuhören.«

Sie schaute sich nach Möglichkeiten um. Ihr Plan war kein Geniestreich, aber er war besser, als sich zu Tode hetzen und erschießen zu lassen. Sie erklärte ihn Samantha, so schnell und genau sie konnte, und betete, daß das Mädchen nicht zu sehr unter Schock stand, um ihn zu begreifen. Dann schickte sie Samantha voraus und kletterte auf einen Ast einer Kiefer.

Keine Spur von Del in der Hütte. J. D. zog sich einen Regenmantel über und sattelte zwei stämmige Wallache, während Will ins Haus ging und Gewehre holte.

Keine Spur von Marilee auf dem Weg hierher. J. D. mußte immer wieder an sie denken. Lag sie irgendwo im Wald, hilflos, verletzt? War sie tot? Hatte ihr Verschwinden etwas mit ihrer Suche nach der Wahrheit zu tun?

Und wie zum Teufel paßte Del in dieses häßliche Bild? Er würde es sich nie verzeihen, wenn Del Marilee etwas angetan hatte. Er war für ihn verantwortlich. Was, wenn Del Lucy erschossen hatte? Was, wenn er Daggrepont erwürgt hatte?

Er versuchte vergeblich, all das aus seinem Bewußtsein zu verdrängen, als sie aufstiegen und nach Nordwesten losritten.

***

Sharon zügelte ihr Pferd am Fuß einer schroffen Anhöhe, im Schutz einiger uralter Kiefern. Der Regen verdarb ihr die Laune. Sie hatte geplant, weiterzureiten, bis das Mädchen umdrehte und sie um Gnade anflehte. Aber das kleine Luder war bemerkenswert zäh, und der Regen machte alles kaputt.

Sie hob ihr Gewehr und sah sich durch das Nachtzielfernrohr den Weg an. Ihre Beute lag am Boden, etwa hundertfünfzig Meter weiter oben. Von dieser Jennings war nichts zu sehen, wahrscheinlich war sie weitergerannt, nachdem das Mädchen zusammengebrochen war. Eine andere Möglichkeit hatte sie nicht. Sie war nicht bewaffnet. Gegen die Hunde war sie machtlos. Dem Gewehr war sie schutzlos ausgeliefert, sie mußte weiterrennen, nachdem das Mädchen gefallen war, und hoffen, daß Sharon sich mit ihrem ursprünglichen Ziel zufriedengeben würde.

Die Hunde umkreisten hektisch Sharons Pferd, warteten auf den Befehl, loszurennen. Sie gab ihn nicht. Noch nicht. Sie wollte die Vorfreude einen Augenblick lang genießen. Sie lächelte böse und wünschte, Bryce könnte das mit ansehen. Sie wollte ihm gerne zeigen, wozu man sie treiben konnte. Wollte ihm zeigen, wie weit sie gehen konnte. Allein die Vorstellung, wie entsetzt er wäre, gab ihr das Gefühl von Macht. Er war sich ihrer Kraft nicht bewußt. Ihm war nicht bewußt, daß sie seine Kraft war. Ohne sie war er nichts. Ohne sie würde er sich mit den lauwarmen Wonnen eines Mädchens wie

Samantha Rafferty oder einer kleinen Kriminellen wie Lucy MacAdam zufriedengeben, und seine Macht würde verwelken und sterben.

Sie würde niemals dulden, daß das passierte.

Sie gab dem Pferd die Sporen und ritt los.

Mari schaute aus den Ästen der Kiefer auf Sharon herunter. Gedanken an hundert unvorhergesehene Komplikationen schossen ihr durch den Kopf. Was, wenn sie sie verfehlte? Was, wenn sie hinter dem Pferd auf einem der Hunde landete? Was, wenn die Hunde ihre Spur aufnahmen? Sharon brauchte nur den Gewehrlauf nach oben zu richten und abzudrücken.

Sie atmete tief ein, hielt die Luft an, wartete ab. Die Hunde kläfften wie besessen, übertönten sogar den Sturm, rannten den Weg hoch und stürmten wieder zurück. Sie erinnerte sich daran, wie sie sich auf dem Video auf den Tiger gestürzt hatten, und rutschte beunruhigt auf ihrem Ast hin und her. Samantha hatte schon genug Grauen ertragen, und jetzt sollte sie von einer Hundemeute zerrissen werden. Aber wenn sie nicht bald abgelenkt wurden, würden sie sie zweifellos einholen.

Das Pferd kam näher und noch einen Schritt näher. Mari ging auf ihrem Ast in die Hocke und wünschte, sie hätte eine Waffe. Aber es war nichts Passendes in der Nähe, und Wünschen alleine genügte nicht.

Schluß mit dem Denken. Sie warf sich mit einem Satz auf Sharon Russell, erwischte sie mit den Armen an den Schultern und riß sie im Sattel nach hinten. Das Gewehr ging mit lautem Knall los.

Das Pferd scheute erschrocken nach rechts, streifte Mari ab und quetschte Sharons Bein gegen einen Baumstamm. Sie schrie vor Wut, drehte sich im Sattel und richtete das Gewehr auf Mari. Mari sprang vor, bekam den Lauf zu fassen und stieß ihn zur Seite, gerade als Sharon abdrückte.

Der Schuß ging los und bohrte sich in den weichen Lehm. Mari klammerte sich an den Lauf, als das Pferd versuchte, loszustürmen, mit den Hufen hektisch Halt im weichen Boden suchend. Sharon hatte die Wahl, entweder das Pferd oder das Gewehr. Sie sprang kreischend vor Wut aus dem Sattel.

Ihr Schwung schleuderte Mari bergab, sie stolperte und fiel, ließ das Gewehr los, um nicht dreißig Meter weit hinunterzustürzen. Sie schlitterte auf dem regennassen Boden weiter nach unten, suchte verzweifelt Halt und erwischte schließlich einen ein Meter langen Ast, dicker als ein Baseballschläger. Sie umklammerte ihn und rappelte sich auf, ohne Bryces Cousine eine Sekunde aus den Augen zu lassen.

Sharon stürzte sich auf sie, in ihren Augen loderte der Wahnsinn, und sie stieß seltsame fremde Schreie aus. Sie legte das Gewehr an. Mari holte aus, schwang den Ast und schlug das Gewehr erneut zur Seite. Sie vergeudete keine Sekunde, sprang ein Stück vor und schwang den Ast mit all ihrer Kraft gegen den Oberarm der Frau.

Das Gewehr fiel zu Boden und purzelte den Abhang hinunter. Beide Frauen stürzten sich hinterher, schubsten und stießen sich, bis sie in einem Knäuel von Armen und Beinen zu Boden gingen.

Samantha beobachtete sie vom oberen Weg aus. Sie sollte etwas tun, aber sie wußte nicht, was. Ihr Gehirn war wie betäubt. Im strömenden Regen sah alles so seltsam aus, wie im Traum. Der Regen trennte sie wie eine Wand von den anderen Frauen, wie ein Fenster, durch das man sehen, aber nicht gehen konnte. Sie fühlte tatsächlich, wie sich ihr Bewußtsein immer weiter zurückzog. Sie wollte ausschalten, verdunkeln, sich ins Vergessen fallen lassen, wo ihr keiner weh tun konnte und sie nicht in diesem Alptraum existieren mußte. Aber eine kleine hartnäckige Stimme in ihrem Inneren schrie sie an, durchzuhalten, aufzustehen, etwas zu tun.

Sie rappelte sich hoch und begann, den Abhang hinunterzusteigen. Dann drehten sich die Hunde um und sahen ihr direkt in die Augen, mit gefletschten Zähnen.

Weiter unten versuchte Mari, sich von Sharon loszureißen. Sie lagen auf einem baumlosen Vorsprung über einem Abhang. Das Gewehr lag einen halben Meter entfernt, näher zum Abgrund. Mari stürzte sich drauf und berührte den Kolben gerade mit den Fingerspitzen, als Sharon auf sie fiel. Das Gewehr entglitt ihr. Sie rollte sich auf den Boden und versuchte, ihre Angreiferin abzuwerfen, aber Sharon hatte sie um den Hals gepackt und drückte zu. Ihre Hände waren groß und stark, genauso maskulin wie ihr Gesicht, das jetzt vor Wut und Wahnsinn verzerrt war, eine groteske Maske, die vor Maris Augen verschwamm, als sie langsam das Bewußtsein zu verlieren drohte.

Sie wand sich unter dem Gewicht der größeren Frau, krallte sich vergeblich in Sharons sehnige Unterarme. Sie breitete die Arme aus, tastete hektisch nach einer Waffe und fand ein zersplittertes Stück

Holz. Unter Aufbietung all ihrer Kräfte schwang sie den Arm nach oben und rammte das Holz in Sharons Bizeps.

Sharon schrie, drehte sich, um den Holzscheit zu packen, und verlor dabei das Gleichgewicht. Mari bäumte sich in den Hüften auf, und ihre Angreiferin rutschte von ihr herunter. Benommen sprang sie auf, ihre Beine schwer wie Blei. Sharon warf sich zur Seite, und es gelang ihr, den Gewehrgurt zu packen. Sie zog das Gewehr näher zu sich und rutschte dabei zwei Meter weiter an den Rand des Abgrunds. Mari warf sich verzweifelt auf Bryces Cousine, schlug ihr das Gewehr aus der Hand und stieß es in den Abgrund.

Die beiden rangen, traten, krallten. Mari fühlte, wie ihre Kräfte nachließen. Sie war meilenweit gerannt. Sharon war frisch, Sharon war in Form. Sharon war wahnsinnig. Und als sie sich beide hochrappelten, entdeckte sie noch etwas Entscheidendes an Sharon Russell – sie hatte ein Messer.

Will hörte das Knallen der Gewehrschüsse, gab seinem Pferd die Sporen und galoppierte los. Er hatte nur einen Gedanken: Sam, und wie sehr er sich danach sehnte, sie sicher und geborgen in seine Arme zu schließen.

J. D. war direkt hinter ihm, und seine Gedanken waren bei Marilee. Sie jagten durch das Unterholz, über gefallene Bäume, Felsen, stolperten über Wurzeln. Der Regen prasselte durch die Bäume, überschwemmte die Krempen ihrer Hüte und nahm ihnen die Sicht. Sie ritten unbeirrt weiter.

***

Del hielt seine Stellung, beobachtete die Vorgänge durch ein Unertl-Zielfernrohr. Seine bösartigste, häßlichste, gefährlichste Waffe. Die Waffe für Belagerungen. Die Waffe, mit der er seine Familie und sein Land gegen alle Eindringlinge schützen würde.

Die Zeit, sie einzusetzen, war gekommen. Das spürte er. Seine Nerven vibrierten wie stromgeladene Drähte unter seiner Haut. Er wünschte, der Schwarm von Bienen, der durch seinen Kopf schwirrte, würde verschwinden, dann könnte er vielleicht klar denken. Diese kleine Blonde – die Schwätzerin – hatte gesagt, sie hätte auch die Tiger gesehen. Aber er war sich nicht sicher, ob sie nicht versuchte, ihn hereinzulegen. Die Blonden waren so. Die eine hatte J. D. eingefangen, die Tote, dieselbe, die Del in langen Nächten immer gelockt hatte. Man konnte ihnen einfach nicht trauen.

Er war der Schwätzerin von seiner Hütte aus gefolgt. Nicht weit, weil er die Hütte nur ungern allein ließ. Und dann hatte er sich ein Loch gegraben und gewartet. Es lag etwas in der Luft, ganz ähnlich dem Gewitter, das sich über ihm zusammenbraute. Er lag langausgestreckt in seinem Loch und wartete, während die Erwartung das Blut in seinen Ohren rauschen ließ.

Er hatte die Hundeführer und die Jäger erwartet. Und dann sah er die Blonde durch sein Zielfernrohr. Zwei von ihnen, die miteinander kämpften. Sie waren vielleicht fünfhundert Meter unter ihm auf einem Vorsprung, der immer schon Bald Knob hieß. Es gab keine Bäume da, und er konnte gut sehen, trotz Regen und wenig Licht. Die Blonden bewegten sich zusammen wie Tänzer, wie Sexpartner, schlängelten und drehten sich.

Dels Finger tasteten rastlos über das Gewehr, streckten sich, um geschmeidig zu bleiben. Sein Finger am Abzug pulsierte vor Energie. Sein Herz hämmerte wie ein Generator. Seine Lungen waren wie aufgeblasen. Panik schnürte ihm die Kehle zu.

Er wußte nicht, was er tun sollte. Waren sie gekommen, um sich die Ranch zu nehmen? Ihn zu reizen? Ihn zum Wahnsinn zu treiben? Er konnte es nicht verstehen, konnte sich nicht genügend beruhigen, um klar zu denken. Die Zeit bewegte sich in rasender Geschwindigkeit, und er konnte nicht einen Augenblick davon aufhalten.

Töte sie!

Aber er wußte, daß er es nicht tun sollte.

Schütze die Ranch. Mach die Familie stolz auf dich. Sei ein Held. Held.

Hinter seinen Augen sah er, wie die kleine Blonde zu ihm hochschaute. *Du kannst ein Held sein, Del ... J. D. wird so stolz auf dich sein ...*

Die Blonden kämpften weiter, ihre Gesichter verschmolzen und verzerrten sich im Regen, bis er sie nicht mehr unterscheiden konnte.

Er mußte etwas tun. Das Richtige tun. Das Schwierige tun. Den Tag retten. Die Ranch retten. Sich retten.

Er drückte den Kolben des HK-91 an seine Schulter und atmete aus.

Samantha stellte sich den Hunden. Sie stand absolut bewegungslos da, wie eine Statue, in der Hoffnung, daß sie dann vielleicht für sie unsichtbar sein würde. Aber sie hatten sie bereits entdeckt, und sie hatten fast den ganzen Tag damit verbracht, ihre Spur zu verfolgen. Sie machten einen Schritt auf sie zu und dann noch einen, dann sprangen sie vor, und Samantha versuchte, den steilen Hügel wieder hochzurennen.

Sie sah sich verzweifelt nach einer Zuflucht um, einem Felsen, auf den sie kriechen, einen Baum, auf den sie klettern konnte. Doch ihr Verstand befahl ihr unablässig: *lauf!* Aber sie war schon zu weit gelaufen. Ihre Beine waren wie Blei, sie trat auf der Stelle. Zähne schnappten nach ihrer Wade, und sie schrie entsetzt auf. In diesem Augenblick brach ein Pferd aus dem Unterholz vor ihr und galoppierte auf sie zu.

»Will!«

Ihr Schrei traf ihn wie ein Messer. Er sah nicht, was man ihrem Gesicht und ihren Haaren angetan hatte, er sah nur ihre Angst, ihre Arme, die sich nach ihm ausstreckten, die Hunde, die nach ihren Beinen schnappten, als sie auf ihn zurannte.

Er zügelte nicht mal sein Pferd, bückte sich nur, griff sie um die Taille und zog sie vor sich über den Sattel, ohne Rücksicht auf den Schmerz, der durch seinen eigenen Körper schoß.

J. D. raste an ihnen vorbei, entging um Haaresbreite einem Zusammenstoß mit einem Pferd ohne Reiter. Er hatte freie Aussicht auf Bald Knob. Freie Sicht auf Bryces Cousine, die gerade ein Messer zog und über ihrem Kopf schwang. Klare Sicht darauf, wie sie es in Marilees Körper stieß.

Sein Herz setzte aus. Er konnte sie nicht rechtzeitig erreichen, konnte das Gewehr nicht schnell genug aus dem Halfter holen. Mari fiel nach hinten, mit ausgebreiteten Armen. Blut verfärbte ihr Hemd. Sharon fiel mit, ging auf die Knie, hob das Messer erneut.

Er war fünfzehn Meter entfernt und mußte den Tod der einzigen Frau, die er je geliebt hatte, mit ansehen.

Er schrie ihren Namen. Zerrte am Gewehr, das sich in seiner Lederhülse verfangen hatte. Das Messer hatte den höchsten Punkt des Bogens erreicht. Dann peitschte ein Gewehrschuß durch die Luft, und die Welt schien stehenzubleiben, während der Knall von Berg zu Berg widerhallte.

Die Wucht des Aufschlags schleuderte Sharons Körper zur Seite.

Sie fiel schlaff und leblos zu Boden. Ein glatter Kopfschuß. Ihr Messer rollte in den Abgrund.

J. D. riß brutal an den Zügeln und schwang sich aus dem Sattel, rannte sofort los, stolperte, fiel neben Marilee auf die Knie. Sie schaute mit glasigen Augen zu ihm hoch, blinzelte gegen die Regentropfen, die unablässig auf ihr Gesicht fielen.

»Oh, mein Gott, Liebste, halt durch«, hauchte er atemlos. Er riß sich die Regenhaut vom Leib und warf sie über ihre Beine. Dann zog er ein Taschentuch aus der Hosentasche und drückte es so fest er konnte gegen das blutige Loch in ihrer linken Schulter. »Halt durch, Schätzchen, halt durch.«

Mari sah ihn an, fühlte sich angenehm warm und seltsam körperlos, als hätte sie keine Arme und Beine. Ihre Schulter konnte sie nicht fühlen, nur den Druck seiner Hände.

J. D. sah aus, als wäre er derjenige, der Schmerzen erlitt. Sein Gesicht war aschfahl, blaß und verspannt, die grauen Augen rotgerändert. Sein Mund zitterte, als er versuchte, ihr Erleichterung zu verschaffen, indem er seinen Hut unter ihren Kopf schob.

»Bleib bei mir, Schatz«, murmelte er und beugte sich über sie, strich ihr den nassen Haarwust aus dem Gesicht. »Oh Gott, Liebste, bitte bleib bei mir.«

Sie wollte ihn fragen, ob dieses Angebot auch später noch gültig wäre, aber sie konnte nicht sprechen, und Humor schien augenblicklich unangebracht. Sie drehte den Kopf und sah Sharon in sieben Meter Entfernung tot daliegen. Mund und Augen offen, ausdruckslos. Ihr ganzer Hinterkopf fehlte.

»Wer hat geschossen?« fragte sie leise.

»Ich weiß es nicht«, murmelte er. »Del wahrscheinlich. Du solltest nicht reden, Schätzchen. Sei still.«

Sie schaffte ein ironisches Lächeln, als sie sich wieder zu ihm wandte. »Hör auf, mich rumzukommandieren, Rafferty.«

»Ich sollte dich übers Knie legen, dafür, daß du dich hier rumgetrieben hast.«

»Sadist«, sagte sie mit zusammengebissenen Zähnen, als der erste Schmerz durch ihren Körper schoß. J. D. zuckte mit ihr zusammen.

»Ich sag's dir hier und jetzt, Cowboy, ich mag so was nicht.«

Das Tuch unter seiner Hand war rotgetränkt. Blut quoll durch seine Finger. Er drückte das Tuch fester. »Verdammt, Marilee, halte einmal in deinem Leben den Mund«, befahl er, voller Angst, daß ihr Lebensblut zwischen seinen Fingern verrann.

Und dieses eine Mal befolgte sie seinen Rat, war sie sich nur allzu bewußt, wie Schwäche sie überkam und ihr Atem immer schwerer ging. J. D. beugte sich über sie, schützte sie vor dem Regen, murmelte tröstliche Worte, streichelte sie, zeigte ihr Dinge, die er vielleicht nie sagen würde.

Sie liebte ihn. In diesem Augenblick, in dem sie wußte, daß ihr Leben ihr entgleiten könnte, wurde alles einfach und klar. Sie liebte J. D. Rafferty. In diesem Augenblick war alles andere unwichtig – ihre Streitigkeiten, die Unterschiede, die Mauer, die er um sein Herz errichtet hatte, alles.

Einen Tag zu spät, mit einem Dollar zu wenig, Marilee. Wieder mal typisch, oder?

Sie hatte wirklich Talent, alles zu verpfuschen. Zu schade, daß es nicht verwertbar war. Wie stolz wäre ihre Familie da gewesen.

Sie warf noch einmal einen Blick auf Sharon und fragte sich, was wohl *ihre* Familie denken würde. Wußte Bryce, daß seine Cousine eine Mörderin war? Ging seine Verderbtheit so weit?

»J. D.«, flüsterte sie. »Es gibt ein Videoband. Bei mir zu Hause. Und ein Buch mit Gerichtsnotizen. Sorg dafür, daß Quinn sie kriegt.«

»Still«, murmelte er beschwichtigend. Er strich mit zitterndem Finger über ihre Wange. »Du kannst sie ihm selbst geben.«

»Nur für den Fall.« Sie schloß für einen Moment die Augen, konzentrierte sich auf das Feuer, das sich allmählich über ihre ganze linke Seite ausbreitete. Es loderte heftig, dann wurde es schwächer. Sie holte erleichtert Luft. »J. D.«

»Was?« murmelte er. Er versuchte nicht mehr, sie zum Schweigen zu bringen. Er wollte ihre Stimme hören. Er wollte sie jeden Tag für den Rest seines Lebens hören. Die Angst, daß er sie verlieren könnte, brannte wie ein Säureball in seiner Brust. Tränen stiegen ihm in die Augen.

»Del ist ein Held«, flüsterte sie. »Sag ihm das. Sei stolz auf ihn, J. D.«

Dann schloß sie wieder die Augen, und die Welt wurde schwarz, als sie flüsterte: »Ich liebe dich.«

J. D. starrte sie in Panik an. »Marilee! Marilee!« schrie er aus vollem Hals in den prasselnden Regen. »Marilee!«

Sie bewegte sich nicht. Diese riesigen blauen Augen öffneten sich nicht. Sie lag schlaff und still da, ihr Blut war warm unter seiner Hand. Und J. D. beugte sich über sie, um sie vor dem Regen zu schützen, und heiße Tränen rannen über sein Gesicht, als er seine Lippen auf ihre Stirn drückte und flüsterte: »Ich liebe dich. Bitte stirb nicht. Ich liebe dich!«

KAPITEL 32

Bryce lief vor der Fensterfront im Wohnzimmer auf und ab, bewegte sich voller Eleganz geräuschlos über den Teppich. Draußen färbte der Regen die Gebirgslandschaft in Grauschattierungen. Bryce ignorierte das Wetter. Ihn beschäftigten dringendere Sachen. Samantha war immer noch verschwunden. Sie war nicht in ihr Haus in New Eden zurückgekehrt, sie war nicht im Mystic Moose. Sie war einfach verschwunden.

Er hatte ein höchst ungutes Gefühl bei dieser Sache. Zwar hatte er damit gerechnet, daß sie nach ihrem Liebesspiel die Reue packen würde, aber bestimmt nicht damit, daß sie gleich in den nächsten Staat fliehen würde. Er war ein bißchen besorgt und sehr verärgert, weil das seine Pläne mit ihr durchkreuzte. Brandon Black, der Modefotograf, saß bereits in einem Flugzeug, auf dem Weg nach Bozeman. Nur, ohne Samantha konnten sie die Weichen für ihren Welterfolg nicht stellen.

Er lief weiter auf und ab, mit grimmiger Miene. Und dann war auch noch Sharon verschwunden, obwohl sie genau wußte, daß er das ohne seine Einwilligung nicht duldete.

Natürlich wollte sie ihn bestrafen. Ihre Eifersucht war zu einer unbezähmbaren, unberechenbaren Bestie geworden. Bei Lucy war sie nur lästig gewesen, aber ihre Haltung gegenüber Samantha war untragbar.

Die Tatsache, daß die beiden Frauen gleichzeitig verschwunden waren, beunruhigte ihn etwas.

Er sah auf die Uhr, steckte die Hände wieder in die Taschen seiner königsblauen Leinenhose und marschierte weiter. Ben Lucas saß auf einem der Ledersofas, nippte Scotch und beobachtete ihn amüsiert.

»Du fährst wirklich auf dieses Mädchen ab, stimmt's?«

Bryce sah ihn kurz an. »Ist das so schwer zu verstehen?«

»Im Gegenteil. Sie ist eine Wucht. Du hast nur . . . gewisse Vorlieben . . . die ein Mädchen aus der Kleinstadt vielleicht schockierend findet.«

Das Filmstarlächeln blitzte auf, warnend. »Was Samantha nicht weiß, wird ihr nicht weh tun. Sie ist ein Unschuldslamm, was wohl auch ein Großteil ihres Charmes ausmacht. Ich werde sie beschützen, sie lehren, und im Laufe der Zeit wird sie in kleinen Dosen erfahren, wie es in der richtigen Welt zugeht.«

»Und dir für deine Schulung danken?«

»So ist es geplant.«

Der Anwalt hob die Augenbrauen.

Bryces Augen wurden schmal. »Du glaubst, ich schaffe das nicht?«

»Das hab' ich nicht gesagt. Ich hab' vor langer Zeit gelernt, dich nicht zu unterschätzen, mein Freund.« Lucas streckte sich genüßlich und schlug die Beine übereinander. »Ich werde die Show genießen.«

»Sie wird atemberaubend«, sagte Bryce, dann verblaßte sein Grinsen. »Vorausgesetzt, Samantha taucht auf.«

»Vielleicht sind sie und Sharon zusammen weggelaufen«, sagte Lucas. »Ein neuer Aspekt des guten alten Dreiecksverhältnisses.«

Bryce warf ihm einen bösen Blick zu. »Das ist nicht komisch. Sharon ist völlig unberechenbar geworden. Eine Situation, die ich nicht mehr lange dulden kann. Sollte sie Samantha auch nur ein Haar gekrümmt haben, bring' ich sie um.«

Der Anwalt grinste böse und sagte: »Darf ich zuschauen?«

In diesem Moment ertönte in einem entfernten Teil des Hauses die Türglocke.

»Ich könnte wahrscheinlich Eintrittskarten verkaufen«, murmelte Bryce. »Mit Sharons Feinden könnte man ein Fußballstadion füllen.«

Die Haushälterin eilte herein. »Mr. Bryce –«

»Ich hab' dir gesagt, daß ich keine Gäste empfange, Reisa«, sagte Bryce wütend. »Ich bin sehr beschäftigt.«

»Ich glaube, uns werden Sie empfangen, Mr. Bryce«, sagte Sheriff Quinn, der hinter der Haushälterin ins Zimmer trat, flankiert von zwei weiteren Männern. »Ich bin Sheriff Dan Quinn. Das ist Agent Paul Lam, U. S. Naturschutzbehörde, und Agent Bob Ware, Naturschutzbehörde des Staates Montana. Und das hier«, er hielt eine Handvoll Dokumente hoch, »sind Gerichtsbeschlüsse.«

»Gerichtsbeschlüsse?« Ben Lucas erhob sich vom Sofa.

»Durchsuchungsbefehl, Haftbefehl und so weiter«, erklärte

Quinn lässig. Unter seiner Uniform schwitzte er wie ein Pferd. Er war im Begriff, einen der mächtigsten Männer im Staat zu verhaften, einen Mann, der laut der Beweise, die Marilee Jennings ausgegraben hatte, ganz schön Dreck am Stecken hatte. »Mr. Bryce, ich verhafte sie wegen mutmaßlicher Verstöße gegen den Lacey Act und einer Reihe weiterer staatlicher und nationaler Naturschutzbestimmungen. Außerdem verhafte ich sie wegen mutmaßlicher Beihilfe am Mord an Lucy MacAdam.«

Bryce starrte ihn mit offenem Mund an, während ihm das Herz in die Hose rutschte. »Das ist eine ungeheuerliche Anmaßung!«

»Nein, Sir, das ist eine Tatsache. Sie haben das Recht zu schweigen. Sie haben das Recht auf einen Anwalt –«

»Ich bin sein Anwalt«, warf Lucas ein.

»Na wunderbar«, sagte Quinn und nickte, »dann können wir jetzt alle zusammen in die Stadt fahren.«

***

J. D. ging mit dem Hut in der Hand den Korridor des Gemeindekrankenhauses von New Eden entlang. Er haßte diesen Ort, den Geruch, haßte den Anblick, die Atmosphäre von Schwäche und Verzweiflung. Es beengte ihn, bis er glaubte, ersticken zu müssen. Er blieb vor der Tür zu Zimmer 102 stehen, holte tief Luft, dann schob er die Tür auf und trat ein.

Marilees Bett war hochgestellt. Klare Flüssigkeit tropfte aus einem Infusionsbeutel in ihre Venen. Der Beutel mit Blut, der bei seinem letzten Besuch neben der Infusionslösung gehangen hatte, war nicht mehr da. Sie war auch nicht mehr an irgendwelche blinkenden Maschinen angeschlossen, die ihn seit den letzten Tagen seiner Mutter immer noch in Alpträumen verfolgten. Sie war blaß, mit tiefen, violetten Augenringen, schaffte aber ein müdes Lächeln für Nora, die neben ihr auf einem Hocker saß. Nora verstummte mitten im Satz, als J. D. eintrat.

»Ich komme später wieder, Schatz«, sagte sie und stand auf. »Ich werde versuchen, dir ein Stück Erdnußkuchen reinzuschmuggeln.«

»Danke, Nora«, murmelte Mari.

Nora grüßte J. D., dann ging sie zur Tür.

Er nickte ihr zu, hatte aber nur Augen für Mari. Sie blinzelte ihn verschlafen an.

»He, Cowboy, wie läuft's denn so?«

»Wollte schauen, wie's dir geht.«

»Dann komm und schau. Stichwunden sind nicht ansteckend.«

Er trat an das Fußende des Bettes und musterte sie mit ernster Miene. Unter seiner Bräune sah er blaß und müde aus. Seine breiten Schultern waren gebeugt, als lastete das Gewicht der Welt auf ihnen. Und irgendwie schien er mißtrauisch, als erwartete er, daß Mari diese Last noch erschweren würde. Nicht gerade das Wiedersehen, das sie sich erträumt hatte.

Im Zwielicht der Morgendämmerung hatte sie zwischen Erinnerung und Wunschtraum und Schmerzmittelmelancholie geschwebt, hatte sein Bild heraufbeschworen, wie er sich über sie beugte, sie festhielt, vor dem Regen schützte und ihr Haar streichelte. Sie hatte sich zärtliche Worte vorgestellt und gewußt, daß sie träumte, weil Rafferty kein Mann zärtlicher Worte war.

Du hast schon ein seltenes Talent mit Männern, Marilee.

»Wie geht's Samantha?« fragte sie.

»Sie ist ganz schön mitgenommen. Wird wohl eine Weile dauern, bis sie wieder auf die Beine kommt. Der Arzt sagt, sie wird eine Narbe im Gesicht behalten, aber es sind keine Nerven verletzt, was ein Segen ist. Die Zeit wird alles heilen.«

Außer den Narben, die keiner sehen kann, dachte Mari voller Mitleid für das Mädchen. »Ist Will bei ihr?«

»Ja. Er ist auch ganz schön erschüttert. Der Vorfall hat einen anderen Menschen aus ihm gemacht. Er hat dem Trinken, den Frauen und dem Glücksspiel abgeschworen.«

»Wird er sich dran halten?«

»Ich glaube, diesmal schon.«

»Ich hoffe es.«

Eine Weile sagte keiner von beiden ein Wort angesichts dieser Möglichkeit, einen neuen Anfang zu finden. Verlockend, aber nicht stark genug, um den dichten Nebel ihrer kurzen gemeinsamen Vergangenheit zu durchdringen.

J. D. brach das Schweigen als erster. »Wie fühlst du dich, Marilee?«

Ihr Mund kräuselte sich zu einem Lächeln. »Als wär' ich hart geritten und naß in den Stall gestellt worden.«

»Doc Larimer sagt, du wirst wieder gesund«, sagte er leise.

»Ja. Ich werde zwar in nächster Zeit nicht Speerwerfen können, aber es ist nur eine Fleischwunde, wie sie in den Filmen immer sagen. Dieser Larimer ist vielleicht ein harter Brocken. Sogar wenn jemand unter den Bus gekommen ist, würde er wahrscheinlich noch sagen: ›Hör auf zu jammern, mit frischer Luft kriegen wir das schon hin.‹« Ihr Gesicht wurde ernst. »Ich habe sehr, sehr großes Glück gehabt. Wenn Del nicht gewesen wäre, wäre ich tot.«

»Er ist ein verdammt guter Schütze.«

»Ohne dich wäre ich tot«, sagte sie. Genau wie erwartet, spielte er seine eigene Rolle in diesem Drama herunter, offensichtlich verlegen über ihre Dankbarkeit. Sie seufzte und wechselte das Thema. »Geht es Del gut?«

Rafferty sah aus dem Fenster. »Nein, es geht ihm gar nicht gut. Seit dreißig Jahren nicht. Ich hätte längst etwas unternehmen müssen.«

»Was wirst du tun?«

»Ich weiß es nicht.«

Die Belastung, die sie in seiner Stimme hörte, trieb ihr die Tränen in die Augen. Sie wußte, wie sehr ihm sein Onkel am Herzen lag, kannte sein ausgeprägtes Verantwortungsbewußtsein. Er glaubte, er hätte versagt. Der Kampf mit den Vorwürfen, die er sich machte, war deutlich in seinem Gesicht zu sehen. Sie hätte ihn gerne getröstet, wußte aber, daß er das nicht wollte, und das tat weh.

Sie wünschte sich auch, sie könnte etwas für Del tun. Er hatte seine Ängste und Dämonen besiegt, um ihr zu helfen. Er hatte sich einen Orden verdient, eine ganze Schachtel Orden. Eine Erinnerung an eine ganz ähnliche Schachtel huschte durch ihr Bewußtsein, aber sie war müde und konnte sich nur auf die Gegenwart konzentrieren.

»Quinn hat gestern Bryce verhaftet«, sagte er. »Der Bezirksstaatsanwalt und der Bundesankläger gehen gerade das Beweismaterial durch – was Lucy hinterlassen hat und was sie in Bryces Haus gefunden haben. Wie sich rausstellte, hatte er Bänder von zwei Dutzend weiteren Jagden. Ein paar große Tiere werden übel auf die Schnauze fallen. Quinn glaubt, sie haben so viele Anklagen, daß sie einen Schubkarren brauchen. Er entschuldigt sich bei dir, weil er dir nicht früher geglaubt hat.«

»Nun, da war er nicht der einzige. Ich kann es ihm nicht verdenken, daß er den Weg des geringsten Widerstands gegangen ist. In meinem früheren Leben hätte ich das wohl auch so gemacht. Komm, zieh dir den Stuhl ran, Rafferty«, sagte sie und deutete mit dem Kopf auf den Hocker, den Nora freigemacht hatte.

Ihre Haare waren wie üblich total zerzaust, und bei dieser Geste fiel ihr die Mähne ins Gesicht. Sie strich sie mit der rechten Hand zurück. Durch das dünne Krankenhausnachthemd konnte er den Verband an ihrer Schulter und über ihrer Brust sehen. Ihm wurde flau im Magen, als er daran dachte, wie sie auf dem Boden gelegen hatte und ihr Blut durch seine Finger sickerte.

»Ich hätte auch zuhören sollen«, sagte er und setzte sich vorsichtig.

Mari warf ihm einen sarkastischen Blick zu. »Soweit ich informiert bin, sind Cowboys anatomisch nicht fähig, Frauen zuzuhören. Sind wahrscheinlich auf eine andere Wellenlänge eingestellt.« Er lächelte nicht, starrte nur seine alten Stiefel an und seufzte.

»Schau, J. D., woher hättest du wissen sollen, was da vorging. Keiner hätte das erraten können.«

»Ich wußte, daß Lucy in irgendwas verwickelt war«, gab er zu. »Sie machte immer Andeutungen und hat mich dann beobachtet, als wollte sie sehen, ob ich dahinterkomme. Ich habe sie ignoriert, weil ich nicht glauben wollte, daß ihre Welt etwas mit meiner zu tun hat. Und dann, als sie getötet wurde, habe ich immer gedacht – was, wenn Del es getan hat? Was würde ich tun? Ich konnte ihn doch nicht einfach anzeigen.«

Die Fragen quälten ihn immer noch, das war deutlich seinem Gesicht abzulesen. »Nach allem, was ich über die Fremden gesagt habe, die hierherkommen, hätte es ebensogut mein Finger am Abzug sein können. Und was wär' ich dann?«

»Ein Mensch«, murmelte Mari. »Hör auf, dich zu quälen, Cowboy. Keiner kann dir einen Vorwurf daraus machen, daß du dein Eigentum zu schützen versuchst.«

Sie streckte die Hand nach ihm aus und strich über die seine, die auf seinem Schenkel ruhte. Eine starke Hand. Abgearbeitet. Er drehte sie langsam um, verflocht seine Finger mit ihren und hielt sie fest. Eine intimere Geste hatte es bis jetzt zwischen ihnen noch nie gegeben.

Ihre Augen füllten sich mit Tränen. *Ich liebe dich*. Die Worte lagen bittersüß auf ihrer Zunge, aber aussprechen konnte sie sie nicht. Er wollte sie genausowenig wie ihr Mitleid. Zu schade, denn nach den langen Jahren ihres Dornröschenschlafs fühlte sie sich so lebendig, schäumte über vor Leben, vor Gefühl. Sie hatte das Bedürfnis zu geben. Sie brauchte jemanden, der ihre Liebe haben wollte. Kein halbes Leben mehr, keine halbe Liebe. Kein Klammern mehr an die falschen Dinge aus falschen Gründen.

J. D. sah hinunter auf die blasse Hand, die mit seiner verschlungen war, und fühlte sich unwürdig. Er hatte vorgehabt, sie zu benutzen. Er hatte sie ein dutzendmal verletzt. Alles im Namen eines höheren Zwecks, eine geschickte Maske für seine Angst. Er hatte sie vieler Dinge bezichtigt und ihr wenig gegeben, und er war der Schuldige. Er rühmte sich, einen Ehrenkodex zu haben; Marilee hatte ihn gelebt. Sie hatte ihr Leben für die Wahrheit riskiert, für ihre Freundin. Sie hatte ihm getrotzt und war für sich und die Gerechtigkeit eingetreten. Sie lag in einem Krankenhausbett, war knapp dem Tod entronnen, und trotzdem versuchte sie, *ihm* Trost zu spenden.

Nie zuvor hatte er sich so geschämt.

Wie lange hatte er sich eingeredet, daß er die Liebe einer Frau nicht wollte, daß sie eine Last und ein Fluch wäre? Und in Wahrheit hatte er sie einfach nicht verdient. Er hatte sich so lange dagegen abgehärtet, daß er gar nicht gewußt hätte, wie er sie annehmen sollte, wenn sie sie ihm geboten hätte. Und so ließ er diesen Moment und die Chance verstreichen und redete sich ein, es wäre das Beste für sie beide.

»Tja dann«, murmelte er nach langen Augenblicken. »Die Arbeit wartet.«

Er sah Marilee an, und sein Herz verkrampfte sich in seiner Brust. Sie war eingeschlafen, das Gesicht ihm zugewandt, mit Tränen auf den Wangen.

Er steckte behutsam ihre Hand unter die Decke, beugte sich vor und küßte sie. Dann ging er aus ihrem Leben.

KAPITEL 33

»Schätzchen, bist du sicher, daß es dir nicht zuviel wird?« fragte Drew zum neunten Mal. Er stellte Maris Gitarrenkasten vorsichtig in den Mystic-Moose-Van und drehte sich mit besorgter Miene zu ihr um.

Trotz der Spannungen, die zwischen ihnen herrschten, waren Kevin und er sich in dieser Sache einig. Seine braunen Augen glänzten hoffnungsvoll wie die eines Spaniels. »Wirklich, Mari, du kannst bleiben, solange du willst. Uns wird ganz schlecht bei der Vorstellung, daß du da draußen allein bist.«

Mari schwang energisch die Tür des Vans zu. »Dann müßt ihr eben rauskommen und mich besuchen, Jungs. Es sind nur neun Meilen. Außerdem werde ich nicht allein sein. Spike ist ja bei mir.«

Kaum hörte er seinen Namen, da sprang der schwarzweiße Terrier, den sie sich aus der Eden Valley Veterinary Clinic geholt hatte, aus dem Schatten des Wagens und stimmte ein Jaulkonzert an, daß Drew und Kevin sich die Ohren zuhielten. Mari lobte ihn grinsend und tätschelte ihn mit ihrer unverletzten Hand. Ihr linker Arm war immer noch ruhiggestellt, aber demnächst würde sie mit der Krankengymnastik zur Wiederherstellung der beschädigten Muskeln beginnen.

Zwei Wochen waren seit jenem entsetzlichen Tag auf dem Berg vergangen. Während dieser Zeit hatten sie ihre neuen Freunde besucht und verwöhnt und Dr. Larimer sie gepiesackt. Sie hatte lange Gespräche mit dem Bezirksstaatsanwalt und dem Bundesanwalt und Sheriff Quinn geführt. Sie hatte Interviews mit nicht weniger als einem Dutzend Zeitungs- und Fernsehreportern abgelehnt.

Sie hatte Will und Samantha gesehen, die sich größte Mühe gaben, ihre junge Ehe wieder in Gang zu bringen. Samantha hatte noch einen langen Genesungsprozeß vor sich – sowohl emotionell als auch körperlich, und Will hatte auch schwer zu kämpfen, um mit seinem Alkoholproblem fertig zu werden, aber das Wichtigste war, daß ihre junge Liebe echt und süß und zärtlich war. Sie hatten eine wirkliche Chance.

J. D. hatte sie seit dem Tag, an dem sie schweigend in ihrem Krankenzimmer Händchen gehalten hatten, nicht mehr gesehen.

Tucker war gekommen, um ihr seine Aufwartung zu machen, mit Chaske im Schlepptau, der ihr einen Beutel mit zermahlener Klapperschlangenhaut überreichte, die angeblich den Körper kräftigte. Er erzählte ihr, das Rezept wäre ihm von einem Sioux-Medizinmann vererbt worden. Die beiden hatten sie fast zwei Stunden mit ihren Geschichten unterhalten und ihr J. D. mit kleinen Episoden aus seiner Kindheit und Jugend etwas nähergebracht.

Sie verstand jetzt ein bißchen besser, wie er zu dem Mann geworden war, der er heute war, aber viel nützen würde ihr das auch nicht. J. D. selbst war nicht gekommen, hatte auch nicht angerufen. Und sie war auch nicht zu ihm gegangen. So sehr sie sich danach sehnte, ihn zu sehen, ihn zu berühren, von ihm umarmt zu werden, so war sie sich doch nicht sicher, ob es für sie beide nicht besser wäre, getrennt zu sein. Sie mußte ein neues Leben beginnen. J. D. hatte sein altes Leben, das sich veränderte und alle seine Kräfte forderte. Es war wohl das beste zu vergessen, was sich zwischen ihnen angesponnen hatte. Das redete sie sich zumindest ein.

Vielleicht im Laufe der Zeit ... oder auch nicht. Mari mußte sich immer wieder daran erinnern, daß J. D. Rafferty nicht der Grund für ihre Reise nach Montana gewesen war.

Sie war hier, um abzuschalten. Ihren Kopf zu klären. Ihre Seele zu finden. Und genau das würde sie jetzt tun. Für alle Zeit. Sie würde nicht mehr nach Kalifornien zurückgehen und auch nicht mehr im Moose leben. Die Marilee Jennings, die ihre Geschäftskostüme in den Honda geladen und Sacramento verlassen hatte, existierte nicht mehr. Die alte Haut dieser Frau war abgestreift, und die wahre Marilee kam gerade aus dem Kokon. Was für ein wunderbares Gefühl das war. Etwas beängstigend, etwas schmerzlich, aber richtig.

Kevin gab ihr einen Kuß auf die Wange und drückte ihre rechte Hand. »Versprich, daß du Mittwoch zum Essen kommst.«

»Pfadfinderehrenwort.«

Sie kletterte auf den Beifahrersitz des Vans, Spike sprang auf ihren Schoß und stemmte sich mit den Vorderpfoten aufs Armaturenbrett, bereit zum Abenteuer.

»Bist du sicher, du schaffst es ...«, begann Drew, während er sich im Fahrersitz anschnallte.

»Ja, Drew«, sagte sie, geduldig wie zu einem Kind. »Ich komme sehr gut zurecht mit einem Arm, ich muß ja nicht jonglieren.«

Er runzelte die Stirn, sagte aber nichts.

Gemächlich machten sie sich auf den Weg durch die Stadt. Die übliche Welle von Sommertouristen war zur Sintflut geworden durch die vielen blutrünstigen Neugierigen, die die Stadt in den Nachrichten gesehen hatten. Menschenmengen drängten sich auf den Gehsteigen, die Parkplätze waren voll. Der Verkehr auf der Hauptstraße war so dicht, daß die meisten Ortsansässigen nur noch Umwege benutzten. Die Ranchhunde blieben auf den Pritschen ihrer Trucks, bewachten ihr Revier und überließen die Gehsteige den Fremden.

Die Geschäfte machten Riesenumsätze. Trotzdem fragte sich Marilee, was J. D. wohl dazu sagen würde. Fast konnte sie sein verächtliches Knurren hören, als sie Monroes Futter- und Buchladen passierten, wo gerade Touristen mit so seltsamen Souvenirs wie Pferdesalbe und Kochbüchern des Damenkränzchens der evangelischen Kirche beladen herauskamen. *Fremde.* Fremde wurden zum Lebensblut seiner Heimatstadt, mit oder ohne Genehmigung von J. D. Rafferty. Die

Stadt würde sich verändern, oder sie würde sterben, und Rafferty würde auf seinem Berg bleiben, bis ihn Gott oder die Banker heruntertrieben.

Stur. Unnachgiebig. Kompromißlos. Nicht gerade Komplimente, aber seine Granitaugen hätten sicher vor Stolz geblitzt, wenn er diese Charakterisierung gehört hätte.

Vor dem Gerichtsgebäude arbeitete Colleen Bentsen vor großem Publikum an ihrem Schrotthaufen. M. E. Fralick gab eine Ein-Frau-Vorstellung von *Evita* im Schatten des Kapellenpavillons. Ihre Version von »Don't Cry for Me, Argentina« kämpfte vergeblich gegen Joe Fiffies Stimme, die aus einem Ghettoblaster gröhlte.

Sie fuhren die Ridge Road hinaus und vorbei am Paradies, alles ohne ein Wort. Seit dem Vorfall auf dem Berg hatte Drew nur wenig zu der Enthüllung von Bryces privatem Wildreservat zu sagen gehabt, und Mari war zu erschöpft gewesen, um ihn direkt zu fragen. Jetzt fielen ihr die Fragen wieder ein, aber sie stellte sie nicht, saß einfach da und kraulte Spikes Ohren.

Drew sah sie von der Seite an. Er wußte nicht, wie er anfangen sollte. Schließlich wagte er den Sprung ins kalte Wasser. »Ich wußte von Bryces Jagden. Ich hab' es mir aus aufgeschnappten Gesprächsfetzen zusammengereimt, aus Andeutungen, die Lucy machte, und aus Gerüchten. Und ich habe nichts getan«, sagte er voller Selbstverachtung.

»Warum nicht?« fragte Mari ruhig.

»Angst, wie ich zu meiner Schande zugeben muß. Zuerst war da die Angst, was Bryce unserem Geschäft antun könnte, wenn wir uns da einmischten. Dann die Angst, daß das, was mit Lucy passiert war, jedem passieren könnte.«

»Die Angst war nicht unbegründet«, sagte sie, auch wenn es ihr schwerfiel. Sie war enttäuscht von ihm. Sie fühlte sich im Stich gelassen, verraten.

»Nein, aber das macht mich auch nicht zum Helden«, sagte er. »Vielleicht wäre dir und Samantha das alles erspart geblieben, wenn ich eher den Mund aufgemacht hätte. Vielleicht wäre Lucy noch am Leben.«

»Sharon hat Lucy aus Eifersucht umgebracht. Aus demselben Grund war sie hinter Sam her. Sie wollte, daß keine andere Frau Bryce zu nahe kommt.«

»Trotzdem hätte sie vielleicht nie die Gelegenheit dazu gehabt, wenn Bryces Machenschaften eher enthüllt worden wären.«

»Das kann keiner mit Bestimmtheit sagen.«

»Nein. Und das wird mich den Rest meines Lebens verfolgen. Es tut mir so leid, Schatz.«

»Das war der Grund für deinen Streit mit Kevin, stimmt's?« sagte Mari.

Er seufzte. »Ja. Er wollte, daß ich zum Sheriff gehe, ich hab' mich geweigert. Und so gab ein Wort das andere, bis die Fetzen flogen.«

»Werdet ihr euch wieder zusammenraufen?«

»Ich weiß es nicht«, sagte er leise und sah sie an. »Und wie sieht's mit uns beiden aus?«

Mari sagte einen Augenblick lang nichts und dachte über den Wert von Freundschaft und Vergebung nach. Sie hatte beinahe ihr Leben verloren, aber Drew hatte geglaubt, es wäre zu ihrem Besten.

»Hören wir mit dem Bereuen auf«, sagte sie leise, als die erste Haarnadelkurve in Sicht kam. »Fangen wir einfach von vorne an. Deswegen bin ich doch hierhergekommen.«

***

Drew trug ihr Gepäck ins Haus, dann machte er sich auf den Weg zurück in die Stadt. Mari forderte ihn nicht zum Bleiben auf. Nach zwei Wochen Medienrummel brauchte sie Zeit für sich allein. Und es war wohl auch besser, Drew eine Zeitlang nicht zu sehen, damit die Enttäuschung über ihn verblaßte. In ein paar Tagen könnten sie dann mit ihrer Freundschaft neu beginnen.

Das Haus sah genauso aus, wie sie es hinterlassen hatte – halb hergerichtet, halb Katastrophengebiet. Mari wanderte durch die Räume und machte sich im Geiste eine Liste der Dinge, die sie in den kommenden Wochen tun würde, der Dinge, die sie verändern würde, um das Haus zum ihren zu machen. Alles, was Lucy gehört hatte, mußte raus. Bei jedem Stuhl und jedem Gemälde würde sie sich nur fragen, mit wessen dunklen Geheimnissen sie bezahlt worden waren. Sie würde sich auf Flohmärkten und in Antiquitätenläden eigene Möbel suchen. Die teure Kunst mußte raus. Sie würde sie durch hiesige Volkskunst ersetzen. Klempner und Schreiner hatte sie bereits bestellt, um die Schäden zu reparieren, die Bryces Leute während ihrer Durchsuchung angerichtet hatten, die sie als Vandalismus getarnt hatten. Die Autos würde sie verkaufen, und mit dem Erlös daraus und dem Bargeld, das Lucy hinterlassen hatte, würde sie die Erbschaftssteuer bezahlen.

Wenn alles gesagt und getan war, würden ihr ein leeres Haus und ein leeres Konto bleiben, aber ihr neues Leben würde nicht vom alten besudelt sein.

Im großen Zimmer fiel ihr Blick auf die Mr.-Peanut-Dose auf dem Kamin. Der Blick der Erdnuß war zynisch, wissend, als hätte sie alle Ereignisse vorhergesehen und wäre amüsiert von Maris Reaktion auf die Herausforderungen. Schweren Herzens nahm sie sie von ihrem Platz und packte sie in eine Schachtel.

»Du verschwindest jetzt von hier, Luce«, flüsterte sie unter Tränen.

Spike tollte vor ihr her, als sie mit der Schachtel unter dem Arm zur Scheune ging, um nach Clyde zu sehen. Das Muli zeigte keine sonderliche Freude über ihre Rückkehr und fraß weiter. Die Wunde in seiner Flanke heilte gut. Der Tierarzt hatte ihr gesagt, er wäre schneller wieder soweit, geritten zu werden, als sie zu reiten.

Mit einem Spaten in ihrer gesunden Hand spazierte sie hinaus auf die Lamaweide. Die Lamas waren alle auf die andere Seite des Baches gewandert, um zu grasen und im Schatten der großen Pappeln zu liegen. Spike wollte sich kläffend auf sie stürzen, aber Mari rief ihn zurück und erklärte ihm, die Lamas wären freundliche Wesen und er bräuchte sich ihretwegen keine Sorgen zu machen. Der kleine Hund legte den Kopf zur Seite und hörte mit gespitzten Ohren zu. Als die Lektion vorbei war, suchte er sich einen schattigen Flecken, rollte sich zusammen und sah ihr zu, wie sie ein Grab für Mr. Peanut schaufelte.

Mit nur einer Hand war es ein ziemlich zeitaufwendiges und ungeschicktes Unterfangen, aber Mari ließ nicht locker, bis sie es geschafft hatte. Die Stelle, die sie ausgesucht hatte, war weit weg vom Haus, auf einer kleinen Anhöhe mit Blick auf den Bach und von einigen Espen überschattet. Ein Exil, aber ein friedliches.

Sie vergrub die Schachtel mit der Erdnußdose und pflanzte dann einen Bitterwurz auf das Gras. Strahlend rosa Blumen, hübsch, aber mit harten bitteren Wurzeln. Wie Lucy.

Die Flut von Gefühlen, die mit den Gedanken an ihre Freundin kamen, war ein trübes Gemisch von Verlust und Schmerz, Enttäuschung und Dankbarkeit. Mari sehnte sich danach, ihre Gitarre zu holen und sich alles von der Seele zu spielen. Aber mit einer Hand konnte sie nicht spielen, und so vergrub sie die Gefühle in ihrem Herzen, um sich ein andermal mit ihnen auseinanderzusetzen, wenn die Zeit ihr vielleicht die Fähigkeit verlieh, die Dinge aus der richtigen Perspektive zu sehen.

Auf dem Weg zurück zum Haus schaute sie hinauf in die Berge und fragte sich, ob die Zeit J. D. eine gewisse Perspektive gebracht hatte.

Er fehlte ihr. Verdammter, streitlustiger Cowboy. Ihr fehlte seine Härte und die darunter versteckte Zärtlichkeit. Ihr fehlten seine kompromißlosen Ansichten und die Verletzlichkeit, die sich dahinter verbarg. Ihr fehlte seine Arroganz und die raren Anflüge von Humor, die sie zügelten. Ihr fehlte seine Berührung. Ihr fehlten seine Küsse.

»Und, was wirst du dagegen tun, Marilee?« fragte sie laut.

In ihrem früheren Leben hätte sie nur wieder Ausflüchte gemacht. Sie paßten nicht zueinander. Es hatte nicht sollen sein. Erst heute morgen hatte sie versucht, sich einzureden, es wäre das beste, gar nichts zu tun. Akzeptieren. Sich einleben.

Zum Teufel damit.

»Komm, Spike«, sagte sie und stapfte energisch in Richtung Ranchgebäude. »Wir brauchen einen Plan.«

J. D. schlug mit dem Lasso gegen seine Stiefel und scheuchte die beiden Kälber, die ausgerissen waren, zu ihren Müttern zurück. Sie galoppierten mit hocherhobenen Schwänzen zur Herde zurück. Sein Pferd fiel in Schritt. Er war drei Tage nach dem »Vorfall am Bald Knob«, wie die Zeitungen es nannten, mit der Herde in die Berge gezogen und war dort geblieben. Er brauchte ein bißchen Zeit mit Del, um zu entscheiden, was er seinetwegen unternehmen sollte. Außerdem brauchte er Zeit, um zu entscheiden, was er mit sich selbst anfangen sollte. So vieles war in den letzten Wochen aus den Fugen geraten. Er brauchte eine gewisse Zeit, bis sich alles gesetzt hatte.

Er brauchte das – lange Tage im Sattel, während er den Herden folgte, Tage unterwegs im Gebirge und auf den saftigen Wiesen, mit endlos viel Zeit zum Denken und Überlegen. Diesen Luxus gönnte er sich nur selten, weil er zu beschäftigt war, die Ranch in Gang zu halten, die Ranch zu schützen und gegen die Fremden zu kämpfen. Aber er war nicht der einzige, der kämpfte, und er war auch nicht der einzige, der die Arbeit tun konnte, und er war nicht allein dafür verantwortlich. Es war Rafferty-Land, und Will war auch ein Rafferty.

J. D. hatte ihm die Leitung der Ranch übertragen. Jemand mußte dafür sorgen, daß die höhergelegenen Weiden bewässert und die Heuernte geplant wurde. Wills größte Sorge galt Samanthas Genesung, aber er hatte die Aufgaben ohne Murren akzeptiert. Nach Tukkers Berichten stürzte sich Will mit einer bis dato ungekannten Ernsthaftigkeit in die Arbeit. Samantha war auf dem Weg der Besserung, und die beiden waren offenbar sehr verliebt.

Gute Neuigkeiten. Etwas, das seit langer Zeit bei ihnen Mangelware war. Warum fühlte er sich dann mit einem Mal so leer?

J. D. verdrängte die Frage und wandte sein Pferd gen Südosten. Der Tag ging zu Ende. Es war Freitag, siebzehn Tage, seitdem er Marilee gesehen hatte. Wieder drückte er sich vor dem Gedanken und konzentrierte sich auf die Lasagne zum Abendessen. Tucker brachte freitags immer Vorräte und Lasagne herauf.

Er traf Del am Rande der Senke, und sie ritten schweigend zum Bald Knob. Del hielt den Blick starr auf das Sattelhorn gerichtet, als sie an der Stelle vorbeiritten.

»Wir müssen darüber reden, Del«, sagte J. D. mit bleischwerem Herzen. Er hatte schon einige Male versucht, das Thema anzuschneiden, aber Del war jedesmal ausgewichen, und J. D. hatte es einfach nicht fertiggebracht, ihn dazu zu zwingen.

Del hielt plötzlich sein Pferd an, wendete es und sah hinunter auf die weite, blumenübersäte Wiese, wo die Rinder grasten, und weiter zum nächsten Berg und zum nächsten. Er starrte die Szene an, als müsse er sich jede kleine Einzelheit einprägen.

Er wollte nicht über das reden, was passiert war, wollte nicht mal dran denken, obwohl die Erinnerung immer da war, wie ein Nebel direkt unter der Platte in seinem Kopf schwebte. Nachts stürmte diese Erinnerung auf ihn ein und quälte ihn mit Visionen von Blondinen, deren Gesichter verschmolzen, bis er sie nicht mehr voneinander unterscheiden konnte …

Er hatte doch nur das Richtige tun wollen, hatte doch nur die Ranch retten und J. D. stolz auf sich machen wollen. Aber er sah die Blicke, die sein Neffe ihm zuwarf, wenn er glaubte, er merkte nichts davon, und sie waren voller Mitleid und Scham und Bedauern.

»Du solltest wieder runtergehn, J. D., nicht wahr?« sagte er in der vergeblichen Hoffnung, J. D. würde ja sagen und einfach gehen, ihn zurücklassen, als wäre nichts passiert.

J. D. seufzte. »Del –«

»Du wirst mich doch nicht wegschicken, nicht wahr, J. D.?« fragte er und wartete innerlich zitternd auf die Antwort.

Er hielt den Blick weiter starr auf die Aussicht gerichtet, aus Angst, sie könnte verschwinden, wenn er sich nicht darauf konzentrierte. Er wollte seinem Neffen erzählen, wie es für ihn gewesen war, in dieser schwarzen Zeit im Veteranenhospital, wie es war, nie den Himmel oder die Berge zu sehen, den Sonnenuntergang nur durch ein Fenster mit Maschendraht im Glas zu beobachten. Er wollte ihm erklären, daß er die schreckliche Enge und die Nähe der anderen Patienten nicht hatte ertragen können, daß sie ihn daran hinderten, seine Gedanken zu sammeln und sich auf den einzelnen Augenblick zu konzentrieren – die einzige Möglichkeit, die ihm damals geblieben war, um nicht den Verstand zu verlieren. Er wollte J. D. sagen, was es ihm bedeutete, seinen Platz und seine Pflichten auf der Stars and Bars zu haben. Aber als er den Mund öffnete, kam nichts weiter heraus als: »Ich würd' sterben.«

J. D. biß die Zähne zusammen vor der Woge von Schmerz für den alten Soldaten neben sich. Soviel war ihm genommen worden – seine Jugend, seine Zukunftsaussichten, sein Gesicht, sein Verstand. Alles, was ihm geblieben war, waren sein Job und sein Platz auf dem Land und ein klein wenig Stolz darüber, mit dieser einfachen Verantwortung fertig zu werden.

Gott steh mir bei, ich kann ihm das nicht antun.

Aber er hatte eine Frau erschossen und bewiesen, daß man den Resten seines Verstandes unter Streß nicht trauen konnte. Was, wenn er an legitime Jäger geriet und sie als Bedrohung sah?

Nachdem ihn sein Mut verlassen hatte, schwang Del sein Pferd herum und machte sich auf den Weg nach oben. »Die Arbeit wartet.«

J. D. folgte langsam, und seine Verantwortung hing wie ein Mühlstein um seinen Hals.

Der Truck stand im Hof, als sie die Hütte erreichten, aber es war nicht Tucker, der auf der Ladefläche saß und das Frisbee für die Hunde warf. J. D.s Herz schlug einen Salto, als sie ihren Kopf hob und ihm direkt in die Augen sah.

»Marilee ...« murmelte er.

Ihr linker Arm war in einer Schlinge. Sie sah dünner aus. Ihre Backenknochen waren spitzer als vorher, die Wangen wirkten leicht eingefallen. Ihre juwelenblauen Augen waren unglaublich groß und unergründlich unter ihren dunklen Brauen. Sie trug schwarze Leggings, Wanderstiefel und ein altes Jeanshemd, das ihm gepaßt hätte. Sie rutschte von der Klappe und strich sich eine Strähne aus dem Gesicht.

»Keine Angst«, sagte sie, »Tucker und deine Lasagne sind im Haus.«

»Was machst du hier?« fragte er und merkte erst in dem Moment, wie grob er sich anhörte.

Sie schob ihr Kinn ein bißchen vor. »Ich will Del besuchen.«

Del, der gerade sein Pferd festband, riß erschrocken den Kopf hoch.

Mari setzte ihr allerbestes Lächeln auf. »He, Del, ich bin gekommen, um mich bei dir zu bedanken.«

Er kniff die Augen zusammen und sah sie von der Seite an. »Nicht nötig.«

»O doch«, sagte sie. »Du hast mir das Leben gerettet.«

Del schaute auf seine Stiefel, rieb sich das Kinn und wünschte, sie wäre nicht zurückgekommen. Er wünschte, alle würden einfach gehen und ihn mit seiner Scham allein lassen, ihn nicht wieder auf die Ereignisse ansprechen. Er wollte nichts darüber sagen müssen. Wenn er das tat, würde ihn J. D. ganz sicher einliefern lassen. Aber er konnte auch nicht das Lob dafür einstreichen, wenn's ihm nicht zustand, das wäre nicht richtig.

»Nein, Ma'am«, sagte er leise.

J. D. stieg von seinem Pferd und blieb reglos stehen, beobachtete Del abwartend.

Mari runzelte die Stirn. »Doch, das hast du, Del. Du hast die Frau erschossen, die versucht hat, mich umzubringen. Sie hätte mich getötet und Samantha auch. Du hast uns beide gerettet.«

Er wiegte den Kopf hin und her, wich ihrem Blick aus. Seine Hände wollten plötzlich nicht mehr stillhalten, er wußte nicht, wohin damit. »Nein, Ma'am«, sagte er schwer atmend. »Tatsache ist, ich habe nicht gewußt, welche. Ich habe Blondinen gesehn und wußte, es waren nicht dieselben, aber dann waren sie es doch, und ich hab' nicht gewußt, welche –«

Er verstummte, sah wieder alles vor sich in seinem zerstörten Kopf, Bild auf Bild, wie in einem Kaleidoskop. Die Blonden, verschlungen, wieder auseinander, die Gesichter verschmolzen, waren austauschbar. Er hatte etwas tun wollen. Mußte das Richtige tun. Er wußte nichts mehr von dem Augenblick, in dem er den Abzug gedrückt hatte. Diese Sekunde war aus seinem Bewußtsein verschwunden, als hätte es sie nie gegeben.

Mari ging jetzt ohne zu zögern zu ihm, nahm eine seiner Hände und drückte sie fest. »Nein«, sagte sie. Er sah mit gequälten grauen Augen auf sie hinunter. »Du hast es gewußt. In deinem Herzen hast du's gewußt. Du hast mir das Leben gerettet, Del. Und ich lasse nicht zu, daß du was anderes glaubst.«

Er sah sie an, wollte ihr glauben, wünschte, er könnte ihr glauben. Jetzt erkannte er sie. Sie war die Schwätzerin. Die gute Blondine. Sie hatte ihm gesagt, er könnte ein Held sein. Jetzt behauptete sie es. Hatte er es gewußt? Hatte er es tatsächlich gewußt in diesem letzten Sekundenbruchteil? Vielleicht. Er wünschte sich das, aber wünschen allein konnte es nicht wahr machen.

Mari ließ seine Hand los, griff in ihre Hemdtasche und holte einen kleinen Messingstern an einem rotgestreiften Band heraus. Sie war in Miller Daggreponts Büro gegangen, hatte die Medaille aus einer der zahlreichen Schachteln seiner »Sammlung« herausgeholt und seiner Sekretärin Inez einen Dollar dafür gegeben.

»Ich habe das für dich besorgt«, murmelte sie und hielt den Stern an seine Brust. »Ich hab's in einem Antiquitätenladen in der Stadt gefunden. Ich weiß nicht genau, woher es kommt oder wofür es ursprünglich war, aber ich möchte, daß du es trägst, weil du mein Held bist.«

Del sah hinunter auf die kleine Medaille in ihrer winzigen, blassen Hand. Er hatte ein paar aus dem Krieg, aber die waren fest verschlossen in einer Kiste mit den anderen Erinnerungen an die Zeit, weil die Leute den Krieg nicht mochten und er sich immer schämen mußte, weil er daran teilgenommen hatte. Er hatte doch bloß das Richtige tun wollen, aber wahrscheinlich hatte er schon damals nicht genau gewußt, was das war.

»Du hast etwas Gutes getan, Del«, flüsterte die Blondine. »Bitte glaub das.« Ihre Augen waren voller Tränen. Sie stellte sich auf die Zehenspitzen und küßte seine Wange.

Er nahm errötend den Stern und steckte ihn an sein Hemd, und das erste Mal seit langer Zeit fühlte er sich gut. »Danke, Ma'am«, murmelte er. »Ich werde sie mit Stolz tragen.«

Er hob kurz seinen Hut und ging ohne ein weiteres Wort sein Pferd versorgen.

Mari sah ihm nach. Sie spürte, daß J. D. sie ansah, wandte sich aber nicht zu ihm um. Sie war so gerührt, daß sie ihm wahrscheinlich gestanden hätte, daß sie ihn liebte. Sie mußte sich ihren Stolz bewahren. Stolz war hier sehr wichtig, und sie war jetzt ein Teil dieses Orts.

»Marilee, das war einmalig«, sagte J. D. leise.

»Na ja«, sagte sie, und ihre Stimme klang heiser. »Ich bin mir gar nicht so sicher, daß er das verdient hat, aber er hat es gebraucht, und selbst wenn er mein Leben nur zufällig gerettet hat, wollte ich ihm etwas dafür geben.«

Er nahm ihr Kinn und drehte ihr Gesicht zu sich. Ihre Augen glänzten wie flüssige Saphire. Tränen schimmerten im Glanz der untergehenden Sonne. Er hatte wahrscheinlich schon hübschere Frauen gekannt, aber in diesem Augenblick konnte er sich an keine schönere erinnern. »Du bist wirklich ein Wunder, Marilee. Du tust nie das, was ich erwarte.«

»Vielleicht bin ich nicht die, für die du mich gerne halten würdest«, sagte sie.

»Nein, ich würde sagen, du bist mehr«, murmelte er. Besser, echter, ehrlicher, stärker, tapferer. Sie war all das, was er einmal von sich selbst geglaubt hatte. Verfluchte Ironie. Er war sich gar nicht mehr so sicher, ob er irgendeine dieser Eigenschaften tatsächlich besaß.

»Würdest du es gerne herausfinden?« fragte Mari. Ihr Herz schlug wie eine Faust, flatterte wie ein Schmetterling im Netz. Sie sah in seinen Augen, wie seine Antwort lauten würde, und das schmerzte. »Willst es nicht mit einem Mädchen aus der Stadt riskieren, was?« sagte sie mit einem recht wäßrigen Lächeln.

»Das ist es nicht«, erwiderte er und ließ ihr Kinn los. Er wandte sich ab und sah nach Westen, wo der Himmel in Flammen stand. »Es ist einfach der falsche Zeitpunkt, und vielleicht bin ich auch der falsche Mann. Vielleicht bin ich auch nicht der, für den du mich gerne halten würdest. Ich weiß es nicht mehr.«

»Ich schon«, sagte sie und stellte sich neben ihn. »Ich weiß genau, wer du bist. Ich weiß, daß du stolz und dickköpfig bist und daß du alles für die Leute tun würdest, die dir am Herzen liegen. Ich weiß, daß es auf diesem Planeten keinen Menschen gibt, der dich härter rannimmt als du dich selbst. Ich weiß, daß du Integrität und Ehrlichkeit und Fairness schätzt, und ich weiß, daß du glaubst, du hättest deinen eigenen Ehrenkodex verletzt. Ich weiß, daß du ein Chauvinist bist und wahrscheinlich nie die Dinge sagen wirst, die eine Frau von dir hören möchte.

Ich weiß genau, wer du bist, Rafferty. Und trotzdem hab' ich es fertiggebracht, mich in dich zu verlieben.«

Das Wort traf ihn wie ein Vorschlaghammer zwischen die Augenbrauen. *Liebe*. Die hatte er genauso hartnäckig vermieden wie Fremde. Das Gefühl, das seinen Vater in ein frühes Grab getrieben hatte. Er war in dem Glauben aufgewachsen, daß man dem nicht trauen konnte. Er hatte es nie gewollt –

Lügner.

Nächtelang hatte er vor Sehnsucht danach wach gelegen, ohne es je beim Namen zu nennen. Es ängstigte ihn zu Tode. Es ängstigte ihn zu Tode, daß er es jetzt haben wollte, von dieser Frau haben wollte. Sie war nicht aus seiner Welt, einer Welt, die sich um ihn herum auflöste. Er konnte ihr nichts außer Schulden und einem harten Leben bieten. Nicht gerade verlockend. Er hatte bereits gesehen, daß es eine Frau nicht glücklich machen konnte. Er hatte geschworen, daß er nie das durchmachen würde, was sein Vater mit Sondra mitgemacht hatte. Er hatte Verpflichtungen und Verantwortung. Er hatte das Land.

Märtyrer.

Die Worte stachen wie Messer – *Liebe, Lügner, Märtyrer* –, nagten an seinem Gewissen. Verdammt, warum konnte sie ihn nicht einfach in Ruhe lassen? Warum konnte er nicht ungestört weiter in seiner eigenen kleinen Welt leben? Und warum mußte diese Frau etwas so Einfaches wie Sex mit Emotionen, so explosiv wie Dynamit, komplizieren?

»Wie ich sehe, bist du ganz aus dem Häuschen vor Freude«, sagte Mari. Sarkasmus machte den Schmerz erträglicher. »Deinem Blick nach zu urteilen, hättest du wohl lieber Filzläuse. Danke, Rafferty, du bist ein echter Widerling. Und ich liebe dich immer noch – masochistisch, was?«

Sie wandte sich angewidert ab und wollte zum Truck gehen. J. D. packte ihre gesunde Schulter. »Marilee, es würde nie funktionieren. Siehst du das denn nicht?«

»Warum?« sagte sie herausfordernd.

»Wir sind zu verschieden. Wir wollen nicht dieselben Dinge –«

»Was weißt du denn schon davon, was ich will«, sagte sie wütend. »Du weißt gar nichts. Du hast keine Ahnung, wer ich oder was ich bin, weil du viel zu sehr damit beschäftigt bist, mich in eine deiner Schablonen zu pressen – Fremde, Verführerin, Unruhestifterin. Dazu habe ich eine brennende aktuelle Nachricht für dich, Rafferty. Ich bin mehr als die Summe deiner dämlichen Schablonen. Ich bin eine Frau, und ich liebe dich, und wenn du beschlossen hast, daß du damit umgehen kannst, weißt du ja, wo du mich findest.«

Wieder machte sie sich auf den Weg zum Truck, schweren Schrittes, und ihr Herz schnürte sich vor Schmerz zusammen.

J. D.s Stimme stoppte sie. »Du bleibst?«

Sie drehte sich um und seufzte, als sie den Verdacht in seinen schmalen Augen sah. »Ich bleibe. Für immer. Ich weiß, daß ich nicht hier geboren bin, aber das heißt nicht, daß ich nicht hierhergehöre. Das mag dir vielleicht nicht gefallen, aber so ist dieses Land besiedelt worden. Die Raffertys, die aus Georgia hierhergekommen sind, waren auch keine Eingeborenen. Sie haben es auch geschafft, sich anzupassen. Ich werde das auch, zu meinen Bedingungen, auf meine eigene Art.«

Sie stieg in das Führerhaus des Trucks und knallte die Tür zu, gerade als Tucker aus der Hütte kam. Der Blick des alten Cowboys schweifte von der Frau zu J. D. Er spuckte einen Strahl Tabaksaft auf den Boden und schüttelte den Kopf. Er hatte Marilee freudig bei ihrer kleinen Verschwörung unterstützt, aber er hatte sich einen besseren Ausgang davon erhofft.

»Ein Rhinozeros hat auch keinen härteren Schädel als du«, murmelte er gereizt, als er über den Hof humpelte.

J. D.s Blick war eisig. »Halt dich da raus, Tuck.«

»Ich denke gar nicht daran«, fauchte dieser. »Ich hab' mich rausgehalten und zugeschaut, wie dein Daddy ein paar große Fehler gemacht hat, für die du und Will euer ganzes Leben lang bezahlt habt. Und ich will verdammt sein, wenn ich das noch mal mache.«

»Ich will nur nicht denselben Fehler machen.«

»Nein. Dein Vater hat den Fehler gemacht, daß er bei Sondra nur gesehen hat, was er sehen wollte, und er wollte Gutes sehen. Du dagegen willst nur Probleme sehen. Dein Vater hat es sich schwergemacht, weil er töricht geliebt hat. Du machst es dir lieber leicht und gehst dem aus dem Weg.«

»Leicht!« J. D. war fassungslos, sein Stolz verletzt durch diesen Vorwurf.

Tucker überging das einfach. »Du kannst das Land lieben, soviel du willst, J. D., und wenn du stirbst, werden sie dich drauf begraben. Aber es wird dich nicht trösten und dir keine Kinder schenken, und es wird auch nicht zu dir halten, wenn du ein starrköpfiger, jähzorniger Hurensohn bist. Es kann dir keine Zärtlichkeit geben und keine Liebe, und ich sollte es wissen, nachdem ich ihm mein ganzes Leben geopfert und nichts dafür bekommen habe außer Rheumatismus. Ich habe gehofft, du hättest genug Verstand, um nicht dasselbe zu tun.«

Er machte auf dem Absatz kehrt und humpelte O-beinig zum

Truck, wütend vor sich hinmurmelnd, stieg ein und startete den Motor. J. D. wandte sich wieder seiner Aussicht zu, weigerte sich, ihnen nachzusehen, als sie aus dem Hof fuhren.

Der Appetit war ihm vergangen. Er stieg wieder auf Sarge und ritt den Weg hinunter zum Bald Knob, wo er im Sattel sitzen blieb und dem Gesang der Kojoten lauschte, während hinter ihm der Mond über den Absarokas aufstieg.

Hier hatte er auf den Knien gelegen und Marilee gehalten, mit dem Wissen, daß er sie liebte, daß sie in seinen Armen sterben könnte. Jetzt bot sie ihm ihre Liebe, und er stieß sie weg.

Weil es das Beste war. Weil es das Gescheiteste war.

Weil's das Leichteste ist und du ein gottverdammter Feigling bist.

Er hatte immer geglaubt, er wüßte, wer er wäre und wofür er stand, woran er glaubte und woran nicht. Immer war er stolz darauf gewesen, das Richtige zu tun und nicht den einfachsten Weg zu gehen.

War es richtig, sich auf diesem Berg abzukapseln? War es leichter, die Einsamkeit seines selbstgewählten Exils zu ertragen, als das Herz zu riskieren, das er seit seiner Kindheit so eifersüchtig gehütet hatte?

Er dachte an Marilee, dachte daran, wie sie ihr Leben riskiert hatte, um die Wahrheit zu finden, weil sie glaubte, das Richtige zu tun. Sie hatte sich ihm widersetzt, weil sie überzeugt war, daß er sich irrte. Sie hatte den Mut gehabt, ihr altes Leben aufzugeben, um nach ihren Träumen zu greifen. Er hatte nicht mal den Mumm, zuzugeben, daß er welche hatte.

Aber er hatte sie. Wenn die Nächte lang und einsam waren und ein Tag mit dem anderen in endloser Monotonie von Pflicht und Arbeit verschwamm. Tief in seinem Inneren, wo keiner sie berühren oder zerbrechen konnte. Die Träume waren immer dagewesen, so geheim, daß sie selbst für ihn kaum mehr als Schatten waren. Aber er hatte nie die Hand nach ihnen ausgestreckt oder bei Tageslicht an sie gedacht.

Jetzt bot ihm Marilee einen an. Einen Traum. Ein Geschenk. Ihr Herz. Ihre Liebe. Und er wich einfach zurück und wartete darauf, daß sie ihm all das wieder entzog.

Was bleibt dir ohne sie, J. D.?

Das Land.

Er betrachtete es jetzt, in silbernes Mondlicht und Schatten gehüllt, schön und wild, rauh und zerbrechlich. Seine erste Liebe. Sein ganzes Leben.

Sein ganzes leeres, einsames Leben.

KAPITEL 34

Die Tage verstrichen in angenehmer Gleichförmigkeit. Mari sah sich den Sonnenaufgang an und aß Salztabletten gegen die Übelkeit. Sie beseitigte im Haus Stück für Stück alle Spuren ihrer Vorgängerin. Die Nachmittage verbrachte sie auf der Veranda, arbeitete an Liedern und genoß die Schönheit ihrer Umgebung. Sie döste in einem der Adirondack-Stühle, und die meisten Abende verbrachte sie im Moose und sang in der Lounge.

Einmal die Woche sprach sie entweder mit Sheriff Quinn oder mit einem der Anwälte, die es kaum erwarten konnten, Bryce vor Gericht zu zerren. Im Hinblick auf Lucys Tod konnten sie ihm nichts anhängen, aber mit den Anklagen wegen Verletzung der Wildgesetze – neunundzwanzig an der Zahl – wollten sie ein Exempel an ihm statuieren. Ben Lucas versuchte einen Handel zu machen, der auf Geldstrafen und Dienst für die Gemeinde hinauslief. Der Staatsanwalt sprach von höheren Geldstrafen, möglicherweise Gefängnis und Beschlagnahmung der Ranch. Bryce war zurück nach Los Angeles gezogen, um seine Verachtung für die Ankläger zu zeigen. Maris größter Wunsch war es, daß er den Rest seines perversen Lebens im Gefängnis schmoren müßte, sie wußte aber, daß das nie passieren würde. Männer wie Evan Bryce gerieten nur selten unter die Räder der Justiz.

Ein Monat war vergangen, seit sie J. D. herausgefordert hatte, zu ihr zu kommen, wenn er dazu bereit war. Bis jetzt hatte er die Herausforderung nicht angenommen. Und sie fragte sich jeden Tag zehnmal, wann und wie sie ihm sagen sollte, daß sie es zwar nicht geschafft hatten, eine Beziehung aufzubauen, dafür aber ein Kind gezeugt hatten. Sie schob es vor sich her, in der Hoffnung, er würde vielleicht morgen kommen und ihr sagen, daß er sie liebte.

Eine törichte Hoffnung, aber besser als gar keine. Besser als daran zu denken, was passieren würde, wenn er nicht kommen würde. Dann müßte sie zu ihm gehen, weil er ein Recht hatte, es zu wissen. Leider war sie überzeugt, daß diese Ankündigung unweigerlich in einem legendären Streit enden würde. Er würde darauf bestehen, »eine ehrbare Frau« aus ihr zu machen, und sie würde ihm raten, zur Hölle zu fahren, weil sie sich nicht auf eine Ehe einlassen würde, die nur aus Pflichtgefühl heraus geschlossen war.

»Noch ein wunderbarer Schlamassel, in den du dich reingeritten hast, Marilee«, murmelte sie seufzend. Sie rieb sich nachdenklich den

Bauch, eine Geste, die langsam zur Gewohnheit wurde. Das Leben in ihr war noch viel zu klein, um es zu spüren, aber allein das Wissen darum, nahm etwas von ihrer Einsamkeit. Oft schloß sie die Augen und versuchte, sich ihr Kind vorzustellen – ein dunkelhaariger kleiner Junge mit Daddys sturem Kinn, ein kleines Mädchen mit einer zerzausten Haarmähne. Dann dachte sie daran, wie es wäre, es allein aufzuziehen, und der Gedanke tat so weh, daß sie weinen mußte. Und dann dachte sie an J. D., der sein Leben im emotionalen Zölibat lebte, sein Leben der Ranch verschrieben hatte und niemandem sein Herz schenken konnte aus Angst, es könnte gebrochen werden.

Das bildete sie sich zumindest ein. *Romantisierst du wieder mal alles, Marilee …*

»Na ja, wenigstens wird ein Lied dabei rausspringen«, murmelte sie und notierte zwei Zeilen in ihrem Gerichtsstenografenblock.

Sie setzte sich in den Adironack-Stuhl, schaute hinaus auf die prachtvolle Schönheit ihrer Umgebung und spielte rauchen mit abgeschnittenen Strohhalmen. Die Bewegung beruhigte sie. Das tiefe Atmen entspannte sie, und die schöne Landschaft heilte sie, spendete namenlosen Trost, der Balsam für ihr wundes Herz war. Im Hintergrund sang leise Mary Chapin-Carpenter aus einem Cassettenrecorder, eine Stimme, so vertraut, leise und rauchig wie ihre eigene.

Die Berge in der Ferne schimmerten tiefblau unter dem Firmament. Der unendlich weite Himmel von Montana, tiefblau wie Kobalt um diese Tageszeit, war durchbrochen von Wolken wie Stutenschwänze. Eine sanfte Brise strich durchs Tal und brachte die Gräser zum Wiegen. Über ihr kreiste ein Adler. Ein Antilopenpaar kam aus dem Espenhain und trabte hinunter zum Fluß, um zu trinken, mit neugierigen Blicken auf die Lamas.

Mari sog alles in sich auf, setzte die Bilder in Worte um, und der Wind brachte Melodienfetzen. Mit einem schmierenden Filzstift schrieb sie lustlos Zeilen in ihr Notizbuch. Der Nachmittag ging langsam zur Neige. Ab und zu hörte sie Spike bellen, dann kam er wieder nachschauen, als wollte er sagen, er hätte alles unter Kontrolle. Schließlich hatte er seine Kundschaftsmissionen satt, rollte sich unter ihrem Stuhl zusammen und schlief ein.

Und so passierte es, daß er die Gelegenheit verpaßte, sich als Wachhund zu beweisen. Er wurde erst wach, als schwere Stiefel über die Dielen der Seitenveranda schritten. Er sprang unter dem Stuhl hervor, warf den Kopf zurück und kläffte, daß seine Vorderpfoten abhoben.

Rafferty trat um die Ecke des Hauses, stemmte die Hände in die Hüften und fixierte den Terrier mit grimmigem Blick. »Was zum Teufel ist das?«

»Spike. Mein Hund«, sagte Mari, ziemlich erbost.

Sie erhob sich aus dem Stuhl und strich sich mit für sie ungewohnter Verlegenheit die Jeans und ihr violettes T-Shirt glatt. Ihr Pulsschlag beschleunigte sich. In der Glastür sah sie, daß ihre Haare völlig zerzaust waren. *Deine Haare sind immer zerzaust, Marilee.* Sie strich sich ein paar vorwitzige Strähnen hinters Ohr.

J. D. schnaubte verächtlich, als wollte er sagen, so etwas Kleines verdiene noch nicht die Bezeichnung Hund. Spike starrte ihn wütend an, ließ sich nicht unterkriegen. Ein bißchen wie sein Frauchen, dachte er amüsiert, dann ging er langsam in die Hocke und ließ den Hund an seiner Hand schnuppern. Einen Augenblick später kraulte er die Ohren des Terriers und seinen muskulösen kleinen Nacken.

»Er ist zwar nicht groß, aber dafür um so lauter«, sagte Mari.

»Das muß er von dir haben.«

»Sehr komisch. Was hast du hier zu suchen, Rafferty?« fragte sie streng.

J. D. erhob sich langsam und steckte die Hände in die Hosentaschen. »Will nach dem Vieh sehen«, sagte er, ohne eine Miene zu verziehen.

Mari glaubte kein Wort, nickte aber. »Du bist ungefähr einen Monat zu spät dran.«

»War schwer beschäftigt.«

»Wie geht's Del?« fragte sie, um bei einem sicheren Thema zu bleiben.

»Geht einmal die Woche zum Psychiater in Livingston. Der Typ war in Vietnam. Sie gehen zusammen fischen und reden. Ihm geht's gut.«

»Da bin ich froh.«

Sie kniff die Augen zusammen und sah ihn sich ein bißchen genauer an. Er trug ein frischgebügeltes blaues Hemd, dunkle Jeans und Stiefel, die tatsächlich noch ein bißchen glänzten. Keinen Hut. Seine hageren Wangen waren frisch rasiert, die Haare ordentlich, bis auf die kleine Locke vorne. Es juckte sie in den Fingern, sie zurückzustreichen.

»Du bist nicht direkt zum Arbeiten angezogen«, sagte sie. »Heiße Verabredung in der Stadt?«

»Na ja ... das wird sich rausstellen.«

Ihr Herz machte einen Satz. Sie zog eine Augenbraue hoch und zwang sich mit größter Mühe, ja keine Ermutigung zu zeigen. »Ich verstehe.«

»Wie geht's dir, Marilee?« fragte er leise und sah ihr tief in die Augen, ließ ihren Blick nicht mehr los. Er wollte zu ihr gehen, ihr Gesicht berühren, seine Finger in ihr Haar schlingen, seinen Mund auf ihren pressen und sie küssen, ein ganzes Jahr lang. Er wollte sie hinlegen, irgendwo, wo es weich war, und sie bis ans Ende aller Tage lieben, aber zuerst mußte noch einiges geregelt werden.

Ich bin einsam. Du fehlst mir. Ich bin schwanger. »Gut.« Sie hob ihre Hände, um zu zeigen, daß beide wieder einsatzfähig waren. »Meine Tage als Einarmige sind vorbei.«

»Bist du glücklich hier?«

Nicht ohne dich. »Sehr.«

»Wirst du bleiben?«

»Für immer.«

Er brauchte einen Moment, um das zu verarbeiten, dann nickte er langsam.

»Du wirst mir nicht sagen, daß ich nicht hierher gehöre?« fragte sie.

»Nein, Ma'am.«

»Du wirst mich nicht beschimpfen, weil ich eine Fremde bin?«

»Nein.«

»Du wirst nicht versuchen, mich zu verjagen?«

Er kniff den Mund zusammen und schüttelte den Kopf.

Sie lachte. »Das hasse ich so an dir, Cowboy, daß du nie den Mund halten kannst.«

Ein Mundwinkel zuckte. »Du redest genug für uns beide.«

Mari legte den Kopf zurück und kämpfte gegen das drohende Grinsen. »Touché.«

Sie lehnte sich ans Geländer der Veranda und versuchte möglichst nonchalant zu wirken, dabei waren ihre Nerven zum Zerreißen gespannt. Sie widerstand dem Drang, sich den Bauch zu reiben.

»Du bist also gekommen, um nach den Lamas zu sehen«, sagte sie und grub ihre Fingernägel in das Geländer.

J. D. sah ihr direkt in die Augen. »Ich bin gekommen, um dich zu sehen.«

»Wozu?« Sie wappnete sich für eine Antwort, die sie nicht hören wollte. Er würde ihr sagen, daß offiziell zwischen ihnen alles aus war, daß er ihr Angebot annehmen würde, daß er aber immer noch ihr Land kaufen wollte. Wenn er auch nur ein Wort über das Land sagte ...

J. D. warf einen Blick auf den Tisch. Sie hatte ein paar Zeilen in ein Notizbuch gekritzelt. Liedertexte wahrscheinlich. Ihre Handschrift war genauso unordentlich wie ihr Haar. Er versuchte, Zeit zu schinden, erstaunt, wieviel Mut dieses Gespräch von ihm forderte. Einen Monat lang hatte er alles durchdacht, auf dem Weg hier herunter geübt, was er sagen würde, und jetzt stand er hier und brachte keinen Ton heraus.

Mary Chapin-Carpenter sang leise im Hintergrund, rettete sie vor drückender Stille.

Schließlich wandte er sich mit einem Seufzer zu ihr. »Also, Will und Sam haben einen neuen Anfang gefunden. Du bist hierhergekommen, um neu anzufangen. Ich hab' mir gedacht, vielleicht könnten wir zwei auch noch mal von vorne anfangen.«

Mari stockte der Atem. »Warum?«

»Ich war mein ganzes Leben lang allein, Marilee«, flüsterte er.

Sie wußte sofort, wie er das meinte. Daß man ihn als Kind emotionell ausgesetzt hatte. Daß er sich seither immer geschützt hatte. Daß er für sie seine Zugbrücke herunterließ.

»Ich habe wahrscheinlich geglaubt, es wäre sicherer, leichter«, sagte er. »Aber es ist einsam, und ich kann es nicht mehr ertragen.«

Sie war auch allein gewesen. Allein in sich, während sie versuchte, sich vorzugaukeln, daß sie in eine Welt paßte, in die sie nicht gehörte. Sie kannte den einzigartigen Schmerz dieser Art von Einsamkeit.

»Was hast du gesagt, Marilee?« sagte er und breitete die Arme aus. Sein Herz hämmerte bis zum Hals. »Wirst du einem dickköpfigen Cowboy eine zweite Chance geben?«

Sie sah ihn an, wie er dastand, in seinem Sonntagshemd, sauber rasiert, mit gekämmten Haaren, und ihr Herz floß über. *Du bist ein hoffnungsloser Fall, Marilee.* Dickköpfig war noch eine schmeichelhafte Bezeichnung für ihn. Er war widerborstig und streitsüchtig, und es gab nur wenige Punkte, in denen sie übereinstimmten. Und er war verschlossen und stur und voreingenommen ... Und er war gut und ehrlich und stark und tapfer, und sie liebte ihn. Ohne Frage, sie liebte ihn.

J. D. hörte auf zu atmen, als sie dieses sarkastische Lächeln aufsetzte.

»Soll das heißen, du willst mich tatsächlich ausführen?« fragte sie mißtrauisch.

»Dinner und Tanzen.«

»Tanzen?« Bosheit funkelte wie Diamanten in ihren Augen, als sie sich vom Geländer aufrichtete. »Du kannst nicht tanzen.«

Er kam einen Schritt näher, herausfordernd. »Kann ich doch.«

»Kannst du nicht.«

Ein Lächeln umspielte seine Lippen. »Komm hierher und sag das noch mal, Stadtpflanze.«

Mari stemmte die Hände in die Hüften und ging auf ihn zu.

»Zeig's mir.«

Er nahm sie behutsam in die Arme und tanzte langsam mit ihr über die Veranda. Beobachtet von Spike, der im Stuhl auf dem Kissen lag, drehten sie sich in perfekter Harmonie zu den Klängen eines hübschen, süßen Liedes über den Halleyschen Kometen und Unschuld und schlichte Freuden. Er bewegte sich elegant und sicher, führte sie, und sie fühlte sich in seinen Armen geschützt und behütet, klein und feminin. Über ihnen färbte das Zwielicht den Himmel violett, und im Osten stieg der Mond auf, eine riesige weiße Oblate über den zerklüfteten Zähnen der Absarokas. Unten im Tal begannen die Kojoten zu rufen.

Mari ließ J. D. nicht aus den Augen, suchte nach der Wahrheit, die er sicher nicht in Worte fassen konnte. Daß er sie liebte. Daß er ihr sein Herz schenken konnte. Daß sie ihm das ihre anvertrauen konnte. Daß ihn die vielen Jahre des Argwohns nicht für immer isoliert hatten.

Sie roch einen Hauch von Aftershave, und Tränen der Liebe füllten ihre Augen, als sie ihre Arme um ihn schlang, ihre Wange an seine Brust drückte und ihre Schritte langsamer wurden. Er war ein Mann, so hart und unnachgiebig wie das Land, das ihn hervorgebracht hatte. Wahrscheinlich würde sie die nächsten fünfzig Jahre damit verbringen, sich die Haare ob seiner Sturheit zu raufen. Aber sie würde keine Sekunde davon gegen alles Gold in Kalifornien eintauschen.

Sie hauchte die Worte in die weiche Baumwolle seines Hemds, wie ein kostbares Geheimnis, ein Gebet. *Ich liebe dich.*

J. D. nahm sie in die Arme und drückte einen Kuß auf das weiche Gewirr ihrer Haare. Sein Herz schwoll vor Zärtlichkeit, und er sah hinaus über das Tal zu den Bergen dahinter und fühlte sich alt und neu zugleich, stark und verletzlich. Es war, als wären sie die beiden einzigen Menschen auf dieser Welt, allein im Paradies, bereit, einen neuen

Anfang zu machen. Er schwor sich, diesmal alles richtig zu machen. Keine Lügen, keine Spiele, Karten auf den Tisch, nichts zurückhalten.

Die Musik wurde langsamer. Die süße Harmonie zweier Fiedeln verhallte, und die letzten Noten spielte eine Gitarre.

Ihre Füße hielten inne.

Ihre Herzen pochten.

Mari hielt den Atem an.

Und Rafferty hob ihr Gesicht zu sich hoch, sah hinunter in ihre blauen, blauen Augen und flüsterte: »Ich liebe dich.«